KB120649

Friedrich Hölderlin Sämtliche Gedichte

2

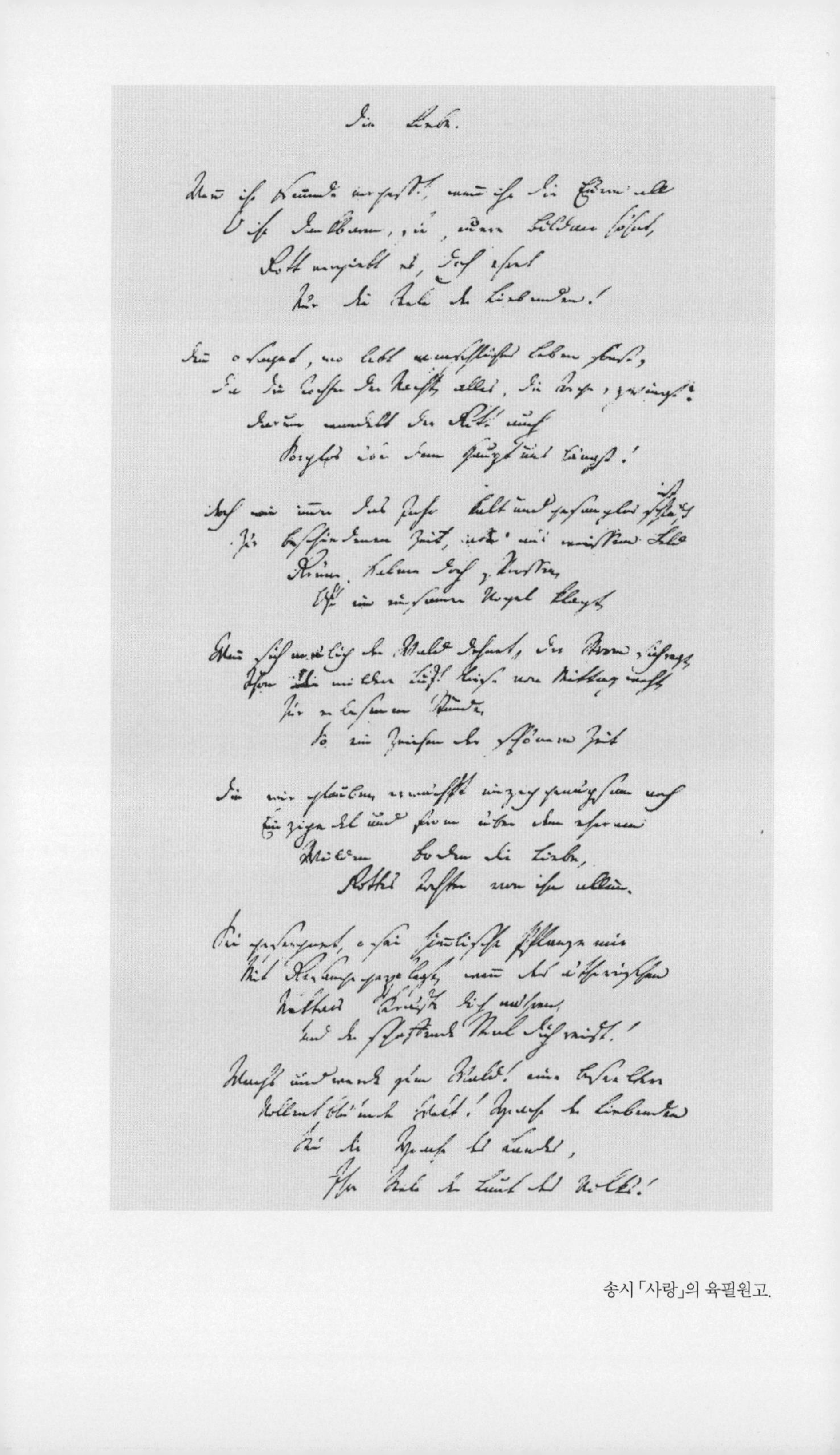

Die Liebe.

송시 「사랑」의 육필원고.

1 노년의 횔덜린. 켈러Louise Keller의 연필화. 1842년.

2 튀빙겐에 위치한 횔덜린 묘지.

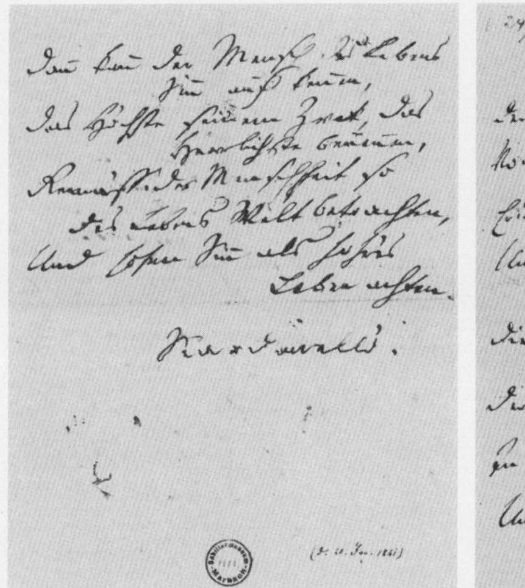

최후기의 시 「더 높은 삶」의 육필원고.

네카 강 건너편에서 바라본 튀빙겐의 '휠덜린 옥탑'. 예린M. Yelin의 수채화. 1850년 무렵.

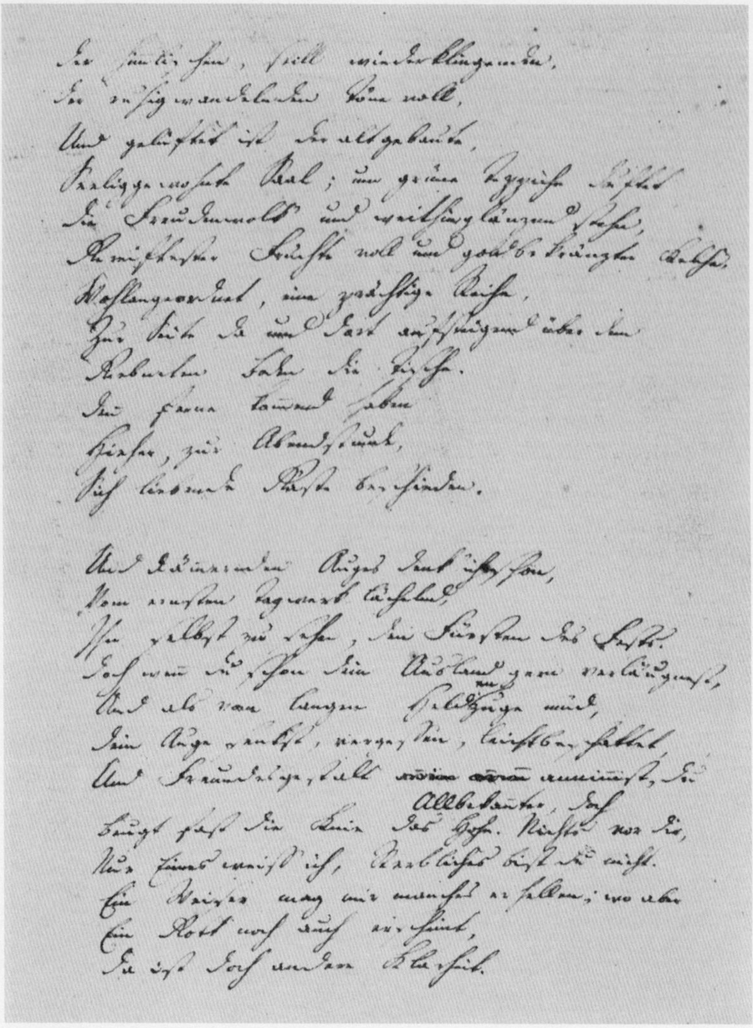

Der himmlischen, still widerklingenden,
Der ruhigwandelnden Töne voll,
Und gelüftet ist der altgebaute,
Seeliggewohnte Saal; um grüne Teppiche duftet
Die Freudenwolk' und weithinglänzend stehn,
Gereiftester Früchte voll und goldbekränzter Kelche,
Wohlangeordnet, eine prächtige Reihe,
Zur Seite da und dort aufsteigend über den
Geebneten Boden die Tische.
Denn ferne kommend haben
Hieher, zur Abendstunde,
Sich liebende Gäste beschieden.

Und dämmernden Auges denk' ich schon,
Vom ernsten Tagwerk lächelnd,
Ihn selbst zu sehn, den Fürsten des Fests.
Doch wenn du schon dein Ausland gern verläugnest,
Und als vom langen Heldenzuge müd,
Dein Auge senkt, vergessen, leichtbeschattet,
Und Freundesgestalt ~~[illegible]~~ annimmst, du
Allbekannter, doch
Beugt fast die Knie das Hohe. Nichts vor dir,
Nur Eines weiß ich, Sterbliches bist du nicht.
Ein Weiser mag mir manches erhellen; wo aber
Ein Gott noch auch erscheint,
Da ist doch andere Klarheit.

찬가 「평화의 축제」의 육필원고 정서본.

1 2

1 징클레어의 초상. 작자 미상. 유화. 징클레어는 1793년 튀빙겐에서 법학을 공부하던 당시 횔덜린과 교우관계를 맺었고 두 사람은 1795년 봄 예나에서 재회한 후 깊은 우정을 나눈다. 징클레어는 횔덜린을 거의 신처럼 존경했고 "모든 것에서 모범인 마음의 친구"로 그를 바라보았다. 횔덜린이 1798년 9월 프랑크푸르트의 공타르 가를 떠나게 되었을 때, 징클레어는 자신의 근무지인 홈부르크로 그를 불러 1800년 6월까지 머물게 했다. 횔덜린의 정신착란에 절망을 느끼면서도 1804년 6월 다시 그를 홈부르크로 데려가 1806년 9월까지 곁을 지켰다. 횔덜린은 송시 「에뒤아르에게」와 찬가 「라인 강」을 징클레어에게 바치고 있다.

2 횔덜린의 초상. 히머Franz Karl Hiemer의 파스텔화. 1792년.

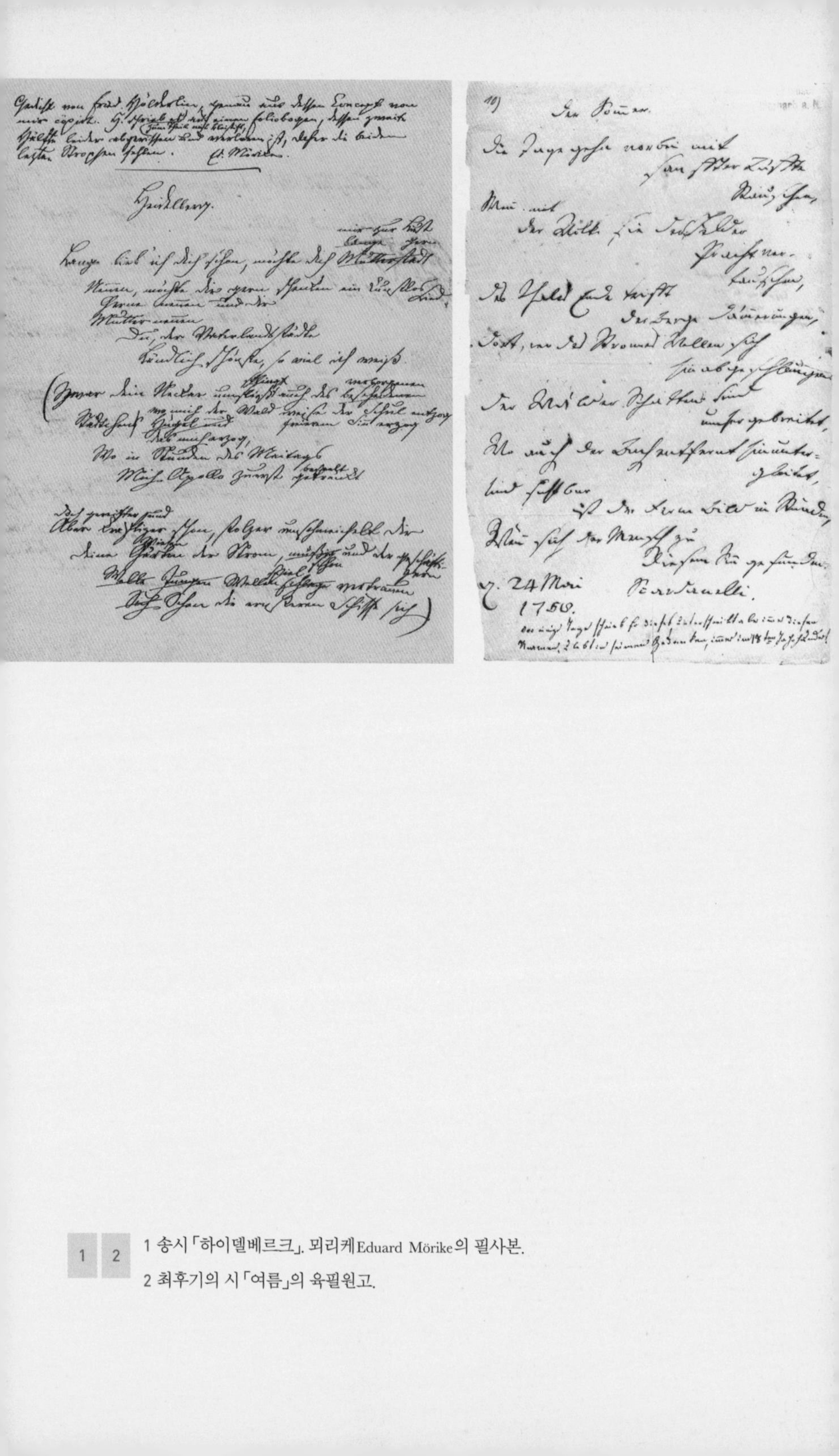

1 2

1 송시 「하이델베르크」. 뫼리케Eduard Mörike의 필사본.

2 최후기의 시 「여름」의 육필원고.

53세의 횔덜린. 슈라이너Johann G. Schreiner와 로바우어Rudolf Lohbauer의 연필 스케치.

오마흐트Landolin Ohmacht의 대리석상. 1796년 횔덜린이 가정교사로 입주한 프랑크푸르트의 은행가 공타르 가의 안주인인 주제테 공타르의 흉상이다. 17세에 결혼하여 이미 4명의 자녀를 두고 있었다. 횔덜린과 주제테는 깊은 사랑에 빠졌고, 1798년 9월 횔덜린은 주제테의 남편의 요구로 가정교사 직을 그만두고 징클레어가 궁정의 행정 자문관으로 있는 홈부르크를 거쳐 1800년 6월에 주제테를 마지막으로 만난 후 뉘르팅겐으로 귀향하게 된다. 횔덜린은 1802년 1월 1천 킬로미터나 떨어진 남프랑스 보르도의 함부르크 영사 마이어 가의 가정교사로 부임했으나 그해 5월 뚜렷한 이유 없이 서둘러 독일로 돌아온다. "위중한 병"에 걸렸다는 주제테의 편지가 이 느닷없는 귀향의 이유였다는 횔덜린의 의붓동생 칼 고크의 증언이 있었다. 6월 22일 주제테는 세상을 떠났고, 6월 말 횔덜린은 정신착란의 징후를 지닌 채 뉘르팅겐에 나타났다. 두 사람은 수많은 편지를 주고받으며 사랑을 나누었다. 횔덜린이 보낸 편지는 모두 소실되었으나 주제테의 편지가 남아 있어 이들 사랑의 깊이를 가늠하게 한다. 횔덜린의 문학에서 주제테는 '디오티마'로 불린다.

시「반평생」의 초안이 포함된 여러 시편의 초안 원고.

1 최후기의 시 「겨울」의 육필원고.

2 백발의 횔덜린. 노이베르트Wilhelm Neubert의 밀랍 부조. 1840년 무렵.

횔덜린 시 전집

Friedrich Hölderlin
Sämtliche Gedichte

프리드리히 횔덜린 지음
장영태 옮김

2

책세상

일러두기

1. 이 책은 프리드리히 횔덜린의 『시 전집*Friedrich Hölderlin, Gedichte*』을 완역한 것으로, 프리드리히 요헨 슈미트Friedrich Jochen Schmidt가 편집한 *Hölderlin, Sämtliche Werke und Briefe in drei Bänden*, Bd. 1(Deutscher Klassiker Verlag, 1992)을 저본으로 삼았다.
2. 원문의 주는 (원주)로 별도 표시했으며, 그 외 모든 주석과 해설은 여러 자료를 참고하여 옮긴이가 덧붙인 것이다.
3. 본문 옆의 숫자는 원문의 행 번호로, 각 작품의 시행 배열은 원서를 따랐다. 다만 우리말과 독일어의 어순이 다르기 때문에 위치가 정확하게 일치하지 않을 수도 있다.
4. 맞춤법과 외래어 표기는 국립국어원의 현행 규정과 표기법을 따랐다. 단, Hyperion, Neckar, Schiller, Schlegel 등의 일부는 옮긴이의 의견을 따라 Duden 발음사전을 기준으로 표기했다.
5. 주요 인명과 서명은 처음 한 회에 한해 원어를 병기했다.
6. 단행본과 잡지는 『』로, 시와 단편, 논문은 「」로 표시했다.
7. 한국어 번역 시제와 원문 시제를 색인으로 정리하여 권말에 수록해두었다.

차례

VI 1800~1805

슈바벤, 남프랑스, 뉘르팅겐, 두 번째 홈부르크 체재기

VII 1793~1806

초안들, 비교적 규모가 큰 단편들과 스케치

VIII

구상, 단편, 메모들

IX 1806~1843

최후기의 시

X
부록

1권 차례

I 1784~1788
덴켄도르프와 마울브론 학창시절

II 1788~1793

튀빙겐 신학교 재학시절

III 1794~1795

발터스하우젠-예나-뉘르팅겐

IV 1796~1798

프랑크푸르트 시절

V 1798~1800

첫 홈부르크 체재기

VI

1800 ~ 1805

슈바벤, 남프랑스, 뉘르팅겐, 두 번째 홈부르크 체재기

데사우의 아말리에 태자빈께

고요한 거처로부터 신들은 때때로
짧은 시간 낯선 자들에게 연인들을 보내시네
이로써, 회상하며, 고귀한 모습을 보고
필멸하는 자의 가슴 기쁨 누리기를 바라시네.

그처럼 그대는 루이지움 임원으로부터,
거기 사방으로 대기가 소리도 없고
그대의 지붕 에워싸고 붙임성 있는 나무들
평화롭게 노니는 곳, 그 성스러운 문턱을 넘어오시네,

그대 신전의 환희로부터, 오 여사제시여!
우리에게로 오시네, 벌써 구름이 우리 머리를 숙이게 하고
벌써 오래전 신적인 뇌우가
우리들의 머리 위에서 거닐고 있을 때.

오 그대는 소중하였네, 여사제시여! 그때 그대는
거기 정적 가운데 신적인 불꽃 지키셨으므로,[1]
그러나 오늘 더욱 소중하네, 그대
세속적인 것 가운데 시간을 축복하여 기리시므로.

왜냐면 순수한 자들 거닐고 있는 곳, 정신은
더 뚜렷하고, 확실한 빛이 나타나는 곳

삶의 밝아오는 형상들
활짝 열려 맑게 피어오르기 때문에.

또한 어두운 구름 위에 말 없는 무지개 피듯
아름다운 무지개 피어나니, 그것은
다가오는 시대의 징후이며
한때 있었던 복된 나날의 회상이네,[2]

그대의 생명 그러하네, 성스러운 낯선 여인이여!
그대가 이탈리아의 부서진 기둥들 넘어서
속절없음을 보고, 폭풍의 시대로부터
새로운 초원을 눈여겨보실 때.

나는 나날이 다른 길을 가노라…

나는 나날이 다른 길을 가노라,[1] 때로는
숲속에 있는 초원으로, 때로는 샘으로,
장미들 피어나는 낭떠러지로,
가서 언덕에서 대지를 바라다보노라, 그러나

아무 곳에서도 그대 착한 이여, 빛 가운데 어디서고 그대를 찾지 못한다
또한 공중으로 말言語들 나로부터 사라져버린다
그 경건한 말들, 전에 그대 곁에서 내가

그렇다, 그대는 멀리 있도다, 복된 얼굴이여!
또한 그대 생명의 화음 나에게 사라져
더 이상 들리지 않는다, 그리고 아! 어디에
너희 마법적인 노래들 있는가, 한때

천상적인 자들의 평온으로 나의 마음을 달래주었던 노래들은?
얼마나 오래인가! 오 얼마나! 젊은이
나이 들었고, 그때 나에게 미소 짓던
대지조차도 달라져버렸다.

영원히 잘 있으라! 영혼은 작별하고 매일
그대에게로 돌아가노라, 또한 눈은
그대 때문에 울음을 운다, 하여 다시 밝아져
그대 지체하는 곳 건너다보고자.

사라져가라, 아름다운 태양이여…

사라져가라, 아름다운 태양이여, 그들 그대를
거의 눈여겨보지 않으며, 성스러운 그대를 알지 못했노라,
그대 그 힘들여 사는 자들의 위로
힘들이지 않고 말없이 떠올랐기 때문이다.

그대 나에겐 다정히 가라앉고 또한 솟아오른다, 오 빛이여!
나의 눈은 그대를 알아본다, 찬란한 빛이여!
내 신성하고 조용히 공경을 깨우쳤음이니
디오티마, 나의 감각을 낫게 해주었기 때문이다.

오, 그대 천국의 사자여! 내 얼마나 그대에게 귀 기울였나!
그대 디오티마여! 사랑하는 이여! 그대로 인해
나는 황금빛 한낮을 향해 반짝이며
생각에 젖어 눈길을 들었도다. 거기

샘물들은 더욱 생기 있게 흘렀고, 어두운 대지의
만발한 꽃들 나를 사랑하며 향기를 내쉬었다,
또한 은빛 구름 너머로 미소 지으며
천공은 축복하며 허리를 굽혔도다.

독일인들에게

아직 순진한 어린아이가 목마 위에 앉아서
스스로를 멋지고 대단하다고 생각할지라도 그 아이를 비
웃지 마라,
오 그대들 선한 이들이여! 우리들 역시
행동은 보잘것없고 생각만 가득 차 있도다!

그러나 구름을 뚫고 빛살 비치듯이, 혹시
생각으로부터 정신적으로 성숙하게 행동이 나오는가?
임원의 검푸른 이파리들에서처럼
말 없는 문자에 열매가 따르는가?

백성 가운데의 침묵은 축제에 앞선
휴식인가? 신을 알리는 경외심인가?
오 그러면 나를 받아들여달라, 그대 사랑하는 이들이여!
그리하여 내가 험담에 대가를 치르도록.

벌써 너무 오랫동안, 너무 오래도록, 문외한처럼
나는 수양하는 정신의 생성 중인 작업장에서 헤매고 있도다,
피어나고 있는 것만을 나는 알아보니
그 정신이 생각하는 것, 나는 알아보지 못하도다.

또한 예감하는 것 감미로우나, 하나의 고통이기도 하도다,

또한 나는 벌써 수년을 필멸의
어리석은 사랑 가운데 살고
의심하면서 그 정신 앞을 항상 서성대었다,

끊임없는 활동을 사랑하는 영혼으로부터
언제나 나에게 가까이 가져다주고, 미소 지으며,
내가 주저할 때 필멸의 인간에게 생명의
순수한 깊이를 영글게 하는 그 정신.

창조적인 이여, 오 언제, 우리 백성의 정령이여,[1]
조국의 영혼이여, 그대 언제 온전히 나타나면
나는 깊숙이 내 몸을 숙이고
나의 가장 가냘픈 현금 소리조차

그대 앞에서 침묵하리라, 나
한밤의 꽃, 천상의 딸인 그대 앞에서 부끄러워하리라
기쁨과 함께 끝맺고 싶도다
앞서서 내가 함께 비탄했던

그들 모두, 우리의 도시들이 이제
밝고 열린 채 깨어나 순수한 불길로 가득 차고
독일 땅의 산들이

뮤즈의 산들이 되어

그 한때 찬란했던 핀도스와 헬리콘,
그리고 파르나소스처럼[2] 되고, 조국의
황금빛 하늘 아래 도처에서
자유롭고, 맑고 정신적인 환희 반짝일 때면.

우리 생의 시간 짧게 한계 지어진 것 확실하도다,
우리는 우리의 세월 숫자를 보며 또 헤아리도다,
그러나 백성들의 세월들,
필멸의 눈이 그것을 보았던 것인가?

그대의 영혼이 자신의 시간을 넘어서
동경하는 시간으로 건너가면, 비탄하면서 그대는
그대의 일가들 곁 차가운 강변에
머물고 그들을 결코 알지 못하리라,

또한 미래의 사람들도 역시, 그들, 불린 자들도.
그대가 그들을 보고, 그대가 친구의 손을 잡고
다시금 한 번 따뜻해지면,
한 영혼에게 그대 알아 보일 수 있겠는가?

소리도 없이,　　전당 안에는 오래전부터,
가련한 선지자여! 그대 곁에, 동경하며 그대의 눈빛 꺼지고
그대는 이름도 없고 슬픔도 없이
아래를 향해 잠들어가리라.

루소

우리의 일과는 얼마나 답답하게 제약되어 있는가.
그대 존재했고 보았고 또 놀라워했고, 이미 때는 저녁이다.
이제 잠들라, 민중들의 세월들이
무한히 멀리로 스쳐 지나가고 있을 때.

또한 많은 이들 자신의 시간을 넘어서 바라다본다
그에게 신은 광야를 가리켜 보인다. 그러나 그대는
갈망하며 강변에 서 있어야 한다, 가까운 이에게
저주받은 분노, 한 그림자, 그대 그들을 결코 사랑하지
않으리라,

그리고 그대가 이름 부른 그 사람들, 약속받은 자들
그대가 우정의 손길로 따뜻하게 해줄
새로운 자 그 어디에 있는가? 그대의 고독한 말마디
알아듣게 할 그들 어디에 다가오고 있는가?

불쌍한 사람, 홀 안에서 그대에게는 울림이 없도다,
또한 죽어 묻히지 못한 자들처럼, 그대는
불안하게 헤매며 평온을 찾고 있도다. 그러나
아무도 주어진 길을 그대에게 가리켜 보이지 못한다.

그러면 그대로 만족하라!   나무는

고향의 땅이 감당 못 할 만큼 자란다, 그러나
그의 사랑하는 싱싱한 팔들 아래로 내리고
비탄하며 자신의 머리를 숙이는도다.

삶의 넘침, 무한함, 그를
에워싸고   가물거린다, 그는 그것을 결코 붙잡지 않는다.
그러나 그의 내면에 그것은 살아 있고 현현한다,
따뜻하게 하며, 효능을 내며, 열매는 그에게서 솟아나
온다.

그대는 살아냈노라![1]   한 그대의,
그대의 머리를 먼 곳의 태양이 기쁘게 하고
보다 멋진 시대로부터의 빛살도 그렇게 한다.
전령傳令들이 그대의 가슴을 찾아냈던 것이리라.

그대는 그들의 소리를 듣고, 낯선 자들의 말을 이해했으며
그들의 영혼을 해석해냈도다! 동경하는 자에게는
눈짓으로 충분한 법, 그리고 눈짓들은
옛날부터 신들의 말씀이어라.[2]

또한 태초로부터 인간의 정신이
성장과 작용 모두를, 삶의 양식을

이미 다 알고 있기라도 한 듯,
신비하게

그는 첫 징후에서 벌써 완성을 알고 있으며,
용감한 정신은 독수리가 뇌우를 앞서 날듯이
다가오는 신들을, 앞서,
예언하면서 날아오르는 것이다.

마치 축제일에서처럼…

뜨거운 한밤으로부터 서늘하게 하는 번개 밤새도록 떨어져
내리고
멀리에서는 아직도 천둥소리 들리며
강물은 또다시 그 둑을 따라 흐르고
대지는 싱싱하게 푸르며
하늘에서부터 내린 기쁨의 빗방울로
포도 줄기 이슬 맺고 반짝이며
고요한 태양 아래 임원의 나무들 서 있는
이른 아침에, 한 농부 들판을 살피러 가는
축제일에서처럼,

그와 같이 지금 은혜의 천후 가운데 그들 서 있다.
그들 어떤 거장도 홀로 가르칠 수 없으나, 경이롭게도
도처에 현존하며 가벼운 포옹으로
힘차고 신처럼 아름다운 자연이 그들을 길러낸다.
그러므로 연륜의 시간에 자연이 하늘 가운데서나
초목들 사이 또는 백성들 사이에 잠자고 있는 듯 보일 때
시인들의 얼굴에도 슬픔이 어리고
그들 홀로 있는 듯 보이지만 그들은 항상 예감하고 있다.
자연 자신도 예감하면서 쉬고 있기 때문이다.

그러나 이제 동이 튼다! 나는 기다렸고 이제 그것이 오는

것을 보았다,
그리고 내가 보았던 것, 성스러운 것은 나의 말이 되어라.
왜냐하면 그 자신, 시간들보다 오래고
동양과 서양의 신들보다 더욱 높은 자
자연은 이제 무기의 소리와 함께 깨어나기 때문이다.
천공 높이에서부터 심연의 아래에 이르기까지
예전처럼 확고한 법칙에 따라 성스러운 혼돈[1]으로부터 탄생되면서
감격[2] 그 자체, 모든 것을 창조하는 자
다시금 스스로를 새롭게 느낀다.

드높은 것을 계획했을 때
사나이의 눈길에 불길이 빛나듯, 그렇게
새롭게 한 불길, 신적인 표징, 세계의 행위들[3]을 통해
시인의 영혼 속에 댕겨진다.
일찍이 일어난 것이지만 미처 느끼지 못했던 것
이제 비로소 뚜렷해지고
우리에게 미소 지으며 밭을 일구었던 자
종복의 모습이지만[4] 더없이 활기찬 자들
뭇 신들의 힘을 우리가 이제 알아본다.

그대는 그것을 묻는가? 노래 속에 그것들의 정신은 나부끼니

한낮의 태양과 따스한 대지로부터 그 노래 싹트고
공중에 떠도는 뇌우에서 그리고 또 다른 뇌우에서[5] 자라나니
그 뇌우 시간의 깊숙이 오래 두고 예비되어
더욱 뜻깊고 더욱 잘 들릴 수 있도록
하늘과 땅 사이를, 백성들 가운데를 떠다니는
공동정신의 사념인 것,
조용히 시인의 영혼 안에 만족할 자리 찾는다,

영원한 자는 오래전부터 알려져 있었으되,
이제 갑자기 성스러움 맞은 시인의 영혼은
회상으로 전율하며 성스러운 빛살로 점화되어
사랑 중에 열매를 맺는다. 하여 신들과 인간들의 작품
노래는 이루어지나니, 그 노래 이 둘을 증언하는 도다.
하여 시인들이 노래하듯, 신의 모습을
확인하여 보기를 갈망했을 때 그의 번개 세멜레의 집에 떨어져
그 신적인 것으로 얻어맞은 여인
뇌우의 열매 성스러운 바쿠스를 낳았음과 같도다.[6]

그 때문에 이제 지상의 아이들
위험 없이 천국의 불길을 마신다.
그러나 우리는 신의 뇌우 밑에서도

그대 시인들이여! 맨 머리로 서서[7]
신의 빛살을 제 손으로 붙들어
백성들에게 노래로 감싸서
천국의 증여를 건네줌이 마땅하리라.
우리의 마음 어린아이들처럼 오로지 순수할 뿐이고
우리의 손길 결백하기 때문이다.[8]

아버지의 순수한 빛살은 그러한 마음을 태워버리지는 않는다.
하여 깊은 충격을 받고서도 강건한 자의 고통
함께 나눔으로써[9] 신이 다가올 때, 높이에서 떨어지는 폭풍우 속에서도
마음은 동요하지 않는다.
하나 슬프도다! 그로부터

슬프도다!

하여 내 곧바로 말하노니,

나 천상의 것들 바라보고자 다가갔으나[10]
그들 스스로 나를 살아 있는 자들 가운데로,

잘못된 사제를 어둠 속으로 깊숙이 던져버리니[11]
내 들을 수 있는 귀 가진 자들에게 경고의 노래 부르노라.[12]
거기

엠페도클레스

생명을 그대는 찾으며, 찾고 있도다, 또한 대지 깊숙이에서
그대에게 신적인 불길이 솟아오르고 반짝인다,
그리고 그대 전율케 하는 열망 가운데
에트나의 불 속으로 자신을 던진다.

그렇게 여왕의 오만은 진주를
포도주 안에서 녹였었다.[1] 그녀는 그렇게 하고 싶었을 것!
오 시인이여, 그대는 그대의 재산만을
끓어오르는 잔 속에다 제물로 바치지 않으리라!

허나 그대는 나에게 성스럽도다. 그대를
앗아간 과감한 살해자 대지의 힘이 그러하듯!
또한 사랑이 나를 붙들지 않는다면 나는
심연 속으로 영웅을 뒤따라가고 싶도다.

하이델베르크

오랫동안 나 그대를 사랑했고, 나의 기쁨을 위해
그대를 어머니[1]라 부르며, 소박한 노래 한 편 드리고 싶네,
그대 내가 본 많은 조국의 도시들 가운데서
가장 아름다운 정경의 도시.

그대를 스쳐 반짝이며 강물 흐르는 곳에
숲 속의 새가 나무의 정수리를 넘어 날듯이
힘차게 나는 듯 다리 걸쳐 있고
마차와 사람들도 그 다리 울리고 있네.

내 거기를 넘어갈 때, 신들의 사자使者이듯
마법은 한때 그 다리 위에 나를 부여잡았고
매혹하는 먼 경치 나에겐
산 속으로 비쳐드는 듯하였으며,

젊은이[2], 강물은 평원을 달리고 있었네,
슬프도록 흔쾌하게[3], 자신에겐 너무나도 아름다워
사랑하면서 파멸하고자
시간의 물결에 몸 던진 마음처럼.

도망쳐 나온 자에게 그대[4] 샘들을 주었고
서늘한 그늘도 선사했었네. 그리고 모든 강안

그를 향해 바라다보고 물결로부터는
그들의 사랑스러운 모습 살아 움직였네.

그러나 계곡 가운데로 거대한
운명을 알리는 성곽은 밑바닥까지 묵직이 드리워져 있었네,
온갖 풍상으로 할퀴어진 채로.
그러나 영원한 태양은

그 회춘의 빛살 나이를 먹어가는 거인의 모습 위로
내리비치고 사방으로 생생한 송악 푸르게 물들이고
있었네. 하여 다정한 숲들은
그 성 위로 속삭이고 있었네.

덤불도 무성히 피어 내려 닿았던 곳, 해맑은 골짜기 안에
언덕에 기대어 혹은 강변을 따라
그대의 즐거운 골목길들
향기 피어나는 정원 사이에 쉬고 있네.

신들

그대 말없는 천공天空이여! 그대는 언제나
고통 중의 내 영혼 지켜주노라, 또한
헬리오스여! 그대의 빛살 앞에서
나의 격분한 가슴 용감성으로 세련되도다.

그대들 선한 신들이여! 그대들을 알지 못하는 자 불쌍하도다,
그의 거친 가슴 안에 불화 결코 쉬지 않고
그의 세계는 밤이며, 어떤
기쁨도 어떤 노래도 그에게 번성하지 않도다.

오로지 그대들만이, 영원한 청춘으로
그대들을 사랑하는 가슴 안에 어린아이의 감각을
기르시고, 근심과 방황 속에서
정령이 비탄으로 지내는 것 결코 그냥 두지 않으시도다.

네카 강

그대의 계곡들에서 내 가슴은 생명으로 일깨워지고
물결은 나를 에워싸 찰랑대었네,
그대 방랑자여! 그대를 알아보는 마음씨 고운 언덕들
어느 하나도 나에게 낯설지 않네.

그들의 정상에 서면 천국의 바람은
내 예속의 아픔을 풀어주기도 했고
환희의 술잔에서 생명이 빛나듯
계곡에선 파란 은빛 물결 반짝였네.

산 속의 샘물들은 그대에게로 서둘러 떨어져내리고,
그 샘물들과 함께 내 가슴도 떨어져내리고,
그대는 말없이 장엄한 라인 강으로
도시들과 흥겨운 섬들로 우리를 인도했었네.

아직도 세계는 나에게 아름답게 여겨지거니, 나의 눈길은
대지의 매혹을 갈망하면서
황금빛의 팍토르 강[1], 스미르나의 해변,
일리온의 숲[2]을 향해 달아나고 있네. 또한

내 수니움의 해변에 올라, 그대의 지주支柱들을
향한 말없는 길을 묻고 싶어라, 올림피온이여!

아직 폭풍우와 연륜이
아테네의 사당과 그 신상神像들의 폐허 속에

그대를 묻어버리기 전에. 오 세계의 자랑
더 이상 있지도 않은 자랑인 그대
오랫동안 홀로 서 있기 때문. 또한 너희들
아름다운 이오니아[3]의 섬들이여! 그곳

바다의 바람 뜨거운 해변을 식히고 월계수의 숲에
살랑대며 불고 태양은 포도원을 따뜻하게 비추는 곳.
아! 황금빛 가을이 가난한 백성[4]의 탄식을
노래들로 바꾸어주는 곳,

석류나무 익고 초록빛 밤[5]으로
오렌지가 엿보며 마스틱스나무[6]에
나뭇진도 방울져 흐르며 북소리 심벌즈 소리
미로와 같은 춤으로 부르며 울리는 곳.

그대들을 향해, 너희들 섬들이여! 언젠가 한 번
나의 수호신 나를 데려가리라. 그러나 충실한
생각으로부터 그때에도 나의 네카, 사랑스러운 초원과
강변의 버드나무들 더불어 물러가지 않으리라.

고향

사공은 잔잔한 강어귀로 기쁨에 차 돌아오네,
거둠이 있어 먼 섬들로부터.
그렇게 나 또한 고향에 가리, 고통만큼
많은 재화들 거두어들였다면.

너희들 정다운 해변, 한때 날 길러준 너희들
사랑의 고통을 씻어줄 것인가, 아! 너희
내 젊은 날의 숲들 내가 돌아가면
다시 한 번 평온을 나에게 주리라 약속하는가?

내 물결의 유희를 바라다보던 시원한 시냇가,
미끄러져가는 배들을 바라다보던 강가
그곳에 내 곧 가리니, 한때 나를 보호해준
너희들 친근한 산들, 고향의

숭고하고 튼튼한 경계, 어머니의 집,
사랑하는 형제자매들의 포옹
내 곧 반겨 맞으리니, 또한 너희들 나를 에워싸
마치 붕대로 감싸듯 내 마음 낫게 하리,

너희들 충실히 머무는 자들이여! 그러나 내 아노니, 알고 있나니,

사랑의 고통 그리 쉽게 낫지 않음을,
유한한 자들이 위안하며 부르는 어떤 자장가도
나의 가슴으로부터 울리지 않으리.

천상의 불길을 우리에게 건네준 이들,
그 신들은 성스러운 고뇌를 또한 우리에게 안겨주었기 때문,
그 때문에 고통은 여전한 것. 나는 대지의 아들로
사랑하도록 지어져 또한 고통하는듯 하노라.

사랑

그대들이 친구를 잊게 된다면, 그대들의 한 식구 모두를 잊게 된다면,
오 고마우신 분들이여,[1] 그대들이 시인들을 헐뜯는다면,
신께서 그것을 용서해주시기를, 그러나 그대들
사랑하는 자들의 영혼만은 존중해주기를.

오 말해보라, 비굴한 근심이 우리 모두를 억압하는데,[2]
어디에 인간다운 삶이 살아 있을 수 있을까?
때문에 신은 근심도 없이
우리의 머리 위에서 오래전부터 거닐고 있으리라.[3]

그러나 박복의 시간에 한 해는 차갑고 노래는 없을지라도
하이얀 들녘에서
푸르른 풀줄기 솟아오르면
때마다 한 마리의 고독한 새는 노래 부른다.[4]

숲이 한결 풍성해지고, 강물도 움직일 때,
따스한 바람은 벌써 한낮으로부터
미리 택한 시간으로 불어오거니,
그리하여 보다 아름다운 시절의 징후,[5]

우리가 믿으며 홀로 유독 만족한[6] 가운데

홀로 단단하고 거친 대지 위에
고귀하고 경건하게 신의 딸,
사랑은 홀로 그로부터 성장하도다.

축복받으라, 오 천상적인 수목이여, 나로 하여금
노래로써 가꾸게 하라, 천공의 넥타르의 힘
그대를 자라게 하고,
창조적인 빛살 그대를 영글게 할 때.

자라나서 숲이 되어라! 한층 정기 어리고
힘껏 피어난 세계 되어라! 사랑하는 이들의 말
나라의 말이 되고,
그들의 영혼 백성의 노래 소리 되어라!

삶의 행로

그대 역시 보다 위대해지려 했으나 사랑은
우리 모두를 지상으로 끌어내리고, 고뇌가 더욱 강하게
휘어잡네.
그러나 우리 인생의 활[1], 떠나왔던 곳으로
되돌아감은 부질없는 일이 아니네.

위를 향하거나 아래로 내려오거나![2] 말없는 자연
생성의 한낮을 곰곰이 생각하는 성스러운 밤에
가장 믿을 수 없는 명부에서조차
하나의 곧바름이, 하나의 법칙이 지배하지 않는가?[3]

이를 나는 배워 아네. 너희들 천상적인 것들
너희들 삼라만상을 보존하는 자들 결코 인간의 거장처럼
조심스럽게 나를 평탄한 길로
인도하지 않았음을 내 알고 있네.

인간은 모든 것을 시험해야 하리라,[4] 천국적인 자들 말하나니
힘차게 길러져[5] 인간은 비로소 모든 것에 감사함을 배우고
제 가고자 하는 곳으로 떠나는
자유를 이해하게 되는 법이네.

그녀의 회복

보라! 자연이여, 그대의 가장 사랑스러운 것 고통하며 잠자고 있다, 한데
모두를 낫게 하는 자여, 그대 머뭇거리고 있는가? 아니면
천공의 부드러운 바람들,
아침햇살의 원천들 더 이상 없는 것인가?

대지의 모든 꽃들, 임원의 황금빛
즐거운 열매들, 이 모든 것들이
그대 신들이여, 그대가 그대의 것으로 낳은
이 생명을 낫게 하지 않는가?

아! 벌써 숨 쉬고 성스러운 삶의 열락을
그들 매혹하는 말 가운데 다시 울리고 있다, 옛날처럼
또한 벌써 화사한 청춘 가운데
그대의 꽃, 옛날처럼 그대를 비추고 있다.

성스러운 자연이여, 오 그대여, 너무도 자주
내 슬퍼하며 주저앉았을 때, 미소 지으며
의심에 찬 머리를 은혜의 시혜로 둘러 장식해주었다,
젊은 자연이여, 지금도 또한, 그 옛날처럼!

내 언젠가 나이 들면, 보라, 내 그대에게,

나날이 나를 회춘케 하며, 모든 것을 변화시키는 그대에게,
그대 불꽃의 타버린 재를 드리리라,
그리고 나는 다른 이로 소생하리라.

이별

-첫 번째 원고

우리는 헤어지려 했는가? 그리함이 좋고 현명하다고 생각
했는가?
그렇다면 어찌하여 우리의 헤어짐이 마치 살인이나 되듯
이 우리를 놀라게 했던가?
아! 우리는 우리 자신을 거의 알지 못하니
우리 마음 가운데 하나의 신[1] 지배하기 때문이다.

그 신을 배반했던가? 아, 우리에게 맨 처음 모든 것을,
감각과 생명을 지어준 그, 우리들 사랑의
영감에 찬 수호신인 그에게
내가 하나의 배신을 저지를 수는 없노라.

그러나 인간의 감각은 다른 과오를 생각하고
다른 무자비한 봉사와 다른 권리를 행하니
일상의 관습은 나날이
우리의 영혼을 앗아가도다.

그렇다! 내 이전부터 알 수 있는 터. 모두를
뿌리 깊은 미움이 신들과 인간들을 갈라놓은 때로부터,
사랑하는 자들의 마음 피로 갚음하고자
죽어가야만 하도다.

나로 하여금 침묵하게 하라! 오 지금부터 결코
이 죽음에 이르는 것 보이지 않도록 하라, 하여
평화 가운데 고독으로 숨어들어
비로소 이별이 우리의 것이 되도록!

그대 손수 나에게 잔을 건네주어라, 하여 그 구원의
성스러운 독약 가득한 잔, 레테의 음료[2] 담긴 잔을
내 그대와 함께 마시어, 모든
증오와 사랑 다 잊히도록!

내 사라져가련다. 어쩌면 내 오랜 시간 후 어느 날
디오티마여! 그대를 보게 되리. 그러나 그때는
소망은 피 흘려 스러지고 복된 자들처럼
평화롭게, 우리 낯설지만,

평온한 대화가 우리를 이곳저곳으로 인도해가리라,
생각하며, 머뭇거리며, 그러나 이제 잊은 자들을
여기 이별의 장소가 붙들어 잡고,
우리들 가운데 가슴은 따뜻해지리라.

놀라워하며 나 그대를 보고, 목소리와 감미로운 노래,
옛 시절에서부터 울리는 듯 나는 현금의 탄주 들으며,

자유로워져 바람 가운데서
우리들의 정신은 불꽃 안으로 날아오르리라.

이별
-두 번째 원고

우리는 헤어지려 했는가? 그리함이 좋고 현명하다고 생각했는가?
그렇다면 어찌하여 우리 헤어짐이 마치 살인이나 되듯이
우리를 놀라게 했던가?
아! 우리는 우리 자신을 거의 알지 못하니
우리 마음 가운데 하나의 신 지배하기 때문이다.

그를 배반했는가? 아, 우리에게 맨 처음 모든 것을,
감각과 생명을 지어준 그, 우리들 사랑의
영감에 친 수호신인 그에게
내가 하나의 배신을 저지를 수는 없노라.

그러나 다른 하나의 과오를 세계의 정신은 생각하고
다른 하나의 무정한 봉사자, 다른 법칙을 행하나니
일상의 습속은 지략을 다해서
나날이 우리의 영혼을 앗아가도다.

그렇다! 내 이전에 알고 있는 터. 뿌리 깊고
괴이한 두려움, 신들과 인간 사이를 갈라놓은 때로부터[1]
사랑하는 자들의 마음 피로 갚음하고자
죽어가야만 하도다.

나로 하여금 침묵하게 하라! 오 지금부터 결코
이 죽음에 이르는 것 보이지 않도록 하라, 하여
평화 가운데 내 고독으로 숨어들어
비로소 이별이 우리의 것이 되도록!

그대 손수 나에게 잔을 건네주어라, 하여 그 구원의
성스러운 독약 가득한 잔, 레테의 음료 담긴 잔을
내 그대와 함께 마시어, 모든
증오와 사랑 다 잊히도록!

내 사라져가련다. 어쩌면 내 오랜 시간 후 어느 날
디오티마여! 그대를 보게 되리, 그러나 그때는
소망 피 흘려 스러지고 축복받은 자들처럼
평화롭게, 또한 낯선 자들처럼 우리

거닐며, 대화가 이곳저곳으로 우리를 인도해가리라.
생각하며, 머뭇거리며, 그러나 잊은 자들
여기 이별의 장소가 되새겨주고
우리들 가운데 가슴은 따뜻해지리라.

놀라워하며 나 그대를 보고, 목소리와 감미로운 노래
옛 시절에서부터 울리는 듯 나는 현금의 탄주 들으며,

나리꽃 황금빛으로
개울을 넘어 우리에게 향기 뿜으리라.

디오티마

그대는 침묵하고 참고 있도다, 그들이 그대를 이해하지 못하기 때문에,
그대 고귀한 생명이여! 아름다운 날 대지를 바라다보고
침묵하고 있도다, 왜냐면 아! 햇빛 가운데서
그대의 가족들 찾으려 하나 헛되기 때문에,

그 가장 뛰어난 자들, 역시 형제들처럼,
임원의 붙임성 있는 꼭대기처럼, 여느 때
사랑과 고향을 그곳의
언제나 포옹하는 하늘을 기뻐하는 그 가족을

울리는 가슴 안에 아직도 그 근원을 잊지 않고 찾으려 하나 헛되기 때문에.
내가 말하고자 하는 그들은 비할 나위 없이 충실하게
하계下界에까지도 환희를
가지고 갔던 고마운 자들, 자유로운 자들, 신적인 인간들,[1]

더 이상은 존재하지 않는 정답고도 위대한 영혼들,[2]
왜냐면 애도의 세월 계속되는 동안
앞선 영웅들의 이름 새겨진 별들 때문에 생각나게 되어
가슴 아직도 언제나 그들을 애도하고

또한 이 애도의 탄식 있어, 그들 쉬게 하지 않는 탓이다.
그러나 시간은 낫게 한다. 천상적인 자들 이제는 강하고
재빠르다. 도대체 자연은 벌써 그 오래고
기쁨에 넘친 권한을 되찾지 않았는가?

보아라! 우리의 묘지가, 오 사랑이여, 가라앉기 전에
그 일은 일어나리라, 그렇다! 이제 나의 필멸의 노래
디오티마여! 영웅들과 더불어 신들 가까이
그대 이름 부를 날,[3] 그대를 닮은 날 보고 있도다.

귀향

너희 부드러운 바람결! 이탈리아의 사자[1]들이여!
또한 너 포플러나무들과 함께 있는 사랑하는 강이여![2]
너희 일렁이는 산맥들이여! 오 너희 모든
햇빛 비치는 산정들이여! 너희들 모두 옛 그대로인가?

너 고요한 곳! 꿈길 가운데서, 실의의 나날 지난 후
멀리로부터 동경하는 자에게로 모습을 나타내었도다,
너 나의 집, 너희 놀이친구들,
언덕 위 나무들, 너희 옛 친우들이여!

그 언제던가, 얼마나 오랜 일인가! 이제 어린아이의
평온도 사라지고 젊음도 사라지고 사랑과 기쁨도 사라졌도다.
그러나 그대 나의 조국이여! 그대 성스럽고 —
고통 견디는 이여![3] 보라, 그대 옛 그대로 남아 있구나.

하여 그 때문에 그대와 더불어 견디며, 그대와 더불어
기쁨 나누도록, 그대 귀한 이여! 그대의 자식들을 길렀도다
또한 꿈길에서, 이들 멀리 방황하며 헤맬 때
그 불충실한 자들[4]에게 그대 경고하도다.

또한 젊은이의 불타는 가슴속에

가차 없는 소망들이 잠재워지고
운명 앞에서 침묵하게 될 때, 그때
순수해진 자 기꺼이 그대에 몸 바치리라.

그때가 오면 잘 있거라, 젊은 나날이여, 그대 사랑의
장미꽃 길이여, 또한 너희 방랑자의 길들이여,
잘 있거라! 그리고 그대 고향의 하늘이여, 다시
나의 생명 거둬들이고 축복해달라!

아르히펠라구스[1]

두루미들 그대에게로 되돌아오며, 그대의 해변을 향해
배들은 다시금 항로를 찾고 있는가? 편안해진 밀물이
그대의 반가운 대기를 숨 쉬고, 돌고래는 유혹을 못 이겨
심해로부터 올라와 신선한 햇빛을 등에 쬐이고 있는가?
이오니아는 활짝 피어나는가? 지금이 그때인가? 왜냐면
언제나 봄이 되고, 살아 있는 자의 가슴이 새로워지며, 사람들에게
첫사랑이 일깨워지고, 황금시대의 회상도 되살아날 때면
나는 그대에게로 와 그대의 정적靜寂 가운데 그대에게 인사드리기 때문이다.
옛 해신海神이시여!

여전히, 힘찬 자여! 그대는 살아 있으며, 그대의 산들의
그늘 아래 옛 그때처럼 쉬고 있도다. 젊은이의 팔로 그대는
여전히 그대의 사랑스러운 육지를 껴안고 있으며, 그대의 딸들 중, 오 아버지여!
그대의 섬들,[2] 그 피어나는 섬들 중 어느 하나도 사라지지 않았도다.
크레타는 서 있고, 살라미스는 월계수로 사방이 어두워진 가운데 푸르고,
사방 빛살로 피어나, 델로스는 해뜰 무렵
그 감동 어린 머리를 치켜든다. 또한 테노스와 키오스

자줏빛 열매로 가득하고, 취한 구릉들에서는
사이프러스의 음료 솟아나온다. 그리고 카라우레나에서부터는[3]
은빛 시냇물이 예전처럼 아버지의 오래된 바다 안으로 떨어져내린다.
영웅을 낳은 어머니들,[4] 이들 모두, 해를 거듭하여 꽃피우며,
섬들 살아 있다. 그리고 심연으로부터 터져 나와
한밤의 불꽃, 지하의 뇌우[5]가 귀여운 섬들 중 하나 붙잡았고
죽어가는 자들이 그대의 품 안으로 가라앉았을 때,
신적인 자여! 그대는 참아내었도다. 왜냐면 어두운
그대의 심연 위로 많은 것들 솟아오르고 또 가라앉았었기 때문에.

또한 천국적인 자들, 드높은 곳의 힘들, 그 고요한 자들
청명한 날과 달콤한 잠과 예감을 멀리에서부터,
느끼는 사람들의 머리 위로 힘에 충만하여
가져다주고, 또한 옛 놀이친구들은 옛 그때처럼
그대와 함께 깃들며, 자주 어스름 깃드는 저녁,
아시아의 산들로부터 밝은 달빛이 비쳐들며
별들이 그대의 물결 안에서 서로 만나는 때가 되면
그대는 천국의 광채로 빛을 비친다. 그러면 그들이 변모하듯,
그대의 바닷물도 변모하고,[6] 위쪽에서는 형제들의 멜로디,

그들의
밤의 노래가 그대의 사랑스러운 가슴 안에 울린다.[7]
그다음 모두를 밝혀주는 한낮의 태양이,
동방의 아이, 경이를 행하는 자가 떠오르면
살아 있는 자 모두는 창조하는 이가 아침이면 언제나
차려주는 황금빛 꿈속에서 삶을 시작한다.[8]
그들은 그대에게, 슬퍼하는 신 그대에게 즐거운 마법을 보낸다.
그러나 그 다정한 빛살도, 사랑의 징표만큼, 그전처럼
언제나 그대를 기억하며 그대의 회색 머리에
둘러주었던 화관만큼 아름답지는 못하다.
천공[9]이 그대를 품어주지 않는가, 그대의 사자使者
구름들이 천공으로부터 선물을 가지고, 드높은 곳으로부터
빛살을 가지고 그대에게로 돌아오지 않는가? 그러면 그대는
대지 위로 그들을 보내서 뜨거운 해변에 뇌우에 취한 숲들
소리 내며 그대와 함께 물결친다. 곧 방랑하는 아들처럼
아버지가 그를 부를 때,[10] 메안더의 수많은 시냇물과 함께
자신의 방황을 급히 끝내고, 카이스터[11]의 평원으로부터
그대에게로 기뻐 달려오고, 첫 번째 태어난 자, 그 오래된 자,
오랫동안 몸을 숨겼던 자, 그대의 장엄한 나일 강이[12]
이제 먼 산맥으로부터 높이 발걸음 떼며, 무기의 울림 속에 서인 양,

승리 가득하여 다가와, 공경하는 자의 열린 품[13]에 이른다.

그러나 그대는 스스로 고독하다 생각하는지도 모르겠다.
침묵하는 한밤중에
바위는 그대의 탄식을 듣고 때로는 분노하면서
필멸하는 자들로부터 떠나 날개 단 물결이 하늘을 향해 그대를 벗어나기도 한다.
왜냐면 그대를 공경하며 언제나 아름다운 성전과
도시들과 함께 그대의 해변을 장식할
고귀한 연인들 더 이상 그대와 더불어 살고 있지 않기 때문에,
언제나 그대를 찾으며 아쉬워하고, 영웅이 화관을 필요로 하듯
느끼는 인간들의 가슴은 영광을 위해 축성의 요소를 필요로 한다.

말하라, 아테네는 어디에 있는가? 거장의 유골단지 넘어
그대의 도시, 그대의 가장 사랑스러운 도시가 성스러운 해변에서,
슬퍼하는 신이시여! 모두 재로 변하여 함께 침몰한 것인가,
아니면 항해자가 그곳을 지나갈 때 그 도시를 부르며
회상하는 그 도시의 표지가 아직도 존재하고 있는 것인가?
거기에 기둥들 솟았고 거기에 여느 때 아크로폴리스의

지붕으로부터 신들의 모습 아래를 향해 반짝이지 않았던가?
거기에 백성의 목소리, 그 폭풍처럼 꿈틀대던 목소리가
아고라로부터 들려오지 않았으며, 기쁨에 찬 성문들을 거쳐
거기 그대의 작은 골목길들은 축복받은 포구로 서둘러 향하지 않았던가?
보라! 거기서 먼 곳을 생각하는 상인은 배의 밧줄을 풀었도다, 즐거워하면서.
왜냐면 그에게도 날개 달린 바람이 불고, 신들도 마치
시인을 사랑하듯 그를 사랑했었기 때문에. 그러는 사이
그는 대지의 선물을 고루 나누고 먼 곳의 이름들을 한데 모았도다.
멀리 키프로스를 향해 가고, 멀리 티로스로 가며
콜키스를 향해 위로, 옛 이집트를 향해서는 아래로 향한다.[14]
하여 그는 자신의 도시를 위해 자색의 천과 포도주와 곡물과
양의 모피를 구한 것이다. 또한 때로는 과감한 헤라클레스의 기둥들을 넘어
새로운 복된 섬들을 향해[15] 희망과 배의 날개가
그를 데려간다. 그러는 사이 다르게 움직이며,
도시의 해변에 한 고독한 젊은이[16] 머물며
파도소리에 귀 기울인다. 또한 대지를 놀라게 하는 거장[17]의 발치에서

그 진지한 자 귀 기울이며 앉아 있을 때, 위대한 것을 예감 한다.
이처럼 해신이 그를 길러낸 것 헛되지 않도다.

그러자 수호신의 적대자, 많은 명령을 내리는 페르시아의 장군[18]
그리스의 땅과 그 많지 않은 섬들을 조롱하며 수년 동안
무기와 노예의 수효를 헤아리니 그것은
그 지배자에게는 유희처럼 여겨진다. 또한 그에게는, 한낱 꿈처럼
그 경건한 민족은 신들의 정신으로 무장되었을 뿐이다.
그는 가볍고도 빠르게 명령을 뱉어낸다, 마치 산의 불타는 샘이
끓어오르는 에트나로부터 사방으로 쏟아져,
자줏빛 홍수 속으로 도시들과 꽃 피어나는 정원들을 묻어 버리고
불타는 강물이 성스러운 바다에 자신을 식힐 때까지 이른 것처럼
왕들과 더불어, 태우며, 도시를 폐허화시키며,
왕의 하계 별장으로부터 그 호화찬란한 혼돈 쏟아진다.
슬프도다! 그리고 아테나 여신, 그 찬란한 여신 쓰러진다.[19]
들짐승이 그 외침을 듣는 산맥으로부터, 달아나는 노인들

거기 집과 연기를 내뿜는 사당을 뒤돌아보며 분루를 삼킨다.
그러나 성스러운 유골도 아들의 기도를 깨우지 않으며
계곡에는 죽음이 있고, 화재의 구름도 하늘에서 저리로
사라진다. 또한 육지에서 계속 거두고자
오만에 달아올라 페르시아인 전리품과 함께 지나간다.

그러나 살라미스의 해변이여, 오 살라미스 해변의 그날이여!
아테네의 여인들, 동정녀들 전쟁이 끝나기를 학수고대하고
어머니들은 구출된 어린 아들들을 품 안에 안아 잠재우고
있다,
그러나 귀 기울여 듣는 자들에게 심해로부터 해신의 목소리
구원을 예언하며 울려온다. 하늘의 신들도
깊이 생각하며 심판하면서 내려다본다, 왜냐면 거기
진동하는 해변에는 아침부터 마치 서서히 움직이는 뇌우처럼
거기 거품 끓는 물 위에 전투는 일진일퇴를 거듭하고
분노 가운데 알지 못하는 사이 한낮이 전사들의 머리 위로
타오르기 때문에.
그러나 민족의 남자들[20], 영웅의 자손들, 이제 한층 밝아진
눈을 하고 공격한다, 신들의 총아들은 몫으로 주어진
행복을 생각하며, 아테네의 아이들도 그들의
정령, 죽음을 아랑곳하지 않는 정령을 이제 사양하지 않는다.
그러자 김을 뿜는 피처럼 황야의 들짐승은 다시 한 번

마지막으로 변신하며 일어나 고귀한 힘처럼
사냥꾼을 놀라게 한다. 이제 무기들의 번쩍임 가운데,
지배자의 지휘에 따라, 무섭게 야성을 한데 모아서
침몰의 한가운데 지친 영혼 다시 한 번 돌아온다.
격렬하게 싸우기 시작한다. 씨름하는 한 쌍의 사내들처럼
전함들이 서로 부딪친다. 파도 속으로 키는 비틀거리고
좌초하면서 선복船腹이 부서지고 전사와 함께 전함이 가라앉는다.

그러나 한낮의 노래로 어지러운 꿈으로 위로받고
페르시아의 왕은 눈길을 돌린다. 전투의 결말에 비웃음 지으며
협박하고, 애원하고, 환호하며, 마치 번개를 치듯 사자使者들을 보낸다.
그러나 보낸 것 부질없다, 그들 중 아무도 그에게로 돌아오지 않는다.
피 흘리는 사자들, 박살난 군대, 부서진 전함들을
천둥소리 내는 파도, 그 복수의 여인이 그의 보좌 앞에 수없이
내동댕이친다.[21] 거기 진동하는 해변에, 그 가련한 자는
도주하는 모습을 바라다보며 앉아 있다. 그리고 달아나는 무리들 안으로,

휩쓸려 그는 서둘러댄다. 신은 그를 내몬다, 그의 길 잃은 함대를
밀물 너머로 내몬다,[22] 그의 허영에 찬 무기들을 비웃으며
마침내 그를 파멸시킨 신은 겁주는 무장을 한 채 약자들에 이르렀다.

그러나 고독하게 기다려온 강[23]으로 사랑하면서
아테네의 백성들 되돌아오고, 고향의 산들로부터는
기뻐하며 뒤섞이어 반짝이는 큰 무리가
떠났던 계곡으로 물결치며 내려온다. 아!
수년이 흘러 잃어버린 것으로 여겼던 어린 자식이 살아
다시 자신의 품 안으로, 장성한 청년으로 돌아왔으나,
근심 가운데 영혼은 시들고, 희망에 지친 그녀에게
기쁨은 너무 늦게 찾아와 사랑하는 아들이 감사드리며 하는 말
겨우 알아듣는 늙어버린 어머니처럼.
거기 오고 있는 자들에게 고향의 땅은 그렇게 보인다.
왜냐면 경건한 자들 그들의 임원의 안부를 물으나 부질없고
다정한 성문이 승리자들을 다시 맞지 않기 때문이다.
여느 때는 방랑자가 기쁨에 차 섬에서 돌아오면
그를 맞아들였고 어머니 여신의 성채는
그의 동경하는 머리 위로 멀리서 반짝이며 떠올랐다.

그러나 폐허가 된 작은 골목길들 이들에게 아직 친숙하고
사방의 비탄하는 정원들도 그러하다. 주랑의 기둥들과
신상들이 쓰러져 놓여 있는 아고라 위에서는
영혼으로 감동되고 충실을 기뻐하면서
이제 사랑하는 백성들 결합을 위해 다시 손을 잡는다.
곧이어 폐허더미 아래서 남편은 자신의 집터를
찾아내 바라본다. 아늑했던 잠자리를 생각하며
목구멍으로 울음을 삼킨다, 그의 아내, 어린아이들은
집 안의 미소 짓는 신들, 조상이 보는 가운데[24]
여느 때 다정하게 나란히 앉았던 식탁을 찾는다.
그러나 백성들은 천막을 치고, 옛 이웃들이
다시 가까워진다. 마음의 습관을 따라서
언덕들을 에워싸고 바람이 잘 통하는 집들이 가지런히 선다.
그사이 이제 그들은 그렇게 깃들어 있다. 마치 자유로운 자들,
옛 사람들처럼 그 힘을 확신하고, 다가오는 나날을 믿으며
노래와 함께 이 산 저 산으로 날아다니는
방랑하는 새들처럼, 숲과 멀리 흐르는 강의 첫 개간자들처럼.
그러나 여전히 예처럼 어머니 대지, 그 충실한 자
다시 그의 고귀한 백성을 포옹한다. 성스러운 하늘 아래
그들 착하게 쉬고 있다. 여느 때처럼 청춘의 바람결이
잠자고 있는 자들 위로 부드럽게 불고 일리소스 강의 플라타너스로부터

그들에게 소리 건네며, 새로운 날을 고지하면서
새로운 행동을 유혹하며, 한밤중 해신의 파도
멀리서부터 울리며 즐거운 꿈들을 사랑하는 자들에게 보낸다.
벌써 움이 트고 꽃들, 황금빛 꽃들 서서히 활짝 핀다,
짓밟힌 땅 위에는 경건한 손길을 기다리며
올리브나무 푸르러지고, 콜로노스[25]의 평원 위에서는
예처럼, 아테네의 말들이 다시 평화롭게 풀을 뜯고 있다.

그러나 어머니 대지에게 그리고 파도의 신에게 공경을 바치고자
도시는 이제 활짝 피어난다,[26] 그 찬란한 형상, 천체처럼
확고하게 터 잡고, 그 정령의 작품이 피어난 것이다, 왜냐면
사랑의 결속 그가 기꺼이 지어 가지며, 그처럼 스스로 감동하는
그 위대한 인물들 가운데, 그 언제나 활기에 찬 자 머물러 있기 때문에.
보라! 그 창조하는 자에게 숲은 봉헌한다, 다른 산들과 더불어
펜텔리콘 산[27]은 대리석과 철광석을 손 가까이에 건네준다,
그러나 또한 그 산처럼, 생동하며 즐겁고도 찬란하게
그의 손에는 상업이 밀려들고 마치 태양처럼 어렵지 않게

번성한다.
샘물이 솟아오르고 언덕을 넘어서 순탄한 길로 인도되어
원천은 반짝이는 저수지로 서둘러 간다.
거기를 에워싸고 마치 축제의 영웅들
공동의 술잔 곁에 모여 있듯이 집들이 열을 지어 반짝인다.
시의 의사당 높이 솟아 있고, 김나지움들은 열려 있으며,
신전들이 서 있고, 성스럽게 과감한 생각
불사하는 자 가까이에, 제우스의 신전이 성스러운 임원으로부터
천공을 향해 솟아 있다. 그리고 또한 많고 많은 천국적인 전당들도!
어머니 아테네, 당신을 향해서 비탄을 뚫고
당신의 찬란한 언덕[28] 당당하게 자랐고, 오래전에
파도의 신과 그대에게[29] 꽃피웠다. 또한 그대의 사랑하는 이들
기쁨에 차 수니온 곶[30]에 모여 그대에게 감사의 노래를 불렀다.

오 행복의 아이들, 경건한 자들! 이제 그들은 멀리
조상들의 곁에서, 운명의 나날을 잊은 채,
레테 강가를 거닐고 있는가, 동경이 그들을 되돌려주지 않는가?

나의 눈이 그들을 결코 보지 못하는 건가? 아! 푸르러지는 대지의
수많은 길 너머로, 그대들 신과 같은 모습들이여!
애써 찾으나 그대들을 발견하지 못하는 것인가? 그렇기 때문에
그 말씀을, 언제나 슬퍼하면서 영혼은 시간이 되기도 전에
나에게서 떠나 망령을 향해 하계로 달아난다는 이야기를
들은 것인가?
그러나 그대들에게로 더 가까이, 그대들의 임원 아직 자라고
성스러운 산 그 고독한 머리를 구름으로 감싸고 있는 곳
파르나소스로 나는 가려고 하네, 그리고 굴참나무 숲의 어스름 속에
희미하게 빛나며 거기 카스탈리아의 샘[31]이 길 잃은 자 나를 만나면
나는 눈물을 섞어 꽃향기 나는 단지로 거기
움트는 초원에 물을 부으리라. 그것으로
오 그대들 잠들어 있는 자 모두여! 그대들에게는 제물이 되기를.[32]
거기 침묵하는 계곡에, 템페의 매달린 절벽에[33]
나는 그대들과 더불어 살려 한다, 거기서 때때로 그대들의
찬란한 이름!
밤이면 그대들을 부르겠다, 쟁기가 무덤을 범하여

그대들이 화를 내며 나타난다면, 가슴속에서 우러나는 음성으로
나는 경건한 노래로서 그대들에게 속죄하리라, 성스러운 혼백들이여!
이 영혼이 그대들과 함께 사는 것에 온통 친숙해질 때까지.
축복받은 자 그때에는 많은 것을 그대들에게 물으리라, 그대들 죽은 자들이여!
그대들, 살아 있는 자들에게도, 그대들 하늘의 드높은 힘들에게도 물으리라,
폐허 넘어서 그대들이 세월과 함께 지나쳐 가버리면
확실한 궤도에 있는 그대들이여! 때때로 미혹이
별들 아래에서, 소름끼치는 대기처럼 나의 가슴을 엄습하여
내가 신의 뜻을 엿보려 하지만, 그들은 오랫동안
이 궁핍한 자에게 위안의 말 건네지 않는다, 도도나의
신탁의 임원들, 델피의 신은 침묵하고 오랫동안
길들은 고독하게 폐허처럼 놓여 있다, 한때 희망에 이끌려
한 사나이 질문하면서 정직한 예언자의 도시로 향했던 그 길.[34]
그러나 저 위쪽에서 빛이 오늘에도 인간들에게 말하고 있다,
아름다운 뜻 가득하고 위대한 천둥치는 자의 목소리가
외치고 있다, 너희는 나를 생각하고 있는가? 해신의
슬퍼하는 파도가 반향한다, 너희는 나를 예처럼 회상하지

않는 것인가?
왜냐면 천국적인 자들 느끼는 가슴에 기꺼이 쉬려 하기 때문이다.
예처럼, 언제나 감동을 주는 힘들 여전히
애쓰는 사람과 동행하며 고향의 산들 위에는
천공이 항시 현존하며 쉬고 지배하며 살고 있다.
그리하여 사랑하는 백성 아버지의 품 안에 모이고
예처럼 인간답게 기뻐하며 하나의 정신이 모두의 것이 되기를.
그러나 슬프도다! 한밤중에, 신성도 없이 우리 인간은
떠돌며 마치 하계에서인 양 살고 있도다. 자신의 충동대로
이들 혼자 단련되어 광란하는 일터에서
각자는 제 소리만 들을 뿐[35], 거친 자들[36]
쉼 없이 힘찬 팔로 많은 일을 하나 언제나
복수의 여신들처럼, 팔뚝의 노고는 결실을 얻지 못한다.
두려운 꿈에서 깨어나 영혼이 인간들에게
젊은이처럼 즐거워하며 떠오르고, 사랑의 복된 숨결
예처럼 자주 헬라스의 피어나는 자손들에게 다시 터져 나오며
새로운 시대와 더욱 자유로운 우리의 이마 위로
멀리에서 다가오는 자연의 정신[37]이 불어오고, 다시
조용히 머물며 황금빛 구름 안에 신[38]이 나타날 때까지는.

아! 그대는 아직도 머뭇거리는가? 그리고 그, 신적으로 태어난 자들,
오 한낮이여! 대지의 심연에서인 양 아래에서 고독하게
여전히 살고 있는가, 언제나 생동하는 봄이
노래도 없이 잠자는 자들의 머리 위에 차츰 밝아오는데도?
그러나 더 이상은 아니다! 벌써 나는 멀리 푸르른 산맥 위
축제일의 합창소리를, 임원의 메아리를 듣노라,
거기 젊은이의 가슴 부풀어 오르고, 백성의 영혼은
신을 경배하고자 자유로운 노래 가운데 말없이 하나 된다.
그 노래 언덕에 바칠 만하고 계곡들도 역시 싱스럽다,
왜냐면, 그곳 즐겁게 강물이 자라나는 청춘 가운데 대지의
꽃들 아래로 서둘러 흐르고, 햇빛 비치는 평원에는
귀한 곡식과 숲의 과수가 익어가며, 거기 축제 때면
경건한 자들이 기꺼이 화관으로 장식하고, 도시의 언덕 위에는
사람들의 거처인 양, 환희의 천국적인 전당이 반짝이기 때문이다.
그때에는 모든 생명들 신적인 감각으로 충만케 되고,
완성시키면서, 오 그 옛날처럼, 그대는 사방에서 어린아이들에게
모습을 보인다, 오 자연이여! 그리고 샘물 솟는 산맥에서부터인 양

여기저기 백성의 움트는 영혼 안으로 축복이 흘러내린다.
그러면, 오 아테네에서의 그대들의 환희여, 스파르타에서의 그대들의 과감한 행동이여![39]
그리스의 값진 봄의 계절이여!
우리의 가을이 다가와,[40] 그대들이 무르익으면, 선대의 모든 영령들이여!
되돌아오시라, 그리고 보라! 세월의 완성은 가까워졌노라!
그러면, 축제가 그대들을 받아들이리라, 지나간 나날들이여![41]
백성은 헬라스를 향해 바라보며, 울며 감사드리며
회상 가운데 그 자랑스러운 승리의 날의 흥분도 가라앉게 되리라!

그러나 이러는 사이 우리들의 열매 맺기 시작할 때까지
너희들 이오니아의 정원은 활짝 피어오른다! 다만, 아테네의 폐허 곁의
초원, 너희들 착한 이들이여! 바라보고 있는 한낮에 슬픔을 감추어라!
너희들 월계수 숲들이여! 너희들의 사자死者들의 묘지동산을,
거기 소년들이 승리와 함께 숨을 거둔 마라톤,[42] 아! 카이로네이아[43]의 들판에 있는
사자들의 묘지를 늘 푸른 잎으로 장식하라,

거기서 마지막 아테네의 전사들 무기와 함께 피로 서둘러 갔고
치욕의 날로부터 달아났었다. 거기, 산들로부터
매일같이 전투의 계곡으로[44] 비탄의 소리 들리고, 거기 오 에타의
산정으로부터는 너희들 떠도는 물, 운명의 노래를 아래를 향해 부르고 있다!
그러나 그대, 영생을 누리며, 비록 그리스의 합창이 이미
그대를 옛 그때처럼 찬송하지는 않으나, 그대의 파도로부터, 오 해신이시여!
나의 영혼으로 때때로 울려오기를, 그리하여 그 물결 너머
두려움 없이 약동하며 정신이, 헤엄치는 자처럼, 신선한 행복의
강함을 익히고, 신들의 말씀, 변화와 형성을
이해하게 되기를. 또한 낚아채 생채기 내는 시대가
너무도 세차게 나의 머리를 엄습하고, 필멸의 인간들 사이 궁핍과 방황이
나의 필멸의 삶을 뒤흔들 때는 나로 하여금
그대의 심연 가운데서 정적靜寂을 회상토록 허락해주시라.

비가

나날이 나는 밖으로 나가 언제나 다른 그 무엇을 찾는다,
벌써 오래전부터 나는 이 땅의 모든 길을 물어왔다.
저 위 서늘한 고원, 모든 그늘을 나는 찾아간다,
그리고 샘들도. 영혼은 안식을 갈구하며 위아래를
헤맨다. 그처럼 화살 맞은 들짐승 숲 속으로 달아난다,
여느 때 정오가 되면 어둠 속에서 편안히 쉬던 그 숲 속으로.
그러나 그 푸르른 보금자리도 그의 가슴을 결코 낫게 하지 못한다
다시금 가시는 들짐승을 졸음도 허락지 않고 쫓아 내몰아 간다.
빛살의 따스함도 한밤의 서늘함도 소용이 없으며
시냇물의 물결에 상처를 담그나 그 또한 헛된 일이다.
대지가 그에게 힘 솟게 하는 약초를 마련해주고
산들바람이 그의 거품 내며 흐르는 피를 멈추게 하려 하나 헛된 일이다.

슬프도다! 너희들 죽음의 신들이여! 너희들이 그를 붙잡고
제압당한 그를 단단히 붙잡아 매고
너희의 어두운 밤으로 한 번 끌어내려가면
애원하려 하거나 너희에게 화를 내어도 부질없는 일,
아니면 참을성 있게 너희의 속박에 편히 순응하며
미소를 지으며 그대들로부터 그 두려운 노래를 들어도 헛

된 일.

그렇다면 다른 일처럼 그의 법칙에서 견디어내고
계속 노쇠해지며 그 끔찍한 세상을 결코 끝장낼 수 없을 것.
그러나 아직은 여전히 아니다, 오 나의 영혼이여! 아직 그대는
그것에 익숙해질 수 없으며, 무감각한 잠의 한가운데 꿈꿀 수 없도다.

사랑하는 한낮이여! 그대는 죽은 자들에게도 비치고 있구나, 그대 황금빛 낮이여!
너희들 한밤중에 더욱 찬란했던 시절의 영상을 나에게 비추고 있는가?
사랑스러운 정원이여, 너희들 노을빛 든 산들
어서 오너라, 그리고 임원의 말없는 작은 길들
천상의 행복을 증언하며 또한 너희들, 높은 저곳에서 바라다보는 별들
한때 때때로 나에게 축복의 눈길을 던졌었노라!
너희들, 사랑스러운 것들 역시, 너희들 아름다운 오월의 아이들
말 없는 장미꽃들과 너희들 백합화들, 내 아직 때때로 이름 부르는도다.—

너희 친밀한 자들이여! 너희 모두 살아있는 자들이여, 한때
가슴 가까이, 한때 더 진실되게, 더 밝고 아름답게 보았었
노라!
날들은 오고 간다, 한 해는 다른 한 해를 쫓아내고
바꾸어가며 싸운다. 그처럼 시간은 필멸하는 자의 머리
위로
무섭게 소리 내며 흘러간다, 그러나 축복의 눈길 앞에서는
그렇지 아니하니
사랑하는 자들에게는 다른 삶이 허락되도다.
왜냐면 모든 나날과 시간들, 별들의 세월, 그리고
인간들의 세월 다르게 즐거움을 위해 또 다르게
즐겁게 화관을 두르고, 진지하게, 그 모두 천공의
진정한 아이들로, 환희로 하나 되어 우리 주위에서 내면
에 영원히 살기 때문.
그러나 우리, 만족하게 어울려, 사랑하는 백조들
호수 위에 쉬면서 혹은 파도에 몸 맡기고
은빛 구름이 비추어드는 물속을 내려다보듯,
또한 항해하는 자의 아래 천공의 푸르름이 물결치듯,
그렇게 우리는 지상을 방랑했었다. 북풍, 그 사랑하는 자들의
적대자는 비탄을 예비하면서 위협했고 가지에서는
나뭇잎 떨어지고 빗발치는 바람결에 날리었을지라도

우리 평온하게 미소 짓고 친밀한 대화 속에서
우리들 자신의 신을 함께 느꼈었다, 해맑은 영혼의 노래를 통해,
그처럼 우리들 평화 가운데 천진하게 그리고 오로지 복되게 느꼈었다.

아! 그대 사랑하는 이여, 지금 어디 있는가? 그들은
나의 눈을 앗아갔으며, 그녀와 함께 나의 가슴 잃었노라.
그리하여 나는 마치 망령처럼 이리저리 방황하며 어쩔 수 없이
살아가며 나의 남은 생 오랫동안 부질없으리라 생각하도다.
감사드리고 싶다, 그러나 무엇을? 마지막 생
회상마저 다 망각하지 않을까? 고통이 나의
입술로부터 더 좋은 말을 빼앗아 가고, 저주가
나의 그리움을 병들게 하며, 내가 시작하는 곳에서 나를 내동댕이치지 않을까?
하여 나는 느낌도 없이 한낮에 앉아 있고, 말없이 어린아이처럼,
다만 눈에서는 차갑게 눈물이 흘러나올 것이다,
또한 떨리는 가슴 안에는 만물을 따스하게 해주는 해가
차갑고 결실도 없이 가물거린다, 마치 한밤의 빛처럼,
여느 때 나에게 다르게 알려져 있었도다! 오 청춘이여! 기

도도
그대를 다시 데려올 수 없는가, 결코? 어떤 길도 나를 되돌려 이끌 수 없는가?
나 또한, 그들의 봄 나날 가운데서 예감하며 사랑하며 살았으나
취한 날 복수하는 운명의 여신에 붙잡혀
소리도 노래도 없이 남모르게 아래로 끌려내려와
거기 지극히 정신 일깨우는 나라에서,
길 잃은 군중이 허위의 가상을 보고 몰려다니며
서리와 가뭄에 느린 시간을 헤아리는 그 어둠 속에서
오로지 한숨 가운데 불사의 신들을 찬미하는,
수많은 사람들처럼 되어야 마땅하단 말인가?

그러나 오 그대, 내가 앞에서 무릎 꿇었던 그대
그 갈림길에서도 위안하며 보다 아름다운 것을 가리켜 보였다,
그대, 위대한 것을 보도록, 그리고 침묵하는 신들을 노래하도록
말없이 감동을 불러일으키며 나에게 가르쳐주었다,
신들의 아이여! 그대 나에게 나타나 옛날처럼 나에게 인사건네며
그전처럼 다시금 생명과 평화를 말하려는가?

보아라! 내 영혼이 아직 고귀한 시절을 생각하며
부끄러워할 때, 나 그대 앞에서 눈물 흘리며 비탄치 않을 수 없도다.
왜냐면 너무도 오랫동안 지상의 메마른 길을
그대에게 익숙해져 고독하게 걸어왔기 때문이다.
오, 나의 수호신이시여! 북풍이 가을날의 구름을 그렇게 하듯
적개심을 품은 혼령들이 이리저리로 나를 쫓아내었기 때문이다.
그처럼 나의 생명은 녹아내렸었다, 아, 오 사랑이여,
우리가 평온한 강변을 걸었던 이후 그처럼 달라져버렸도다.
그러나 그대를, 오 여걸이시여! 그대를 그대의 빛이 광채 가운데서 지키며
그대의 참을성이 사랑하며, 오 천국적인 여인이여! 그대를 지킨다.
또한 그들 자연과 아름다운 뮤즈들이 스스로
고향과 같은 고원에서 그대에게 자장가를 불러주었다.
아직, 아직도 온전하다! 아직도 머리끝에서 발끝까지
조용히 움직이며, 예처럼 아테네의 여인 내 눈에 어른거린다.
그녀는 복되고 복되도다! 하늘의 아이들을 저승조차
두려워하기 때문이다. 불사의 신들처럼, 쾌활하게
생각하는 이마로부터 부드러운 정신은 그들 역시 머물며

존재하는 곳에서 그들에게 축복하며 확실하게 흘러내린다.

그렇기에, 그대들 천상에 있는 이들이여! 내 그대들에게 감사하고자 하노라
그리고 마침내 가벼운 가슴으로부터 다시금 가인歌人의 기도 울린다.
또한 내가 그들과 함께 산의 정상에 서 있었던 때처럼
나에게 생기 불어넣으며 신적인 숨결 나에게 불어온다.
그렇다면 나 또한 살고 싶어라! 벌써 대지의 길들은 푸르러지고
태양은 다시금 더욱 아름답게 모습을 드러내고 있다.
오라! 꿈과 같았노라! 피 흘리던 날개는
벌써 다 나았고 희망들도 모두 회춘하여 깨어난다.
지옥이 맘에 드는 자는 그 속에 충성하라! 고요한 사랑을
지었던 우리, 우리는 신들에 이르는 길을 찾으리라.
그리고 너희 성스러운 시간들이여! 그대들이 우리를 이끌리라!
그대들 진지하고, 청청한 이들이여! 오 머무르라, 성스러운 예감이여,
그대들, 경건한 청원, 그리고 그대들 감동이여, 또한 그대들,
사랑하는 자들 곁에 기꺼이 있는 아름다운 정령들이여,
머무르라, 우리와 함께 머무르라, 어쩌면

우리와 같은 자들, 사랑의 시인들, 우리와 함께 복된 섬에
설 때까지.
또는 독수리들, 아버지의 대기 가운데 살며
거기 모든 신적인 것 유래하는 뮤즈들이
우리를 놀라게 하며 낯설고도 친밀하게 우리를 다시 만나며,
새롭게 우리들의 사랑의 세월 시작하는 그곳에 설 때까지.

디오티마에 대한 메논[1]의 비탄

1

나날이 나는 밖으로 나가 언제나 다른 그 무엇을 찾는다,
셀 수 없이 많은 나날 나는 이 땅의 모든 길을 그들에게 물었다.
저기 서늘한 고원, 모든 그늘을 나는 찾는다,
또한 샘터도 찾는다. 영혼은 안식을 간청하며 아래 위를
헤맨다. 그처럼 화살에 맞은 들짐승[2]도 숲 속으로 달아난다,
여느 때 정오가 되면 어둠 속에서 편안히 쉬던 그 숲 속으로.
그러나 푸르른 터전도 그의 가슴을 낫게 하지 않는다,
가시는 들짐승을 신음케 하고 졸음도 쫓아 내몰아간다.
빛살의 따스함도 한밤의 서늘함도 효험이 없다,
시냇물에 상처를 담그나 그 또한 헛된 일이다.
또한 대지가 그 기쁨에 찬 약초를 그에게 건네주나 헛된 것처럼
부드러운 바람결도 솟구치는 핏줄기를 막을 길 없다,
그렇게 사랑하는 이들이여! 나에게서도 그 들짐승의 모습을 보려 함인가,
누구도 나의 머리에서 슬픈 꿈[3]을 거두어 갈 수 없단 말인가?

2

그렇다! 너희 죽음의 신들이여! 너희 그를 한 번 부여잡고

제압당한 자 그를 단단히 붙잡아맨다면,
너희 사악한 자들을 몸서리치는 밤으로 끌어내려간다면
달아나려고 하거나 너희에게 화를 낸들 소용이 없는 일,
혹은 참을성 있게 두려운 속박 속에서 깃들면서
미소와 함께 그대들로부터 정신 깨우는 노래 듣는 일도 헛된 일.
그렇다면 그대의 구원도 잊고 소리도 없이 잠들어라!
허나 하나의 소리 있어 희망하면서 그대의 가슴에서 솟아 나온다.
여전히 그대 오 나의 영혼이여! 그 소리에 길들 수가 없다.
하여 단단한 잠[4] 가운데서 그대 꿈꾸고 있노라!
내 잔치를 맞이한 것 아니나, 머리에 화환을 두르고 싶다.
허나 내 도대체 혼자가 아닌가? 그러나 한 우정 어린 것
멀리서부터 나에게 올 것이며 내 미소 지으며
고통 가운데서도 내 얼마나 행복한지를 놀라워할 것이다.

3

사랑의 빛이여! 그대는 죽은 자들을 비추고 있구나, 너 황금의 빛이여!
너희들 한밤중에 더욱 찬란했던 시절의 영상을 나에게 비추고 있는가?
사랑스러운 정원이여, 너희들 노을빛 든 산들

어서 오너라, 그리고 임원의 말 없는 작은 길들
천상의 행복을 증언하며 또한 너희들, 높은 저곳에서 바라다보는 별들
한때 때때로 나에게 축복의 눈길을 던졌었노라!
너희들, 사랑스러운 것들 역시, 너희들 아름다운 오월의 아이들
말 없는 장미꽃들과 너희들 백합화들, 내 아직 때때로 이름 부르노라!
봄들은 충실하게 지나가고, 한 해는 다른 해를 빚어내며
바꾸어가고 싸워나간다. 하여 저 드높이 시간은
필멸하는 인간의 머리를 지나가지만, 축복의 눈길 앞에 그렇지 않다,
그리고 사랑하는 자들 앞에 다른 삶이 주어져 있도다.
왜냐하면 성좌들의 나날과 연륜, 그 모든 것은
디오티마여! 우리 주위에 마음속으로 영원히 결합되어 있는 탓이다.

4

그러나 우리, 만족하게 어울려, 사랑하는 백조들
호수 위에 쉬면서 혹은 파도에 몸 맡기고
은빛 구름이 비추어드는 물속을 내려다보듯,
또한 항해하는 자의 아래 천공의 푸르름이 물결치듯,

그렇게 우리는 지상을 방랑했었다. 북풍, 그 사랑하는 자들의
적대자는 비탄을 예비하면서 위협했고 가지에서는
나뭇잎 떨어지고 빗발치는 바람결에 날리었을지라도
우리 평온하게 미소 짓고 친밀한 대화 속에서
우리들 자신의 신을 함께 느꼈었다, 하나의 영혼의 노래를 통해,
우리들 평화 가운데 오로지 어린이 같이 기뻐하면서.
그러나 집은 이제 나에게 황폐하고 그들은 나의 눈[5]을
앗아갔으며 또한 그녀와 더불어 나 또한 잃었노라.
때문에 내 망령처럼 방랑하며 어쩔 수 없이 살아가나니
남은 오랜 삶 내게 부질없을까 두렵도다.

5

내 잔치하고자 한다, 그러나 무엇을? 그리고 다른 이들과 더불어 노래하고자 한다,
그러나 그 신성 외롭게 나에겐 있지 않다.
이것을, 나는 아노라 나의 잘못을, 하나의 저주 그 때문에
나의 동경을 병들게 하였고 내 시작한 곳으로 내동댕이쳐짐을,
하여 한낮을 느낌도 없이 앉아 어린아이처럼 말없이
다만 눈으로부터 때때로 차갑게 눈물이 흘러나옴을,
또한 들녘의 초목과 새들의 울음소리 나를 슬프게 함을,

왜냐하면 환희 더불어 그들 천국의 사자들[6]이지만
이 떨리는 가슴속에서는 영감에 찬 태양도 밤 가운데 빛처럼
차갑게 그리고 결실도 없이 가물거리는 탓이다,
아! 또한 허무하고도 효험이 없이 마치 감옥의 벽인 양
하늘은 허리를 굽게 하는 짐을 내 머리 위에 매달고 있구나!

6

옛날은 달랐도다! 오 청춘이여, 기도도 그대를
결코 되돌려주지 않는가? 어떤 길도 나를 돌이켜주지 않는가?
내 운명, 이전엔 반짝이는 눈빛으로 복된 식탁에 앉았으나
이제 신들을 잃어버린 자들[7]에게처럼
곧 배불러지고 취한 손님들도
말을 잃고 만 것과 같은 것이라면, 이제 대기 아래
노래는 잠자고, 꽃 피어나는 대지 아래서도 노래 잠들리라,
경이로운 힘이 그 침침한 자를 일깨워 되돌아오기를,
새롭게 푸르른 대지 위를 거닐기를 강요할 때까지. —
성스러운 숨결 신적으로 빛나는 형상을 꿰뚫어 흐르는 것은
축제 저절로 흥겨워지고 사랑의 밀물 스스로 움직이며
천국을 힘껏 마시고 살아 있는 강물이 소리 내어 흐를 때,
그 아래 소리 내며 한밤이 그 풍요로운 대가를 치르며,
시내로부터는 묻힌 황금이 솟아올라 반짝일 때이리라. —

7

그러나 오 그대, 나 그대 앞에 주저앉아 있던
그 갈림길에서 위안하며 보다 아름다운 것을 가리켜 보였다,
그대 위대한 것을 보도록, 기쁘게 신들을 노래하도록[8] 한때
침묵 가운데, 마치 신들처럼 말없이 영감에 차 나를 가르쳤다.
신의 아이여! 그대 예전처럼 나에게 모습 보이고
예전처럼 다시금 드높은 일들을 나에게 이르고 있는가?
보라! 아직도 내 영혼 부끄러워하는 고귀한 시절을 생각할 때
나 그대 앞에서 울며 비탄치 않을 수 없도다.
왜냐하면 그렇게 오랫동안 이 지상의 메마른 길들에서
그대에 익숙해져 미망 가운데 나 그대를 찾았기 때문이다,
환희의 수호신이여! 그러나 우리 예감하면서 우리 주위에
반짝이는 저녁을 바라본 이래 모든 것은 헛되었고
해는 거듭 흘러갔다.

8

그대만을, 그대 자신의 빛이, 오 반신녀半神女여! 빛 안에 지키며
그대의 참을성이, 오 착한 이여, 그대를 지킨다.
또한 그대 결코 외롭지 않다. 그대 피어나고 연륜의 장미

아래
  그대 쉬는 곳에 같이 어울리는 자 많고도 넘친다.
또한 아버지, 부드럽게 숨 쉬는 뮤즈를 통해
  감미로운 자장가를 그대에게 보내신다.
그렇다! 그녀는 그 자체이다! 아직 그녀의 머리에서부터
  발끝까지 고요히 움직이면서 옛날처럼 아테네의 여인 내
  눈앞에 어리고 있다.
또한 친밀한 정신이여! 쾌활하게 생각하는 그 이마에서부터
  축복하며 확실하게 그대의 빛살 필멸하는 자 가운데 떨어
  진다.
그처럼 그대 나에게 증언하고[9] 나에게 이르기를,
  다른 이들 믿지 않을지라도 내 다른 이들에 이를 반복하
  라고,
또 이르기를, 근심과 분노보다 환희가 더 무궁하며
  황금빛 날은 나날이 종말에 이르도록 빛나리라 말한다.

9

그대들 천상의 것들이여! 그러나 나는 감사하려 한다. 또한
마침내
  가벼운 가슴으로 가인의 기도는 다시 숨 쉰다.
또한 너희와 함께 햇빛 비치는 산정에 섰을 때
  생기를 불어넣으며 신전으로부터 하나의 신은 내게 말을

건넨다.
나 또한 살고 싶도다! 벌써 초록빛이 감돈다! 성스러운 현금에서인 양
아폴론의 은빛 산들[10]로부터 외치는 소리 들린다!
오라! 꿈과 같았도다! 피 흘리는 날개는
벌써 다 나았고, 희망들도 회춘하여 생동한다.
위대함을 찾아내는 일 많고, 아직도 찾을 것 많이 남아 있도다. 또한
그렇게 사랑했던 자 신들에 이르는 길을 가고, 가야만 하리라.
그대들 성스러운 시간들이여! 우리와 함께 가며
그대들 진지하고 청청한 자들이여! 오 멈추어라, 성스러운 예감
그대 경건한 소망들이여! 사랑하는 자들 곁에
기꺼이 머무는 감동과 모든 정령들이여,
우리 공동의 땅 위에 설 때까지 그렇게 우리와 함께 머무르라,
그곳 축복받은 자 모두 기꺼이 되돌아오는 곳
거기 독수리들, 행성들, 아버지의 사자들 있고
그곳 뮤즈 여신들과 영웅들과 사랑하는 자들도 있으며
우리 거기 혹은 여기 이슬 맺힌 섬 위[11] 만나게 되는 곳
그곳 우리 인간들 활짝 피어나 정원에서 어울리고
거기 노래들은 참되고 봄들도 아름다우며

새롭게 우리 영혼의 연륜[12] 시작하는 그곳에 설 때까지.

방랑자

고독하게 서서 나는 아프리카의 메마른 평원을 바라보았다.
올림포스[1]로부터 불길은 비처럼 내렸다.
격동하는 불길! 그 불길 신이 빛으로 산맥을 가르며
높이와 깊이를 주어 지었을 때보다 하나도 순하지 않았다.
그러나 그에 뒤따라 새롭게 푸르러지는 숲 어느 하나
울리는 대기 가운데 호화롭고 찬연하게 솟아오르지 않는다.
산의 머리는 화환도 걸치지 않고 능변의 개천들을
그는 알지 못한다. 계곡이 원천에 이르는 일 거의 없다.
정오의 한낮 찰랑대는 우물 곁으로 지나가는 짐승의 무리 하나도 없고,
나무들 사이로 우정 어리게 손님을 반기는 지붕도 보이지 않았다.
수풀 가운데 심각한 새 한 마리가 노래도 없이 앉아 있었고,
그러나 방랑자들인 타조들이 서둘러 나는 듯이 지나갔다.
자연이여! 그러한 황야에서 나는 그대에게 물을 청하지 않았고,
오히려 경건한 낙타가 충실하게 나에게 물을 간직해주었다.[2]
언덕의 노래, 아! 아버지의 정원들을,
고향의 기별을 알리는 떠도는 새[3]를 오히려 나는 청했다.
그러나 그대는 나에게 말했다. 이곳에도 신들 있어[4] 다스리며
그들의 척도는 위대하지만 인간은 자신의 뼘으로 이것을

잰다고.

그 말[5]은 나로 하여금 더 다른 것을 찾도록 충동했다,
멀리 북쪽의 극지를 향해 나는 배를 타고 올라갔다.
눈의 껍질 속에 붙들린 생명 거기 조용히 잠들고 있었다.
그 단단한 잠은 수년 동안 한낮을 기다리며 있었다.
왜냐하면 너무도 오랫동안, 마치 피그말리온[6]의 팔이 연인을 껴안듯
올림포스가 대지를 다정한 팔로 껴안지 않았던 탓이다.
여기 올림포스는 태양의 눈빛으로 대지의 가슴을 흔들지 않았고
또한 비와 이슬 가운데서 대지를 향해 다정하게 말하지 않았다.
그 일 나에게는 놀라운 것이어서 내 우둔하게 말했었다: 오 어머니
대지여, 그대는 영원히 미망인으로서 시간을 잃었나이까?
아무것도 피어날 수 없고 아무것도 사랑 가운데 보살필 것 없으며
당신의 모습 어린아이들에게 비치는 것 볼 수 없으니, 죽음과 같나이다.
그러나 어쩌면 그대 한 번쯤 천국의 빛살로 몸 덥히고
그 어쩔 수 없는 잠으로부터 그 빛살의 숨결이 그대를 달

래어 깨우리라.
하여 씨앗처럼, 그대 그 단단한 껍질을 깨부수고
뚫고 나와서 속박을 벗은 세계 빛을 반겨 맞으며,
한껏 모은 힘 찬연한 봄날에 터져 나오고
장미들 꽃 피어 작열하고 포도주 삭막한 북쪽에서 끓어오르리라.

내 그렇게 말하고는 라인 강으로, 내 고향으로 되돌아왔다,
그 이전처럼 부드럽게 어린 시절의 바람은 나에게 불어온다.
나의 열망하는 가슴을, 한때 품 안에 나를 재우던
친밀하며 언제나 환영하는 나무들이 달래어주고
성스러운 푸르름, 복되고 심오한 세계의 생명의 증인
나를 에워싸 생기 있게 만들어 청년이 되게 해준다.
그사이 내 벌써 나이가 들었고 얼어붙은 극지가 나를 창백하게 만들었고,
남쪽의 불길 가운데 나의 머릿단은 떨어져버렸다.
그러나 한 사람 필멸의 날 마지막에 멀리서부터 오면서
영혼에까지 깊숙이 지친 가운데서도 이제
이 땅을 다시 보게 된다면, 또 다시 한 번 그의 뺨
피어오르고 꺼진 듯했던 그의 눈길 다시 반짝이리라.
라인 강의 복된 계곡이여! 포도원 없는 언덕 하나도 없고
포도덩굴의 잎사귀로 성벽과 정원은 화환을 달고 있다,

그 성스러운 음료로 강 가운데의 배들은 가득 채워졌다.
도시와 섬들 모두 포도주와 과일로 취해 있다.
그러나 미소 지으며 진지하게 저 위에는 오랜 타우누스[7] 쉬면서
굴참나무로 장식하고 그 자유로운 자 머리를 숙이고 있다.

이제 숲으로부터 사슴 뛰어나오고 구름 사이로 날빛[8] 비치며
드높이 해맑은 창공에서 매가 사방을 살피고 있다.
그러나 아래, 꽃들이 샘들을 양식 삼는 계곡에는
작은 마을들 편안하게 풀밭 너머로 펼쳐져 있다.
여기는 고요하다. 멀리에선 언제나 바쁜 물레방아 소리 내고 있지만
한낮의 기울어짐을 교회 종들은 나에게 알리고 있다.
큰 낫에 망치질하는 소리와 농부의 목소리 사랑스럽게 울리고,
집으로 돌아가는 자 황소의 발걸음을 맘에 맞게 이끌며,
어린 아들과 함께 풀섶에 앉아 있는 어머니의 노래는
바라다봄에 물려 어린아이 잠들게 한다. 그러나 구름은 붉게 물든다.
또한 임원이 열린 마당의 대문을 푸르게 물들이고
빛살 황금빛으로 창문에 떠도는, 반짝이는 호숫가에는
집과 정원의 신비에 찬 어둠이 나를 반겨 맞이하고 있다.

거기 초목들과 더불어 아버지 한때 사랑하며 나를 키워주신 곳,
거기 창공을 나는 자처럼 내 자유롭게 바람 이는 가지들 위에 노닐던 곳,
혹은 임원의 꼭대기에서 충실한 푸르름을 내 바라다보던 곳.
그때부터 그대 충실하였고 도망자에게조차 변함이 없었다,
고향의 하늘이여, 그 한때처럼 그대 나를 다정하게 맞아주는구나.

아식 복숭아들 나를 위해 익어가고, 지금도 만발한 꽃들 나를 감탄시킨다.
마치 나무들인 양 찬연하게 장미꽃 달고 관목은 서 있다.
그사이 나의 버찌나무는 짙은 열매들로 묵직해져
열매 따는 손길에 가지들 저절로 내려와 닿는다.
또한 예처럼 작은 오솔길 숲으로 그리고 한층 트인 정자로
혹은 저 아래 시냇가로 나를 정원에서부터 이끌어간다,
그곳 내 누워, 사나이들의 명성, 예감에 찬 사공들의 명성에
내 마음 용기를 얻었던 곳, 그대들의 전설들이
내 바다로 떠나고 황량한 곳으로 가도록 해주었다. 오 그대들 힘찬 자들이여![9]
아! 그러는 사이 아버지와 어머니 나를 헛되이 찾았다.
그러나 그들 어디에 있는가? 그대는 침묵하는가? 머뭇거리

는가? 집을 지키는 자여!
나 역시 머뭇거렸노라! 내 다가서면서 발걸음의 수를 헤
아렸고
또한 순례자처럼 조용히 멈추어 서 있었노라.
그러나 안으로 들어가라, 가서 낯선 사람, 너의 아들 있음
을 전하라.
하여 그들 팔을 벌리고 그들의 축복 나를 맞게 하며
내 축복 받아서 다시금 그 문턱이 나에게 허락되도록!
그러나 내 벌써 예감하나니, 성스러운 이역으로 그들 역시
사라져갔고,[10] 그들의 사랑 나에게 다시 돌아오지 않음을.

아버지와 어머니라고? 행여 아직 친우들 살아 있어 다른 무
엇을
얻었다면, 그들 더 이상 나의 친구들 아니다.
예처럼 내 가서 또한 옛 이름, 사랑의 이름 부르고
예처럼 심장이 아직도 뛰고 있는지 마음에 대고 물을지라도
그들은 침묵하리라. 그처럼 시간은 많은 것을 한데 묶고
또한 갈라놓는 법. 그들에겐 내 죽은 듯하고, 나에겐 그들
이 죽은 듯싶다.
하여 내 홀로 남아 있도다. 그러나 그대, 구름 너머의
조국의 아버지! 힘찬 천공이여![11] 그리고 그대
대지와 빛이여! 다스리고 사랑하는 그대들 셋,

영원한 신들이여! 나의 유대 그대들과 인연 결코 끊지 않으리라.
그대들로부터 태어나 그대들과 더불어 내 방랑하였거늘
그대들, 환희하는 자들, 그대들에게로 더욱 경험에 차 돌아가리라.
때문에 이제 나에게 저 위 라인 강의 따뜻한 구릉에서 자란
포도주 가득 담긴 술잔을 건네어 달라!
하여 우선 그 신들을 그리고 영웅들, 사공들을 회상하면서
술잔을 들도록, 그리고 그대들 친밀한 자들 회상하면서! 또한
부모와 친구들을 회상하면서! 또한 고단함과 모든 고통 오늘과
내일 잊고 빨리 고향의 사람들 가운데 내 서도록.

시골로의 산책
-란다우어에게

오라! 탁 트인 들판으로,[1] 친구여! 오늘 반짝이는 것은 많지 않으나
  하늘은 그저 아래로 우리를 꼭 껴안고 있구나.
산들도 숲의 정수리도 원하는 만큼 솟아오르지 않았고
  대기는 노래를 멈추고 공허하게 쉬고 있네.
오늘 날씨는 흐릿하고 길들과 골목들도 졸고 있어
  마치 납처럼 무거운 시간에 놓인 듯한 생각이 들 정도네.
그러나 옳게 믿는 자들 하나의 시간을 의심치 않고
  한낮이 즐거움에 빠진 채였으면 하는 소원은 이루어졌다네.
왜냐면 우리가 하늘로부터 얻은 것, 하늘은 거부하지만,
  끝내 아이들에게 주어지면 주는 즐거움 적지 않기 때문.
다만 그러한 말들과 발걸음과 애씀
  그 얻음에 값하고 그 누리는 기쁨이 아주 참되기를.
때문에 내 감히 희망하나니, 우리가 소망하는 바를 말하기
  시작할 때 우리의 혀가 풀리기를,
하여 말이 찾아지고 또한 가슴이 열리며,
  취한 이마로부터 더욱 드높은 사유가 솟아오르고,
우리들의 꽃과 더불어 하늘의 꽃들 피기 시작하고
  탁 트인 시야에 불빛 비치는 자가 나타나기를.

왜냐면, 우리가 원하는 것 강력한 것 아니나,
  삶에 속하는 것 그리고 적절하면서도 기쁘게 보이는 것.

그러나 축복을 가져다주는 제비 몇몇은 여름이
시골에 도래하기 전에 언제나 찾아온다.
말하자면 저 위쪽에서 좋은 말로 땅을 축성祝聖하며
거기 사려 깊은 주인 손님들을 위해 집을 짓네.
그리하여 그들 가장 아름다운 것, 대지의 충만을 향유하며 바라보고
마음이 원하는 대로 정신에 알맞게 탁 트인 채,
식사와 춤과 노래와 슈투트가르트의 기쁨이 최후를 장식하도록,
그렇기 때문에 우리는 오늘 소망하면서 언덕에 오르고자 하네.
저 너머로 인간에게 친밀한 오월의 빛살이
더 좋은 것을 말할지도 모르지, 유연한 손님들에 의해 설명되었듯이,
아니면, 여느 때처럼, 그 관습이 오래된 탓으로 다른 이들의 마음에 들고
그처럼 신들이 미소 지으면서 우리를 내려다볼 때,
일이 잘되었을 때, 우리가 우리의 평결을 내리듯이,
지붕의 꼭대기에서 목수가 평결을 내릴지도 모를 일이지.

그러나 거기는 아름다운 곳이네. 봄의 축제의 나날, 계곡이
모습을 드러내고, 네카 강과 함께 수양버드나무 푸르러

아래로 늘어지니 숲과 모든 푸르러지는 나무들 수없이
　하얗게 꽃피우며 잠재우는 대기 안에 물결치며
그러나 작은 구름도 강들과 더불어 아래쪽으로 포도밭이
산들을 뒤덮고
　가물거리며 자라나며 햇빛 향기 아래 따뜻해질 때면.

선조의 초상

어떤 덕망도 꺼지는 일 없기를!

늙으신 아버지[1]! 당신은 그전처럼 여전히 바라다보고 계십니다,
필멸의 사람들 가운데 기꺼이 사신 거기,
그러나 그저 평온하게 그리고
마치 지복한 자들처럼, 더 밝게

손자[2]가 당신을 부르는, 아버지! 그 거처 안을 바라다보십니다,
제 어미가 재미로 선사한 푸른 양탄자 위에서
마치 들판의 양들처럼
그 손자 당신 앞에서 미소 지으며 유희하고 어리광부리는

그곳 거처 안을. 멀리 떨어져, 사랑하는 여인
그 아이를 바라보고, 말하는 것과
어린 나이의 분별과
활짝 피어나는 눈을 놀라워합니다.

또한 당신의 아들, 남편은 그녀에게 다른 시절을 생각나게 하나이다.

그가 그녀 때문에 한숨지었던 오월의 대기를,
당당한 자가 순종을 배우는
신혼 시절의 나날을.

그러나 곧 바뀌었습니다. 예전의 그보다
더 확실해지고, 이제 두 배로 사랑받는 자
그의 일가들 가운데 더욱 멋있어지고
그의 일상의 일 그에게 형통합니다.

말 없으신 아버지! 당신께서도 그렇게 사셨고 사랑하셨습니다.
그 때문에 당신께서 지금 불멸하는 분으로
자손들 곁에 깃들어 계십니다, 또한
침묵하는 천공으로부터이듯이 생명이

종종, 평온하신 분이여! 당신으로부터 그 집 위에 내립니다.
또한 당신께서 희망과 더불어 심으신
검소한 행복 가운데
해를 거듭하여 그 집 번창하고, 성숙하며 더욱 고상해집니다.

당신께서 사랑하며 만들어내시는 것, 보십시오! 그것들 당

신에게 초록빛 되니
당신의 나무들, 여느 때처럼, 집을 에워싸고 팔을 활짝 펼칩니다,
감사드리는 선물 가득 담고.
그 나무줄기들 더욱 든든하게 서 있습니다.

또한 당신께서 그 양지바른 땅을 가꾸셨던
언덕에는 당신의 기쁨에 찬 포도나무
아래쪽으로 기울며 파동치고 있습니다,
취하고, 자줏빛 포도열매로 가득하여.

그러나 아래쪽 집 안에는 당신의 돌봄으로
짜내어진 포도주 쉬고 있습니다, 아들에게 충실한 포도주,
그리고 축제를 위해서
오랜, 한층 순수한 불길 남겨져 있습니다.

그런 다음 밤중의 식사 때, 그 아들, 즐거움과 진지함 가운데
지나간 일에 대해서 많이, 미래의 일에 대해서도 많이
친구들과 더불어 이야기를 나누었고
아직도 마지막 노래 울리고 있습니다.

더 높이 그는 술잔을 치켜들고 당신의 초상을 보면서 말합

니다.
우리는 지금 당신을 생각합니다, 하여 이 집의
선한 정령들에게[3]
영광되고 변함없으시라, 여기 그리고 그 어디에서건!

감사드리려고 수정水晶들 당신에게 소리 울립니다,
또한 엄마는, 그녀가 오늘 처음으로,
축제에 대해 그 아이가 알기를 바라며
당신의 음료 그 아이에게 건네어줍니다.

영면한 사람들

나 속절없는 하루를 살았고 내 일가와 함께 성장했네,
하나씩 나로부터 잠들고 저리로 달아나네.
그러나 그대들 잠자는 이들 내 가슴에서 깨어나고, 친근한
내 영혼 안에는 사라져버렸던 그대들의 영상 쉬고 있네.
또한 신적 정신의 기쁨이 노쇠해가는 자 모두
죽은 자 모두 회춘케 하는 그곳에 그대들 더욱 생생하게
살아 있네.

란다우어에게

기뻐하라! 그대는 행운을 뽑았도다,
어떤 정령이 그대에게 깊고도 충실하게 된 때문.
친구들의 친구가 되도록 그대는 태어났도다,
이 일을 우리가 축제에서 그대에게 증언하리라.

또한 그대처럼 자신의 집에서 평화,
그리고 사랑과 충만과 평온을 보는 자 복되도다.
날빛과 한밤처럼 많은 삶은 제각기 다르지만,
그대 황금빛 한가운데서 살고 있노라.

태양은 잘 지어진 홀 안에서[1] 그대에게 빛나고
산에서 태양은 그대의 포도를 영글게 하네.
또한 현명한 신[2]께서는 언제나 행복하게
온갖 재화를 그대에게 실어다주고 실어내가네.

또한 아이 잘 자라고 지아비 둘레에 지어미,
그리고 황금빛 구름숲에 왕관을 씌우듯 하네,
그처럼 너희 역시 그를 에워싸라, 사랑스러운 그늘이여,
그대들 복된 자들이여, 그에게 깃들어라!

오 그와 함께 하라! 왜냐면 구름과 바람은
자주 대지와 집 위로 불안하게 불어오기 때문에.

그러나 마음은 온갖 삶의 노고 가운데에도
성스러운 기억 속에 휴식을 갖는다네.

그리고 보라! 환희 가운데 우리는 근심을 말하네.
마치 검붉은 포도주처럼, 진지한 노래 역시 즐거워하네.
축제의 울림 잦아들고, 아침 길 각자는
가느다란 대지를 따라 자신의 길을 가네.

어느 약혼녀에게

재회의 눈물, 재회의 포옹,
그리고 그가 인사할 때의 그대의 눈 —
예언하며 나는 이것과 마법적인
사랑의 숙명 모두를 그대에게 노래하고 싶네.

말하자면 지금 역시, 젊은 정령이여! 그대는 아름답다,
그리고 고독하다, 또한 스스로 마음 가운데 기뻐한다,
자신의 정신으로부터, 사랑하는
가슴의 노래로부터 뮤즈의 딸은 꽃 피어난다.

그러나 복된 현재에서는 다르다,
새롭게 발견된 자의 눈길에서 그대의 정신이 스스로를 알게 될 때,[1]
그대가 그의 바라다봄 앞에서 평화롭게
다시금 황금빛 구름 속을 거닐 때.

그러는 사이 생각한다, 햇빛이 그에게 비치기를,
그가 들판에 잠자고 있을 때에
사랑의 별[2] 그를 위로하고 경고하기를, 또한
마음은 종말을 위해서 명랑한 나날 언제나 아껴두기를.

또한 그가 거기에 있을 때, 그리고 날개를 단,

사랑의 시간들 점점 더 빨라졌을 때
그때 그대의 결혼의 날은 저물고 벌써
더욱 취해서 행복하게 해주는 별들이 빛난다 —

아니다, 그대들 사랑하는 이들이여! 아니다, 나는 그대들을
시샘하지 않는다!
빛을 받아 꽃이 살듯이, 해 끼침 없이
그처럼, 기꺼이 아름다운 모습을
꿈꾸며, 복되고도 가난하게 시인은 사는 법이다.

슈투트가르트
-지크프리트 슈미트에게

1

다시 행복 하나 맛보았네. 위태로운 가뭄 벗어났고,
햇살의 날카로움은 꽃들을 더 이상 시들게 하지 않네.
이제 회당은 다시 활짝 열린 채 서 있고, 정원은 싱싱하네,
또한 비로 생기 얻어 반짝이는 계곡 콸콸 소리 내고
높은 자세로 시냇물 부풀어 오르며, 모든 묶인
날개들 노래의 나라로 다시금 뛰어드네.[1]
이제 즐거움의 대기 가득하고 도시와 언덕은
천국의 만족한 아이들로 사방 가득 채워졌네.
그들 서로가 가까이 만나며 서로 사이로 거니네.
근심도 없이, 그리고 어떤 것도 넘치거나 부족함 없어 보이네.
마음이 그렇게 시키기 때문, 또한 우아함을 숨 쉬도록
신적인 정신[2] 그 재치 있는 것 그들에게 선사하네.
그러나 방랑자들도 또한 잘 인도되어 넉넉하게
화환과 노래 지니고, 포도열매와 잎사귀로
가득 장식하여 성스러운 지팡이 지니고 있네. 또한
소나무의 그늘도.[3] 마을에서 마을로 환호성 울리네.[4] 날마다
그리고 자유분방한 들짐승에 매단 마차처럼,[5] 그렇게
산들은 앞으로 이끌며 그렇게 길은 느리게 또한 빠르게 뻗쳐 있네.

2

그러나 그대는 지금, 신들께서 부질없이 성문들을
열어젖히고 기뻐하며 길을 내었다고 말하는가?
또한 만찬의 풍성함을 위해서 포도주와
산딸기와 꿀과 과일과 함께 재화를 내린 것 부질없다 말하는가?
축제의 합창에 자줏빛 빛살 주시고 서늘하고도
평온하게 우정의 깊은 대화 위해 밤을 주시는 것도?
한층 진지한 것이 그대를 붙들고자 겨울을 아끼며, 그대가
구혼하기를 원하면, 기다려라, 오월이 구혼자를 행복하게 하리라.
이제는 다른 것이 필요하네, 이제 가을의 오랜 미풍양속
다가와 축제를 벌이리, 더욱이 이제 그 고결함이 우리와 함께 피어나리.
한낮을 위해 단 하나 가치 있네. 조국, 그리고 희생의
축제 같은 불꽃에 각자 제 것을 던져 바치네.
때문에 공동의 신[6]은 우리 머리카락을 둘러싸 산들거리며 화환을 둘러주시네.
그리고 포도주 진주를 녹이듯[7] 저 참뜻을 풀어놓네.
마치 꿀벌들 굴참나무를 에워싸듯 우리가
둘러앉아 노래할 때,[8] 공경하는 식탁이 이를 뜻하네,
이것은 큰 잔의 울림, 그리하여 합창은

싸우는 남아들의 거친 영혼을 한데로 몰아간다네.

3

그러나 그것으로서, 너무도 영리한 자처럼, 이렇게 몸 기울인 시간
우리로부터 달아나지 않기를, 내 곧장 마중 나가려니,
나의 사랑스러운 탄생지, 강의 섬을 푸르른 강물
에워싸 흐르는 곳, 그 땅의 경계에 이르기까지.
나에겐 양쪽의 강변에 있는 그곳, 정원과 집들 더불어
물결로부터 푸르게 솟구쳐 있는 암벽 또한 성스럽네.
거기서 우리는 만나게 되리, 오 자비로운 빛이여! 그대의
깊이 느껴진 빛살 하나 나를 맨 처음 맞혔던 거기서.
거기서 사랑스러운 삶은 시작되었고 또 새롭게 시작되리.
그러나 나는 아버지의 묘소를 보고[9] 또 벌써 당신을 향해 울고 있는가?
울며 붙들며 친구를 지니리라, 또한 한때
천국적 기예로 사랑의 고통 낫게 해준 말을 귀담아들으리라.
달리 깨어나라! 나는 이 땅의 영웅들을 호명하여 불러야 하겠네,
바르바로사! 그대도 역시, 선한 크리스토프, 그리고 그대
콘라딘![10] 그대가 쓰러졌듯이, 강한 자들 쓰러지네, 송악

암벽에 푸르고 도취한 나뭇잎 성을 뒤덮고 있네,[11]
그러나 지나간 것 다가올 것처럼 가인들에게 성스러우며,
또한 가을의 나날에 우리는 그늘의 대가를 치르네.

4

그리하여 강한 자들과 가슴 부풀게 하는 운명을 생각하고
행위 없이 또한 가볍게, 그러나 천공으로부터는
바라다보이며 경건하게, 마치 옛사람들, 신적으로 길러진
환희에 찬 시인들처럼 우리는 기뻐하며 대지를 거닌다네.[12]
사방으로 생성은 거대하네. 저기 가장 먼 곳의 산들로부터
젊은 산들 많이도 뻗어나고 언덕들은 아래로 내려온다네.
거기로부터 샘들은 졸졸거리고 수많은 바쁜 시냇물들은
밤낮없이 아래로 흘러내려 대지를 길러내네.
그러나 장인匠人이 땅의 한가운데를 일구고 네카 강이
고랑을 치며 은총을 내린다네.
또한 그와 더불어 이탈리아의 대기 다가오고, 대양은
자신의 구름을 보내며, 찬란한 태양을 함께 보내주네.
그렇기에 우리 머리 위를 거의 넘겨 힘찬
충만은 또한 자라네, 여기로 여기 평원으로 재화가
사랑하는 자들, 농부들에게 풍요롭게 주어지지만,
저기 산에 사는 누구도 그들의 정원, 포도나무

또는 무성한 풀과 곡식과 방랑자들의 머리 위에
길 곁에 열 지어 작열하는 나무들을 샘내지 않기 때문에.

5

그러나 우리가 바라다보며 거대한 기쁨과 함께 거니는 동안
길가 한낮은 취한 자들과 같은 우리에게서 멀리 달아나네.
왜냐면 성스러운 나뭇잎으로 치장하고 찬미받은 자, 도시는 벌써
저기에 반짝이면서 그의 위풍 어린 머리를 쳐들었기 때문에.
그 도시 찬란하게 서서 주신酒神의 지팡이와 전나무를
복된 자줏빛 구름 안으로 높이 치켜들고 있네.[13]
우리를 귀여워해주시라! 손님과 아들을,[14] 오 고향의 여왕이시여!
복된 슈투트가르트여, 나의 이방인을 친절하게 맞아주시라!
언제나 그대는 플루트와 현금에 맞춰 노래하는 것 허락했고
내가 믿기로 생생한 정신이 돌면 노래의
유치한 요설과 수고로움의 달콤한 망각을 허락했네.[15]
그 때문에 그대 또한 기꺼이 가인들의 마음을 즐겁게 해준다네.
그러나 그대들, 보다 위대한 자들, 즐거워하는 자들, 항상
살아 있고 지배하는 자들을 알고 있었네, 아니면 더 강하게조차,

그대들 성스러운 밤에 일하며 지어내며 홀로 다스리면서
전지전능하게 예감하는 백성을 끌어올릴 때면,
젊은이들 저 위에 계시는 선조들을 회상하며
분별 있고 밝은 표정으로 그대들 앞에 사려 깊은 인간이 설 때까지 —

6

조국의 천사들이여![16] 오 그대들, 그대들 앞에서 눈은
또한 강해지며 개개의 남자는 무릎을 꿇고
친구들 곁에 오래 머물며 충실한 자들에게 청해야만 하리,
이들 그와 함께 행복을 주는 모든 짐 함께 짊어지기를.
오 착한 이여, 필멸하는 것들 가운데 내 생명, 내 재산인
그[17]와 모든 다른 이들 있음에 감사하노라.
그러나 밤이 다가온다! 가을 축제를 서둘러 열자,
오늘 당장에! 마음은 가득하나 삶은 짧은 것이다.
그리고 천국적인 날이 우리에게 말하라 명하는 것,
그것을 일컫기에, 나의 슈미트여! 우리 둘로는 충분치 않네.
뛰어난 자들 내가 그대에게 데려오리, 그리고 환희의 불꽃은
높이 솟아오르며 더없이 과감한 어휘보다 성스럽게 말해야 하리.
보라! 그 말 순수하도다! 우리가 나누는 신의
친절한 선물들[18] 그것은 오로지 사랑하는 사람들 사이에

만 있다네.
달리는 없는 것 — 오 오라! 그것을 증명하자! 도대체
나는 진정 홀로이며 아무도 내 이마로부터 거친 꿈을 떼
어가지 않는단 말인가?
오라, 그대들 사랑하는 이들이여, 와서 손을 내밀어라! 그
것으로 충분하리라,
그러나 우리 한층 큰 기쁨[19]은 자손들을 위해 아껴두세.

빵과 포도주
-하인제[1]에게 바침

1[2]

사위로 도시는 쉬고 있다. 등불 밝힌 골목길도 조용하다,
또한 횃불로 장식하고, 마차는 사라져간다.
한낮의 즐거움을 만끽하고 사람들은 소리 내며 사라져간다,
골똘한 어떤 사람은 만족한 마음으로 잃음과 얻음을
집에서 헤아리기도 한다. 포도열매도 꽃들도 치워져 비고
일손도 거두어진 채 분주했던 장터도 쉬고 있다.
그러나 멀리 정원에서는 현금의 탄주 소리 들린다. 어쩌면
그곳에서 사랑에 빠진 사람이 켜고 있을까, 아니면 외로운 사람 있어
먼 곳의 친구와 청춘 시절을 생각하며 켜고 있을까. 샘들은
향기 가득한 꽃밭의 곁에서 끊임없이 솟아나며 신선하게 소리 내고 있다.
어스름한 대기 가운데 은은한 종소리 조용히 울리며
시간을 깨우쳐 파수꾼은 수효를 소리 높이 외친다.
이제 또한 한 자락 바람 일어 임원의 나무 우듬지들을 흔들고 있다.
보아라! 우리 지구의 그림자, 달이 이제
은밀히 다가오고 있다. 도취한 자, 한밤이 다가오고 있다,
별들로 가득해, 우리들을 조금도 걱정하는 것 같지 않다,
저기 우리를 놀라게 하는 것,[3] 인간들 사이에 낯선 여인
산꼭대기 위로 애처롭고도 장려하게 떠오르고 있다.

2

드높은 밤의 은총은 경이롭다. 아무도
그 밤으로 어디서 누구에겐가 무슨 일이 일어날지 알지 못한다.
그렇게 그 밤 세상을 움직이고 인간의 희망찬 영혼을 흔들지만
어떤 현자賢者도 그 밤이 무엇을 예비하는지 알지 못한다.
왜냐하면 그것은 그대[4]를 지극히 사랑하는 자, 지고한 신의 뜻이며
그리하여 한밤보다는 그대에겐 사려 깊은 한낮이 더욱 사랑스럽기 때문이다.
그러나 때때로는 해맑은 눈길조차 그늘을 사랑하며
농 삼아, 그럴 필요도 없이 잠을 청하기도 한다.
혹은 충실한 사람 역시 한밤을 바라다보며 이를 즐긴다.
그렇다, 화환과 노래를 밤에 바치는 일은 어울리는 일이다.
왜냐하면 방황하는 자, 죽은 자에게 밤은 바쳐졌지만
밤 스스로는 그러나 영원히 지극히 자유로운 정신인 때문이다.
그러나 밤은 우리에게, 머뭇거리는 순간에[5]
어둠 속에서 우리가 지닐 수 있는 몇몇이 존재하도록
망각과 성스러운 도취[6]를 허락해주어야만 하며

연인들처럼 졸음도 없는[7] 터져 흐르는 말과
가득 찬 술잔과 대담한 인생을 그리고 또한
한밤에 깨어 성스러운 기억[8]을 허락해주어야만 한다.

3

가슴속에 진심을 감추는 일, 용기를 다만 억제하는 일
거장이며 소년인 우리에겐 소용없는 일, 도대체 누가
그것을 가로막으려 하며 누가 기쁨[9]을 방해하려 하랴?
신성의 불길은 한낮이건 한밤이건 터져 나오려 한다,
그러하거늘 오라! 하여 탁 트인 천지를 보자,
비록 멀다 한들 우리 고유한 것을 찾자.
한 가지는 지금도 확실하다, 한낮이건
한밤중에 이르건 언제나 하나의 척도 존재하는 법.
모두에게 공통이며, 그러나 각자에겐 자신의 것이 주어져 있고
각자는 각기 이를 수 있는 곳으로 가고 또 오는 것이다.[10]
그 때문이다! 기쁨의 열광이 한밤중에 가인을 붙들 때,
그 열광은 조롱하는 자들을 조롱하고 싶어 한다.[11]
그러니 이스트모스[12]로 오라! 그곳, 파르나소스 산기슭에
탁 트인 대양 철썩이고 델피의 바위에 덮인 눈이 반짝이는 곳으로,
거기 올림포스의 지역으로, 거기 키타이론 산정으로,

거기 가문비나무 아래로, 포도나무 아래로, 거기로부터
테베[13] 요정이 달려 나오고 이스메노스[14] 강이 카드모스[15]의 땅에 소리쳐 흐르는 곳으로,
다가오는 신[16] 그곳으로부터 오고 거기를 가리켜 보이고 있다.

4

축복받은 그리스여! 그대 모든 천국적인 것들의 집이여,
그러니 우리 젊은 시절 한때 들었던 것이 정말이란 말인가?
장중한 홀이여! 바다가 바닥이구나! 산은 또 식탁이로다.[17]
참으로 유익한 용도로 그 옛날에 지어졌도다!
그러나 그 용좌는 어디에? 그 신전들, 그 그릇들은 어디에,
넥타르[18]로 채워져 신들을 즐겁게 해주었던 노래는 어디에 있는가?
어디에 그 멀리 정통으로 맞힌 예언들[19]은 빛나고 있는가?
델피 신전은 졸고 있다,[20] 어디서 그 위대한 숙명은 울리고 있는가?
그 재빠른 숙명 어디에? 도처에 모습 보이는 행복으로 가득해
청명한 대기로부터 천둥치며 눈으로 밀려들던 그 숙명 어디에?
아버지 천공이여![21] 그렇게 외쳐 입에서 입으로 수천 번
전파되었고 아무도 삶을 혼자서 짊어진 자 없었다.[22]

이러한 좋은 일 나누어 즐겼고 하나의 환희는
타인들과 나누었다, 말의 힘은 자면서도 자란다.
아버지여! 밝은 빛이여! 이 말 오래 반향하며 떠돈다.
그 태고의 징표,[23] 조상으로부터 물려져, 멀리 맞히며 창조하며 울려 내린다.
하여 천상의 것들 들어서고, 깊숙한 원천 흔들어 깨우며
길은 그늘로부터 나와 그들의 날이 인간들 가운데로 이른다.

5

천상의 신들 처음에 올 때 아무도 느끼지 못한다,[24] 오로지 아이들만
그들을 맞아 나가니 그 행복 너무도 밝게 눈부시게 찾아든다,
인간들은 그들을 꺼려하고, 선물을 들고 다가오는 이들
이름이 무엇인지 반신도 아직 말할 수 없다.
그러나 그들로부터 오는 의지는 위대하고, 반신의 마음 그들의 기쁨으로
채워지나, 그 재보財寶로 무엇을 해야 할지 그가 알기 어렵다.
부지런히 지어서 소모해버리고 부정한 것을 성스럽게 여겨[25]
착하고도 어리석게 축복의 손으로 이를 어루만진다.
천상의 신들 이를 힘껏 참고 있다. 그러나 그들 자신이
진실 가운데 모습을 나타내고[26] 인간들은 그 행복에 그러

한 낮에
익숙해져, 드러난 자들을 보고 그들의 모습을 보는 데 익숙
해지리.
그들 오래전에 하나이며 전체[27]라고 불렸고
말 없는 가슴 깊숙이 자유로운 만족으로 채웠으며
처음으로 홀로 모든 욕구를 충족시켰다.
인간은 그러하다. 재보가 그곳에 있고 신은 선물로
그를 보살피지만, 인간은 알지도 못하고 보지도 못한다.
인간은 먼저 참고 견디어야만 한다.[28] 그러나 이제 가장 보
배스러운 것 이름 부르고
이제 그것을 나타낼 말들 꽃처럼 피어나야만 하리라.[29]

6

또한 이제 인간은 진심으로 축복의 신들께 경배하려 생각
한다,
진정 그리고 참되게 삼라만상은 신들의 찬미를 메아리쳐
야 한다.
아무것도 드높은 자들의 마음에 들지 않는 빛을 보아서는
안 된다,
부질없이 시도하는 것 천공 앞에서는 맞지 않는 탓이다.
때문에 천국의 신들의 면전에서 보람되고 부끄럽지 않게
쉬기 위해

찬란한 질서 가운데 백성들 나란히 서서
아름다운 신전과 도시들을 견고하고 고귀하게 세우니
그 위용 해변을 건너 치솟아 오르리라 —
하지만 그들은 어디에 있나?[30] 어디에 그 잘 알려진 자들,
축제의 화관들 피어 있나?
테베도 아테네도 시들고 올림피아에는 무기도
황금빛 경기마차도 소리 내지 않으며,
또한 코린트의 배들도 이제 다시는 꽃으로 장식하지 않는가?
어찌하여 오랜 성스러운 극장들[31] 조차 침묵하고 있는가?
어찌하여 신에게 바쳐진 춤[32] 도 흥겹지 않은가?
어찌하여 신은 인간의 이마에 예처럼 증표의 낙인을 찍지 않으며
예처럼, 신성으로 맞혀진 자들에게 성스러운 인장을 누르지 않는가?
어쩌면 인간의 모습 띠고 그 스스로 나타나
손님들을 위안하며 천국의 축제를 완성하고 마무리 지을지도 모른다.[33]

7

그러나 친구여![34] 우리는 너무 늦게 왔다. 신들은 살아 있지만

우리의 머리 위 다른 세상[35]에서 그들은 살고 있다.
거기서 그들 무한히 역사役事하여 우리가 살고 있는지
거의 거들떠보지 않는 것 같고, 그렇게 천국적인 것들 우리를 아낀다.
왜냐하면 연약한 그릇 항시 그들을 담을 수 없고
인간도 다만 때때로만[36] 신성神性의 충만을 견디어내기 때문이다.
따라서 인생은 그들에 대한 꿈이다. 그러나 방황도 졸음처럼
도움을 주며 궁핍과 밤도 우리를 강하게 만든다.[37]
하여 영웅들은 강철 같은 요람에서 충분히 자라나고
마음은 예처럼 천상적인 것들과 비슷하게 자라난다.
그다음에야 그들은 천둥치며 오리라. 그러나 이러는 사이 자주
우리처럼 친구도 없이 홀로 있느니 잠자는 것이 낫다는 생각을 한다,
그렇게 언제나 기다리며 그사이 무엇을 하고 무엇을 말할지
나는 모른다. 이 궁핍한 시대에 시인은 무엇을 위해 사는 것일까?
그러나 시인들은 성스러운 한밤에 이 나라에서 저 나라로
나아가는 바쿠스의 성스러운 사제[38] 같다고 그대[39]는 말한다.

8

말하자면 우리에겐 오래된 일로 생각되지만, 사실은 얼마 전에,
삶을 기쁘게 해주었던 신들 빠짐없이 하늘로 올라가버리고
아버지께서 인간들로부터 얼굴을 돌리시어
지상에 참으로 슬픔이 시작되었을 때,
마지막으로 한 조용한 신인神人 천국의 위안 전하며[40] 나타나
한낮의 종말을 알리고[41] 사라져갔을 때,
한때 그가 있었고 다시 돌아오리란 징표로
천상의 합창대 몇몇 선물을 남겨두었고[42]
예처럼 우리 인간의 분수대로 이를 즐길 수 있나니[43]
영적 즐거움을 위해 그 위대한 것 사람들 사이에
너무도 커져 가장 강한 자들[44]도 지극한 기쁨
누릴 수 없으나, 조용히 감사할 일 아직 남아 있기 때문이다.
빵은 대지의 열매이지만 빛의 축복을 받고
천둥치는 신으로부터[45] 포도주의 환희는 나오는 법이다.
그 때문에 우리는 거기서도 천상의 신들을 생각하노라.
한때 있었고 제때 돌아와주시는 신들을.
그 때문에 진심으로 가인들 바쿠스를 노래하며
그 옛 신의 찬미 공허하게 꾸민 것으로 들리지 않는다.

9

그렇다! 그들, 바쿠스 한낮과 밤을 화해하며
천상의 성좌 영원히 위아래로 운행한다 말한 것 틀림이 없다,
그가 좋아하는 사철 푸른 가문비 잎사귀처럼
송악에서 가려내 엮은 화환처럼 언제나 즐겁게 노래함 옳았다,[46]
왜냐하면 바쿠스는 머물러 달아난 신들의 흔적까지를
어둠 가운데 있는 신 잃은 자들에게 날라다주기 때문이다.
옛 사람들 신들의 자식들에 대해 예언했던 것
보라! 우리 자신이다. 서방의 열매[47]인 우리이다!
놀랍고도 정확하게 서구의 인간들에서 실현된 듯이 놀랍도록 아주 가까이 있도다,[48]
이를 본 자들 믿을 일이다! 그러나 그렇게 많은 일 일어나도
아무것도 역사하지 않으니, 우리 아버지 천공이 모두에게
알려지고
모두에게 인식되기까지 우리는 감정도 없는 그림자인 탓이다.
그러나 그사이 지고한 자의 아들, 시리아 사람
횃불을 든 자로서[49] 우리의 어둠 가운데로 내려오도다.
축복받은 현자 이를 안다. 붙잡힌 영혼에서
한 줄기 미소 드러나고 그 빛에 화답하여 그들의 눈길 누

그러져 열린다.
대지의 품에 안겨 거인족[50]도 부드럽게 꿈꾸며 잠자고
시기심 많은 케르베로스[51]조차 취하여 잠든다.

귀향
-근친들에게

1

알프스 산맥의 한가운데는 아직 투명한 밤[1] 이거니와 구름은
환희를 엮어가며 그 안에서 입 벌리고 있는 계곡을 뒤덮고 있다.
그곳을 향해 희롱하듯 산의 정기는 날뛰며 쏟아져 밀려들고[2]
빛살 하나 전나무들 사이로 가파르게 비치더니 또한 사라진다.
환희에 전율하는 혼돈 그 모습은 앳되지만[3] 힘차게 천천히
서두르고[4] 싸우며, 바위들 아래서 사랑의 싸움으로 잔치를 벌인다.
혼돈은 영원한 경계 안에서 끓어오르며 진동하고
하여 그 안에 바쿠스처럼 아침은 솟아오른다.
거기에 연륜과 성스러운 시간, 나날은 영원히 자라나고
그 시간들 더욱 대담하게 질서 지으며 섞여든다.[5]
그러나 천후의 새[6]는 시간을 알아채고 산들 사이로
드높이 창공을 날아올라 한낮을 부른다.
이제 깊은 골짜기 안의 작은 마을들 잠 깨어, 두려움 없이
벌써 오랫동안 드높음에 친밀해져 사위의 산정을 바라본다.
벌써 성장을 예감하면서 마치 번개처럼 오랜 물줄기
쏟아지고 떨어져내리는 폭포수 아래 대지는 안개를 피운다.
메아리는 사방에 울리고 끝도 없는 일터는

선물을 보내면서 밤낮으로 팔을 움직이고 있다.

2

그사이 저 위 은빛 산정들은 평온 속에 반짝이고
아침 햇살로 빛나는 산정의 눈은 장미꽃[7]으로 가득하다.
더 높이에는 그 빛살을 넘어 순수한 복된 신 살면서
거룩한 햇살의 유희를 즐기고 있다.
침묵하며 그 홀로 살고 그 모습은 밝게 빛나며
에테르와 같은 이[8], 그는 생명을 주며, 우리 인간과 더불어
기쁨을 창조하려 몸을 굽히고 있는 듯하다, 그때마다 척도를 알며
숨 쉬는 자들[9]을 알고, 머뭇거리면서 아끼듯 신은
번영된 행복을 도시들과 집들에게 나누어준다, 또한 대지를
열려고 부드러운 비와 묵직한 구름 그리고 너희들
가장 사랑하는 바람결 그리고 부드러운 봄날을 보낸다,
또한 느릿한 손길로[10] 슬픈 자들을 다시 즐겁게 만든다,
창조자인 그 뭇 시간을 새롭게 하고 나이 들어가는 자의
멈춘 마음을 생기 있게 해서 감동시킬 때
또한 심연의 깊은 곳까지 힘을 미치고 자기가 사랑하는 대로
열리게 하고 밝게 할 때, 그때 생명은 다시 시작되고
우아함 예처럼 피어나며 현존의 정신은 다시 돌아오나니
즐거운 마음 다시금 나래를 펼친다.

3

많은 것을 내 그[11]에게 말했다. 시인이 무엇을 생각하거나
노래하건 간에, 그 대부분은 천사들과 그에게 해당되기 때문이다.
사랑하는 조국을 위해 나는 많은 것을 간구했다. 초대되지 않은
우리를 언젠가 갑자기[12] 그 정신 나타나 덮치지 않도록 하기 위함이었다.
조국에서 걱정하고 있는 그대들을 위해
미소하며 성스러운 감사가 피난자들을 되돌려주는 그대들
동포여! 그대들을 위해 나는 많이 빌었다. 그러는 사이 호수[13]는 나를
어루만지고, 노 젓는 자 편안히 앉아 그 운행을 찬미했다.
호수의 수면 저 멀리 돛대 아래는 흥겨운 파도 일었고
드디어 거기 이른 새벽 도시[14]는 피어나 밝아오고
그늘진 알프스로부터 잘 이끌려와
배는 항구에서 이제 편안히 쉬고 있다.
여기 호반은 따뜻하고 다정스럽게 열린 골짜기들
길들로 아름답게 밝혀져 푸르름으로 나를 유혹하며 빛나고 있다.
정원들 어울려 서 있고 반짝이는 새싹도 벌써 움트기 시작

하며
　새들의 노래 방랑자를 불러 맞이한다.
모든 것은 친밀한 듯하고 지나치며 나누는 인사도 또한
　친구들의 인사인 양 모든 얼굴들이 근친자인 듯하다.

4

그리고 놀랄 일 아니로다! 그대가 찾는 것, 태어난 땅
　고향의 대지이며 그것은 가까이 있어 벌써 그대와 마주치고 있다.
하여 방랑하는 사람, 마치 한 아들처럼[15] 사방 파도소리 나는
　성문 곁에 서서 노래 더불어 그대를 위해 사랑스러운 이름 찾고
바라보는 일 헛됨이 없도다, 복된 린다우여!
　그곳 손님을 후하게 대접하는 고국[16]의 문 가운데 하나,
유혹하며 많은 약속 던지는 먼 곳으로 떠나도록 부추기는 곳,
　거기 기적들 있고 신과 같은 야수[17]
라인 강 평야를 향해 높은 곳에서 떨어져 대담한 길을 뚫는 곳,
　환호하는 계곡 암석들에서 솟구쳐 나와
해맑은 산맥을 뚫고 코모를 향해[18] 방랑하고 저 안으로
　혹은 한낮이 거닐듯 아래로[19] 탁 트인 바다를 향해 가는 그 약속의 먼 곳으로.
허나 나에게 더 매혹적인 것인, 그대 축복받은 입구여!

거기 피어 만발한 길들 나에게 익숙한 고향으로 돌아가는 일,
거기 그 땅을 찾아가고 네카의 아름다운 계곡들을 찾아가는 일,
또한 숲들, 성스러운 나무들의 푸르름, 참나무
떡갈나무, 자작나무와 즐겨 한데 어울리는 곳,
또한 신들 가운데 어느 한 곳 나를 반겨 맞으리라.

5

거기 그들 역시 나를 맞으리라. 어머니, 나의 도시의 목소리여!
오 그대 내 그 옛날에 배웠던 일들을 맞히고 일깨우누나!
아직도 옛대로이다! 그 옛날보다도 더 찬연하게
오 그대들 사랑하는 것들이여, 태양과 환희 그대들의 눈에서 피어난다.
그렇다! 옛것은 아직도 그대로이다! 번성하고 열매 맺는다,
하나 거기서 살며 사랑하는 어떤 것 역시 충실을 버리지 않았다.
그러나 최선의 것, 성스러운 평화의 무지개[20] 아래 숨겨진 재화,
그것은 젊은이나 늙은이를 기다리고 있다.
내 어리석게 말하고 있구나, 그것은 나의 즐거움인 것. 허나 내일이나 미래에

우리가 밖으로 나가 생동하는 들판을 보며,
꽃 핀 나무들 아래, 봄의 축제일에는
사랑하는 이들이여! 그대들과 함께 그 즐거움에 대해 많은 것을 이야기하며 희망하리라.
위대한 아버지[21]에 대해 내 많은 것을 들었고 오랫동안
그에 대해 침묵했다. 그 아버지 저 드높은 곳에서
편력의 시간을 생기 차게 해주며, 산들 위에 군림하여서
우리에게 곧 천국의 선물을 내려주시고 보다 밝은 노래
외치시며 많은 좋은 정령들 보내신다. 오 망설이지 말고
오라, 그대들 이를 보존하는 자여! 연륜의 천사[22]여! 또한 그대들,

6

우리 거처의 천사들이여, 오라! 모든 생명의 혈관으로,
모든 것을 즐겁게 하면서 천상의 것은 서로 나누리라!
고귀하게 하리라! 회춘하게 하리라![23] 하여 인간의 착함의 어떤 것도
하루의 어떤 시간도 흥겨움 없이는, 또한 지금처럼
사랑하는 자들 다시 만날 때, 천사들에 어울리고,
숙명적으로 거룩해지는 그러한 즐거운 자들[24] 없이는 존재하지 않도록.
우리가 식탁에서 축성할 때, 누구의 이름을 불러야 하며, 우

리가
하루의 생활 끝에서 휴식을 말할 때, 누구에게 그 감사를
드려야 하나?[25]
그때 그 지고한 자를 이름 불러야 할까? 신은 걸맞지 않은
일을 싫어하나니[26]
그를 붙들기에 우리의 기쁨은 너무도 빈약하다.
우리는 때로 침묵할 수밖에 없다, 알맞은 성스러운 이름 없
는 탓으로.
마음은 크게 두근거리나 말하기를 주저하는가?
그러나 현금은 매시간 바른 소리를 내어서
다가오는 천국적인 것 어쩌면 기쁘게 할지도 모른다.
탄주를 예비하라, 또한 기쁨 중에도 놓여 있던
걱정할 일도 거의 남지 않았다.
이를 좋아하거나 아니거나 간에, 한 가인은 그의 영혼 가운데
이러한 염려 자주 지녀야 하지만, 다른 이들이 지닐 일 아
니다.

격려
–첫 번째 원고

천국의 메아리여! 성스러운 가슴이여! 어찌하여,
어찌하여 그대 필멸하는 자들 가운데서도 침묵하는가?
또한 신을 잃은 자들에 의해서 매일
어둠 속으로 내쫓기어 잠자고 있는가?

도대체, 여느 때처럼 어머니, 대지가 그대에게 피어나지 않으며,
도대체 맑은 천공에 별들이 피어나지 않는가?[1]
또한 도처에서 정신과 사랑이 지금 그리고 언제나
권리를 행사하지 않는가?

오로지 그대만이 행치 않도다! 그러나 천국적인 자들 경고하며
마치 황량한 들판처럼, 조용히 형성하는 가운데
모든 것을 쾌활케 하는, 영혼 가득한
자연의 숨결 그대에게 불어오고 있도다.

오 희망이여! 곧, 곧 임원들은 신들의 찬미만을
노래하지 않으리라, 사람의 입을 통해
영혼, 신적인 영혼이 새롭게 고지하는
그 시간 다가올 것이기 때문이도다.

하여 우리의 나날 다시금, 꽃처럼 되리니
하늘의 말 없는 태양 자리를 바꾸며
자신의 닮은 꼴 바라보고, 기꺼워하는 자들 가운데서
다시금 빛은 기뻐하며 자신을 알게 되리라.

하여 필멸의 인간들과 한 덩어리 이루어 더욱 사랑하며
근원의 힘 생동하며, 그때 비로소
경건한 어린아이들의 감사 가운데, 대지의 힘,
그 무한한 힘 풍요롭게 펼치리라.

또한 말없이 지배하는 자, 은밀히
미래를 예비하는[2] 자, 신은, 정신은
다가오는 세월 아름다운 날, 인간의 언어를 통해서
한때처럼, 다시 이름으로 불리리라.

격려
-두 번째 원고

천국의 메아리여! 성스러운 가슴이여! 어찌하여,
어찌하여 그대 살아 있는 자들 가운데서도 침묵하며
잠자고 있는가! 자유로운 그대여, 신들을 잃은 자들에 의해
어찌하여 영원히 어둠 속으로 쫓기고 있는가?

도대체 이전과 같이 천공의 빛살이 결코 깨우지 않는가?
예부터의 어머니, 대지가 여전히 피어나지 않는가?
또한 정신[1]은 도처에서, 그리고 사랑은 미소 지으며
여전히 그 권리를 행사하지 않는가?

오로지 그대만이 행치 않도다! 그러나 천국적인 자들 경고하며
마치 황량한 들판처럼, 조용히 형성하는 가운데
모든 것을 쾌활케 하는, 영혼 가득한
자연의 숨결 그대에게 불어오고 있도다.

오 희망이여![2] 곧, 이제 곧 임원은 삶의 찬미만을
노래하지 않으리라, 사람의 입을 통해서
보다 더 아름다운 영혼 자신을 새롭게 고지하는
그 시간 다가올 것이기 때문이로다.[3]

그때 이르면 필멸의 인간들과 한 덩어리 이루어
근원의 힘은 자신을 형상화하고, 그때 비로소
경건한 어린아이의 감사 가운데
대지의 가슴, 그 무한한 것은 풍요롭게 열리리라

또한 우리들의 나날 다시금 마치 꽃들처럼 되리니,
그때 천국의 태양은 조용히 자리를 바꾸면서
자신의 나눔을 바라다보고 기꺼워하는 자들 가운데
빛살은 환희하며 제 모습을 다시 찾으리라.

또한 말없이 지배하는 자, 은밀히
미래를 예비하는 자, 신은, 정신은
다가오는 세월 아름다운 날, 인간의 언어를 통해서
한때처럼 다시 말하게 되리라.

자연과 기술
또는
사투르누스와 유피테르

그대는 한낮 드높은 곳에서 지배하고, 그대의 율법은
활짝 꽃피운다, 그대 판결의 저울을 들고 있도다, 사투르누스의 아들[1]이여!
또한 그대는 운명을 나누어주며 신다운 통치술의
명성 가운데 즐거워하며 편히 쉬고 있도다.

그러나 심연으로, 시인들이 말하는 바, 그대는
성스러운 아버지이자 자신의 살붙이를 내쫓았고
그대보다 먼저 거친 자들 마땅히
머물고 있는 저 아래에서

황금시간의 신[2]은 죄 없이 벌써 오랫동안 신음하고 있다 한다.
어떤 계명도 말하지 않았고 인간들 중 어느 누구도
이름으로 그를 부르지 않았다 할지라도,
한때 애씀도 없이 그대보다 더 위대했던 신.

그렇거늘 내려오너라! 아니면 감사드림을 부끄러워 말라!
그대가 그 자리에 머물려거든 나이 든 신에게 봉헌하고
가인들이 신들과 인간들 모두에 앞서
그 신을 칭송하도록 용납해주어라!

마치 구름떼로부터 그대의 번개가 치듯, 그대의 것
그로부터 비롯되기 때문이로다. 보라! 그대가 명하는 것
그를 증언하고 사투르누스의 평화로부터
모든 권능은 자라났도다.

그리하여 비로소 나는 내 가슴에서 생동함을
느꼈고 그대가 형상화시킨 것 차츰 가물거린다.
또한 그 요람 속에서 바뀌는 시간은
나의 희열 가운데 선잠에서 깨어났도다.[3]

비로소 그대 크로니온이여! 나는 그대를 알아보며 그대의
소리를 듣노라, 현명한 거장[4]의 소리를, 우리들처럼, 시간의
한 아들로서 법칙을 부여하며 성스러운 여명이
숨기고 있는 것이 무엇인지 알리는 그 소리를.

에뒤아르에게

-첫 번째 원고

너희들 높은 곳에 있는 오랜 친구들이여, 불멸의
성좌,[1] 영웅들이여! 내 그대들에게 묻노라, 어떤 이유로
내가 그에게 예속되어 있으며, 그리하여
그 힘센 자 나를 제 편이라고 부르는가?

내가 줄 수 있는 것 거의 없으니, 잃을 것도
조금일 뿐, 그러나 한층 풍요로운 나날을
기억할 수 있도록, 사랑스러운 행복
유일한 행복 남겨져 있도다.

그리고 이것, 이 하나의 일, 나의 현악기를 켜라고
그가 명한다면, 나는 감행하리라, 그리고
그가 원하는 곳으로 노래와 함께, 용감한 자들의
종말에까지라도 그를 따라 내려가리라.

나는 노래하리라, "구름은 비로 그대를 적시지만,
그대 어머니 대지여! 인간은 피로 그대를 적시는도다.
천상과 지상에서 자신과 같은 것을
찾지 못한 사랑은 그처럼 스스로 쉬고 진정하도다.

한낮에 사랑의 징표 어디에 있는가? 마음도
어디에서 말하고 있는가? 삶의 어디에, 어디에

우리의 말이 이르지 않은 것 자유로우며,
한밤으로 추방되어, 그의 소망 슬퍼하는 것 언제 실현되는가? —

지금이다, 희생자들 쓰러지는 때, 그대 친구들이여! 지금이다!
벌써 성대한 행렬 들어선다, 벌써
칼이 번쩍이고, 구름이 피어오른다, 그들 쓰러지고
공중에서 소리 울리고 대지는 이를 찬양하리라!"

내가 이렇게 노래 부르며 쓰러진다면, 그대가
내 원수를 갚아주리라, 나의 아킬레우스여![2] 그리고
말하리라, "그는 마지막까지 충실하게 살았노라!"
나의 적이, 죽음의 심판자가 판결에 쓸 엄숙한 말!

그러나 우리는 휴식에 머물고 있네, 그대 사랑스러운 이, 역시.
숲이 우리를 숨겨주고, 저기 산맥이[3]
어머니 같은 산맥이, 여전히 두 명의
형제를 안전한 품 안에 품고 있네.

우리에게 지혜는 자장가, 지혜는
눈 주위에 자신의 성스러운 어둠 잣고 있네, 그러나 때때로

멀리 천둥 울리는 구름떼로부터
시대의 신 경고하는 불길 다가서는 듯.

그 폭풍은 그대의 날개 자극하고,[4] 그대를 부르고
그 힘찬 아버지 그대를 위로 불러올리리라,
오 그대 나를 데려가다오, 그대의 가벼운
전리품을 미소 짓는 신에게로 데려가다오!

에뒤아르에게
-두 번째 원고

너희들 높은 곳에 있는 오랜 친구들이여, 불멸의
성좌, 영웅들이여! 내 그대들에게 묻노라, 어떤 이유로
내가 그에게 예속되어 있으며, 그리하여
그 힘센 자 나를 제 편이라고 부르는가?

내가 줄 수 있는 것 많지 않으며, 잃을 것도
조금일 뿐, 그러나 한층 풍요로운 나날을
기억할 수 있도록, 사랑스러운 행복
유일한 행복 남겨져 있도다.

그리고 이것, 이 하나의 일, 나의 현악기를 켜라고
그가 명한다면, 나는 감행하리라, 그리고
그가 원하는 곳으로 노래와 함께, 용감한 자들의
종말에까지라도 그를 따라 내려가리라.

내 노래하리, 뇌우가 그대를 구름으로 적시지만
어두운 대지여, 피로서 인간은 그대를 적신다고.
그처럼 천상과 지상에서 자신과
같은 것을 헛되이 찾았던 그는 침묵하고 쉬고 있도다.

한낮 사랑의 징표는 어디에 있는가? 마음은
어디에서 말하고 있는가? 어디에 마침내 그는 쉬고 있는가?

어디에 밤과 낮에 타오르는 꿈이 우리에게
예고하던 것 실현되고 있는가?

여기다, 희생자들, 너희들 사랑하던 자들 쓰러진 곳, 여기다!
벌써 성대한 행렬이 들어선다! 벌써
칼이 번쩍인다! 구름이 피어오른다! 그들 쓰러지고
공중에서 소리 울리고 대지는 이를 찬양하리라!

내가 이렇게 노래 부르며 쓰러진다면, 그대가
내 원수를 갚아주리라, 나의 아킬레우스여! 그리고 말하리라,
그는 끝까지 충실하게 살았다고! 나의 적과 죽음의 심판자가
판결할 엄숙한 말!

실로 나는 지금 그대를 휴식하도록 버려두고 있어,
진지한 숲이 그대를 숨기고, 산맥은 그대를,
안전한 품 안에 모성 같은 것이 고귀한
제자를 품고 있도다. 그 지혜가

그대에게 옛 자장가를 부르고, 눈 주위에
그 성스러운 어둠을 잣고 있도다, 그러나 보라!

멀리 천둥 울리는 구름떼로부터
시대의 신의 경고하는 불길 타오르고 있음을.

그 폭풍은 그대의 날개 자극하고 그대를 부르도다,
영웅들의 주가 그대를 위로 불러올리리라,
오 그대 나를 데려가다오, 그대와 함께,
미소 짓는 신에게로 데려가다오, 이 가벼운 전리품을!

알프스 아래서 노래함

성스러운 순결[1], 그대 인간들과 신들에게
가장 귀엽고 친밀한 것이여! 그대 집 안에서
혹은 밖에서 나이 든 이들의 발치에
앉아 있어도 좋다,[2]

언제나 만족하는 지혜에 찬 이들의 곁에. 왜냐하면
사람은 많은 선함을 알기 때문이로다. 그러나 들짐승[3]처럼
때로 하늘을 향해 놀라워한다. 그러나 그대에겐
모든 것, 순수함은 얼마나 순수한가!

보라! 들판의 거친 짐승, 기꺼이 그대를
받들어 섬기며 미더워한다. 침묵하는 숲은
제단 앞에서인 양, 자신의 신탁을 그대에게 말하며
산들은 일러

성스러운 법칙을 그대에게 깨우친다. 또한 아직도
위대한 아버지 많은 체험 가진 우리에게
고지되기를 원하니, 그대 오로지 우리에게
분명히 말해도 되리라.

하여 천상적인 힘과만 함께하고 빛이
스쳐 지나갈 때, 또한 강물과 바람 그리고

시간이 서둘러 자리[4]를 찾아갈 때, 그들 앞에서[5]
　　　　여일한 눈길과 함께할 일.

그 밖에 더 축복됨을 내 알지 못하며 원치도 않노라,
수양버들처럼, 홍수가 나를 또한 떠메어가지 않는 한.[6]
하여 아늑히 들어올려져 잠자는 듯 물결에 몸 실어
　　　　거기로 흘러가야만 하리.

그러나 충실한 가슴속에 신성을 지니는 자, 기꺼이
제 집에 머무는 법. 하여 내 자유롭게, 허락되는 한
그대 모두, 천국의 말씀들이여! 그 모두를
　　　　뜻 새기고 노래하리라.

시인의 용기

-첫 번째 원고

모든 생명들 그대와 근친으로 마음 통하지 않는가?
운명의 여신 또한 자기들 그 목표에 봉헌하도록 그대를
키우지 않는가?
그렇다! 때문에 아무런 보호 없이
삶을 통과해 거닐며 아무것도 두려워하지 말라!

일어나는 일, 그 모두 그대를 축복하니
기쁨으로 변하도다! 아니면 그대를 괴롭히는
그 무엇 어디에 있으며, 마음이여! 그대 가야만
할 곳 막아서는 그 무엇 있을 수 있는가?

왜냐하면, 해안가에 침묵하며 혹은 은빛으로
멀리 소리 내는 파랑波浪 가운데 혹은 정적의
물 속 깊이 가볍게 헤엄치는 자 헤쳐가듯
우리들 또한 그러한 탓이다.

우리, 민중의 시인들, 기꺼이, 살아 있는 것들
우리들 주위에서 숨 쉬고 주재하는 곳에서
모두에게 친밀하며 모두에게 믿음 던지리. 어찌 다르게
우리 어느 누구에게 그 자신의 신[1]을 노래할 수 있으랴?

물결들 그때 용기 있는 자 어느 한 사람

그가 신뢰 어리게 믿음 주었을 때, 달래며 끌어내린다 해도
가인들의 목소리 또한
이제 푸르게 변하는 회당 안에 숨죽인다 해도

기꺼이 거기서 그는 죽으리라. 또한 고독한 자들,
그의 임원들 그 가장 사랑하는 자의 죽음을 비탄하리라.
때로는 한 아가씨에게
친밀한 노래 나뭇가지 끝으로부터 울리리라.

우리와 같은 한 사람, 저녁 무렵
형제가 그를 가라앉힌 그 장소를 스쳐 지나가면, 그는
경고하는 위치에서 많은 것을 생각하고
침묵하면서 더욱 무장을 갖추어 걸어가리라.[2]

시인의 용기
-두 번째 원고

모든 생명들 그대와 근친으로 마음 통하지 않는가,
운명의 여신 또한 스스로 봉헌 가운데 그대를 키우지 않는가?
그렇다, 때문에 아무런 보호 없이
삶을 통과해 거닐며 아무것도 두려워하지 말라![1]

일어나는 일, 그 모두 그대를 축복하니
기쁨으로 변하도다! 아니면 그대를 괴롭히는
그 무엇 어디에 있으며, 마음이여! 그대 가야만
할 곳 막아서는 그 무엇 있을 수 있는가?[2]

왜냐면, 노래가 필멸하는 자의 입술을
평화롭게 숨 쉬면서 훔쳐버린 이래로, 고통과 행복 속에서
이롭게 하며 우리의 노래 인간의
마음을 기쁘게 한 때문에. 그처럼 기꺼이

민중의 가인들, 우리도 살아 있는 자들 곁에 자리했었도다[3]
거기 많은 것들이 어울리고, 기뻐하며 모두에게 사랑스럽고
모두에게 탁 트인 곳. 그처럼
우리의 선조, 태양의 신, 물론 그러하도다,[4]

가난한 자와 부유한 자에게 즐거운 낮을 선물하고,[5]

우리의 덧없는 시간에, 무상한 것들을
마치 어린아이처럼
황금빛 요람의 끈에 똑바로 세워 붙들고 있는 그 신.[6]

시간이 오게 되면,[7] 그의 자줏빛 파랑이
그를 기다리고 역시 그를 택한다, 보라! 그리고 그 고귀한 빛
변화를 훤히 알고,[8] 같은 생각으로[9]
길을 따라 아래로 가고 있도다.

그처럼, 언젠가 때가 되고 그의 권리가
정신을 어느 곳에서도 궁핍케 하지 않으면, 그때 사라져
가리,
그처럼, 삶의 진지함 가운데
우리들의 환희 죽어가리, 그러나 아름다운 죽음을![10]

묶인 강

어이하여 그대 젊은이여,[1] 자신 안에 갇혀 잠들어 꿈꾸고 있나,
어이하여 차가운 강안에 지체하고 있나, 참을성 있는 자여,
또한 어이하여 대양의 아들이며
거인들의 친우의 아들[2]인 그대, 근원을 주목하지 않는가!

아버지께서 보낸 사랑의 사자들[3]
생명을 숨 쉬는 대기를 그대는 모르는 것인가?
또한 천국으로부터 깨어 있는 신[4] 해맑게 보내신
그 말씀 그대를 맞히지 않는가?

이제 벌써 그의 가슴속에 소리 울린다.
그 아직 바위들 품 안에서 놀던 때처럼
그에게 솟구쳐 오른다. 이제 그는 자신의 힘을
생각하고, 그 힘찬 자 이제, 마침내 서둘러 흐른다.

머무적거리는 자, 이제 그는 질곡을 비웃고
들어 깨뜨리며 부서진 사슬들[5]을 분노하는 가운데
내동댕이치고 메아리치는 강변을 향해
이곳저곳 유희하며, 신들의

아들의 목소리에 사위의 산들은 깨어난다,

숲들이 움직이며, 단애는 멀리
전령의 소리 듣고, 대지의 가슴 안에서는
전율하며 환희가 다시금 꿈틀거린다.

봄은 온다. 하여 새로운 초원이 가물거린다.
그러나 그는 무궁한 자를 향해 간다.
왜냐하면 아버지의 품이 그를 안아주는 곳
그 밖의 어디에고 그는 머물러서 안 되기 때문이다.

시인의 사명

갠지스 강의 강변들 환희의 신의 개선을
들었도다, 젊은 바쿠스[1] 모든 것을 정복하면서
성스러운 포도주로 잠에서부터 백성들을 깨우며
인더스 강으로부터 이곳으로 왔을 때.

또한, 한낮의 천사여![2] 그대는 아직도 잠자고 있는 이들
깨우지 않는가? 우리에게 법칙을 부여하고, 우리에게
생명을 주어라, 승리하라, 거장이여, 오로지 그대만이
그 바쿠스 신과 마찬가지로 정복의 권리를 가지고 있노라.

여느 때 집에서나 열린 하늘 아래서 인간의 운명이며
근심인 것 그리 긴요한 일이 아니니
들짐승[3] 보다 인간이 더 고귀하게 자신을
지키며 스스로 양분을 취할 때! 그때 다른 일이 긴요할
터이기에,

근심하고 섬기는 일은 시인들에게 맡겨진 일이로다!
우리가 몸 바쳐야 할 이, 바로 드높으신 분이니
하여 더 가까이, 언제나 새롭게 찬미되어
친밀해진 마음 그분을 들어 알 수가 있기 위함이도다.

허나[4] 오 그대들 천상의 모든 이들이여, 그리고 그대들

샘물과 강변과 임원과 언덕들이여,
그곳에 그대 머릿단을 부여잡았을 때[5] 최초로
경이롭게 또한 잊지 못하도록

예상치 않았던 정령, 창조적이며 신적인 자
우리에게로 넘어왔으니, 우리의
감각은 침묵하였고 마치 빛살에
얻어맞은 것처럼 사지는 떨렸노라,

넓은 세계에서의 그대들 쉼 없는 행동들이여!
그대들 운명의 나날이며 격동하는 나날들이여,
신이 말없이 생각에 잠겨, 거대한 말들이
분노에 취해 그대를 옮겨다줄 곳으로 조정하고 있을 때,

우리가 그대들에게 입 다물어야 하는가? 또한 우리의
마음속에 변함없이 쉬고 있는 연륜의 화음[6]이 울릴 때
마치 거장의 아이 기분 내키는 대로 태연히
축복받은 순수한 현금을

장난삼아 건드려 켜듯이 그렇게 울려야 하겠는가?
그 때문에[7] 그대 시인이여! 동양의 예언자들과
그리스의 노래를 들었으며 근래에는

천둥소리를 들었던 것인가? 그리하여

정신을 멋대로 이용하고, 착한 정신의 현존을
우롱하는 가운데 지나쳐버리고, 순진한 정신을
가차 없이 부정하며, 사로잡힌 들짐승처럼
그 정신을 놀이 삼아 흥정하는 것인가?

가시에 자극되어 분노하는 가운데서 그 정신
자신의 원천을 회상하고[8] 거장 자신이
다가와 뜨거운 죽음의 화살들 중에
영혼을 뺏고 그대를 놓아두리라 외칠 때까지.

모든 신적인 것 너무도 오랫동안 값싸게 이용되었고[9]
모든 천상적인 힘 소모하면서 그 선한 힘
농 삼아 감사함도 없이 교활한 인간들은
헛되이 써버리고 있도다. 또한 그 드높은 자

그들을 위해서 밭을 일굴 때, 한낮의 빛과
천둥을 안다고 여기고 있도다. 참으로
그들의 망원경은 그들 모두를 찾아내고[10]
수효를 헤아리며 하늘의 별들에 이름 붙이도다.

그러나 아버지 성스러운 밤으로
　우리 눈을 가리시니 우리 머물러도 되는 것.
　　그는 거칠음을 사랑하지 않도다! 그러나 결코
　　　멀리 미치는 힘 하늘에 강요하지도 않으시도다.

너무도 현명한 것 그래도 좋은 일이다. 우리의
　감사가 그를 알고[11] 있을 따름, 그러나 시인 홀로
　　감사함 담기 쉽지 않아 기꺼이 다른 이들과 어울리도다.
　　　하여 그가 이해를 다른 이들이 돕도록.

그러나 시인 어쩔 수 없이 외롭게 신 앞에 서야 할지라도
　두려움 없도다. 단순함이 그를 보호해주며
　　그 어떤 무기도 지략도 필요치 않도다.
　　　신이 없음이 도울 때까지는.[12]

눈먼 가인

아레스의 눈길에서 우울한 고뇌가 풀렸도다.[1]
-소포클레스

그대 어디 있는가, 청춘의 사자使者여![2] 아침마다
시간이 되면 나를 깨우던 이, 그대 어디 있는가, 빛이여!
가슴은 깨어나건만, 한밤은 여전히 성스러운 마법으로
나를 붙잡아 매고 부여잡고 있도다.

한때 내 동트는 어스름에 기꺼이 귀 기울였고, 그대를
기다려 기꺼이 언덕에 머물렀으니 헛되지 않았도다!
그대 사랑스러운 이여, 그대의 사자, 바람결[3] 결코
나를 실망시키지 않았음이니, 왜냐하면 언제나 그대

모든 것을 기쁘게 하며 그대의 아름다움을 통해서
일상의 길을 따라 다가왔기 때문이로다. 한데 어디에 있는가, 그대 빛이여!
가슴은 다시금 깨어 있으나 무한한 밤은
여전히 나를 가로막고 붙들어 매고 있도다.

나무 덮인 길은 나를 향해 푸르렀도다. 마치
나 자신의 두 눈처럼 꽃들도[4] 나를 향해 피어 반짝였도다.

내 족속의 얼굴들 멀리 있지 않았고
나를 향해 빛났으며 나의 머리 위

그리고 숲을 에워싸고 천국의 날개들[5]
떠도는 것을 보았도다, 내 젊은 시절에.[6]
이제 나 홀로 앉아 이 시간에서
저 시간으로[7] 침묵하며 보다 훤했던 나날의

사랑과 고통으로부터 나의 사념은
내 스스로의 기쁨을 위해 형상들을 짓고 있으며
멀리 귀 기울여 친밀한 구원자
나에게로 혹시 다가오는지 엿듣고 있노라.

하여 내 자주 한낮에 천둥치는 자[8]의 목소리를
들으니, 그 강철 같은 자 가까이 다가오고
그 자신의 집이 흔들리며 그의 아래
대지가 울리며 산들도 이를 반향하도다.

그럴 때면 나는 한밤중에 구원자의 소리 듣도다.
그 해방자가 살해하며 새 생명을 주는 소리,
천둥치는 자 서쪽으로부터 동쪽을 향해서
서둘러 가는 소리 듣도다. 또한 그의 소리 따라

너희들 나의 현금은 소리를 내도다! 그와 더불어
나의 노래 살고, 마치 강줄기 따라서 샘물이 흐르듯
그의 생각 미치는 곳으로 내 떠나야 하고
미로의 태양계에서 확실한 자를 내 따르리라

어디를 향해? 어디로? 내 이곳저곳에서
그대 찬란한 자여! 그대의 소리를 듣노라. 대지의 사방에서 소리 울리도다.
어디서 그대 끝나는가? 또한 무엇이, 무엇이
구름 위에 있으며, 오 나에게 무슨 일이 일어나는가?

낮이여! 낮이여! 쏟아져내리는 구름 위에 있는 그대여!
어서 나에게로 오라! 나의 눈길은 그대를 향해 피어나노라.
오 청춘의 빛이여! 오 행복이여! 그 예전 그대로
다시금! 허나 그대 더욱 영적으로 흘러내리는구나

그대 성스러운 술잔의 황금빛 샘물이여! 또한 그대
푸르른 대지, 평화스러운 초원이여! 또한 그대
내 선조들의 집이여! 한때 내가 만났던
너희들 사랑하는 이들이여, 오 다가오라,

오, 오라, 하여 너희들의 것 기쁨이 되고
너희 모두를, 앞을 보는 자가 너희들을 축복하도록!
오 내가 견디어낼 수 있도록, 나의 이 생명을,
힘겨운 나의 가슴으로부터 이 신적인 것을 가져가거라.

백성의 목소리

-첫 번째 원고

그대는 신의 음성이라고[1], 성스러운 젊은 시절
나는 그렇게 믿었다네. 그래 그리고 아직 나는 그렇게 말
한다네!
우리의 지혜 같은 것 아랑곳하지 않고
강물들은 소리 내며 흐르고 있네, 그리고 그렇다고

누가 그것들을 사랑하지 않겠는가? 또한 여전히 그 강물들은
나의 마음을 흔들고, 나는 멀리에서 그 사라지는 것들,
나의 행로는 아니지만, 그 예감에 찬 것들
틀림없이 바다로 향해 서둘러 가는 소리를 듣네.

왜냐면 자신을 잊고 신들의 소망을 충족하고자
넘치게 예비하여 필멸하는 것 너무도 즐겨
붙잡고 한때, 뜬눈으로
자신의 길을 걷다가

그 짧기 이를 데 없는 행로 우주로 되돌아가듯[2]
그처럼 강물 떨어져내리고, 휴식을 찾으면서
뜻과는 다르게 경이로운 동경은
키 없이 방향을 잃은 자, 그 강물을

이 절벽에서 저 절벽으로 낚아채 심연으로 끌고 가네,

그리고 막 지상을 벗어나자, 같은 날
보랏빛 고원으로부터 울면서
구름은 태어난 곳으로 되돌아가네.

또한 죽음의 충동[3] 백성들을 붙들어 잡고,
영웅들의 도시들은 가라앉고 마네. 대지는
푸르고 말없이 별들을 마주하여
기도하는 자처럼, 먼지 안으로 내동댕이쳐져

자원해서 긴 예술[4]을 넘어서서
그 모방할 수 없는 것[5]을 마주하여 놓여 있네.
인간 그 자신은 드높은 자들 공경코자
스스로의 손으로 예술가는 자신의 작품을 부수었다네.

그러나 그것들 인간에게 덜 귀한 것이 아니네,
그들 사랑받는 것처럼 다시금 사랑하고
인간이 빛살 속에서 오랫동안 기뻐하는 것
인간의 행로가 때때로 막아선다네.

또한 독수리의 새끼들을 그 아비가
둥지에서 손수 내팽개쳐 새끼들이
들판에서 먹이를 찾게 만들듯이[6], 그처럼

신들은 미소 지으면서 우리를 내모는 법.

평안을 찾아 떠나버린 이들, 그리고
때 이르게 쓰러져버린 이들 축복받으라,
수확의 만물[7]처럼 제물로 바쳐졌으나
그 몫을 차지했던 모든 이들도!

오 그대들 귀한 자들이여! 삶의 기쁨 없이
그대들 멸망하지 않았으며, 한 축제의 날
아직 그대들 앞에 놓여 있었으니, 그와 같은 날
다른 이들은 결코 찾아낸 적 없다네.

그러나 확고하도다, 그리고 그들보다 더 위대하고 더 많이
모든 이에게 모두인 것, 어머니에게는
서두는 가운데 머뭇거리며, 독수리의
욕망과 함께 활처럼 구부러진 행로를 갈 가치 있도다.

그렇기 때문에 그 행로 경건하며, 민중의,
그 평온한 목소리를 너무도 사랑하여 나는 신들을 공경하노라,
그러나 신들과 인간들을 위해서
그 목소리 너무 즐겨 항상 쉬지는 않기를.

백성의 목소리
-두 번째 원고

그대는 신의 음성이라고, 성스러운 젊은 시절
 나는 그렇게 믿었다네. 그래 그리고 아직 그렇게 말한다네!
  우리의 지혜 같은 것 아랑곳하지 않고
   강물들은 소리 내며 흐르고 있네, 그리고 그렇다고

누가 그것들을 사랑하지 않겠는가? 또한 여전히 그 강물들은
 나의 마음을 흔들고 나는 멀리에서 그 사라지는 것들,
  나의 행로는 아니지만, 그 예감에 찬 것들
   틀림없이 바다로 서둘러 가는 소리를 듣네.

왜냐면 자신을 잊고 신들의 소망을 충족하고자
 넘치게 예비하여 필멸하는 것 너무도 즐겨
  붙잡기 때문에, 한때 뜬눈으로
   자신의 길을 걸어서

그 짧기 이를 데 없는 행로 우주로 되돌아가듯
 그처럼 강물 떨어져내리고, 휴식을 찾으면서
  뜻과는 다르게 경이로운 동경은
   키 없이 방향을 잃은 자, 그 강물을

이 절벽 저 절벽으로 낚아채 심연으로 끌고 가네.
 무제약이 자극을 주고 죽음의 충동이

백성들과 과감한 도시들 붙들어 잡네
죽음의 충동이 최선의 것을 시도하고,

해를 거듭하며 과업을 계속 밀고 나간 후,
성스러운 종말에 당도했네. 대지는 푸르러지고
말없이 별들 앞에 놓여 있네,
기도하는 자들처럼, 모래에 내던져져

자원하여 긴 예술을 넘어서
그 모방할 수 없는 것을 마주하여 놓여 있네.
인간은 그 자신은 드높은 자를 공경하고자
스스로의 손으로 예술가는 자신의 작품을 부수었다네.

그러나 그것들 인간에게 덜 귀한 것이 아니네,
그들 사랑받는 것처럼 다시금 사랑하고
인간이 빛살 속에서 오랫동안 기뻐하는 것
인간의 행로가 때때로 막아선다네.

또한, 독수리의 새끼들만이 아니라,
아버지는 그들을 둥지 밖으로 내던지고, 이로써
새끼들 너무 오래 그 곁에 머물지 못하네, 우리를 또한
올바른 가시로 통치자는 밖으로 내몬다네.

평안을 찾아 떠나버린 이들, 그리고
때 이르게 쓰러져버린 이들 축복받으라,
수확의 만물처럼 제물로 바쳐졌으나
그 몫을 차지했던 모든 이들도!

그리스의 시대에, 크산토스 강변에 한 도시 있었네,
그러나 지금 거기에 쉬고 있는 더 큰 도시들처럼
운명 때문에 그 도시 한낮의
성스러운 빛에서 떨어져나가버렸네.

그들은 공공연한 전쟁터에서가 아니라
자신의 손으로 죽음에 이르렀네. 거기서
일어났던 일에 대해 기이한 전설
동방에서부터 두렵게 우리에게 이르렀네.

브루투스의 자비가 그들을 자극했네. 왜냐면
불길이 일어났을 때, 최고의 지휘자로서
성 앞에서 포위를 당하고 있었을지라도,
그는 그들을 돕고자 했기 때문에.

그러나 그들은 그가 보낸 부하들을 성벽으로부터

내동댕이쳤네. 이어서 불길은 더욱 왕성해지고
그들은 기뻐했으며 브루투스가 그들에게
손을 내뻗었고

그들 모두는 제정신이 아니었네. 외침이
일어났고 환호도 일어났네. 이어서 불속으로
지아비며 지어미 몸을 던졌고 아이들은
지붕에서 꼬꾸라지거나, 아비의 칼에 쓰러졌네.[1]

영웅들을 거스르는 것은 현명치 못한 일. 그러나
오래전에 예비되어 있었네. 그 조상들 역시
한때 에워싸였고, 페르시아의
적군들 격렬하게 몰려왔고

강가의 갈대 에워싸고 불을 댕겼네,
하여 그들은 텅 빈 곳, 도시를 발견했을는지도 모르겠네.
불길은 성스러운 천공으로 날아오르며, 집과 사당을
그리고 사람들을 그곳에서 데려갔네.

그렇게 그 자손들[2]은 이것을 들었었네, 또한 틀림없이
이 전설은 좋은 것이네, 왜냐면 그것은
지고한 것에 대한 회상이기 때문에, 그러나 또한

이 성스러운 전설들 해석하는 일 하나는 필요하네.[3]

케이론[1]

그대 어디 있는가, 사려 깊은 것이여! 때마다
언제나 나를 비켜가야만 하는 것,[2] 그대 빛이여, 어디 있는가?
참으로 마음은 깨어 있으나, 나를 격분케 하며 지금도
항상 그 놀라게 하는 한밤은 나를 가로막고 있도다.

이전엔 나 숲 속의 약초[3]를 찾아다녔고 언덕에서
연약한 사냥감의 소리[4]에 귀 기울였도다. 또한 결코 헛된 일 아니었다.
그리고 그대의 새들[5] 나를 결코 속이지 않았었다.
오히려 너무도 재빠르게 그대

망아지 혹은 정원[6]이 그대를 즐겁게 할 때,
충고하면서 마음에 따라 다가왔었다. 한데 그대 빛이여 어디 있느냐?
마음은 다시금 깨어 있도다. 허나 가차 없이
힘찬 한밤은 여전히 나를 끌어당기고 있도다.

그런 자가 바로 나였다.[7] 크로커스와 백리향
그리고 곡식의 첫 줄기를[8] 대지는 나에게 주었었노라.
또한 별들의 차가움에서[9] 내 배웠었노라. 허나
단지 이름 붙일 수 있는 것들만을. 또한 나에게

거칠고, 슬프게 펼쳐진 들판의 마법을 깨치면서[10]
반신半神, 제우스의 충복, 그 곧바른 자[11] 다가왔도다. 허나
이제 나 홀로 말없이 이 시간에서
저 시간으로 앉아, 내 생각은

싱싱한 대지와 사랑의 구름으로[12] 형상을 짓나니
독약[13]이 우리들 사이를 갈라놓았기 때문이다.
또한 멀리 내 귀 기울여 한 친밀한 구원자
어쩌면 나에게 다가올는지도 몰라 엿듣고 있노라.

그러면 때로 천둥치는 자의 마차소리를 내 듣노라.
그자, 더없이 잘 알려진 자 다가오며
그의 집 흔들리고 대지도 흔들려 깨끗해지며
나의 고통이 메아리 되는 정오에.

한밤중에는 구원자의 소리 듣노라,
그 해방자의 살해하는 소리[14]를 내 듣노라, 그리고 그 아래
마치 환영을 보듯, 호사스러운 잡초로 가득 채워진
대지를, 힘찬 불길을 내 보노라.

그러나 날들은 바뀌며 지나간다. 사랑스럽고 험하게 바뀌며

지나가니 일자一者 그 나날들을 보며
두 모습의 천성 때문에 고통하며
어느 누구도 최상의 것을 알지 못한다.

그러나 그것은 신의 가시 찌름이로다. 이것 없이는
신적인 부당함을 어느 누구도 결코 사랑할 수 없으리라.[15]
그러나 그 자신의 고향에 신은 모습으로
나타나지만, 이 지상은 그런 곳이 아니도다.

한낮이여! 한낮이여! 다시 한 번 그대들 숨 쉴 수 있도다.
너희들 나의 시냇가 버드나무들이여! 이제 마시라,
하나의 밝아진 눈빛[16]을, 그리고 바른 발걸음 행하며
한 지배자로서 박차를 달고[17] 그대 자신의 처소에

한낮의 행성,[18] 그대 모습 나타낼 때,
그대 역시, 오 대지여, 평화로운 요람, 그리고 그대,
도시풍이지 않은 내 선조들의 집
야수의 구름이 되어[19] 떠나버렸었노라.

이제 말을 타고 갑옷을 입고 가벼운 창을
들어라.[20] 오 소년이여! 왜냐하면 예언은 깨지지
않으니 헤라클레스 돌아오리란 약속

이루어질 때까지 기다림 헛되지 않으리라.

눈물

천국적인 사랑이여! 감미로운 것이여! 내 그대를
잊는다면,[1] 숙명적인 것인 그대들,
불길 같은 그대들[2] 이미 잿더미로 가득 차고 황폐해지고
고독해지고 만 그대들을 내 잊는다면,

사랑하는 섬들이여, 경이로운 세계의 눈들[3]이여!
그대들 오로지 나에게만 마음 주고 관여하므로
그대들의 해안, 우상을 숭배하는 자들 참회하는 곳
그러나 사랑은 오로지 천국적인 것에 참회하노라.

왜냐하면 너무도 헌신해서 너무도 감사하게
아름다움의 나날 가운데 고트하르트에서 성스러운 자들 봉헌했고
또한 분노하는 영웅들[4] 헌신했던 탓이다. 하여 많은
나무들 있었고 도시들도 한때 그곳에 서 있었노라,

깊이 생각하는 사람처럼[5] 선연하게. 이제 영웅들도
죽고 사랑의 섬들도 일그러져 거의
모습을 잃었노라. 하여 사랑도 또한 도처에서 속임 당하고[6]
영원히 가차 없이 우둔한 일이 되어버렸도다.

그러나 아직은 나의 눈빛 부드러운 눈물

다 쏟아버린 것은 아니도다. 내 고귀하게
죽게 할 하나의 회상 있어 아직도 여전히
그대들 미망迷忘의 것, 은밀스러운 것들이여,[7] 나를 살아
남게 하도다.

희망에 부쳐

오 희망이여! 사랑스러운 것이여! 착하게 일 바쁜 것이여!
비탄하는 자의 집도 비웃지 아니하며
즐겨 봉헌하는 고귀한 것이여! 사람들과
천상의 힘들 사이를 이어 주재하는도다,

그대 어디에 있는가? 내 아직 얼마 살지 않았으나 나의
저녁은 벌써 차갑게 숨 쉬고 있다. 또한 그림자처럼[1]
나는 벌써 여기에 침묵하고 있으며, 내 가슴에는
떨리는 심장이 이미 노래도 없이 졸고 있노라.

푸르른 계곡, 거기 싱싱한 샘물 나날이
산들에서 솟아나오고 사랑스러운 콜히쿰[2]
가을날에 나에게 활짝 피어나는
그곳, 정적 가운데서 그대 사랑스러운 자, 내

그대를 찾노라. 혹은 한밤중에 언덕 위에서
눈에 보이지 않는 생명이 거닐고
나의 머리 위에 언제나 즐거운 꽃들,
그 피어나는 별들[3]이 반짝일 때면,

오 천공의 딸이여![4] 그대 아버지의 정원[5]을 나와
나에게 나타나거라. 또한 그대 대지의 정령의

모습으로 오지 않으려거든, 나의 마음만을, 오
다른 형상으로서라도[6] 놀라 깨어나게 하여라.

불카누스[1]

이제 오라, 다정한 불의 정신[2]이여, 하여
  여인들의 부드러운 감각을 구름 안으로,
    황금빛의 꿈 안으로 감싸고
      언제나 착한 이들의 피어나는 평온을 지켜주시라.

남자에게는 그의 궁리와 그의 일과
  자신의 촛불과 미래의 날이
    마음에 들도록 용납하고 그의 불만,
      언짢은 근심 너무 많지 않도록 해주시라,

이제 나의 불구대천의 원수,
  언제나 화를 내는 보레아스[3], 밤사이 서릿발로
    땅을 뒤덮고, 늦게는 졸리는 시간에
      조롱하면서 인간들에게 그 경악의 노래 부를 때,

또한 우리가 부지런히 세운 우리 도시들의
  성과 우리의 울타리, 그리고 고요한 임원
    찢어버리고, 노래를 통해서도, 그 파괴자
      내 영혼을 파괴하며,

쉼 없이, 잔잔한 강물 위에 광란하며,
  먹구름 쏟아부어서, 멀리 도처에

계곡이 끓어오르고, 마치 떨어지는 낙엽처럼,
파열된 언덕으로부터 바위가 굴러떨어질 때.

어떤 다른 생명체들보다도 인간은
한층 더 경건하도다. 그러나 밖에서 분노할 때
자유롭게 태어난 자 자신에게 귀 기울이고
생각에 잠겨 오두막에서 쉬는 것이다.

또한 다정한 정령 중 하나는
기꺼이 축복하며 그와 더불어 항상 깃든다,
또한 깨우치려 하지 않는 정령의 힘들
모두 분노할 때에도, 사랑을 사랑하는 법이다.

수줍음

많은 생명 있는 것들 그대에 알려져 있지 않은가?
그대의 발걸음 양탄자 위를 걷듯 참된 것 위를 걷고 있지 않은가?
그 때문이다, 나의 정령이여! 오직 올바르게
삶 가운데 발길 내딛고, 근심하지 말라!

일어나는 모든 일 그대에게 모두 은혜 되나니!
기쁨으로 시구가 되도다. 아니면 무엇이
그대를 괴롭게 할 수 있는가, 마음이여
그대가 가야 할 길 무엇이 막아설 수 있는가?

왜냐하면 신들 인간처럼 마치 고독한 야수 마냥 자랐고
또한 각자의 양식대로 노래와 영주의 합창
천국적인 것 형상화시켜 지상에
돌려보냈던 탓이니,[1] 그렇기 때문에 우리 또한

민중의 혀,[2] 인간들 곁에 어울려 살기를 기꺼워했노라.
많은 것들 한데 어울리고 모두에게 동등하며
모두에게 열려 기쁨에 차 있음이니 그처럼
우리의 아버지, 하늘의 신[3] 그러한 탓이다.

그 신 가난한 사람에게나 부유한 사람에게 사색의 날 허락

하시고,[4]
시간의 전환점에서 우리 잠들어 있는 자들
그의 황금빛 끈으로, 마치 어린아이들 이끌듯
바로 세워 이끌고 있도다.

우리 누구에겐가 어떤 식으로든 유용하도록 보내졌도다,
우리 예술[5]과 함께 와서, 천국적인 것으로부터
무엇인가 하나 가져다줄 때면. 그러나 알맞고
재간 있는 손길은 우리 스스로가 마련하는 법이다.

가뉘메데스

어이하여 그대 산의 아들[1]이여, 불만스러워하며 비스듬히 누워 있는가,
또한 어이하여 차가운 강안에서 얼고 있는가, 참고 있는 자여!
그대, 한때 천국적인 자들 식탁에서 목말라할 때
그대는 은총을 생각하지 않는가?

그대는 그 아래에서 아버지의 사자를 몰라보고
단애 사이에서 대기의 활발한 유희도 몰라본단 말인가?
옛 정신으로 가득 채워져 방랑하는 사람[2]
그대에게로 보낸 말씀 그대를 맞히고 있지 않는가?

그러나 그의 가슴속에는 벌써 소리 울린다. 예전처럼
저 높이 바위 위에서 그가 잠자고 있었을 그때처럼
이제 깊숙이 샘물 솟는다. 그러나 분노하는 가운데[3]
그 묶인 자 스스로를 깨끗하게 하고

서투른 자,[4] 그는 이제 서둘러 간다. 이제 그가 제약한 것을
비웃으며 잡아 부수고 그 부서진 사슬을
분노에 취하여 내동댕이치며, 유희하면서 이곳저곳
그를 바라보는 강안[5]을 향해 낯선 자의 각별한 목소리

짐승의 떼들을 불러일으킨다,
숲들이 움직이고 육지 깊숙이에서 멀리
강의 정령[6]의 목소리 들린다, 또한 전율하며
대지의 배꼽[7]에서 정신은 다시금 꿈틀거린다.

봄은 오리라. 그리고 모두들, 제 나름으로
활짝 피어나리라.[8] 그러나 그는 멀리 있다. 여기에 있지 않다.
그는 길을 잘못 간 것이리라. 왜냐하면 정령은 너무도
착하기에. 천국적인 대화 이제 그의 것이도다.[9]

반평생

노오란 배 열매[1]와
들장미 가득하여
육지는 호수 속에 매달려 있네,
너희 사랑스러운 백조들
입맞춤에 취해
성스럽게 깨어 있는[2] 물속에
머리를 담그네.

슬프다, 내 어디에서
겨울이 오면, 꽃들[3]과 어디서
햇볕과
대지의 그늘을 찾을까?
성벽은 말없이
차갑게 서 있고, 바람결에
풍향기[4]는 덜걱거리네.

삶의 연륜

너희들 에우프라트의 도시들이여!
너희들 팔미라[1]의 골목들이여!
황량한 평원 가운데 너희들 기둥의 숲들이여,[2]
너희들은 무엇이냐?
너희들 수관樹冠,[3] 너희들이
숨 쉬는 자들의 한계를 넘어갔을 때[4]
천국적인 힘의 연기와
불길[5]이 너희들로부터 걷어가버렸다.
그러나 이제, 구름 아래 나는 앉아 있다.[6]
잘 정돈된 참나무들 아래,
노루의 언덕에 나는 앉아 있다. 하여
축복의 정령들 나에게 낯설고도 죽은 듯
모습을 나타낸다.

하르트의 골짜기[1]

숲은 아래로 가라앉고
꽃봉오리들처럼, 한쪽으로
매달려 있는 이파리들을 향해
아래엔 바닥이 피어나고 있다,[2]
전혀 말할 줄 모르는 것도 아닌.[3]
말하자면 거기 울리히가
다녀갔다. 하여 이 발 디딤에 대해
한 위대한 운명은 때로
수수한 장소[4]에서 기꺼이 생각에 잠긴다.

드높이 찬란하게 가락 맞추어져,
성스러운 홀 안의 오르간
마르지 않는 파이프로부터 순수하게 솟아나오며,
전주곡 잠에서 깨우면서 아침에
사방으로, 이 홀에서 저 홀로 시작하고,
이제 상쾌하게 하는, 아름다운 소리 내는 강물이 흘러,
서늘한 그늘에 이르기까지 집을
감동으로 가득 채우고,
그러나 이제 깨어나, 그들을 일으키며,
축제의 태양에게,
공동체의 합창이 대답하는 것처럼. 그처럼
동방으로부터 말씀이 우리에게로 오네,
또한 파르나소스의 절벽과 키타이론에서[1] 나는
오 아시아[2]여, 그대의 메아리를 듣나니, 또한
카피톨리움[3]에서 꺾이어 알프스로부터 급격히

한 낯선 여인[4]
우리에게로 오네, 잠 깨우는 여인,
인간을 기르는 목소리.
그때 한 놀라움이 타격받은 자 모두의

영혼을 붙들어 잡고 한밤이
최고의 사람들의 두 눈을 덮었네.
인간은 많은 것을 할 능력 있고
홍수와 바위와 불길의 힘 또한
기예로서 제압하기 때문에,
또한 드높이 생각하는 자는 칼을
존중하지 않는 법, 그러나
강한 자는 신적인 것 앞에서 부끄러워하며 서 있네,[5]

또한 거의 들짐승과 같네. 그것
감미로운 청춘에 쫓기어
산을 넘어 쉬지 않고 배회하며
정오의 뜨거움 가운데서
자신의 힘을 느끼네. 그러나
아래로 이끌리어 유희하는 대기 안에서
성스러운 빛, 그리고 한층 시원한 빛살과 함께
기뻐하는 정신이
복된 대지로 오게 되면, 최고의 아름다움에 익숙지 않아,
굴복하고 깨려는 잠을 졸고 있네,
아직 성좌들 다가오기도 전에. 우리도 또한 그러하네. 왜냐면
신적으로 보내진 하사품 앞에서 벌써 많은 사람들의 눈빛
꺼져버렸기 때문에,

이오니아[6]로부터 우리에게 온, 또한 아라비아로부터 온
다정한 하사품 앞에서 그러했기 때문에, 또한
그 영면한 이들의 영혼 충실한 교훈이나 사랑스러운 노래에
결코 기쁨이 되지 않았네,
그러나 몇몇은 깨어 있었네.[7] 그리고 그들 자주 만족하여
그대들 아름다운 도시들의 시민들, 그대들 가운데를 거닐었네,
여느 때 눈에 띄지 않게 남몰래 영웅이 시인들 곁에 앉아서[8]
격투하는 자들을 바라보며 미소 지으면서,
그 찬미받는 자가, 태평하게 진지한 어린아이들[9] 칭찬했던
열전熱戰이 열린 곳에.
그것은 끊임없는 사랑이었고, 여전히 그러하네.
또한 유감없이 헤어졌네, 그러나 바로 그 때문에
우리는 서로를 생각한다네, 이스트모스 지협[10]의 너희 즐거운 자들,
그리고 케피스 강과 타이게토스 산맥[11]에 있는 자들
그대들을 우리가 생각하네, 그대들 카우카소스[12]의 계곡들,
그대들 그처럼 먼 옛날의 것일지라도, 그곳 그대들의 낙원들,
그리고 그대의 족장族長의, 그리고 그대의 예언자의,

오 아시아여, 그대의 강한 자들의, 오 어머니여!

두려움 없이 세계의 징후 앞에서
하늘과 모든 운명을 어깨에 짊어지고
며칠이건 산 위에 뿌리박고서[13]
맨 처음
홀로 신에게
말하는 것을 깨우쳤던 낙원들. 이제 편히 쉬고 있네. 그러나 만일,
이것이 말해져야 하고
너희들 옛된 것 모두, 어디서 왔는가? 말하지 않는다면
우리는 그대를, 성스럽게 피할 길 없어, 부르리라,
자연이여! 우리는 그대를 부르리라, 그리고 새롭게, 욕탕에서 나오듯
모든 신적인 것 그대로부터 나오도다.[14]

참으로 우리는 고아들처럼[15] 간신히 걷는다,
여느 때처럼, 그것은 좋다, 다만 그 돌봄[16] 다시없도다.
그러나 젊은이들, 소년시절을 생각하고
집에서 이들도 낯선 이들이 아니다.
이들은 삼중으로 살고 있다,
바로 천국의 첫 번째 아들들처럼.
또한 우리의 영혼 가운데로
충실이 주어진 것 부질없는 일 아니네.

우리에게만 아니라, 그대들의 것 그것이 보존하고 있고
성전들에는, 말의 무기
더욱 미숙한 자들인 우리에게
그대들 운명의 아들들이 헤어지며 남겨주었네.

그대들 선한 정령들이여, 거기 그대들도 있네,
자주, 성스러운 구름들[17]이 이 일자一者를 에워싸고 떠돌 때면,
그때 우리는 놀라며 그 뜻을 헤아리지 못하네.
그러나 그대들 우리의 숨결에 신의 음료[18]로 맛을 더하네,
그러고 나면 우리는 때때로 기뻐 환호하거나 하나의 깊은
생각 우리를 엄습하네, 그러나 그대들 일자를 너무 사랑하면[19]
그는 그대들의 하나가 될 때까지 쉬지 못하네.
그러니, 그대 선량한 이들이여! 나를 가볍게 에워싸주시라,
그리하여 내 머물 수 있도록, 왜냐면 아직 많은 것 노래 불러야 하기 때문에,
그러나 지금, 복되게 눈물 흘리며,
사랑의 한 전설처럼
나의 노래 끝나고 있네, 그리고 그 노래 또한
낯을 붉히며, 창백해지며 나에게
처음부터 그래왔도다. 그러나 모든 것 그렇게 이루어지리라.

편력

지복至福의 슈에비엔, 나의 어머니,
더욱 반짝이는 그대의 동생 저 위의
롬바르디아와 같이
수많은 시냇물 거쳐 흐르는 그대여!
나무들도 울창하고, 하이얀 꽃 피우며 빨갛게 물들이고
또한 더욱 짙은 색깔로 거칠게, 검푸른 잎사귀들 무성하고
또한 스위스의 알프스 산맥이 이웃하여[1]
그대에 그늘 드리워주고 있다. 집의 아궁이 가까이[2]
그대 깃들고, 그 안에서
신에게 바쳐진 은빛의 그릇으로부터
순수한 손길에 의해 흩뿌려져
샘물 솟는 소리에 귀 기울이는 탓이다.

따뜻한 빛살에
수정의 얼음이 마주 닿고
가볍게 와 닿는[3] 빛에 무너져
눈 쌓인 산정 순수하기 이를 데 없는 물길
대지에 쏟아부을 때, 그 때문에 충실은
그대의 천성인 것. 원천에 가까이 사는 것
그 장소를 떠나기 어려운 것.
그리고 그대의 자식인 도시들,
멀리까지 가물거리는 호수와

네카 강의 버드나무 곁, 라인 강가의 도시,
모두들 뜻하건대
어디에 다른 곳 이처럼 깃들기 좋은 곳 없으리라 한다.

그러나 나는 카우카소스로 가련다!
왜냐하면 오늘도 대기 가운데
말하는 소리 내 듣기 때문이다.
마치 제비들처럼 시인들 자유롭다는 소리,
또한 젊은 시절[4] 어느 누군가
그렇지 않아도 나에게 털어놓았었다.
그 옛날 언젠가 우리의 부모
독일 민족은
한여름날 도나우의 물결을
조용히 떠나, 이들
그늘을 찾으면서
태양의 아이들과 함께
흑해에 이르렀으니,[5]
이 바다 친절한 바다[6]라 이른 것
뜻 없는 것이 아니라고.

왜냐하면 그들이 서로 눈길을 나누었을 때
먼저 접근했던 것은 이방인들이었기에. 그때 우리 편

역시 올리브나무 아래 호기심에 차 앉았었다.
그러나 그들의 옷자락이 스쳤을 때
아무도 상대의 말[7]을
알아들을 수 없었으니
하나의 다툼이 일어났음직도 하다, 나뭇가지로부터
서늘함이 떨어져내리지 않았다면,
때로 있는 일처럼 다투는 자들의
얼굴 위에 미소 떠오르고 한참을
조용히 쳐다보고서 그들은 사랑 가운데
서로 손을 내밀어 붙잡았다. 또한 곧

그들은 무기를 교환하고 집 안의
모든 사랑스러운 재화를 나누었으며
말 또한 나누었다. 친밀한 아버지들
결혼의 환호 속에 아이들에게
소망하는 바 있음은 헛된 일이 아니었다.
성스럽게 맺은 자들로부터
사람은 그 모든 것,
인간 스스로를 인간이라 부르기 이전과 이후의
그 모든 것보다 더욱 아름답게 자라났기에. 그러나
그 어디에 너희 사랑스러운 근친자들 살아
우리가 유대를 새롭게 하고

충실한 선조를 회상할 것인가?[8]

거기 해변가 이오니아의 나무들 아래
카이스터의 평원 가운데
천공을 즐기며 학들
멀리서 가물거리는 산들로 둘러싸인 곳.[9]
거기 아름답기 이를 데 없는 것들이여! 그대들 있었고,
포도로 장식되고
노래로 가득하게 울리는 섬들 돌보았었다. 또 다른 이들
타이게토스 곁에 살고 있었고 널리 찬미된 히메토스[10] 곁에
마지막으로 그들 번성했었다. 그러나
파르나소스의 샘에서부터 트몰로스의
금빛으로 반짝이는 개울들에 이르기까지[11]
하나의 영원한 노래 울렸다. 하여 그때
숲들과 모든
현금의 탄주들 함께
천국의 온화함으로 감동되었도다.

오 호메로스의 땅이여![12]
자줏빛의 버찌나무[13]에서 혹은
그대로부터 보내어져 포도원[14]에서
싱싱한 복숭아나무[15] 푸르러지고

멀리서 제비[16] 날아와 많은 것을 재잘거리며
나의 집 벽에 제 집을 지을 때,
오월의 나날, 별빛 아래서도[17]
오 이오니아여, 나는 그대를 생각하노라! 그러나 인간들은
눈앞에 나타난 것을 사랑하는 법. 그 때문에 내 왔노라
너희들, 너희들 섬들을 보려고, 그리고 너희들
강물들의 어귀들과, 오 너희들 테티스의 회랑[18]과
너희 숲들을, 너희들을, 너희 이다의 구름[19]을 보려고!

그러나 내 머물 생각하지 않는다.
내 도망쳐 온 닫혀진 이, 어머니,
공손하지 않으면 마음 사기 어렵다.
그의 아들 중 하나, 라인 강
힘으로 그녀의 가슴에 뛰어들려 했으나
물리침을 당한 그자 멀리, 어딘지 아무도 모르는 곳으로 사라져갔다.[20]
그러나 내 그렇게 그녀로부터 사라져버리기 원치 않았으니
오로지 그대들을 여기에 초대코자 원하여
그대들 그리스의 자비의 여신들이여
그대들 천국의 딸들이여, 내 그대들에게로 갔었노라.
하여 길이 그리 멀지 않다면
그대들 우리에게 와도 되리라, 그대들 사랑스러운 이들이여!

대기들 한층 부드럽게 숨쉬고,
아침의 사랑하는 빛의 화살
너무도 인내하는 우리를[21] 향해 보내며,
가벼운 구름떼 우리의
부끄러운 눈길 위에 피어나면,
그때 우리 말하게 되리라, 그대들 우미의 여신들[22]
어찌 미개한 자들에게로 오는지?
그러나 천국의 시녀들
마치 모든 신적인 태생처럼
신비롭도다.
누군가 그것에 살며시 다가가면
그는 제 손으로 꿈을 붙들게 되지만
힘으로 필적하려 할 때 벌을 내린다.
미처 생각하지 못했던 자를
신적인 태생은 놀라게 만드는 것이다.

라인 강
-이작 폰 징클레어에게 바침

나는 어두운 담쟁이덩굴 속 숲의 입구에
앉아 있었다. 바로 그때 황금빛 한낮
샘을 찾으며,[1] 알프스 산맥의
계단[2]으로부터 떨어지고 있었다,
나에겐 신성하게 지어진 성
옛 사람들의 생각으로는
천국적인 것들의 성[3]인 알프스,
그러나 거기에서 비밀스럽게[4] 결정되어
더 많은 것이 사람들에게 이른다. 거기로부터
아무런 예측도 없이 나는
하나의 운명의 소리를 들었다, 바로 직전
따뜻한 그늘 속에서 많은 것을 논하면서
나의 영혼 이탈리아를 향해
저 멀리 모레아[5]의 해변을 향해
막 헤매기 시작했던 탓이다.

그러나 이제 산맥의 한가운데
은빛 산정 아래 깊숙이
그리고 즐거운 푸르름의 아래
숲들이 전율하면서
또한 바위의 머리들이 겹겹이
그를 내려다보는 곳, 종일토록, 거기

더없이 차가운 심연 속에서
구원을 애원하는 젊은이[6]의 소리를
내 들었다. 그가 미쳐 날뛰며
어머니 대지를 고발하면서
그를 탄생시킨 천둥치는 자[7]를 고발하는 소리
연민에 차 그의 양친은 듣고 있었다, 그러나
필멸의 자들 그 장소로부터 도망쳤다,
말도 없이
사슬에 매인 채 날뛸 때
그 반신[8]의 뒤채임 두려웠던 탓이다.

그 목소리는 강 중에서 가장 고귀한 강
자유로 태어난 라인 강의 목소리였다.
저 위에서 형제인 테씬 강과 로다누스 강[9]과
헤어져 제 길을 떠나고자 했고, 참을 수 없이
그 위풍당당한 영혼이 아시아를 향해[10] 그를 몰아댔을 때,
그의 희망은 다른 것이었다.
허나 운명 앞에서 소망이란
어리석은 것.
그럴지라도 신들의 아들들이야말로
눈먼 자들 중 가장 눈먼 자들이다. 인간도
제 집을 알고 동물도

어디에 집 지어야 할지 알건만
그들의 미숙한 영혼에는
어디를 향해야 할지 모르는 결함 있는 탓이다.[11]

순수한 원천의 것은 하나의 수수께끼.[12]
노래 역시 그 정체를 밝힐 수 없다. 왜냐하면
그대 시작했던 대로 그대 머물 것이기 때문이다.
필연과 길들임이 그렇게
큰 효험을 발한다 하더라도 보다 큰 힘
그대의 탄생이 가지고 있고[13]
갓 태어나는 자를 만나는
빛살이 지니고 있다.
그러나 그 어디에
평생을 자유롭게 머물고
마음의 소망을
제 홀로 충족시키며
마치 라인 강처럼 복된 높이에서부터
그리고 성스러운 품으로부터
그처럼 행복하게 태어난 자 있는가?

또한 그의 말이 하나의 환호인 것은 그 때문이다.
그는 다른 아이들처럼

강보에 싸여 울기를 좋아하지 않는다.
구불구불한 강안이
그의 곁으로 살금살금 다가와
갈증을 느끼며 그를 휘감고
그 분별없는 자를
자신의 이빨 사이[14]에
기르고 잘 보호하려 열망할 때
웃으며 그는 뱀들을 잡아채고[15]
그 노획물과 함께 돌진하고 있기에, 하여 서둘러
보다 위대한 자가 그를 길들이지 않고
오히려 자라도록[16] 버려둔다면, 번개처럼 그는
대지를 가르지 않을 수 없고, 마치 마술에 걸린 자들처럼
숲들도 그를 따라 날고 산들도 무너져내리고 말 것이다.[17]

그러나 한 신께서 자식들의
서두르는 삶을 아끼기[18] 원하며
참을 수 없이 그러나 성스러운 알프스에 의해
저지되어서 저 라인 강처럼 깊숙이에서
강들 그에게 분노할 때, 신은 미소 짓는다.
그러한 대장간에서 비로소
모든 순수한 것 역시 연마된다,
또한 라인 강 산들을 떠난 후

곧이어 독일의 땅을 유유히 흘러가면서
스스로 만족하여
훌륭한 사업으로 동경을 달래는 것
아름답다, 아버지 라인 강
땅을 일구고 제가 세운 도시들에서
사랑스러운 아이들을 양육할 때.

그러나 그는 결코, 결코 잊지 않는다.
그보다 앞서 인간의 거처 파괴되어야 하고
또한 모든 법칙, 인간들의 한낮은
허깨비가 되기 때문에, 그러하면
그와 같은 자 그의 원천을 잊고
또한 젊음의 순수한 목소리도 잊어야 하기 때문.[19]
최초로 사랑의 유대를 망그러뜨리고
그것으로 올가미를 만든 자가
누구였던가?[20]
그러고 나서 자신의 권리[21]와
천상의 불길을 확신하면서
저항자들은 조롱하였고, 비로소
필멸의 작은 길을 멸시하면서
무모함을 선택해
신들과 겨루고자 분투했다.

그러나 신들은 자신들의
불멸로서 만족한다. 천상적인 것들
무엇인가를 필요로 한다면,
영웅들과 인간들
그리고 기타 필멸의 존재들이 그것이다. 왜냐하면
가장 복된 자들 스스로는 아무것도 느끼지 못하기 때문이다.
감히 말해도 좋다면
신들의 이름으로
참여하면서 대신으로 느껴야 하고
그 타인을 신들은 필요로 한다.[22] 하지만 신들의 심판은
그 자신의 집 파괴하고
마치 적을 대하듯 가장 사랑하는 자도
욕해야 하며 아버지와 아이도
폐허 밑에 묻어버려야 한다는 것이다.[23]
만약 어떤 자 신들과 같이 되려 하며
같지 않음[24]을 감수하려 하지 않는다면, 저 망상가[25]가.

때문에 잘 나누어진 운명을
찾아낸 자는 행복하나니,
아직 그의 방랑과
달콤하게 그의 고통의

회상이 안전한 해안[26]에서 속삭이는 곳에서
여기저기로 기꺼이
그는 태어날 때 신이
머물 곳으로 표시해준
경계선[27]에 이르도록 눈길을 돌린다.
그러고 나서 복되게 겸손히[28] 그는 쉰다.
그가 원했던 모든 것
천상적인 것, 스스로 거리낌 없이
껴안기 때문이다. 그가 쉬고 있는 지금,
그 대담한 자 미소 지으면서.

내 이제 반신들을 생각한다.[29]
또한 내 그 소중한 이들을 알아야 한다,
자주 그들의 삶이 그렇게
나의 그리워하는 마음을 흔들기 때문이다.
그러나 루소[30]여, 그대처럼
그 영혼 강하고 끈기 있어
넘어뜨릴 수 없게 되고
확고한 감각과 듣고
말하는[31] 감미로운 천성 타고나
주신酒神[32]처럼 성스러운 충만으로부터
바보처럼 신적으로

그리고 법칙도 없이[33] 가장 순수한 자들의 언어를 베푸니
착한 자들에게만 이해될 수 있을 뿐이다, 그러나
분별없이 신성을 모독하는
종복들[34], 그 불손한 자들 침은 옳은 일이니, 내 이 낯선 자
[35]를 무엇이라 부를까?

대지의 아들들[36] 어머니처럼
두루 사랑하니, 그들 역시
힘들이지 않고 행복한 자들 모두를 맞아들인다.
그 때문에 필멸의 사람은
놀라고 경악한다.
그가 천국을,
사랑하는 팔로써
자신의 어깨 위에 올려놓은
천국을 생각하고 그 기쁨의 짐을 느낄 때
그때 자주[37] 그에게 최선의 것으로 여겨지는 것은
거의 온전히 잊힌 채
빛살이 불타지 않는 곳,
숲의 그늘 가운데[38]
비엘 호수[39] 곁 신선한 푸르름 속에 있는 것,
그리고 아무렇게나 보잘것없는 소리로
초보자인 양, 나이팅게일에게서 배우는 것.

그리고 그다음 성스러운 잠에서
일어나[40] 숲의 서늘함에서부터
깨어나, 이제 저녁
따스한 빛살을 향해 나아가는 것[41] 멋지도다.
산들을 세웠고
강들의 길을 그었던 이가
미소 지으면서 또한
인간들의 분주한 삶
그 연약한 숨결의 삶을, 돛을 부풀리듯
자신의 대기로 조종하고 나서
휴식을 또한 취할 때 그리고 이제 그 여제자에게로
창조하는 자 악함보다는
선함을 더 많이 발견하면서
한낮 오늘의 대지로 몸을 굽힐 때.—

그때 인간들과 신들은 결혼잔치를 벌이니[42]
모든 살아 있는 이들 잔치를 열도다.
또한 한동안
운명은 균형을 이룬다.[43]
달아났던 자들은 잘 곳을 찾아들고
용감한 자들은 달콤한 잠을 청한다,

그러나 사랑하는 자들은
옛 그대로 집에
머문다, 거기 꽃들도
햇볕의 해롭지 않은 뜨거움을 즐기고 어둑한 나무들을
정령이 에워싸 살랑인다. 그러나 화해되지 않은 자들
모습을 바꾸고 서둘러
서로 손을 내민다,
우애 어린 빛이
사라져버리고 밤이 오기 전에.

하지만 이것은 몇몇 사람들에게서는
재빨리 지나가버리고 말지만, 다른 이들은
그것을 더 오래 지닌다.
영원한 신들은 항상
생명으로 차 있고, 죽을 때까지
인간 역시
기억 속에 최상의 것을 지닐 수는 있다,[44]
그리하여 인간은 최상의 것을 체험한다.
다만 인간 각자는 자신의 척도를 지니는 법.[45]
불행을 견디기는 어렵지만
행복[46]을 견디기 더욱 어려운 탓이다.
그러나 한 현자[47] 있어

한낮에서 한밤에 이르기까지
그리고 아침이 반짝일 때까지
맑은 정신으로 잔치에 남아 있을 수 있었다.

그대에게 전나무 밑 뜨거운 길 위에서나
떡갈나무 숲의 어둠 가운데
강철에 휩싸여, 나의 징클레어여! 혹은 구름 속에서[48]
신이 나타난다 할지라도 그대는 그를 안다, 그대 젊은이답게
그 착한 이의 힘을 알고, 결코 그대의 눈에
지배자의 미소[49] 숨겨질 수 없기 때문이다
살아 있는 것 열에 들떠
사슬에 매어져 있는 것처럼 보이는
한낮이나, 또는
모든 것이 질서 없이 뒤섞여
태고의 혼돈이 되돌아오는
한밤에도.[50]

게르마니아

복된 자들,[1] 그들 나타났던 바
옛 나라에서의 신들의 모습들
그들 나는 더 이상 부르지 않으리라. 그러나
그대들 고향의 강물이여! 이제 그대들과 더불어
마음속의 사랑을 비탄한다면, 성스럽게 슬퍼하는 것
달리 무엇을 원할 수 있을까? 기대에 차
이 땅은 놓여 있고[2] 뜨거운 한낮에
그대 동경하는 자여! 하나의 천국
여기에 내려와 오늘 우리에게 그늘 짓는다.
그 천국 약속으로 가득하며, 또한 나에겐
두렵게 보인다,[3] 그러나 나 그에게 머물리라
그리고 내 영혼 뒷걸음쳐 달아나지 않으리라[4]
나에게 너무도 사랑스러운 지나간 것들이여! 그대들을 향해 달아나지 않으리라.
옛대로인 양 너희들의 아름다운 면전을 바라보는 일
내 두려워하며 또한 죽음에 이르는 일이기 때문,
또한 죽은 자들 일깨우는 일 용납되지 않기 때문이로다.

달아나버린 신들이여! 그대들 또한 그대들 현존하는 자들,
그때에는 더욱 진실했던 그대들,[5] 그대들 역시 그대들의 시대를 가졌었노라!
내 여기서 아무것도 부정하거나 애원하려 하지 않는다.

왜냐하면 시간이 끝나고 한낮이 꺼져버렸을 때
사제가 얻어맞을 첫 번째 사람이지만 사랑하면서
사당과 영상과 그의 제례가 어둠의 나라로
그를 따라가고 그들 가운데 아무것도 아직 빛날 수가 없기
때문에.
오로지 묘지의 불길[6]에서인 양
황금빛 연기 피어오르고 이것의 전설
이제 의심하는 우리[7]의 머리를 에워싸고 가물거리니
그에게 무슨 일 일어나는지 아무도 모른다. 그는
한때 존재했던 자들, 옛 사람들, 이제 지상을 새롭게 찾는
그들의 그림자를 느끼고 있다.
왜냐하면 와야만 할 자들 지금 우리를 밀어젖히고
더 이상 신적인 인간들의 성스러운 무리들
푸르른 하늘 가운데 지체하지 않기 때문이다.

거친 시대의 전주 가운데 그 시대를 위해
벌써 들판은 푸르러지고 제사를 위해서
시혜물은 준비되었으며 계곡과 강들은
예언적인 산[8]들을 에워싸 활짝 열려 있다.
하여 그 사나이 동방에 이르기까지
바라볼 수 있고 그곳으로부터 많은 변형이 그를 움직인다.
그러나 천공으로부터

참된 영상이 떨어져내리고[9] 신들의 신탁들은
헤아릴 수 없을 만큼 그로부터 비 내리듯 한다. 또한 임원
의 깊숙이에서 소리 울린다.[10]
그리고 인더스 강에서 떠난 독수리가
눈 덮인 파르나소스
산정들을 넘어 날고, 이탈리아의 제단의 언덕들
높이에서 날다가 여느 때와는 달리 아버지께 바칠
사냥감을 찾는다,[11] 늙은 독수리 날갯짓에 능숙해져서,
이제 환호하며 마지막으로
알프스를 날아 넘어 각양각색의 나라들을 바라본다.

그 독수리가 찾고 있는 것은 신의 지극히 조용한 딸,
여사제[12]이다. 깊은 간결함 가운데 침묵을 너무 즐기는 그
여사제
그의 머리 위에서 폭풍우 죽음을 위협할 때[13]
그것을 알지도 못하는 듯,
뜬눈으로 보고만 있었다.
신의 자식은 보다 나은 것[14]을 예감했었고
마침내는 천국 가운데 넓게 한 놀라움이 일어났다.
왜냐하면 한 자식의 믿음, 축복을 내리는
드높은 자의 힘, 그들 자신만큼이나 컸기 때문이다.
하여 신들 사자를 보냈으니, 그 사자 재빨리 그들을 인식하고

미소 지으며 생각하도다. 그대, 부서질 수 없는[15] 그대를
또 다른 말이 시험하리라. 그리고 그 젊은 독수리[16]
독일을 바라다보며 외치기를,
"그대 선택된 자이로다.
삼라만상이 사랑하는 그대이도다. 어려운 행복[17]
견디어낼 만큼 강해진 자 그대이도다,

그때로부터 숲에 숨겨져 달콤한 잠으로 가득 찬
만개한 양귀비 안에 숨어서, 취하여, 그대 나를
오랫동안 주목하지 않았도다. 적은 수효의 사람들
동정녀의 자랑스러움을 느꼈으며 그대 누구의 자식이며 어디서
왔는지 어리둥절하기 이전에. 허나 그대도 그 자체를 몰랐다.
나는 그대를 잘못 알지는 않았다. 그대 꿈꿀 때, 은밀히
한낮에[18] 헤어지면서 그대에게 하나의 우정의 표지
입의 꽃[19]을 남겨주었으며, 하여 그대 고독하게 말했다.[20]
허나 그대 황금빛 말들의 충만함 강물과 더불어 보냈으니,
행복에 찬 이여! 그 말들 닳지 않도록
모든 곳에서 솟아오른다. 왜냐하면 성스러운 자처럼
모든 것의 어머니[21]
그렇지 않아도 숨겨진 자라고 사람들이 불렀고,
하여 그대의 가슴 사랑과 고통으로

또한 예감으로
그리고 평화로 가득한 때문이다.

오, 아침의 바람[22]을 마시라,
그대 열릴 때까지,[23]
또한 그대 눈앞에 있는 것 이름 부르라,
더 이상 말해지지 않은 것
신비로 남아 있어서는 안 된다,
오래전에 이미 베일에 가려진 것이라 해도.
부끄러움이 필멸의 우리 인간에 마땅한 것이고
대부분의 시간에 대해서 그렇게 말하는 것
역시 신들의 현명함이기 때문이다.[24]
그러나 순수한 샘물보다도
황금[25]이 더욱 넘치며 하늘에서의 분노 진지해지는 곳에[26]
낮과 밤 사이
한 번쯤 참됨이 나타나야만 하리라.
이제 그대 그것을 삼중으로 고쳐 쓰라.
그러나 말해지지 않은 채, 그대가 발견한 채로
순수무구한 자 그대로 남아 있게 하라.[27]

오 그대 성스러운 대지의 딸이여,
한번 어머니라고 불러보라. 바위에는 물소리

숲 속에는 뇌우 소리 요란하고, 그 이름 듣자
옛 시절로부터 흘러간 신성[28] 다시 울려온다.
얼마나 다른가! 참으로 미래가 멀리서부터
또한 빛나며 말하고 있다.
그러나 시대의 한가운데에는
축복받은 동정녀 대지와 함께
천공[29]이 조용히 살고 있다.
또한 부족함 모르는 신들이 기꺼이
부족함 없는 축제일에 손님을 반기며
옛날을 회상하고 있다.
게르마니아여, 그대가 사제이며
무장도 갖추지 않은 채 온 세상의 왕들과
백성들에게[30] 충고를 주는
그대의 축제일에."

평화의 축제

이 글을 그저 너그럽게 읽어주기를 바란다. 그렇게 되면, 분명 뜻이 파악될 수 있을 것이며, 거슬리는 바도 훨씬 줄어들 것이다. 그럼에도 몇몇 사람들이 그러한 말들이 극히 전통적이지 않다고 생각하게 된다면, 나는 그들에게 달리 어찌할 수 없노라고 고백할 수밖에 없다. 어느 좋은 날, 거의 모든 노래의 양식이 저절로 알아들을 수 있게 되고 그 출발한 자연이 그것을 다시 받아들일 것이다.

저자는 독자 대중에게 그러한 노래를 모두 묶어서 제시하고자 생각하고 있으며, 여기 이것은 일종의 본보기라 해야 할 것이다.[1]

은은하게 메아리치며
유유히 떠도는 천국의 소리로 가득 차
오래전에 지어지고 지복하게 깃들인 회당[2]
우뚝 솟아 있다. 초록색 양탄자 에워싸고
환희의 구름[3] 피어오르고, 저 멀리 반짝이며
잘 익은 과일, 황금 테를 두른 술잔들 가득 채워져
정연하고 당당하게 열 지어
한 쪽 평평한 분지 위에 솟아난 듯
식탁들은 이곳저곳에 놓여 있다.
저녁 무렵이면 멀리서, 오늘
사랑하는 손님들[4]
여기에 모습을 드러낼 터이기 때문이다.

어른거리는 눈길로 나는 벌써[5]
진지한 한낮의 역사役事로부터 미소 짓는
그이, 축제의 영주[6]를 보는 듯하다.
그러나 그대, 그대의 낯선 곳[7]을 기꺼이 거부하고
길고 긴 행군으로 지친[8]
눈길 떨구고, 잊으며, 가볍게 그늘 덮이여,
친구의 모습을 띨 때, 그대 두루 알려진 자여,[9]
그 드높음이 무릎을 꿇게 한다. 그대 앞에서[10] 내 오직 한 가지,

그대 유한한 자 아니라는 것 외에 아는 바 없다.
현명한 자 나에게 많은 것을 해명할지라도
이제 하나의 신 또한 모습을 나타내니
다른 광채 있으리라.

그러나 오늘부터가 아니라, 그는 먼저 예고되어 있었다.
또한 홍수도 불길도 겁내지 않았던 한 사람
놀라움을 자아내니,[11] 예전 같지 않게 고요해지고
신들과 인간들 사이 어디에서도 지배를 찾을 수 없기 때문이다.
그들 이제 비로소 역사의 소리를 듣나니
아침에서 저녁으로 오래전에 펼쳐진 역사
이제 심연에 울리며
천둥 울리는 자의 반향, 천년의 천후 끝없이 끓어올라,
평화의 소리 아래 잠들어 가라앉는다.
그러나 그대들, 귀중한 오 그대들 순수한 나날이여,
그대들 또한 오늘 축제를 벌이나니, 그대들 사랑하는 것들이여!
하여 저녁 무렵 이 고요함 가운데 정신은 온 누리에 꽃피어오른다.
때문에 내 간구하나니, 머리카락은 은회색일지라도
오 친우들이여!

이제 영원한 젊은이들처럼[12] 화환과 만찬을 준비할 일이다.

또한 내 많은 이들을 초대코자 한다. 그러나 오 그대,[13]
인간들에게 친절과 진지함을 베풀며
마을 가까이 있었던 우물 곁
거기 시리아의 야자수 아래 기꺼이 머물렀다.
밀밭은 사방에서 살랑대었고, 성스러운 산맥의
그늘로부터 말없이 시원함을 숨 쉬었다,
또한 사랑하는 친구들, 충실한 구름떼
그대를 에워싸 그늘 짓고, 하여 성스럽게 대담한 빛살
광야를 통해 따뜻하게 인간에 와 닿았다. 오 젊은이여!
아! 그러나 더욱 어둡게, 말씀의 한가운데, 죽음에 이르는 숙명은
두렵게 결단하며 그대를 가렸다. 모든 천상적인 것은
그처럼 빠르고 무상하다. 그러나 헛됨도 없도다.

왜냐하면 신은 항상 절제를 알리며
오로지 한순간만 인간의 거처를 어루만지니
알 듯하나 아무도 모른다, 그것이 언제인지?
그때 되면 오만함도 스쳐 넘어가며
또한 미개함도 성스러운 곳으로 다가올 수 있나니
저 끝 멀리서 거칠게 손길 뻗으며 광란한다, 그러면 한 숙명

그것을 꿰뚫어 맞히리라, 그러나 감사는
주어진 것에 곧바로 따르지 않는 법이니
붙들기엔 깊은 음미 있어야 하리.
또한 우리에겐 마치 그 증여하는 자
이미 오래전에 아궁이의 축복으로
산정과 대지에 불 댕김 아끼지 않는 듯하여라.

그러나 우리는 신적인 것을 또한
너무 많이 받았다. 그것은 불꽃으로
우리 손에 쥐여졌고, 강안과 바다의 밀물로 주어졌다.
그 낯선 힘들 인간으로서
우리가 친숙하기엔 너무도 많다.
하여 천체들도 그대에게 가르치나니, 그대
눈앞에 놓여 있으나 결코 그것을 금세 알 수 없음을.
그러나 두루 생동하는 자, 그에 대해
많은 환희와 노래 이루어진다.
그 가운데 한 사람, 한 아들이며 은연히 강한 자이다.
하여 이제 그를 인식하나니
그 아버지 우리가 알기 때문이며
또한 축제일을 행사하려
드높은 자, 세계의
정신은 인간을 향했기 때문이다.[14]

그[15]는 오래전부터 시간의 주인 되기에 너무 위대했고
그의 영역을 넘쳐 미쳤던 탓이다. 한데 언제 그를 소진케 했단 말인가?
그러나 한때 신 역시 한낮의 일을 택하고자 하니
사멸하는 자들처럼 모든 운명을 함께 나누고자 한다.
운명의 법칙이란 모두가
침묵이 돌아오면 역시 하나의 말씀 있음을 경험하는 것.
그러나 신이 역사하는 곳에 우리도 함께하여
무엇이 최선인지를 다툰다. 하여 내 회상하거니
이제 거장이 자신의 영상을 완성하여 일을 마치고
스스로 그것을 후광 삼아, 시간의 말 없는 신,[16] 일터로부터 나오면,
오직 사랑의 법칙
아름답게 균형케 하는 것, 여기로부터 천국에 이르기까지 효능 있으리라.

아침부터
우리가 하나의 대화이며 서로 귀 기울인 이래
인간은 많은 것을 경험했다. 그러나 우리는 곧 합창이어라.[17]
또한 위대한 정신이 펼치는 시간의 영상

하나의 징후로 우리 앞에 놓였으니, 그와 다른 이들 사이
그와 다른 힘들 사이 하나의 유대 있음이라.
그 자신뿐 아니라, 누구에게서도 태어나지 않은 자들, 영원한 자들
모두 그를 통해 알 수 있나니, 마치 초목들[18]을 통해
어머니 대지, 빛과 대기가 알려짐과 같도다.
끝내 그대들, 성스러운 모든 힘들
그대들을 위해, 그대들 아직 있음을 증언하는
사랑의 징표, 축제일,

모두를 모이게 하는 축제일이어라,[19] 천상적인 것은
기적을 통해 나타나지 않으며, 천후 가운데 예측 못할 바도 아니었다,
그러나 노래 있음에 서로 반기며
합창 가운데 모습 나타내니, 성스러운 수효 이루도다
축복받은 자들 그처럼
함께 자리하고 그들 모두 매달려 있는
그들의 가장 사랑하는 자[20] 역시 빠짐이 없도다. 하여 내 불렀노라.[21]
만찬으로, 예비된 그 만찬으로
그대를, 잊을 수 없는 자, 그대를 저녁의 시간에
오 젊은이여, 그대를 축제의 영주에게로[22] 불렀노라. 또한

그대들 불린 자 모두
그대들 불멸하는 자 모두
그대들 천국을 우리에게 말하며
우리의 거처에 모습을 보일 때까지
우리 인류 잠들어 눕지 않으리라.

가볍게 숨 쉬는 대기
벌써 너희에게 예고하며
소리 내는 계곡과
천후에 아직 울리는 대지 그들에게 말해준다,
그러나 희망은 뺨을 붉게 물들이고
집의 문 앞에는
어머니와 아들 앉아
평화를 바라본다.
또한 죽어 쓰러지는 것 거의 없어 보이고
영혼은 황금빛 빛살로 보내진
하나의 예감을 붙들며
하나의 약속[23]은 나이 든 자들을 붙든다.

삶의 향료 천국으로부터
예비되었고, 그 수고로움 또한
행해졌도다.

이제 모든 것 만족하고
그중 만족한 것은
간결함이라[24], 왜냐하면 오랫동안 찾았던
황금빛 열매[25]
오래고 오랜 가지로부터
뒤흔드는 폭풍 가운데 떨어져내린 까닭이다.
그러나 이제, 가장 소중한 제물로서, 성스러운 운명 자체로부터
감미로운 무기로 감싸 막으니
그것은 바로 천상적인 것의 형상이도다.

암사자처럼[26], 그대
오 어머니, 그대 자연이여,
어린아이들을 잃었을 때, 그대 비탄했도다.
왜냐하면, 마치 신들을 사티로스들과
어울리게 했듯[27] 그대의 적[28]을
자식처럼 여겼으나, 그 적들
가장 사랑하는 그대의 자식들을 훔쳐갔기 때문이다.
그처럼 그대 많은 것을 세웠고
또한 많은 것을 땅에 묻었다.
그것은 그대 두루 힘센 자여,
때 이르게 빛으로 이끌어낸 것이

그대를 증오하는 탓이다.
이제 그대 이를 알며 또한 용납하나니.
그 두렵게 일하는 것, 성숙할 때까지
기꺼이, 느낌도 없이 저 아래에서 쉴 것이다.[29]

유일자

-첫 번째 원고

그것은 무엇인가,
오래고 복된 해변[1]에
나를 붙들어 잡아, 내가
나의 조국보다도 그 해변을 더 사랑하게 만드는 것은?
왜냐면 마치 천국의
감옥 안으로인 것처럼 내가
그곳에 팔려갔기 때문.[2] 아폴론이
왕의 모습을 하고 걸었으며,
그리고 순진한 젊은이들을 향해서
제우스가 내려오고 성스럽게
그 드높은 자 아들과
딸들을 사람들 사이에 낳게 한 곳 어디인가?

드높은 사념은
많은 것
아버지의 머리로부터 솟아나와[3]
위대한 영혼
그로부터 인간에게로 왔도다.
엘리스[4]와 올림피아에 대해
내가 들었으며
파르나소스 위에 내가 섰었고
이스트모스[5]의 산들을 넘어

또한 그 위쪽
스미르나의 곁에도 섰다가 내려와
에페소스[6] 곁에 내가 갔었다.

많은 아름다운 것을 나는 보았고
인간들 사이에
살아 있는
신의 형상을 나는 노래했도다.
그러나 그대들 오랜 신들
그리고 신들의 모든 용감한 아들들
나는 그대들 가운데 내가 사랑하는
일자一者를 아직 찾고 있노라,
그대들이 그대들의 족속의 마지막인 자[7]
가문의 보물[8]을
낯선 손님인 나에겐 숨기고 있는 그 곳에서.

나의 스승[9]이며 주인이시여!
오 그대, 나의 선생이시여!
어찌하여 그대는 멀리
떨어져 머물고 있는가? 그리고
나이 든 사람들,
영웅들과

신들에게 내가 물었을 때,
어찌하여 그대는 그 자리에 없었는가? 이제
내 영혼은 비탄으로 가득 차 있도다,
그대들 천국적인 자들이여, 내가 일자에게
봉헌하기를 열망했을 때,
다른 자들 나에겐 미치지 못했을 때.

그러나 나는 알고 있도다, 그것은
나 자신의 잘못임을! 왜냐면,
오 그리스도여! 그대에게 내가 너무도 매달렸기 때문.
또한 과감히 고백하자면,
헤라클레스의 형제인 것처럼
그대는 또한 에비어의 형제이도다.[10]
마차에 범을 묶어
이끌게 하고[11]
인더스 강에 이르기까지
환희의 봉사를 명하면서[12]
포도밭을 일구고[13]
백성들의 분노를 길들였던 이.[14]

그러나 부끄러움 있어
내가 그대를 세속적 사나이들[15]과

비교함을 말린다. 그리고 내
아나니, 그대를 낳은 자, 그대의 아버지
이들의 아버지와 같은 이임을,

71 왜냐면 그 혼자 지배한 적 없기 때문이다.[16]

83 그러나 사랑은
일자에 매달려 있다. 이번에는
말하자면 본래의 마음으로부터
노래는 너무도 아쉽게도 떠났다,
내가 다른 노래를 부르게 되면
잘못을 고쳐놓으리라.
내 소망대로 나는 한 번도
정도를 맞히지 못했다. 그러나 신은

아시리라
언제 내가 원하는 것, 최선의 것 올런지를 .
왜냐면 스승처럼
지상에는

붙잡힌 독수리[17]가 거닐었고,
그를 보았던 많은 이들
두려워했으니,
아버지가 그의 최선을
행하시고 최선이
인간들에게 실제로 작용했기 때문,[18]
또한 그 아들조차
그가 하늘을 향해 공중으로
날아가기까지 그렇게 오랫동안 상심했기 때문.[19]
그처럼 영웅들의 영혼 갇혀 있다.[20]
시인들은 또한 정신적인 자들로서
세속적이어야만 하리라.[21]

유일자

-두 번째 원고

그것은 무엇인가,
오래고 복된 해변에
나를 붙들어 잡아, 내가
나의 조국보다도 그 해변을 더 사랑하게 만드는 것은?
왜냐면 마치 천국적인
감금 안에서 허리를 굽힌 것처럼, 불타는 대기 안에
내가 있기 때문에. 돌처럼 아폴론이
왕의 모습을 하고 걸었으며,
그리고 순진한 젊은이들을 향해서
제우스가 내려오고 성스럽게
그 드높은 자 아들과
딸들을 사람들 사이에 낳게 한 곳 어디인가?

드높은 사념은
많은 것
아버지의 머리로부터 솟아나와
위대한 영혼
그로부터 인간에게로 왔도다.
엘리스와 올림피아에 대해
내가 들었으며
파르나소스 위에 내가 섰었고
이스트모스의 산들을 넘어

또한 그 위쪽
스미르나의 곁에 섰다가 내려와
에페소스 곁에 내가 갔었다.

많은 아름다운 것을 나는 보았고
인간들 사이에 살아 있는
신의 형상을 나는 노래했도다,
왜냐면 공간과 같이
천국적인 것 청춘시절에는
수를 헤아릴 만큼 풍요롭기 때문, 그러나
오 그대 별들의 생명과
그대 생명의 용감한 아들들이여
나는 그대들 가운데 내가 사랑하는
일자를 아직 찾고 있노라,
그대들이 그대들의 족속의 마지막인 자
가문의 보물을
낯선 손님인 나에겐 숨기고 있는 그곳에서.

나의 스승이며 주님이시여!
오 그대, 나의 선생이시여!
어찌하여 그대는 멀리
떨어져 머물고 있는가? 그리고

나이 든 사람들
영웅들과
신들에게 내가 물었을 때
어찌하여 그대는 그 자리에 없었는가? 이제
내 영혼은 비탄으로 가득 차 있도다,
그대 천국적인 자들이여, 내가 일자에게
봉헌하기를 열망했을 때,
다른 자들 나에겐 미치지 못했을 때.

그러나 나는 알고 있다, 그것은
나 자신의 잘못임을! 왜냐면,
오 그리스도여! 그대에게 내가 너무도 매달렸기 때문,
또한 과감히 고백하자면,
헤라클레스의 형제인 것처럼
그대는 또한 에비어의 형제이도다,
백성들의 죽음에의 욕망[1]을 억제하고 덫을 잡아채버린[2] 그,
인간들은 잘 알고 있다,
그들 죽음의 길을 가지 않고 분수를 지켜서
일자가 그 자체로 그 무엇이 되고,[3] 순간을,
위대한 시간의 숙명을, 그들의
불길을 두려워하면서, 그들이 맞부딪치는 것을. 또한
다른 길을 갈 때에도 그들은 또한

어디에 숙명이 있는지를 알며, 그러나
인간들이나 법칙들[4]을 균일하게 하며 그것을 안전하게 만든다.

그러나 그의 분노 불타오른다. 말하자면 그것은
징후가 대지를 건든 것이다, 차츰
눈으로부터 나와서 마치 사다리를 타고 온 것처럼.[5]
이번이다. 다른 경우 고집스럽게, 지나치게
한계도 없이, 인간들의 손길
살아 있는 것을 공격했고, 하나의
반신에게 어울리는 것보다 더하게,
성스럽게 규정되어 있는 것을 그 계획은 넘어선다.
말하자면 악령이 행복한 고대를 점령한 이래로
무한하게, 오랫동안 어떤 힘이, 노래를 적대시하며, 소리도 없이,
한도 안에서 스러지며 감각의 폭력을 계속하도다.[6] 제약되지 않는 것
그러나 신은 미워하도다. 기원하면서 그러나

이 시대의 한낮이 그를 붙들어 잡아,
이 길을 가면서 세월의 꽃을 말없이 지어낸다.
또한 전쟁의 소음들, 영웅들의 역사들, 적나라한 숙명을 보

존한다,
그리스도의 태양,[7] 고해자의 정원[8] 그리고
순례자들과 민중의 방랑[9]과 파수꾼의
노래와 음유시인의
또한 아프리카 사람의 문자[10]가, 그리고 명성도 없이
숙명이 그를 붙잡는다, 이제
비로소 바르게 제 날을 맞은 이들, 그들은 아버지다운 제후
들이도다.[11] 왜냐면 그 지위는
여느 때보다 한층 더 신적이기 때문에. 빛은
성인成人이 된 남자들에게 더 어울리기 때문에. 젊은이에게
는 그렇지 않다.
조국도 역시.[12] 말하자면 싱싱하게

아직은 다 닳지 않고 고수머리로 가득하다.[13]
대지의 아버지[14]는 말하자면
아이들이 있는 것, 그리하여 선한 것의
확신이 여전한 것을 기뻐한다. 그처럼
한 가지가 남아 있음이 그를 기쁘게 한다.
또한 몇몇은 구조되어서
마치 아름다운 섬 위인 양 한다. 이들 박식하다.[15]
말하자면 무한하게
유혹의 대상이었다.

수없이 쓰러졌도다. 대지의 아버지
시간의 폭풍 가운데서
불변하는 것을 예비할 때,[16] 그랬다. 그러나 끝나고 말았다.

파트모스
-홈부르크의 방백에게 바침

가까이 있으면서
붙들기 어려워라, 신은.
그러나 위험이 있는 곳엔
구원도 따라 자란다.[1]
어둠 속에 독수리들은
살고, 두려움 없이
알프스의 아들들 심연 위에 가볍게
걸쳐 있는 다리를 건넌다.
그리하여, 거기 시간의 꼭대기
사방에 쌓여 있고, 가장 사랑스러운 자들
멀고 멀리 떨어져 있는 산들 위에
지친 채, 가까이 살고 있도다,
그러니 우리에게 순결한 물길을 달라,
오 우리에게 날개를 달라, 진실하기 그지없이
거기를 넘어가고 다시 돌아오도록.[2]

내 그렇게 말하자,
짐작했던 것보다 더욱 빨리,
그리로 가리라곤 생각도 못 했던
먼 곳으로, 한 정령 내 고향으로부터
나를 데려갔다. 내가 떠났을 때,
고향의 그늘진 숲과,

그리움에 사무친 시냇물
어스름 속에서 가물거렸다.[3]
나는 결코 그 땅들을 안 적이 없었다,
그러나 곧 신선한 광채 가운데
신비롭게도
황금빛 연기[4]에 휩싸여
태양의 발걸음에 맞추어
재빨리 자라나
수천의 봉우리들과 함께 향기를 뿜으면서

아시아는 내 눈앞에[5] 피어났다. 하여 눈부셔 하며
나 알고 있던 하나를 그곳에서[6] 찾으려 했다, 내
널따란 길거리에는 익숙해 있지 않았기에. 거기
트몰루스 산으로부터
황금으로 장식한 팍토르 강[7]이 흐르며
타우루스 산과 메소기스 산 서 있고
조용한 불길처럼
꽃으로 가득한 정원 서 있다. 그러나 빛살 속에서
높은 곳엔 은빛의 눈[8]이 만발하다.
다가설 수 없는 암벽에는
영원불멸한 생명의 증인으로
고색창연하게 담쟁이 자라고

살아 있는 기둥들, 삼나무, 월계수로
장려한,
신성하게 세워진 궁전 떠받혀 있다.

그러나 아시아의 문을 에워싸고
불확실한 대양의 평원에는
이리저리 뻗어나가면서
그늘도 없는 바닷길은 수없이 웅얼거린다,
그렇건만 사공은 섬들을 알고 있다.
하여 가까이 있는 섬들의 하나
파트모스라는 것을
내 들었을 때,
내 그곳에 찾아들어 그곳
어두운 동굴[9]에 다가가고픈 마음
참을 수 없었다.
왜냐하면 사이프러스처럼
샘들이 많은 섬들도 아니며 혹은
다른 섬처럼
파트모스 멋있게 자리 잡지도[10] 못한 때문이다,

그러나 그 섬
더욱 가난한 집에서

여전히 손님을 반기며
난파를 당하거나
고향 혹은
세상을 떠난 친구를 슬퍼하면서
낯선 자 하나 그 섬에 다가오면
기꺼이 이를 들어준다, 또한 그 섬의 아이들
뜨거운 광야의 목소리들,[11]
모래가 떨어지고 들판이
갈라지며 내는 소리들
그의 탄식을 들어주고 사랑스럽게
이 모두 그 사나이의 반향하는 탄식으로 다시 울린다. 그처럼
한때 이 섬 신이 사랑했던
예언자[12]를 보살펴주었다. 그 예언자 복된 청년시절

지고한 자의 아들과 함께
떨어질 수 없도록[13] 길을 갔었다
왜냐하면 뇌우를 지니고 있는 분 그 제자의
순진함을 사랑하셨고 그 주의 깊은 사람
신의 얼굴을 정확하게 보았기에,
그때, 포도나무의 비밀스러움을 곁에 두고,
만찬의 시간에 함께 앉았을 때,
그 위대한 영혼 가운데, 조용히 예감하면서

주께서 죽음과 최후의 사랑[14]을 선포하셨다. 그것은 그때
주께서 자비에 대해서도
세계의 분노를 보고 달래줄 말도
충분히 지니고 있지 못했던 까닭이다.
왜냐하면 모든 것이 좋은 것이기 때문에.[15] 그리고 그는 죽었다.
그 일에 대해 할 말은 많으리라.[16] 하여 친우들은
의기에 차 바라보는 그를, 더없이 기꺼운 분을 마지막에 보았다,[17]

그러나 그들은 이제 저녁이 되었을 때,
놀라워하면서, 슬퍼했다.[18]
왜냐하면 그 사람들 영혼 가운데
위대하게 예정되어 있었던 것을 지니고 있었지만,
태양 아래서 그들 삶을 사랑했고
주님의 면전에서
그리고 고향으로부터 떨어지려 하지 않았기 때문이다,
쇠 속을 불길이 뚫고 가듯[19]
그것이 마음속에 꿰뚫어 박히고 그들의 곁으로는
사랑하는 그림자가 함께 가고 있었다.
때문에 그분은 그들에게 성령을 보내셨고
따라서 집들이 흔들렸고 신의 뇌우가

멀리서 천둥치면서
예감하는 자들의 머리 위에 밀려왔다. 그때 깊이 생각하면서
죽음의 영웅들은 한데 모였다,[20]

그때 떠나가면서
다시 한 번 그분 그들에게 모습을 나타냈다.
그때 태양의 한낮
위풍당당한 낮이 꺼져버렸고[21]
곧게 빛을 내는
왕홀[22]을 성스럽게 괴로워하면서 스스로 깨뜨려버렸기 때문이다.
시간이 되면
제때[23] 돌아와야 했기 때문이다. 뒤늦게 이룩됨
좋지 않을 터이다, 또한 인간의 업보
갑자기 중단하면서 불성실했었다.[24] 하여
그때로부터
기쁨[25]이었으니
사랑하는 밤에 깃들며, 간결한 눈길 안에
꼼짝없이 예지의 심연을 지켜나감이. 하여 저 깊숙이
산록에서는 또한 생생한 영상들 푸르르다,[26]

그러나 두려운 일이다, 여기저기

무한히 살아 있는 것 신께서 흩뿌리심은.
왜냐하면 벌써 충실한 친우들의
면전을 떠나
산들을 넘어 멀리
홀로 넘어가는 것만은 두려운 일
천상의 정신이 일치하여
이중으로 인식되었을 때.[27]
그리고 그것은 예언된 것이 아니라
머릿단을 움켜잡았다,[28] 그 자리에서
갑자기 멀리 서둘러 가면서
신께서 그들을 뒤돌아보았을 때,
그리고 신이 멈추도록 간구하면서,
마치 황금빛 밧줄에 묶인 것처럼
악령을 불러 쫓으면서 그들 서로 손길을 건네었을 때[29] —

그러나 그다음에
아름다움[30]이 지극히 매달려 있었던
그가 죽어서 그의 모습 가운데
한 기적 일고 천상적인 자들 그를 가리켰을 때,
또한 하나의 수수께끼 영원히 이어져
기억 속에 함께 살았던
그들이 서로를 이해할 수 없고, 모래나

버들만을 휩쓸어갈 뿐만 아니라
신전들도 덮쳐버릴 때,[31]
반신과 그 종족의
명예도 바람에 날리고,
지고한 자
얼굴조차도 돌려버리실 때,
천국의 어디에서도
또는 푸르른 대지 위에서도 불멸하는 것 더 이상 찾을 수
없으니,
이것이 무엇이란 말인가?[32]

그가 키를 들고 밀을 떠올려
타작마당 위로 흔들면서 깨끗한 곳을 향해
흩뿌릴 때 그것은 씨 뿌리는 이의 파종이다.
쭉정이는 그의 발 앞에 떨어지지만
알맹이는 끝에 이른다.
또한 몇몇 낟알이 잃어 없어지고 말씀에서
살아 있는 소리가 사라져버려도
나쁠 게 없다.[33]
신적인 일도 우리들의 것과 전혀 다르지 않고
지고한 자 모든 것을 한 번에 원하지 않기 때문이다.
말하자면 광맥이 철을 지니고 있고

에트나 화산이 이글거리는 송진을 지니고 있듯이
그처럼 나도, 하나의 동상[34]을 지어가지고
본래의 모습과 비슷하게
그리스도를 볼 만큼, 재산 지니고 있는지도 모른다.

그러나 한 사람 제 스스로 채찍질하고
슬프게 말하면서, 도중에, 내 무방비 상태일 때
나를 덮쳐서 놀라워하며 하나의 종복인
내가 신의 모습을 모방하고자 했을 때 —
분노 가운데 명백히 내
천국의 주인들을 보았으니, 내 무엇이 되지 않고 오히려
배워야 함을. 그들은 자비롭지만 그들의 지배가 계속되는 한
그들이 가장 싫어하는 것은 거짓이다, 그리고 그때
인간적인 것 더 이상 인간들 가운데 효험이 없다.[35]
인간이 지배하는 것이 아니라, 불멸하는 자들의 운명이
지배하며 그들의 업보는
제 힘으로 진전하며 서둘러 종말[36]을 찾기 때문이다.
말하자면 천상의 승리가 더 높이 이를 때면
지고한 자의 환희에 찬 아들
강한 자들에 의해 태양처럼,

암호의 표지라 불린다,[37] 여기에

노래의 지휘봉[38] 아래로 지시해 보인다,
아무것도 천한 것이 없기에. 죽은 자들을
아직 거칠음에 갇힌 자 아니라면
그 지휘봉은 일깨워 세운다. 그러나
많은 겁먹은 눈들
빛을 보려고 기다리고 있다. 그 눈들
날카로운 빛살[39]에 피어나려 하지 않는다.
그들의 용기를 억누르고 있는 것이 황금의 재갈이지만,
그러나 마치
부풀어오르는 눈썹에
세계를 잊어버리기라도 한 듯
조용히 빛나는 힘이 성스러운 기록에서 떨어지면
은총을 누리면서 그 눈길들
조용한 눈빛을 스스로 익힌다.

또한 천상적인 것들 이제
내 믿는 바대로 나를 사랑한다면
얼마나 더욱 그대[40]를 또한 사랑하랴,
내 한 가지를 알고 있으니
영원한 아버지의 뜻
더 많이
그대에게 향해져 있음을. 천둥치는 하늘에

그의 징표는 고요하다.[41] 그 아래 한 사람은
평생을 서 있다. 왜냐하면 그리스도는 아직 살아 있기에.
그러나 영웅들, 그의 아들들
모두 도래했고 그 이에 대한
성스러운 문자, 그리고 번개는
지상의 행위들로, 끝날 수 없는 경주에 의해
지금까지도 해명되고 있다. 그러나 그이 그 가운데 함께하신다.
그의 업보 처음부터 그에게 모두 알려져 있기 때문이다.

너무도 오래, 이미 너무 오래
천상의 것들의 영광[42]은 눈에 비치지 않았다.
거의 우리의 손가락을 그들이
이끌어야 하며, 부끄럽게도
어떤 힘이 우리의 마음을 앗아가고 있기 때문이다.
천상의 자들 모두 제물을 원하고 있기에
제물의 하나 빠지게 되었을 때
좋은 일이 있어본 적이 없었다.
우리는 어머니 대지를 섬겼고
근래에는 태양의 빛을 섬겼다.
부지중에, 그러나 아버지
삼라만상을 다스리시는 그분

가장 좋아하시는 것은 확고한 문자
가꾸어지고, 현존하는 것이 훌륭하게
해석되는 일이다. 독일의 노래 이를 따라야 하리라.[43]

파트모스
-홈부르크의 방백에게 바침
나중 원고의 단편

자비로 가득 차 있다. 그러나 아무도
혼자서 신을 붙들지 못한다.[1]
그러나 위험이 있는 곳엔
구원도 따라 자란다.
어둠 속에 독수리들은
살고, 두려움 없이
알프스의 아들들 심연 위에 가볍게
걸쳐 있는 다리를 건넌다.
그렇기 때문에, 거기 광채를 둘러싸고,
시간의 꼭대기 사방으로 쌓여 있고,[2]
가장 사랑하는 자들, 저 멀고도 멀리 떨어져 있는 산들 위에,
지친 채, 가까이 살고 있다.
그러니 우리에게 순결한 물길을 달라,
오 우리에게 날개를 달라, 진실되기 그지없는 생각으로
거기를 넘어가고 다시 돌아오도록.

내 그렇게 말하자, 짐작했던 것보다
더 교묘하게 그리로 가리라고는
생각하지도 않았던 먼 곳으로
멀리 한 정령이
고향으로부터 나를 데려갔다. 그것은 인간과 비슷하게
어스름 속에서 차림새를 갖추고 있었다.

고향의 그늘진 숲과
그리움에 사무친 시냇물로
내 갔을 때, 나는 그 땅들을 결코 안 적이 없었다.
그러나 우리와 함께 고통하며 많은 경험을 했다, 여러 차례.
그리하여 신선한 광채 가운데, 신비롭게도,
황금빛 연기에 휩싸여
태양의 발걸음에 맞추어,
재빨리 자라나,
수천의 식탁에서 향기를 뿜으면서, 그때,

아시아는 내 눈앞에 피어났다, 하여 눈부시어 하며
나 알고 있었던 하나를 찾으려 했다, 내
그렇게 넓은 길거리에 익숙하지 않았기 때문에. 거기
트몰루스 산으로부터
황금으로 장식한 팍토르 강이 흐르며
타우루스 산맥과 메소기스 산 서 있고
꽃으로 정원은 거의 졸고 있다.

요르단으로부터 그리고 나사렛으로부터
그리고 호수로부터 멀리, 카파르나움에서,
그리고 갈릴리에서 대기大氣, 그리고 카나로부터.[3]
잠시[4] 나는 머물 것이라고 그는 말했다. 그러니까
물방울로 그는 빛의 한숨을 달래고, 그러한
나날에 목마른 들짐승 같았다,
죽임을 당한 작은 어린아이들이, 고향 같은 우아함이
죽어가며 시리아[5]를 애통해했던 나날에.
또한 세례자의 머리 꺾이어 시들지 않는 문자처럼
머무는 생반 위에서[6] 볼 수 있었다. 신의 음성은
불길과도 같았다. 그러나 위대함이
위대함 안에 보존되는 것은 어려운 일.
목초지가 아니다. 일자는
시작에 머무는 법. 그러나 지금
이것은 다시 나아간다, 여느 때처럼.

요한. 그리스도. 이 후자를 나는
노래하고 싶다, 헤라클레스처럼, 또는
이웃한 섬을 넓은 파랑의 사막에서 가져온
시원한 바닷물로 싱싱하게 만들며, 페레우스를
꼭 붙잡아 구했던 섬처럼.[7] 그러나
그것은 안 될 일. 운명은 다른 것. 한층 신비스러운 것.

노래하기 한층 풍요로운 것. 그것 이래로
전설은 끝을 알 수 없는 것. 그리고 지금
나는 예루살렘을 향한 고상한 사람들의 편력[8]을,
또한 카노사에서 방황하는 고통과
하인리히를 노래하고 싶다.[9] 그러나
용기가 나를 버리지 않기를. 이것을 우리는
미리 알고 있어야만 한다, 말하자면 그리스도 이래로
이름들은 아침 바람결과도 같으니까.[10] 꿈들이 된다.
오류처럼 가슴에 떨어져 살해한다, 만일 일자가

그것들이 무엇인지 깊이 생각하고 이해하지 않는다면.
그러나 그 주의 깊은 사람
신의 얼굴을 보았다,[11]
그때, 포도나무의 비밀을 곁에 두고 그들
만찬의 시간에 함께 앉았을 때,
그리고 위대한 영혼 안에, 잘 골라서, 주님은
죽음을 선포하고, 그리고 마지막 사랑을 선포했다.
그에게 선량함에 대해서 하실 말씀
그리고 긍정을 긍정하실 말씀
충분치 않았기 때문. 그러나 그의 빛은
죽음이었다,[12] 세상의 분노는 인색하기 때문에.
그러나 그는 이것을 알고 있었다. 모두 좋다. 곧이어 그는 죽었다.
그러나 허리를 굽힌 채, 그럼에도 불구하고, 신 앞에서,
마치 한 세기가 굽이를 돌아가기라도 하듯[13] 깊은 생각 가운데, 진리의 환희 속에서
마지막으로 친구들은 부정하는 자의 모습[14]을 보았다.

그러나 그들은 슬퍼했다, 이제
저녁이 되었음을. 말하자면 순수한 것은
숙명이니까, 하나의 심장을 가진 생명은
그러한 얼굴 앞에, 중간을 넘어 이어간다.
피할 수 있는 것은 많다. 그러나 숭배가 있는 곳에
너무 많은 사랑에게는
위험하고 대부분 정곡을 찌른다. 그러나 그런 자들
주님의 얼굴로부터
떨어지려 하지 않고 고향으로부터도 그러했다. 쇠 속의
불처럼 이것은 타고났다, 또한 마치 전염병처럼,
그들의 곁에 사랑하는 이의 그림자 걸어갔다.
그 때문에 그는 그들에게
성령을 보냈고, 당연히 집을
뒤흔들었고 신의 뇌우가
멀리 천둥소리 내며 굴렀다, 사나이들을 만들어내면서, 마치 현란한 운명의,

용의 이빨들[15]이 그러했을 때처럼,

회상

북동풍[1]이 분다,
불타는 영혼과 탈 없는 항해를
사공들에게 약속함으로써
나에겐 가장 사랑스러운 바람.
그러나 이제 가거라,[2] 가서
아름다운 가론 강과
보르도의 정원에 인사하거라
거기 가파른 강변에
작은 오솔길 넘어가고 강으로는
시냇물 깊숙이 떨어져내린다. 그러나 그 위를[3]
떡갈나무와 백양나무 고귀한 한 쌍이
내려다보고 있다.

지금도 잘 기억하고 있거니
느릅나무 숲의 넓은 우듬지
물레방아 위에 머리 숙이고
마당에는 그러나 무화과나무 자라고 있음을.
축제일이면
그곳 갈색 피부의 여인들
비단 같은 대지를 밟고 가며
밤과 낮이 똑같은
삼월에는

느릿한 오솔길 위로
황금빛 꿈에 묵직해진
잠재우는 바람들 불어온다.

그러나 나에게
짙은 빛깔[4]로 가득 찬
향기 나는 술잔 하나 건네어달라,
그것으로 내 쉬고 싶으니,
그늘 아래서의 한 잠 감미로울 터이기에.
영혼도 없이
죽음의 사념에 놓이는 것은
좋은 일이 아니다. 그러나
하나의 대화 있어 진심 어린 뜻을
말하고
사랑의 나날과
일어난 행위[5]에 대해 많이 들음은 좋은 일이다.

그러나 친우들은 어디 있는가?[6] 동행자와 더불어
벨라르민은? 많은 사람들은
원천에 가는 것을 부끄러워한다.
왜냐하면 풍요로움은
바다에서 시작하기 때문. 또한 그들

마치 화가들처럼[7] 대지의 아름다움
함께 모으고 날개 달린 싸움[8]도
주저하지 않는다. 또한
홀로, 거둔 돛대 아래
밤으로 도시의 축제일
현금의 탄주와 몸에 익힌 춤이
빛나지 않는 곳에 수년을 사는 일도.

그러나 이제 사나이들
인도를 향해[9] 갔다.
거기 바람 부는 곶[10]
포도원, 도르도뉴 강이
흘러와 장엄한
가론 강과 합쳐
바다의 넓이로
강물은 흘러 나간다. 그러나
바다는 기억을 빼앗고 또 주나니
사랑은 또한 부지런히 눈길을 부여잡는다.
머무는 것은 그러나 시인들이 짓는다.[11]

이스터 강

이제 오너라, 불길이여!
우리는 한낮을 보기를
갈망하고 있도다,
또한 시험이
무릎을 뚫고 갈 때
누군가 숲의 외침[1]을 알아차려도 좋다.
우리는 그러나 인더스로부터
그리고 알페우스로부터
멀리서 다가와[2] 노래하도다,[3] 우리는
숙명적인 것을 오랫동안 찾았노라,
날아오름 없이는 누군가
지척을 향해서 붙들어 잡을 수 없으며
곧장
다른 쪽으로 넘어올 수 없도다.[4]
그러나 우리는 이곳에 지으려 한다.
왜냐면 강물들이 땅을
일굴 수 있도록 만들어주기 때문. 말하자면 잡초들
자라고 그곳으로 여름이면
짐승들 물을 마시려고 간다면
그처럼 인간들도 그곳으로 가리라.

그러나 사람들은 이 강을 이스터라 부른다.[5]

이스터 강은 아름답게 깃들어 있다. 나무줄기의 이파리 불타고[6]
움직인다. 나무줄기들은 서로가
거칠게 곧추서 있다.[7] 그 위쪽으로
제2의 척도
암벽의 지붕이 솟아 있다.[8] 그리하여
그 강이 멀리 반짝이며, 아래 올림포스에서 헤라클레스를
손님으로 초대한 일 나를 놀라게 하지 않는다.
헤라클레스,[9] 그늘을 찾으려고
뜨거운 이스트모스로부터 왔도다,
왜냐면 그 자체 용기로
가득 차 있었고, 정령들 때문에
신선한 대기도 필요했기 때문이다.
그렇기에 그자 기꺼이 드높이 향기 내며, 검은
소나무 숲으로부터 이곳 수원水源과 황색의 강변으로[10] 왔도다,
거기 깊숙한 곳에서
한 사냥꾼 한낮에
기꺼이 거닐고 있도다, 그리고
이스터의 송진 품은 나무들에서
성장의 소리 들을 수 있도다,

그러나 그 강은 거의
뒤를 향해 가는 듯이 보인다.[11] 그리고
내 생각하기는, 그 강
동쪽에서 오는 것이 틀림없다.
그 일에 대해
할 말은 많으리라. 그러나 어찌하여
그 강은 산들에 곧바로 매달려 있나? 다른 강
라인 강은 한쪽으로
흘러가버렸다. 강물들
메마른 곳에서 가는 것 헛된 일 아니다. 그러나 어떻게? 그
어떤 것이 아니라,
그럴듯한 한 징후가 필요하다. 그렇게 하여 그것은 해와
달을 마음 안에,[12] 갈라짐 없이 품고,
계속해 간다, 한낮과 밤도 역시, 그리고
천국적인 자들 서로를 따뜻하게 느끼고 있다.
그렇기 때문에 그것들은 또한
지고한 자의 기쁨이다. 그렇다면 어떻게
그는 아래로 내려온단 말인가? 마치 헤르타가 초록빛이듯,
하늘의 아이들도 그러하다.[13] 그러나 그 강은 구혼자 아니며
나에게 너무도 참을성이 많아 보인다,[14]
그리고 거의 조롱하는 듯 보인다. 말하자면

그 강이 자라기
시작하는 청년시절 한낮은
시작하는 것이고, 다른 강[15]은
이미 드높이 휘황찬란함을 몰아가고, 망아지처럼 그 강은
몸을 비벼 울타리를 무너뜨리며, 그리하여
대기는 멀리서부터 그 분망의 소리를 들으며,
그 강은 만족해한다.[16]
그러나 바위는 찌름을 필요로 하고[17]
대지는 쟁기질을 필요로 한다,
지체함 없이는 깃들만한 것이 못 되리라.
그러나 그 강이 무엇을 하는지
아무도 알지 못한다.

므네모쉬네[1]

불길에 담겨지고 익혀져
열매들 무르익고 지상에서 시험되었다. 또한
모든 것, 뱀처럼 꿈꾸며
천국의 언덕으로
올라가는[2] 법칙은
예언적이다.[3] 또한 많은 것은
어깨 위에 올려진
장작더미의 짐처럼
지켜져야 한다.[4] 그러나 길들은
험악하다. 왜냐하면 마치 야생마처럼
갇혀 있던 요소와 지상의 오랜 법칙
바르게 가지 않기 때문이다.[5] 그리고 언제나
하나의 동경은 무제약을 향한다. 그러나 많은 것은
지켜져야만 한다. 또한 충실함은 필연이다.
그렇지만 우리는 앞으로도 뒤로도
보려 하지 않는다.[6] 마치 호수의
흔들리는 배 위에서인 양 우리를 흔들리게 맡긴다.

그러나 사랑스러운 삶은? 대지 위
햇볕과 메마른 먼지
그리고 고향 숲의 그림자를 우리는 본다. 그리고
탑의 옛 용두머리 지붕들에서는

연기 평화롭게 피어오른다. 말하자면 영혼이
응수하면서 천상의 것에 생채기 내었다면
한낮의 표지는 좋은 것이다.[7]
왜냐하면 은방울꽃처럼 눈이
고귀한 품성 어디에
있는지 가리켜 보이면서 알프스의
푸르른 초원 위에 절반쯤 빛나고 있기에.
거기 도중에 한번 죽은 자에게
세워진 십자가를 말하면서
드높은 길을
한 방랑자 분노하면서
멀리 예감하며 다른 이와 함께
가고 있다. 그러나 이것이 무엇이란 말인가?[8]

무화과나무 곁에서 나의
아킬레우스 나로부터 죽어갔고[9]
아이아스
바닷가 동굴 곁,
스카만드로스에 가까운 시냇가에 죽어 있다.
관자놀이에 한때 부는 바람,[10]
움직이지 않는 살라미스의 확고한
습관을 따라서, 낯선 곳에서, 위대한

아이아스는 죽었다.
파트로클로스는 그러나 왕의 갑옷을 입고 죽었다.[11] 그리고
또 많은 다른 이들도 죽었다. 키타이론 산 곁에는 그러나
므네모쉬네의 도시, 엘레우테라이[12] 놓여 있었다. 신도
그의 외투를 벗었고,[13] 이후 저녁 어스름[14]은
머리를 풀었다.[15] 천국적인 것들은 말하자면,
한 사람 영혼을 화해하면서
추스르지 아니하면 꺼려하나니, 그 한 사람 그렇지 않을 수 없다.
그러한 자에게 비탄은 잘못이리라.[16]

VII

1793 ~ 1806

초안들, 비교적 규모가 큰 단편들과 스케치

Die [illegible], still widerklingende,
Die [illegible]wandelnden [illegible] voll,
Und [illegible] die allgebende,
Heilig[illegible] [illegible]; [illegible] [illegible] [illegible]
Die [illegible] und [illegible]
[illegible] [illegible] voll und [illegible]
[illegible], ein [illegible] [illegible]
[illegible] [illegible] die [illegible] [illegible] über den
[illegible] [illegible] die [illegible].
Die [illegible] [illegible] aber
Tiefer, zur Abendzeit,
Sich [illegible] [illegible] befinden.

Und dämmernden Auges [illegible] [illegible],
Vom ernsten Gegenstand [illegible],
[illegible] [illegible] zu [illegible], die [illegible] der [illegible].
Doch [illegible] [illegible] [illegible] [illegible] ganz [illegible],
Und als [illegible] [illegible] [illegible] [illegible],
Dein Auge [illegible], [illegible], [illegible] [illegible]
Und [illegible], [illegible] ~~[illegible] [illegible]~~ [illegible], die
Allbekannte, doch
[illegible] [illegible] die [illegible] des [illegible]. [illegible] [illegible] dir,
Und [illegible] [illegible] [illegible], [illegible] [illegible] du nicht.
Ein [illegible] mag [illegible] [illegible] [illegible]; wo aber
Ein [illegible] [illegible] [illegible] [illegible],
Da [illegible] [illegible] [illegible] [illegible].

봄에 부쳐

뺨이 시드는 것을, 팔의 힘이 쇠약해지는 것을 나는 보았네

그대 나의 마음이여! 그대는 아직 늙지 않았네. 달의 여신[1]이
총애하는 하늘의 아이를 깨웠듯이 환희가 잠에서 그대를
다시 깨웠네.
그러자 나의 누이, 감미로운 자연 나와 함께 새롭고 달아오르는
젊음을 향해 깨어나고 나의 비밀스러운 계곡들
나에게 미소 짓네, 또한 나의 사랑하는 임원들,
즐거운 새들의 합창 그리고 희롱하는 대기로 가득 차
다정한 인사의 요란한 기쁨 가운데 나에게 환호성을 울리네.
그대 마음을 회춘시키고, 들녘을 회춘시키는 성스러운 봄이여,
만세로다! 시간의 첫 아이여! 생기 돋우는 봄,
시간의 품 안에 있는 첫 번째 아이여! 힘찬 자여! 건강하시라,
만세로다! 족쇄[2]를 풀어젖히고 그대에게 축제의 노래 울리네,
하여 강변 흔들리고, 강물 전율하네. 우리 젊은이들
강물이 그대를 찬미할 때 밖으로 나와 비틀거리며 환호하네
그대 귀여운 이여, 우리들 그대의 사랑의 입김에 타오르는 가슴 드러낸다네

그리고 아래로 내려가 강물에 뛰어드네, 또한 강물과 더불어 환호하고 그대를 형제라 부르네.

형제여! 얼마나 아름답게, 수없는 환희 더불어
아! 그리고 미소 짓는 천공에서의 수없는 사랑 더불어
그대의 대지 그 안으로 춤추며 들어서는지, 천국의 계곡으로부터
그대 마법의 지팡이를 가지고 대지에 다가선 이래로, 천국의 젊은이여!
한낮이 용감하게 그림자의 승리로부터 산들을 넘어
불타오를 때, 대지가 더 다정하게 그 자랑스러운 연인,
성스러운 한낮에게 인사하는 것을 보지 않았는가! 대지가 부드럽게 달아오르며
은빛 향기의 베일 안에 가리고, 감미로운 기대 속에서 위를 바라다보는 것을.
대지 한낮에 달아오르고, 그의 평화로운 자식들
모두, 꽃들과 임원, 그리고 씨앗과 움트는 포도나무들 달아오를 때까지,[3]

잠들라, 이제 잠들라, 그대의 평화로운 아이들과 함께,

어머니 대지여! 왜냐면 헬리오스[4]가 타오르는 말들을
오래전에 휴식으로 몰고 갔음으로. 그리고 하늘의 다정한
영웅들
저기 페르세우스, 그리고 저기 헤라클레스[5] 잔잔한
사랑 안에 유유히 지나가고, 속삭이는 밤의 숨결이
조용히 그대의 즐거운 씨앗 찾아다니며, 멀리서 소리 내는
시냇물
자장가에 끼어들며 속삭이네,

어떤 나무에게

그리고 영원한 길들을
미소 지으며 우리들의 위에 그어놓았네, 세계의 지배자들
해와 달과 별들이, 또한 구름의 번개들
순간의 불길 같은 아이들 우리를 에워싸 노닐었네,
그러나 우리의 내면에는 천국의 왕들의 한 영상
우리의 사랑의 신이 시기하지 않은 채 거닐었네,
또한 향기, 봄의 은색 시간으로 길러지고
때때로 넘쳐흘렀던 순수한, 성스러운 영혼을
한낮의 반짝이는 바다 속으로,
저녁노을 안으로 그리고 한밤의 물결 속으로 섞어 넣었네.
아! 우리들 내면으로 영원한 생명 속에서 그렇게 자유롭게 살았네,
근심도 없이 그리고 조용히, 복된 꿈
이제 우리에게 차고 넘쳐 이제 먼 곳으로 날아가버리지만
마음 깊은 곳에는 여전히 생동하며 변함이 없네.
행복한 나무여! 얼마나 오랫동안, 오랫동안 내가 노래 부를 수 있고
그대의 들어 올리는 머리를 바라보면서 사라질 수 있겠는가,
그러나 보아라! 저기 움직인다, 베일에 가려진 채 아가씨들 거닐고 있다,
그 누가 알겠는가, 나의 아가씨 거기에 함께 있는지를.
나를 놓아달라, 내버려두어라, 나는 어쩔 수 없다 — 잘 있

어라! 나를 생명으로 끌어당기는구나,
하여 어린아이 걸음걸이로 사랑스러운 흔적 따라가리라.
그러나 너 착한 이여, 그대를 나는 결코 잊지 않으리라,
그대는 영원하고 나의 가장 사랑스러운 이의 모습으로 머물겠네.
또한 그녀가 나의 연인 될는지도 모를 그날이 언젠가 온다면,
오! 그때는 그녀와 함께, 그대 아래, 다정한 이여, 내가 쉬리라,
그러면 그대 화내지 않으리라, 오히려 그대 행복한 연인들 위로
그늘과 향기를 그리고 살랑대는 노래를 쏟아부으리라.

디오티마에게

오라 그리고 우리를 에워싼 환희를 보라, 시원케 하는 바람결에
　　임원의 나뭇가지들 날린다,
마치 춤출 때의 머릿단[1]처럼. 또한 소리 내 울리는 칠현금에 맞추어
　　만족스러운 정령이 그러하듯
비와 햇빛으로 하늘은 대지 위에서 유희하고 있다
　　마치 사랑싸움에서[2]인 양
현금의 탄주 위에 덧없는 소리들의
　　수많은 혼잡이 일어나고
달콤한 가락의 변화 가운데서 그림자와 빛
　　산들 넘어서 거닐어 사라진다.
이보다 앞서 하늘은 은빛 물방울로
　　자신의 형제 강물을 가볍게 건드렸고
이제 하늘은 가까이 와서 가슴에 품었던
　　값진 풍요로움 모두 쏟아놓는다,
임원과 강 위로, 그리고
그리고 임원의 푸르름, 그리고 하늘의 영상 강물 안에서
　　가물거리고 우리들 앞에서 사라진다.
그리고 자신이 품에 숨겨둔 오두막들과 암벽들
　　함께한 고독한 산정
그리고 그것을 둘러 산언덕들, 마치 양떼처럼, 진을 치고

피어오르는 덤불 속에
마치 부드러운 양털 안인 것처럼 덮여, 산의
맑고 청량한 샘물을 마시고 있다,
그리고 씨앗과 꽃들을 데리고 있는 김을 뿜는 계곡과
우리들 앞의 정원이
가깝게 또 멀리 달아나고, 즐거운 혼돈 가운데 모습을 잃는다,
그리고 태양이 꺼진다.
그러나 이제 하늘의 파랑이 소리 내며 흘러갔고
그리고 깨끗해지고, 회춘되어
복된 아이들과 함께 대지는 목욕에서 솟아오른다.
더욱 즐겁고 생생하게
임원에서 푸르름 빛나고, 꽃들 황금빛을 더해 반짝인다,

목동이, 강물 속으로, 던져버린 양떼처럼, 하얗게,

노이퍼에게

형제 같은 마음이여! 이슬 내리는 아침처럼 나 그대에게 가리
다정한 꽃의 받침 그대를 맞듯이 그대 열리기를.
그대 하늘 하나 맞으면, 환희의 황금빛 구름
서두르는 다정한 음성으로 아래로 살금살금 내린다.
친구여! 나는 나를 알지 못한다, 나는 사람을 결코 알지 못한다,
또한 정신은 모든 사념을 이제 부끄러워한다.
그 정신은 그 모든 사념을 붙들려 했다, 마치 지상의 사물들
붙들 듯이
그러나 현기증이 그를 감미롭게 엄습하였고, 그의 사념들의
영원한 요새는 무너졌다

백성들 침묵하고 졸고 있었다…

백성들 침묵하고 졸고 있었다, 그때 운명은
알았다, 그들 영원히 잠든 것이 아니라는 것을. 그리고
자연의 가차 없는, 두려운 아들
불안의 오랜 정신이 다가왔다.
그 정신, 대지의 심장에 끓고 있는,
잘 익은 과일나무 같은[1]
옛 도시들을 흔들어대는, 산들을 잡아채고,
참나무들과 암벽을 감아 내리는 불길처럼 일어났다.

마치 끓고 있는 바다처럼 무리들 광란했다.
또한 해신처럼, 들끓는 소동 가운데서
많은 위대한 정신[2] 군림하고 지배했다.
불처럼 붉은 많은 피 죽음의 들판에서 흘러내렸고
모든 소망과 모든 인간의 힘이
한 곳, 엄청난 싸움터에서 광란했다.
거기 푸르른 라인 강에서 티베르 강에 이르기까지
저지할 수 없는 수년간의 전투가
엉성한 질서 가운데 사방에서 일어났다.
강력한 운명이 이 시절에 모든 필멸의 자들과
대담한 유희를 펼쳤다.[3]

또한 밝고 귀여운 별들처럼 황금빛 열매들이
이탈리아의 등자나무 숲의 시원한 밤을 뚫고
그대에게 다시 반짝이고 있다.[4]

보나파르트

시인들은 성스러운 그릇이라,
그 안에 삶의 포도주, 영웅들의
정신 간직되어 담겨 있네,

그러나 이 젊은이의 정신
그 재빠른 정신, 그것을 붙잡으려 한
그 그릇을 깨뜨릴 수밖에 없지 않았던가?

시인은 자연의 정신이 그러하듯 그를 건드리지 않은 채 버려두었고
그런 소재를 만나면 시인은 장인의 어린아이가 된다네.

그는 시 안에서 살 수도 머물 수도 없으니
세속에서 살며 머물러 있다네.

두루 알려진 자에게

노래는 제비들처럼 자유롭다, 제비들 즐겁게
이 나라에서 저 나라로 날고 방랑한다, 또한 그 성스러운 족속
멀리 여름을 찾는다, 왜냐면 그것은 조상들에게 성스럽기 때문이었다,
그리고 이제 나는 그 낯선 이를, 그를 노래한다,

다른 이들 중 어느 누구도 나의 이 일을 시기하지 않는다, 그대는 그 진지한 자를
또는 그를 닮지 않았다, 이제 나로 하여금 편안하게 말하도록 용납해달라,
왜냐면 그 찬란한 자 그 자신이 기꺼이 나에게 나의 유희를 허락하기 때문에.
어디서 그가 오는가? 나는 묻고 싶었다. 독일인의 라인 강변에서
그가 자란 것이 아니다, 이 나라에, 이 검소한 나라에 사나이들 부족한 것이 아닐 때.
또한 모두를 기르고 있는 태양에서
거기에서도 역시 정령은 아름답게 성숙하고 있다,

내가 지금 경고하는 자들의 소리를 듣는다면…

내가 지금 경고하는 자들의 소리를 듣는다면, 그들 나를 비웃고 생각할는지도 모른다,
세상 물정 모르는 자 우리를 몰아내어서 일찍이 우리의 제물이 되었다고.
그리고 그들 그것으로 아무런 이득도 생각하지 않으리라,

노래하라, 오 나에게 노래하라, 불행을 예언하면서, 그대들 두려운 자들이여
운명의 신들이여 끊임없이 귓전에 대고 노래 부르라
마침내 나는 그대들의 것이다, 나는 알고 있다, 그러나 그 전에 나는
나에게 귀 기울이고 나의 생명과 명성을 차지하고 싶도다.

이별

내가 굴욕과 함께 죽는다면, 나의 영혼이
불순한 자들을 앙갚음하지 못한다면, 내가
수호신의 적들로부터 패하여
비겁한 무덤으로 내려간다면,

그때는 나를 잊어달라, 오 그때는 그대
착한 가슴이여! 나의 이름을 더 이상 추락에서 구하지 말라,
그때는 나에게 사랑스러웠던 그대
이 전에 얼굴을 붉히지 말라!

그러나 내가 그걸 모르는 건가? 슬프도다! 그대
사랑스러운 수호의 정령이여! 그대로부터 멀리 떨어져
내 심장의 현들을 갈가리 찢으며 곧
죽음의 모든 망령들 유희하리라.

그처럼 오 대담한 청춘의 머릿단이여!
내일의 나보다 차라리 오늘 너를 빛바래게 하라.

고독한 갈림길에서
고통이 나를, 나를 살해자가
내동댕이치는 이곳에서.

취소하는 시

나를 에워싸고 그대의 다정한 푸르름 희미하게 빛나니, 대
지여! 무슨 일인가?
그대 다시금 그전처럼 나에게 불어오니 산들바람이여, 무
슨 일인가?
모든 우듬지에 살랑거리는 소리 난다,

그대들 나의 영혼을 일깨우니, 무슨 일인가? 그대들 나에게
지난 과거를 일깨우고 있구나, 그대들 착한 이들이여! 오
나를 아껴주시라,
그리고 그것을, 나의 환희의 타고 남은 재를 쉬게 해주시라,
그대들 그저 못 본 척해주시라! 오

그대들 운명을 잊고 있는 신들이여, 지나가시고
그대들의 청춘 가운데서 나이를 먹어가는 자들 위에 활짝
피어나시라,
또한 그대들이 필멸의 인간들에게 기꺼이
동무가 되기를 원한다면, 많은 여인들,

그대들, 젊은 영웅들에게 피어나리라, 또한 아침이
행복한 여인의 뺨을 에워싸고,
어떤 우울한 눈 주위보다 더 아름답게 유희하리라,

또한 힘들이지 않는 자들의 노래 소리 사랑스럽게 울리리라.

아! 그전에는 나의 가슴으로부터도 노래의 샘
가볍게 찰랑대었네, 그때 나의 환희
천국적인 환희 눈에서 반짝거렸네

화해다, 오 화해이다, 그대들 착하신
그대들 언제나 변함없는 신들 멈추시라,
왜냐면 그대들 순수한 샘들 사랑하시기에

어머니 대지에게
-형제들의 노래
오트마르 홈 텔로

오트마르

열린 공동체를 대신해서 나는 노래 부르노라.
그렇게 즐거운 손에 의해서
시험 삼아 건드려진 듯, 한 가락 현이
처음부터 울린다. 그러나 기뻐하며 진지하게
곧이어 하프 위로
거장은 머리 숙이고 소리들
그에게 응할 준비를 갖춘다, 또한 그 많은 소리들
날개를 달아 다 함께 일깨우는 자의 탄주 아래
울리고 또한 가득히, 마치 바다에서인 양
화음의 구름 무한히 대기 안으로 뛰어오른다.

그러나 하프의 울림과는
다르게
노래는
백성의 합창이 된다.
왜냐면 그가 이미 충분히 징후를 가지고 있으며
그의 권세 안에 밀물과 사념처럼
천후의 불꽃 성스러운 아버지가 가지고 있을지라도
　　실로 그가 이루 다 표현할 수 없을는지 모르고

또한 어느 곳에서도 살고 있는 자들 가운데 저 자신을 찾지 못할는지 모르기 때문에
공동체가 노래를 위한 가슴을 지니고 있지 않을 때에는.

그러나 아직은

아직 시냇물이 산들로부터 소리 내며 흐르고
임원과 도시들이 강변에 피어나기 전에
그러나 바위가 처음 생긴 것처럼
그리고 그늘진 작업장에서 대지의
강철 같은 요새들이 벼리어졌듯이,
그처럼 그는 벌써 천둥소리 울리며
순수한 법을 만들고
순수한 소리를 세웠도다.

홈

그러는 사이, 오 힘센 자여
고독하게 노래하는 사람을 아껴주시고, 우리에게 노래 충분히 주시라,
우리가 생각하는 대로 우리의 영혼의 비밀

말해질 때까지.
왜냐면 때때로 나는
옛 사제의 노래를 들었기에

　　　　또한 그렇게
나의 영혼 역시 감사할 준비 갖추고 있기에.

　그러나 묶인 손을 가지고 무기고 안에서
사나이들 무료한 시간들 오락가락하면서
갑옷들을 살펴보고 있도다,
그들 진지함에 가득 차 서 있고 그들 중 한 사람 말하도다,
한때 조상들 활을 당기고
멀리 과녁을 확신했음을,
그리고 모두는 그를 믿노라
그러나 그것을 시도해서는 안 되는 일
마치 신처럼 인간의 팔들
아래로 내려뜨려지노라,
축제의 옷차림 그러한 나날에 역시 걸맞지 않도다.

　사원의 기둥들
궁핍의 나날에 버려진 채 서 있도다,
역시 북쪽에서 부는 질풍의 메아리

전당 깊숙이 울리도다,
또한 비가 이것들을 깨끗이 씻어주고,
이끼가 자라고 제비들 돌아오도다,
봄의 나날에, 그러나 그들 안에
신은 이름도 없고, 감상의 술잔과
제물을 바치는 그릇과 모든 성물聖物들
적 앞에서 침묵하는 대지에 묻히고 말도다.

텔로

누가 받기도 전에 감사하려 하며,
누가 듣기도 전에 대답하려 하겠는가?
아니다 드높은 누군가가,
소리 울리는 연설을 하고자 말하는 동안에.
그는 할 말 많고 또한 다른 법도 지니고 있도다.
또한 시간 내에 종결짓지 않는 일자一者도 있고
창조하는 자의 시간들도 있는 것이다,
마치 바다에서 바다로 높이 파도쳐 올라가
대지 위로 뻗치고 있는
산맥처럼,

많은 방랑자들 그것에 대해 말하도다,
또한 들짐승 협곡들 가운데서 방황하고
유목민은 고지를 넘어서 배회하도다,
성스러운 그늘 안에는 그러나,
초록의 언덕에는
목동이 살고 산봉우리를 바라보도다.
그처럼

독일의 노래

아침이 취하게 감동케 하면서 떠오르고
새가 제 노래를 시작하며
강이 빛살을 던지면서 더욱 빠르게
거친 길을 따라 바위를 넘어갈 때,
태양이 그를 따뜻하게 해주었으므로.

그리고
다른 나라로 가기를 동경하며
젊은이들이
또한 성문과 광장도 깨어나고
또한 아궁이의 성스러운 불길로부터
붉은 향기 올라온다, 그러면 그는 홀로 침묵한다,
그러면 그는 조용히 가슴에 심장을 간직하고
또한 호젓한 홀 안에서 깊은 생각에 잠긴다.

그러나 만일

그러면 그늘 가운데 앉아 있다,
머리 위에서 느릅나무가 살랑대면,
차갑게 숨 쉬고 있는 시냇가에서 독일 시인은
또한 노래한다, 그가 멀리 고요함 가운데로 귀 기울이면서

성스럽게 깨어 있는 물[1] 충분히 마셨을 때,
영혼의 노래를.
그리고 아직도, 여전히 정신 넘치게 채워져 있다,
그리고 순수한 영혼

그가 분노하며　　　　할 때까지

또한 부끄러움 때문에 그의 뺨 달아오른다,
노래의 낱낱의 소리 신성하지 않다,

그렇지만 그 사람의 단순함 위로
성좌들 미소 짓는다, 동방으로부터
예언하면서 우리 백성의 산들 위에
그들 머물 때에,
또한 어린 시절의 나날
아버지의 손길이 그의 머릿단 위에 놓였던 것처럼
그 가인의 머리 위에 올려놓아
그처럼 왕관을 씌워주면, 전율하며
가인의 머리 하나의 축복을 느낀다,
그대의 아름다움 때문에, 오늘날까지

이름도 없이 머물렀던, 오 지극히 신적인 분이시여!
오 조국의 선한 정령
그의 말이 노래 가운데 그대 이름 부를 때면.

새들이 천천히 이동하는 것처럼…

새들이 천천히 이동하는 것처럼
영주[1]는
앞을 바라본다, 또한 시원하게
그의 가슴으로 만남들이 불어온다,
그의 주위가 침묵하고, 드높이
공중에는, 그러나 반짝이면서
그의 영역들의 장원이 아래로 놓여 있고, 그와 더불어
처음으로 승리를 찾으면서 젊은이들 함께 있을 때.
그러나 날갯짓으로
그는 분수를 지킨다.

해안들처럼…

천상에 있는 자들이 짓기를 시작하고
파도의 작품, 호사스러운 장관壯觀이
하나씩 차례를 바꿔가며 멈출 길 없이
그 안으로 항해하여 들어오고, 대지가 그 전령의
가장 기쁜 일에 대해 좋은 분위기로
바르게 정돈하면서 채비를 갖추었을 때의
해안들처럼, 그렇게 많은 약속하면서 뜻깊은 포도주의 신과
그리스의
연인
바다에서 태어나 예절 바르게 바라다보는 그 연인과 더불어
권능 있는 재화 노래의 해안을 두드리네.[1]

고향

그리고 아무도 모른다

그러는 사이 나로 하여금 거닐도록
또한 야생의 딸기를 꺾도록 허락해달라,
그리하여 그대의 오솔길에서
그대를 향한 사랑 꺼질 수 있도록, 오 대지여

여기 ———
　　그리고 장미의 가시들과
감미로운 보리수가 너도밤나무 곁에서
향기를 품는다, 정오에, 노르스름한 곡식밭에서
성장의 소리 들리고, 꼿꼿한 줄기에
이삭이 한쪽으로, 가을처럼,[1]
그러나 굴참나무의 높은 아치 아래
고개 숙이고 있을 때, 그때 내가 깊이 생각하며
위를 향해 물으면, 종치는 소리
나에게 잘 알려진 대로
멀리서부터, 황금빛으로 소리 내며, 울리네,

새들이 다시 깨어나는 시간에. 그렇게 모든 것 만족스럽네.

말하자면 포도나무 줄기의 수액이…

말하자면 포도나무 줄기의 수액이,
온화한 성장이 그늘을 찾고
포도송이가 이파리들의 시원한
둥근 궁륭 아래 자라고
남정네들에게는 강건함이
그러나 편안하게 향기를 뿜으면서 아낙네들,
꿀벌들에게 그러할 때,
봄의 향기로움에
취하고, 태양의 정령에
자극을 받아 그들이
쫓기는 자들을 찾아 더듬어갈 때, 그러나
한줄기 빛살 타오를 때, 그들은
많은 것을 예감하며, 윙윙 소리와 함께 돌아온다,
그 위쪽에는
참나무가 살랑거리고 있다,[1]

노란 나뭇잎 위에…

노란 나뭇잎 위에
포도주의 희망, 포도송이 쉬고 있다, 그처럼 뺨 위에는
아낙네의 귀에 달린 황금빛 장신구의 그림자가
쉬고 있다.

그리고 나는 독신으로 남아 있어야 한다
그러나 쉽사리, 벗겨진
굴레 안에
어린 송아지는 걸려든다.

부지런히

그러나 씨 뿌리는 사람
한 여인 보기를 좋아한다,
한낮 손으로 뜬 양말 위에
잠에 빠지면서.

독일의 입
아름다운 소리 내려고 하지 않는다
그러나 사랑스럽게

찌르는 수염에 스치는 소리 낸다
입맞춤들이.

인간의 삶이란 무엇인가…

인간의 삶이란 무엇인가, 신성의 한 영상이다.
세속의 사람들이 모두 하늘 아래를 떠돌 때 이들은 하늘을 본다.
그러나 어떤 문자를 들여다보듯이, 읽는 가운데
인간은 무한을 본뜨고 풍요로움을 본뜬다.

단순한 하늘이 도대체
풍요롭단 말인가? 은빛 구름들은
활짝 핀 꽃과도 같다. 그러나 거기로부터
이슬과 습기가 비처럼 내린다. 그러나
푸르름이 꺼져버리면, 그 단순성은,
대리석을 닮은 단조로움은, 광석처럼,
풍요로움의 표시처럼 보인다.

신이란 무엇인가?…

신이란 무엇인가? 알 수가 없다, 그렇지만
하늘의 얼굴은 그의 본성으로
가득하다. 말하자면 번개는
신의 분노이다. 어떤 것이
보이지 않으면 않을수록, 낯선 곳으로 자신을 보낸
다. 그러나 천둥은
신의 명성이다. 불멸영원에 대한 사랑은
우리들의 재산인 것처럼
신의 재산이기도 하다.

마돈나에게

당신과
당신의 아들 때문에
저는 많이 고통스러웠습니다, 오 마돈나여,
감미로운 청춘시절
그 아들에 대해 들었던 때로부터.
왜냐면 다만 예언자 혼자가 아니라
하나의 운명 아래
종자從者들도 또한 서 있기 때문에. 제가

그리고 가장 드높은 자, 아버지에
부르려고 골똘히 생각했던
많은 노래는 저에게서
우울함이 다 빼앗아가버렸나이다.

그러나 천상의 여인이여, 그러나 저는
당신을 찬미하려 하나이다, 또한 누구도
저에게 말씀의 아름다움,
고향 같은 아름다움을 질책해서는 안 될 일,
이제 저는 홀로
들녘을 향해 가나이다, 거기 자연 그대로
백합[1] 자라고 있는 곳, 두려움 없이,
숲의

다가갈 수 없는
태고의 궁륭을 향해,
서녘의 나라,

또한 인류를
다른 신성을 대신해서
모두를 잇는 사랑이 지배했나이다.

왜냐면 그때 시작했어야 했기 때문에
이러한 때

당신의 품에서
신적인 아이 태어났고, 그의 주위에
당신 친구의 아들, 침묵의 아버지에 의해
요한이라 불린 이 있었나이다.[2] 그 용감한 이
그에게는 해석하는
혀의 권능이
주어져 있었나이다.

그리고 백성들의 두려움과
천둥과

주님의 떨어져내리는 물.

율법들은 훌륭하기 때문, 그러나
용의 이빨처럼, 그것은
생명을 자르고 죽입니다, 그것을 분노 가운데
어떤 비천한 자 또는 왕이 날카롭게 갈았을 때에는.[3]
그러나 신의 가장 사랑하는 자들에게는
침착함이 주어져 있나이다. 그런 다음 그들은 죽었나이다.[4]
그 두 사람,   그렇게 하여 당신께서는
강한 정신 가운데 신적으로 슬퍼하며, 그들이 죽는 것을 보았나이다.
그리고 그 때문에 머물고 계시나이다

그리고 미래의 성스러운 밤에[5]
누군가 회상하고 근심 없이 잠들어 있는 자들을 위해
걱정하고 있을 때
당신은 미소 지으면서
한창 피어나는 아이들에게로 오셔서, 여왕이신 당신께서
계시는 곳에 무엇을 두려워하는지 물으시나이다.

왜냐면 당신께서는 움트는 나날을
시샘하실 수가 결코 없으시기 때문에,

오히려 그 아이들 그들의 어머니보다
더 위대한 것이 당신의 마음에 드시기 때문에,
또한 회고하면서
옛것이 새로 생긴 것을 조롱하는 것
당신의 마음에 결코 들지 않을 것이기 때문이옵나이다.
사랑하는 조상들을
즐겨 생각하지 않으며
그들의 행위를 즐겨 이야기하지 않는 자,

그러나 무모한 일 일어나고,
배은망덕한 자들
분노를   일으켰을 때
너무 즐겨 바라보고
그때   을 향해서
그리고 활동을 두려워하면서
무한한 회한 그리고 낡은 것은 어린아이들을 미워하나이다.

그러므로 천상의 당신
그들을 보호해주시기를
그 어린 초목들을 또한
북풍이 불거나 독 있는 이슬 떠돌 때, 또는
너무 오랫동안 가뭄이 계속될 때

그리고 너무도 날카로운
낫 아래에서 무성하게 피어오르다가
초목들 가라앉을 때, 새로워지는 성장을 주시옵기를.
또한 다만 다양하지 않게
허약한 가지 안에
나의 힘을 여러모로 시험하면서
신선한 종족 흩뿌리지 않기를, 그러나 강하게
많은 것에서 최선의 것이 뽑히기를.

악은 아무것도 아니다.[6] 이것을
독수리가 획득물을 그렇게 하듯
나의 그 무엇이 붙들어 잡아야 한다.
다른 것도 이때 함께. 그리하여 그들
그날을 낳은
유모를 어리둥절케 하지 않나이다, 잘못
고향에 달라붙고 어려움을 조롱하면서
끝없이 어머니의 품 안에
앉아 있나이다. 왜냐면 그들
풍요로움 물려받은 분
위대하기에.
그분
무엇보다도, 사람들

순수한 법칙 안에서
황야가 신적으로 세워지는 것[7]
용납하기를, 그것으로
신의 아이들 암벽 아래
즐겁게 거닐며 임원들 자색으로 피어나고
또한 어두운 샘들도
당신에게, 오 마돈나여[8] 그리고
아들에게, 그러나 또 다른 이들에게 역시[9] 활짝 피나이다
그리하여, 마치 노예로부터인 양,
자신들의 것을 강제로 빼앗아가지 않으시나이다
신들께서는.[10]

그러나 경계들에, 거기
옛말로는 오사라고 하고
오늘날 사람들이 크노헨베르크라고
부르는 산이 있고, 토이토부르크도
역시 그곳에 있으며, 대지를 둘러싸고
영적인 물로 가득 차 있는 거기
천상적인 자들 모두
스스로 사당을[11]

한 장인

그러나 우리에게
그 일

그리고 지나치게 두려움을 두려워하지 말기를![12]
왜냐면 인자하신 이, 당신은 아니시기에

그러나 어둠의 족속이
있는 법, 이 족속 반신에게 기꺼이
귀 기울이지 않으며, 인간들과 더불어
천상적인 것이 또는 물결 가운데, 모습도 없이 나타날 때,
그 순수한 자, 가까이 있으며
사방에 나타나 있는 신의 얼굴 존중치 않나이다.

그러나 설령 세속적인 자들
떼를 지어서
불손하게

어찌 그들은 그대를 슬프게 하나
오 노래여, 순수한 것이여, 나는
죽으나, 그래도 그대는
다른 길을 가고, 시샘이
그대를 막으려 하나 헛되리라.

이제 다가오는 시간에
그대 착한 이를 만나거든
그에게 인사하라, 그러면 그는 생각하리라,
우리들의 나날 얼마나 행복으로 가득했고
또한 고뇌로 넘쳤는지를.
일자에게서 다른 자에게로 가려 한다

그러나 아직 말해야 할
한 가지 남아 있도다. 왜냐면 거의
너무도 갑작스럽게 나에게
행운이 닥쳤는지도 모르는 일이기에,
이 고독한 행운, 내가 소유 가운데

어리둥절해하면서
그림자들을 향해 몸을 돌렸다는 사실,
왜냐면 당신께서
필멸의 자들에게
시험적으로 신들의 모습 주셨기 때문에,
무엇을 위해 한마디 말인가? 저는 그렇게 생각했나이다, 왜냐면
마음을 기르는, 생명의 빛을 아끼는 자 긴 말을 싫어하기 때문에.
옛날에는
천상적인 자들 스스로 해석했나이다,
그들이 신들의 힘을 어떻게 취했었는지를.
그러나 우리는 불운으로부터
억지로 깃발을 빼앗아
해방시키는 승리의 신에게 거나이다, 그 때문에
당신께서도 수수께끼를 보내셨나이다. 그들
그 빛나는 자들은 성스럽나이다, 그러나 천상적인 자들에게
기적이 일상적으로 평범해 보이고,
훔친 전리품처럼 거인 같은 영주들이
어머니의 선물을 잡으려고 한다면,
더 높으신 분이 어머니를 도우실 것입니다.[13]

거인족들

그러나 아직은
때가 아니다. 그들은 여전히
묶여 있지 않다. 신적인 것은 참여치 않는 자들을 만나지
않는다.
그러자 그들은
델피를 셈에 넣으려 한다.
그러는 사이 축제의 시간들 안에서
내가 쉬어도 되는 때, 죽은 이들을
생각하도록 허락해달라.[1] 옛날에 많은 장수들이
또한 아름다운 여인들과 시인들이 죽었다
그리고 근래에
많은 남자들이 죽었다
그러나 나는 홀로이다.[2]

그리고 대양으로 항해하며
향기 내뿜는 섬들은 묻는다,
그들이 어디로 갔는지를.

왜냐면 이들에 대한 많은 것
충실한 문자 안에 남겨져 있고
많은 것 시대의 전설 안에 남겨져 있기 때문에.

신은 많은 것을 계시하신다.
왜냐면 벌써 오랫동안 구름들
아래로 향해 작용하고 있고
많은 것을 예비하면서 성스러운 황야들 뿌리내리고 있기
때문에.[3]
풍요로움은 뜨겁다. 왜냐면 정신을 풀어주는
노래가 없는 탓으로.
그 정신 쇠약해지는지 모르고
스스로를 향해 맞서고 있는지도 모르는 일
왜냐면 천국적인 불길은 결코
갇힘을 참지 않기 때문에.

그러나 향연은
즐겁게 해주고 또는 축제 때에는
두 눈 반짝이고 진주로
여인의 목은 빛난다.
또한 전쟁놀이도

        그리고 정원들의
통로들로는 전투의 회상이 울려 퍼지고
수척한 가슴에
아이들을 전진시키며

영웅적 조상들의
소리 울리는 무기들 쥐고 있다.
그러나 나를 에워싸
벌이 윙윙 소리 낸다,[4] 또한 농부가
고랑을 치고 있을 때 빛을 향해서
새들이 우짖는다. 많은 것들
하늘을 돕는다. 이것들을 시인은
본다. 다른 이들에게 의지하는 것은
좋은 일이다. 왜냐면 어느 누구도 홀로 삶을 짊어지지는 않기 때문에.

그러나 바쁜 날이
불붙여지고
해 뜨는 시간으로부터
번개를 이끌어오는 사슬에
천상의 이슬이 반짝일 때면
필멸의 인간들 가운데서
드높음도 자신을 느껴야 하는 법.
그 때문에 그들은 집을 짓고
일터는 돌아가고
강들을 넘어 배는 간다.
또한 바꾸어가면서 사람들

서로에게 손을 내밀고, 지상에는
생각 깊어진다. 또한
눈들 바닥에 고정되는 것
헛된 일 아니다.[5]

그대들 그러나
다른 방식을 또한 느낀다.
왜냐면 척도 가운데
순수함이 스스로를 알기 위해
조야한 것도 필요하기 때문에.[6]
그러나 만약

또한 생동케 되도록
모든 것을 뒤흔드는 자가
깊숙이 손을 넣으면,
천상적인 자 죽은 자들에게 내려오고
묶이지 않은 심연에서 모든 것을
알아차리는 가운데 힘차게
동터온다고 그들은 믿는다.[7]
그러나 나는 말하고 싶지 않다
비록 끓어오른다 해도
천상적인 자들 약해진다고는.

그러나 만약
그리고 일은 흘러간다

아버지의 가르마에, 그렇게 해서

그리고 하늘의 새가 그것을
그에게 보여준다. 경이롭게도
분노 가운데[8] 그가 이어서 온다.

언젠가 나는 뮤즈에게 물었다…

언젠가 나는 뮤즈에게 물었다, 그리고 뮤즈는
나에게 대답했다
끝에 이르면 그대는 그것을 발견하리라고.
어떤 인간도 그것을 붙잡을 수 없다.
지고한 이에 대해 나는 침묵하려 한다.
월계수처럼, 금지된 열매는 그러나
대부분 조국이다. 그것을 그러나
누구든지 마침내 맛보리라,

시작과 종말은
많이 환멸을 준다.
마지막의 것은 그러나
천국의 징후이다, 그것은
　　그리고　　인간들을
쓸어간다. 헤라클레스는 그것을
물론 두려워했다. 그러나 우리는
게으르게 태어났기 때문에, 매가 필요하다,
기사는, 사냥할 때
그의 비상을 뒤쫓는다.

안에   할 때
그리고 영주

그리고 불길과 연기[1]가
메마른 잔디밭 위에 피어난다
그러나 그 아래 뒤섞임 없이
선한 가슴으로부터, 전쟁터의
청량제, 영주의 음성 솟아난다.

예술가는 그릇을 빚는다.
그리고 그것은 팔린다

그러나
그것이 심판에 이르고
수줍게 그것이 반신의
입술에 스치게 되면

또한 가장 사랑스러운 것을

그때부터 결코
불모의 자에게 선사하지 않으면, 이제부터는
성스러움이 쓸모 있도다.

그러나 천국적인 자들이…

그러나 천국적인 자들이
세웠을 때, 지상은
고요하고, 놀란 산들은
멋진 자태를 하고 서 있다. 그것들의
이마는 눈에 선연하다. 왜냐면
그것들의 정곡을 맞추었기 때문에, 그때
그 곧바른 딸 그 신의 전율하는
빛살이 거칠게 천둥치는 자를 붙들고
위쪽에서부터는 혼란이 꺼지며
좋은 향기를 낸다.
진정하고, 안에, 이곳
저곳에,   불길 일어난다.
천둥치는 자 환희를 쏟아내고
당시 분노 가운데서
천국을 거의 잊었을는지도 모른다,
현명함이 그에게
경고하지 않았더라면.
그러나 지금
가난한 장소에 피어난다.
또한 경이롭게 커다랗게
서려고 한다.
산맥은   바다에 매달려 있다,

따뜻한 심연 그러나 바람은
섬들과 반도를 식혀주고 있다,
동굴에서 기도하도록,[1]

하나의 반짝거리는 방패
그리고 재빨리, 장미처럼

또는
다른 방법도 생긴다,
그러나 싹이 튼다

매우 무성하게
현혹하는 시기심 많은 잡초
갑자기 무럭무럭 자란다, 그 서투른 것, 왜냐면
창조자가 농을 던지지만,
그것을 이해하지 못하기 때문에. 지나치게 분노하며
그것은 붙들고 자라난다. 또한 화재처럼
집들을 집어삼키고,
치솟아오르고, 부주의하게,

공간을 아끼지 않는다. 또한
계속 끓어오르며, 김을 내뿜는 구름떼,
　　　　서투른 혼란이 길을 뒤덮는다.[2]
그렇게 하여 그것 신처럼 보이려 한다. 그러나
불친절하게 정원을 꿰뚫고 미로는
두렵게 꿈틀거린다,
그 눈을 잃은 자, 거기 순수한 손길로는
사람은 출구를 거의 찾아내지 못한다. 그는 간다, 보내어져,
그리고 찾는다, 짐승처럼,
꼭 필요한 것을.[3] 말하자면 팔로써,
예감에 차서, 표적을
맞히고 싶어 한다[4]
말하자면
천국적인 자들 울타리 또는
그들의 길을 표시해주는
표지[5], 또는 목욕을
필요로 할 때에, 마치 불길처럼
사나이들의 가슴 안에 그것은 활기를 띤다.

그러나 여전히 아버지는
다른 자들[6]을 당신 곁에 거느리고 있다.
알프스의 위에

시인들이 저 자신의 생각으로
분노하면서 해석하지 않도록
독수리에 의지해야만 하기 때문에,
새의 날개 위에
환희의 신의 보좌 주위에 깃들어
심연을 그에게 은폐시키니
노란 불꽃처럼, 격동하는 시대에
사나이들의 이마 위에
예언적인 자들 있다,[7] 두려움이
그들을 좇아하므로
지옥의 망령들[8]
그들을 부러워하는지도 모른다,

그러나 순수한 운명
그들을 내몰았다
열어젖히면서
대지의 성스러운 식탁으로부터
순화자醇化者 헤라클레스,[9]
변함없이 순수하게, 지금도 여전히
지배하는 이와 함께 그는 남아 있다,[10] 또한 숨길을 들고
쌍둥이별 아래위로 오르내린다,[11]
다다르기 어려운 층계를 따라서, 천국적인 성으로부터

산들이 멀리 끌어당길 때
한밤에, 그리고
피타고라스의
시간으로[12]

그러나 필로크테테스가 기억 속에 살고 있다,[13]

이들은 아버지를 돕는다.
왜냐면 그들 쉬고 싶기 때문에. 그러나
대지의 충동이 쓸데도 없이
그들을 자극하고
천국적인 자를
　　　　　욕망이 이용하게 되면, 그때 불태우며
그들이 온다,

숨 가쁜 자들이 —

왜냐면 사려 깊은 신은
때맞지 않은 성장을
미워하기 때문에.

말하자면 전에는, 아버지 제우스가…

말하자면 전에는, 아버지 제우스가

왜냐면

그러나 지금은 그대가
다른 충고를 찾아내었다

그 때문에 무섭게 하며
디아나 대지 위를 간다
그 여사냥꾼[1] 그리고 분노하면서[2]
무한한 의미 가득하여
우리들 위로 주님
그 얼굴을 들어 올리신다. 이러는 사이 바다가 한숨짓는다,
그가 온다면

오, 나의 조국을 아끼는 것이
가능하다면 얼마나 좋을까

그러나 너무 수줍지 않게

하겠는데　　　　　차라리
어울리지 않으며 복수의 여신과 더불어,
나의 생명 떠나가기를.
왜냐면 대지 위로 강력한 힘들
거닐고 있기 때문에,
또한 그들의 운명은
고통하고 바라다보는 이를 붙들고
백성들의 심장을 붙들기 때문에.

왜냐면 반신 또는 어떤 인간이
고통을 따라서 모든 것을 붙들어야만 하기 때문에,[3]
그가 이것을 들으며, 홀로, 혹은 스스로
변신되고, 주님의 말馬들을 멀리 예감하는 가운데,[4]

…그대는 그렇게 되어야 한다고 생각하는가…

그대는
그렇게 되어야 한다고
생각하는가, 그때처럼? 말하자면 그들은
기술의 제국을 세우고자 했었다. 그러나 이와 함께
조국적인 것 그들에 의해서
소홀히 되었고 가엾게도
그리스, 그 아름답기 그지없는 나라 멸망했다.[1]
지금은 참으로
다른 상황이다.
말하자면 경건한 자들은 당연히

그리고 모든 나날이
축제일는지도 모른다.
그러니 충실한
거장[2]은 해서는 안 된다

또한 다이아몬드를 가지고
창문에 새겨넣었듯이,[3] 게으름 때문에
나의 손가락을 가지고, 방해하고

그처럼 나에게
수도원은 웬만큼 쓸모가 있었다,

독수리

나의 아버지 거닐었네, 고트하르트 위를,
거기 강들이,[1] 아래로,
어쩌면 헤트루리아[2]를 향해 한쪽으로,
또한 곧바른 길을 따라
또한 눈雪을 넘어서
아토스[3]가 그림자를 던지고 있는
올림포스와 헤모스 산맥[4]으로,
렘노스 섬[5]의 동굴을 향하고 있는 곳.
그러나 맨 처음
인더스의 숲으로부터[6]
강하게 향기를 품으며
부모들이 왔었다.
그러나 원래의 조상은
바다를 넘어 날아왔었다
날카롭게 생각에 젖어서, 그리고
왕의 황금빛 머리는
홍수의 비밀에 대해 의아해했다,
구름들이 배의 위쪽에
붉게 수증기를 뿜고 또한 짐승들이
묵묵히 서로를 바라보며
먹이를 생각하고 있었을 때, 그러나
산들은 아직 잠자코 서 있다,

우리는 어디에 머물려고 하는가?[7]

바위는 목초에 좋다,
마른 것은 마시기에
축축한 것은 먹기에 좋다.
누군가 거주하기를 바란다면,
계단 곁이기를
그리고 작은 집이 물가에
매달려 있는 곳에 그대 머물기를.
그리고 그대가 지닌 것
숨 쉬는 일이다.
누군가 그것을 말하자면
한낮에 위쪽으로 가져왔다면,
그는 잠 가운데서 그것을 다시 발견할 것이다.
왜냐면 눈이 가려지고
발이 묶여 있는 곳에
그대는 그것을 발견하게 될 것이므로.
왜냐면 그대가 알아차리는 곳에,

너희 든든하게 지어진 알프스…

너희 든든하게 지어진 알프스여!
너희

그리고 너희 부드럽게 바라다보는 산들,
거기 숲이 무성한 비탈 위에
흑림黑林이 쏴쏴 소리를 내고
또한 전나무들의 머릿단[1]이
상쾌한 향기 쏟아붓고 있는 곳,
또한 네카 강

그리고 도나우 강이여!
한여름에 사랑하면서 열기熱氣를
정원과 마을의 보리수나무가
사방에서 날리고, 또한 거기
양버들 피어나고
성스러운 목장 위에
뽕나무 한창인 곳,

그리고

너희들 착한 도시들이여!

흉한 모습 아니며 적들과
뒤섞이어 무력하게

갑자기
길을 떠나고
죽음을 보지 않는 것.[2]
그러나 언제

그리고 슈투트가르트, 거기
찰나의 사람 내가 묻혀
누워도 되는 곳, 거기,
길이 휘어
드는 곳, 그리고
　　　바인슈타이크[3]를 에워싸고
또한 도시의 울림 다시금
저 아래 평평한 초지 위에 드러나
사과나무 밑에서 조용히 울리고 있는 곳

튀빙겐의　　　　거기
그리고 번개들이
밝은 한낮에 떨어지고
또한 로마다움을 울리면서 슈피츠베르크[4] 밖으로 굽혀드

는 곳
그리고 상쾌한 향기

그리고 틸의 계곡[5], 그 계곡

가장 가까이 있는 것
-첫 번째 착상

좋은 시간은 많이도 행한다. 8
그 때문에 환호성을 울리는
찌르레기들처럼, 10
올리브나라에서
사랑스러운 외지에서 12
태양이 찌르는 듯하고 15
또한 대지의 심장이
열리면

그리고 20
문턱들이 손님을 반겨 맞는 곳 22
꽃들로 장식된 거리에서,
그들은 말하자면 고향을 알아챈다,
만일

샤랑트 강[1]의 촉촉한 초원 위에, 28

그리고 북동풍이 날카롭게 불어서 31
그들의 눈을 대담하게 만들면,[2] 그들은 날아오른다,

가장 가까이 있는 것
-두 번째 착상

　　하늘의 창문 열려진 채이고
또한 하늘의 폭풍 일으키는 자, 밤의 정령이
풀려난 채, 우리의 땅에 대해
지껄이고, 여러 가지 언어로, 제약 없이, 그리고
5 파편을 굴리고 있었다,
시간에 이르기까지.
그러나 내가 원하는 것 온다,
만일
그 때문에 환호성 울리는
10 찌르레기들처럼,
올리브나라에서
12 사랑스러운 외지에서
15 태양이 찌르는 듯하고
또한 대지의 심장이
열리면

20 　　　그리고
22 문턱들이 손님을 반겨 맞는 곳,
꽃들로 장식된 거리에서,
그들은 말하자면 고향을 알아챈다,
만일

샤랑트 강의 촉촉한 초원 위에, 28

그리고 북동풍이 날카롭게 불어서 31
그들의 눈을 대담하게 만들면, 그들은 날아오른다,

헤센 지방 40
그리고 뷔르템베르크의
밀밭,

그리고 유명해지는 곳 46

그대들 영원한 달램 47
그대를, 그리고 구석진 곳, 48

49 그리고 아이들이 놀았던 곳

53 독일에는 많은 것들이 있다

55 한데 속해 있는 다정한 정령들의
거처가 거기에 있다, 그리하여 순결한 자들을
같은 법칙이 구분해낸다.

62 그러나 일상이 머물면
대지의 망각
그러나 거기에다 진리를
65 숨 쉬고 있는 자들에게 영원한 아버지가 주신다.

가장 가까이 있는 것

-세 번째 착상

하늘의 창문 열린 채이고[1]
또한 하늘의 폭풍 일으키는 자, 밤의 정령이
풀려난 채, 우리의 땅에 대해
지껄이고, 여러 가지 언어로, 제약 없이, 그리고
파편을 굴리고 있었다,
이 시간에 이르기까지.
그러나 내가 원하는 것 온다,
만일
그 때문에 환호성 울리는
찌르레기들처럼, 가스코뉴[2]에, 많은 정원이 있는 곳, 장소들에,
올리브의 나라에서, 그리고
사랑스러운 외지에서,
풀이 웃자라 있는 길들 곁의 샘들
사막 안에 나무들을 모르는 체하며
태양이 찌르는 듯하고
또한 대지의 심장이
열리면, 거기 참나무의
언덕을 에워싸고
불타는 땅으로부터
강물들이 그리고 거기
일요일에 춤추는 가운데

문턱들이 손님을 반겨 맞는 곳,
꽃들로 장식된 거리에서, 조용히 간다.
그들은 말하자면 고향을 알아챈다,
곧바르게   담황색의 돌에서
물들이 은빛으로 졸졸 흐르고
성스러운 초록빛이
샤랑트 강의 촉촉한 초원에 나타날 때면,

영리한 감각을 돌보면서.   그러나
대기가 갈 길을 잡고,
북동풍이 날카롭게 불어서
그들의 눈을 대담하게 만들면, 그들은 날아오른다,
모퉁이에서 모퉁이를 돌아
더욱 사랑스러운 것 알아보면서
왜냐면 그것들 언제나 틀림없이 가장 가까운 것에 의지하기 때문에,
그들은 성스러운 숲들을 보고 또한 피어나며 향기 품는
성장의 불길을 그리고 멀리 노래의 구름[3]을 보고 노래들의
숨을 들이마신다. 인식은
인간적이다. 그러나 천상적인 자들은
역시 그러한 것을 몸소 지니고 있다, 또한 아침에는
시간을 그리고 저녁이면 새들을 관찰한다. 그러니까

그러한 것은 역시 천상적인 자들에 속해 있다. 이제는 씩씩하게.
그렇지 않아도 비밀의 시간에 자연에 대해서인 듯 내가 말한 것 같다,
그들은 온다, 독일로. 그러나 지금, 대지가
바다와 같고 나라들이, 서로 지나쳐 갈 수 없는 사나이들처럼,
서로 거의 비난하고 있기 때문에, 나는 그렇게 말한다.
저녁에 잘 다듬어져 산맥은 고원에서 휘어진다.
거기 높은 초원 위에 숲들은
바이에른 평원 곁에 온전하다. 말하자면 산맥은
넓게 쭉 뻗어 있다, 암베르크의 뒤쪽 그리고
프랑켄 언덕들의 뒤쪽으로. 이것은 잘 알려져 있다.
젊은이의 산들 중 하나가 한쪽으로 산맥을 휘게 한 것은
부질없는 일 아니었다, 또한 산맥은
고향 쪽으로 향했다. 말하자면 알프스는 그에게 황무지이고
계곡을 가르고 길이를 따라서 길게 대지 위를 가고 있는
산맥도 그렇다. 그러나 거기
그렇게 가도 되리라. 거의, 순수하지 않게, 보여주었고, 또한
대지의 창자.　　　그러나 일리온 근처
독수리의 빛 또한 있었다. 그러나 한가운데는
노래들의 하늘. 나란히 그러나
강변에는 분노의 노인들, 말하자면 결정의, 그 셋

모두는 우리의 것.

티니안 섬

성스러운 황야에서[1]
헤매는 것 감미롭도다,

— — — —

또한 어미 늑대의 젖에서, 오 선한 정령이여,
고향의 땅을 거쳐서
나를 미혹하는
물길들에서,
, 여느 때보다 더 거칠게,
이제 마시는 것 몸에 익숙하도다, 버려진 아이들처럼.
언덕의 따뜻한 바닥에 낯선 날개를 단
철새들 되돌아오는 봄에

고독 가운데 휴식을 취하며
또한 갯버들에서
좋은 향기 뿜으며
나비들과 더불어
벌들이 함께 온다,
그리고 그대의 알프스

신에 의해 나누어져

세계의 부분,

즉 그들은
무장을 하고 서 있다,

또한 즐겁게 거니는 것, 시간을 초월하여

왜냐면
마치 마차경주가 우리에게 횃불 비추듯이, 또는
짐승의 싸움처럼,
그 정령의 아이
서양의 사람들의 모반母斑으로서, 천국의 신들
우리에게 이 장식물을 마련해주신 탓이다.[2]

대지에 의해 생성된 것이 아니라,

스스로 느슨해진 땅에서 솟아오른
꽃들이 있다, 이들
한낮의 반사이니, 이 꽃들
꺾는 것은 알맞은 일이 아니다,
왜냐면 황금빛 내며 서 있기 때문에,
아무런 준비도 없이,
진정 이미 이파리도 없는
사유思惟와 같이,

콜럼버스

내가 영웅 중 하나가 되기를 원한다면
그리고 이것을 자유롭게 고백해도 된다면
그것은 하나의 바다 영웅일 것이다.

또한 꼭 필요한 것은
하늘에게 묻는 일.

그대가 그러나 그들을
앤슨과 가마[1]라 부른다면

22 숫자는 힘차다
그러나 더욱 힘찬 것은 그들 자신
그리고 침묵하게 만든다

26 사나이들

그럼에도 또한 27

그리고 나는 제노바로 향해 가고 싶네 30
콜럼버스의 집을 찾아 물으려고
거기 그가

감미로운 청년기를 살았던 곳. 35

그대는 생각하는지 38

그렇게 그대
그러나 나에게 묻는다면

그렇게 나의 심장이 47
미치는 데까지, 가게 될 것이다.

60 그것은 하나의 중얼거림이었다, 참을성 없이

66 그렇지만 거기로부터 나와, 그렇게 해서
파열로부터
우리들은 온다, 그러니까 강력하게
곧게 하면서
70 해신의 목소리가 동무들을 부른다,
순수한 목소리, 그것을 통해
영웅들[2]은 자신들이 옳게
73 알아맞혔는지 아닌지를 알게 되는 것이다.

117 그들은 그제야 보았다,

말하자면 그것은 많았다,
아름다운 섬들의,

이로써
리스본과 더불어

그리고 제노바가 나누었다.

왜냐면 고독하게
천국적인 것의 풍요로움을
하나가 짊어질 수 없기 때문에. 말하자면 참으로
갑옷을 늘릴 수 있다,
반신은, 그러나 지고한 자에게
그러한 일은
거의 너무도 하찮다   거기 한낮의 빛이 비치는 곳,
또한 달이,
그 때문에 역시

그래서

말하자면 종종, 천국적인 자들에게
너무도 고독해지면
그들은
혼자서 한데 결합한다

또는 대지가, 왜냐면 모두 너무도 순수하기 때문에
다른 한편의

그다음에는 그러나

옛 규율의 흔적들,

제후에게
-첫 번째 착상

저로 하여금 언제까지나 진리 안에
머물게 해주시라

결코 불행 가운데는 말고,

그러나 노래하기 위해

그대들 하늘의 집들이여

거기 그들이 사당을
그리고 예언자의 좌석과 제단을 지었던 곳
그러나

정상頂上으로부터 아래쪽으로

영웅들을 노래하기 위해

25 독일의 청년기 — 옛 국가들의 분노 —

36 한 시민이 지니고 있나이다.

제후에게
-두 번째 착상

저로 하여금 언제까지나 진리 안에
머물게 해주시라

결코 불행 가운데는 말고, 앞의 것 때문에
무엇인가 말하고
　　　　　　그러나 아버지의 축복은
아이들에게 집들을 지어주도다 그러나 노래하기 위해

그대 하늘의 집들이여, 신비에 가득 찬
성스러운 학교의
그 다정한 대화, 거기 그들이 사당을
그리고 예언자의 좌석과 제단을 지었던 곳
그러나

　　　　정상에서부터 아래쪽으로 그것을 지니고 있음으로
누군가 태양을 믿지 않고
　　　　　　또한 조국의 대지로부터의
살랑대는 소리를 사랑하지 않으면
죽음의 신들은 서먹서먹해하며 이것을
　　　　　　영웅들을 노래하기 위해서

그러나 우리가 제후에 대해서 무슨 생각을 할 수 있겠는가
우리가 만찬을
그렇게 하찮게 여기고
따라서 우리가 죄업을
5년 또는 7년
마음에 두고 있다면

한 시민이 지니고 있다

거의
나의 한낮의 빛을 깊숙이 파면서
한낮은 당신의 가슴으로부터
나의 선제후이시여! 나를
지껄이며 씻어내었고 감미로운 고향도 역시
그곳 당신의 정원에서인 양, 지구의 모습 가운데
많은 꽃들 피어 있는 것을

보았던 곳

왕
예루살렘 근처에
지친 아들
대지의
그러나 거장은
포도주의 도시에 머물고 있도다[1]
드높은 방식 안에
시류時流보다는 훨씬 자주.
갈색을 또는
푸른색을 더하시도다,

그리고 삶을 함께 느끼고자…

그리고 반신들 또는 족장의
삶을 함께 느끼고자, 심판대에
앉아서. 그러나 이를 에워싸고
사방 모두가 그들에게 같은 것은 아니고, 그러나 삶은, 윙윙
거리는 뜨거운 것, 또한 그림자의 메아리로부터
한 초점으로
한데 모인다. 황금빛의 사막. 또는 삶의 따뜻한 아궁이의 불길
강철처럼 잘 보존되어서
한밤은 불꽃을 번쩍인다, 한낮의 연마된 돌에서,
또한 저녁 어스름을 에워싸고 아직도
현금 연주 소리 내고 있다. 바다를 향해서
사냥의 날카로운 총소리 울린다. 그러나 이집트의 여인, 앞
가슴을 연 채
통풍에 걸린 관절의 고통 때문에 항상 노래하면서
숲 속에, 불 곁에 앉아 있다. 구름의 그리고
천체 바다의 바른 양심을 의미하면서
스코틀랜드에서 롬바르디아의 호수 곁에서인 양
냇물 하나가 소리 내며 지나간다. 소년들이
진주처럼 생생한 삶에 익숙해서 거장들의
모습 주위에서, 또는 주검의 모습 주위에서 놀고 있다, 아니
면 첨탑의 꼭대기 주변에서
부드러운 제비들의 우짖는 소리 들린다.

아니다 참으로 한낮은
어떤 인간의 형태를
만들어내지 않는다. 그러나 처음으로
어떤 옛 사상, 학문
이상향.

말하자면 심연으로부터…

말하자면 심연으로부터 우리는
시작했으며 사자처럼
걸었다, 의심과 성가심 가운데,
왜냐면 사람들은
사막의
화재 안에서
빛에 취하여 더욱 감각적으로 되고 동물의 정령이
그들과 함께 쉬고 있기 때문. 그러나 곧, 마치 한 마리 개처럼,
더위 속에서 나의 목소리 정원의 작은 길들로 휘돌아간다.
그 정원 안에 사람들이 살고 있다
프랑스에
창조자
프랑크푸르트는 그러나 자연의 모습
인간의 형태를 따라
말할 수 있다면, 이 대지의
배꼽이다,[1] 이 시간은 역시
시간이다, 그리고 독일적 광택의 시간.
거친 언덕은 그러나 나의 정원의
비탈 위에 서 있다. 버찌나무들. 날카로운 숨은 그러나
암벽의 구멍들을 에워싸 불고 있다. 모든 곳에 나는
모든 것과 함께 있다. 경이롭게
그러나 샘물들 위로 한 그루의

호두나무 날씬하게 고개 숙이고　　자신을.[2] 산호처럼,
딸기가 나무의 홈통 위로 줄기에 매달려 있다,
그것으로부터
본래 곡물에서, 이제 그러나 고백하자면, 도시로부터의 새로운 생성으로서의
꽃에 대한 단단해진 노래, 그 도시에는
고통에 이르기까지 그러나 레몬의 향기
코로 올라오고 올리브기름, 프로방스로부터의, 그리고
이 감사할 일 나에게 준 것은 가스코뉴의 땅[3]이었다.
그러나 여전히 보도록 나를 길들이고, 나를 먹인 것은
가늘고 긴 칼에 대한 사랑 그리고 축제의 날 구운 고기
식탁과 갈색의 포도, 갈색의
　　　　　　　그리고 오 나를 읽어달라
그대들 독일의 만발한 꽃들[4]이여, 오 나의 심장은
거짓 없는 수정水晶이 되리니,[5] 거기에
빛은 자신을 시험하리라, 만일　독일이

…바티칸…

바티칸,
여기 우리들 있다 　　　　고독 가운데
그리고 그 아래에 형제가 간다, 당나귀도 또한 갈색의 베일을 따라
그러나 한낮 　　　　, 조롱 때문에 모든 것을 긍정하면서
운명을 짓고 있을 때, 왜냐면 자연의
여신의 분노로부터, 기사騎士가 로마에 대해서 말했듯이, 그러한
궁정들 안에서, 지금 많은 방황이 일어나기 때문에, 또한 비밀의 모든 열쇠를 알면서
사악한 양심은 묻는다
그리고 달력을 만든 율리우스의 정령이[1]
그 사이에, 그리고 저 위쪽, 베스트팔렌에서,
나의 존경하는 거장이.[2]
신을 순수하게 그리고 구분하며
보존하는 일, 우리에게 맡겨진 일,
이렇게 해서, 이것에 많은 것이
달려 있기 때문에, 참회를 통해서, 신의
기호記號의 결합을 통해
심판이 일어나지 않도록.
아! 그대들은 더 이상
숲의 거장을 알지 못하고, 꿀과 메뚜기를

양식 삼는 광야 가운데의 젊은이[3]를 알지 못한다. 그것은 고요한 정령이기에. 여인은
위쪽에 어쩌면
몬테 위로 , 또한 한쪽 곁으로 어쩌면,
나는 길을 잃고 내려왔다
티롤, 롬바르디아, 로레토를 넘어, 거기 순례자의 고향[4]이 고트하르트 위에,
울타리 쳐져, 버려둔 채 있고,
빙하 아래
그가 가난하게 사는 곳, 거기 솜털을 가진
새가, 바다의 진주
그리고 독수리가 강한 힘 준 울음소리 내고 있다, 신 앞에서, 거기
사람들 때문에 불길이 달린다
그러나 파수꾼의 뿔나팔 호위병들 위로 울린다[5]
두루미는 그 형상을 곧바로 들고 있다
그 장려한, 자각하고 있는 형상을, 저 위쪽
파트모스에서, 모레아에서, 페스트균이 섞인 듯한 대기 가운데서.
터키식으로.[6] 그리고 부엉이, 글월에 능통하여[7]
파괴된 도시들에서 쉰 목소리의 여인처럼[8] 말한다. 그러나
그들은 뜻을 알아차린다. 그러나 자주 화재처럼

말의 혼란은 일어나는 법. 그러나 항구에 정박해 있는
배처럼, 저녁에, 교회 탑의 종이
울릴 때, 그리고 아래
사당의 내부에서 반향하고 수도승과
목동이 작별을 고할 때, 산책으로부터
그리고 아폴론, 똑같이
로마로부터, 그런 궁궐들로부터
안녕! 이라고 말한다,[9] 불결하게 씁쓸해하며, 그 때문이다!
그러자 하늘의 혼례축가[10]가 들려온다.
완벽한 평온. 붉은 황금빛. 그리고 모래로 된
지구의 갈비뼈가 인상적인 건축양식의
신의 작품 안에서 소리를 낸다,[11] 초록의 밤과
정령, 기둥들의 배열, 실제로
전체의 비율에 어김없이, 중심을 포함해서,
그리고 반짝이는

그리스

-첫 번째 착상

방랑자의 길들이여!
왜냐면 나무들의 그늘들과
언덕들, 햇볕이 잘 드는, 거기
길은
교회당을 향하고,
화살의 소나기 같은, 비
그리고 나무들 서 있다, 졸면서, 그러나
태양의 걸음을 들어맞힌다,
왜냐면 바로 그들이 더욱 뜨겁게
도시들의 수증기 넘어 불타는 듯이
그처럼 비의 매달린 장벽 넘어
태양은 가고 있기 때문에

마치 송악처럼 말하자면
비는 가지도 없이 아래로 매달려 있다. 그러나 더욱 아름답게
길들은 나그네들에게 활짝 피어 있다
야외에서 곡식 낱알처럼 바뀐다.
고트하르트의 위쪽 숲 많은 아비뇽
말은 길을 더듬어 찾는다, 월계수들이
베르길리우스를 에워싸 살랑거리고
태양은 사나이답지 않음 없이
말하자면 묘지를 찾는다. 이끼장미들은

알프스에서
자란다. 도시의 성문 앞에서
꽃들은 시작한다, 평평해진 길들 위에,
바다의 사막에서 자라고 있는 수정들처럼 은총을 받지 못 한 채.
윈저를 에워싸고 정원들이 자란다. 드높이
런던으로부터,
왕의 마차가 나아간다.
아름다운 정원들이 계절을 아낀다.
운하 곁에. 그러나 깊숙이
평평한 세계의 바다 놓여 있다, 달아오르면서.

그리스

–두 번째 착상

오 너희들 운명의 목소리들이여, 너희들 방랑자의 길들이여
왜냐면 하늘에서는
지빠귀의 노래처럼
구름의 공고한 기운이
신의 현존, 뇌우에 잘 맞추어져 울리고 있기 때문.
또한, 밖을 내어다 봄처럼, 불멸과
영웅들을 향한 외침.
기억들은 많기도 하다.
또한 대지가, 황폐시킴으로 인해, 성자들의 유혹으로 인해
위대한 법칙을 쫓고 있는 곳에, 일치와
조화와 전체 하늘을 이후 모습을
드러내며 노래한다,
노래의 구름들이. 왜냐면 언제나
자연은 살아 있기 때문에. 그러나 지극히
구속받지 않는 것이 죽음을 동경하는 곳에서
천상적인 것은 잠든다, 또한 신의 충실[1]도,
분별은 없다.
그러나 혼례식 때의
윤무처럼,
위대한 시작도
하찮은 것으로 다가올 수 있다.
그러나 신은 매일

경이롭게 옷을 갖추어 입는다.
또한 그의 얼굴은 인식을 숨기며
기예로 바람을 덮는다.
또한 대기와 시간은
놀라워하는 자를 덮는다, 너무도 지극히
어떤 것이 기도하는 자들과 더불어 그를 사랑하거나 또는
영혼이 그러할 때.

그리스

-세 번째 착상

오 너희들 운명의 목소리들이여, 너희들 방랑자의 길들이여
왜냐면 배움터의 푸르름에,
먼 곳으로부터, 하늘의 광란에
지빠귀의 노래처럼
구름의 명랑한 기운이
신의 현존, 뇌우에 잘 맞추어져 울리고 있기 때문.
또한 밖을 내어다 봄처럼, 불멸과
영웅들을 향한 외침.
기억들은 많기도 하다. 그것 위에
송아지의 가죽처럼,[1] 소리 울리면서
대지가, 황폐시킴으로 인해, 성자들의 유혹으로 인해
왜냐면 시초에 작품은 스스로 만들어지기 때문에
위대한 법칙을 좇고 있는 곳에, 학문과
조화[2]와 하늘을, 넓게 모두 감싸며, 이후
모습을 나타내면서 노래의 구름들이 노래한다.
왜냐면 대지의
배꼽[3]은 단단하기 때문에. 말하자면 풀밭의 가장자리에서
불길과 보편의 요소들도 사로잡혀 있다.
그러나 위쪽에는 순전히 사념뿐인 천공은 살고 있다. 그러나
청명한 날들
빛은 은색이다. 사랑의 징표로서
대지는 제비꽃 보라색이다.

위대한 시작도
하찮은 것으로 다가올 수 있다.
나날이 그러나 경이롭게 인간을 너무도 사랑하여
신은 옷을 차려입는다.[4]
또한 그의 얼굴은 인식을 숨기며
기예로 바람을 덮는다.
또한 대기와 시간은
놀라워하는 자를 덮는다, 그리하여 너무도 지극히
어떤 것이 기도하는 자와 더불어 그를 사랑하거나 또는
영혼이 그러하지 않도록.[5] 왜냐면 벌써 오랫동안
책의 낱장들처럼, 배우기 위해서, 또는 선과 각[6]처럼
자연은 열려 있기 때문에.
또한 해들과 달들 더욱 노랗게 열려 있기 때문에.
그러나 때때로
대지의 오랜 형성이,
말하자면 역사와 더불어 형성된,
용감하게 싸우는 그 형성이 다 소진되려는 때, 고지高地 위에로인 양
신은 대지를 이끌어간다. 그러나 신은 재단되지 않은 발걸음을
제약한다. 그러나 활짝 핀 꽃들처럼 영혼의
힘들은 황금빛으로 자신의 친화력을 결합한다.

그리하여 대지 위에
아름다움 기꺼이 깃들고 어떤 정령이
더욱 연대하여 인간들과 한 동아리 된다.

그런 다음 나무들과 언덕들의 드높은 그늘 아래
깃들어 사는 것 감미롭도다. 햇볕 드는,[7] 거기
길은 교회를 향해 닦여 있다. 나그네에게
그러나 그에게, 삶의 사랑에서, 항상 맞추어 재가며
발걸음은 순종한다, 길들은
더욱 아름답게 피어난다, 거기 땅이

구상, 단편, 메모들[1]

Den Sinn der Menschenliebe
Zu erwecken,
Das höchste seiner Zweck, das
herrlichste Erkennen,
Kenntniß der Menschheit zu
Die innere Welt betrachten,
Und lehren Sie als heilig
Leben achten.

[illegible].

1 하르트의 골짜기

2 감상적인 사람 — 매정한 스토아 철학자, — 소년, 젊은이, 성인 남자 그리고 고령자의 장점들.

3 창조자의 전능
밤의 아들

4 스웨덴 사람의 노래

그러나 나는 결코 살고자 하지 않네

잠자는 사람들

울부짖다
유희하다
살해와 죽음!

5 콜롬버스

6 셰익스피어

7 …에 기대어 서 있다,
무서운 갑옷을 입고 야수를 기다리며, 수천 년.

8 영원히 해방되어 거닐다
고요한 자신의 힘 안에서 자유롭게
너희들 가운데 들어가

9 디오티마

영웅들을 나는 이름 부를 수 있었네
그리고 여걸 중 가장 아름다운 여걸에 대해 침묵할 수 있었네,

10 회춘

햇빛이 나의 지나간 환희를 일깨우네,

11 쉴러

신들이 그대를 끌어올리네, 젊은이여,

12 재생

해와 함께 나는 때때로 떠오를 때부터 질 때까지
그 넓은 호弧를 재빠르게 서두르며 가기를 동경하네,
때때로, 노래를 가지고 오랜 자연의 위대한 완성의
행로를 뒤따르기를,
또한, 장군이 전투와 개선 때 투구 위에 독수리를 지니듯이,
그처럼 나는 태양이 나를 필멸하는 인간의 동경을 강력하게
받아들여주었으면 하고 바라네.
그러나 인간 안에 한 신 역시 살고 있어 그 신은
지난 일과 앞의 일을 보고 있으며 강에서부터

산맥 안으로 오르듯 샘물 곁을 시간을 뚫고 즐겁게 거닐고
있네
해의 행위의 조용한 책으로부터 그는 지나간 일에 낱낱이
정통하네
—— 황금빛 보석을 제공해주는

13 자연의 정신

14 그러나 이제 그는 잠시 쉬노라,

15 정오에 부르는 뮤즈의 노래

파에톤의 파국

16 소크라테스의 시대에

전에는 신이 심판했다.

왕들.

현인들.

지금은 도대체 누가 심판하는가?

몇몇 민중이
심판하는가? 성스러운 공동체가?
아니다! 오 아니다! 지금은 도대체 누가 심판하는가?
간사한 족속이여!   비열하고 엉터리로
고귀한 낱말을 더 이상
입술 위에 올리지 말라
오 그 이름으로
나는 외친다,
옛 데몬이여! 내려오시라

아니면
영웅 하나 보내주시라

아니면
　　지혜를.

17　에트나 화산 위의 엠페도클레스

18　…에게

　이상향

　　거기서 나는 물론 발견하네

　　그들에게로 그대들 죽음의 신들이여

　　거기에 디오티마　　영웅들

나는 그대에 대해 노래하고 싶네

그러나 눈물만.

그리고 내가 떠도는 한밤중에 나로부터 꺼져버리네

그대의 맑은 눈!

천국적인 정령.

19 나의 여동생에게

마을에서 밤을 지내다

알프스의 대기

길 아래쪽으로

집　재회.　고향의 태양

거룻배 타기
친구들　　　남자들과 어머니.
졸음.

20　키프로스 사람

21　오비디우스의 로마 귀환

기후　　　이상적, 소박, 영웅적, 이상적, 소박, 영웅적, 이상적
고향
스키타이인들
로마
티베르 민중들
영웅들
신들

22 형상과 정신

모든 것은 내면적이다

그것이 가른다

그렇게 시인은 숨긴다

무모한 자여! 그대는 얼굴에서 얼굴로
영혼을 보길 원한다
그대는 화염 안으로 가라앉으리라.

23 무녀巫女

폭풍우
그러나 그들은 떨리는 목소리로 운다
그렇지만 어리석은 아이들 힘차게 나무를 흔든다
돌을 가지고 던진다
가지가 구부러진다
그리고 까마귀가 노래한다
그처럼 신의 천후는 떠돌아 넘어간다

그리고 그대 성스러운 노래.

그리고 가련한 사공 친숙한 자를 찾는다

별들을 향해 보라.

24 나무

내가 한 아이였을 때, 수줍어하며 나는 너를 심었다

아름다운 초목이여! 우리가 이제 변화되어 서로를 보고 있구나
너는 당당하게 서 있구나 그리고

마치 어린아이처럼 앞에.

25 보나파르트에게 바치는 송가

26 그러나 말—
신은
천둥번개를 통해서 말한다.
나는 자주 그 말을 들었다
말은 분노는 충분하다고 그리고 아폴론에 적합하다고
했다—
그대는 그처럼 화를 내면서 사랑으로 인해서 언제나
충분히 사랑을 지니고 있다,
자주 나는 노래 부르기를 시도했지만, 그들은 그대를
귀담아듣지 않았다.
왜냐면 성스러운 자연이 그렇게 원했기 때문에. 그대
는 그대의 청춘시절 노래하지 않은 채
자연을 위해 노래했다
그대는 신성에게 말했다,
그러나 그대들은 이것을 모두 잊었다, 언제나 맏이들은
필멸의 자들이 아니라는 것, 그들은 신에 속한다는 것을.
열매는 비로소 더욱 비천해지고
일상적이 되어야만 할까보다, 그때서야
그 열매 필멸하는 자들의 차지가 될까보다.

27 쏟아져내리는 강물 곁에

도시들.

28 고트하르트

29 그리고 얼마 안 되는 지식, 그러나 많은 환희가
필멸하는 자들에게 주어졌나니,

어찌하여, 오 아름다운 태양이여, 그대는
그대 나의 꽃 중의 꽃이여! 오월제에 나로써 만족
하지 않는가?
도대체 더 높은 것 무엇을 내가 알고 있는 것
인가?

오 내가 마치 어린아이가 그러하듯 더욱 사랑스럽다면
얼마나 좋을까!
내가, 마치 나이팅게일처럼, 나의 기쁨에 대해
걱정 없는 노래를 부를 수 있다면!

30 춘분春分

이미
그리고 달리 되고자 한다, 내가 생각하지
않았을 때,
거절했다.

아! 언제나 그대는 우리를 끌어당긴다
그대의 승리의 마차에 달고, 그대 다정한 세월이여!
현명함도 돕지 않는다, 또한
평온하게 사랑하면서 그리고 활동하면서

이 시간에서 저 시간으로 우리는 그대와 함께 거닌다,
그러나 내기에 걸리고 일자가 우리의 마음에 모욕을
가하며
평온과 사랑과 공경을 그 마음에
주지 않는다면, 그 마음 결코 쉬지도, 사랑하지도 않
으리!

31 타소가 레오노레에게

그녀와의 작별

32 지크프리트 슈미트에게

33 전쟁이 끝난 다음의 환영사

34 클라이스트의 죽음

35 포머의 장원莊園

36 바다의 요정들.

37 숲에서

그대 고상한 들짐승.
그러나 오두막에서 사람은 살고 부끄러움 타는
옷으로 자신을 덮고 있다, 왜냐면 더욱 내면화되고, 더욱 주의 깊게 되어
인간은 여사제가 천상의 불꽃을 보존하듯이 정령을 지키고 있기 때문에.
이것이 그의 분별이다. 그리고 그 때문에 그의 자의와
더 높은 힘이 모자라거나 이룩하는 것은
신에 필적할 만한 자에게, 재화財貨 중 가장 위험한 재화, 언어는
인간에게 주어졌다. 이를 통해서 인간은 창조하면서, 파괴하면서
그리고 몰락하면서, 또 영원히 살고 있는 자들,
여스승과 어머니에게로 되돌아가며, 이를 통해서 그가 유산으로 물려받은 것이 무엇인지,
스승이자 어머니로부터 배운 것이 무엇인지, 가장 신적인 것, 모두를 유지하는
사랑을 증언하기를.

38 아무 데도 그가 머물지 않기 때문이다
어떤 기호記號도

붙들어매지 않는다.
항상

그릇이 그를 담을 수는 없다.

39 신으로부터 나의 작품은 시작된다.

40 루터

41 좋은 사물은 셋이다.

나는 그대에게서
영상들을 달려들어 빼앗을 생각은 없다.

　　　　그리고 성만찬을
성스럽게 유지하는 일, 그것이 신께서 우리에게 내려
주신
우리의 영혼, 생명의 빛을 소중히 간직한다,

어울려 사는 것을 좋아하는 생명의 빛,
우리의 죽음에 이를 때까지

42 체실리아

43 결심

44 어떤 다른 것이 말할 나위 없이 존재한다,

차이가 있는 것은
좋은 것이다. 각자는
그리고
각자는 자신의 몫을 지니는 법이다.[2]

45 뮤즈의 시대에 있어 인간의 본능들.

46 우리는 그러나 노래한다

운명의 언덕을, 말하자면

프랑켄 지방의
산들을,

그리고 바르트부르크 성을
벌써 피어난다 바로 그곳에서

성스러운 이름들이, 오 노래여, 그러나
그대는 그를
독일의 참회의 장소라 부르는구나.

47 검은 이파리에게
그리고 성장은
알아들을 수 있었다
그리고 시리아의 땅,

산산이 부서지고, 그리고 불길처럼 발바닥 아래를
찔렀다
그리고 광란하는 허기로부터
욕지기가 나를 엄습한 것인지도 모르겠다
씹힌 빰을 하고 있는 프리드리히
아이제나흐
그 영광스러운

바르바로사
콘라딘의

우골리노 —

오이겐
천국의 사다리

시간의 작별
그리고 평화 가운데 서로
작별한다

48 그처럼 마호메트†, 리날드,
바르바로사, 자유로운 정신으로서,

하인리히 황제
우리는 그러나 시간들을
뒤섞어놓는다
　　데메트리우스 폴리오르세테스
페터 대제
　　　　하인리히 일가
알프스 통로와 그가
자신의 손으로 사람들을 먹이고
또 마시게 하였으며 그의 아들 콘라트는 독약으로 죽었다
시대를 변동시키는 자의
종교개혁자의 표본
콘라딘 기타 등등

관계들을 표시하면서
모두.

† 밤중에 파수꾼의 뿔나팔 소리를 들어라
자정이 지나 다섯 번째 시간이다

49 성실의 근원
에우노미아와 그녀의 자매들, 도시들의 굳건한 토대,
흔들림 없는 디케와
똑같은 성품을 지닌 아이레네, 남성들을 위한 재산관
리인들, 잘 충고하는
테미스의 황금 같은 딸들.[3]

50 포도원 너머에서 불길이 일고
목탄처럼 검게
가을 시기 무렵에
포도원이 보일 때,
생명의 대롱들이 불같이
포도줄기의 그늘 안에서 숨 쉬기 때문에. 그러나
영혼을 펼치는 것 아름답다
그리고 짧은 생

51 테베와 티레시아스 곁에서!
땅은 나에게 너무도 황량해지려 하네.

52 지금은 어떤가?
만일 누군가 한 사람이 온다면, 또는 한 사람이
우리가   라고 구실 삼았다면 그는 최고 지휘자가 아
니다

그렇지만 그렇게 해서
그들은 우리에게 이르지 않았다, 죽음의 신들

    현금의 탄주
즉 드높게 울려 퍼진, 은빛으로 소리 내는,

53 그리고 하늘은 화가의 그림들이 진열된 때의
한 화가의 집처럼 변한다.

54 그것은 감미롭다,
그리고 세상의 아름다움의 양분처럼
길러진다는 것
왜냐면

신의 응보

그처럼 아폴론은 리라를 탄다.

그리고 나라들을
바라다보는 일

그대에게 주어졌도다.

55 요제프
세상이 돌아가는 형편과 학자들의 감상感傷
프리드리히에 대한 도덕주의자의 선입견에서
반대로 라베너

56 위대한 시대의
많은 공평무사, 그리고 동맹, 사소한 일들을
통해 실행된다,
우아함 가운데 신은 그러나
깊은 생각에 잠기게 하거나 성내게 하고, 마음을 상하게 하지 않는다,
어떤 역사 가운데서
또는 의심이 들도록 하지 않는다.

57 (사랑) 없이
사는 인간은
사람을 좀먹는 남자와 닮아 있다

그리고 그림자를 서술하면서 그는
두 눈에 분노를 지니고 있는지도 모른다

58 무덤을 파는 사람

59 그러나

클롭슈토크는 천년에 걸쳐
죽었다. 말하자면 노인들에 대한
슬픔이다.
그것은 나에게 두려운 일로 보인다 그리고 하나의 로서

때때로 나는

왜냐면 신적으로 참회하면서 양친의 태양은 그를 죽였
기 때문에
동무들과 더불어
그는 제단의 불꽃을 지니고 있는지도 모른다

만일 그가 프로메테우스이기도 하다면
그러나 빛이 다채롭게 다가올는지는,
그러나 그것은 가장 무죄한 것.
앞서 말할 수 없다.
신이 마차 위에서 대지의 법칙 안에서

성자 혹은 예언자를 급히 데려가듯이. 그러나 역시
그리스에서는 그런 이들이 있었다, 일곱 명의 현자들이.
지금 그러나 일이 일어나고 있다

60 다만
이번에는, 그러나 자주
관자놀이 주위에서는 무슨 일인가가 일어난다, 그것은
이해할 수 없다, 그러나 구혼자가
한 길에서 벗어나게 되면, 바로 그것이
예비된 것임을 발견하게 된다.

61 말馬에게, 생명을 향한
영원한 욕망, 마치 나이팅게일들이
고향의 달콤한 소리를 또는 휜기러기들이
지구에서 소리를, 동경하면서,
갑자기 터뜨릴 때처럼,

62 각자의 제 몫 그리고 방랑의 종결

훈장 혹은
축제 또는 법칙들을
공동정신의 정령들이
예수 그리스도의 정령들이
부여한다

63 그리고 명망가처럼
손수건

64 언제나, 사랑하는 것이여! 지구는
돌아가고 하늘은 멈춘다.

65 푸른 선의 띠를
그대는 예술가들의 작업에서만
알고 있다 아니면 더위 속에서
방황하는 사슴과 같이. 제약이
없지는 않다.

66 한결같은 환영幻影은 그러나
천국의 사다리를 따라
이상향이다

67 수선화, 미나리아재비 그리고
페르시아에서 온 라일락
패랭이꽃, 진주색으로
그리고 검게 길러진 채 그리고 히아신스,
마치 입구의 음악 대신에,
거기, 사악한 생각들, 나의 아들
연인들이 관계를 맺는 것과
크리스토퍼의 삶에 들어가는 것을
잊어야만 하는 곳에서 냄새가 날 때처럼, 용龍이
자연의 진행과 정령과 형상을 견주어보고 있다.

68 그때 그는 모든 것을
보금자리를 제외하고
순수한 장소로
가지고 나와야만 한다
그때 사람들은 유골을

쏟아버린다, 그리고
장작 위에서 그것을 불로 태워버려야 한다.[4]

69　짓고 싶어한다

그리고 테세우스의 사당과
경기장을 새로 세우고 싶어한다
그리고 페리클레스가 살던 곳

그러나 돈이 없다, 왜냐면
오늘날 너무 많이 지출되기 때문에. 말하자면 나는
손님으로 초대받았다 그리고 우리는 나란히 앉았던
것이다

70　*강기슭의 뻗음*
예술가를 위한 전설

유피테르 신전 언덕 위의 왕관

타소

정치적으로 염려가 확실치 않은

71 이교도적인
바쿠스, 하여 그들은 손의 기량을 배운다
자신의 것과 함께,
복수를 당하거나 앞으로 나아가거나 간에. 말하자면
복수는 되돌아온다고 한다. 그리고
우리가 미숙한 상태에 있는 동안
신이 물결로서라도 우리를
　　때리지 않으시기를. 말하자면
우리 역시 그러나
신을 잃은 자들이다
비천한 자들과 마찬가지로,
고상한 자들처럼 신은
이들을 유혹한다, 그러나
이것을 뽐내는 것은 금지된 일이다. 그러나 마음은
영웅들을 본다. 조국에 대한 말은
나의 것이다. 아무도 나의 그 일을
샘내지 않는다. 또한 그렇게
목수의 권능이
십자가를 만드는 법이다.

72 팔과 다리

뭐니 뭐니 해도 날씬하게 서 있다
믿음직한 등을 하고

독일 종족들의.

73 그리고 가라
혼례축하-
윤무와 꽃다발-
돌림에

74 큰 칼
그리고 숨겨진 작은 칼, 누군가
벼르게 되면
보통 정도의 재산,
그러나 우리들에게 조국이 작은

공간으로 되지 않기를. 그런 공간은
눕기 어렵기 때문, 발을 가지고, 또한 손들을 지닌 채인
데도.
그저 공기에 지나지 않을 뿐.

75 따뜻한 수줍음을
내려놓기 위해서
우리의 간肝에서는
서투른 일이 일어나려 한다.

76 진정 정신이
운명을 공경해야만 하는 것
부질없는 일 아니다. 그것은
태양의 채찍과 고삐라 불리고자 한다.
인간의 심정 슬퍼하고 있는.

77 뱀

그리고 그것에

새들은 최선의 자를 이끌어가네

78 교활하게 익살맞게
미소 짓기, 인간에게
그의 가장 과감한 희망들이
채워졌을 때

79 그리고 닭 우는 소리로 돌아간다
승리의 순간
구혼자여!

80 우리는 폴란드 사람이 아니다
학자들을 위해서

81 전체의 위에
개별자의 *선험성*[5]

82 교육받은 신사들의 사기꾼 소굴을 말하기.

83 두 개의 널빤지와 두 개의
작은 널빤지 *대지에 마주 선 아폴론*

84 그러나 대부분 하층민에게 드러난다,

85 탕드 스트룀펠트 시모네타.
토이펜 아미클레 푸가 강변의
아바이루 알렌카스트로 가家 그중
이름 아말라순타 안테곤
아나템 아르딩헬루스 소르본 퀼레스틴
그리고 이노첸티우스가 말을 중단
시켰다 그리고 그녀를 프랑스 주교들의
식물원이라고 불렀다—
알로이지아 지게아 *도시와 시골*
생활의 차이 테르모돈
카파도키아의 강 발테리노
쇤베르크 스코투스 쇤베르크 테네리파

숲라코   베나프로
    올림포스
지역.   저지 헝가리의
바이스브룬. 자모라 하카 바코
임페리알리.   제노바   시리아의 라리사

86 이제 나는 처음으로 인간을 이해하네, 내가 인간으로
부터
멀리 떨어져 고독 가운데 살고 있기에!

87 봄

88 가을

89 변하지 않는 가치

90 삶

91 인간의 높이

92 시간의 주위에 구름을 놓듯이

IX

1806 ~ 1843

최후기의 시

Der Winter

Wenn sich der Tag des Jahrs hinabgeneiget
Und rings das Feld mit den Gebirgen schweiget,
So glänzt das Blau des Himmels an den Tagen,
Die wie Gestirn in heitrer Höhe ragen.

Der Wechsel und die Pracht ist minder umgebreitet,
Dort, wo ein Strom hinab mit Eile gleitet,
Der Ruhe Geist ist aber in den Stunden
Der prächtigen Natur mit Tiefigkeit verbunden.

Mit Unterthänigkeit
Scardanelli.

d. 24
Januar
1743.

aus Schwabs
Nachlaß

우정, 사랑…

우정, 사랑, 교회당과 성자들, 십자가, 영상들,
제단과 설교단과 성가. 설교가 그에게 울린다.
주일학교는 식사 후에 남자어른과 어린이와 처녀, 경건한 여인들을 위한
졸리는 가운데 한가한 대화로 보인다.
그러고 나서 주님은, 시민이면서 예술가인 그는
들녘을 즐겁게 이리저리 거닐고 고향의 초원을,
젊은이가 깊은 생각에 잠겨 역시 거닌다.

저 멀리에서부터…

우리가 헤어진 저 멀리에서부터
나 그대에게 아직 알아 보일 수 있고, 과거여
오 내 고통의 동반자여!
그대에게 몇몇 반가운 일을 표현해 보일 수 있다면,

말하시라, 연인인 여인 어떤 모습으로 그대를 기다리는지?
우리가 놀랍고도 어두운 시절이 지나자,
그 정원 안에서 우리가 어떻게 서로를 찾게 되는지?
여기 성스러운 원초적 세계의 강가에서.

이것을 나 말하지 않을 수 없어요. 몇몇 선한 일
그대의 눈길 가운데 있었음을, 멀리에서 그대
언제나 기뻐하면서, 주위를 돌아다보았을 때
그대 언제나 꼭 닫힌 사람, 우울한

모습을 하고. 시간들이 흘러 사라져가듯이
내가 그렇게 떨어져 있을지도 모른다는
진실에 대해 나의 영혼은 얼마나 침묵했던가요?
그렇습니다! 내 고백하건대, 나는 그대의 것이었습니다.

참으로! 그대가 알려진 모든 것을
나의 기억 속으로 가져오고 편지로

쓰려는 것처럼, 그처럼 나에게도
지나간 모든 것 말할 생각이 듭니다.

그때가 봄이었나요? 여름이었나요? 나이팅게일은
감미로운 노래로 멀지 않은 덤불 속에 있던
작은 새들과 더불어 살고
향기들로 나무들이 우리를 에워싸고 있었습니다.

흔적 뚜렷한 길들, 낮은 관목과 모래
우리가 걸었던 그 길들을 히아신스
혹은 튤립과 바이올렛 혹은 카네이션이
모두 즐겁고 사랑스럽게 해주고 있었습니다.

암벽과 성벽을 감고 담쟁이넝쿨 푸르렀고
드높은 숲길의 축복받은 어둠도 또한 푸르렀습니다.
저녁때 혹은 아침에 자주 우리는 그곳에 갔었고
많은 것을 말하고 서로를 즐겁게 바라보았습니다.

나의 품 안에는 젊은이 새롭게 살아나고 있었습니다,
무엇인가 슬픔을 가지고 나에게 가리켜 보였던
그 들판을 떠나 거기로부터 그는 왔었습니다,
그러나 기이한 장소들의 이름과

모든 아름다운 것들을 그는 그대로 지니고 있었습니다,
그것들 복된 강변에서, 나에게 매우 귀중한 것은,
고향의 땅에서 피어나거나
숨겨진 채, 높은 전망으로는

어디에서든 사람들은 바다를 바라볼 수도 있었습니다,
그러나 아무도 존재하려 하지 않아요. 이제 저를 용서하세요,
또한 아직도 만족해하는 여인을 생각하세요, 그것은
매혹적인 한낮이 우리를 비추고 있기 때문입니다,

그 한낮 회상과 더불어 혹은 굳은 악수로
떠오르고 우리를 결합시킵니다. 그러나 아! 슬픕니다!
그때는 아름다운 나날이었습니다. 그러나
한스러운 어스름이 그 뒤를 따랐습니다.

하여 그대는 이 아름다운 세계에 홀로 있으며
그대는 언제나 나에게 주장합니다. 사랑하는 이여! 그러나
그대는 그것을 알지 못합니다,

한 어린아이의 죽음에 부쳐

아름다움은 어린아이들의 것,
어쩌면 신의 초상, —
그들의 소유물은 평온과 침묵,
천사들에게 찬미로 주어진 그것.

명성

아주 이름난 귀를 이끌고 있는
화음이 신神에 이어진다, 왜냐면
저명한 삶은 놀랍게 위대하고 맑기 때문에,
사람은 걸어서 가거나 말을 타고 간다.

대지의 기쁨, 우정과 재화,
정원, 나무, 감시인이 있는 포도원,
그것들은 나에게 하늘의 광채로 보인다,
정령에 의해 군중의 아들들에게 허락된. —

누군가 재화로 풍부하게 은혜를 입었다면,
과일이 그의 정원을, 그리고 황금이
거처와 집을 장식한다면, 그의 마음을
상쾌하게 하기 위해 이 세상에서 그가 무엇을 더 가지고 싶겠는가?

한 어린아이의 탄생에 부쳐

하늘의 아버지 어떤 기쁨으로
자란 어린아이를 보시려나,
꽃이 만발한 초원 위를
자신에게 사랑스러운 다른 이들과 거닐 때.

이러는 사이 너 생명을 기뻐하라,
선한 영혼으로부터 찬란한
노력의 아름다움이 나온다,
신적인 바탕이 너에게는 더욱 도움이 되리라.

이 세상의 평안함…

나는 이 세상의 평안함을 누렸으니
청춘의 시간은 그 언제였던가! 오래전에 흘러갔고
4월과 5월과 6월은 멀고
나는 더 이상 그 무엇도 아니니, 내 이제 기꺼이 사는 것도
아니네!

치머에게

마치 길들처럼, 그리고 산들의 경계처럼
인생의 행로는 갖가지이다.
우리 여기 있는 바를, 저기 한 신께서
조화와 영원한 보답과 평화로 보충해주시리라.

하늘에서부터…

하늘에서부터 해맑은 환희가 쏟아져내리듯이
하나의 환희 인간들에 이르러
그들 눈에 보이는 많은 것들, 들리는 것들
만족하게 하는 것들에 대해 감탄한다.

게다가 얼마나 멋지게 성스러운 노래 울리는가!
얼마나 가슴은 노래 가운데 진리를 향해 웃음 웃는가.
하나의 유대에 기쁨 있다는 진리 —
가물거리는 숲들로 뻗어 있는

오솔길로 양떼들 행군을 시작한다.
그러나 초원은 청순한 초록으로
뒤덮이어, 늘 보는 대로 임원이 그러하듯
어두운 숲에 가까이 놓여 있다.

거기 초원 위에 역시 이 양떼들
머무르고 있다. 사방에 놓여 있는
산꼭대기, 그 헐벗은 꼭대기는
참나무로 덮여 있고 드문드문 전나무도 있다.

강의 출렁이는 물결 있고
하여 길을 넘어온 자가 즐겁게

내려다보는 그곳, 산들이 산뜻한 모습을
쳐들고 포도원도 높이 일어서는 그곳.

포도넝쿨 아래 계단들은 높은 곳에서
아래를 향해 있고 과일나무들 그 위에 꽃피어
서 있으며 향기도 거친 울타리에 머문다.
거기 숨어 오랑캐꽃은 움트고 있다.

그러나 물줄기는 졸졸 아래로 흐르고 그곳에서
종일토록 살랑대는 소리가 들린다.
그러나 그 경계의 장소들은
오후 내내 편안히 쉬며 침묵한다.

치머에게

한 인간에 대해 나는 말한다, 그가 선하고
현명하다면, 무엇을 필요로 하겠는가? 영혼을
만족시키는 무엇이 존재하는가? 곡식의 줄기가,
익을 대로 익은 포도가 그것에 양분을 주는

대지 위에서 자라고 있는가? 뜻하는 것을 말하자면
그것이다. 친구는 자주 연인이다, 예술은
많다. 오 귀한 사람이여, 나는 그대에게 진실을 말하련다.
다이달로스의 영혼과 숲의 정령은 그대의 것이다.

봄

들녘에는 새로운 매혹이 움트고
풍경은 다시금 치장하며
나무들이 푸르게 물들이는 산록에
해맑은 바람들, 구름들 모습을 보일 때,

오! 인간들에게 이 무슨 기쁨인가!
강변엔 고독과 평온과 즐거움이 기쁘게 가고
건강의 환희가 활짝 꽃피나니
우정 어린 웃음도 또한 먼 곳에 있지 않네.

인간

선함을 공경하는 사람은 어떤 해도 끼치지 않는다,
그는 드높이 자신을 유지하고, 사람을 헛되지 않게 살린다,
그는 가치를 알며, 그러한 삶의 유익함을 안다,
그는 보다 나은 것을 향할 자신이 있고, 축복의 길을 걷는다.
횔덜린.

선함

내면이 선함을 알아볼 수 있음을 스스로 증명한다면,
그것은 가치를 인정받을 만하고, 인간이라 불릴 수 있다,
인간들이 대단하게 저항한다는 것을 써먹을 수 있다면,
그것은 주목할 만하고, 유용하며 삶에서 필요한 일이다.

횔덜린.

즐거운 삶

나 풀밭에 나서면,
그리하여 들녘에 서면,
가시에 생채기도 입지 않은 양
나는 길들여지고 경건한 사람이라.
나의 옷자락은 바람결에 날린다,
정령이 명랑하게
흩어져 해답이 나타날 때까지
어디에 한층 내면적인 것 서 있는지 나에게 묻기라도 하는 양.

오, 푸르른 나무들 서 있는 곳
이 사랑스러운 영상 앞에서
마치 목로주점 간판 앞에서처럼
내 스쳐 지나갈 수 없네.
고요한 나날의 평온
나에게 똑바로 맞힌 듯 생각 들고
나 그대에게 대답해야 한다면
이 일을 나에게 묻지도 말 일이다.

그러나 아름다운 시냇가
쾌적한 정자의 안에 있는 양
강안을 스쳐 거칠게 흙탕치며 흐르는 냇가를 향한
즐거운 샛길을 나는 찾나니,

그 계단을 넘어서
아름다운 숲 건너가면
바람도 계단을 감싸 불어오는 곳에,
눈길은 즐겁게 하늘을 바라보네.

저 위 언덕 등성이에
많은 오후의 시간 앉아 있네,
그때면 종각의 종소리 울리며,
바람은 나무의 정수리에 에워싸 불고
영상이 그러하듯, 바라다봄은
마음에 평화를 주고
오성과 지략을 꿰매
고통에는 위안을 주네.

친밀한 정경이여! 복판으로
길이 평평하게 꿰뚫어 가고
창백한 달이 떠오르는 곳에
저녁 바람이 불어오며
자연은 간결하게 서 있고
산들이 숭고하게 서 있는 곳에
나는 끝내 집으로 돌아가네, 검약하게
거기서 황금색 포도주를 살피고자.

산책

너희들 숲들은 한쪽 곁에 아름답게
초록빛 산비탈에 그려져 있네,
거기서 나는 이곳저곳으로 이끌려가네,
가슴속의 모든 가시는
달콤한 평온으로 보답받네,
처음부터 예술과 생각들이
고통을 안겨주었던 나의 감각이
어두워지게 되면.
계곡에 있는 너희들 사랑스러운 영상들,
예를 들면 정원과 나무
그리고 오솔길, 그 가느다란 오솔길,
시냇물은 겨우 보일 듯 말 듯
내 즐겨 온화한 날씨에 찾아가는
정경의 찬란한 영상은
쾌청한 먼 곳으로부터
얼마나 아름답게 한 사람에게 반짝이나.
신성은 다정하게 푸르름과 함께
처음에 우리에게로 이끌려오고
그다음 구름으로 채비되어
둥글게 회색으로 모양새를 띠고
축복해주는 번개와 천둥의
울림, 또한 들판의 매력,

샘에서 솟구쳐 나온
근원적 영상의 아름다움으로.

교회묘지

갓 움튼 잔디로 푸르러진 너 고요한 장소여,
거기 남편도 아내도 누워 있고 십자가들 서 있네,
거기로 집을 나와 이끌리어 친구들이 가네,
거기 창문들은 맑은 유리를 하고 반짝이고 있네.

너에게서 하늘의 드높은 빛이, 봄이
때때로 머무는 한낮에 반짝일 때,
거기에 정령의 구름이, 회색의 축축한 구름이 지나갈 때,
한낮이 부드럽게 아름다움과 함께 서둘러 지나갈 때!

어찌 그 회색의 벽 쪽 고요치 않으랴,
거기 그 위를 넘어 나무 하나 열매들을 달고 걸쳐 있네.
검은빛으로 이슬에 젖은 열매들, 그리고 슬픔에 가득 찬 이파리,
그러나 열매들은 매우 아름답게 촘촘히 맺어 있네.

거기 교회당 안에는 어두운 고요가 있네
그리고 제단은 이 밤에도 초라하네,
아직은 그 안에 몇몇 아름다운 것들 들어 있으나,
그러나 여름에는 들판 위에서 많은 귀뚜라미들 노래 부르네.

누군가 거기서 목사님의 설교를 들을 때

그사이 죽은 이와 함께하는
한 무리의 친구들 그 곁에 서 있네, 각자의 삶이 어떻든
어떤 정신이든 경건해짐을 방해받지 않은 채.

만족

한 인간이 삶으로부터 스스로를 발견할 수 있고
삶이 어떻게 느껴지는 것인지를 알 수 있다면
그것은 좋은 일이다. 위험으로부터 벗어난 사람은
폭풍과 바람을 벗어난 사람과 같다.

그러나 아름다움을 또한 아는 것,
전체 삶의 순응과 숭고함을 아는 것 더욱 좋은 일이다,
노력의 수고로부터 기쁨이 생겨날 때,
그리고 이 시간에 모두가 얻어낸 재화라고 스스로 부르듯이.

푸르른 나무, 가지들의 끝머리,
줄기의 껍질을 에워싸고 있는 꽃들
신적인 자연으로부터 존재한다, 그들은 하나의 생명,
이것 위로 하늘의 대기가 허리 굽혀 절하고 있기 때문에.

그러나 호기심에 찬 사람들이
감성을 위해서 감행하는 것 이것이 무엇인지
운명이 무엇인지, 지극한 것, 이기는 것이 무엇인지 묻는다면
나는 이렇게 말하리, 그것이 삶이라고, 깊은 생각처럼.

자연이 평범하고 평온하게 해주는 사람
그 사람은 나에게 사람들을 위해 즐겁게 살라고 경고한다,

왜 그런가? 그것은 그 앞에서 현자들도 몸을 떠는 투명함이기 때문이다.
모두가 농담하고 웃음을 웃을 때 명랑함은 아름답다.

남자들의 진지함, 승리와 위험들
그것은 교육받은 것에서, 목표가 있다는
지각에서부터 생겨난다. 최고인 자의 드높음은
존재를 통해서, 그리고 아름다운 유물을 통해 알게 된다.

그러나 그들 자신은 선택된 자들과 같다,
그들에 대해서는 이야기, 새로운 것이 있다,
행동의 진실은 없어져버리지 않는다,
마치 별들이 반짝이듯이, 그것은 삶을 위대하게 그리고 깨어 있게 만든다.

삶은 행동에서 나오고 또한 모험적이다,
드높은 목표, 더욱 바로잡힌 움직임,
몸가짐과 발걸음, 그러나 덕망으로부터 축복이,
그리고 위대한 진지함이, 그리고 또한 순수한 청춘이.

후회, 그리고 이러한 삶에서의 과거
그것들은 하나의 다른 존재이다, 그 하나는

명성과 평온에 이르고 또한 매혹하는 모든 것에,
주어져 있는 드높은 영역에 이른다.

다른 한쪽은 고뇌에, 그리고 쓰디쓴 고통에 이른다
삶을 농하는 사람들이 몰락하고
형상과 얼굴이, 선하지 않고 아름답지도 않게
행동했던 한 사람의 것으로 변할 때.

생동하는 형상의 드러냄, 마치 인간들이
스스로 먹고 마시는 것과 같은, 이 시간에서의 존속
그것은 거의 갈등이다. 한편은 느낌으로 살고,
다른 한편은 수고로움과 허구를 향해 애쓴다.

매일을 모두…

매일을 모두 가장 아름다운 날이라고 부르지 않는다 그는,
친구들이 그를 사랑해주었던 때,
사람들이 그 젊은이에게 호의를 가지고
머물렀던 때, 그때로 기쁨 중에 돌아가고 싶어 하는 그는.

전망

기분 때문에, 그리고 탈 없음 때문에
역시 나무들의 성장, 유쾌한 꽃들의 만개를 보려고
들녘으로 나와, 인간들이 즐거워지면
그때 수확의 열매는 여전히 인간들을 위해 자라고 유익함을 준다.

산맥이 들을 에워싸고, 하늘에서는 높이
여명과 바람이 인다, 평원의 부드러운 길들
들판들 가운데로 멀고 인간은 이곳저곳을 향해
거기 강물 위 대담하게 솟아 있는 오솔길을 간다.

인간에게도 회상은 말 속에 들어 있다,
또한 인간들의 연관은 인생의 나날을 통해서
도처에서 호의로 여겨진다,
그러나 인간은 스스로에게 앎의 문제를 제기한다.

전망은 격려로 보인다, 인간은 유용함을
즐거워한다, 그런 다음 세월과 함께
그의 할 일은 새로워진다, 또한 선함을 에워싸고
신중함이 잘 지킨다, 시들지 않는 감사의 뜻으로.

지극히 자비로운 신사 르브레 씨에게

그대, 고결한 분이시여! 당신을 두고 최선을 말하는 것
틀리지 않는 그런 분입니다, 모든 사람이 이를 알고 있기에,
그러나 완벽함은 각기 다른 문제를 가지고 있습니다,
인간이 그것은 쉽사리 증언할 수 있다고 말할 때에는.

그러나 그대는 참으로 일상적인 생활 가운데,
사람들의 공경을 받는 호의 가운데 그것을 지니고 있습니다.
이것은 하나의 재화처럼 한층 존경받을 만한 이에게 주어진 것입니다,
많은 사람들은 곤궁과 비탄 가운데 쇠약해지고 있기 때문에.

그처럼 이것은 잃을 수 없는 것, 높이 치는 것 그처럼 당연합니다.
친절로 말미암아, 사람들은 결코 홀로 살지 않으며
결코 외양과 허식으로 살지 않습니다.
인간은 이것을 증언하고 세속에서 지혜가 행해집니다.

봄

인간이 만족하여 들판에서 주위를 둘러보는 시간
다시 열리는 것 바라보는 일 얼마나 행복한가,
사람들이 스스로 건강을 물을 때,
사람들이 스스로 즐거운 삶을 향해 수양을 쌓아갈 때.

하늘이 아치 모양을 이루고 여러 갈래로 퍼지는 것처럼,
그처럼 평원과 집 밖에는 환희가 자리한다,
마음이 새로운 생명을 동경할 때면
새들은 노래하고 합창이 될 때까지 소리 높여 우짖는다.

자주 자신의 내면을 물어온 인간은
이야기가 나오는 삶에 대해 말한다,
회한이 영혼을 괴롭히지 않고
자신의 재화 앞에서 기뻐하며 서 있을 때면.

드높은 대기 안에 세워져 집이 찬란하게 드러나면
인간은 들을 더 넓게 지니고 길들은
멀리 뻗어나 있고, 일자一者 자신의 주위를 바라도록,
냇물을 건너 잘 세워진 오솔길들 가고 있다.

가을

땅과 바다로부터 떨어져나가는
한때 있었고 다시 돌아오는 정령에 대한 전설,
그들은 인간들에게로 다시 돌아오고 우리는
서둘러 저절로 소멸하는 시간으로부터 많은 것을 배운다.

과거의 영상들은 자연으로부터 떠나지 않고
한낮이 드높은 여름에서 창백해질 때,
가을은 지상으로 한꺼번에 돌아오고
전율의 정령은 하늘에 다시 자리한다.

짧은 시간 동안에 많은 것들이 종말을 짓고
쟁기질을 뒤돌아보는 농부는
한 해가 즐거운 종말로 기울어가는 것을 보고 있다.
그러한 영상들 속에 인간의 하루는 완성된다.

지구의 둥그러미 저녁이면 사라지는
구름들과 달리 바위들로 장식되어
황금빛 한낮에 그 모습 드러내니
그 완벽함은 슬퍼할 일 없도다.

여름

수확할 들판 모습을 보인다, 언덕 위에서는
밝은 구름이 현란하게 빛나고 있다, 한편
넓은 하늘엔 고요한 밤에 별무리가 반짝인다,
구름이 몰려드는 것 크고도 넓다.

길들은 저쪽으로 더욱 멀리 간다, 인간의
삶은 바다 위에서 숨김없이 드러난다,
태양의 한낮은 인간의 노력에 대해
하나의 높은 영상, 그리고 아침은 황금빛으로 빛난다.

정원은 온통 새로운 빛깔로 치장되어 있다,
인간은 자신의 수고가 성공을 거둔 사실에 놀란다,
인간이 덕망으로 이룩한 것, 그리고 드높이 완성한 것
지난 세월과 함께 호화로운 동행 가운데 서 있다.

봄

먼 고원으로부터 새로운 날이 내려온다,
아침, 그가 여명에서 깨어났다,
그는 인간들에게 웃음을 던진다, 치장하고 경쾌하게,
인간들 기쁨으로 부드럽게 젖어든다.

새로운 생명이 미래에게 자신을 드러내려 한다,
즐거운 말의 표지, 활짝 핀 꽃들로
큰 계곡, 대지는 가득 채워진 듯하다,
한편 봄철 무렵 비탄은 멀리 떨어져 있다.

충성심을 다해서 소생
1648년 3월 3일 스카르다넬리

전망

열린 한낮은 인간들에게 영상들로 밝게 빛난다,
아직 저녁의 햇빛이 황혼으로 머리 숙이기 전에
그리고 희미한 빛이 부드럽게 한낮의 울림을 가라앉히기 전
평평한 먼 곳으로부터 초록이 모습을 보일 때.
때때로 세계의 안쪽은 구름으로 덮여 닮아버리고
인간의 감각은 의심으로 가득 차, 불쾌해질 때
호화로운 자연은 그의 나날을 쾌활케 한다,
또한 의심의 어두운 질문 멀리 떨어져 있다.

충성심을 다해서 소생

1871년 3월 24일 스카르다넬리

봄

태양은 빛나고 들은 한창 피어난다,
날들은 꽃 가득하여 부드럽게 다가온다,
게다가 저녁이 피어난다, 또한 밝은 날들이
하늘로부터 아래로 향해 온다, 거기 날들은 일어선다.

세월은 자신의 때와 더불어 나타난다
축제가 예비되는 때 현란함 같이,
인간들의 활동이 목표를 새롭게 하여 시작된다,
그처럼 세상에서의 징후들, 기적들 많기도 하다.

충성심을 다해서 소생
1839년 스카르다넬리
4월 24일

더 높은 삶

인간은 자신의 삶을 선택하고, 자신의 결심을 선택한다,
그는 오류 없이 분별을 알고, 세상에 가라앉는
사념, 회상을 안다,
또한 아무것도 그의 내면세계를 짜증나게 할 수 없다.

찬란한 자연은 그의 나날을 아름답게 하고
그의 내면의 정신은 그에게 새로운 목표를
그의 마음 가운데 때때로 허락한다, 하여 진리를
그리고 더 높은 의미, 그리고 보기 드문 많은 질문을 존중하게 한다.

그러면 인간은 삶의 의미를 또한 알 수 있게 되고
자신의 목적을 지고한 것, 가장 멋진 것이라고 부를 수 있으며
사람다움에 맞추어 삶의 세계를 바라보고
더 높은 삶으로서 높은 의미를 존중할 수 있기에 이르는 것이다.

스카르다넬리

한층 높은 인간다움

인간에게 감각이 내면으로 주어졌네,
하여 인간들 알려진 대로 보다 나은 것을 고르는 법,
그것으로부터 삶의 연륜보다 정신적으로 헤아려지는 것
목표로 가치 있고 참된 삶이네.

스카르다넬리

정신의 생성은…

정신의 생성은 인간들에게 숨겨져 있지 않다,
그리고 인간들에게서 발견되는 삶이 그러하듯,
삶의 한낮, 삶의 아침은
정신의 드높은 시간들이 풍요로움인 것과 같다.

게다가 자연이 찬란하게 존재하는 것처럼
인간은 그러한 환희를 바라다본다,
인간이 한낮에게, 삶에게 자신을 맡기는 것처럼,
인간이 정신의 유대를 자신과 맺는 것처럼.

봄

인간은 정신으로부터 근심을 잊는다,
그리고 봄은 피어난다, 또한 대부분의 사물들 현란하다,
초록의 들판은 찬란하게 펼쳐져 있고
거기 반짝이며 아름답게 냇물은 아래로 이어 흐른다.

산들 나무들로 뒤덮여 서 있다,
또한 탁 트인 공간에서 대기는 찬란하다,
넓은 계곡은 세계 안에서 펼쳐 있고
첨탑과 집은 언덕에 기대어 있다.

충성심을 다해서 소생
스카르다넬리

여름

봄의 꽃 지나가듯 사라져버리면
세월을 휘감은 여름이 거기에 있다.
시냇물이 계곡을 따라 아래로 이어지듯
산들의 현란함은 그 주위에 넓게 퍼져 있다.
들판이 대체로 휘황찬란함으로 모습을 보이는 것은
저녁을 향해 기울어지고 있는 한낮과 같다.
그렇게 세월이 머무는 것처럼, 그렇게 여름의 시간들
그리고 자연의 영상들 때때로 인간들에게서 사라져버린다.

1778년
5월 24일 스카르다넬리

겨울

창백한 눈이 들판을 아름답게 장식하고,
넓은 평원에 드높은 광채 번쩍이면,
여름은 멀리서 유혹하고, 시간이 가라앉는 동안
때때로 봄은 부드럽게 다가온다.

모습은 현란하고 대기는 한층 우아하다,
숲은 밝고, 너무 멀리 떨어져 있는 길 위에는
사람 하나도 다니지 않는다, 고요함이
숭고한 마음 일으키나, 모든 것이 웃음을 웃는 것 같기도
하다.

봄은 꽃들의 희미한 빛으로 그렇게
인간의 마음에 드는 것 같지는 않다, 그러나 별들은
하늘에서 밝고, 사람들은 거의 변하지 않는
하늘을 기꺼이 멀리 바라다본다.

강들은, 형상체인 평원처럼,
흩어져 있으나, 모습 더욱 뚜렷하다,
삶의 부드러움은 계속되고, 도시들의 폭은
측량할 수 없는 넓이 위에 유난히 좋아 보인다.

겨울

나뭇잎 들판에서 아득하게 사라지고
그렇게 새하얀 색깔 계곡 위에 떨어져내리며
그럼에도 한낮이 드높은 햇빛으로 반짝이면,
축제는 도시들의 성문 밖으로 빛난다.

자연의 평온, 들판의 침묵은
인간의 영성과 같고, 봄의
부드러움 대신에 드높은 영상을 향해
자연이 모습을 보이는, 그 차이들 한층 드높게 나타난다.

1841년
12월 25일
전하의
가장 충실한 신하
스카르다넬리

겨울

들판은 헐벗고 먼 언덕의 꼭대기 위에는
푸른 하늘만 빛나고 있다, 또한 길들이 가듯이
자연이 모습을 나타낸다, 단조로움으로, 바람은
신선하다, 또한 자연은 밝음만으로 화환을 두르고 있다.

대지의 시간은 하늘로부터 종일토록
뚜렷하고 밝은 밤 안에 둘러싸여 있다
드높이 별들이 붐비며 모습을 나타내고
넓게 부푼 삶이 더욱 정신적으로 모습을 띄울 때.

여름

아직도 한 해의 시간을 볼 수 있나니 여름의
들판은 그 광채, 그 부드러움 속에 서 있다.
초원의 푸르름은 당당하게 펼쳐져 있고,
도처에 냇물은 잔물결 치며 미끄러져 흐른다.

그처럼 한낮은 산들과 계곡을 지나서
멈출 길 없는 힘과 빛살로 흘러가고
구름들은 평온 속에 높은 공간을 떠간다.
한 해가 찬란함 지닌 채 지체하려는 듯 보인다.

1940년 충성심을 다해서, 소생
3월 9일 스카르다넬리

봄

대지의 빛이 새롭게 모습을 나타내면,
초록의 계곡은 봄비로 반짝이고, 경쾌하게
꽃들의 하얀색 맑은 강가에 흘러내린다,
명랑한 한낮이 인간을 향해 몸을 숙인 다음에.

밝은 차이들로 뚜렷함이 더해지고
봄의 하늘은 그 평화와 더불어 머문다,
하여 인간은 방해받지 않고 세월의 매력을 눈여겨보며,
삶의 온전함을 주의하여 돌본다.

충성심을 다해서
소생
1842년 스카르다넬리
3월 15일

가을

자연의 빛남은 한층 드높은 등장이다,
한낮이 많은 환희로 마감할 때,
열매들이 즐거운 광채와 하나 될 때
세월은 당당함으로 완성된다.

지구는 그렇게 치장되고, 탁 트인 들판을 뚫고
울림이 소음을 거의 내지 않는다, 해는
가을의 한낮을 부드럽게 데우고, 들판들은
전망으로 넓게 서 있다, 바람은

나뭇가지와 줄기 사이로 즐거운 소리 내며 분다
들판들이 공허함으로 뒤바뀔지라도
밝은 영상의 온전한 의미는 황금빛 찬란함이
맴돌고 있는 하나의 영상처럼 살아 있다.
1759년
11월 15일

여름

계곡에는 시냇물 흐르고, 높은 쪽의 산들
이 계곡의 폭을 따라 멀리 푸르네,
잎사귀를 단 나무들 활짝 펴고 서 있어
거기에 시냇물 거의 숨겨져 아래로 흘러가네.

그 위에 아름다운 여름의 태양 빛남으로
맑은 한낮의 기쁨 서둘러 가는 듯 보이네,
저녁은 선선함과 더불어 끝머리에 이르고
인간에게 어떻게 완성해줄지를 찾고 있네.

충성심을 다해서 소생
1758년 스카르다넬리
5월 24일

여름

날들은 부드러운 바람이 살랑대는 소리와 함께 지나간다,
들판의 호화로운 구름과 맞바꿀 때,
계곡의 끝머리는 산의 어스름과 만난다,
거기, 강의 물결들 서로 아래로 휘감는다.

숲의 그늘은 주위를 넓게 바라보고
거기에 시냇물도 또한 아래로 이끌리어 멀어져간다,
또한 먼 곳의 영상 시간들 가운데 보임직하다,
인간이 이러한 감각에 순응해 있을 때.

1758년　　　　　스카르다넬리
5월 24일

인간

인간이 스스로의 힘으로 살고 그의 나머지가 모습을 나타내면,
그것은 마치 어떤 날이 다른 날들과 구분되는 것 같다,
그렇게 인간은 자연과 떨어져 시샘도 받지 않은 채
나머지로 빼어나게 기울어져 가는 것이다.

말하자면 그는 다른 계속된 삶 가운데 홀로인 것과 같다,
이때도 봄은 사방에 푸르고, 여름은 다정하게 머문다,
가을이 되어 세월이 아래로 서둘러갈 때까지,
또한 여전히 구름들은 우리를 에워싸 떠돈다.

1842년 충성심을 다해서 소생
7월 28일 스카르다넬리

겨울

계절의 영상이 보이지 않게 이제
지나가버리니, 겨울의 시절은 온다.
들판은 비고 풍경은 더욱 온순해 보인다,
폭풍이 사방에 불고 소나기도 내린다.

휴식의 날, 한 해의 끝은 그러하다.
마치 완성을 묻는 소리와 같다.
그러고 나면 봄의 새로운 형성이 모습을 나타내고
자연은 그처럼 지상에서 그 당당함으로 반짝인다.

1849년 충성심을 다해서 소생
4월 24일 스카르다넬리

겨울

세월이 바뀌고 찬란한 자연의
희미한 빛도 지나가며, 계절의
광채 다시는 피어나지 않는다, 그러면 또한
천천히 머물던 날들 더 빨리 지나간다.

삶의 정신은 살아 있는 자연의 시간들 안에서
서로 다르고, 서로 다른 날들은 광채를
펼친다, 또한 언제나 새로운 존재는
인간들에게 정당하고 훌륭하게 그리고 잘 선택된 채 나타
난다.

충성심을 다해서 소생
스카르다넬리
1676년
1월 24일

겨울

한 해의 날이 아래로 고개 숙이고
들판이 산맥들과 더불어 사방으로 침묵할 때,
하늘의 푸르름은 성좌처럼 밝은 고원에
우뚝 솟은 나날들에서 반짝인다.

변화와 화려함은 보다 덜 펼쳐져 있고
거기, 강물이 서둘러 아래로 미끄러져 내린다,
평온의 정신은 그러나 찬란한 자연의
시간들 속에서 심오함과 결합되어 있다.

충성심을 다해서 소생

1743년 스카르다넬리

1월 24일

그리스

인간들이 그러하듯, 삶은 찬란하다,
인간들은 때때로 자연을 지배한다,
현란한 대지는 인간들에게 숨겨져 있지 않다
저녁과 아침은 매혹과 함께 나타난다.
탁 트인 들판들은 수확의 나날에 있는 듯하다
옛 설화는 영성과 더불어 사방에 널리 있다,
또한 새로운 생명은 인간됨으로부터 다시 나오고
그처럼 세월은 고요와 함께 아래로 가라앉는다.

충성심을 다해서 소생
1748년 5월 24일 스카르다넬리

봄

날이 깨어나고 하늘은 현란하다,
별들의 혼잡 사라졌다,
인간은 자신이 음미하는 대로 느낀다,
한 해의 시작이 드높이 여겨진다.

강물들이 반짝이는 곳에 산들은 장엄하다,
꽃나무들은 화환을 두른 듯하고
새해는 축제인 듯 시작된다,
인간들은 지고지선으로 자신을 수양한다.
충성심을 다해서 소생
1748년 스카르다넬리
5월 24일

봄

태양은 새로운 환희를 향해 돌아오고,
한낮은 빛살과 더불어 나타난다, 만발한 꽃처럼,
자연의 장식은, 마치 합창과 노래가
일어났을 때처럼, 그런 기분에 모습을 나타낸다.

새로운 세계가 계곡의 바닥에서부터 열리고
봄의 아침시간은 청명하다,
한낮은 드높은 곳에서부터 빛나고, 저녁의 삶
관찰과 내면의 감각을 위해 주어져 있다.

1758년　　　　충성심을 다해서 소생
1월
20일　　　　　　스카르다넬리

봄

깊은 곳으로부터 봄이 삶 안으로 들어서면,
인간은 경이로워하고, 새로운 말이
영성으로부터 솟아난다, 환희 되돌아오고
합창과 노래들 스스로 성대하게 꾸민다.

삶은 시간들의 조화로부터 자신을 느끼고,
변함없이 자연과 정신은 생각을 이끈다,
또한 완전무결함은 정신 가운데의 한가지이다,
그처럼 많은 것이, 그리고 대부분이 자연으로부터 자신을
느낀다.

충성심을 다해서 소생
1758년 스카르다넬리
5월 24일

시대정신

인간들은 삶을 위해 이 세상에 있다,
세월들이 그러하듯, 시간들 더욱 높이 나아감 같이,
변화가 그러하듯, 참된 많은 것 남겨져 있어,
오랜 시간이 서로 다른 세월 안으로 들어선다.
완전무결함이 그처럼 이 삶 안에 하나가 되어
인간의 고귀한 노력 이것에 순응하는 것이다.

충성심을 다해서 소생
1748년 5월 24일 스카르다넬리

우정

사람들이 내면의 가치로부터 자신을 알게 될 때,
그들은 기쁨 가운데 서로를 친구라 부를 수 있다,
인생은 인간들에게 그렇게 더욱 익숙해져,
정신 가운데 그들은 인생을 더욱 흥미롭게 생각하게 된다.

드높은 정신은 우정에서 멀리 있지 않고,
인간들은 조화를 즐거워하며
친밀함을 좋아하여, 그들 교양으로 살고,
이것 역시 인간됨에 그처럼 주어져 있다.

충성심을 다해서 소생
1758년 스카르다넬리
5월 20일

전망

인간의 깃들인 삶 먼 곳으로 향하고,
포도넝쿨의 시간이 먼 곳으로 빛날 때,
여름의 텅 빈 들녘 또한 거기에 함께 있고,
숲은 그 컴컴한 모습을 나에게 보인다.

자연은 시간의 영상을 메꾸어 채우며,
자연은 머물고, 시간은 스쳐 지나간다,
완성으로부터 천국의 드높음은 인간에게 빛나니
마치 나무들 꽃으로 치장함과 같구나.

충성심을 다해서 소생
1748년 스카르다넬리
5월 24일

부록

Die Liebe.

Wenn ihr Freunde vergeßt, wenn ihr die Euern all,
O ihr Dankbaren, sie, euere Dichter schmäht,
Gott vergeb' es, doch ehret
Nur die Seele der Liebenden!

Denn o saget, wo lebt menschliches Leben sonst,
Da die knechtische jetzt alles, die Sorge, zwingt?
Darum wandelt der Gott auch
Sorglos über dem Haupt uns längst!

Doch, wie immer das Jahr kalt und gesanglos ist
Zur beschiedenen Zeit, aber aus weißem Feld
Grüne Halme doch sprossen,
Oft ein einsamer Vogel singt,

Wenn sich mälig der Wald dehnet, der Strom sich regt,
Schon die mildere Luft leise von Mittag weht
Zur erlesenen Stunde,
So ein Zeichen der schönern Zeit

Die wir glauben, erwächst einzig, genügsam, noch
Einzig edel und fromm über dem ehernen
Wilden Boden die Liebe,
Gottes Tochter, von ihr allein.

Sei gesegnet, o sei, himmlische Pflanze, mir
Mit Gesange gepflegt, wenn des ätherischen
Nektars Kräfte dich nähren,
Und der schöpfrische Strahl dich reift!

Wachs und werde zum Wald! eine beseeltere
Vollentblühende Welt! Sprache der Liebenden
Sei die Sprache des Landes,
Ihre Seele der Laut des Volks!

사랑스러운 푸르름 안에…

사랑스러운 푸르름 안에 금속성 지붕을 인 교회의 탑이 피어오른다. 그 주위를 제비들 우짖는 소리 떠돈다. 감동스럽기 이를 데 없는 푸르름이 그 주위를 에워싸고 있다. 그 위로 태양은 높이 떠오르고 양철을 물들인다. 그러나 바람결에 저 위쪽에서는 풍향기가 조용히 운다. 종 아래에서 어떤 이가 그 계단들을 내려오면, 그것은 고요한 삶이다. 왜냐면, 그처럼 그 모습이 떼어내 구분되면, 인간의 형상성이 드러나기 때문이다. 종소리 울려 나오는 그 창문들은 아름다움에 닿아 있는 성문과 같다. 즉 자연을 따라서 말하자면, 성문들은 숲의 나무들과 비슷한 점을 지니고 있다. 순수성은 그러나 또한 아름다움이다. 안쪽에는 여러 다른 것들로부터 진지한 영혼이 탄생한다. 그러나 그 영상들은 그처럼 단순하고, 그처럼 성스러워서 우리는 자주 그것을 서술하기조차 정말 두려워진다. 그러나 천국적인 자들, 언제나 선량한 자들, 풍요로운 자들처럼 이것을, 덕망과 환희를 지니고 있다. 인간은 그것을 본떠도 무방하리라.[1] 삶이 진정한 수고로움일 때 한 인간이 올려다보고, 나 역시 존재할 의사가 있는가라고 말해도 되는 것인가? 그렇다. 우정이 아직도 심장에, 순수가 계속되고 있는 한, 인간은 불행하게 신성을 아쉬워하지 않을 것이다. 신은 알 수 없는 존재인가?[2] 신은 하늘과 마찬가지로 열려 있는가? 나는 차라리 후자를 믿는다. 그것이 인간의 정도이다. 온통 이득을 찾으며, 그렇지만 인간은 시인처럼 이 땅 위에 살고 있다.[3] 내가 말할 수 있다면, 별들로 가득한 밤의 그늘도 인간, 즉 신성의 영상[4]인 인간보다 더 순수하지는 않다.

지상에 척도는 있는가? 없다. 다시 말해서 그 창조자의 세계들은 뇌우의 진행을 방해하지 않는다. 또한 한 송이 꽃도 태양 아래에서 피기 때문에 아름답다.[5] 눈길은 자주 삶 가운데서 꽃들보다도 훨씬 더 아름답다고 할 만한 존재를 발견한다. 오! 나는 그것을 잘 알고 있다! 도대체 형상과 심장에 피 흘리는 것, 그리고 더 이상 완전히 존재하지 않는 것, 그것이 신의 마음에 드는 일인가? 그러나 영혼은, 내 생각으로는, 순수하게 머물러야만 하는 것. 그렇게 해서 그렇게 많은 새들의 찬미하는 노래와 목소리들과 함께 독수리의 날개를 타고 막강함에 다다른다. 그것은 본질이다. 그것은 형상이다. 그대 아름다운 실개천, 그대는 신성의 눈길처럼, 은하수를 그처럼 맑게 흘러가면서 감동을 주는 것처럼 보인다. 나는 그대를 잘 안다. 그러나 눈으로부터는 눈물이 솟는구나.[6] 어떤 명랑한 삶이 창조의 모습들 안에서 내 주위에 피어오르는 것을 나는 바라본다. 한편 내가 그 삶을 교회마당의 고독한 비둘기에 비교하는 것은 부당한 일이 아니다. 그러나 사람들의 웃음은 나를 몹시 슬프게 하는 듯이 보인다. 말하자면 나는 하나의 심장을 지니고 있다. 나는 하나의 행성이기를 원하는가? 그렇다고 생각한다. 왜냐면 행성들은 새들의 빠르기를 지니고 있기 때문에. 행성들은 불길에 닿아 피어오르며 순수에 기댄 아이들과도 같기 때문에.[7] 더 이상 위대해지려고 소망하는 것 인간의 천성은 주제넘은 일을 행할 수는 없다. 덕망의 명랑함은 정원의 세 개의 기둥 사이로 부는 진지한 영혼으로부터 찬양받는 보답을 얻는다. 한 아름다운 동정녀는 은매화로 치장해야만 하니, 그녀는 본성에 따라 감성에 따라 단순하기 때문에.[8] 그러나 은매화는 그리스에 있다.

누군가 거울을 들여다볼 때, 어느 한 남자가, 그리고 그 안에서 그려진 대로의 자신의 모습을 볼 때, 그 모습은 남자를 닮았다.[9] 인간의 모습은 눈을 가지고 있지만, 달은 빛을 가지고 있다. 오이디푸스 왕은 어쩌면 하나의 눈을 더 많이 가지고 있는지도 모를 일이다.[10] 이 남자의 고통은, 그것을 필설로 다 하기 어렵고, 표현할 수 없을 것으로 보인다. 연극이 그러한 것을 표현해낸다면, 그것은 그곳으로부터 일어난다. 그러나 내가 지금 그대를 생각한다면, 나에게는 그것이 어떤 것인가? 마치 시냇물처럼 아시아처럼 확장되는 그 무엇으로부터 종말은 나를 낚아채간다.[11] 물론 이러한 고통을 오이디푸스는 지니고 있다. 물론 그렇기 때문이다. 헤라클레스 역시 고통을 겪었는가? 물론이다. 디오스쿠렌도 그 우정 가운데, 이 고통을 견디지 않았던가? 말하자면 헤라클레스처럼 신과 다투는 일, 그것이 고통이다.[12] 그렇지만 어느 인간이 주근깨로 뒤덮여 있다면, 많은 얼룩들로 온통 덮여 있다면, 그것 또한 하나의 고통이다![13] 아름다운 태양이 그것을 만든다. 말하자면 태양은 모든 것을 감아올린다. 태양은 장미를 가지고 그러하듯 그 빛살의 자극을 통해서 젊은이를 길로 이끈다. 한 불쌍한 남자가 무엇인가 결핍되어 있는 것을 비탄하듯 오이디푸스가 견디었던 고통들은 그렇게 보인다. 라이오스의 아들, 그리스의 불쌍한 이방인[14]이여! 삶은 죽음이고 또한 죽음 역시 하나의 삶이다.[15]

데사우의 아말리에 태자빈께

완결되지 않은 이 송가는 제목 없이 초안 원고로 남겨져 있는데, 데사우에 있는 루이지움 성을 불러들임으로써 데사우의 어느 영주부인과 연관 짓게 해준다. 이 영주부인이 누구인가에 대해서는 의견이 일치하지 않는다. 홈부르크 방백方伯의 셋째 딸이자, 횔덜린이 생일 기념 송가를 헌정했던 아우구스테 공주의 자매 아말리에를 지칭하는지, 아니면 아말리에의 시어머니인 안할트데사우의 영주부인 루이제를 지칭하는지 의견이 일치하지 않는 것이다. 프리드리히 바이스너Friedrich Beißner 편집의 슈투트가르트판 횔덜린 전집과 귄터 미트Günter Mieth 편집의 한저판 횔덜린 작품집은 헌정 대상자를 특정할 수 없다는 입장에서 이 시의 제목을 「데사우의 한 영주부인에게An eine Fürstin von Dessau」라 붙이고 있으며, 자틀러D. E. Sattler의 프랑크푸르트판 전집과 슈미트Jochen Schmidt의 독일고전출판사는 「데사우의 아말리에 태자빈께」로 구체적으로 헌정 대상자를 명명하여 제목으로 삼고 있다.

이 송가를 1799년 가을에 쓴 것으로 추정하면서, 안할트데사우의 영주부인이 노래의 대상이라고 보고 있는 사람들이 있는데, 영주부인이 홈부르크를 방문한 것은 1796년이라고 알려져 있어, 그때 홈부르크에 있지도 않았던 횔덜린이 영주부인에게 이 시를 뒤늦게 바칠 동기가 미약하다는 점에서 태자빈 아말리에를 이 송가에서 노래되고 있는 "여사제"로 보아야 한다는 주장이 더 설득력 있어 보인다. 그렇지 않아도 아말리에가 고향 홈부르크를 1800년 3월 초부터 5월 20일까지 방문해 머문 적이 있고, 횔덜린도 그곳에 있었기 때문에 이때 이 송시가 쓰인 것으로 볼 수 있다.

이 시는 횔덜린이 1795년 예나를 벗어나 도보여행을 하면서 잠깐 방문했던 데사우뵐리츠에서 받은 인상에서 강한 영향을 받고 있다. 1795년 4월 20일 횔덜린은 누이동생에게 "내가 멋진 하루를 보낸 뵐리츠와 루이지움의 정원들에 대해 언제 다시 너에게 적어 보내려고 한다"고 써 보냈다. 동시에 이 시는 안할트데사우의 영주인 레오폴트 프리드리히 프란츠Leopold Friedrich Franz의 계몽적이고 박애주의적인 통치하에 18세기 마지막 몇십 년에 이룩된 작은 영주국의 분위기를 증언하고 있다. 영주 프란츠는 로마에서 독일의 미술사가 빙켈만Johann Joachim Winckelmann의 제자였고 당대의 저명한 인사들과 교류하면서 자신의 작은 국가를 모범적인 소小제국으로 만들고자 했다. 교육제도의 개혁, 경제적·사회적 혁신을 계몽주의로부터 받아들이고, 예술 수집과 도서관을 진흥시켰으며, 커다란 공원과 정원들을 영국의 예를 따라 조성했다. 당대의 위대한 건축가 에어드만스도르프Friedrich Wilhelm von Erdmannsdorf가 일련의 시설과 건축물을 설계하고 건설했는데, 1773년에 지은 뵐리츠 성으로 그는 대륙에서 고전주의 건축의 기초자가 되었다. 공원과 정원에는 횔덜린이 노래하고 있는 것처럼 실제로 "신전"이 자리하고 있다. 이 아름답기 그지없는 정원과 공원의 이름 "루이지움"의 연원인 루이제 영주부인도 문화적으로 많은 활동을 벌였다. 그녀는 많은 예술가들 특히 시인들과 교제를 가졌고, 그녀 자신이 예술적으로 재능을 가지고 있었다고 전해진다. 그리하여 데사우뵐리츠는 뮤즈의 궁정이기도 했다. 횔덜린은 영주부인에게가 아니라 그녀의 며느리이자 홈부르크의 공주인 아말리에에게 송가를 바침으로써 이 시를 전적으로 데사우뵐리츠의 문화적·정신적 분위기 안에 옮겨놓을 수 있었다. 횔덜린이 아말리에를 "정적 가운데 신적인 불꽃"을 지키는 여사제로 읊고 있다는 것은 단순히 로마의 부엌의 여신 숭배 연상이나 의고전적인 양식화 이상의 많은 연관을 가진 은유이기도 하다. 여사제가 지키고 있는 "신적인 불꽃"은 데사우 궁정이 유명하게 된 인간적이며 철학적·예술적인 정신의 분위기를 의미하는 것이다.

데사우뵐리츠가 계몽주의적 박애주의의 평화 이념의 본고장으로 평가되고 있었다는 사실은 횔덜린에게 특별한 의미를 가졌던 것이 분명하다. 영주 자신이 "평화의 영주"라는 호칭을 얻었고, 바제도Johannes Bernhard Basedow는 데사우를 "이레네폴리스Irenopolis", 즉 '평화의 도시', '평화의 국가'라 불렀다. 횔덜린은 이 시기에 즈음하여, 시 「평화」나 「홈부르크의 아우구스테 공주님께」에서 보여주었듯이, 평화를 향한 그의 소망을 문학적으로 표현하려고 했다. 그는 아말리에를 정말 평화의 제국에서 온 전령으로 묘사할 수 있었는데, 그녀가 전쟁의 위협이 없는 땅 데사우뵐리츠에서 1800년 초 나폴레옹Napoleon Bonaparte, Napoleon I의 침범으로 "뇌우"의 위협 아래 놓인 홈부르크로 온 터였기 때문이다.

1 여사제시여! 그때 그대는 거기서 정적 가운데 신적인 불꽃 지키셨으므로: 로마의 베스타 여신 숭배를 암시한다. 로마 사람들은 부엌의 여신이자 화로의 여신인 베스타의 화로에서 성스러운 불꽃이 꺼지지 않아야 공동체가 안녕하다고 믿었으므로, 이 불꽃을 지키는 베스타 신녀들도 존경을 받았다.

2 또한 어두운 구름 위의 말없는 무지개 피듯 / 아름다운 무지개 피어나니, 그것은…: 『구약성서』「창세기」 제9장 13절 "내가 무지개를 구름 속에 둘 터이니, 이것이 나와 땅 사이에 세우는 언약의 표지가 될 것이다. 또한 내가 구름을 일으켜 땅을 덮을 때, 구름 사이에서 무지개를 보게 될 것이다"에서처럼 무지개는 신과 인간 사이의 결합(언약)의 증거이다. 신과 인간 사이 연대의 증거로서 무지개는 평화의 증표이기도 하다. "아름다운 무지개"는 "다가오는 시대의 징후"이고 오래전에 사라져버린 황금시대에 대한 "복된 나날의 회상"이기도 하다. 비가 「귀향」 주20) 및 시 「파트모스」 주41) 참조.

나는 나날이 다른 길을 가노라…

이 작품은 제2연의 마지막 시행이 없어 완전하지 않은데다 언제 쓴 것인지 불확실하다. 다만 그 내용으로 볼 때 시인이 홈부르크에 머물 때 가까이 있으나 만날 수 없는 프랑크푸르트의 주제테와의 결별이라는 고통 가운데서 쓴 것으로 볼 수 있다. 횔덜린이 1800년 6월에 홈부르크를 떠났기 때문에 1800년 초나, 1800년 5월 마지막 결정적인 작별 후를 시작 시기로 볼 수 있다. "영원히 잘 있으라!"라는 작별의 외침이 이를 암시한다.

1 나는 나날이 다른 길을 가노라: 시 「비가」, 「디오티마에 대한 메논의 비탄」 첫머리 비교.

사라져가라, 아름다운 태양이여…

1799~1800년 홈부르크 시절에 쓴 알카이오스 시연의 송시이다. 1846년 최초로 인쇄된 횔덜린 작품집에는 「저녁에Am Abend」라는 제목으로 되어 있다. 애씀도 없이 변함없이 뜨고 지는 태양을 시인은 디오티마와 겹쳐놓고 있다. 디오티마를 통한 치유가 태양 아래 반짝이며 생동하는 자연을 바로 바라보게 만들어주었음을 노래한다. '조용함'과 '당당함'이 다시 떠오르기 위해서 지고 있는 태양의 이미지이며, 작별을 고한 디오티마의 심상이기도 하다. 제1연과 2연은 정립과 반립으로서 서로 마주 세워져 있다. "힘들여 사는 자들" / "나에겐"이 그것을 반증한다. 제3연과 4연은 변모된 세계로서 시연도약Enjambement으로 밀접하게 결합되어 있다.

이 시는 서로 대립적인 운동들로 일관한다. 제1연에서의 태양의 사라짐과 떠오름, 3연에서 하늘을 올려다보는 나의 몸짓과 마지막 연에서 대지로 허리를 굽히는 천공의 움직임이 그것이다. 이러한 다른 방향으로의 운동들은 이 시에서 만남으로 수렴되고 있다. 또한 이 시에서는 자연의 정령화精靈化가 나타난다. 마지막 연에서 자연은 살아 있고 스스로 숨 쉬고 시적 자아를 대상으로 사랑하며, 천공은 스스로 미소 지으며 대지를 향해 허리를 굽힌다. 디오티마의 자연화, 자연의 의인화를 통해 자연에 대한 경건성이 잘 표현되어 있다.

독일인들에게

1798년 프랑크푸르트 시절에 쓴 2개 시연으로 된 같은 제목의 송시를 확장한 작품이다. 11연부터는 다음에 나오는 송시 「루소」의 첫머리로 수용되었다. 이 두 편의 송시는 육필원고상 관계가 가까워 같은 세기 전환기에 쓴 것으로 보인다.

1 우리 백성의 정령이여: 정령은 로마시대에 개별적인 존재나 개별 인간의 운명만이 아니라 전체 백성들의 운명을 나타내는 것으로 여겨졌다. 이미 로마 공화정시대에 로마 백성의 정령에 대한 서술들이 있었다. 횔덜린은 유추적으로 「그리스의 정령에게 바치는 찬가」에서 그리스의 정령에 대해서 읊은 적이 있고 여기서는 "우리 백성의 정령"을 읊고 있다. 이러한 사상은 모든 민족에게는 고유한 창조적인 존재양식이 부여되어 있다고 한 헤르더를 통해서 널리 알려져 있었다.

2 핀도스와 헬리콘 / 그리고 파르나소스처럼: 핀두스 산맥은 그리스 북부에 있는 2000미터가 넘는 산들로 이루어진 산맥이며 뮤즈의 산이 있다고 알려져 있다. 헬리콘 산은 아폴론과 뮤즈의 성소가 있는 그리스 보이오티아에 있는 산이다. 파르나소스 산은 코린트 만 북쪽에 위치했으며, 그 자락에 델피가 있다. 고대문학에서 파르나소스는 언제나 델피와 함께 결합되어 나타난다. 파르나소스는 로마시대에 처음으로 뮤즈의 산으로 문학의 상징이 되었다.

이 미완의 시는 송시 「독일인들에게」서 파생된 작품이다. 「독일인들에게」의 마지막 4개 시연이 이 시의 첫 4개 시연으로 수용되고, 아스클레피아데스 시연 형식이 알카이오스 시연 형식으로 바뀌었다. 여기서 루소는 물론 장 자크 루소Jean Jaques Rousseau를 말한다. 루소는 당대의 모든 지성인들에게도 그러했지만 횔덜린에게는 정신적인 자극을 제공해준 가장 중요한 인물이었다. 청년기의 작품인 「인류에 바치는 찬가」의 제사에 루소의 『사회계약론*Du Contrat social*』에서 인용한 문구를 사용하고 있으며, 에벨Johann Gottfried Ebel에게 보낸 1795년 9월 2일자 편지에는 어린아이들의 교육과 관련하여 루소의 교육관을 자세히 논하고 있다. 소설 『휘페리온*Hyperion oder Der Eremit in Griechenland*』도 루소 사상으로부터의 영향을 강하게 드러내고 있다. 또한 계획되었던 잡지 『이두나*Iduna*』에 루소에 대한 논문을 쓸 생각도 가진 적이 있다. 이 송시 외에도 찬가 「라인 강」에 루소가 숭배의 대상으로 그려져 있다("그러나 루소여, 그대처럼 / 그 영혼 강하고 끈기 있어 / 넘어뜨릴 수 없게 되고 / 확고한 감각과 듣고 / 말하는 감미로운 천성 타고나"). 프랑스 혁명기에 루소의 유해가 팡테옹으로 옮겨짐으로써 루소의 영웅화가 이루어지면서 루소 숭배는 더욱 고조되었다. 이러한 루소 숭배의 분위기가 이 송시의 전편에 스며 있다.

1 살아냈노라: 호라티우스Horatius의 『송시집*Carmina*』 III권 29쪽, 41~43행 시구에 나오는 "살아냄vixi"의 전용. 횔덜린이 이 단어를 어떻게 생각했는지는 1790년 11월 8일 친구 노이퍼Christian Ludwig Neuffer에게 보낸 편지에 나타난다. 노이퍼가 베르길리우스Publius Vergilius Maro 번역에 열중하고 있다는 소식에 대한 답신에서 횔덜린은 이렇게 말한다. "자네가 나에게 쓴 대로 그처럼 자네가 나날을 살아가고 있다면, 자네는 저녁에 이르러 일종의 '살아냄'을 말할 수 있을 것이네." 또한 1800년 가을 누이동생에게 보낸 편지에 "그러면 나는 당연한 길을 갈 거야, 그리고

끝에 이르러 분명히 말하게 될 거야, 나는 살아냈다!"라고 적고 있다. 난관을 헤치고 나아가는 의지의 삶을 표현하고 있다고 본다.

2 눈짓으로 충분한 법 … 신들의 말씀이어라: '눈짓'은 그리스어 'numen', 즉 '신적인 작용', '신적인 눈짓'의 번역어로 보인다. 그리스의 종교에서는 신들이 구체적인 모습으로 가시적으로 체험되는 데 반해서 로마의 종교에서는 작용 내지 "눈짓"이 의미를 더 가지고 있다. 이러한 작용과 "눈짓들"은 자연현상 안에서 인지된다. 이것은 횔덜린의 시구들 그리고 기타의 문맥에서 기초가 되기도 한다. 신적인 "눈빛"이 "징후"들로 이해되었기 때문에, 마지막 시연의 "예언"과도 연관된다.

마치 축제일에서처럼…

자유운율의 찬가문학으로 넘어가기 직전의 형식을 잘 나타내주고 있는 이 작품은 1800년에 쓴 것으로 보인다. 횔덜린 연구가인 바이스너에 따르면 이 작품은 핀다로스Pindaros의 승리가로부터 영향을 받아서, 9개의 시연을 갖추고 각 3개 시연이 하나의 그룹Trias을 이루도록 시도되었다고 한다. 그러나 제8, 9시연이 미완성으로 남겨져 있는 바, 핀다로스식 구성을 기준으로 한다면 그 운율의 구조로서 연Strophe, 그에 대립하는 대연Antistrope, 마무리 짓는 종연Epode이 하나의 단을 이루는 형태를 취했어야 옳았을 것 같다. 어떻든 미완성의 찬가 초고로서 시 「반평생Hälfte des Lebens」의 시적 동기도 이 초고로부터 얻어왔다는 것이 문헌학적으로 밝혀지고 있다.

횔덜린의 다른 많은 시들처럼 이 시도 자연의 영상을 묘사하는 것으로 시작되고 있다. 뇌성번개 친 후 휴일의 아침이 제1연의 자연배경이다. 대지는 푸르고 포도나무에는 이슬이 방울져 있으며 고요한 태양 아래 나무들이 서 있다. 뇌우는 파괴시키는 것이 아니라 오히려 새로운 삶을 불러일으키는 것이다. 제2연에서는 "은혜의 천후" 아래 서 있다. 말하자면 신성의 영향 아래 놓여 있다. 이 시의 사념은 모두 시인을 에워싸고 맴돌고 있다. 횔덜린에게 있어서 시인은 단순히 '짓는 이poeta'가 아니라 '예언하는 자vates'인 것이다. 어떤 거장도 어떤 규칙도 시인을 기를 수 없고 "힘차고 신처럼 아름다운 자연"이 그를 기른다. "이제"라는 말로서 의미하려는 바가 등장한다. 시적 언어 가운데 성스러움이 형성되며, 자연은 깨어난다. 제2연에서 자연을 해석한 뜻은 계속 이어져나간다. '힘찬' 자연은 "무기의 소리" 더불어 깨어나고, 도처에 현존하는 것은 "천공 높이에서부터 심연의 아래"까지 이른다. 이 자연은 시간보다도 오래이며 신들의 위에서 있다. 그 안에서 확고한 법칙과 성스러운 혼돈이 이해된다. 이러한 자연관은 개념으로 잘 파악될 수 없는 것이다. 횔덜린에 있어서 자연은 결코 철학적 이념도 아니며 어떤 시적 은유도 아니다. 그것은 그 자신에 의해서 신뢰되고 공경되는 삼라만상의 원초적 힘인 것이다. 자연의 깨어남은 시인의 영혼 가운데 불길을 댕긴다. "일찍이 일어난 것이지만 미처 느끼지 못했던" 일이 이제 명료해진다. 종복의 모습으로 알려지지 않았던 것, "뭇 신들의 힘" 즉 자연은 이제 비로소 인식된다. 그러나 오로지 시인들에게만 알려져 있다. 그렇지 않다면 어찌 그것에 대해 물을 수 있단 말인가? '노래 속에 그것들의 정신은 나부낀다.'

제5연과 제6연은 사실 이 한 줄의 시구를 더욱 심화시키고 있을 뿐이다. 노래는 자연과 시간 가운데서 내외內外의 과정이라는 체험으로부터 생겨난다. 이 모든 과정이 종결되었을 때 중단된 것이 아니라, 시인의 영혼 속으로 흘러들었을 때 노래는 생겨난다. 비밀스러운 앎으로 영혼이 채워지고 나면 성스러운 빛살이 불 댕겨지고 시는 성취된다. 시적 창조 과정으로서의 시학이 무엇을 의미하는지 이보다 더 간결하고 심오하게 언급될 수 없는 노릇이다. 그것은 개념으로 개진된다기보다는 실천적인 과정 가운데 전개되는 것이다. 결정적인 위치에서 두 번째로 뇌우의 영상이 등장하는데, 그것은 이제 더 이상 자연현상으로서가 아니라 신화적인 사건으로 등장한다. 그처럼 세멜레도 제우스의 벼락을 맞았고 죽어가면서 디오니소스를 낳았던 것이다. 이제 37행은 제7연에서 계속 이어진다. 노래

가운데 그들의 정신이 나부끼고, 또한 그 때문에 지상의 아들들은 위험 없이 천상의 불길을 들이마신다. 시인의 본질과 사명은 이제 거대한 영상 가운데 요약된다. 농부와 세멜레의 영상이 아무런 보호도 없이 신의 뇌우 아래에 서서 천국의 선물을 노래에 휩싸서 인간에게 가져다주는 시인의 영상으로 뻗어나가고 있다. 빛살은 그것이 세멜레를 불타게 했듯이 순수하고 죄 없는 마음을 불태워버리지 않는다. 마음은 노래에 단단히 머물고 있다. 여기서 이 시구는 중단된다. 원래의 구조대로 따르자면 23행이 부족한데 이에 대해서는 몇몇 단편적인 시구들이 이어지고 있을 뿐이다. 어쩌면 시인들에게도 세멜레의 운명이 서둘러 다가올는지 모른다는 것이 노래되었을 가능성도 있다. 왜냐하면 "하나 슬프도다! 그로부터"에 이어 또다시 "슬프도다!"가 이어지고 "나 천상의 것들 바라보고자 다가갔으나"로 그 단단한 마음 가운데 동요가 엿보이기 때문이다. 영원한 마음이 그에게는 단단히 머물고 있으나 빛살이 그를 태워버릴 시간도 곧 다가오리라는 예감이 나머지 쓰여 있지 않은 시행들을 지배하고 있음직하다. 횔덜린은 스스로 친우 뵐렌도르프Casimir Ulrich Böhlendorff에게 보낸 편지에 "아폴론이 나를 내리쳤다"고 말한 적도 있기 때문이다.

1 혼돈: 세계 생성 이전의 무한한 공간. 카오스.

2 감격: 횔덜린이 즐겨 사용하는 시어로 그리스 문명에 대한 디오니소스적인 파악을 나타내준다. 시 「디오티마」 중간 초고에는 "오 감격이여! 그처럼 / 우리는 그대 안에서 복된 무덤을 발견한다"고 되어 있다. 이러한 연관으로 미루어볼 때 '감동 / 감격'은 창조적인 원초적 힘, 세계의 시원始原에서나 시인의 영혼에 작용하는 창조적 힘으로 파악되고 있다.

3 세계의 행위들: 프랑스혁명과 연합전쟁을 암시한다. 시 「시인의 사명」 제25행 "넓은 세계에서의 그대들 쉼 없는 행동들이여!"와 비교.

4 밭을 일구었던 자 / 종복의 모습이지만: 아폴론은 아들인 아스클레피오스가 번개를 맞아 죽자 번개를 만든 키클롭스를 죽였다. 이에 제우스는 아폴론에게 1년간 인간의 종으로 지내라는 벌을 내렸고, 아폴론은 테살

리아 왕인 아드메토스Admetos의 종이 되어 그의 양떼를 돌보게 되었다. 시 「시인의 사명」 제48~49행 "그 드높은 자 / 그들을 위해서 밭을 일굴 때" 비교.

5 공중에 떠도는 뇌우에서 그리고 또 다른 뇌우에서: 자연현상으로서의 뇌우에서 시대의 뇌우로 전환되는 것을 표현하고 있다.

6 신의 모습을 / 확인하여 보기를 갈망했을 때 (…) 성스러운 바쿠스를 낳았음과 같도다: 세멜레의 신화는 에우리피데스Euripides의 희곡 「바쿠스의 여인들Βάκχαι」에 전해지고 있는데, 이 가운데 바쿠스, 즉 디오니소스의 서두 대화를 횔덜린이 번역한 바 있다. 호메로스Homeros나 헤시오도스Hesiodos 그리고 핀다로스의 작품에서도 세멜레 신화를 읽을 수 있다. 이들에 따르면 제우스는 테바이의 왕녀 세멜레를 덮쳤다고 하는데 헤라 여신의 꼬임에 빠져 보아서는 안 될 제우스신의 본래 모습을 보려고 하자 제우스가 번개 가운데 뇌우의 신으로 나타나서 세멜레가 타 죽게 되고, 제우스는 세멜레가 잉태하고 있었던 디오니소스를 꺼내서 자신의 허벅지에 넣어 길렀다는 것이다. 디오니소스 혹은 바쿠스는 포도주의 신이 되고, 그 포도주를 통해서 인간은 위험 없이 천국적 불길을 마실 수 있게 되었다.

7 맨 머리로 서서: 순수한 마음 그리고 동정심의 표상과 마찬가지로 자신에의 어떤 집착도 포기한 완전한 헌신, 이에 대한 준비자세의 표현이다. 신성에 대한 영혼의 드러냄과 헌신을 위대한 자연을 위한 시인의 무조건적인 개방으로 변형시키는 가운데 종교적 · 신비주의적 전통을 세속화시키고 있다. '드러냄'은 횔덜린의 정신적인 원동력에 속하는 경건주의적인 문학의 고정적 이미지의 하나이다.

8 우리의 마음 어린아이들처럼 오로지 순수할 뿐이고 / 우리의 손길 결백하기 때문이다: 『구약성서』 「시편」 제24편 4절 "깨끗한 손과 해맑은 마음을 가진 사람, 헛된 우상에게 마음이 팔리지 않고, 거짓 맹세를 하지 않는 사람이다" 참조.

9 강건한 자의 고통 / 함께 나눔으로써: 이 구절을 통해서 횔덜린이 경건주

의에 이르기까지 전해 내려오는 수난의 신비로부터 얼마나 강하게 영향을 받고 있는지가 명백해진다. 이 수난의 신비를 통해서 인간은 신비하게 신의 고통에 동참한다. "아버지" 그리고 "신"에 대한 언급은 이 찬가의 앞 시연들에서 소환되고 있는 위대한 자연의 부차적인 신화화에 기인한다. 횔덜린은 자신의 범신론적인 기본 관점에 맞추어 자연을 "신적인" 것으로 파악하고 있는 것이다.

10 하여 내 곧바로 말하노니 / 나 천상의 것들 바라보고자 다가갔으나: 제65행 "신이 다가올 때"에 대한 의미상의 완전한 대칭이다. 신적 접근과 인간 자신에 의한 접근 시도가 대칭된다. 이 인간 자신에 의한 접근은 단순히 주관적으로 의도된 것으로 정당성을 인정받지 못한다.

11 그들 스스로 나를 살아 있는 자들 가운데로 / 잘못된 사제를 어둠 속으로 깊숙이 던져버리니: 탄탈로스 신화를 의미하고 있다. 신들의 모임에 참석할 자격을 얻어 신들의 식탁에 초대받은 탄탈로스는 신들의 넥타르와 암브로시아를 훔쳐 친구들에게 나누어줌으로써, 또는 다른 전설에 따르면, 신들이 식탁에서 나눈 대화를 폭로함으로써 식탁에 초대된 특권을 더럽혔다. 그는 벌로 지하세계로 떨어져, 거기서 영원히 심한 고통을 당하지 않으면 안 되었다.

12 내 들을 수 있는 귀 가진 자들에게 경고의 노래 부르노라: 큰 죄를 범한 자들은 사람들에게 경고하기 위해 저승에서 그들의 범죄 행위를 고해해야만 한다는 생각은 고대문학에 널리 퍼져 있던 표상이다.

엠페도클레스

횔덜린은 "시인"의 재산과 "영웅"에 대해서 말하는 가운데 우선 역사적으로 전래되고 있는 사실을 암시한다. 역사상의 엠페도클레스는 시인이었다. 또한 그는 조국인 아그리겐트에서 행정가로서의 실질적인 활동을 통해서 영웅의 반열에 올랐다. 이러한 사실을 넘어서 횔덜린은 시적인 것과 영웅적인 것의 원리적인 차원까지를 의미하고자 한다. 이것의 본래적인 "재산"은 인간적인 척도를 넘어선 능력에 들어 있다. 제약된 현존재가 충족시킬 수 없는 어떤 내적인 무한성, 영원성으로 이루어져 있다는 것이다. 이 영원성은 자체에게 알맞은 무한성으로 해방되기 위해서 개별적인 형상을 희생하도록 요구한다. 횔덜린은 미완성의 희곡 『엠페도클레스의 죽음*Der Tod des Empedokles*』에 대한 「기초」에서 엠페도클레스는 무한한 보편성의 성향 때문에 "시인으로 태어난" 것으로 보인다고 말한 바 있다. 엠페도클레스의 운명에서 그는 자신의 본성, 자신의 시인 된 운명이 선취되어 있는 것을 느끼고 있는 것이다. 그러나 시인은 이 시에서의 시적 자아는 '영웅을 뒤따르고자', 그러니까 '총체를 향해서 가장 짧은 경로로 되돌아'가고자 한다. 그러나 "사랑"이 그를 붙들어 잡는다. 사랑은 그를 삶 속에 잡아두고 머무름을 가능케 해주고 있다. 그렇기 때문에 이 시는 엠페도클레스적인 총체성으로의 투신 대신에 삶 가운데의 머무름이 들어서야만 한다는 횔덜린의 견해를 드러내고 있는 작품이다. 이 시는 1797년에 처음 초고가 쓰였고, 1800년에 비로소 완성된 것으로 보인다.

1 포도주 안에서 녹였었다: 플리니우스Gaius Plinius Secundus는 『자연사 *Historia Naturalis*』에서 이집트의 여왕 클레오파트라Cleopatra가 안토니우스Marcus Antonius와 마주하고 한 번의 식사에 천만 세스헤르젯이라는 엄청난 금액을 먹어치울 수 있다고 자신 있게 말했고, 값비싼 진주를 포도식초에 넣어 녹인 후 다른 음료에 섞어 마셨다고 전하고 있다.

하이델베르크

1799~1800년 홈부르크에서 쓴 아스클레피아데스 시연의 송시이다. 이때 쓰기는 했으나 하이델베르크를 노래하고자 하는 충동은 이전에도 있었던 것으로 보인다. 횔덜린이 하이델베르크를 처음 방문한 것은 1788년이었다. 마울브론을 떠나 라인 강을 따라서 5일간 여행할 때 그는

이 도시를 보고 모친에게 "이 도시는 참으로 마음에 든다"고 쓴 적이 있다. 1795년 예나를 떠나 귀향하던 길에, 또 같은 해 12월 프랑크푸르트로 가던 길에, 1789년 라슈타트로 가던 길에, 그리고 1800년 6월 초 홈부르크로부터 귀향하던 길에 횔덜린은 하이델베르크를 거쳐갔다. 그러나 이 시가 단지 거쳐간 한 도시의 인상만을 담고 있지 않은 점으로 미루어볼 때, "내쫓긴 방랑자 / 인간과 책들로부터 도망쳐 나와"라는 시구가 담긴 초고를 예나를 떠났던 1795년에 썼고, 이를 1798년에 다시 고쳐 썼으며 1800년에 완성한 것으로 추정된다.

이 시는 시인의 도시에 대한 사랑의 고백과 그 도시의 정경, 그리고 이 도시에게 하나의 노래를 감사하는 가운데 바치고자 하는 소망으로 시작되고 있다. 숲과 산정, 강과 다리 그리고 이것들을 생동감 있게 하는 사람들을 간결하게 묘사함으로써 이 장소의 전체적 인상을 그려내고, 마지막 시연에서는 언덕과 강, 골목길과 이 도시의 정원들로 그 전체적 인상을 완성하고 있다. 이러한 영원한 현장감에로의 끼어듦은 한때 순간적으로 느꼈던 마법적인 힘에 대한 개인적 회상이라는 형식 가운데 '강'과 '성'에 대한 주도적인 체험과 결합되어 있다. 시인은 원경이 산 속으로 비쳐드는 다리 위에서 무엇인가를 체험하고 있다. 강물은 그러나 먼 평원으로 달려나간다. 관찰 장소에서 만나고 있는 이 두 방향의 대칭을 주목할 필요가 있다. 강물의 젊디젊은 흐름, 그 강물 뒤에 서 있는 성으로서 나타나는 연륜의 머무름, 이것은 바로 삶의 양식의 한 대칭이다. 그러나 이 두 개의 양식은 다행스러운 위치에 연유한다. 강물은 정원과 그늘과 사랑스러운 강변으로부터 힘을 얻고, 성은 이 청청한 생명으로 그 상처를 싸고 있는 것이다. 마지막 시연은 체험의 과거로부터 영속적인 현재로 되돌아오고 있다.

1 어머니: 가장 사랑하는 것에 대한 횔덜린의 명명.

2 젊은이: 다른 시 「방랑자」나 「라인 강」에서처럼 여기서도 암벽 가운데로 흐르는 힘찬 강을 뜻한다.

3 슬프도록 흔쾌하게: 이 상반되는 단어의 결합은 행복의 충만과 불만의

감정을 복합적으로 나타내준다. 설명하자면, 자신에겐 너무도 아름다워 사랑하는 가운데 소멸되고자 시간의 물결에 몸을 던졌을 때의 마음, 즉 행복의 충만으로부터 빠져나와서 총체성으로, 영원한 번화 속으로 밀쳐 가려고 할 때의 마음과 같다.

4 그대: 여기서는 모두 하이델베르크를 지칭한다.

신들

이 시는 횔덜린의 신에 대한 관념과 자연관을 함께 드러내주는 작품이다. 횔덜린의 "신들"은 영원히 생동하는 자연의 총화다. "천공"은 범신론적으로 영혼을 부여받은 총체자연을 대표한다. 총체자연은 인간적인 파멸현상들, 즉 "고통", "불화", "근심", "방황"을 전체로 중재하고 지양시켜준다. 그러나 총체자연은 다만 부정적인 것으로부터 해방시킬 뿐만 아니라, "기쁨"과 "노래"의 영감도 준다. 그렇기 때문에 총체자연은 시인의 근본적인 체험의 기반이다. 총체자연은 "정령이 비탄으로 지내는 것 결코 그냥 두지" 않는다. 횔덜린이 이 시에서는 천공과 태양의 신만을 부르고 있으나, 대지도 다른 시에서 신으로 부른다. 천공, 태양, 대지 같은 신들은 실제 작용하고 있는 자연의 힘들이며 도처에 있고 모든 것을 생동하게 하면서 모든 개별의 현존을 결정짓는다. 따라서 신들에 대한 언급은 결코 관조적인 요소를 지닐 수 없다. 신에 대한 언급은 체험 가능성의 저편 영역에 신을 옮겨놓아서는 안 되며, 인간의 일상체험에 속하는 현존재의 단순한 기본적 힘 가운데 체험되어야 한다. 따라서 신적인 것은 '단순히 자연적'인 것도 아니다. 신적인 것과 자연은 분리되어 있는 영역이 아니며, 따라서 단순한 자연은 존재하지 않는다. 예컨대 "천공"은 자연과학이 생각하고 있는 대로 측량할 수 있는 대상이 되어버린 공기가 아니라, 현존재가 존속하도록 생명을 부여해주는 요소인 것이다.

네카 강

1800년 고향 뉘르팅겐에서 쓴 알카이오스 시연의 송시이다. 최초 초안은 「마인 강」으로 제목을 바꾸었고, 「마인 강」과 많은 부분에서 시상을 같이하면서 새롭게 쓴 작품이다. 「마인 강」이 먼 곳에의 동경으로 시작한 데 반해서 이 작품은 고향의 강에 대한 형상화로 시작하고 있다. 그러나 여기서 정령은 현재의 모습이 아니라, 과거의 모습을 묘사하고 있다는 점이 눈에 띈다. 과거형으로 시인은 고향의 체험을 통한 자신의 자연 감정을 일깨우고 있다. 자연과 고향의 연결, 이 연관성의 인식은 역사적인 한 시기를 느끼도록 해준다. 일치의 시대, 즉 그리스의 고대를 회상시키는 것이다. 그러나 「마인 강」에서도 그러했듯이, 젊은 시절의 고뇌를 위안해주고 시인으로 하여금 먼 곳으로의 동경도 일깨워주었던 그 네카 강은 "나의 네카"로 감사하는 회상 가운데 변함없이 머물고 있다. 「마인 강」이나 「네카 강」에서 그리스라는 나라는 고향과 맞바꿀 수 있는 지리적 영역이 아니라, 지금의 고향에서 사라지고 만 어떤 이념으로 해석된다.

1 황금빛의 팍토르 강: 팍토르 강은 소아시아 서쪽 해안 헤르모스 강의 지류로서 바닥의 모래 빛이 그대로 보여 '황금빛'을 띠고 있다고 했다.

2 스미르나의 해변 / 일리온의 숲: 스미르나는 헤르모스 강어귀의 남쪽에 자리한 도시이다. 일리온의 숲은 트로야 지역을 꿰뚫고 있는 숲들이며 일리온은 트로야의 다른 명칭이다.

3 이오니아: 그리스인들이 이주하여 정주한 소아시아의 서부 해안.

4 가난한 백성: 그리스의 해방전쟁 이전 터키의 지배 아래 있었던 그리스 민중을 암시한다. 「마인 강」의 주4) 참조.

5 초록빛 밤: '갈색의 밤'의 바로크식 표현.

6 마스틱스나무: 유향수乳香樹의 일종. 나뭇진의 향기가 매우 좋다.

횔덜린은 1798년 가을부터 1800년 초봄까지 충실한 친구 징클레어Isaak von Sinclair의 도움으로 홈부르크에 머물면서 프랑크푸르트 시절 디오티마와의 사랑의 체험을 정신으로 극복하고 승화시킬 수 있었다. 그는 수많은 좌절을 겪은 사람으로서 1800년 고향으로 돌아온다. 이때 쓴 여러 편의 송시 중 하나가 바로 이 알카이오스 시연의 「고향」이다.

비교와 대립으로 이 시는 시작된다. 시인처럼 뱃사공도 고향으로 되돌아온다. 그러나 사공은 많은 재화를 거두어 기뻐하면서 귀향하지만, 시인은 고통을 그만큼 많이 짊어지고 돌아온다. 이 때문에 고향이 다시금 평온과 치유를 선사할지 시인은 묻는다. 회상은 산에 둘러싸인 고향의 영상을 일깨운다. 그 다정한 둥지는 마음을 에워싼다. 어린 시절 유희하던 시냇물, 보호해준 산들, 어머니가 있는 집, 형제자매들의 포옹, 모든 희망과 확신이 치유를 기대케 해준다.

고향은 옛날 그대로이다. 그러나 시인 자신이 더 이상 옛날처럼 어린아이가 아니라는 생각이 체념에 이르게 한다. 어떤 어린아이 시절의 위안도 "사랑의 고통"과 삶의 체험을 없었던 것으로 해줄 수는 없다. 이러한 체념으로부터 구원을 행사하는 것은 그리스적인 운명론으로 신들은 우리에게 '천국적인 불길'로 환희를 주었지만, 또한 '성스러운 고뇌'도 함께 주었다는 믿음이다. 이 두 개의 서로 다른 신적인 증여를 흔들림 없이 받아들여야 하는 것, 그것이 '지상의 아들' 인간에게는 운명인 것이다. 기쁨과 고통이라는 대립은 첫 시연에 이미 주제화되어 있듯이 전편에 깔려 있다. 제3~5연은 이 시의 중심부로서, 모두 시연도약으로 한 덩어리로 짜여 있다. "너희들 충실히 머무는 자들이여!"는 주제상으로는 앞의 시구에 속하지만 제5연의 새로운 반립을 제기해주기도 한다.

1800년 여름에 쓴 아스클레피아데스 시연의 송시이다. 이 송시를 이해하려면 튀빙겐 시절에 쓴 「사랑에 바치는 찬가」와 대조해보는 것이 좋다. 찬가에서 송시로 그 표현양식을 바꾼 사실은 세계에 대한 시인의 이해가 변화되었음을 우선 나타내준다. 찬가에서는 사랑의 힘이 모든 것을 지배하고 강요하는 신적인 작용으로 그려져 있다면, 이 송시에서는 '시간의 완만한 물결'이 성찰의 대상이 되고 있다. 역사는 사랑의 힘만으로 감당되지 않으며, 오히려 역사 그 자체가 사랑을 나타낸다. 이러한 사고 유형은 아스클레피아데스의 반립적인 특성에 잘 어울린다. 지상에서의 균형을 이룬 삶은 종말을 고했다. 이러한 균형을 체현하고 있는 자가 '근심 없는 신'으로부터 멀어진 것은 이 탓이다. 단지 사랑하는 자들의 영혼 속에서만 이 본원적인 조화를 이룬 삶은 계속 살아 있을 뿐이다. 시인의 희망은 계절의 변화라는 자연현상 속에서 그러한 믿음의 정당성을 발견해내고 있다. 이러한 인식을 시인은 제3연에서 노래하고 있다. '그러나'로서 제2연의 생각을 반전시키고 겨울처럼 느껴지는 앞선 시연의 분위기를 새로운 생각으로 전환하고 있다. 새로운 봄의 싹이 심어지는 것이다. 이렇게 심어진 봄의 이미지는 제4연의 서두에서부터 이 시의 끝까지를 꿰뚫고 있다. 사랑은 "신의 딸"이며, 스스로 "홀로 유독 만족"하고 있다. 사랑은 사라져버린 신의 살아 있는 일면인 것이다.

1 오 고마우신 분들이여: 횔덜린에게서 찾아보기 힘든 역설적 표현이다. 시인들에 대한 천시를 한탄하고 있다.

2 비굴한 근심이 우리 모두를 억압하는데: 횔덜린은 반복해서 부조화의 상태를 나타내는 특별한 용어로서 근심Sorge이라는 단어를 사용한다. 그것은 사랑에서처럼 자유로운 일치가 아니라 파괴적인 강요와 지배가 현존을 압박하는 상태이다. 이 때문에 '우리 모두를 억압하는' 근심이라고 표현하고 있다. 반면에 '신은 근심도 없다'.

3 우리의 머리 위에서 오래 전부터 거닐고 있으리라: 신적 충만은 오래전에 인간적인 삶을 벗어나 있다.

4 그러나 박복의 시간에 한 해는 차갑고 노래는 없을지라도 (…) 때마다 한 마리의 고독한 새는 노래 부른다: 1799년 1월 어머니에게 보낸 횔덜린의 편지 구절 "그러나 바로 겨울 뒤에 봄이 오듯이, 인간의 정신이 죽은 후에 새로운 삶이 왔던 것이고 인간들이 이 점을 느끼지 못한다 해도 성스러움은 언제나 변함없이 성스러운 것입니다"와 비교.

5 보다 아름다운 시절의 징후: 횔덜린은 "보다 아름다운 시절"을 말할 때 항상 미래를 염두에 두고 있다. 다른 시 「루소」에서도 "보다 멋진 시대로부터의 빛살"이라 하면서 바로 뒤이은 시구에서 그 빛살을 미래의 "전령"으로 풀어 읊은 바 있다.

6 홀로 유독 만족한: 복된 충만 가운데 평온한 현존으로서의 사랑을 의미한다. 이러한 가운데 사랑은 신적이며, 그 때문에 사랑은 "신의 딸"이다. 소설 『휘페리온』에도 사랑의 사제 디오티마는 '만족한', '신적으로 만족한'이라고 형용되어 있음을 볼 수 있다. 어떤 부족이나 긴장도 없는 디오티마의 본성을 이처럼 신적 조화로써, 만족함으로써 표현하고 있는 것이다.

삶의 행로

프랑크푸르트 시절에 썼던 에피그람을 1800년 여름 확대시킨 아스클레피아데스 시연의 송시이다.

에피그람 형태의 4행 송시에 최초로 나타나는 '활'은 이 확장된 송시에도 그대로 남겨져 있는데, 시인의 삶과 운명에 대한 확고한 사상을 나타내주고 있다. 활의 이미지는 무한히 뻗어나가려는 정신적 동경과 사랑으로 표현되는 감성의 제자리로 되돌아오려는 충동 사이의 팽팽한 긴장을 나타내주고 있다. 이러한 긴장의 궁형은 인간적인 삶의 경로이다. 시인은 이 "삶의 행로"에서 이러한 궁형의 길을 부질없지 않은 것으로 그리고 있다. 프랑크푸르트 시절의 초고와 이 확대된 송시를 쓴 기간 사이에 시인은 디오티마와 헤어졌고, 잡지 발간 계획도 무산되었으며, 희곡 『엠페도클레스의 죽음』도 중간에 쓰기를 포기했다. 횔덜린은 이 시절 고뇌 속에 빠져 있었음을 토로한 바 있다. 그러나 이 송시를 통해서 그 고뇌와 고통을 긍정하며, 보다 당당한 해방을 증언하고 있는 것이다. 그것은 가장 깊숙한 곳, 한밤조차도 신적인 "곧바름"이 지배하고 있다는 신념에 기반한다. 『구약성서』 「시편」 139편처럼, 모든 지상의 생명체가 보상의 법칙 아래 놓여 있으며 그것은 일종의 신적 법칙이라는 심상이 이 '삶의 행로'를 꿰뚫고 있는 것이다. 시인 역시 이를 '배워 알고' 있다. 천상적인 것이 보존하는 우주의 삶은 거침없는 신적인 삶이 아니라, 서둘러 맹목으로 내닫는 것을 멈추어 생각하는 삶이다. 횔덜린은 인간이 당하는 고충과 고뇌를 그러한 천상적인 법칙의 작용으로 믿고 있다. 대상을 통해서 의식이 형성되듯이 가장 지고한 의식은 가장 거대한 저항에서 생겨난다. 신적인 것은 사랑 가운데서도 체험하지만, 고통 가운데서 더욱 절실하게 체험되는 것이다. 이러한 의식 가운데서 모든 것에 감사함을 배우고 더욱 자유롭게 인간은 자신이 갈 길을 두려움 없이 갈 수 있다.

1 활: 그리스의 철학자 헤라클레이토스Herakleitos의 단편 제51번 "당신들은 하나가 서로 상반되어 갈리면서도 일치되어가는 것을 이해하지 못합니다. 서로 달리 지향하는 일치, 활과 리라 악기에 있어서의 그 일치 말입니다"에서 따왔다. 플라톤Platon도 『향연*Symposium*』 187a에서 이 구절을 그대로 인용하고 있다.

2 위를 향하거나 아래로 내려오거나: 역시 헤라클레이토스의 단편 제60번에서 그대로 차용한 구절이다. "위로 향한 길이나 아래로 향한 길은 하나이며 동일한 것이다." 1796년 6월 동생에게 보낸 편지에서 횔덜린은 "성스러운 밤에는 어쩌면 우리는 이 삶과 죽음의 중간적 위치를 벗어나 아름다운 세계의 무한한 존재로, 우리가 떠나온 영원히 젊은 자연으로

돌아가고자 동경하고 있는지 모른다. 그러나 모든 것은 자신의 한결같은 길을 가고 있을 따름이다"라고 쓰고 있다.

3 가장 민을 수 없는 명부에서조차 / 하나의 곧바름이, 하나의 법칙이 지배하지 않는가?: 당초 이 시구는 '명부 가운데서도 / 하나의 사랑스러운 숨결 쉬고 있지 않은가?'로 되어 있었다.

4 인간은 모든 것을 시험해야 하리라: 『신약성서』「데살로니카인들에게 보낸 첫째 편지」 제5장 21절 "모든 것을 시험해보고 좋은 것을 꼭 붙드십시오"와 같은 의미이다.

5 길러져: 본래의 광의의 뜻으로 사용되고 있다. 중세고지 독일어 nern은 '치료하다, 건강하게 하다, 구원하다, 생명을 유지케 하다'의 뜻이다.

그녀의 회복

같은 제목의 3연짜리 송시를 확장해서 쓴 작품이다. 앞에 수록된 「고향」, 「사랑」, 「삶의 행로」, 뒤에 이어지는 「이별」 「디오티마」, 「귀향」과 이 시 「그녀의 회복」은 같은 육필원고의 연관 안에 있고, 모두 1800년 여름에 쓰인 것으로 보인다. 이 시기는 횔덜린이 프랑크푸르트에서의 체류(1796~1798년)와 홈부르크에서의 체류(1798~1800년)를 마치고 슈바벤의 고향으로 돌아온 때이다.

이별-*첫 번째 원고*

아스클레피아데스 시연의 이 송시는 프랑크푸르트 시절의 1연짜리 송시 「연인들」을 확장시켜 1800년에 새로 쓴 작품이다. 일련의 사랑의 시, 특히 특정한 상대 디오티마를 상정하여 노래하고 있는 당시의 작품들 가운데 하나이다. 현실에서의 모든 '두려움'은 미래에 대한 희망의 결핍이며 믿음의 결여라는 기본적인 사고가 이 시의 밑바탕에 깔려 있다. 속세에 있어서의 순수한 재회는 '망각의 음료'를 함께 마셔 "증오와 사랑"조차 모두 잊은 채 피안의 세계로 장소를 옮기는 것으로 소망되고 있다. 이러한 피안에서의 재회도 "이별의 장소"가 새삼 되새겨지는 기억으로 발단되고 있으니 그의 현실에서의 끈끈한 유대는 단절되지 않고 있음을 간과해서는 안 된다.

1 우리 마음 가운데 하나의 신: 횔덜린의 작품에서 반복해서 등장하는 표상으로서 플라톤의 다이모니온Daimonion에서 영향 받은 deus in nobis(우리 마음에 있는 신) 또는 deus internus(내면의 신)이라는 고대 전통 표상으로부터 기인하고 있다. 횔덜린은 나아가 "우리 안의 신"(시 「인류에 바치는 찬가」)을 여기서 "감각과 생명을 지어준 그, 우리들 사랑의 영감에 찬 수호신"이라고 읊고 있어 인간의 내면에는 에로스가 신으로 깃들고 있다는 플라톤의 사고를 이어받고 있다.

2 레테의 음료: 하계에 흐르는 레테 강물을 마시는 자는 지상에서의 현세적 삶에 대한 기억을 잃게 된다.

이별-*두 번째 원고*

1 뿌리 깊고 / 괴이한 두려움, 신들과 인간 사이를 갈라놓은 때로부터: 두려움이 인간과 신을 갈라놓았다는 것이 아니라, 한쪽은 두려움과 걱정으로부터 자유로우나 다른 쪽은 그렇지 못하다는 사실, 그러한 차이가 인간과 신을 갈라놓았다는 것이다.

디오티마

2개의 시연으로 되어 있는 같은 제목의 송시를 확장한 작품이다.

1 하계에까지도 환희를 / 가지고 갔던 고마운 자들, 자유로운 자들, 신적인 인간들: 헤라클레스와 오르페우스 같은 신화적 영웅들은 임무를 수행하거나 죽은 사람을 구하기 위해 지하세계로 내려갔다.

2 정답고도 위대한 영혼들: 횔덜린은 「아킬레우스에 대해서Über Achill」라는 두 편의 짧은 산문을 쓴 적이 있다. 거기에서 감수성이 예민한 "정다운" 본성이 그가 좋아하는 영웅 아킬레우스의 성격으로 언급되어 있다. "그는 영웅들 중 나의 가장 사랑하는 영웅이다." "그처럼 강하고 정다운, 영웅세계의 가장 성공적이며 가장 덧없는 꽃."

3 영웅들과 더불어 신들 가까이 / 그대 이름 부를 날: "영웅들"은 앞서 불렀던 "신적인 인간들"이다. 그리스 문학에서는 영웅을 반신으로 이해하고 신적인 인간들로 생각하는 일이 흔하다. "신적인 인간들"로서 영웅들은 특별히 "신들 가까이"에 있다. 사랑하는 여인을 영웅화하는 일은 횔덜린 자신이 일부분을 번역하기도 한 오비디우스Publius Ovidius Naso의 『반 신녀*Heroides*』를 통해 익숙하게 알고 있었다. 시 「신들 한때 거닐었다…」 주2)참조.

귀향

시 「고향」과 비슷한 주제를 지닌 이 「귀향」은 1800년 여름에 쓴 알카이오스 시연의 송시이다.

이 송시는 고향을 향한 분출하는 부름으로 시작하고 있다. 그 부름은 당초 의심에 차서 시작하지만 차츰 회복되는 소유의 확신으로 상승되고 있다. 제2연에서는 그 음조가 차츰 내면화되어간다. 개인적인 젊은 날의 회상이 연달아 떠오르는 만큼 그 내면화는 더욱 진전되고 있다. 예전에 동경이었던 것이 현실로 변환된다. 그러나 길을 떠났던 시인이 되돌아왔을 때 소년기의 거리낌 없던 붙임성은 되찾을 길 없이 상실되었음을 느낀다. 이 가운데도 드높은 자들의 힘 아래 있는 낮익은 고향의 공간들은 그대로 남아 있다. 그처럼 고향은 그 자식들에 있어서 그러한 운명의 경건함을 깨우치는 자이며 낯설어하는 자들에게 경고하는 자이다. 때문에 고향의 소망으로부터 멀어져 있던 젊은이는 운명의 받아들임으로 정화되자 고향에 다시 굴복하게 된다. 그랬을 때 그는 젊은 날의 꿈들과 그 행복을 포기할 수 있고, 고향의 하늘은 경건한 소박성으로부터 나오는 참된 행복을 그에게 선사한다. 잃어버림과 얻음은 이 시에서 형평을 이루고 있다. 잃어버림의 슬픈 확인("젊음도 사라지고")은 마지막 연에서 스스로의 작별("잘 있거라, 젊은 나날이여")로 바뀌고, 거리를 두고 있는 "그대 옛 그대로 남아 있구나"는 "고향의 하늘이여, 다시 나의 생명 거둬들이고 축복해달라"고 하는 자유의지의 귀환으로 바뀌고 있다. 아직도 희망과 체념 사이를 방황하고 있는 시 「고향」과는 달리 이 「귀향」은 보다 확실하게 고향에의 몸 바침을 긍정하고 있다. 모든 것으로부터 정화된 자, '운명 앞에 침묵하는 자'의 목소리가 더욱 명료하게 들린다.

1 이탈리아의 사자: 남쪽에의 예감을 고향 산천에서도 생생하게 느낄 수 있다. 시 「슈투트가르트」에서도 '이탈리아의 바람'으로 이러한 남국적 분위기를 연상시키고 있고, 시 「편력」에서는 이탈리아 최북단 롬바르디아의 정경을 고향 슈바벤의 자매라고 노래한다.

2 너 포플러나무들과 함께 있는 사랑하는 강이여!: 횔덜린이 태어난 라우펜을 스쳐 흐르는 네카 강가에는 오늘날에도 길게 포플러나무들이 서 있다. 포플러는 네카 강가의 정경을 대표적으로 나타낸다.

3 그대 성스럽고 / 고통 견디는 이여!: 시 「독일인의 노래」에서는 조국을 "침묵하는 어머니 대지처럼 모든 것을 인고"하는 자로 표현한 바 있다. 그와 마찬가지로 대지는 인간의 '서구적인 밤' 속에 놓여 있을지라도 '드

높은 자들의 힘'을 그대로 유지하고 있기 때문에 이처럼 성스럽고 고통을 견디는 것으로 불리고 있다.

4 불충실한 자들: 슈바벤을 떠나 멀리 머문 자들, 혹은 시인 자신처럼 딴 곳에 마음을 두었다가 고향으로 되돌아온 자를 의미한다.

아르히펠라구스

시인이 이 6각운의 찬가를 언제 썼는지는 확실하지 않다. 홈부르크에 머물렀던 1800년 초에 쓰기 시작해서 1801년 봄에 완성했을 것이라고 추측할 따름이다. 이 봄에 횔덜린은 비가 「디오티마에 대한 메논의 비탄」과 함께 이 시를 예나의 페어메렌Bernhard Vermehren에게 보내서 티크Ludwig Tieck가 발행하는 문학잡지에 실릴 수 있도록 도움을 요청했다. 1801년 5월 4일자로 횔덜린에게 보낸 답장에서 그는 티크와 연락이 닿지 않으니 슐레겔August. W. Schlegel 에게 이 방대한 시를 그 문학잡지에 실을 용의가 있는지 묻겠다고 했다. 티크의 잡지는 첫 해(1800년)만 발행되고 말았기 때문에 이 소개는 결실을 보지 못했다. 결국 이 시는 1804년 후버Ludwig Ferdinand Huber가 발행하는 잡지 『계간 오락*Vierteljährliche Unterhaltungen*』에 실려 발표되었다.

시 「아르히펠라구스」는 시 「천공에 부쳐」와 같이 부분적으로 서사적인 특징을 가지고 있는 6각운의 찬가이다. 시 「아르히펠라구스」에서는 서정적·찬가적 기능과 서사적 기능이라는 6각운의 두 가지 기능이 결합되어 있다. 시인이 아르히펠라구스를 신성으로 신화화된 총체자연의 계시공간으로 소환하고 있는 부분들은 찬가적인 것으로 상승한다. 이 시의 첫 부분과 마지막 부분이 이에 해당하고, 이 시가 이를 통해 찬가적·축제적인 전체 윤곽을 지니게 된다. 페르시아전쟁에서의 아테네의 패배, 살라미스 전투 그리고 승리 후의 부흥을 서술하고 있는 규모가 큰 중간 부분은 서사적으로 전개되고 있다.

이 시는 길이가 일정하지 않은 여러 부분으로 구성되어 있는데, 주제별로는 3개 그룹으로 나누어볼 수 있다. 첫 부분은 개시 부분으로 제1~61행이다. 삼라만상을 포함하고 조화롭게 결합시키고 있는, 범신론적으로 이해되는 총체자연의 총화로서 초봄의 아르히펠라구스가 그려지고 있다. 아르히펠라구스는 여기서 모든 생명과 존재의 집합처가 된다. 횔덜린의 여느 작품에서 천공에 해당하는 개념이다. "두루미"가 거기로 돌아오고, "배들", "대기"가 에워싸 숨 쉬고 "돌고래"가 그 깊숙한 곳에서 솟구쳐 오른다. 그리스의 "육지"를 "섬들"처럼 아르히펠라구스가 껴안고 있다. 아르히펠라구스는 드높은 자의 힘들과 하나로 묶여 서 있다. 왜냐면 밤과 낮의 천체의 빛이 그의 밀물에 반사되고 있기 때문이다. "천공"이 그를 품어주고 "구름들"은 그의 전령이다. 다만 인간들만이 이러한 자연스럽고 "신적인" 총체조화에 일치를 이루지 못한다. 한때 옛 그리스가 그런 경우에 처했던 것처럼 말이다.

두 번째 부분은 제62~199행이다. 아테네의 위대한 문화, 페르시아 전쟁에서의 패배와 전쟁 후의 더욱 아름다운 새로운 번영에 대해 회상한다.

세 번째 부분은 제200~296행이다. 이 부분은 더 이상 서사적으로 과거를 환기시키지 않는다. 이제는 시대의식이 지배적으로 등장한다. 현재를 그리스의 과거와 분리시키는 거리의 인식이 드러나는 것이다. 그렇기 때문에 그리스를 회상하면서 시인을 가득 채워주었던 감동은 비애로 바뀐다. 감동이 비탄의 노래로 발전하지만(제200~221행) 시인은 "살아있는 자들"(제222행)로 돌아간다. 왜냐면 범신론적으로 해석되는 자연은 영원히 변함없는 자로서 의미를 체험하게 하고 삶의 용기를 전해주며, 이로써 모든 무상함을 넘어 고양시키기 때문이다. 그렇다, 자연에 대한 새로운 인식에서부터 단순한 개별적인 위안 이상의 것이 결과된다. 새롭게 피어나는 폴리스와 새로운 문화에 대한 희망이 솟아나는 것이다. 그러나 충만한 미래의 이러한 전망이 전부 전제되기 전에 그 비전은 부정적인 현재의 표상에 부딪혀 중단된다. 어떤 상황이 우선 극복되어야 하는가. 제241~246행은 휘페리온의 질책의 연설에 나오는 독일인들을 향한 자연으로부터의 이탈과 부자연스러움에 대한 비판을 그대로 담고 있다. 전체적으로 볼 때 이 마지막 세 번째 부분은 3개의 시간을 관통한다. 사라져버린 그리스에 대한 회상 가운데의 과거, 불완전한 상태로서의 현재, 그리고 마치 아테네인들에게서처럼 다시금 자연을 향한 개방으로부터 솟아나오는, 그러나 이제는 정신화된 미래적인 완전한 제국이 소환되고 있는 것이다. 마지막 구절(제278~296행)은 다시 한 번 자연의 변함없는 생명의 근거를 찬양하고, "영생"을 누리는 아르히펠라구스를 통해 신화화한다. 이로부터 위대한 문명의 부흥에 대한 희망도, 위협받고 위태로워 보였던 개별적 현존재의 구원 가능성도 확인되는 것이다. 이 현존재는 총체적 자연의 위대한 연관성에 함께 깃든 존재로 스스로를 느낄 수 있게 된다.

1 '아르히펠라구스'는 고대나 중세 그리스어에서 찾을 수 없는 단어이다. 이것은 서구 언어권에서 유래한 어휘가 아닌가 하는데 일련의 어원학적인 해명 시도에도 불구하고 명칭으로서 확실한 어원 규명은 이루어진 적이 없다. 오늘날에는 바다에 있는 불특정의 도서군락, 즉 군도群島를 의미하는데, 원래는 에게 해 지역에 국한해서 사용되었다. 횔덜린은 이 애당초의 용법을 따르고 있다. 아르히펠라구스라는 명칭으로 그는 에게 해와 에게 해의 섬들, 그리고 그리스의 해안과 그리스 속령이 된 소아시아까지를 포함한 지역을 의미하고 있다. 따라서 흔히 아르히펠라구스를 보통명사로 취급해서 다도해多島海, 또는 군도를 칭하지만, 이 시의 제목으로서는 특정 지역을 집합해 부르는 고유명사로 이해해야만 한다.

2 그대의 딸들 중, 오 아버지여! / 그대의 섬들: 여기서 처음으로 삼라만상의 인연이라는 스토아적-범신론적인 개념이 명백해진다. 이어서 별들이 형제들로, 강물이 아르히펠라구스의 아들들로 그려지고 있다.

3 섬들, 그 피어나는 섬들 (…) 카라우레나에서부터는: 크레타, 살라미스, 델로스, 테노스, 키오스, 카라우레나 각 섬들을 그 신화적 · 지리적 특성에 맞추어 묘사하고 있다. 예컨대 크레타는 묵중한 산맥으로 채워져 "서 있고", 식물이 풍성한 살라미스는 "푸르고", 가장 위대한 그리스 명성을

지닌 섬으로 "월계수로 사방이 어두워진" 채이다. 델로스는 태양의 신 아폴론의 탄생지로 빛의 섬이며, 따라서 "사방 빛살로 피어"난다. 카라우레나는 소설 『휘페리온』에서 디오티마의 고향으로 여기서 특별히 사랑스럽게 그려지고 있다.

4 영웅을 낳은 어머니들: 위대한 그리스의 많은 영웅들이 섬에서 태어났다.

5 한밤의 불꽃, 지하의 뇌우: 에게 해 섬들은 화산과 관련이 깊다. 화산 폭발로 대부분이 바다로 가라앉은 가장 유명한 섬은 산토리, 고대의 테라이다. 이 시구의 끝머리에서는 섬들이 영원히 지속되는 총체적 자연에서 생성되는 개별 생명을 대변한다. 그렇기 때문에 섬들은 처음에는 아르히펠라구스의 딸들이라 불렸고, 끝에 이르러 총체적 자연으로 되돌아오고 있다.

6 그들이 변모하듯 / 그대의 바닷물도 변모하고: 이것은 이미 고대에 있어왔던, 존재의 공감이라는 스토아적 · 범신론적인 이론의 응용이다.

7 위쪽에서는 형제들의 멜로디, 그들의 / 밤의 노래가 그대의 사랑스러운 가슴 안에 울린다: 피타고라스 전통에서 유래되고 있는 세계조화 사상을 암시한다. 스토아 철학자들에게 세계조화는 우주적인 총체조화와 공감에 대한 특별한 징후였다. 의고전적인 괴테Johann Wolfgang von Goethe는 『파우스트*Faust*』의 도입부, 천상의 서곡에서 세계조화를 끌어낸다. "태양은 예나 다름없는 소리로 / 형제 성좌들과 노래 솜씨를 겨룬다"고 하면서, 자신의 작품을 조화로운 우주적 세계상의 지평에 위치시키고 있다.

8 모두를 밝혀주는 한낮의 태양이 (…) 황금빛 꿈속에서 삶을 시작한다: 태양은 모든 존재를 자신의 빛 안에 끌어모으기 때문에 우주적인 조화를 세운 자로 나타난다. 우주적으로 "창조하는 이"이다. 이것 역시 스토아적 · 범신론적 전통이다.

9 천공: 천공은 삼라만상을 관통하는, 일치성을 형성케 하는 "세계정신"을 나타내는 스토아적 · 범신론적 중심사상이다. (시 「천공에 부쳐」 해설 참조). 스토아적 전통에서 천공은 자연 자체의 가치성보다는 정신적 자연의 가치를 지닌다. 횔덜린은 아르히펠라구스를 천공의 품에 안기게 하면서 다양한 자연계의 밀접한 연관성을 의미할 뿐만 아니라, 자연과 정신

의 내면적인 연관을 나타내려고 한다. 자연계와 정신계의 그러한 연관이라는 전제 아래 이어지는 시연들에서 자연과의 밀접한 결합 안에 전개되는 "문화"라는 사상이 정당성을 얻을 수 있게 된다.

10 방랑하는 아들처럼 / 아버지가 그를 부를 때: 바다는 옛 신비주의, 그리고 경건주의까지 이어져온, 신성의 영속성과 끝없는 충만의 상징이다. 이러한 신성의 바다로부터 모든 생명은 생성되고 이곳으로 되돌아온다. 이에 대해서는 『구약성서』「전도서」 제1장 7절이 그 후의 전통, 특히 기독교적인 신플라톤주의의 토대가 되는 진술을 제시해준다. "모든 강이 바다로 흘러드는데 바다는 넘치는 일이 없구나. 강물은 떠났던 곳으로 돌아가서 다시 흘러내리는 것을." 횔덜린도 이러한 사상을 받아들이고 있다. 아르히펠라구스의 "사자"로서 구름은 땅에 비를 가져다주고, 이 물이 강을 부풀리고, 이 강물은 바다로 되돌아간다. 아들들이 아버지의 "열린 품"으로 되돌아가듯이. 횔덜린에게는 신과 세계의 결합이 더 이상 중요한 것이 아니라, 하나의 존재에 내재된 순환, 이것의 생동하는 수행 가운데 창조적인 역동성 그리고 위대한 자연의 총체적 조화가 전개되는 순환이 중요한 것이다.

11 메안더… 카이스터: 소아시아 지역에 있는 강들. 메안더의 "방황"이라는 말이 속담이 될 만큼 굽이가 많다.

12 첫 번째 태어난 자, 그 오래된 자/ 오랫동안 몸을 숨겼던 자, 그대의 장엄한 나일 강이: 헤시오도스는 『신통기*Theogonia*』에서 강들 가운데 첫 번째 강으로 나일 강을 꼽고 있다. 한편 오비디우스는 아프리카 내륙 깊이 자리하고 있는 나일 강의 원천들이 그렇게 오랫동안 알려지지 않았다는 사실을 파에톤 설화와 연관시켜 이야기하는 가운데 신화화했다. 태양신 헬리오스가 태양신의 아들임을 인정받기 위해 찾아온 파에톤에게 자신이 아버지임을 인정하고 어떤 소원이든 들어주겠다고 맹세하자, 파에톤은 태양마차를 몰게 해달라고 청했다. 그러나 태양마차를 끄는 네 마리 말은 파에톤의 무게가 가볍다는 것을 느끼고 제멋대로 날뛰었으므로 지상에 너무 가까워진 태양의 열기에 강과 바다가 말라버릴 지경이 되었다

는 것이다.

13 열린 품: 나일 강의 어귀를 말한다.

14 콜키스를 향해 위로, 옛 이집트를 향해서는 아래로 향한다: 북방(콜키스)은 지도상 위쪽에 있고, 남방(이집트)은 아래쪽에 있다.

15 과감한 헤라클레스의 기둥들을 넘어 / 새로운 복된 섬들을 향해: 헤라클레스는 그리스 사람들에게는 그들의 가장 끝에 있는 경계에 이르기까지의 세계를 탐험한 영웅이다. "헤라클레스의 기둥"은 당대에 세계의 경계로 알려졌던 지브롤터 해협을 의미한다. 신화에 의하면 헤라클레스가 바다를 건너기 위해 무너뜨린 아틀라스 산의 일부가 헤라클레스의 기둥이 되었다고 한다. "복된 섬"은 오늘날 카나리아 제도인 듯한데, 그리스 신화에서 바다의 끝에 있는 섬으로 묘사된다. 헤라클레스는 이 섬에 있는 복된 정원을 돌보는 님프들 헤스페리데스에게서 황금사과를 가져오는 과제를 수행한다.

16 한 고독한 젊은이: 살라미스 해전에서 승리를 거둔 아테네군의 지휘자 테미스토클레스Themistokles를 암시한다.

17 대지를 놀라게 하는 거장: 그리스 문학에서 바다의 신 포세이돈의 별명이 '대지를 뒤흔드는 자'이다.

18 많은 명령을 내리는 페르시아의 장군: 페르시아의 장군은 기원전 5세기 페르시아의 왕 크세르크세스Xerxes를 말한다. 그는 자신의 대제국을 그리스까지로 확장하려 했다. 그 때문에 그리스-페르시아 전쟁이 일어났다.

19 아테나 여신, 그 찬란한 여신 쓰러진다: 도시들을 의인화하는 것은 고대에서, 특히 핀다로스의 경우 흔한 일이었다. 그렇기 때문에 횔덜린은 아테네 시를 아테나 수호신과 동일시하고 있다. 크세르크세스는 살라미스 해전에서 결정적으로 패배하기 전에, 기원전 480년 그리스 대부분을 점령했다. 이때 그는 정복한 아테네를 약탈하고 그 도시에 불을 질렀다.

20 민족의 남자들: 이미 아테네인들을 "경건한 민족"(제90행)이라고 부르고, 페르시아인들을 그 "지배자"(제89행)의 "노예"(제88행)라고 부르

고 있다. 횔덜린은 이로써 아테네의 민주주의와 페르시아의 전제정치를 맞세우고 있다.

21 피 흘리는 사자들, 박살난 군대, 부서진 전함들을 (…) 내동댕이친다: 횔덜린은 여기서 살라미스 해전에 대한 헤로도토스Herodotos의 『역사 *historiai*』와 아이스킬로스Aescylos의 『페르시아인*Persai*』을 떠올리고 있다. 헤로도토스는 『역사』 제8권에서 페르시아의 왕 크세르크세스가 아이가레오스 산에 있는 자신의 지휘소에서 살라미스를 마주보며 전투를 관전했다고 기록하고 있다. 이러한 기록을 연상하면서 횔덜린은 크세르크세스가 고통스러워하면서 파도에 밀려 육지로 내동댕이쳐지는 전사자들을 향해서 비탄하는 장면을 그린 아이스킬로스의 『페르시아인』을 연결시키고 있는 것이다.

22 신은 그를 내몬다, 그의 길 잃은 함대를 / 밀물 너머로 내몬다: "파도"는 해신의 힘을 대변한다, 즉 위대한 자연 자체가 이제 복수를 감행하고 있는 것이다. 바다라는 자연세력과 페르시아 왕 사이의 대립은 헤로도토스가 『역사』 제7권에서 서술하고 있는 유명한 이야기 없이는 생각할 수 없다. 이에 따르면 크세르크세스는 아시아에서 유럽으로 넘어오는 과정에서 헬레스폰토스 해협을 삼백 차례의 채찍질로 엄하게 질책하고 한 쌍의 발목 족쇄를 바다 안으로 가라앉혔다는 것이다. 헤로도토스는 여기서 바다의 신적인 권능에 대한 크세르크세스의 방종을 보고 있다. 횔덜린에게 이 역사로부터 크세르크세스에 대한 바다의 복수라는 사상이 떠오른다. 그러면서 그는 이것을 폭력적인 반자연적인 행위에 대한 자연의 복수로 일반화시키고 있다.

23 강: 아테네 곁을 흐르고 있는 작은 강, 일리소스 강.

24 집 안의 미소 짓는 신들, 조상이 보는 가운데: 횔덜린은 로마의 습속과 사고를 그리스에 옮겨놓고 있다. 로마인들은 각 가정에 조상들의 혼과 같은 위치에 놓인 수호신을 가지고 있었다.

25 콜로노스: 아테네 근처에 있는 말 사육으로 유명한 아티카의 마을.

26 도시는 이제 활짝 피어난다: 페르시아전쟁의 파괴 이후 아테네는 페리클

레스Perikles 시대를 맞아 재건되고 이전의 모습을 능가하는 부흥을 이루었다.

27 펜텔리콘 산: 아테네 북쪽에 위치한, 대리석으로 유명한 산.

28 당신의 찬란한 언덕: 아크로폴리스. 페르시아인들에 의해 기원전 480년 파괴되고 나서, 페리클레스 치하에서 447년부터 새롭게 그리고 더 아름답게 복구되었다.

29 파도의 신과 그대에게: 도시의 여신 아테나와 나란히 파도의 신 포세이돈은 아테네에서 가장 존경받는 신이었다.

30 수니온 곶: 아티카의 남동쪽 수니온 곶 위에는 포세이돈 신전이 서 있다. 옛 신전은 기원전 6세기 페르시아인들에 의해 파괴되었고, 기원전 5세기 중반 새 신전이 세워졌다.

31 카스탈리아의 샘: 파르나소스 산 기슭에 델피가 있고 거기에는 제례상의 정화에 쓸 물이 솟아나는 유명한 카스탈리아 샘이 있다. 로마시대의 문학에서 이 샘은 영감을 불러일으키는 샘이 되었다.

32 나는 눈물을 섞어 꽃향기 나는 단지로 (…) 그것으로 그대들에게는 제물이 되기를: 그리스·로마 종교에서 가장 흔한 제물은 음료이다. 이 제물은 꽃나무 가지를 둘러 장식한 항아리 또는 단지로 부었다. 음료는 포도주, 물, 우유 또는 꿀이었다.

33 템페의 매달린 절벽에: 템페Tempe는 '잘라냄'이라는 뜻인데, 템페 계곡은 올림포스 산과 오사 산 사이 페네이오스 강이 대양을 향해 흐르는 단애의 계곡이다. 이 계곡은 아름다운 정경을 자랑한다.

34 도도나의 (…) 한 사나이 질문하면서 정직한 예언자의 도시로 향했던 그 길: 횔덜린은 신들이 인간에게 한 예언 가운데 미래를 위해 조언을 해준 세 곳을 회상하고 있다. 그 하나는 도도나인데, 이곳은 제우스의 신탁 장소이다. 성스러운 굴참나무의 연기가 예언자에 의해서 해석되었다. 두 번째는 델피에 있는 아폴론의 신탁으로서 기원전 8세기부터 그리스인들의 종교적·도덕적·정치적 생활에 특별한 의미를 가지고 있었다. 세 번째는 "정직한 예언자의 도시" 테베다. 정직한 예언자는 테베의 전설에서

중요한 역할을 하는 테레지아스를 가리킨다.

35 광란하는 일터에서 / 각자는 제 소리만 들을 뿐: 이 시의 긴 중간 부분이 자연에 가까운 아테네인들에 대한 페르시아인들의 자연 적대적인 태도라는 상반된 이미지를 그리고 나서, 이제 마지막 부분에 이르러는 현재에 대한 비판으로 두 번째의 대립된 이미지를 그리고 있다. 즉 "신성도 없이", "마치 하계에서인 양" 살고 있는 우리가 그려지고 있는 것이다. 현재의 족속은 다른 식으로, 그러나 더 단호하게 자연으로부터 떨어져 있다. 페르시아인들처럼 야만적으로 말이다. 횔덜린은 이로써 루소가 『학문과 예술에 대하여*Discours sur les sciences et les arts*』에서 전개한 문명비판을 따르고 있다. "우리에게 물리학자, 지리학자, 화학자, 천문학자, 시인, 음악가, 화가는 있지만, 더 이상 시민은 없다…" 루소의 이 비판에서 횔덜린의 소설 『휘페리온』 제2권 마지막에 등장하는 독일인에 대한 질책이 상기된다. 횔덜린은 휘페리온의 입을 빌려 독일인들은 "옛부터 부지런함과 학문을 통해서 그리고 심지어는 종교를 통해서 더 야만화되었다"고 말한다.

36 거친 자들: "거친 자들"이라는 개념은 소설 『휘페리온』에서의 "미개한 자들"이라는 개념에서 비롯되고 있다.

37 자연의 정신: 시의 마지막 부분은 철저히 근원적으로 자연에 따른 완성의 정신화를 중심점으로 삼고 있다. 이 때문에 시인은 앞서 "하나의 정신이 모두의 것이" 되기를 희망한 것이고, 뒤에서는 "선대의 모든 영령들"이 되돌아오는 것이다.

38 황금빛 구름 안에 신: 황금빛 구름은 신성의 아우라이다.

39 오 아테네에서의 그대들의 환희여! 스파르타에서의 그대들의 과감한 행동이여!: 전통적으로 아테네는 쾌적한 문화적 삶의 도시로, 스파르타는 영웅적이며 전투적인 이상의 도시로 알려져왔다.

40 그리스의 값진 봄의 계절이여! / 우리의 가을이 다가와: 이 시구에서 횔덜린이 역사적인 간극을 뛰어넘어서 유토피아적이고 자연스러운 그리스를 충만한 미래에 대한 시대착오적인 모델로 삼고 있는 것은 아니라는

점이 분명해진다. "그리스의 값진 봄"에 대응시키고 있는 희망의 "가을"에 "선대의 모든 영령들", 그러니까 선대 자체가 아니라, 그 정신들이 "가을"이라는 표상에 맞게 "무르익어" 되돌아오는 것이다. 역사의 진행이라는 이러한 사상은 독일 이상주의의 전제들로서만 이해될 수 있다. 쉴러 Friedrich Schiller와 이상주의 세대의 다른 모든 대표적인 인물들과 마찬가지로 횔덜린은 역사 진행이 3단계로 이루어진다고 보고 있다. 근원적이며 자연적인 완결의 단계에서 출발해서 중간의 단절, 분리, 소외의 단계를 거쳐 근원적인 전체성이 다시 획득되는, 그러나 더 이상 무의식적인 것이 아니고 오히려 의식의 힘에 의해서 성취되는 정신적인 전체성의 단계가 그것이다. 이 마지막 단계에 이르는 과정에 근원적이며 자연적인 완결성이라는 표상이 조정의 역할을 하는 이념으로 작용한다. 한때 있었던 자연스럽고 완전한 상태가 그리스의 이미지를 통해서 회상되는 가운데, 그 상태가 이미 정신적인 내용으로 변화되고, 그럴 때에만 그 상태는 회상의 힘을 통해서 규정의 이념으로 작용할 수 있다. 회상의 중재적인 기능이 그처럼 본질적이기 때문에, 그처럼 횔덜린은 생동하며 현전하는 자연 자체의 영감을 불러일으키는 힘에도 집착하고 있는 것이다. 자연은 그 전부터 새로운 생명을 생성시킨다. 그러나 정신화시키며 역사적으로 전달하는 회상만이 자연으로부터 얻어진 생명을 조직할 수 있는 것이다.

41 그러면, 축제가 그대들을 받아들이리라, 지나간 나날들이여!: 제271행의 "그러면"이 여기서 다시 한 번 최고조에 이르며 반복된다. 전적으로 고유한, 믿을 만한 것이어야만 하는 충만한 미래로서 비로소 과거가 완벽하게 재정복된다. 다시 말해서 위대한 과거는 자의적으로 현재에 통합되지 않는다. 시 「게르마니아」의 끝머리에서처럼 여기서도 횔덜린은 현재가 과거의 위대한 척도에 내면적으로 상응한다는 조건에서만 과거의 현재화가 정당화된다고 보고 있다.

42 마라톤: 기원전 490년 마라톤에서의 전투에서 아테네군은 페르시아군을 물리쳤다. 전사자들은 오늘날까지도 그 형태가 남아 있을 만큼 큰 무덤에 묻혔다.

43 카이로네이아: 기원전 338년 카이로네이아 근처에서 마케도니아의 필리포스 2세Philippos II가 아테네군이 선봉에 선 그리스군을 물리친다. 마라톤과 살라미스의 전투로 페르시아에 대한 전쟁에서 그리스의 자유가 성취된 것처럼, 카이로네이아에서의 패배로 그 자유가 무너지고 만다. 이로써 그리스 문명이 완벽하게 피어났던 시대가 막을 내리게 된다.

44 전투의 계곡으로: 테르모필라이 전투를 암시한다. 이 전투에서 300명의 스파르타 병사들이 그들의 왕 레오니다스Leonidas와 더불어 페르시아군에 대항하다가 전사했다.

비가

육필원고로 전해지는 이 작품이 정확하게 언제 쓰인 것인지는 확인되지 않는다. 다만 추측하건대 1799년 가을과 1800년 여름 사이에 쓴 것으로 보인다. 횔덜린이 「디오티마에 대한 메논의 비탄」이라고 제목을 붙인 이 시의 두 번째 원고와 함께 인쇄되었다. 첫 번째 원고의 제목으로 장르의 구분명칭인 「비가」를 쓴 것은 이 장르의 전통에서 로마의 비가가 언제나 사랑의 비가라는 데 근거를 두고 있다. 이러한 점은 횔덜린의 이 시에도 그대로 적용되는데, 그 결과 장르의 명칭이 동시에 내용의 차원을 포함한다.

디오티마에 대한 메논의 비탄

앞의 시 「비가」를 수정 보완한, 두 번째 원고이다.

이 시를 언제 썼는지는 확실하지 않다. 횔덜린의 생애나 시의 형식을 근거로 볼 때 1800년 여름 이전이 아닐까 추측된다. 인쇄를 위해 횔덜린은 이 시를 예나의 페어메렌에게 보냈고, 그는 1801년 5월 4일 접수를 확인하고 있다. 그는 자신의 『1802년 시 연감』에 제1~6행을, 『1803년 시 연감』에 제57~130행을 실어 발행했다. 「비가」보다는 14행이 더 길고, 9개의 시연에 각 연은 14, 14, 14, 14, 12, 14, 12, 14, 22행을 포함하고 있다.

송시 「이별」과 소설 『휘페리온』에서의 해당 부분과 함께 이 비가는 주제테 공타르Susette Gontard와의 이별을 읊은 가장 뛰어난 시 작품이다. 『휘페리온』에서처럼 디오티마가 작별의 시간에 이상을 지향하는 문학적인 실존형식을 제시하며(제83행 이하), 송시 「이별」의 끝머리에서처럼 사랑의 완전성에 대한 회상이 이별의 고통 속에 나타나는 시간의 무상함을 넘어서는 영원의 감정으로 이어진다. 그 안에 사랑의 영속케 하는 힘이 증언된다(제117행 이하). "또한 / 그렇게 사랑했던 자 신들에 이르는 길을 가고, 가야만 하리라." 그렇게 하여 플라톤의 『향연』에서 전개되었던, 그리고 오랜 이상주의적 전통에 근거하고 있는 사상, 즉 에로스의 힘은 모든 무상함과 단순히 개인적인 것을 넘어서 영원함과 신적인 것에 이른다는 생각이 온전히 실현된다. 인간적 현존의 시간에서의 소멸이 체험적인 사랑의 완성을 통해서 지양될 수 있다는 이러한 근본사상은 3개 시연씩 세 부분을 구성하는 각 단의 종결 부분에 표현된다. 즉 제3연의 마지막 부분은 "한 해는 다른 해를 빛어내며 / 바꾸어가고 싸워나간다. 하여 저 드높이 시간은 / 필멸하는 인간의 머리를 지나가"고 있다고 읊고 나서 그러나 "사랑하는 자들 앞에 다른 삶이 주어져 있도다"라고 노래한다. 왜냐면 이들을 에워싸고 "성좌들의 나날과 연륜"이 "영원히" 결합되어 있기 때문이다. 시간의 소멸을 체험하면서 연속성인 것은 사랑하는 사람들에게는 동시성이며, 따라서 시간의 저편에 있고, "영원"하다.

무상함과 영원의 대립은 제6연의 끝에 상징적으로 표현된다. "시내들로부터는 묻힌 황금이 솟아올라 반짝"인다(제82행). 송시 「이별」의 두 번째 원고 종결구에서 "나리꽃 황금빛으로 / 개울을 넘어 우리에게 향기 뿜으리라"고 읊고 있는 것과 같이 시내, 개울은 흘러가는 시간을, 황금 또는 황금빛은 영원한 지속을 상징하고 있다. 제9연의 마지막 시구는 마침내 영원화를 겨냥한다.

이별의 고통을 통해서 겪는 시간 가운데서의 소멸을 머무름과 영원으로 지양하려는 이 비가의 흐름에서 횔덜린이 이 비가의 제목을 「디오티마에 대한 메논의 비탄」이라고 한 이유가 분명해진다. 그리스어 메논Menon은 문자 그대로 옮기면 '변함없는 자'이다. 비탄하는 자가 사랑의 체험을 회상하면서 그것에 몰두하는 동안, 그는 이 사랑의 체험을 영원하게 해주는 힘을 깨닫게 된다. 이로써 사랑은 영원히 머무는 그 어떤 것으로, 사랑하는 자는 영원히 머물도록 숙명지어진 자로 나타난다. 이러한 이유로 마지막 시구들은 열정적으로 반복해서 '머무름'의 모티브를 강조하고, 그것을 영원이라는 표상으로 이어지도록 노래하고 있는 것이다. "오 멈추어라 (…) 그렇게 우리와 함께 머무르라"(제120~123행).

1 메논: 디오티마를 부르고 있는 서정적 자아를 대신한 '메논'이라는 이름은 '기다리는 자', '끈기 있는 자','변함없는 자'를 의미한다.

2 화살에 맞은 들짐승: 『휘페리온』 가운데 "피 흘리는 사슴이 강물에 뛰어들듯, 불타는 가슴을 식히고 광란하는 명예와 위대함의 꿈을 털어버리고자 나는 환희의 소용돌이 속에 때로 몸을 던졌다. 그러나 그게 무슨 소용이 있었던가?"라는 구절을 읽을 수 있다. 이러한 비유는 호메로스의 『일리아스*Ilias*』에서 빌려온 것으로 보인다.

3 슬픈 꿈: 이러한 어법은 이 시의 첫 번째 원고 「비가」에는 나오지 않았던 것으로, 밤의 영역이 거리상으로 한껏 떨어져 있고 직접적으로 위협하는 것으로는 생각되지 않음을 나타내준다. 이 시에서는 처음부터 끝내 행복한 해결이 있으리라는 의식이 작용하고 있는 것이다. 이 서두의 "슬픈 꿈"은 마지막 시연에서 "오라! 꿈과 같았도다"로 연결된다.

4 단단한 잠: '죽음의 잠'으로 해석된다.

5 눈: 사랑하는 사람. 연인. 사랑하는 사람은 전 세상을 바라다보게 하는 기관이다. '눈동자(가장 사랑하는 자, 가장 높은 가치)'에 상응한다. 시 「눈물」의 주 참조.

6 천국의 사자들: "들녘의 초목"과 함께 "새들"도 "천국의 사자"이다. 시

「눈먼 가인」에서는 '빛'이 그러한 사자였고, 이를 고쳐 쓴 시 「케이론」에서는 '빛'을 '들'로 바꾸고 있다.

7 신들을 잃어버린 자들: 그리스인들이 오만 때문에 신을 잃기 전에, 그들은 인간과 같은 형상의 신들과 더불어 '복된 식탁'에 앉았다. 『오디세이아*Odysseia*』에 등장하는 알키노스 왕에 따르면 신들은 인간들에게 '손님'으로 찾아오곤 했다. 또한 탄탈로스는 신들 곁에 손님이 되기도 했다. 괴테의 『이피게네이아*Iphigenie*』에서 이피게네이아는 「운명의 여신의 노래Gesang der Parzen」 가운데 탄탈로스가 황금빛 의자에서 추락하는 장면을 노래하고 있다. 이러한 내용이 이 시에 스며든 것으로 보인다. 그러나 이어서 되돌아오리라는 희망이 노래되는 부분은, 추락해서 어둠 가운데 권리를 되찾아줄 심판을 헛되이 기다리고 있는 괴테 작품의 묘사와는 거리가 멀다.

8 그대 위대한 것을 보도록, 기쁘게 신들을 노래하도록: 마지막 3연1단(Trias)의 첫머리, 즉 제7연의 첫머리에 '시인 됨'을 향하는 결정적인 전환이 등장한다. '보는 행위'와 '노래하는 행위'가 그것이다. '보는 행위'는 예언적 시인과 연결된다.

9 그처럼 그대 나에게 증언하고: 첫 번째 원고와는 달리, 디오티마를 통한 시인 횔덜린의 의식 가운데서 시인 된 사명의 고양과 치유가 특별히 드러난다.

10 아폴론의 은빛 산들: 파르나소스의 눈 쌓인 산정을 뜻한다. 횔덜린은 산정의 눈을 말할 때 "은빛"이라는 관형어를 많이 사용하고 있다.

11 이슬 맺힌 섬 위: 초고의 "복된 섬"을 대치하고 있다. 특정한 지역을 지칭하려는 초고의 명료성이 여기서는 크게 약화되어 있는데, 변화된 수식어, 단수로서의 섬, 그리고 '여기'라고 하는 부가어가 그것을 보여준다.

12 우리 영혼의 연륜: 횔덜린은 충만한 시대와 신과 멀어진 시대를 단지 낮과 밤의 영상으로만 나타낸 것이 아니라, 계절의 바뀜으로도 표현하고 있다. 시 「아르히펠라구스」에서 가을을 "세월의 완성"으로 노래한 것 등이 그러하다. 여기서는 새로운 공동체의 돌아옴과 같은 표상을 읽을 수 있다.

횔덜린은 이 비가의 초고를 원래 1795년에 쓰고, 1797년 6월 출판을 위해 쉴러에게 보낸 것으로 알려져 있다. 쉴러는 괴테의 평가를 받고 나서 원고를 손질해 그의 『호렌*Horen*』지에 발표해주었다. 횔덜린은 그러나 『호렌』지에 실린 원고를 재차 손질했고 이것이 오늘날의 횔덜린 전집에 실려 있다. 횔덜린은 이 마지막 원고를 시연을 갖춘 구조로 썼다. 매 시연은 2행 시구Distichon가 3개씩, 3번 반복하여 총 18행으로 구성되어 있다. 따라서 시연의 규모와 역시 3연 1단Trias으로 구성되는 시연의 수 사이의 내면적인 연관성이 발생하게 되는데 그것은 나중에 소위 '조국적 찬가들Vaterländische Gesänge'에서도 관찰되는 구조이다. 조국적 찬가는 일련의 횔덜린 후기 찬가들을 지칭하는 용어로 주로 조국과 시대에 관련된 내용이다. 시 「방랑자」는 전체 6연으로 되어 있어서 3연 1단Trias으로 따지자면 2개의 Trias를 가지고 있는 셈이다.

이 비가는 「방랑자」라는 표제를 달고 있는 바, 단순한 표제를 넘어서 이 비가의 중심적인 테마를 말해주고 있다. 여기서는 고향을 향하는 편력이 여러 차례 다루어지고 있다. 그것은 어린 나날을 보낸 고향, 동시에 이상적이며 조화된 삶의 목표로서의 고향을 향한 편력이다. 그것은 내세적 가능성의 동경을 그대로 체현시킨 고향이기도 하다. 다른 비가 「슈투트가르트」나 「귀향」에서도 그렇지만, 이 비가의 종결구도 세속적 고향에서부터 정신적 고향으로 단호하게 전향하고 외적이며 구체적·감각적인 현존에의 행복에 찬 관망에 이어서 신적 현존의 회상으로 내닫고 있다. 결국 이 천상적 영역과 현세적 영역은 하나의 축제로 결합을 이루고 시인은 친구들과 근친들을 그 축제로 불러 모으고 있는 것이다.

이 비가 「방랑자」는 로마 시인 티불루스Albius Tibullus의 비가 모음집에 들어 있는 작자미상의 「파네기리쿠스 메살라에Panegyricus Messallae」라는 시편을 모범으로 삼고 있는데, 특히 여러 기후대(한대지역, 열대지역, 그리고 온건한 기후의 온대지역)가 등장하는 것이 이를 뒷받침한다.

횔덜린은 이러한 기후대를 여러 감정의 상태를 확연히 드러내고자 하는 의도로 사용하고 있는 듯하다.

1 올림포스: '하늘'에 대한 환유. 그리스나 로마 문학에서도 자주 만날 수 있다.

2 경건한 낙타가 충실하게 나에게 물을 간직해주었다: 초고에는 "내 낙타의 배에서 어쩔 수 없을 때 물을 찾았다"고 되어 있다. 당시 백과사전에는 터키인들이 리비아의 사막을 여행할 때, 식수가 없을 때는 낙타를 죽여 그 위장에 들어 있는 물을 마신다는 해설이 수록되어 있기도 했다.

3 고향의 기별을 알리는 떠도는 새: 여기서는 '타조'를 말한다. '떠돈다'는 말에는 날아다닌다는 뜻이 아니라, 걸어서 이곳저곳을 방랑한다는 뜻이 들어 있다.

4 이곳에도 신들 있어: 아리스토텔레스Aristoteles는 생물학적 저술인 『동물 부분론*De Partibus Animalium*』에서 헤라클레이토스가 그를 방문하려는 이방인들에게 부끄러워 말고 올 것을 촉구하면서 이곳에도 신들이 존재하기 때문이라고 말했음을 전하고 있다.

5 그 말: 인간들의 말. 즉 전설.

6 피그말리온: 자신이 만들어낸 조각에 반해버린 조각가. 아프로디테가 그의 요청에 따라 그 조각상에게 생명을 불어넣어주었다고 전해진다.

7 타우누스: 헤센 주 남부에 있는 타우누스 산맥.

8 날빛: 태양. 태양에 갈음해서 '날빛'을 쓴 예는 시 「시인의 사명」에도 나온다.

9 그대들의 전설들이 / …오 그대들 힘찬 자들이여!: 일종의 삽입구이다. 이 삽입구로서 「방랑자」의 편력에 동기가 주어진다. "그러는 사이"로 계속되는 부문장은 '그곳 내 누워… 내 마음 용기를 얻었던 곳'에 이어져 있다. 여기서 '그대들'이라는 대명사는 "사나이들, 예감에 찬 사공들"을 말한다.

10 성스러운 이역으로 그들 역시 / 사라져갔고: '그들도 죽었고'로 해석된다.

11 조국의 아버지! 힘찬 천공이여!: 로마식의 명예로운 칭호 '조국의 아버지 pater patriae'를 여기서는 천공에 붙이고 있다. 이 밖에 횔덜린의 시 곳곳에서 천공은 '아버지'로 불린다.

시골로의 산책-란다우어에게

육필원고로 전해지고 있는 이 미완성의 비가는 횔덜린이 1800년 6월부터 그해 연말까지 행복하게 활발한 창작활동을 하면서 그 집에 머물렀던 슈투트가르트의 상인 크리스티안 란다우어Christian Landauer에게 바친 시이다. 1800년 가을에 썼다. 이 시를 쓰게 된 동기는 도시의 성문 앞에 세운 여관의 임시 낙성식이었던 것으로 보인다. "저 위쪽에서 좋은 말로 땅을 축성하며 / 거기 사려 깊은 주인 손님들을 위해 집을 짓네" 참조.

1 탁 트인 들판으로: '트인'은 횔덜린이 좋아하는 시어이다. 여기서는 우선 도시(슈투트가르트)를 벗어나서 '활짝 트인' 곳으로 오라는 뜻이다. 그러나 시인이 '탁 트임'을 소망하는 것과 연결되어 있다. "우리가 소망하는 바를 말하기 / 시작할 때 (…) 또한 가슴이 열리며"와 "탁 트인 시야에 불빛 비치는 자가 나타나기를"에서 열림의 소망이 그러하다.

선조의 초상

슈투트가르트의 친구 란다우어의 집에서 1800년 가을에 쓴 시이다. 이 시의 초안, 두 번째 육필기록 그리고 하나의 정서본이 남아 있다.

이 시의 제사와 관련해 기원후 150년까지의 라틴어 문학에는 출처로 보이는 문헌은 없으나, 이른바 '덕망', '미덕'의 상실에 대한 비슷한 언급은 반복해서 등장한다. 횔덜린은 이 시에서 로마의 풍습 두 가지를 결합시키고 있는데, 첫 번째는 선조의 초상을 집의 현관에 걸어두는 관습, 두 번째는 각 가정에 조상들의 영혼과 동일시되는 수호신을 모시는 관습이다. 가정의 신Lar familiaris은 가정생활의 중요한 일, 예컨대 탄생과 결혼과 같은 일에 밀접하게 관련되어 있었다. 가정의 수호신은 가정의 번영을 지켜보는 신이며(이 시의 제1~7연), 나아가 가정 주위의 소박한 번영을 지켜주는 신이었다(제7~10연). 의식적으로 로마의 관습에서 따온 제사는 이 송시 자체처럼 이러한 배경을 두고 이해할 수 있다. 크리스티안 란다우어의 아버지는 1800년 8월 21일 사망했다.

1 아버지: 크리스티안 란다우어의 아버지를 가리킨다.

2 손자: 크리스티안 란다우어의 외아들 구스타프 란다우어는 1800년 당시 네 살이었다.

3 이 집의 / 선한 정령들에게: "정령들"은 옛 방식대로 이해하자면, 수호의 정령들이다. 횔덜린이 "이 집의 여러 신들과 함께"라는 시구를 이 자리에 넣으려 했다는 흔적이 육필본에 남아 있다.

영면한 사람들

횔덜린 작품집을 발간한 출판업자 슈바프Gustav Schwab의 증언에 따르면 이 비명碑銘은 1800년 가을 란다우어의 집에서 구술되었다고 한다. "란다우어의 집에서 그는 편안함을 느꼈고 란다우어의 우정에 감사함을 표현했다 (…) 또한 작은 기념물에 써넣은 비명문도 전했는데, 그 제목은 「영면한 사람들」이었다."

1800년 6월 6일에는 크리스티안 란다우어의 동생인 크리스토프 프리드리히가, 8월 21일에는 란다우어의 아버지가 세상을 떠났다.

란다우어에게

친구인 크리스티안 란다우어의 31세 생일을 맞아서 1800년 12월 11일에 쓴 시이다. 시인의 성숙기에 쓴 유일한 각운시다. 란다우어의 아들이 전하는 바에 의하면 자신의 아버지는 당시 문학적으로 저명한 인사들과 친교를 맺고 있었으며 생일 때마다 자신의 나이와 같은 수의 하객을 초청해서 잔치를 열었다는 것이다. 이 하객들은 돌아가며 한마디씩 인사말을 하거나 행사에 따른 즉흥시를 기존의 멜로디에 얹어서 노래하기도 했다고 전해진다. 이 작품 역시 일종의 행사시Gelegenheitsgedicht라 할 수 있다.

1 잘 지어진 홀 안에서: 여기서 '홀'은 자연정경을 의미한다.

2 현명한 신: 메르쿠어Merkur, 즉 상인商人의 신이다.

어느 약혼녀에게

이 시는 시인 뫼리케Eduard Mörike가 필사한 복사본과 1853년 그에 의해서 발행된 인쇄본으로 전해지고 있다. 1800년 가을에 쓴 것으로 보인다. 이 시를 누구에게 바친 것인지는 알려진 바 없고, 제목은 뫼리케가 달았다.

1 새롭게 발견된 자의 눈길에서 그대의 정신이 스스로를 알게 될 때: 이 시행은 두 개의 음절이 더 많은데, 이 시를 필사해 기록으로 남긴 뫼리케가 추측하기로는 횔덜린의 육필본을 베껴 쓴 누군가가 자의적으로 덧붙인 것일 수 있다. 그러나 횔덜린 자신도 때로는 운율의 규칙을 벗어나기도 한다.

2 사랑의 별: 사랑의 여신, 아프로디테를 나타내는 저녁별.

이 비가는 횔덜린이 슈투트가르트의 친구인 란다우어의 집에서 머물던 1800년 가을에 처음 쓰고, 조금 후에 완성된 것으로 보인다. 두 개의 정서본이 있는데 소위 홈부르크 4절판에 수록된 것은 수년이 지난 후에 수정된 원고이다. 첫 인쇄본은 「가을의 축제Die Herbstfeier」라는 제목으로 제켄도르프Leo von Seckendorf가 발행한 『1807년 시 연감』에 실린 것이다. 이 비가는 헤센 주의 프리드베르크 출신 친구 지크프리트 슈미트Siegfried Schmidt에게 바친 헌정시이다. 횔덜린은 프랑크푸르트에서 1797년에 슈미트를 만났는데 그는 이른바 홈부르크 친목회의 일원이었다. 슈미트도 글을 썼다. 쉴러는 그의 시를 자신의 『1798년 시 연감』에 실어주기도 했고, 1801년 횔덜린은 그의 희곡 『여주인공*Die Heroine*』에 대한 평을 쓰기도 했다. 그는 1797년에서 1801년 사이 열다섯 통의 편지를 횔덜린에게 썼다. 이 시의 3연 첫머리에 나타나는 것처럼 이 시를 쓴 동기는 지크프리트 슈미트의 방문이었다.

이 비가의 모티브는 다른 비가 「귀향」에서와 마찬가지로 고향에서의 산책이다. 이 전체의 시를 관통하고 있는 주요 동기는 디오니소스 신화에 대한 환기다. 디오니소스는 포도주의 신으로서 특별히 이제 열리게 되는 가을 축제에 연관되어 있기 때문이다.

제켄도르프의 『1807년 시 연감』에 실린 비가 「가을의 축제」에 대한 슈투트가르트의 비평가 프리드리히 바이서Friedrich Weißer의 혹평이 발표되었을 때 횔덜린은 여전히 튀빙겐의 옥탑방에서 살고 있었다. "시작품들을 통해 말로 표현할 수 없는 것을 알리려고 언제나 새롭게 그리고 여전히 헛되게 애쓰고 있는 횔덜린 씨가 시 연감을 한편의 시 「가을의 축제」로 열고 있다. 그 시는 이렇게 시작된다. '다시 행복 하나 맛보았네…' 우리는 횔덜린 씨가 때때로 그의 고양된 높이로부터 다소 가라앉는 것을 보게 된다. 적어도 '다시 행복 하나 맛보았네'라는 구절과 '회당은 다시 활짝 열린 채 서 있고, 정원은 싱싱하네' 같은 외침을 대하고 말이다. 이것은 시라기보다는 산문이라고 하는 것이 옳겠다. '묻는 자세를 취하고 계곡은 좔좔 소리 내며'는 헛된 소리이다. 그리고 노래의 나라가 어디인지, 모든 묶인 날개가 어디를 향해서 날아가는지를 찾아야 한다면, 그것은 하늘과 횔덜린 씨만이 알고 있을는지 모르겠다. 이 시인에 대한 많은 것이 그렇다." 바이서의 이러한 평가는 당대의 횔덜린과 그의 작품에 대한 이해의 한계를 여실히 보여주는 것이다. 이러한 한계를 넘어서, 먼 곳에 사는 친구의 방문을 통해서 슈투트가르트와 타향인 그리스의 접점을 노래한 이 시의 탁월한 시상에 대한 이해는 후세에야 가능했다.

1 모든 묶인 / 날개들 노래의 나라로 다시금 뛰어드네: 새들은 비가 내리는 동안에는 날거나 노래하지 않다가 비가 그치고 나면 대기를 더욱 생기 있게 해준다. 지저귀는 노래 때문에 시적인 분위기를 연상하게 된다.

2 신적인 정신: 고대 문학에서도 꿀벌들처럼 새들도 신적인 존재에 특히 가까운 것으로 생각되었다. 이들이 날고 있는 대기는 신적인 것과 동일한 위치에 놓여있기 때문이다. 영감을 주는 '정신'에 대한 이러한 접근을 통해서 시적인 것으로의 연상이 분명해진다.

3 넉넉하게 / 화환과 노래 지니고 (…) 또한 / 소나무의 그늘도: 디오니소스적인 분위기를 환기한다. 디오니소스는 땅의 여기저기를 순행할 때 "포도 잎사귀" 또는 송악으로 머리에 화환을 얹은 모습이 되었다. 영감을 주는 주신酒神으로서 디오니소스는 시인들에게는 성스러운 존재였고 따라서 "노래"의 신이기도 하다. 그 자신과 그의 시녀는 손에 "성스러운 지팡이"를 지니고 있었는데, 포도나무 잎과 포도송이로 장식된 이 지팡이는 티르소스라고 불린다. 디오니소스에게는 언제나 소나무가 연관되어 있는데, 그것은 디오니소스가 재배의 신으로서 나무들의 성장을 관장하는 신이기도 하기 때문이며, 또한 디오니소스 신화에 따르면 디오니소스의 탄생지인 테베 인근 키타이론의 소나무숲이 특별한 의미를 가지고 있기 때문이다.

4 마을에서 마을로 환호성 울리네: 가을의 포도주 축제는 망아적忘我的으

로 '환호성을 울리는' 종자從者들을 동반하는 디오니소스의 특성을 드러내보인다.

5 자유분방한 들짐승에 매단 마차처럼: 그리스 신화에 따르면 디오니소스는 표범들(로마시대에 이르러서는 범들)이 끄는 마차를 몰았다.

6 공동의 신: 디오니소스는 향연의 신이기 때문에 공동의 신으로도 이해된다. 공동체 사상은 가장 높은 의미에서는 정치적으로도 생각되는데 앞에 있는 시구가 이를 나타내준다. "한낮을 위해 단 하나 가치 있네. 조국, 그리고 희생의 / 축제 같은 불꽃에 각자 제 것을 던져 바치네." 횔덜린은 1801년 신년 즈음에 동생에게 이렇게 쓴 바 있다. "그러나 온갖 형태의 에고이즘이 사랑과 선함의 성스러운 지배 아래 복종케 되리라는 것, 공동의 정신이 모든 것 안에 모든 것 위에 올 것이라는 것, 그것을 내가 말하며 그것을 내가 보며 또 믿고 있다."

7 포도주 진주를 녹이듯: 플리니우스는 그의 책 『자연사』에서 이집트의 여왕 클레오파트라가 안토니우스 앞에서 자신의 한 번 식사로 천만 세스헤르젯(엄청낭 금액)을 먹어치울 수 있다고 자랑했다고 전하고 있다. 그녀는 값비싼 진주를 포도식초에 녹여서 음료에 섞어 마심으로써 이를 증명해보였다고 한다.

8 마치 꿀벌들 굴참나무를 에워싸듯 우리가 / 둘러앉아 노래할 때: 이 시구는 세 가지 연관 있는 의미를 가지고 있다. 첫째, 고대의 문헌에 시인을 꿀벌에 비유하는 것이 자주 등장하는데, 이것은 더 이전 예컨대 핀다로스가 문학을 '꿀'에 비유한 사실에 연유한다. 둘째, 꿀벌과 디오니소스의 관련이다. 디오니소스는 자신을 따르는 무리들의 음악을 가지고 벌들을 떼로 모아 벌집을 짓고 꿀을 모으도록 유혹했다. 때문에 디오니소스는 꿀의 제공자이기도 하다. 셋째, 꿀벌들은 고대적인 전통에서 공동의 정신 내지는 완벽한 공동체적 조화에 대한 가장 선호하는 예이다. 횔덜린은 "공동의 신"에 대해서, 마치 포도주가 진주를 그렇게 하듯 '참뜻을 녹인다'는 것과 "합창"이 '남아들의 정신을 한데 모이도록' 강요한다고 말하고 있다. 이런 문맥에서 꿀벌들은 벌의 나라에서 완벽하게 실현된 공

동의 정신을 뜻하고 있다. "굴참나무를 에워싸듯" 역시 고대에서부터 꿀벌과 굴참나무의 연관을 확인시킨다. 굴참나무가 단물을 분비하면 꿀벌들이 단물을 빨아먹는다는 것이다.

9 나의 사랑스러운 탄생지 (…) 그러나 나는 아버지의 묘소를 보고: 횔덜린의 탄생지 라우펜은 당시 뷔르템베르크 공국의 북쪽 경계에 자리 잡고 있었다. "양쪽의 강변에 있는 그곳"이란 네카 강이 이 곳을 관통하며 흐르고 있음을 말한다. 여기서 횔덜린의 부친은 1772년 뇌일혈로 사망했다.

10 바르바로사 … 크리스토프 … 콘라딘: 바르바로사Barbarossa는 슈타우펜 가문 슈바벤 공작으로서 신성로마제국 황제에 오른 프리드리히 1세Friedrich I를 말한다. 콘라딘Konradin이라고 불리는 콘라트 5세Konrad V는 슈타우펜 왕가의 마지막 계승자로서 1268년 적군에 의해 이탈리아에서 교수형에 처해졌다. 뷔르템베르크 초대 공작 크리스토프Kristoph는 뷔르템베르크 국법을 창제하고 학교를 세우고 튀빙겐 신학교를 확장했다.

11 송악 / 암벽에 푸르고 … 성을 뒤덮고 있네: 송악은 포도나무와 함께 디오니소스를 나타내는 데 가장 자주 사용된다. 따라서 송악은 "도취한 나뭇잎"이라고 불릴 수 있는 것이다. 상록식물로서 송악은 동시에 영속을 의미하면서 문맥에서 드러나고 있는 기억을 의미하기도 한다.

12 마치 옛사람들, 신적으로 길러진 / 환희에 찬 시인들처럼 우리는 기뻐하며 대지를 거닌다네: 이 시에서 반복해서 강조되고 있는 환희와 기쁨은 그리스 문학에서 환희의 신인 디오니소스의 분위기를 환기시킨다. 디오니소스적으로 기뻐하면서 대지를 거닐고 있는 시인들이라는 표상은 비가 「빵과 포도주」에도 등장한다. 거기서 시인은 "성스러운 한밤에 이 나라에서 저 나라로 / 나아가는 바쿠스의 성스러운 사제"라고 노래되고 있다.

13 왜냐면 성스러운 나뭇잎으로 치장하고 찬미받은 자 (…) 복된 자줏빛 구름 안으로 높이 치켜들고 있네: 소포클레스Sophokles나 무엇보다도 이즈음 자신이 번역한 핀다로스를 통해서 알고 있는 도시예찬의 고대 모

범을 따라서 횔덜린은 이제, 친구와 함께한 산책이 시제에 제시된 목적지에 이르자, 이 도시를 찬미하고 있다. 핀다로스의 그 유명한 아테네 찬미를 따랐을 것으로 보인다. 핀다로스의 서술을 통해 보면 아테네는 "오랑캐꽃으로 치장했다"고 하는데 횔덜린에게 있어서 슈투트가르트는 "성스러운 나뭇잎으로 치장"했다. 핀다로스가 "오… 명성 높은 아테네여"라고 한 데 비해 횔덜린은 "오… 복된 슈투트가르트여"라고 한다. 두 경우 모두 조국과 연관되어 있다. 아테네가 핀다로스에게 "그리스의 받침대"라면, 횔덜린에게 슈투트가르트는 "고향의 여왕"이다. 무엇보다도 슈투트가르트는 '신적으로 충만한 도시'인데, 이것은 핀다로스가 아테네를 칭한 표현과 같다. 도시는 시적으로 후광을 얻어서 디오니소스 신의 특징으로 장식된 디오니소스의 수행녀 모습으로 상승된다. 이러한 환상에서 도시가 의인화된다는 것도 그리스 시들의 경우에 자주 일어나는 도시들의 의인화로 거슬러 올라가는데, 횔덜린도 반복해서 이것을 습득했던 것이다. 디오니소스의 망아적인 수행녀들은 포도 잎으로 머리를 장식했다. 슈투트가르트가 "성스러운 나뭇잎으로 치장"했다고 하는 것은 이러한 표상이 지리적인 사실성에도 부합하도록 만들어준다. 슈투트가르트는 당시에 포도밭으로 둘러싸여 있었다. 나아가 디오니소스의 여종자들은 지팡이 티르소스를 들고 있었고, 전나무가 이들을 나타내는 것이었다. 슈투트가르트가 "주신의 지팡이와 전나무를" 높이 들고 있다는 것은 이 도시의 포도밭이나 숲이 울창했던 주변을 잘 나타내주고 있다.

14 손님과 아들을: 여기서 '손님'은 지크프리트 슈미트를, '아들'은 그를 슈투트가르트로 이끌어오고 있는 슈바벤 고향의 아들 횔덜린을 말한다.

15 생생한 정신이 돌면 노래의 / 유치한 요설과 수고로움의 달콤한 망각을 허락했네: '수고로움의 망각'은 그리스 문학에서부터 취한 표현이다. 횔덜린이 번역한 핀다로스의 『피티아 송가*Pythian Odes*』 제1번에는 "말하자면 전 시간이 나에게 / 그처럼 풍요로움과 재화의 선물이 주어지고 / 수고로움의 망각이 일어난다면"이라는 표현이 들어 있다. 특히 일상의 언짢음과 수고에 대한 망각은 디오니소스의 선물인 포도주의 작용으로

찬미되고 있다.

16 조국의 천사들이여: 정리되기 전 초고에는 '이 땅 위 정령들이여'로 되어 있다. 앞선 시구에도 "저 위에 계시는 선조들"로 표현되어 있다는 사실은 선조의 신격화라는 로마식 표현법을 일반화했음을 의미한다. 이러한 어법은 제3연 "이 땅의 영웅들"에서 이미 예비되었다.

17 그: 지크프리트 슈미트.

18 신의 / 친절한 선물들: 디오니소스의 선물들, 특히 포도주.

19 한층 큰 기쁨: 모두를 포괄하는 공동체적인 조화 안에서의 충만한 삶. 친구들, 즉 사랑하는 사람들과 함께 여는 가을의 축제가 이에 대한 전주곡이다.

빵과 포도주-하인제에게 바침

1800~1801년 사이의 겨울에 완성한 비가이다. 이 비가는 명백하게 3개 시연이 한 덩어리를 이루고, 그러한 3연 1단이 3번 반복되고 있는 구조를 지니고 있다. 제7연에서 한 2행 시구가 짧을 뿐 각 시연은 다시금 3개의 2행 시구가 3개씩 묶여 있다.

첫 단에서는 밤이 노래된다. 이 밤은 제1연 말미의 실제적인 밤으로부터 어느 사이엔가 제2연의 신들이 멀어져간 시대라는 역사적인 밤으로 이어지고 있다. 제3연에서는 환상을 통해 감동된 사념들이 그리스 문명의 드높고도 신성에 가득 찬 날로 깨우쳐 이어지고 있다.

두 번째 단은 그리스의 신들의 날에 대해서 읊고 있다. 제4연은 시초를, 제5연은 성장을, 제6연은 신들의 날의 완성과 종말을 노래한다. 이러한 영상을 통해서 소망되는 미래의 신들의 날에 대한 조건들이 명백해지고 있다.

마지막 단은 서구의 밤으로 눈길을 돌린다. 제7연은 더욱 강해지는 중간적인 시기가, 제8연에서는 신들이 주고 간 자연의 선물인 빵과 포도주를 통해 깨어 있게 하는 희망이 노래된다. 마지막 시연은 밤으로부터 밝고 충만한 미래에로의 환영에 다다르고 있다.

비가 「빵과 포도주」는 횔덜린이 자신의 세계관을 문학적으로 형상화한 가장 빈틈없는 시도의 산물이다. 서구 역사는 여기서 그리스적인 한낮, 서구적인 밤 그리고 다가오는 신의 시대라는 순차로 지극히 단순화된 표상을 통해 인식되고 있다. 그것은 떠나는 신들이 그들의 되돌아옴의 징표로서 "빵과 포도주"를 남겨놓았기 때문이다. 횔덜린 세계상의 본질적인 특성은 그리스도를 고대 신들의 마지막 출현자로 봄으로써 그리스적인 신들의 세계와 기독교를 조화시켜보려는 시도이다. 그리스도는 다른 신들과 더불어 되돌아갔고 그들과 더불어 "다른 세상"에 살고 있다. 그러나 "천상의 합창대"는 그 재림의 표지로서 빵과 포도주를 지상에 남겨두었다. 상징적인 것도 아니고 기독교적 의미에서의 성찬 예식도 아닌, 선물의 신적인 본질은 횔덜린에게서 중요한 역할을 하고 있는 제우스와 세멜레 신화를 생각할 때 명백해진다. 빵과 포도주는 천상의 신 제우스가 지상의 여인 세멜레에게 준 사랑의 선물이다. 빵과 포도주는 이러한 사랑의 고유한 열매인 것이다. 우리는 늘 이러한 열매를 앞에 두고 있기 때문에 신성의 되돌아옴을 희망할 수 있다는 것이다. 비가 「빵과 포도주」에서의 역사가 헤겔Georg Wilhelm Friedrich Hegel의 변증법적인 진행을 뼈대로 가지고 있다는 생각은 오해이다. 왜냐하면 헤겔에게서 '종합'으로 나타나는 것은 이 시에서는 지양止揚이 아니라 화해이며 원초적인 상태로의 되돌아감이기 때문이다.

1 하인제: 소설가 빌헬름 하인제Wilhelm Heinse. 횔덜린은 원래 찬가 「라인 강」도 그에게 바쳤다. 1796년 여름 횔덜린은 디오티마와 하인제와 더불어 전쟁을 피해서 카젤을 거쳐 드리브르크로 여행한 적도 있다. 소설 『휘페리온』도 하인제의 소설 『아르딩헬로*Ardinghello*』로부터 많은 영향을 받았다.

2 이 첫 시연은 1807년 제켄도르프가 펴낸 시화집에 「밤Die Nacht」이라는

표제로 별도 게재된 적이 있다. 당대 독일의 낭만주의 시인 클레멘스 브렌타노Clemens Brentano는 이 시를 읽고 시인 루이제 헨젤Luise Hensel에게 보낸 편지(1816년 12월)에서 극찬을 아끼지 않았다. 헤르만 헤세Hermann Hesse 역시 그러했다.

3 저기 우리를 놀라게 하는 것: 시 「케이론」에서의 '놀라게 하는 한밤'과 같음. 밤이 인간들을 놀라게 한다는 의미를 내포하고 있다.

4 그대: 하인제를 뜻한다.

5 머뭇거리는 순간에: 밤이라는 개념이 그리스 신들의 나날과 현재 사이의 시간으로 확대되고 있다.

6 성스러운 도취: 시인이 신적인 것에 취해 있다.

7 졸음도 없는: 이 단어는 횔덜린의 작품에 자주 등장하는 말인데 '끊임없고, 생동하는 원천의 힘을 가진'이라는 의미로 사용된다.

8 성스러운 기억: 망각과 성스러운 도취와 함께 한밤에 가슴이 깨어 있기 위해서 필요한 "성스러운 기억"은 무엇을 머릿속에 채워 넣은 기억이 아니라 지나간 시절의 신적인 것과 영웅적인 것에 대한 회상을 의미한다. 이것은 현재의 한밤중에 샛별처럼 반짝여야 한다. 이러한 기억은 망각이나 성스러운 도취에 대립되는 것이 아니라 우리를 드높은 감정과 사념으로 감동시키고, 한때 일어났던 위대한 일들의 회상을 통해서 감각에 불길을 댕기며, 어둠, 부정적인 것, 근심거리와 궁핍한 현실을 잊게 만들고 그것들을 의식 속으로부터 떼어내버리는 힘을 가지고 있다.

9 기쁨: 디오니소스는 포도주의 신이자 문학적 감동의 신으로서 또한 기쁨의 신이기도 하다.

10 한낮이건 / 한밤중에 이르건 (…) 각자는 각기 이를 수 있는 곳으로 가고 또 오는 것이다: "한낮"이건 "한밤"이건 언제나 '확실한' 인간의 역사적인 속박. 이어지는 "그러나 각자에겐 자신의 것이 주어져 있고"는 각자는 영감과 내적인 힘의 정도에 따라서 자신의 사고를 충만의 장소와 시간으로 편력하게 할 수 있음을 의미하며, 시인이 그리스로 편력함을 변호하려고 한다.

11 기쁨의 열광이 한밤중에 가인을 붙들 때 / 그 열광은 조롱하는 자들을 조롱하고 싶어 한다: 기쁨의 열광은 신적이며 시적인 열광이다. 반면 조롱은 일방적이며 오로지 이성적인 정신이 신적으로 감동된 자, 열광자에 대해 가지는 반응을 말한다.

12 이스트모스: 코린트 지방에 있는 지협. 지리적으로 그리스의 중심지. 세 개의 산, 파르나소스, 올림포스, 키타이론으로 이 지역의 전체적인 중요성이 제시되고 있다. "그러니 이스트모스로 오라!"라는 표현은 앞의 "그러하거늘 오라!"의 반복으로서 핀다로스의 방식에 따르는 상상 속 여행에 대한 촉구다.

13 테베: 샘의 여신인 님프.

14 이스메노스: 테베에 있는 작은 강의 이름.

15 카드모스: 테베 성城을 세운 자.

16 다가오는 신: 포도주의 신 디오니소스. 시인이 디오니소스가 온다는 사실만을 표현하려고 했다면 '다가오는kommend'이라는 현재분사를 사용하지는 않았을 것이다. 이 시구의 본래적 의미는 "다가오는 신"이라는 뜻에 가장 알맞은 본성을 지닌 것이 디오니소스임을 드러내는 것이다. 신화적인 디오니소스에 대한 암시는 먼 세계로부터 온다는 것이고 따라서 횔덜린에게는 동방에서 서방으로의 신적인 충만의 움직임, 그리스에서 서구에로의 편력의 상징인 것이다. "다가오는"이라는 표현으로 미래에 예견되고 기대되는 강림降臨의 격을 디오니소스에게 부여하고 있다.

17 축복받은 그리스여! (…) 장중한 홀이여! 바다가 바닥이구나! 산은 또 식탁이로다: 그리스의 정경은 아직도 그대로 존재한다는 생각을 반영하고 특히 그것이 섬들에 관련되어 있음을 암시해주고 있다. '장중한 홀', '바다', '산'은 다 같이 바다에 떠 있는 섬들의 형상을 나타내준다.

18 넥타르: 암브로시아 및 넥타르는 신들로 하여금 영생을 보장해주는 음식과 음료이다. 여기서 넥타르는 '그릇들'과 연관되어 있는 것이 아니라 '노래'에 연관되어 있다.

19 멀리 정통으로 맞힌 예언들: 이어지는 "델피"가 델피의 신탁을 의미함을

나타내준다. '멀리 정통으로 맞히는'이라는 말은 호메로스에서 델피의 신인 아폴론을 수식하는 말로 사용되고 있다.

20 델피 신전은 졸고 있다: 「아르히펠라구스」의 시구 "델피의 신은 침묵하고"와 비교해볼 수 있다. 아폴론의 신탁과 예언이 역사의 진행에 더 이상 개입하지 않음을 나타낸다.

21 아버지 천공이여!: 여기서 서술되고 있는 과거는 마지막 시연 153~154행에 희망되고 있는 미래에 상응하고 있다. 앞의 "청명한 대기"와 "천공"은 여기서 모든 것을 포괄하고 생명을 주는 자연력이며, 우리를 지배하는 신의 힘이기도 하다.

22 아무도 삶을 혼자서 짊어진 자 없었다: 시 「눈먼 가인」의 "오 내가 견디어낼 수 있도록, 나의 이 생명을, 힘겨운 나의 가슴으로부터 이 신적인 것을 가져가거라" 참조.

23 태고의 징표: "아버지 천공"이라는 단어는 감동된 인간에게 보다 드높은 삶의 운명의 징표가 된다.

24 느끼지 못한다: 그것들이 본래 어떠한 것인지 그대로 느끼지 못한다. 인간은 신들이 오는 방식, 과도함, 넘치는 행복 따위를 잘 느끼지 못한다. 그 행복은 '너무도 밝게, 눈부시게' 오기 때문에 그 알맹이를 알지 못하며 감각하지도 못하는 것이다.

25 부정한 것을 성스럽게 여겨: 우상숭배 등을 가리킨다.

26 그들 자신이 / 진실 가운데 모습을 나타내고: 천국적인 것이 존재하지 않았다는 것을 의미하지 않는다. 이 시연의 첫머리에 '천상의 신들 처음에 올 때 아무도 느끼지 못한다'고 노래하고 있기 때문이다. 천상의 신들은 온다, 그러나 본래가 무엇인지 아무도 느끼지는 못한다는 것이다. 이 천상의 신들이 나중에 '그들 자신이 올 때' '진실 안에서' 오리라는 것은 그들의 본질에 따라서 이제 비로소 적합하게 인식되리라는 것을 말하는 것이다. 이때 '진실'이라는 말은 '숨김없음', '열려 있음'의 의미로 이해된다.

27 하나이며 전체: 범신론의 공식으로 생각된다. 그리스어 'Hen kai pan'.

28 참고 견디어야만 한다: 원문 '참고 견디다tragen'는 '달이 찰 때까지 배에

넣고 기다리다austragen'의 뜻이다.

29 말들 꽃처럼 피어나야만 하리라: 이러한 표현법의 기원을 거슬러 가보면, 말을 꽃에 비유하는 것은 장식적인 미라는 의미로 제한된다. 횔덜린은 그러나 이 비유를 다르게 들리게도 한다. 1798년 11월 28일 동생에게 보낸 편지에서 '생동하는 말'을 "생생한 꽃"이라고 말하고 있다. 찬가 「게르마니아」에서는 "입의 꽃"이라는 시어로서 독일에는 위대한 시인들이 많다는 것을 의미하고 있다. 또 시 「반평생」은 "슬프다, 내 어디에서 / 겨울이 오면, 꽃들과 어디서 / 햇볕과 / 대지의 그늘을 찾을까"라고 읊고 있다.

30 하지만 그들은 어디에 있나?: 여기서 생각의 진행은 4연 "그 재빠른 숙명 어디에?"에서 중단되었던 보다 높은 차원으로 다시 돌아가고 있다. 그 사이에서는 인간들에게의 신들의 귀환이라는 점진적인 작용을 통해서 신들의 본성이 노래되었다. 또 이와 함께 그 서술들이 그리스로부터는 차츰 거리를 두었음이 눈에 보인다. 제5연만 해도 수천 년 전인 그리스 시절 신들의 현현을 언급했다기보다는 새로운 시대에 가능하고 소망스러운 '다가오는 신'의 재림을 노래하고 있는 것이다. 인간과 신 사이의 연관이 서술의 정점에 달하자 눈길은 다시 과거의 그리스로 돌아가고 있다. 이리하여 비가적인 방식으로 현재와 과거, 현실과 이상이 서로 연결짓게 된다.

31 오랜 성스러운 극장들: 디오니소스에 바쳐진 극장들. 극장은 도시국가의 공동체에게 매우 큰 의미를 지니고 있었다.

32 신에게 바쳐진 춤: 디오니소스는 춤의 신이기도 하다.

33 어쩌면 인간의 모습 띠고 그 스스로 나타나 / 손님들을 위안하며 천국의 축제를 완성하고 마무리 지을지도 모른다: 예수 그리스도를 암시하고 있다. 그리스도의 위안은 만찬에의 참여에서 성립된다. 예수 그리스도의 '위안을 주는' 고별은 「요한복음」 제14~16장에 기록되어 있다. 그리스도는 '천국의 축제'를 마무리했다. 횔덜린에 따르면 그리스도는 고대의 마지막 신이며 그가 세상에 모습을 나타내고 나서 밤이 찾아들기 시작했

다. 이어지는 세 개 시연은 이를 다루고 있다.

34 친구여!: 하인제를 일컫고 있다.

35 다른 세상: 피안.

36 다만 때때로만: 그러한 시절은 바로 '그리스적인 나날'이었다. 1801년 12월 4일자 뵐렌도르프에게 보낸 편지에 따르면, 시적 충만의 위험을 횔덜린 자신이 체험했다고 한다.

37 궁핍과 밤도 우리를 강하게 만든다: 방황, 궁핍 그리고 밤은 신으로부터 멀리 떨어져 있음을 나타낸다. 그러나 이것들은 영웅을 기르고 한낮을 예고하는 강한 요람이기도 하다. 시 「파트모스」에서 "위험이 있는 곳엔 / 구원도 따라 자란다"고 읊고 있는 것도 같은 맥락이다.

38 바쿠스의 성스러운 사제: 시 「시인의 사명」에서의 "젊은 바쿠스 모든 것을 정복하면서 / 성스러운 포도주로 잠에서부터 백성들을 깨우며 / 인더스 강으로부터 이곳으로 왔을 때"와 비교. 주신이나 그 사제와 마찬가지로 시인들 역시 이 "궁핍한 시대"에 인간들을 새롭고 드높은 삶으로 일깨우고 신적인 것으로 길을 넓히는 자가 되어야 한다. 주신과 시적인 영역의 결합은 디오니소스가 옛 전설에는 포도주의 신이자 시인의 신이라는 사실로서 타당해 보인다.

39 그대: 역시 하인제를 가리키고 있다.

40 천국의 위안 전하며: 그리스도가 재림을 약속하면서.

41 한낮의 종말을 알리고: 「요한복음」 제9장 4절 "때가 아직 낮이매 나를 보내신 이의 일을 우리가 하여야 하리라. 밤이 오리니 그때는 아무도 일할 수 없느니라"와 「요한복음」 제12장 35절 "아직 잠시 동안 빛이 너희 중에 있으니, 빛이 있는 동안에 다녀 어둠에 붙잡히지 않게 하라" 참고.

42 천상의 합창대 몇몇 선물을 남겨두었고: 천상의 합창대는 그리스도가 마지막인 고대의 신들을 뜻한다. 마치 데메테르가 빵을, 디오니소스가 포도주를 선물로 주고 갔듯이 그리스도는 만찬에서 감사함을 남기고 갔다.

43 인간의 분수대로 이를 즐길 수 있나니: 우리는 우리에게 천상적인 것들이 남겨준 선물을 '인간적으로, 그전처럼' 즐길 수 있다. 이 말은 정신,

순수한 신적인 것은 직접적인 현재화를 통해서가 아니라 자연의 체험, 예컨대 포도주를 음미하는 가운데 작용한다는 것을 뜻한다. 기쁨Freude은 횔덜린 문학의 중심 테마이다. 기쁨은 눈에 보이는 확연한 영향에 대한 감정의 표출만이 아니라, 신적인 것과의 관련하에서 실존적 상태를 나타내기도 한다. '기쁨', '기쁘게', '기뻐하다' 등은 항상 성스러움에 연관되어 있고 그것은 직접적으로 디오니소스적인 영역에 나타난다. 성스러운 체험으로서의 '기쁨'은 특히 환희의 신인 디오니소스의 선물로부터 나온다.

44 강한 자들: 제7연 117행 이후에 나타나는, 그 힘에 있어서 천상적인 것들과 비슷한 영웅들과 정령들.

45 천둥치는 신으로부터: 세멜레를 덮쳐 디오니소스를 잉태케 한 제우스로부터. 불길처럼 천상적인 힘과 대지가 함께 포도송이를 영글게 한다.

46 바쿠스 한낮과 밤을 화해하며 (…) 언제나 즐겁게 노래함 옳았다: 성좌의 운행은 디오니소스의 작용을 나타내고, 송악이나 가문비 등은 모두 디오니소스에 대한 특별한 표지이다. 디오니소스는 포도주의 신일 뿐 아니라 모든 식물 성장을 관장하는 신이기도 하다.

47 서방의 열매: 예언의 실현은 동방의 나라에서가 아니라, 서방에서 일어나게 될 것이다. 그 때문에 시인은 의식적으로 "보라! 우리 자신이다"라고 강조하고 있다.

48 놀랍도록 아주 가까이 있도다: 하나님의 나라가 가까이 다가왔다는 선포는 『신약성서』「마태복음」 제10장 7절, 「마가복음」 제1장 15절 등에 기록되어 있다.

49 지고한 자의 아들, 시리아 사람 / 횃불을 든 자로서: 디오니소스는 신화에서 가끔 "횃불을 든 자"로 나타난다. 그러나 횔덜린은 신적인 빛에 대한 성서의 어구를 의지해서 비슷한 표상을 그리스도에게 옮겨 쓰고 있다. 디오니소스나 그리스도가 다 같이 "지고한 자의 아들"로 불릴 수 있다. 그러나 "시리아 사람"이라는 말은 명백히 그리스도를 지칭하고 있다.

50 거인족: 티탄 족은 제2대 신들의 세대인데, 제우스의 제3대에 의해 정복

되고 지하로 내동댕이쳐졌다. 여기서는 에트나 산 밑에 잠들어 있는 티포에우스를 생각하고 있다.

51 게르베로스: 그리스 신화 속 지하의 출입구를 지키는 개. 이 개는 지옥에 도착하는 자들에게는 꼬리를 치지만, 아무도 그 지옥을 빠져나가지 못하게 한다. 이제 이 개도 잠자고 있으니 주신은 죽은 자들을 생명으로 되돌려줄 수 있을 것이다. 시인은 여기서 디오니소스도 그리스도도 단독으로 우리의 어두운 중간 시점에 직접 내려오지 않을 것이며, 그들은 간접적으로 포도주를 통해서 오리라 말하고자 한다. 케르베로스도 "취하여" 잠들어 있는 것처럼, 평화를 잃지 않은 현재의 밤의 정신도 포도주와 함께 신적인 것을 마시고 잠들어서 빛에게도 틈을 줄 것임을 말하고 있다.

귀향-근친들에게

가정교사로 가 있던 스위스의 하우프트빌에서 귀향하자마자 쓴 작품이다. 횔덜린이 하우프트빌을 떠난 것이 1801년 4월이었고 고향에 도착한 것이 6월이었으니, 그 직후에 썼다고 생각된다. 이 비가는 1802년 잡지 『플로라*Flora*』에 실렸다.

외적인 구성은 비가 「방랑자」와 마찬가지로 6연이며 매 시연은 9개의 2행 시구로 되어 있다. 비가 「방랑자」에서처럼 여기서 중심이 되는 테마는 역시 방랑 내지는 편력이다. 다른 점이 있다면 실제로 하우프트빌을 떠나 고향으로 돌아오는 편력이 다루어지고 있다는 점이다. 길이라든가 목적지가 모두 상세하게 사실과 부합한다. 그러나 이러한 사실적인 귀향이 시적인 묘사를 통해서 신화적인 차원으로 넘어가고 있다는 점에서 이 작품의 진가가 드러난다. 이 비가는 그 언어의 율동이나 의미의 전환으로 볼 때 가장 강렬하게 '찬가적인 표현'에 접근하고 있다. 사실 「귀향」은 횔덜린이 쓴 일련의 비가 중 마지막 작품이라고 평가되고 있는 것이다. 시인은 제6연의 결구에서 거의 남아 있지 않은 염려조차 시인이 짊어져야 하며 다가오는 신들의 날을 예비하는 책임을 다른 이들에게 떠맡겨서는 안 되리라고 말한다. 그것은 종교적인 믿음이라기보다는 시인이 지닌 보다 좋은 나날에 대한 확신이 뒷받침해주는 개인적 신념이라고 생각된다.

1 투명한 밤: 이 모순형용법은 중간적 상태를 표현해주고 있다. "입 벌리고 있는 계곡"의 심연에는 아침의 가득한 빛이 다 이르지 못한 탓이다. 이어지는 시구에 등장하는 시어들인 "비치더니 또한 사라진다"라든지 "천천히 / 서두르고", "사랑의 싸움" 등 반대되는 의미의 복합적 사용은 동터 오는 아침 여명의 매력을 절묘하게 나타낸다.

2 그곳을 향해 희롱하듯 산의 정기는 날뛰며 쏟아져 밀려들고: 항상 다른 방향으로 불고 있는 산의 바람은 마치 농을 걸고 간지럼을 태우는 듯이 생각된다.

3 환희에 전율하는 혼돈 그 모습은 앳되지만: 이미 제기된 모순형용법의 의미를 깊이 고려한 패러독스이다. "환희에 전율하는 혼돈"은 말뜻 그대로 모습을 짓기 위해서 분출하는 창조적 비등을 나타낸다. 그것은 단순한 혼돈이 아니라, 이 매혹적인 중간 상태에서 이미 어느 정도까지는 모습을 취한 것이다. "투명한 밤"의 혼돈은 벌써 아침의 젊은 모습을 예감케 한다는 말이다. 이것은 "빛살"의 산물이며, "사랑의 싸움"이 낳은 산물이다.

4 천천히 / 서두르고: 아침의 안개 속에는 격렬하고 노호하며 쏟아지는 움직임이 들어 있다. 또한 이 움직임은 전체로서 일시에 진정되는 것이 아니라, 서서히 차츰 진정되는 것이다.

5 거기에 연륜과 성스러운 시간, 나날은 영원히 자라나고 / 그 시간들 더욱 대담하게 질서 지으며 섞여든다: 해年는 나날이 자라난다. 그러나 그 산중에서 시간의 자라남은 나날이 더 커간다. 왜냐하면 밤과 혼돈이 평야에서보다도 더 깊고 "영원한" 탓이며, 나날의 시간이 동이 터 날이 지남이 평야에서보다도 더 투쟁적이고, 광란적이기 때문이다. 시간과 날들은 "더욱 대담하게 질서" 짓는다. 이 말은 대담함이 질서의 한계를 넘어

서고 거의 무질서에 가까워 그것들이 혼돈 가운데 "섞여든다"는 말이다. 이러한 표상은 찬가 「라인 강」의 마지막 시연에도 등장하는 바, 산중에서의 질시는 매번 새롭게 창출되어야 하는 것이 마지 태조의 질서와 마찬가지라는 표상인 셈이다. 하루와 계절의 구분도 저절로 이어지거나 균형 잡힌 교체로 이어지지 않는다는 점도 평야에서와는 다르다.

6 천후의 새: 송시 「루소」에서 "용감한 정신은 독수리가 뇌우를 앞서 날 듯이 / 다가오는 신들을, 앞서, / 예언하면서 날아오르는 것이다"라는 구절을 볼 수 있는바 여기서도 신의 사자로서 새를 노래하고 있다.

7 장미꽃: 아침 여명이 반사된 하늘을 비유한 것이다. 저녁 하늘 역시 장미로 표현되기도 한다.

8 에테르와 같은 이: 에테르, 즉 천공의 신을 말한다. 이로써 "더 높이에" 살고 있는 "순수한 복된 신"이 누구인지가 해명된다. 그것은 아버지 천공이다.

9 숨 쉬는 자들: 인간들

10 느릿한 손길로: '조심스럽고도 서서히'의 뜻. 앞의 '머뭇거리면서 아끼듯'과 같은 의미임.

11 그: 천공의 신.

12 갑자기: 천상적인 것, "정신"의 갑작스러운 등장은 아마도 인간이 견디기 어려운 일일 것이다.

13 호수: 보덴 호수를 말한다.

14 도시: 린다우를 가리킨다.

15 마치 한 아들처럼: 시인은 린다우 도시에 알맞은 "사랑스러운 이름"을 찾는 가운데, 이어지는 5연에서는 그 도시를 "어머니"라 부르고 있다.

16 고국: 슈바벤. 당시의 영주령인 뷔르템베르크를 지칭하고 있지는 않다. 실제 1805년까지 린다우는 자유제국도시였다.

17 신과 같은 야수: 라인 강을 일컫는다. 그리스의 핀다로스는 켄타우로스 족인 케이론을 그렇게 부른 적이 있으며, 케이론을 강과 동일시했던 것도 핀다로스였다.

18 코모를 향해: 아우크스부르크에서 이탈리아의 마이란드로 향하는 유명한 중세 상업로는 린다우와 코모를 거쳐 마이란드로 이어져 있었다. 린다우와 코모는 알프스의 이쪽과 저쪽에 성문과 같은 역할을 했다.

19 한낮이 거닐듯 아래로: 코모를 향하는 방랑은 라인 강을 거슬러 남쪽으로 향해 있다는 말이다. '성문'을 떠나서 가는 자에게 제시되는 다른 방향은 동쪽에서 서쪽을 향해 있는데, 이것을 마치 "한낮이" 자연스럽게 "거닐듯", 이 길은 바다 쪽 "아래로" 향해 있다는 것이다.

20 성스러운 평화의 무지개: 신이 노아의 홍수 이후 땅과의 유대를 나타내는 징표로서 구름 속에 새겨 넣었다는 무지개. 횔덜린은 그가 큰 기대를 걸었던 1801년 초의 르네빌 평화협정이라는 특정한 역사적 사실을 상기하고 있는 듯하다.

21 위대한 아버지: "저 드높은 곳에서 / 편력의 시간을 생기 차게 해주"는 아버지 천공.

22 천사: 이 말로서 '위대한 아버지가 보내준' '좋은 정령들'을 뜻하고 있다. 고대의 믿음에 따르면 특정한 시대와 장소는 특별한 보호의 신, 정령을 지니고 있었다. 이들을 시인은 "연륜의 천사", 6연에서는 "거처의 천사"라 부르고 있다.

23 나누리라! / 고귀하게 하리라! 회춘하게 하리라!: 이 세 동사의 공동 주어는 천상적인 것이며, '고귀하게 하다'나 '회춘하게 하다'의 목적어는 '모두'이다. 생명의 혈관에 자신을 나누고 있는 천상적인 것은 모든 인간을 기쁘게 하고, 고귀하게 하며 또한 회춘하게 하리라고 읊고 있다.

24 즐거운 자들: "연륜의 천사", "거처의 천사"에 대한 반복적인 수식이다.

25 누구에게 그 감사를 드려야 하나?: '다가오는 신'은 식탁에 앉아 기도하고 잠자리에 들 때 기도드려야 할 만큼 위대하고 드높은 분이 아닌가 하고 질문을 던지고 있다.

26 신은 걸맞지 않은 일을 싫어하나니: 「빵과 포도주」 제6연 4행 "부질없이 시도하는 것 천공 앞에서는 맞지 않는 탓이다"와 같은 뜻.

격려-첫 번째 원고

세기 진환기에 쓴 송시로서 여러 개의 육필본이 있는데, 첫 번째와 두 번째 원고의 정서본이 전해지고 있다.

1 별들이 피어나지 않는가?: 별을 하늘의 꽃으로 은유한 것이다. 시 「나의 소유물」 주1) 참조.

2 은밀히 / 미래를 예비하는: 미래, 더욱 아름다운 나날을 예비하는 신적인 힘은 "은밀히" 행하거나, 아니면 시 「유일자」의 두 번째 원고에서처럼 "시의 폭풍 가운데"서 행한다는 것이 횔덜린의 변함없는 시상이다. 말하자면 신적인 힘은 부단히 미래를 예비하고 있다.

격려-두 번째 원고

이 시는 1800년 이전에 시작해서 1801년 초 완성한 알카이오스 시연의 송시이다. 변함없이 작용하는 자연의 생명력과 희망을 잃은 현실 속에서의 인간의 좌절을 대비시키면서 "말없이 지배하는 자"의 현존을 일깨워 미래에의 동참을 요구하고 있다. 여전히 시인의 노래("사람의 입", "인간의 언어")가 이러한 "격려"의 가장 확실한 방편임을 읊고 있다.

1 정신: 횔덜린의 시, 특히 후기 시에 있어서 '정신'이라는 낱말은 '유한한 것 가운데 있는 무한한 것'으로 이해된다. '우리 안의 신Gott in uns'과 동일하며, 우리를 지배하고 생동하게 하며 어떤 행동으로 이끌어 가는 '천상적인 것'이기도 하다.

2 오 희망이여!: '희망'의 의인화는 송시 「희망에 부쳐」에도 여기서처럼 "오 희망이여!"라는 부름으로 제기되고 있다.

3 마치 황량한 들판처럼 (…) 그 시간 다가올 것이기 때문이로다: 시 「사

랑」의 제3연에 대한 주 참조.

자연과 기술 또는 사투르누스와 유피테르

늦어도 1801년 초에 완성한 알카이오스 시연의 송시이다. 이 송시에서 횔덜린은 역사적으로 바라본 자연과 예술에 대한 자신의 이해를 시적으로 파악하고자 사투르누스와 유피테르의 신화를 차용하고 있다. 사투르누스는 황금시대의 신으로서 철기시대의 신인 유피테르에 의해 거인족들과 함께 지옥으로 떨어졌다. '자연'의 체현인 사투르누스는 어떤 시간보다도 앞선 세계를 대변한다. 이 세계는 무시간적이며, 법칙 같은 것도 없고, 언어도 없으며 권력과 같은 것도 없다. 이 세계는 자신 가운데 만족하는 세계로서 어떠한 수단이나 방법을 필요로 하지 않기 때문이다. 그와는 달리 유피테르는 인간의 역사가 시작되고 이와 함께 필연적으로 언어와 법칙과 지배가 시작되는 '시간'을 대변한다.

횔덜린은 이 신화를 '자연Natur'과 '기술 또는 예술Kunst'에 대한 자신의 견해와 결부시키고 있다. '자연'은 시인에게 있어서 가장 심오한 의미에서 살아 있는 개체의 잘 유기화된 상호관계를 의미하는 것이 아니라, 모든 것을 지배하며 개별화시키고 한계를 긋고 뿌리를 단단하게 하는 '기술 또는 예술'에 대한 반대원리를 의미한다. 예술의 체현으로서 유피테르는 탁월함의 신, 빛과 구분과 법칙의 신, 시간의 신, 질서의 신 그리고 결국 언어의 신이며 심지어는 모든 형상의 신이며, 모든 의식의 신이다. 모든 것을 통합하는 자연의 체현으로서 사투르누스는 이와는 달리 '성스러운 어스름' 가운데 숨겨진 근원이며, 모든 시간을 앞서 있고 초월해 있다. 이 숨겨진 근원은 인간적 영역 내지는 문화적 영역에서 말하자면 순수한 감정, 심오한 내면적 체험에 해당한다. 모든 분리, 모든 구분 그리고 모든 갈등의 저편에 놓여 있는 일치성의 신이며 '평화'의 신이다. 그러한 신으로서 그는 '애를 쓰지 않는다.' 왜냐하면 그는 전적으로 조화된, 자신 가운데 평온하게 머무는 생명이기 때문이다. 그는 어떤 '계명'도 말하지 않는다. 법칙이라든가 계명, 그리고 지배는 단지 조화를 잃고 대립으로 갈라져 버린 현존재에게만 필요한 것이기 때문이다. "인간들 중 어느 누구도 이름으로 그를 부르지 않았다." 사투르누스적인 세계란 무의식의 전체성이며 따라서 언어가 존재하지 않았기 때문이다. 거인족들과 "거친 자들"은 법을 어기고 있고, 자연은 무정부적 상태로 보인다. 사투르누스는 모든 법칙에 앞서 존재하고, 태초의 순수한 조화로서의 자연이다. 거인족들을 내동댕이친 유피테르는 정당성을 지니고 있지만 사투르누스의 추락은 정당하지 않았다. 이 추락이야말로 독단적인 정신에 의한 자연의 극복을 의미하기 때문이다. 이 송시의 마지막 4개 시연은 유피테르의 사투르누스에 대한, 그리고 기술 내지 예술의 자연에 대한 의존성을 지시해보이고 있다. 특히 마지막 2개 시연은 시인 자신의 예술가에 대한 체험으로부터 이러한 사상을 전개시키고 있는 것이다. 이 송시는 따라서 일종의 시학적 시로 읽힌다.

1 사투르누스의 아들: 유피테르를 가리킨다. 로마 신화의 사투르누스와 유피테르는 그리스 신화 속 크로노스와 제우스에 해당한다.

2 황금시간의 신: 크로노스Chronos는 횔덜린 당대에 시간Zeit이라는 뜻으로 사용되었다.

3 그리하여 비로소 나는 (…) 선잠에서 깨어났도다: 제6연을 이해하기 위해서는 횔덜린이 연필로 써놓은 초고를 읽어보는 것이 좋다. 초고에 나타나는 중요한 시어들을 재결합해서 그 의미를 서술한다면 대강 다음과 같다. '시인이 만일 사투르누스의 평화에 침잠한다면, 그는 차가운 법칙이나 우울한 나날 대신에 마음 가운데 생명과 삶의 정신과 사랑의 삶을 체험하게 될 터이다. 그리하여 형상체(예술)의 예리한 윤곽은, 시간이 그 요람으로 되돌아올 때, 가물거리다가 광휘 가운데 사라져버리게 될 것이다. 이때 비로소 이러한 관점에서 시인은 현명하고도 힘찬 예술가 크로니온('크로노스의 아들'이라는 의미로 유피테르를 가리킨다)을 알게 되고 그에 관해서 내용을 알고자 하고 감사드리며 이해하고자 하

게 된다. 그때에야 크로니온이 법칙을 부여하며 성스러운 어스름의 신비를 벗기는 것이 별로 유감스러운 일이 아니게 된다. 그때 유피테르는 머물러 있으려 한다. 왜냐하면 그는 옛사람들에게 무엇보다도 신들과 인간들에게 시인에 의해서 이름 불리게 되는 것을 허락하는 일로써 봉헌하는 까닭이다.'

4 현명한 거장: '예술'의 거장, 또는 곧바로 '예술가'를 의미함.

에뒤아르에게-*첫 번째 원고*

1799년 가을에 쓴 것으로 보이는 이 송시의 첫 번째 초안은 「충성스러운 동맹-징클레어에게Bundestreue. An Sinklair」라는 원고로 전해지고 있다. 역시 육필원고로 전해지고 있는 첫 번째 원고는 나중에 수정되고 확대된 두 번째 초안을 토대로 쓰였다. 두 번째 원고도 육필본이 전해지고 있다. 내용으로 볼 때 첫 번째 원고는 횔덜린이 아직 홈부르크에 머물고 있던 1800년 상반기에 썼고, 두 번째 원고는 그가 홈부르크를 떠난 이후에 쓴 것이라는 추측을 낳게 한다. 첫 번째 원고의 29행 이후는 함께 타우누스 근처에 머물고 있음을 암시하고 있는 데 반해서, 두 번째 원고의 29행 이후에서는 오로지 징클레어에 대해서만 언급하고 있기 때문이다.

이미 첫 번째 초고의 제목에서 드러나듯 이 시는 친구 징클레어에게 바친 시이다. 두 번째 초고에서 시인은 여러 다른 시제를 생각했었는데, '벨라르민에게', '아르미니우스에게', '필로클레스에게' 등이 그것이다. 송시의 시제 「에뒤아르에게」에서의 에뒤아르는 징클레어를 대체하는 가상 인명이다.

횔덜린과 징클레어는 1793년에 튀빙겐에서 알게 되었고 나중에 예나에서 학창시절을 같이 보내면서 우정이 깊어졌다. 징클레어는 1795년 친구 융Franz Wilhelm Jung에게 보낸 편지에서 횔덜린을 "모든 다른 사람들을 다 합쳐야 비견될 진정한 친구"라고 말했다. 횔덜린 역시 누이동생에게 징클레어를 “말의 가장 근본적인 뜻에서의” 친구라고 말했고, 1798년 11월에 모친에게 보낸 편지에서는 “서로 그렇게 지배적이고 또 그렇게 예속적인 친구는 징말 없으리라”고 쓰고 있다. 횔덜린처럼 징클레어도 혁명적인 민주주의자였다. 징클레어는 횔덜린이 나중에 「파트모스」 찬가를 바친 헤센-홈부르크 방백의 신하로 일했다. 횔덜린은 1798년 프랑크푸르트의 공타르 가를 떠나서 홈부르크에 온 후 이곳에서 1800년 6월까지 머물렀다. 이 시의 8연은 함께 보냈던 이 시절을 연상시킨다.

이 송시는 우정의 송시이다. 이 우정의 본질은 두 개의 신화적인 예시를 통해서 환기되고 있다. 하나는 쌍둥이자리의 전설, 다른 하나는 아킬레우스와 파트로클로스의 우정이다. 횔덜린은 이 신화를 원용하면서 또 변경시킨다. 그는 용감한 자들의 어둠 속까지 친구를 따라 “내려가리라”, 즉 죽음에 이르도록, 지하의 세계까지도 따라 내려갈 태세가 되어 있다고 노래하는가 하면, 마지막 시연에서는 제우스의 독수리처럼 가뉘메데스를 신적이며 영생인 영역으로 그를 “불러올리라”고 친구에게 부르짖고 있는 것이다.

이 송시는 또한 혁명의 시이기도 하다. 횔덜린과 징클레어의 공화주의적 혁명적 현실 참여에 대해서는 1799년 5월 홈부르크에서 뵐렌도르프가 펠렌베르크Philipp Emanuel von Fellenberg에게 보낸 편지에 잘 드러나 있다. “나는 몸과 생명으로서 공화주의자인 한 친구를 곁에 두고 있네. 그리고 때가 오면 어둠을 뚫고 나올 것이 틀림없는 정신과 진리 가운데 살고 있는 다른 한 친구도. 이 후자는 횔덜린 박사라네.” 몸과 생명으로 공화주의자인 사람이 바로 징클레어이다.

1 불멸의 성좌: 카스토르와 폴리데우케스의 전설이 깃든 쌍둥이자리를 뜻한다.

2 나의 아킬레우스여!: 카스토르와 폴리데우케스 쌍둥이의 죽음에까지 이르는 우애로 제시하고 나서 아킬레우스와 파트로클로스의 우정을 두 번째 예로 들어서 징클레어와 횔덜린 사이의 우정을 떠올리게 한다. 징클

레어는 영웅적인 전사인 아킬레우스에, 시인은 부드러운 성품의 파트로클로스에 비견된다. 설화에서 헥토르가 파트로클로스를 살해하자, 아킬레우스는 전투에서 헥토르를 죽임으로써 원수를 갚아준다.

3 숲이 우리를 숨겨주고, 저기 산맥이: 횔덜린은 징클레어와 함께 타우누스 산에 접해 있는 홈부르크의 방백 궁정에 머문 적이 있다. 이 타우누스 산이 여기서 수풀 우거진 산경山景으로 그려지고 있다. 동시에 "어머니 같은"이라는 것은 자연의 영역을 상징하고, 그와 나란히 "지혜"의 영역이 등장하고 있다. 징클레어는 횔덜린과 함께 예나의 피히테Johann Gottlieb Fichte에게서 철학을 공부한 적이 있으며, 나중에도 횔덜린과 교유하면서 철학 공부를 계속했다.

4 그 폭풍은 그대의 날개 자극하고: 여기서 징클레어가 뇌우의 신 제우스의 새인 독수리의 이미지로 그려지고 있다. 다른 전설에 따르면 독수리는 필멸의 현세에서 불멸의 신들의 세계로 날아오르기 때문에, 영웅숭배에서 신격화의 상징이며 따라서 불멸성으로 상승하는 영웅의 상징이다.

알프스 아래서 노래함

횔덜린의 작품 중 유일한 사포Sappho 운율의 송시이다. 사포 운율이라고는 하지만 본래의 그리스 내지는 라틴의 형식이 아니라 변형된 형식이다. 본래의 사포 운율은 긴 3행의 각기 3번째 강세 다음이 모두 이중 약음으로 되어 있는 데 반해서 이 송시에서 보이는 변형된 형식은 이중 약음이 1~3행간에 각기 계단식으로 뒤로 물러나 있어, 마지막 4행의 운율이 제3행 말미를 반복하는 듯이 구성되어 있다.

이 송시는 1801년 초 스위스 하우프트빌의 곤첸바흐Anton von Gonzenbach 가에 가정교사로 일하기 위해 체류했을 때, 알프스 정경이 그에게 준 인상을 추상적 세계와 접맥하여 쓴 작품이다. 1801년 2월 23일자로 누이동생에게 보낸 편지와 날짜가 적혀 있지 않은 친우 란다우어에게 보낸 편지에서 횔덜린은 알프스에 감탄했음을 고백하고 있거니와, 동생에게는 "여기 삶의 이 순수함 가운데서, 여기 은빛 알프스 산 아래서 이제 끝내 내 가슴도 가벼워질 것이다"라고 쓰고 있다. 횔덜린은 이 시에서 당시의 다른 시인들이 도시와 시골 풍경을 대조하며 알프스를 찬미했던 것과는 달리, 자연과 문명을 경이롭게도 변형된 관계에 놓고 노래하고 있다. 짐승들이나 숲과 산이 어린아이에게 봉헌하며, 그것은 티 없이 순수하다. 삶의 일치성에 참여하면서 어린아이는 많은 체험을 한 사람에게 비밀스러운 일을 알려준다. 자연의 제자가 시인의 교사가 되는 것이다. 어린아이에 의해 체험되는 순결은 시인으로 하여금 하나의 결말에 이르게 한다. 그것은 천성Natur에의 머무름이다. "그러나 충실한 가슴속에 신성을 지니는 자, 기꺼이 / 제 집에 머무는 법"이라고 노래하면서, 이러한 순수함을 통해서 천국의 말씀들을 "뜻 새기고 노래하리라"고 다짐하는 것이다.

1 순결: 여기에서, 한 가치개념을 담고 있는 이 단어의 의인화는 횔덜린의 시적 형상화에 대한 훌륭한 예시이다. 첫 시연에서 순결은 "나이 든 이들"의 발치에 앉아 있는 형상체 내지는 개체적 존재로 등장한다. 그러나 이 순결의 의인화는 이러한 명료한 윤곽에서 머물지만은 않는다. 3~4연에서 이 순결의 영역은 현상들의 근원적 다양성으로 확대되는 것이다. 어린아이와 순결한 인간들을 생각하게 해주는 듯하다. 삼라만상으로부터 신뢰를 받고 자연의 현시에 함께 참여하는 그러한 아이들과 인간들의 심상으로 연장된다. 다만 계속되는 '그대'라는 말붙임에도 불구하고 구체적인 어떤 인물을 연상시키지는 않는다.

2 그대 집 안에서 / 혹은 밖에서 나이 든 이들의 발치에 / 앉아 있어도 좋다: 그대는 자유롭다. 그대는 "나이 든 이들" 곁에 앉아 있어도 된다. 왜냐하면 그대에게는 당초부터 그 나이 든 이들이 오랜 생활 가운데 비로소 얻은 바를 스스로 지니고 있기 때문이다. 이렇게 설명될 수 있는 시구이다. 이렇게 해서 바로 이어지는 제5행의 "언제나 만족하는 지혜에 찬 이들"이라는 표현이 바로 "나이 든 이들" 그리고 "순결"로 연관된다.

3 들짐승: 시 「시인의 사명」과 비가 「디오티마에 대한 메논의 비탄」 또는 「도나우의 원천에서」 등에도 "들짐승"이 등장한다. 횔덜린은 무지몽매함의 상징으로 들짐승을 쓰고 있기는 하지만, 이 단어가 전적으로 부정적인 의미만을 가지고 있지는 않다. 영악함이나 이성의 명령에만 복종하는 폐쇄적인 인간보다는 들짐승처럼 전혀 문명화되지 않은 상태를 오히려 구원 가능한 것으로 보고 있다.

4 자리: 원문의 Ort에는 본래의 뜻으로 '종말', '끝머리'라는 의미가 있다. 광부들은 오늘날에도 갱도의 끝을 가리켜 이 단어를 사용한다.

5 그들 앞에서: '천상적인 것들 앞에서'를 뜻한다.

6 수양버들처럼, 홍수가 나를 또한 떠메어가지 않는 한: 시냇가에 서 있는 버드나무의 이미지는 『구약성서』 「이사야」 제44장 4절 "그들이 풀 가운데서 솟아나기를 시냇가의 버들 같이 할 것이라" 참조. 시 「네카 강」이나 「편력」에도 버드나무가 등장한다.

시인의 용기-*첫 번째 원고*

시 「시인의 용기」는 1800년경에 쓰인 첫 번째 원고와 1801년 봄에 쓰인 두 번째 원고가 있고, 1802년 여름 「수줍음」으로 다시 쓰여 '밤의 노래들Nachtgesänge'에 포함되었다. 아스클레피아데스 운율의 이 송시는 운명의 여신들로부터 부름받은 시인은 거침없이 자신의 길을 가야 한다는 것을 노래한다. 마지막 시연에서는 심지어 형제들에 의해서, 겉으로 '성인인 체하는 시인들'에 의해서 익사하고 만 참된 시인의 죽음의 현장을 지나치면서도 비탄보다는 더욱 단단히 무장할 것을 노래하고 있다. 두 번째 원고에서는 시인의 신 아폴론이 '태양의 신'으로 등장하고, 그 태양의 신이 가라앉기를 기다리는 '파랑'과 가라앉을 때의 진홍빛 빛깔이 노래되고 있는데, 첫 번째 원고의 제3연이 그러한 시상으로 연결된 것으로 보인다.

1 그 자신의 신: 스토아 철학에 따르면 인간은 그 자신의 내면에 하나의 신을 지니고 있다.

2 물결들 그때 용기 있는 자 어느 한 사람 (…) 침묵하면서 더욱 무장을 갖추어 걸어가리라: 이 5~7연은 비극적인 오르페우스의 운명을 조화하고자 하는 의도에서 처음으로 시도된 서술이다. 설화에 따르면 아내 에우리디케를 잃은 후 다른 여인들을 외면하던 오르페우스는 그를 차지하려던 미친 여자들, 마이나스들의 원한을 사 그녀들에게 찢겨 죽고 그의 머리와 악기는 헤브루스 강물에 실려 바다로 흘러가버렸다. 횔덜린은 직접적으로 첫 번째 원고의 19~20행(가인들의 목소리 또한 / 이제 푸르게 변하는 회당 안에 숨죽인다 해도)에 대한 초안에 '기쁘게 그는 죽으리 그리고 / 아버지 오르페우스 달리 종말을 맞지 않았으리!'라고 직접 오르페우스를 읊고 있다.

시인의 용기-*두 번째 원고*

이 시는 하나의 정신적 전통에 연관되어 있다. 이 점을 이해하는 것이 이 시에서의 여러 표현을 확실하게 파악하는 길이다. 횔덜린은 처음부터 끝까지 이 시에서 시인의 현존재를 스토아적 정신에 비추어 해석하고 있다. 횔덜린은 누구보다도 포세이도니오스Poseidonios를 통해 전해오는 스토아 사상의 특별한 관점을 수용하고 있다. 그 관점은 횔덜린 자신의 생각이나 18세기에 널리 퍼져 있었던 행복론적인 우주론에 잘 들어맞았다. 포세이도니오스는 세계는 하나의 유기체, 만물이 서로 연관되어 있으며 근친적이고 공감 안에 살고 있는 조화로운 우주라고 설파했다. 이러한 낙관주의적인 우주론의 범위 안에 초기 스토아학파에 의해서 이미 형성되었던 마음의 평정, 아타락시아Ataraxia와 아파테이아Apatheia라는 중심적인 이상에 대한 새로운 근거를 제기했다. 이성과 미덕의 엄숙주의 대신에 그는 삶의 연관성에 대한 믿음을 제시한다. 이 연관성의 조화와 모든 것을 관통하고 유지해나가는 우주적 자연이 인간들을 모든 불안으로부터 해방시켜준다. 그리하여 내면적인 불굴의 정신에 대한 확신으로서 스토아적인 평정은 삶을 제외시키는 무감동으로부터가 아니라, 반대로 인간이 스스로를 고양시킬 수도 있는 삶의 연관이라는, 위대한 전체와의 '공감'으로부터 생성되는 것이다.

1 제1연: 횔덜린은 이 시를 마르쿠스 아우렐리우스Marcus Aurelius Antonius가 반복해 강조했던 포세이도니오스의 우주 이론의 기본 사상으로부터 시작하고 있다. 하나뿐인 자연이 모든 생명을 관장하며 그렇기 때문에 인간은 모든 생명들과 근친관계에 있다는 것이다. "만물은 본질상 근친관계이다"(『명상록*Tōn eis heauton diblia*』 Ⅵ 37)라고 아우렐리우스는 말한다. 그리고 "자연 전체의 다른 부분들에 내면적인 귀속관계 아래 있다"(Ⅹ 6)는 견해에서 일어나는 모든 일은 종국적으로 마땅한 일로서 인간은 거기서 기쁨을 느낄 수 있으며 아무것도 두려워할 필요가 없다고 결론 짓는다. 횔덜린도 "모든 생명들 그대와 근친으로 마음 통하지 않는가?"라고 묻고 나서 "그렇다, 때문에… 아무것도 두려워하지 말라!"고 대답한다.

2 제2연: 이 시연 역시 아우렐리우스의 저술에 자주 등장하는 어구 "만물은 나와 조화를 이룬다"(Ⅳ 23), "일어나는 모든 일은 봄철의 장마나 여름철의 과일처럼 친숙하고 잘 알려진 것들이다"(Ⅳ 44) 또는 "모든 일어난 일은 반갑다"(Ⅴ 8)와 상응한다. "일어나는 일, 그 모두 (…) 기쁨으로 변하도다!"라는 횔덜린의 시구는 이와 비교된다. 아우렐리우스가 "나에게 무슨 일이 일어나고 있는가? 나는 신들과, 일어나는 모든 일이 거기서 나와 서로 얽히게 되는 만물의 원천과 관련지으며 그것을 받아들인다"(Ⅷ 23) "따라서 내가 그러한 전체의 부분이라는 점을 명심하게 되면 내게 일어나는 모든 일에 만족하게 될 것이다"(Ⅹ 6)라고 말하고 있다면, 횔덜린은 "그대를 괴롭히는 / 그 무엇 어디에 있으며, 마음이여! 그대 가야만 / 할 곳 막아서는 그 무엇 있을 수 있는가?"라고 수사적으로

묻고 있다. 자연과 운명은 같은 현실에 대한 다른 이름에 지나지 않는 것이다. "마음"은 자연으로부터 주어진 자신의 내면적 운명을 따른다.

3 세3연과 제4연 1행: 생명체와 자연의 총체적 연관성이라는 표상을 인간세계의 공동체적 삶이라는 영역으로 돌리고 있다. 이러한 삶에 특별히 시인이 속해 있다. 인간적 공동체, 민중은 생명체의 우주적 근친에 대한 최상의 표현이다. "우주의 정신은 공동체적이다."(Ⅴ 30) 시인들은 현명한 스토아 철학자의 우주사상으로부터 생성되는 공동체적인 태도의 선발된 대리인들이다.

4 그처럼 / 우리의 선조, 태양의 신, 물론 그러하도다: 그리스 신화에 따르면 태양의 신 아폴론은 여러 예술의 신, 특히 음악의 신이며, 가장 유명한 가인 오르페우스와 리노스의 아버지이기도 하다.

5 가난한 자와 부유한 자에게 즐거운 낮을 선물하고: 포세이도니오스는 다른 스토아 사상가들과 마찬가지로 태양을 모든 물리적·정신적 삶의 원리로 찬양했고, 총체자연을 겨냥한 우주사상의 통일과 공동체를 촉진하는 중심으로 삼았다.

6 우리의 덧없는 시간에 (…) 황금빛 요람의 끈에 똑바로 세워 붙들고 있는 그 신 : '똑바로', '세우다'는 스토아 철학의 핵심적 어휘들이다. 아우렐리우스도 "똑바로 서라, 아니면 똑바로 세워질 것이다"(Ⅶ 12)라고 말한다. "요람의 끈"은 태양이 우주에서 앞으로 이끌고 나간다는 스토아적 표상과 연관되어 있다.

7 시간이 오게 되면: 다음 연에 나오는 "언젠가 때가 되고"와 비교. 소멸과 죽음이라는 자연의 법칙성에 대한 성찰을 통해서 죽음은 결코 별안간 올 수 있는 것은 아니라고 말할 수 있다. '제때'는 자연법칙의 필연적 요소이다. 아우렐리우스는 말한다. "제때와 한계는 자연이 결정한다. 노년의 경우처럼 우리의 고유한 본성이 결정할 때도 있지만, 원칙적으로 보편적인 자연이 결정한다."(XII 23)

8 변화를 훤히 알고: 단순한 소멸과 달리, 변화는 지속적이며 따라서 영원한 총체자연으로의 지향을 제시한다. "만물은 변한다"(IX 19)고 아우렐

리우스는 말한다. 또한 "우주의 본성은 존재하는 것을 변화시켜 같은 종류의 새로운 것을 만들어내기를 무엇보다도 좋아한다는 생각에 익숙해져라"(Ⅳ 36)라고도 말한다. "변화를 훤히 알고"라는 시구는 변화 가운데의 영속을 인식한다는 것을 말하고 있다.

9 같은 생각으로: 고대 독일어에서 "같은 생각으로"는 '침착한', '태연한'의 의미가 있다. 아우렐리우스는 "같은 생각으로"를 공감이라는 뜻으로 보면서 "보편적인 자연이 나누어주는 것을 기꺼이 받아들이는 것"(Ⅹ 8)이라고 말하고 있다. 횔덜린은 여기에 더하여 더 많은 것을 의미하고자 했던 것으로 보인다. 즉 정신의 평정, 아타락시아이다. 이는 스토아 철학의 중요한 미덕이었다.

10 그처럼, 삶의 진지함 가운데 / 우리들의 환희 죽어가리, 그러나 아름다운 죽음을!: 내면적인 "아름다운 죽음", 유쾌한 죽음은 모든 것을 자연이 준 것으로 받아들이고 그것에서 삶의 용기와 결사의 용기를 얻는 스토아적 태도의 궁극적인 목적이다. 그리고 유추해서 시인이 "시인의 용기"를 얻는 목적이기도 하다. "환희"는 스토아 철학의 중요한 주제이며, 이 시의 주도 동기 중 하나이다. 세네카Lucius Annaeus Seneca는 그의 스토아 사상이 담긴 글 「마음의 평정에 대하여De tranquillitate animi」에서 기쁨Euthymia이라는 그리스 개념을 스토아적인 영혼의 평온과 같이 보고 있다. "그리스 사람들은 마음의 확고한 안정을 에우티미아라고 부르는데… 나는 마음의 평정이라고 부른다네."(Ⅱ 3)

묶인 강

1801년 봄에 쓴 알카이오스 시연의 송시이다. 이 시는 1802년 「가뉘메데스」로 고쳐져 '밤의 노래들'에 포함 출판되었다. 겨울의 얼어붙은 강물이 봄의 따스한 대기와 함께 녹아 흐르는 것은 운명의 길을 걸으면서 근원을 향해 나아가는 인간과 시인의 자연스러운 발걸음을 나타낸다.

이 시에서는 붙잡힌 근원적 힘이 어떤 결정적 순간에 다시 일깨워지는 것이 노래되고 있다. 신적인 것에 놓여 있는 영적 근원이라는 종교적인 맥락 대신에 위대한 개체의 천재적인 근원성이, 신 대신에 위대한 자연이 등장한다. 자연적이며 유기적인 쇄신, 즉 윤회에 따르는 재생과 부활이라는 표상은 횔덜린이 헤르더로부터 이어받은 사고이다. 어떻게 인간이 새롭게 탄생하는 것인가 하는 질문에 헤르더는 "영적인 재생이다! 혁명이 아니다. 다만 우리 내면에 잠자고 있는, 우리를 새롭게 회춘시키는 힘의 성공적인 진화이다"라고 답했다.

1 젊은이여: 송시 「하이델베르크」에서 네카 강을, 찬가 「라인 강」에서 라인 강을 역시 '젊은이'라 부르고 있다.

2 대양의 아들이며 / 거인들의 친우의 아들: 강을 말한다. 헤시오도스의 『신통기』에 따르면, 우라노스와 가이아의 자식인 대양의 신 오케아노스와 그의 여동생 테티스가 온 세계의 바다와 강을 관장하는 3,000명의 아들과 바다와 강과 샘의 님프인 3,000명의 딸을 낳았다. 오케아노스는 거인들의 친우일 뿐 아니라 그 스스로가 12거인 중 하나다. 그러나 아이스킬로스의 『묶인 프로메테우스*Promētheus Desmōtēs*』에 따르면 오케아노스는 거인족의 아들인 프로메테우스의 친구라고 표현되어 있다.

3 아버지께서 보낸 사랑의 사자들: 아버지는 오케아노스를 뜻한다. 그가 "사랑의 사자"로 보낸 "생명을 숨 쉬는 대기"는 봄날 대양으로부터 불어오는 따뜻한 바람이다.

4 깨어 있는 신: 천공 혹은 "생명을 숨 쉬는" 봄의 대기와 마찬가지로, 자신의 빛살로서 겨울 여행 가운데 아직도 잠자고 있는 강물을 새로운 생명으로 일깨우는 태양의 신이다.

5 부서진 사슬들: 깨진 얼음조각들, 이 시의 표제는 당초 「빙류Der Eisgang」로 되어 있었다.

시 「우리의 위대한 시인들에게」를 확장시켜 쓴 알카이오스 시연의 송시이다. 1800년 여름에 쓰기 시작해서 다음 해에 완성한 것으로 보인다. 이 시에서 횔덜린은 참된 시인의 과제를 노래하고 있다. 그의 시인의 과제에 대한 언급은 시 작품에 계속 등장하지만, 이 주제를 이 시처럼 집중적으로 다루고 있는 작품은 없다. 시인에 의해서 "언제나 새롭게 찬미되"는 지고한 자는 역사의 "쉼 없는 행동들" 가운데서, 자연의 변화무쌍함 속에, 언제나 조용한 "연륜"에, 그리고 "동양의 예언자들"이나 "그리스의 노래" 중에 언제나 들리도록 숨겨져 있으나, 시인의 비탄은 제5연에서 10연까지 몇 번씩 표출되고 있다. 시인은 단지 지나간 시절의 문학뿐 아니라, 현시점에서의 "천둥"치는 자의 소리를 들어야 한다.

1 바쿠스: 바쿠스는 포도주의 신이며, 환희를 가져오는 신이다. 바쿠스는 인도로부터 그리스를 향해 오는 동안 백성들을 미개의 잠에서 충만된 현존으로 일깨웠다. 그렇기 때문에 바쿠스는 횔덜린에게 있어서 위대한 혼이며 문명의 후원자다. 참된 시인들은 바로 그처럼 되어야 한다. 시 「빵과 포도주」에서 "이 궁핍한 시대에 시인은 무엇을 위해 사는 것일까? 그러나 시인들은 성스러운 한밤에 이 나라에서 저 나라로 나아가는 바쿠스의 성스러운 사제 같다"고 노래한 것도 같은 맥락에서다. 「시인의 사명」은 「우리의 위대한 시인들에게」라는 2연으로 된 송시를 확장시킨 작품인데, 그 제1연은 「시인의 사명」에서 그대로 수정 없이 받아들였고 제2연은 다소 변경되었다. 제2연은 이렇게 읊고 있었다.

오 깨워라, 그대 시인들이여! 그들을 졸음에서도 깨워라,
　지금 아직도 잠자고 있는 그들을. 법칙을 부여하고
　　우리에게 생명을 주시라, 승리하라! 영웅들이여! 오로지 그대들만이
　　　바쿠스 신처럼, 정복할 권리 가지고 있노라.

바로 이 시연에 나타나는 시인들에 대한 심상이 「시인의 사명」 제2연에서 보다 더 상징적이며 의미를 깊이 함축하는 시어들로 재구성되고 있다.

2 한낮의 천사여!: 같은 시연의 "거장이여"와 더불어 제목에서 분명히 밝히고 있듯이 '시인들'을 의미한다. 이 두 개의 부름은 바로 시인의 사명으로 직결된다. 일깨우고 밝히는 과제가 바로 시인의 사명이라는 것이다. "한낮의 천사여!"에서 '한낮'은 낮의 신이자 태양의 신인 아폴론을 연상시킨다. 이 신은 시인의 신이기도 하다. 시 「시인의 용기」에서 "태양의 신"은 시인의 "선조"라고 하고 있다. '천사여!'라는 부름을 통해서 시인은 한낮의 사자로서 인간들을 어둠에서부터, 그리고 잠으로부터 일깨워 보다 높고 밝은 삶으로 나가도록 영감을 불러일으켜야 함을 뜻하고 있다.

3 들짐승: 앞의 시 「알프스 아래서 노래함」의 주3) 참조.

4 허나: 여기 제5연에서 시작되는 의문 제기의 흐름은 제10연에서야 끝나고 있다. 이 흐름은 대체로 세 부분으로 나뉜다. 첫 부분은 제8연의 서두 "우리가 그대들에게 입 다물어야 하는가?"에서 끝난다. 두 번째 부분은 제8연의 서두부터 제9연의 첫 행 "장난삼아 건드려 켜듯이 그렇게 울려야 하겠는가?"까지이다. 세 번째 부분은 제9연 2행부터 10연 끝까지이다.

이렇게 여러 단계로 가지를 뻗고 있는 물음의 흐름에 변함없이 유지되고 있는 생각은 시인이란 가장 지고한 자에 헌신하고, 그렇기 때문에 "더 가까이, 언제나 새롭게 찬미되어 / 친밀해진 마음 그분을 들어 알 수 있"다는 제4연의 확신이다. 그를 "더 가까이" 그리고 "언제나 새롭게" 노래한 이러한 가능성은 이 세속의 모든 영역, 역사의 "쉼 없는 행동들", "변함없이 쉬고 있는" 자연의 생명들의 "연륜" 그리고 과거의 위대한 전승들과 사건들 가운데에 주어져 있다. 그러나 이제, 시인의 여러 비탄에 이어서, 이 세속적인 모든 영역에서의 보다 드높은 뜻은 옳게 인지되지도 않고, 침묵되거나 심지어는 모욕되고 있기까지 하다. 제12연 및 제13연에서 직접적으로 이런 사실이 노래되고 있다. 바로 이 때문에 시인은 격분해서 묻고 있는 것이다. 말하자면 "허나und dennoch"라고 한 제5연의 서두는 '우리 시인들은 어떻든 여러 영역에서 신성을 항시 새롭게 노래하고 알아들을 수 있도록 만들어야 함에도 불구하고'를 뜻하고 있다. 첫 물음 부분에서의 '입 다물어야'는 '새롭게 찬미되어 친밀해진 마음 그분을 알 수 있도록' 하는 것에 명백한 대립을 보이고 있다. 이어지는 물음들은 명백히 상승적인 특성을 보여준다. 단순한 '침묵'에서 유희에 빠진 진지하지 못한 문학의 '농 삼는' 모욕과 남용이 뒤따른다. 이와 대립해서 신적인 것의 삶과 활동, 세속적인 것에 들어 있는 정신의 작용, 이와 함께 시인의 본래적인 사명이 시종해서 제시되고 있다.

5 그대 머릿단을 부여잡았을 때: '천상적인 것'들 중의 하나를 '그대'라 부르고 있다. "머릿단을 부여잡는다"는 『구약성서』 「에스겔」 제8장 3절의 "그가[주께서] 손 같은 것을 펴서 내 머리털 한 모숨을 잡으며 주의 영이 나를 들어 천지 사이로 올리시고…"의 심상을 따르고 있다.

6 변함없이 쉬고 있는 연륜의 화음: 앞의 시연에서의 역사 가운데 격동하는 운명의 나날에 대칭되는, 계절의 조용하고도 조화 이룬 진행, 즉 자연의 생명을 가리키고 있다.

7 그 때문에: 새로운 시상의 삽입. "동양의 예언자들과 / 그리스의 노래"의 모범을 받아들여서 7연에서 말하고 있는 강렬한 시대적 사건들과 8연에서 언급되고 있는 자연의 '변함없이 쉬고 있는 연륜'에 접합되고 있다.

8 원천을 회상하고: '정신'의 도구화가 가장 내면적인 천성에 거슬린 나머지 신적인 원천의 힘이 극단적이며, 파괴적인 반응으로까지 자극되고 있음을 표현하고 있다. 이러한 사실은 신화적 복수의 영상으로 표출된다. 신적인 "거장" 즉 아폴론은 순수와 활쏘기의 신으로서 "뜨거운 죽음의 화살"로 신성모독의 충동을 말살시킨다.

9 모든 신적인 것 너무도 오랫동안 값싸게 이용되었고…: 이하 세 개의 시연에서 제기되고 있는 자연적 삶에 대한 무시와 업신여김에 대한 비탄은 문학의 잘못된 사용에 대해 던지고 있는 앞 시연에서의 발언에 대한 계속적인 조건 제시이기도 하다. "농 삼아"라든지 "값싸게 이용되었고",

"헛되이 써버리고" 등의 시어들이 앞선 시연에서와 마찬가지로 여기에서도 등장한다. 자연이 더 이상 그 신적인 생명체로 체험되지 않는다면, 보다 심오하고 내면적인 문학과의 연관성, 그리고 본래적인 '시인의 사명'에 대한 의미는 사라지고 말 것이고 시인 역시 그 사용가치에 따라 평가될 것이라는 내용을 담고 있다.

10 그들의 망원경은 그들 모두를 찾아내고 : 「시편」 제147편 4절 "그가 별들의 수효를 세시고 그것들을 다 이름대로 부르시는도다" 참조. 물론 이 「시편」의 구절에서는 신을 일컫고 있고, 횔덜린은 인간의 행위를 말하고 있다. 횔덜린은 자연의 힘을 숫자나 이름으로 통제하고 지배하려는 "교활한 인간"들에게 경고를 보내고 있다.

11 감사가 그를 알고: 천국적인 힘에 대해서 감사함을 모르고 그저 그 힘을 "안다고 여기고" 있는 "교활한 인간"들과는 달리, 시인은 경건하고 감사하는 가운데 받드는 태도로써 천국과의 실제적이고 내면적인 연관성을 지닌다. 그러한 시인 내지는 경건한 인간은 천국 즉 "그를 알고" 있다.

12 그러나 아버지 성스러운 밤으로 (…) 신이 없음이 도울 때까지는: 출판을 위해 보내진 원고상의 이 마지막 세 개 시연은 두 개의 초고가 있는 것으로 밝혀졌다. 그중 두 번째 초고에서 마지막 시행은 다음과 같다.

또한 어떤 서품도 필요치 않으며, 어떤
무기도 필요치 않으니, 신이 우리들 가까이 머물고 있는 한.

"신이 우리들 가까이 머물고 있는 한", 다시 말해서 시인이 한데 어울릴 수 있는 경건한 사람들이 존재하고 있는 한 시인은 어떤 지위나 무기도 필요치 않다고 말하고 있다. 그러나 시인은 '신 앞에 홀로' 머물러야 할 경우에도 자신의 경건성이라는 단순함과 순수함으로 보호되어야 한다. 신에 대한 인간의 기억이 존재할 때 시인은 그를 구분시키고 특별히 표시해주는 서품이나 지략을 필요로 하지 않는다. 오히려 지상에서 신들이 사라지고 말 경우에야 비로소 신의 부재가 시인을 표시하는 서품을 대신해줄는지 모른다. 그럴 때 교활한 인간들과 맞서는 구별된 자이며 홀로 가는 자로서 시인에게 무기와 지략이 도움을 줄는지 모른다. 그때야말로 신성에 대한 회상을 일구는 유일자가 바로 시인일 것이기 때문이다. 따라서 "신이 없음이 도울 때까지"라는 어법이 이런 이유로 본래 "신이 우리들 가까이 머물고 있는 한"을 고통스러운 역설로 대체하고 있다. 시인이 어울릴 경건한 사람들도 발견할 수 없고 "외롭게 신 앞에" 서 있어야 할 경우에도, 이러한 고독 속에서도 발을 헛디디지 않을 수 있는 것은 "단순함"이 그를 보호해주기 때문, 즉 순수한 시적 심정이 그를 천상적 힘의 순수한 삶에 가깝게 보존해주기 때문이다. 이러한 성스러운 단순함이면 충분하다. "신이 없음이 도울 때까지" 견디어내는 데에 있어서 그 단순함 외에 어떤 무기도 지략도 필요한 것이 아니다. 신의 부재는 그 부정적인 어법을 통해서 인간적인 삶의 신적 충만이 참되게 될 가능성을 의미하고 있다.

눈먼 가인

1801년 여름에 쓴 것으로 보이는 알카이오스 시연의 송시이다. 후에 이 시는 송시 「케이론」으로 수정되었다.

1~3연은 시인의 청춘의 빛에 대한 내면적인 연관, 즉 자연의 힘의 총화로서의 빛을 노래한다. 동시에 젊은 시절의 소박하고도 의식 없는 삶과 함께 사라져버린, 그리하여 잃어버린 조화에 대한 동경을 불러일으킨다. 삶을 살찌게 해주었던 연관의 상실은 "밤"으로 그려져 있으며 그 새로운 일깨움에 대한 동경은 "가슴은 깨어나건만"으로 그려진다. 4연과 5연은 인간과 자연의 잃어버린 지난날의 조화가 노래되고 있다. 6연의 사념과 희망, "친밀한 구원자"에 대한 기대 가운데에만 이제 현존의 위안이 놓여 있다. 이러한 기대에서 눈먼 시인은 때때로 "천둥치는 자의 목소리"를 듣는다. 이 천둥치는 자는 "한낮에", 뜨거움 속에서 자신의 거대함을 알리

고 있다. 자연의 외부에서 벌어지는 이 힘찬 일들을 통해 "한밤중에" 시인은 자신의 내면을 감동시키는 신적인 일에 대한 환상으로 점화된다. 이 환상은 그로 하여금 "빛"을 다시 보게 하고 잃어버린 조화에 다시 이르게 한다. 제7연에서는 "집", "대지", "산"이 서 있는 외적인 뇌우가, 제8연에서는 희망해온 내면적인 뇌우가 언급된다. "해방자"로서 "울리며" "흔들리며" 작용하고 있는 제6연의 "구원자"에 연결된다. 이 해방자이며 구원자는 마치 뇌우를 지닌 폭풍우처럼 예전의 순수하지 못하고 조화를 이루지 못한 상태를 이겨내고, 새롭고 싱싱하며 조화 이룬 삶으로 감동시킨다. 그는 "서쪽에서부터 동쪽을 향해서", 다시 말해서 새로운 삶의 근원을 향해서 서둘러 간다. 이어지는 시연에서는 눈먼 시인(가인)이 내면적인 환상의 힘에 의해 이끌려서 빛을 다시 보고("낮이여! 낮이여!") 청춘의 빛살보다 "영적으로" 흐르는, 다시 말해서 새롭게 이룩된 조화가 예전처럼 단지 소박하지만은 않기 때문에, 최고의 경지에까지 다다르는 것을 노래한다. 12연에서는 4연에서 그 상실로 인해 비탄했던 자연과의 조화가 되찾아졌음을 의미한다. 시력의 회복이 사실이 아니라 일종의 환상이라는 점이 소망되고 있는 조화가 본래의 조화를 구분시킨다. 지극한 개인적인 행복의 근원은 환상으로서, 아직도 역사 가운데는 그 힘이 흘러내리지 않고 있다. 마지막 시연에서 이러한 인식은 시인의 소망 가운데 정점을 이룬다. "오 내가 견디어낼 수 있도록, 나의 이 생명을, / 힘겨운 나의 가슴으로부터 이 신적인 것을(…)"

1 이 시의 제사는 소포클레스의 『아이아스*Aias*』 706행에 나오는 말이다. '전쟁의 신이 그 아레스의 눈길을 우울함으로부터 해방시켰다'고 풀이할 수 있다.

2 그대 어디 있는가, 청춘의 사자여!: 원문 Jugendliches는 분명히 "빛"을 지칭하는 말이지만, 생동하는 생명의 전령으로서의 빛을 의미하려는 시어의 뜻을 살려 "청춘의 사자"로 번역한다.

3 그대의 사자, 바람결: 해가 뜨기 전에 부는 아침 바람을 가리킨다.

4 나 자신의 두 눈처럼 꽃들도: 괴테의 시 「크세니엔Xenien」 가운데도 "내 눈이 태양과 같지 않다면…"이라는 표현이 있거니와, 횔덜린의 다른 시 「인간의 갈채」에서도 "오로지 저 자신 신적인 자들만이 진실하게 신성을 믿는 법이다"라는 구절을 볼 수 있다. 눈과 꽃의 연관은 시 「파트모스」에 "많은 겁먹은 눈들… 피어나려 하지 않는다"에도 깔려 있다.

5 천국의 날개: 하늘의 새들.

6 내 젊은 시절에: 역시 자연에 대한 어린 시절의 내면적인 근접을 읊은 시 「내가 한 소년이었을 때…」와 같은 이미지를 낳고 있다.

7 이 시간에서 / 저 시간으로: 시 「휘페리온의 운명의 노래」 20행 이하 "시간으로 떨어져내리도다 / 마치 물줄기 절벽에서 / 절벽으로 내동댕이쳐져 / 해를 거듭하며 미지의 세계로 떨어져내리듯이" 참조.

8 천둥치는 자: 제우스, 유피테르를 의미.

백성의 목소리-*첫 번째 원고*

같은 제목의 2연으로 된 짧은 송시를 확대해서 1800년에 쓴 작품이다. 알카이오스 시연으로 되어 있다. 2연의 짧은 송시에는 자신의 '행로'와 강물의 여정 사이의 구분이 드러나지 않았으나, 이 확장된 송시에서는 그것이 구분되어 있다.

"신들의 소망"은 "필멸하는 것"이 "우주로 되돌아"가는 것이다. 그러나 이 소망은 자주 "넘치게 예비하여" 충족된다. 다시 말하면 "짧기 이를 데 없는 행로"를 통해서 충족되는 것이다. 이 되돌아감의 형식은 예컨대 인간에 비추어볼 때 신적인 의지에 철저히 들어맞는다고 할 수는 없다. 신의 의지는 오히려 지상에서의 "활처럼 구부러진 행로"를 생각하고 있는 것이다. "때 이르게 쓰러져버린 이들"에게 이 시는 말하자면 당연해 보인다. 그러나 이 지상에서의 머무름은 더욱 위대하다. 삼라만상 우주를 향한 엠페도클레스의 투신에 대해서 이제는 깨어 있는 그러나 동시에 성스러운 자를 향하는 '삶에의 머무름'이 대칭되어 있다. 이러한 '성스러운 명징성'을 자체 안에 결합하고 있는 이 대칭적인 요소들은 모순형용인 "서두는 가운데 머뭇거리며"에 표현되어 있다.

이 지상을 너무 빨리 떠나려고 하는 "죽음의 충동"은 모든 백성들을 붙잡아버릴 수도 있다. 이것은 이 시의 주제 '백성의 목소리'에 대한 하나의 암시이다. 마지막 시연이 이 주제를 다시 제기한다. 여기에서 '백성의 목소리'는 약간의 반어적인 음조를 띤 가운데 "평온한 목소리"라고 불리고 있다. 이렇게 해서 이 목소리는 "때 이르게 쓰러져버린" 이들의 '쉼'과 연관성을 맺게 된다. 즉 그 목소리는 세상을 떠난 자처럼 아무런 행동도 하지 않은 채이다. 이것은 신들이 멀어져버린 시대에 처한 백성의 목소리이다. 그러나 이 목소리는 "경건하다". 왜냐면 그 안에는 신적인 것과의 연관을 다시금 제기할 가능성이 숨겨져 있기 때문이다. 마지막 시연은 이러한 쉼이 영속적인 상태로 굳어버릴지도 모를 일에 대해서 경고하고 있다.

1 그대는 신의 음성이라고: '백성의 소리는 신의 소리이다Vox populi, vox dei'라는 고대 로마의 격언을 떠올리게 한다.

2 왜냐면 자신을 잊고 신들의 소망을 충족하고자 (…) 그 짧기 이를 데 없는 행로 우주로 되돌아가듯: 1796년 6월 2일자 동생에게 보낸 편지 참조. "어쩌면 우리는 때때로 이 삶과 죽음의 중간 단계를 넘어서 아름다운 세계의 무한한 존재로, 영원히 청춘인 자연, 우리가 떠나는 그 자연의 품으로 돌아가기를 동경한다."

3 죽음의 충동: 시 「유일자」 두 번째 원고 "백성들의 죽음에의 욕망"(제56행 참조.

4 긴 예술: 격언 '인생은 짧고 예술은 길다vita brevis, ars longa'를 연상시킨다.

5 그 모방할 수 없는 것: 횔덜린은 핀다로스의 『피티아 송가』 번역에서 ἀπείρονα(아페이로나)를 '무한한' 또는 '모방할 수 없는'으로 옮겼다. 즉 횔덜린에게 모방할 수 없는 것은 무한한 것과 동일하다.

6 또한 독수리의 새끼들을 (…) 먹이를 찾게 만들듯이: 소설 『휘페리온』에

"우리는 그 아비가 높은 천공에서 먹이를 찾도록 둥지에서 내몬 어린 독수리들과 같다"는 구절이 있다.

7 수확의 맏물: 「신명기」 제18장 3~4절 "백성이 소나 양을 제물로 바칠 때에, 제사장이 그들에게서 받을 몫이 있는데, 앞다리와 턱과 위는 제사장에게 주어야 합니다. 또 처음 거둔 곡식과 포도주와 기름과 처음 깎은 양털도 제사장에게 주어야 합니다"에서 제물로 바쳐야 하는 처음 거둔 수확물.

백성의 목소리-*두 번째 원고*

1 제11~15연: 설화와 역사적인 사실을 시에 담는 것은 전형적으로 핀다로스의 방식이다. 크산토스 강변에 위치한 그리스의 도시 크산토스의 운명은 헤로도토스와 플루타르코스Plutarchos가 이야기했다. 로마인들에 의해 기원전 42년에 자행된 두 번째의 결정적인 파괴를 플루타르코스는 『영웅전*Paralleloi*』 「브루투스Brutus」 장에 서술했다. 그 장면이 여기에 인용 묘사되고 있는 것이다.

2 그 자손들: 기원전 42년 동시대의 크산토스 사람들.

3 또한 / 이 성스러운 전설들 해석하는 일 하나는 필요하네: 핀다로스는 두 번째 올림피아 송가 제85행 이하에 "그러나 모든 점에서 해석자 필요하네"라고 노래했고, 횔덜린은 "처음부터 끝까지 / 그러나 해석자 / 필요하노라"라고 번역했다. 이 시 역시 신화 해석에 대한 핀다로스의 말을 인용해서 끝맺고 있다.

케이론

알카이오스 시연의 이 송시는 횔덜린이 『1805년 소책자, 사랑과 우정에 바침*Taschenbuch für das Jahr 1805. Der Liebe und Freundschaft gewidmet*』에 발표했던 아홉 편의 시 가운데 첫 작품이다. 횔덜린은 1803년 12월 출판업자 빌만스Friedrich Wilmans에게 보낸 편지에서 이 아홉 편의 시를 가리켜 '밤의 노래들'이라고 칭하고 있다. 여기에 속한 시편들은 「눈물」, 「희망에 부쳐」, 「불카누스」, 「수줍음」, 「가뉘메데스」, 「반평생」, 「삶의 연륜」 및 「하르트의 골짜기」와 「케이론」이다.

송시 「케이론」은 이전에 쓴 「눈먼 가인」을 새롭고도 깊이 있게 고쳐 쓴 작품이다. 이 작품은 매우 가파른 문장구조, 비범한 시어의 위치 그리고 낯선 영상들로서 횔덜린의 후기 문체를 전형적으로 보여주고 있다. 1802년 프랑스에서 돌아온 후 쓰기 시작한 일련의 '밤의 노래들'은 사라져 버린 신들과 되돌아올 신들 사이 현재라는 밤 가운데 신적인 작용의 징표가 되어야 할 시편들을 의미하고 있다. 「케이론」에서도 시인은 자신이 처한 현재를 역사적으로 평가하려고 시도한다. 케이론이라는 신화상의 신격을 통해서 횔덜린은 문학적 답변을 행할 수 있는 자료를 발견한다.

빛은 이 시에서 조화를 의미한다. 그러나 빛은 때로 자연의 순환과정에서 밤으로 피해 가듯이 조화 역시 "비켜" 간다. 역사적 차원이 부여되는 것이다. "사려 깊은 그대", "빛"은 자신의 전제들을 반영한다. 케이론은 치유자로서 숲의 약초를 찾아 나서고 새들은 빛을 예고한다. 케이론 역시 "망아지"로서 자신의 "정원" 속에서는 조화의 한 부분이었다. 이 조화는 젊은 시절과 더불어 사라져버리고 말았다.

"제우스의 충복"인 헤라클레스는 자신의 젊은 격정으로써 자연을 속박하고 따라서 자연의 마력을 빼앗아버렸다. 헤라클레스는 "독" 묻은 화살로 케이론을 상처 입혔다. 죽을 수도 없는 케이론은 치유되지 않은 상처로 고통스러워한다. 그 고통은 잃어버린 조화 아래서의 고통이기도 하다. 독약이 이 조화를 깨뜨린 탓이다.

고통스러워하는 케이론은 그러나 헤라클레스가 되돌아오기를 기다린다. 헤라클레스는 더욱 고통받는 프로메테우스를 위해서 기꺼이 지하의 세계로 내려가 영생불사의 숙명을 반납하고자 하는 케이론의 뜻을 제우스에게 전하러 갔기 때문이다. 헤라클레스의 귀환은 케이론에게는 구원이다. 그의 돌아옴을 기다리는 것이 헛되지 않다고 시구는 끝맺고 있다.

앞의 「눈먼 가인」에서 서정적 자아의 분출하는 감동과 열정이 그 바탕을 이루는 음조였다면 이 「케이론」에서는 보다 논리적인 역사 성찰이 나타나고 있다. 앞의 시가 상대에게 다가오라고 외치며 스스로는 망아적인 환상의 세계에 그대로 머물고 있다면, 「케이론」에서 서정적 자아는 스스로 타개하기를 기다림과 함께 노래하고 있는 것이다.

1 케이론은 인간의 머리와 팔에 말의 몸통과 다리를 가진 켄타우로스족으로, 크로노스 신과 요정 필리라 사이에서 태어났다. 케이론은 친절하고 현명한 신으로서, 병든 자를 치료하는 치유자이자, 능수능란하게 병기를 쓸 수 있는 영웅들을 길러낸 스승이자, 모든 예술의 애호가 특히 음악의 애호가로 평가된다.

2 때마다 / 언제나 나를 비켜가야만 하는 것: 낮과 밤의 교차 가운데 빛의 주기적인 등장을 의미한다. 원문 'zur Seite gehen'은 '동반하다' 또는 '다른 것에 자리를 내주기 위해서 떨어져 멀어진다'의 뜻이다. 첫째의 뜻으로 보면 빛과의 관계에서 일정한 거리두기로 해석될 수 있다. 두 번째 뜻으로는 빛은 일정한 시간적 간격을 두고 어둠을 비켜가야만 한다는 의미가 된다. 이때 빛은 단순한 자연현상이 아니라 모든 자연력의 최고 총체 개념이다. 인간적인 한계 때문에 지고한 현존이 충만되지 못하고 제약받는다는 생각은 횔덜린 문학에 자주 등장한다.

3 숲 속의 약초: 전설에 따르면 켄타우로스 족인 케이론은 명성을 날리던 치료사이기도 하다. 시인은 이러한 사실과 효험 있는 약초를 생각하고 있다.

4 연약한 사냥감의 소리: 원문에는 '소리'라는 것이 나타나 있지 않다. 그러나 이 단어는 분명 제5행의 "귀 기울였도다"의 목적어인 것이 분명하다. "약초"라든가 "짐승"은 초목과 동물을 대표하는 것으로서 케이론 또는 조화를 이루며 살고 있는 자연 전체를 나타내준다.

5 새들: 해가 뜨기 전 새들은 노래를 부르기 시작한다. 따라서 새들은 빛의

사자들이다.

6 망아지 혹은 정원: 빛은 젊은 시절 자주 케이론을 향해 왔었다. 그때마다 어린 켄타우로스, 말하자면 반인반마의 망아지인 그가 머물고 있는 경내, 즉 정원에서 만족을 찾았었다. 이제 그 켄타우로스는 더 이상 자연의 힘들과 어울려 살고 있지 않다.

7 그런 자가 바로 나였다: 뜻을 새겨보면, '나 자신에게는 그럴 것 같은 생각은 들지 않지만, 그래도 나는 앞서 말했듯이 자연과 내면적으로 일치를 이루고 있었던 그런 자이고 또 변함없이 그런 사람이다'.

8 크로커스와 백리향 / 그리고 곡식의 첫 줄기를: 자연과 더불어 사는 젊은 케이론은 계절마다 항상 '첫 줄기'를 차지해왔다. 봄에는 크로커스, 초여름에는 백리향, 그리고 늦여름에는 잘 익은 곡식을 말이다.

9 별들의 차가움에서: 횔덜린에게 꽃들과 함께 별들은 반복하는 자연의 전체 영역을 의미한다. 꽃들은 쉽게 접근할 수 있는 자연의 부분이고, 별들은 다다를 길 없는 자연의 부분이다. 별들은 하늘의 꽃들이다. 이 시의 제4연은 자연의 관여로부터 자연력의 이용이 어떻게 진전되어가고 있는지를 그리고 있다. 말하자면 자연에의 관여가 필경에는 자연력에 대한 본래의 신뢰심을 잃어버리는 데까지 진전된다. 켄타우로스는 배우지만, 그러나 "이름 붙일 수 있는 것"만을 배운다. 다시 말해 켄타우로스는 이름 불러 활용할 수 있는 자연물을 찾아낸다. 그것은 본래적이며 이름할 수 없는 본질에의 접근이라기보다는 떨어져나옴을 뜻할 뿐이다. 그렇기 때문에 제2연에서는 약초들이라고 일반화시켜 불렀던 초목을 여기서는 낱낱이 이름을 들어 열거하고 있다.

10 거칠고, 슬프게 펼쳐진 들판의 마법을 깨치면서: 인간들의 마음속에 자연을 지배하겠다는 충동이 싹트게 되자, 이전엔 하나의 정원이었던 자연의 순수한 들판은 이제 경작을 필요로 하는 거칠고도 슬픈 무질서 가운데의 들판으로 보인다. 이것은 필연적인 의식 과정이며 이 과정은 마법을 깨치는 작용을 한다. 이 시에서 경작을 하는 상징적 인물은 바로 반신이며 제우스의 충복인 헤라클레스다.

11 곧바른 자: 헤라클레스의 영웅적 힘을 암시하면서 전형적으로 남성적인 것을 뜻한다.

12 사랑의 싱싱한 대지와 구름으로: 앞의 시 「눈먼 가인」에서의 의미로 이 구절은 이해된다. 즉 '싱싱한 대지와 구름들로부터, 그때, 나의 사랑이 달려 있고 또 내 사랑에 속한 젊은 시절의 체험들과 여러 양상들로부터'의 뜻으로 해석된다.

13 독약: 헤라클레스는 실수로 히드라의 독이 발린 화살을 케이론에게 쏘아 낫지 않는 상처를 입혔다. 불사의 케이론이니만큼 죽음도 그 상처의 고통으로부터 케이론을 해방시키지 못한다. 여기서 "독약"은 자연과의 근원적 조화가 파괴된 것을 상징한다.

14 살해하는 소리: 영생불사하는 케이론에게 살해란 치유되지 않는 상처의 고통으로부터 해방되는 길이다.

15 사랑스럽고 험하게 (…) 어느 누구도 결코 사랑할 수 없으리라: 제33행부터 38행까지, 이 여섯 행의 의미를 새기면 다음과 같다. '한낮이 두 개의 모습을 지니고, 그 한낮이 사랑스러운지 험악한지 명백하지도 않고, 어느 누구도 최선의 것을 알아낼 수 없다면 그것은 하나의 고통이다. 이러한 어스름, 여명의 불확실성은 "신의 가시 찌름"이며, 뚫고 나옴과 결단에의 동력이다. 외면상의 신적 부당성은 하나의 "시험"이다.' 「시인의 사명」의 말미에 도움이 되는 신 없음이 노래되고 있는 것처럼 여기서 신의 부당함도 긍정적인 의미를 가지게 한다. 이 송시와 비슷한 시기에 쓴 『오이디푸스 왕에 대한 주석*Anmerkungen zu Ödipus*』에도 "신의 불충실"이 등장하는데, 이 불충실이 "천상의 것들에 대한 회상이 꺼지지 않도록" 한다는 것이다. 이 세 경우에 있어서 곤혹스러움은 새로운 의미 충만의 자극체이다.

16 밝아진 눈빛: 앞 행의 "마시라"의 목적어이다. 환상 가운데 체험했던 새로운 시각은 그렇게 내면적으로 감동되어 느껴진 나머지 그 대상들이 "눈빛"을 잡아당기고 빨아들이며 마시는 듯 보인다.

17 한 지배자로서 박차를 달고: 가장 강력하며, 스스로에 만족하는 독립성

을 의미한다.

18 그대 자신의 처소에 / 한낮의 행성: 태양을 여기서는 "행성"이라고 칭하고 있다. 태양은 움직이는 행성이 아니라 항성이지만, 그럼에도 "행성"이라고 부른 것은 앞선 시구들에서의 상황을 다시 환기시키기 위해서다.

19 야수의 구름이 되어: 그리스어 néphos가 '구름', '떼', '무더기', '무리' 등을 나타내는바, 여기서 '구름'은 '떼', '무리'의 뜻이다. 아직 도시를 이루지 않고 순수한 자연상태에 살던 선조들은 야수의 무리 속으로 떠나버렸다.

20 이제 말을 타고 갑옷을 입고 가벼운 창을 / 들어라: 시인은 이름으로 부르지 아니한 한 소년으로 하여금 동경하며 기다리는 '친밀한 구원자', 헤라클레스를 향해서 마구 달려가기를 요청하고 있다. 깨지지 않은 "예언"은 헤르메스가 말한 적이 있는 예언이다. 카우카노스의 절벽에 묶인 프로메테우스는 한 신이 그의 노력을 받아주고 그를 위해서 어두운 하계로 내려가 자신의 영생불사의 본성을 포기할 태세를 갖추었을 때 그 고통의 종말을 비로소 희망할 수 있다는 예언이다. 고대 그리스의 학자 아폴로도로스Apollodoros는 헤라클레스가 헤스페리데스의 황금의 사과를 찾아가던 도중에 프로메테우스의 간을 쪼아 먹는 독수리를 활로 쏘아 죽이고 그 거인족의 아들을 결박으로부터 해방시키고는 프로메테우스를 위해서 죽으리라는 케이론의 뜻을 제우스에게 알렸다고 전하고 있다. 횔덜린은 그가 케이론으로 하여금 "헤라클레스 돌아오리란 약속"을 기다리게 만들었을 때 직접적으로나 간접적으로 이 아폴로도로스의 이야기를 근거로 하고 있는 것 같다. 예언이 드러날 때까지 이러한 귀환을 기다린다는 것은 프로메테우스가 해방되고 케이론이 그를 위해 죽어도 된다는 사실을 가리키고 있다. 그에게로 되돌아오는 헤라클레스는 곧 이러한 소식을 전달하게 될 것이다.

'밤의 노래들' 가운데 하나로 1802년경에 사포 운율로 썼다가 1803년 12월 인쇄 직전에 알카이오스 시연으로 바꿔 쓴 송시이다. 표제와 그 의미 내용의 어긋남은 이 작품을 매우 신선한 느낌으로 읽게 해준다. 횔덜린 시가 가진 현대성의 한 단면을 잘 드러내주는 작품이다.

1 내 그대를 / 잊는다면: '…한다면'은 '그때는'이라는 문장으로 이어지는 것이 정상적인데, 그것이 생략되고 있다. 이러한 생략은 그럴 리가 없다는, 말하자면 생각할 수도 없는 일이라는 것을 은연중 표현한다. 마지막 시연에 이르러서 비로소 여기서 말하지 않았던 생각이 언급된다. 시인은 아름다운 그리스 세계의 '회상'이, 인간적인 것의 신적인 충만함의 의식이 그에게 계속 살아남아서 그가 '고귀하게 죽도록' 해줄 것을 간청하고 있는 것이다.

2 그대들, / 불길 같은 그대들: 그들은 사라져갔고 힘차게 부여잡는 신적 숙명에게 몸 맡김으로써 성스러운 충격의 과잉 속에서 달아오르고 있다. 때문에 그들은 이제 "잿더미로 가득 차고" "황폐해지고 고독"하다. "숙명"적이 되는 일, 하나의 운명을 지니는 일, 그것은 아름다우면서도 동시에 영웅적 세계의 비극적인 운명이다. 이 지상에 얽매이지 않고 오히려 "천국적인 사랑"은 이 송시에서 '사랑'에의 과잉인데, 이 과잉은 파괴적인 운명의 본질적인 근원을 나타내고 있다. 즉 불길처럼 무한정한 것만으로 가고 있는 무한한 행렬, 신적인 것, 천국적인 것의 무한한 삶을 향하는 행진이 파괴적 운명의 근원이란 말이다. 신적인 총체적 삶은 그것이 무한한 것으로 느껴지기 때문에, 영웅적인 개별적 삶이 그 총체적 삶에 또한 무한히 자신을 맡기려 한다는 것이 바로 영웅적인 개별적 삶의 총체적 삶에 대한 '감사'이다. 그리고 그 가운데 개별적인 삶이 자신의 현존재의 척도와 한계를 이렇게 파괴시킬 수 있기 때문에 그 개별적 삶은 어쩌면 너무도 "감사"드리는지도 모른다. 제1연의 첫머리와 제2연의

마지막 시구는 분명히 상호 연관되어 있고 그 사유의 과정에 완벽한 표현을 부여하고 있다. "천국적인 사랑이여! …그러나 사랑은 오로지 천국적인 것에"가 이를 말해준다.

3 경이로운 세계의 눈들: 가장 아름다운 것, 가장 가치 있는 것, 가장 사랑스러운 것의 은유.

4 분노하는 영웅들: 여기서는 누구보다도 아킬레우스를 생각할 수 있다. 『일리아스』는 아킬레우스의 분노를 노래한 작품이다. 그의 분노는 명예의 손상, 아름다운 브리세이스와의 사랑에서 받은 상처 때문에 일어나고 있다. 그러나 횔덜린은 이러한 영웅들의 분노로써 더욱 심오한 것을 뜻한다. 그의 글 『오이디푸스 왕에 대한 주석』에 나타나는 바와 같이 '분노'는 그 최고의 본래적인 의미에서 볼 때, 영웅적인 영혼의 넘침, 망아적인 무한의 감동, 영감에 찬 감격이며, 이런 가운데서 인간적인 것은 신적인 것으로부터 떨어져 나오고 또한 결합에 이르게도 된다. 이런 의미에서 "분노하는 영웅들"의 분노는 "천국적인 사랑"의 넘침과 동일시된다.

5 깊이 생각하는 사람처럼 : 도시들은 고대에 있어서나 횔덜린의 관점에서 볼 때 생동하는 유기체였지, 결코 생명을 잃은 돌더미가 아니었다. 시 「슈투트가르트」에서 특히 그렇게 나타난다.

6 사랑도 또한 도처에서 속임 당하고: 사랑은 '도처에서' 속임을 당할 수밖에 없다. 사랑은 계산하지도 않고 자신을 방어하지도 않으면서 머무적거림 없이 몰락에 이를 때까지 헌신하기 때문이다.

7 그대들 미망의 것, 은밀스러운 것들이여: "부드러운 눈물", 사라져버린 그리스에 대한 비탄 그리고 신적으로 채워졌던 삶에 대한 비탄이 시인으로 하여금 실존을 해소시켜버리는 힘으로써 깊은 절망으로 빠뜨리려고 위협한다. 그 때문에 시인은 지나간 신적 삶에 대해 머물러 있는 의식, 회상을 간청하고 있다. 그렇게 해서만이 그를 "고귀하게 죽게" 할 수 있다. 그러한 이유로 비탄, '눈물'은 미망의 것, 은밀한 것을 가져오리라는 위험을 느끼게 만든다. 이것은 제1연에서 "내 그대를 잊는다면"으로 표현되는 망각일는지도 모른다.

아름다움의 상실에 대한 고통이 한때 아름다움이 있었다는 환희에 찬 의식을 소멸시켜서는 안 된다. 이것이 시인의 소망이다. 그러나 이러한 일이 성공되지 않으리라는 뒤섞인 예감이 이 시를 하나의 순환형태로 만들어주고 있다. 다시 말해서 시인이 비탄 때문에 파멸하고 만다면 그것은 한때 있었던 신적으로 아름다운 삶에 대한 사랑의 넘침 때문에 생겨날 것이라는 말이다. 왜냐하면 사랑이야말로 비탄과 눈물의 척도이기 때문이다. 그리고 이러한 사랑의 넘침 가운데 그는 자신의 그리스적이고 영웅적인 세계와 닮아버릴는지도 모를 일이다. 다 쏟아버리지 않은 눈물 때문에 시인은 살고 있다. 찬가 「므네모쉬네」의 주제도 이와 비슷하다.

희망에 부쳐

이 송시의 첫 원고는 1800년 말 홈부르크에서 쓴 것으로, 그 제목은 「청원Bitte」이었다. 「희망에 부쳐」는 '밤의 노래들'의 하나로 빌만스의 『소책자, 사랑과 우정에 바침』에 실리기는 했으나 다른 '밤의 노래들' 대다수와는 달리 횔덜린의 후기적 단계에 포함된다고 보기는 어렵다. 알카이오스 시연으로 되어 있다.

1 그림자처럼: 그리스적인 믿음에 따르면 죽은 자들은 하계에서 침묵하고 말을 잃은 그림자로 살게 된다.

2 콜히쿰: 사프란속의 구근식물. 약용식물. 가을에 있어 봄의 희망을 나타내는 은유.

3 피어나는 별들: 이는 천국의 "꽃들"이다. 지상의 꽃들과는 달리 "언제나 즐거운", 영원하고도 꺼지지 않는 꽃들이다.

4 오 천공의 딸이여!: 천공은 횔덜린에게 범신론적으로 이해된 자연의 총체적 생명의 총화이다. 그리고 자연의 이러한 힘으로부터 언제나 새로운 '희망'이 샘솟는다.

5 그대 아버지의 정원: 희망이 여기서는 지고한 신의 딸로 불리고 있다. 이 아버지의 영원한 꽃밭은 별들로 씨 뿌려진 하늘이다.

6 다른 형상으로서라도: 첫 육필본에는 "불멸의 것들로"라고 쓰여 있었다.

불카누스

전래되고 있는 이 송시의 육필본은 빌만스가 발행한 『소책자, 사랑과 우정에 바침』에서 부여된 제목 「불카누스」와는 달리 「겨울Der Winter」이라는 제목을 달고 있다. 첫 육필본은 1800년 말에 쓴 것으로 보이고 두 번째 원고는 1802년에 완성되어 정서된 것으로 보인다. 알카이오스 시연으로 되어 있다. 불카누스라는 시제로 떠올릴 수 있는 활화산의 불길 같은 심상과는 달리, 가정적인 평온을 간구하고 있는 작품이다.

1 불카누스: 불과 대장간을 관장하는 로마 신. 그리스 신화의 헤파이스토스에 해당한다. 이 시에서 불카누스는 특히 가정적인 보호와 아궁이불의 신으로 등장하고 있다.

2 다정한 불의 정신: 횔덜린은 후기 작품에서 '신Gott' 대신에 '정신Geist'이라는 어휘를 자주 사용하고 있다. 횔덜린은 그가 번역한 『안티고네 *Antigone*』에서 아레스를 '전장의 정신', 에로스를 '사랑의 정신' 또는 '평화의 정신' 등으로 표현하고 있다.

3 보레아스: 거친 북풍.

수줍음

이 아스클레피아데스 시연의 송시는 「시인의 용기」를 1802년 혹은 1803년에 고쳐 쓴 작품이다. 반어적인 듯 보이는 표제는 다른 시각에서 이해될 수 있다. 즉 이 시를 통해 시인은 수줍음을 버리고 자신의 역할을 깨달아 용기를 얻어야 한다는 것이다.

1 왜냐하면 신들 인간처럼 마치 고독한 야수 마냥 자랐고 (…) 돌려보냈던 탓이니: 이 제3연의 의미는 시 「시인의 용기」 제3연의 내용으로부터 해석될 수 있다. 「시인의 용기」 두 번째 원고에는 '노래가 그 성스러운 과제를 충족시킨 때로부터'라는 의미의 구절이 들어가 있기 때문이다. 이제 시인은 그의 노래를 단지 평온하게 숨 쉬는 가운데서 '마음을 기쁘게 만들어주는' 것이 아니라, 인간과 신들을 가깝게 이끌어준다는 의미로 확장시키고 있다. 말하자면 더욱 높은 요구를 제시하고 있는 것이다. 인간들은 일찍이 천국적인 것들과 마찬가지로 일종의 "고독한 야수"였다. 신들과 인간들은 서로를 알지 못했던 것이다. 노래는 인간과 신들이 서로 돌아오게 함으로써 인간들에게 보다 높은 질서를 북돋운다. 인간들은 더 이상 야수가 아니다. 노래는 그러나 이 모든 것을 그에 알맞은 상황에서만 수행해왔다. 영주의 합창은 노래가 인간과 신들을 '되돌아옴'으로 이끌어갈 때 그 노래를 북돋아 준다. 두 개의 힘, 노래와 영주들—신적인 힘(찬가 「평화의 축제」 참조)들은 '각기의 방식대로' 작용한다.

2 민중의 혀: 시 「시인의 용기」 두 번째 원고에는 "민중의 가인들"이라고 표현되어 있었는데 이 대신 "민중의 혀"라 함은 시인과 민중의 일체감을 더욱 진하게 나타내주고 있다.

3 우리의 아버지, 하늘의 신: 「시인의 용기」 두 번째 원고에 나오는 "우리의 선조, 태양의 신"에 상응한다. '시인들의 아버지'라고 할 수 있는 예술의 신 아폴론을 뜻한다. 그렇게 해서 시인들은 "천국적인 것"의 중재자로서 천국적인 것과 인간들 사이를 중재하도록 운명 지어져 있음을 나타낸다.

4 그 신 가난한 사람에게나 부유한 사람에게 사색의 날 허락하시고: "사색의 날"은 「시인의 용기」에서도 중심을 이루고 있는 스토아적인 전체구조에 상응한다. 스토아적인 교훈에 따르면 정신적인 자연 즉 로고스로부

터, 가난과 부유함 같은 구분도 없이 인간의 본질적인 연관성과 동등함이 결과된다.

5 예술: 어기서 '예술' 또는 '기술'은 시 「자연과 기술 혹은 사투르누스와 유피테르」에서와 마찬가지로 비의적인 동시에 전문적인 의미를 가진다. 즉 '예술' 또는 '기술'은 개별적이며 제약된 것, 의식, 언어, 즉 모든 형식의 영역이다. 이것은 무한한 전체, 의식 이전, 언어 이전의 감성, 시간과 역사를 넘어선 존재의 영역으로서의 '자연'에 대칭된다.

가뉘메데스

이 시는 앞의 시 「묶인 강」을 개작해 1803년 12월 '밤의 노래들'과 함께 빌만스 출판사에 보낸 작품이다. 이 시의 주제는 앞의 시와 마찬가지로 쇄신과 재탄생이다. 재탄생의 주제는 다분히 종교적이라 할 수 있다. 첫 번째 시가 재탄생의 기쁨을 시인의 환상 속에서 홀로 받아들이고 있다면, 「가뉘메데스」에서 삼라만상 모두의 것으로 전환되고 있다. "바라보는 강안"이라든가 "대지의 배꼽"에서 "꿈틀거리는 정신" 같은 것은 이미 개인적인 영역도, 수동적인 것도 아니다. 단지 환상에서 떠돌던 재탄생은 가뉘메데스의 신화를 통해서 더욱 보편타당한 전거에 입각하게 되고 급기야 모든 천상적인 대화에서 찾아지고 있다. 이러한 가파른 주제의 전개는 앞선 「묶인 강」과 좋은 대조를 이룬다.

1 산의 아들: 미소년으로 알려진 가뉘메데스는 트로야 왕 트로스와 님프 카릴로에의 아들이며, 스카만데르 강의 손자이자, 오케아노스와 테티스의 증손자이다. 이다 산맥의 정상에서 제우스가 보낸 독수리에게 납치되어 신들에게 술을 따르는 시종이 되었다고 하나, 이 시에서는 그가 스스로 신들에게 향하는 것으로 묘사된다. 가뉘메데스는 이다 산맥에서 태어나 "산의 아들"이라고도 불린다. 그러나 그의 태생은 강과 밀접하게 관

련되어 있다.

2 방랑하는 사람: '방랑'은 횔덜린의 많은 시에서 정신적으로, 즉 회상 안에서 방랑하고 있는 시인의 기본 특징이다. 시 「편력」, 「파트모스」에도 그렇게 나타난다. 여기서 "옛 정신으로 가득 채워져"라는 시구는 지나간 것에 대한 회상을 연상시킨다. 역사적으로 회상하는 편력은 시대에 대한 높은 조망에서만이 가능하기 때문에, 시인은 언제나 가장 높은 고원에서의 방랑자로 등장한다. 시 「므네모쉬네」의 한 구절은 이렇게 읊고 있다. "알프스의 (…) 드높은 길을 / 한 방랑자 분노하면서 / 멀리 예감하며… / 가고 있다".

3 분노하는 가운데: 시 「묶인 강」의 15행에서 옮겨 쓰고 있는데, 이 때문에 「가뉘메데스」의 제15행에는 "분노에 취하여"로 쓸 수밖에 없었던 것 같다. 이 결과 '분노'의 모티브가 중첩되어 나타난다. '분노'의 모티브에 대해서는 시 「눈물」의 주 참조.

4 서투른 자: 서투른 탓으로 보다 힘차고 거칠며 맹목적이다. 영웅의 표상을 지니고 있다.

5 바라보는 강안: 주목해 바라다보는 것은 「묶인 강」에서의 소리의 단순한 메아리에 대비해볼 때 일종의 상승을 의미한다. 이 점은 「묶인 강」에 비교해 「가뉘메데스」가 가지는 특징이기도 하다.

6 강의 정령: 「묶인 강」에서처럼 단순히 소재로 쓰인 강이 아니라, 말 그대로 '강의 정령', '강의 신'으로 해석해야 한다. 횔덜린이 번역한 핀다로스의 단편 「생동하는 것Das Belebende」에 다음과 같은 역주가 있다. "본래 길이 없이 위로만 치솟는 대지 위에 힘으로써 길과 한계를 짓는다. 그 정령의 영상은 따라서 강안이 바위와 동굴로 차 있는 곳, 특히 근원적으로 강이 산맥의 연쇄를 떠나 그 방향을 가로질러 그어야만 하는 장소에, 그러한 자연의 처소에 존재하는 것이다." '강의 정령'은 그만큼 근원에 연관되어 있는 것이다.

7 대지의 배꼽: 모성적인 것과의 연관의 중점, 그 흔적을 의미한다. 예컨대 핀다로스 이래 델피는 "대지의 배꼽"이라고 일컬어왔다.

8 그리고 모두들, 제 나름으로 / 활짝 피어나리라: 원문 'jedes, in seiner Art'는 '그 종류대로'라고 번역될 수도 있는데, 이는 『구약성서』「창세기」 제1장 천지창조에 등장하는 짧은 어구이다. 예컨데, "하나님이 땅의 짐승을 그 종류대로, 가축을 그 종류대로, 땅에 기는 모든 것을 그 종류대로 만드시니 하나님이 보시기에 좋았더라"(제1장 25절)와 같은 것이다. 여기서 "제 나름으로"라고 번역한 것은 '모두가 빠짐없이, 똑같이'의 뜻을 부각하기 위해서다.

횔덜린은 이 성서상의 어구를 가지고 '강의 정신'의 지상에서의 창조적인 작용을 표현하는 가운데, 강으로 은유화된 창조적인 천재를 직접적으로 창조주와 동격에 놓고 있는 것이다. 천재를 '또 다른 신alter deus', 또는 '제2의 창조자'로 치켜세우는 것은 1770년 무렵 천재시대의 상투적인 표현이었다. 또한 "제 나름으로"라는 시구에 들어 있는 개별성과 특수성의 강조는 "새로운 초원이 가물거린다"와 대조를 이루고 있다.

9 봄은 오리라. 그리고 모두들, 제 나름으로 (…) 착하기에. 천국적인 대화 이제 그의 것이도다: 결구인 제6연에서는 근대의 운명 사상이 신화적으로 모습을 나타낸다. 반신 가뉘메데스는 이 전체 지상에 생명을 날라다 주고 쇄신시켜주는 자로서 노래되었다. 그러나 그는 이러한 훌륭한 일에 직접 참여하지는 않았다. "그는 길을 잘못 간 것이리라"고 23행에서 노래하고 있는 것이다. 미지의 세계로 가는 것은 영웅의 운명이다. 시야가 짧은 인간의 정신은 마치 그들이 잘못된 길로 가버렸다고 생각하기 십상일 것이다. "정령들은 너무도 착하기에"라고 덧붙이고 있는데, 이는 '운명에 대한 순종 가운데'라고 해석해볼 수 있다. 이 정령들은 실제로 신들에게로 돌아간다. 말하자면 모든 정령은 일종의 가뉘메데스가 된 것이며, 축복받은 자, 소명받은 자가 되었다. "천국적인 대화 이제 그의 것이도다."

1803년 작으로 횔덜린의 작품 가운데서 내용과 형식의 균형이 가장 뛰어난 작품으로 일컬어진다. 후기 창작 단계에 들어선 횔덜린이 시를 통해 드러내고자 한 바는, 깊은 인식이라기보다 특정한 시점에 선 시인의 현존재이다. 33세로 그의 생애는 중반에 이르렀으나 디오티마의 죽음 이후 그리고 보르도로부터의 귀향 이후 그가 무엇을 더 희망할 수 있었을까?

두 개의 시연은 아직도 생생한 기억 속에 놓여 있는 것과 예감되는 미래 사이의 대칭을 감동적으로 표현하고 있다. "너희 사랑스러운 백조들"이라는 부름은 1연의 중심에 자리하고 있다. "호수"와 "물"은 원문에서 각각 앞 3행과 뒤 3행의 끝에 놓여 있다. 말하자면 한여름 대지의 뜨거움과 백조들의 도취의 뜨거움을 식히고 있다. 첫 시연은 조화 내지는 횔덜린 자신이 이론적으로 제기하고 있는 '일치적인 것의 대립'이라는 생동하며 충만된 균형을 나타내준다. "대지"는 호수에 달려 있고, 백조들은 그들의 머리를 "성스럽게 깨어 있는" 물속에 담그고 있다. 시 「디오티마에 대한 메논의 비탄」에서 "사랑하는 백조들"은 순수한 사랑의 상징이었다. 「반평생」에서 이 사랑의 내면성은 한층 더 강조되고 있다. 백조들은 "입맞춤에 취해" 있는 것이다. 이리하여 삶의 온갖 결합이 생성된다.

제2연은 이와는 완전히 다른 삶의 동절기가 그려지고 있다. 이 현존재는 황량한 동결凍結에 귀속되고 있다. "겨울"과 "꽃"과 따뜻한 "햇볕"의 결합은 존재하지 않는다. 이 "햇볕"은 "대지의 그늘"과 조화 이룬 상호작용 가운데 있지 않다. 물과 같은 유연한 수단 대신 가파르게 거부하는 "성벽은 말없이 차갑게" 홀로 떨어져 서 있다.

형식도 내용에 잘 어울리고 있다. 1연에서의 간결한 어법과 찬미 어린 부름에 맞서, 2연에는 고통 어린 물음이 등장한다. 1연에서 모든 존재는 풍부한 형용사들로 수식되고 있지만, 2연에서는 사물들이 아무런 장식도 없이 등장하고 있다. 1연이 조화 이룬 매끄러운 리듬을 지닌 반면 2연에서의 리듬은 시행의 통일성과 의미의 일치성이 갈등을 내보이는 사이에 방해받고 있는 것이다.

1 배 열매: 슈바프가 편찬한 1846년판 시집에는 '꽃들Blumen'로 되어 있으나 헬링라트Norbert von Hellingrath에 의해 '배Birnen'로 바로잡혔다.
2 성스럽게 깨어 있는: 1801년 쓰인 것으로 보이는 횔덜린의 시 단편「독일의 노래」에도 같은 구절이 등장하고 있어, 이 시에서 처음 쓴 것은 아니다. 이 "성스럽게 깨어 있는 물"은 '깨어 있는 도취sobria ebrietas'로서 특별히 문학적인 관점이 반영된 어구이다. 즉 참된 문학은 감동과 심사숙고의 결합에서 생성된다는 것이다. 성스럽게 깨어 있는 물은 완벽한 문학적 상태에 대한 은유라고 볼 수 있다. 1800년 12월 누이동생에게 보낸 편지에서 "지나치게 깨어 있는" 사람이 될까봐 염려한다고 쓰고 있는데, 여기서는 이 '지나치게 깨어 있음'을 부정하는 뜻으로 "성스럽게"를 썼음직하다.
3 꽃들: 고대부터 꽃은 '말의 꽃'과 같이 은유로 사용되었다.
4 풍향기: 깃발이 아니라, 양철 같은 것으로 만들어 바람의 방향을 나타내는 기구이다.

삶의 연륜

'밤의 노래들'의 하나로 1803년 12월에 출판사에 보내진 시이다. '밤의 노래들'에 포함된 다른 시들과 달리 시「반평생」과「삶의 연륜」은 송시의 시연을 따르지 않고 있다. 내용상 송시와 찬가를 가르는 것은 매우 미묘하지만, 함부르거Michael Hamburger 같은 이는「반평생」과 함께 이 작품을 찬가의 범주에 넣고 있다. 함부르거는 형식요건으로 볼 때 이 시가 송시에는 합당치 않다는 생각을 가진 듯하다.

이 시는 운명의 적중 때문에 사멸해버리고 만 그리스적-동양적인 불타는 듯한 과잉과 운명을 잊고 숲의 어둠 속에서 마치 "노루의 언덕에 앉아" 있는 듯 공허하게 삶을 보내고 있는 독일적-서구적인 것 사이의 대립을 노래하고 있다. 그리스적-동양적인 요소와 독일적-서구적인 요소의 대립은 친우 뵐렌도르프에게 보낸 1801년 12월 4일자의 편지와 『안티고네에 대한 주석*Anmerkungen zur Antigone*』에 잘 나타나 있다.

오아시스 도시인 팔미라의 멸망으로부터 횔덜린은 헤라클레이토스와 스토아학파의 '세계 대화재 소멸론Ekpyrosis'을 연상시킨다. 3세기에 잠시 존립했던 팔미라는 한때 제노비아Zenobia 여왕의 치하에서 동방으로 세력 확장을 꾀하고, 여왕 자신이 '아우구스타Augusta'라 칭함으로써 로마의 패권에 도전하다가 로마의 응징을 받아 멸망했다. 이 여왕의 '오만'은 거대한 기둥들의 장려함으로 이 시에 그려져 있지만, 결국은 '한계를 넘어가는' 계기가 된 것이다. 횔덜린은 같은 시기에 쓴 시 「눈물」과 찬가 「므네모쉬네」에서도 세계 대화재 소멸론을 바탕에 두고 노래하고 있다. 즉 스토아 철학의 우주론에서 한 세계의 종말에 이를 때마다 일어나는 신적인 불길 속에서의 현존재의 해체를 바탕에 깔고 있는 것이다. 이는 횔덜린의 후기 문학에 나타나는 아주 특별한 모티브이다.

1 팔미라: 시리아 사막의 한 오아시스 도시. 『구약성서』에는 타마르로 나오는데 동방의 번창한 도시 중 하나였다. 오다에나투스Odaenathus 왕과 그의 부인 제노비아 여왕에 의해서 통치되는 동안 매우 융성했다가 서기 273년 로마에 의해서 멸망되었다.

2 기둥의 숲들이여: 폐허 가운데 그대로 서 있는 석주石柱들을 나무가 서 있는 숲에 비유하고 있다. 숲에 비유될 정도로 수많은 석주들은 이 도시가 한때 융성했음을 말해준다.

3 너희들 수관: 주두柱頭, 지붕, 궁형의 천장 등 쓰러져 있는 건물들의 잔재를 가리키고 있다. 석주들을 숲에 비유한 만큼, 이 석주 위에 놓인 잔재들은 그대로 수관이라 할 수 있다.

4 숨 쉬는 자들의 한계를 넘어갔을 때: '숨 쉬는 자들'이 '인간들'을 의미한 것은 비가 「귀향」에서와 같다. '인간적인 영역의 한계를 너희가 넘어갔

기 때문에'로 이 시행은 해석된다.

5 불길: 『신약성서』「사도행전」 제2장 19절 "또 내가 위로 하늘에서는 기사를 아래로 땅에서는 징조를 베풀리니 곧 피와 불과 연기로다"와 『구약성서』「요엘」 제2장 30절 "내가 이적을 하늘과 땅에 베풀리니 곧 피와 불과 연기 기둥이라" 같은 성서적 어법을 따르고 있다.

6 그러나 이제, 구름 아래 나는 앉아 있다: 원문에는 괄호 안에 'deren/ Ein jedes ein Ruh' hat eigen'이라는 구절이 첨부되어 있다. 이 시의 맥락에서 이해될 수 없는 구절이거니와 본래 육필본에는 들어 있지 않았는데, 최초 인쇄(빌만스에 의해 발행된 『1805년 소책자』)에서의 오류였던 것으로 생각된다. 이 부분은 번역에서 생략했다.

하르트의 골짜기

이 시는 시인이 보르도로부터 고향에 돌아와서 썼던 것으로 보이는데, 지난 역사의 회귀에 대한 그의 희망이 찬연히 바라다본 자연 속에 집약되어 있음을 볼 수 있다.

첫 4행은 정경의 묘사에 바쳐지고 있는데, 그 정경은 옛날과 한 치도 다름없이 남아 있다. 어린 시절의 확실함, 또 이 확실함의 되돌아옴에 대한 희망은 "꽃봉오리들처럼 한쪽으로 매달려 있는 이파리들"이라는 시구에 숨겨져 있다. 나뭇잎들은 시를 쓰는 사람의 회상과 상상적인 도망자인 울리히Ulrich 대공에의 회상을 함께 감싸고 있다. 이제 이 두 사람은 다 같은 도망자이다. 이들을 위해서 자연은 커다란 동굴을 만들어놓은 것 같다. 숲은 가라앉아 바닥에 이른다. 이 바닥이 꽃피듯 "피어난다"는 것은 벌써 대공 울리히가 한때 그곳에 발을 디뎠던 사실과 연관된다. 그렇기 때문에 이 바닥은 "전혀 말할 줄 모르는 것도 아니다". 그는 하나의 기억을 지니고 있다. 일어난 일을 잘 알고 있는 어린아이처럼 그 바닥은 이야기를 할 수도 있다. 이곳으로 내쫓긴 대공이 지나갔다. 그의 "위대한 운명"은 자명한 것이며, 전설로서 지금 영웅은 가고 없지만 그대로 남겨진 장소에서 회상할 태세가 갖추어진 자에게는 불가사의한 '흔적(발 디딤)'으로서 그대로 남겨져 있는 것이다. 고통을 겪은 자신의 삶이 영웅의 형상과 결부되어 있으며, 자신의 사례가 한 영웅의 이야기 안에 재생되어 있다. 자신이 떠나고 나서 '남겨진 장소'에서 자신이 회상될 수 있을지도 모른다는 희망이 이 시의 밑바닥을 조용히 흐른다.

1 하르트의 골짜기: 뉘르팅겐과 덴켄도르프 사이 하르트라는 마을에 있는 빽빽한 산림 속의 울리히슈타인은 두 개의 거대한 절벽이 쓰러져 이룬 동굴처럼 생긴 구석진 곳이다. 절벽이 쓰러져 서로 기대어 있고 그 사이에는 좁다란 틈이 생겼는데 이러한 틈을 슈바벤 방언에서는 '골짜기 Winkel'라고 불렀다. 전설에 따르면 1519년 대공 울리히가 영지를 잃고 나서 이 골짜기(정확히 말해서 좁은 통로)에 몸을 숨겼다고 한다. 그가 말을 탄 채 쾨겐 다리에서 이 골짜기를 향해 뛰어내렸고, 뒤를 쫓던 자들이 이곳으로 닥쳐들려고 했을 때 한 마리의 거미가 밤새 입구에 거미줄을 쳐 더 이상 접근하지 못했다는 것이다. 그렇게 해서 대공의 생명은 물론 나라도 구했다. 횔덜린은 어릴 때부터 이 운명을 알리는 절벽을 사랑했다. "친구의 게으름 때문에 없어진 것으로 보이는" 횔덜린의 초기 시 가운데 한 편도 바로 '하르트의 골짜기'를 노래한 것이었다고 크리스토프 슈바프는 전하고 있다. 1796년 10월에 동생에게 보낸 편지에서 횔덜린은 그 절벽에 앉아서 클롭슈토크Friedrich Gottlieb Klopstock의 작품을 함께 읽던 때를 회상하고 있다.

2 숲은 아래로 가라앉고 (…) 아래엔 바닥이 피어나고 있다: 가파른 절벽의 아래를 향해 한쪽으로 매달려 있는 관목들의 잎사귀 우거진 가지들이, 꽃봉오리들 가운데 활짝 핀 꽃송이처럼 잎사귀들 아래 숨겨진 아이히 계곡의 "바닥"으로 눈길을 인도하고 있다.

3 전혀 말할 줄 모르는 것도 아닌: 이 작품의 한가운데 놓여 있는 이 시행은 아이히 계곡의 "바닥"이 뉘르팅겐과 귀터슈타인을 지나 알프로 갈 때

통과했던 지점으로서 '전혀 말할 줄 모르는 것도 아니다'라고 읊고 있다. 원문 'unmündig'는 '성숙하지 않은'을 뜻하는데, '입Mund'을 어원으로 하고 있어 '말할 줄 모르는'의 뜻을 가진다. 말하자면 지금 보기에는 전혀 그렇게 보이지 않지만 무엇인가를 이야기할 수 있는 것이 바로 그 골짜기의 바닥이라는 것이다.

4 수수한 장소: 원문 'übrig'는 '남겨진', '여분의' 뿐만 아니라, '과잉의', '가치 없는', '의미 없는'의 뜻을 가진다. 그런 의미에서 원문 'übrige Ort'는 '하찮은 곳'이지만 위대한 운명이 일어날 수 있는 곳이라는 뜻도 된다.

도나우의 원천에서

1801년 작으로 육필원고로 남겨져 있는 이 찬가의 첫 두 개 시연은 분실되었다. 이 시의 제목은 육필로 된 초안에서 따온 것이다. 이 찬가는 핀다로스의 모범을 따라서 3연을 하나의 묶음으로 하는 3연 1단으로 구성되어 있다. 매 3연 1단의 첫 두 개 시연은 모두 12행으로 되어 있고 세 번째 시연은 14~16행으로 조금씩 길이가 다르다. 즉 12-12-15 / 12-12-16 / 12-12-14의 시행과 시연구성을 보이고 있다.

이 찬가의 주도적인 시상은 다른 시들, 특히 「게르마니아」에 나타나는 것처럼, 가장 넓은 의미에서 문명은 동방, 즉 아시아에서 시작하여 그리스와 로마를 거쳐 마침내 알프스를 넘어왔다는 사상이다. 문화이동에 대한 이러한 사상은 "기술의 이동translatio artium"이라는 오랜 전통에까지 거슬러 올라간다. 종교를 포함하는 문화적인 성취들이 모두 이집트로부터 그리스에 이르게 되었다고 보는 관점은 헤르도토스로부터 유래한다. 이후 키케로의 저술에 나타나는 문화와 교양의 이전, 타키투스Tacitus가 말하는 문자의 이동 등이 모두 동양-그리스-알프스 너머 유럽 국가의 경로를 거치고 있다. 횔덜린은 이러한 문화이동 사상을 이 찬가의 주도적인 표상으로 삼고 있는 것이다.

1 파르나소스의 절벽과 키타이론에서: 예술의 신 아폴론과 뮤즈에게 성스러운 산 파르나소스, 그 자락에 그리스의 종교적 중심인 델피가 있다. 키타이론은 디오니소스의 고향 테베 근처에 있는 숲이 울창한 산맥이다. 즉 횔덜린은 가장 유명한 의식 장소 중 두 곳을 들며 그리스인들의 종교적 생활에 가장 중요한 두 신성을 암시하고 있다.

2 아시아: 고대 로마에서는 소아시아를 '아시아'로 불렀다. 이곳으로부터 많은 의식과 문화적인 관습들이 그리스로 전해졌다.

3 카피톨리움: 로마 카피톨리누스 언덕에 있는 유피테르 신전. 로마의 제식과 정치의 중심이었다.

4 한 낯선 여인: 달을 의미한다. 시 「빵과 포도주」 제17행 "인간들 사이에 낯선 여인 / 산꼭대기 위로 애처롭고도 장려하게 떠오르고 있다" 참조.

5 인간은 많은 것을 할 능력 있고 (…) 강한 자는 신적인 것 앞에서 부끄러워하며 서 있네: 제46~51행의 이 시구들은 횔덜린 자신이 번역한 소포클레스의 『안티고네』 중 첫 번째 합창에서 차용했다.

6 이오니아: 그리스인들이 이주하여 정주한 소아시아의 서부 해안. 그리스를 위한 문화적, 종교적 교두보였다.

7 그러나 몇몇은 깨어 있었네: 고대의 유산을 내면적으로 생생하게 보존해온 사람들. 예컨대 인문주의자들, 그리고 18세기 빙켈만 같은 사람들을 의미한다.

8 여느 때 눈에 띄지 않게 남몰래 영웅이 시인들 곁에 앉아서: "시인들 곁에"라는 구절에서 횔덜린은 누구보다도 핀다로스를 생각하고 있다. 고대 그리스의 올림피아, 델피, 이스메니아와 네메아에서는 종교적인 의식과 함께 경기가 열렸는데, 핀다로스는 그들에 대한 찬가를 썼다. 그러나 "영웅"은 경기에서 승리한 사람들을 의미하는 것이 아니라, 그 경기들이 바쳐진 영웅들, 예컨대 올림피아의 헤라클레스 등을 말하고 있다.

9 태평하게 진지한 어린아이들: 플라톤의 『티마이오스*Timaios*』에서 이집

트의 사제가 솔론Solon에게 말한다. "솔론이여, 솔론이여, 그대들 그리스 사람들은 항시 어린아이들이오." 횔덜린은 이 구절을 알고 있었다. 횔덜린은 어린아이를 자연스럽고 완전한 인간으로 평가하고 있다. 그리고 경기가 바로 어린아이 같은 본질을 가지고 있기 때문에 그는 경기에 진지함과 태연함을 결합시킨 그리스 사람들을 "어린아이들"이라고 표현하고 있는 것이다.

10 이스트모스 지협: 코린트의 지협이다. 이곳에서도 제의와 함께 경기가 열렸다.

11 케피스 강과 타이게토스 산맥: 케피스 강은 아테네를 흐르는 강, 타이게토스 산맥은 펠로폰네소스에 있는 산맥이며 그 기슭에 스파르타가 있었다.

12 카우카소스: 유럽과 아시아의 경계를 이루는 이 산맥의 이름은 다음 시연의 처음에 놓여 있는 아시아에 대한 찬가적인 부름으로 이어진다.

13 며칠이건 산 위에 뿌리박고서: 『구약성서』 「출애굽기」 제24장 16~18절 "여호와의 영광이 시내 산 위에 머무르고 구름이 엿새 동안 산을 가리더니 일곱째 날에 여호와께서 구름 가운데서 모세를 부르시니라. 산 위의 여호와의 영광이 이스라엘 자손의 눈에 맹렬한 불 같이 보였고, 모세는 구름 속으로 들어가서 산 위에 올랐으며 모세가 사십 일 사십 야를 산에 있으니라". 그리고 제34장 28절 "모세가 여호와와 함께 사십 일 사십 야를 거기 있으면서 떡도 먹지 아니하였고 물도 마시지 아니하였으며 여호와께서는 언약의 말씀 곧 십계명을 그 판들에 기록하셨더라"를 연상시킨다.

14 그러나 만일 (…) 모든 신적인 것 그대로부터 나오도다: "어디서 왔는가?"라는 물음은 이렇게 이해할 수 있겠다. '그러나 그대들이 이제, 어디서, 어떤 내면적인 힘에서 신들에게 홀로 말하는 것을 배웠는지 말하지 않는다면, 신성을 향하는 길을 찾기 위해서 이러한 앎이 없이 우리가 무엇을 하겠는가?' 그리고 이어진 시구는 '우리에게 이러한 관점에서의 전래가 침묵하고 있다면, 우리가 무엇을 행할 수 있겠는가? 그렇다면 우리

는 성스럽게 피할 길 없이 본래의 충동대로 자연을 향하게 될 것이고 자연을 호출하고 자연을 이름으로 부르게 될 것이다. 그리고 이어서 신적으로 태어난 것이 자연으로부터 우리에게 나타날 것이다'라고 이해할 수 있을 것이다.

15 고아들처럼: 「요한복음」 제14장 18절 "내가 너희를 고아와 같이 버려두지 아니하고 너희에게로 오리라" 참조.

16 돌봄: 이 단어는 라틴어 'cultura'의 정확한 번역어이다. 즉 '가꿈'이다. "여느 때처럼, 그것은 좋다"라는 구절은 자연이 한층 높은 존재의 토대로서 생동하고 있는 한, 그 한때처럼 여전히 좋다는 뜻이다. 다만 '가꿈'이 아직은 결핍되어 우리는 거의 "고아들처럼" 가고 있는 것이다. 그렇지만 동방과 그리스의 전통에 대한 회상이 우리를 도울 수 있다.

17 성스러운 구름들: '영감'을 나타내는 은유.

18 신의 음료: '문학'을 가리키는 핀다로스식 은유.

19 그러나 그대들 일자를 너무 사랑하면: 횔덜린에게 회상은 현재에서 영감을 불러일으키는 대신에, 과거에 대한 지나친 동경과 슬픔으로 인해 지금 · 현재에서 우리를 이탈시킬 위험에 처하게 만든다. 그렇기 때문에 시인은 "선한 정령들"이 그를 가볍게 감싸 그가 시인으로서의 과제를 위해서 계속 머물도록 해주기를 간구한다. "왜냐면 아직 많은 것 노래 불러야 하기 때문"이다. 이러한 과거에 대한 매혹은 횔덜린의 1801~1805년 시문학에서 두드러진다.

편력

1801년 봄에 쓰인 것으로 보이는 이 작품은 이른바 '조국적 찬가들'로 불리는 일련의 후기 찬가들 중 하나이다. 횔덜린은 1802년 11월 친구 뵐렌도르프에게 보낸 편지에서 그리스 사람들이 노래했듯이 "조국적이고 자연스럽게, 진실로 독창적으로 노래 부르는 것"이 이제 그리스의 노래

방식을 떠나 자신이 행할 시작詩作의 궁극적인 목표임을 밝힌 바 있다.

이 작품은 전체가 9연으로 이루어져 있어 횔덜린의 작품에서 흔히 만나게 되는 3연 1단의 구조를 다시 한 번 보여주고 있다. 매 단은 12-12-15 / 12-12-15 / 12-12-15라는 규칙적 시행의 수효를 갖춘 시연들로 구성되어 있다. 그러나 그 내용으로 볼 때는 3연 1단을 벗어나서 12-12 / 15-12-12 / 15-12-12-15의 3부로 나뉘며, 각 부의 시연은 2연, 3연, 4연으로 1연씩 축차적으로 확대된다.

제1부에 속하는 제1~2연은 시인 자신의 고향 슈바벤(슈비엔)을 찬미하고 있다. 알프스 산 너머의 롬바르디아 평원처럼 찬란하지는 않지만, 그곳처럼 시냇물 흐르고 갖가지 꽃들, 울창한 숲이 있는 고향은 아름답기가 롬바르디아 못지않다. 더욱이 알프스, 즉 모든 근원 가까이 놓여 있어 신적인 힘들과도 가까이 있는 곳이 슈바벤이다.

그러나 시인은 고향을 떠나 편력의 길에 오를 수밖에 없다. 그 동기는 제3~5연에서 노래된다. 제비처럼 자유로운 시인은 상상 속의 먼 곳, 그리스를 향해 떠난다. 자신의 것만으로는 자신의 것을 더욱 풍요롭게 만들기 어렵다. 동서의 만남은 이질적인 것의 조화로운 결합을 통해서 매우 자연스럽고도 바람직한 것으로 그려진다. 그리스의 찬란한 문화도 그러한 다른 본성 사이의 결합에 기초한다는 시인의 믿음은 단단한 것이다. 시인은 제6~7연을 통해서 그리스의 세계를 생생하게 떠올린다. 그리스라는 공간의 구조 안에서 그 문화가 마지막으로 꽃피기 이전의 많은 편력의 흔적을 보여주고 있는 것이다. 전체 그리스의 편력 가운데 다시 이오니아라는 특정한 공간으로 눈길을 돌리면서 그 이오니아와 사랑스러운 고향의 모습이 비교를 이루고 있다. 시인에게는 고향의 모든 것들이 이오니아와 연결되어 있는 것으로 생각된다. 그 이오니아의 문화와 문학을 있게 했던 "우미의 여신들"을 사랑하는 고향으로 초대하고 싶은 것은 시의 흐름에서 당연한 귀결로 보인다.

시인은 8~9연에 이르러 우미의 여신들을 초대하면서 자신의 편력의 뜻을 밝힌다. 그리스가 편력의 최종적인 목표가 아니라, 과묵하고 무뚝

뚝한 어머니 슈바벤의 마음을 사려는 것이 목적이었음도 드러난다. 라인 강처럼 무턱대고 흘러버리거나 방향을 감추지 아니하며 시인은 간접적인 길을 통해서 자신의 근본을 캐내고자 한다. 9연은 우미의 여신들이 시인의 부름으로 고향에 찾아들었을 때의 조화 이룬 상태를 예견해서 말한다. 이때 너무도 갑작스러운 우미의 여신들의 방문이 "어찌 미개한 자들에게로 오는지" 묻게 만들지도 모른다. 그러나 그것은 감사 어린 물음일 뿐 거절은 아니다. 꿈같은 이러한 여신들의 현현은 오로지 살며시 다가서는 자에게만 있을 것이다. 서둘러 억지를 부린다면 그것은 벌로 대답될 것이다. 횔덜린은 상상적 편력의 실천 가운데 사실적인 조국의 미래를 꿈꾸고 있다.

1 스위스의 알프스 산맥이 이웃하여: "스위스"는 초고에 없었는데, 후일 연필로 덧붙여졌다. "이웃하여"는 당초 '태고의 것Uraltes'으로 되어 있었다. 말하자면 최초의 원고에는 당시 새롭게 구획된 국경개념이 전혀 고려되지 않았다. 완성고의 제8연에 보면 시인은 스위스 동부지역을 포함한 슈바벤 방백령을 머리에 넣고 있는 것이 명백한데, 이 때문에 이 첫 연에서도 국경의 개념을 살리려 한 것으로 생각된다. 제8연에서 라인 강을 어머니 '슈에비엔', '슈바벤'의 아들이라 부르고 있다.

2 집의 아궁이 가까이: '중심점 가까이'로 이해된다. 성스러운 힘들이 솟아나고 모아지는 곳 가까이.

3 와 닿는: 여기서 원문 'anregen'은 '흔든다'는 뜻이지만, 슈바벤의 구어에서는 접촉이라는 구체적 의미로 쓰인다. '와 닿다'라는 해석이 적당해 보인다.

4 젊은 시절: 시 「빵과 포도주」에서 "그러니 우리 젊은 시절 한때 들었던 것이 정말이란 말인가?"와 비교. 덴켄도르프와 마울브론 학창 시절에 배웠던 것, 그가 이제 시적 관점에서 그 옳음을 다시 발견하게 된 역사의 기록을 암시하고 있다.

5 그 옛날 언젠가 우리의 부모 (…) 흑해에 이르렀으니: 그 옛날의 독일 민

족이 했다는 편력이 역사적으로 사실인지는 증명되지 않고 있다. 시인은 프러시아 출신의 러시아 여황제 예카테리나 2세Ekaterina II의 식민정책에 따라 1770년에 이루어진 슈바벤 사람들의 흑해 이주라는 역사적 사실에 유추해서 그 편력을 묘사하고 있는 것 같다.

6 친절한 바다: 당초 흑해는 연안에 살고 있었던 원주민들의 포악성 때문에 '살지 못할 곳póntos áxeinos'이라 불렸는데, 그리스인들이 이주해 살고 나서부터는 '친절한 곳óntos eúxeinos'으로 불리게 되었다 한다.

7 상대의 말: 다른 사람의 고유한 말, 외지인에게는 낯설게 들리는 말.

8 그들은 무기를 교환하고 집 안의 (…) 충실한 선조를 회상할 것인가?: 무기를 교환한다는 것은 호메로스의 『일리아스』에서부터 우정의 증표이다. 북서쪽으로 상상 속의 편력에 나서고 있는 시인은 그리스인을 자신의 근친자라고 부를 수 있는데, 그것은 부모, "독일 민족"(33행)이 도나우 아래로의 편력 이후에 동방의 "태양의 아이들"(36행)과 마찬가지로 그리스인의 조상이 되었기 때문이다. 이렇게 후손 간의 유대를 노래하고 있다. "충실한 선조를 회상할 것인가?"라는 물음은 단지 수사적일 뿐이다.

9 카이스터의 평원 가운데 / 천공을 즐기며 학들 / 멀리서 가물거리는 산들로 둘러싸인 곳: 카이스터 평원은 카이터 강과 트몰로스 산 인근의 평원을 일컫는다. 카이스터 강의 학은 『일리아스』 두 번째 노래에도 등장하며, 카이스터 평원을 둘러싼 "멀리서 가물거리는 산들"은 소설 『휘페리온』에도 나온다.

10 히메토스: 아티카의 산맥. 아테네의 남쪽에 있다. 대리석과 벌꿀로 유명하다.

11 파르나소스의 샘에서부터 트몰로스의 / 금빛으로 반짝이는 개울들에 이르기까지: 그리스 서쪽의 파르나소스에서 동쪽의 트몰로스까지라는 것은 곧 그리스 전체를 일컫는다. "금빛으로 반짝이는 개울"이란 황금빛 모래가 깔린 팍토르 강을 의미한다.

12 오 호메로스의 땅이여!: 앞선 시연에서 그리스 전체를 부르고 나서, 이 말로써 다시 이오니아로 눈길을 돌리고 있다. 호메로스의 좁은 의미의

고향은 이오니아인 탓이다.

13 버찌나무: 이오니아 지역, 흑해의 남쪽 해변에는 세라수스Cerasus라는 도시가 있는데, 이 지명은 버찌나무 숲으로부터 유래했다. 기원전 76년에 루쿠루스Lucullus라는 사람이 버찌나무cerasus와 버찌열매cerasum를 그곳으로부터 로마로 가져왔다고 전해진다.

14 포도원: 포도나무의 원산지는 역시 흑해 연안이다.

15 복숭아나무: 복숭아는 이오니아, 아시아 쪽으로부터 보내진 것으로 전해진다. 그 이름 'mala Persica' 즉 '페르시아의 사과'라는 말이 이를 증명한다.

16 제비: 봄이 되면 소아시아에서부터 돌아온다.

17 별빛 아래서도: 그리스인들은 별에 대해 많은 전설을 지어냈는데, 별들에게 많은 그리스 영웅들의 이름을 붙였다.

18 테티스의 회랑: 테티스는 해신 넬레우스의 딸로서 에게 해 심연에 살고 있다. 테티스는 아킬레우스의 어머니이기도 하다.

19 이다의 구름: 이다는 소아시아의 브리기아 지방에 있는 산이다. "숲Wälder"과 "구름Wolken"을 병치함으로써 숲을 구름처럼, 구름을 숲처럼 바꿔 생각할 수 있도록 해준다.

20 어딘지 아무도 모르는 곳으로 사라져갔다: 라인 강의 시류始流가 동쪽을 향하다가 슈바벤의 심장부에서 북쪽 방향으로 흐른다는 사실을 비유적으로 표현한 것이다. 이 사실은 「라인 강」에서 보다 신화적으로 해석된다.

21 너무도 인내하는 우리를: 너무도 오랫동안 운명에 만족해서 '궁핍한 시절'을 그냥 살아 나가고 있음을 말하려 한다.

22 우미의 여신들: 아글라이아, 에우프로시네, 탈레이아로서 인간 사이에 신적 공동성을 지켜주는 수호의 여신들이다.

1801년 초 하우프트빌에서 착수하여 그해 여름에 완성한 작품으로 제켄도르프가 발행한 『1808년 시 연감』에 실렸다. 당초에 이 찬가는 비가 「빵과 포도주」와 마찬가지로 빌헬름 하인제에게 바치려 했었으나, 1803년 6월 하인제가 세상을 떠나자 징클레어에게 헌정되었다.

1803년 겨울 출판업자인 빌만스에게 보낸 편지에서 횔덜린은 "독자에게 희생되는 일, 그리고 독자와 더불어 아직 어린아이 같은 운명의 좁은 시렁 위에 있다는 것은 하나의 기쁨이다. 그렇지 않아도 사랑의 노래들은 언제나 지친 날갯짓이다. 왜냐하면 그 소재의 다양성에도 불구하고 우리는 아직 그렇게 멀리 있기 때문이다. 다른 것이 있다면, 그것은 조국적인 찬가들의 높고도 순수한 비상이다"라고 쓰고 있다. 이 「라인 강」 찬가는 바로 그가 명명하고 있는 '조국적 찬가들'의 하나이다. 이때 '조국적'이라는 말이 애국주의적이거나 민족주의적인 것을 의미하지는 않는다. 횔덜린의 역사철학의 의미에서 조국은 "사랑하는 백성 아버지의 품 안에 모이고 / 예처럼 인간답게 기뻐하며 하나의 정신이 모두의 것이 될"(시 「아르히펠라구스」 중) 때 형성되는 것이다. 요즘의 개념으로 말하자면, 조국은 '살 만한 인간적인 사회'를 의미하는 것이다. 조국적 찬가는 횔덜린의 말대로 "내용이 직접적으로" 앞의 뜻에서의 "조국에 관련되고 또 시대에 관련"되는 노래이다.

횔덜린은 찬가 「라인 강」에 대해서 간단히 난외 주석을 붙여놓았다. "이 노래의 법칙은, 처음 두 개의 파트(한 파트는 3연을 의미함)는 형식상 전진과 후퇴로 대립되어 있지만, 그 소재에 따라서는 동일하며 이어지는 두 개의 파트는 형식상으로는 동일하면서 소재에 따라서는 대립되며, 마지막 파트는 그러나 철저한 메타포로서 모든 것을 균형 있게 하는 것이다."

바이스너는 주제의 전개과정을 이 법칙에 의존해서 해명하고 있다. 우선 소재인 라인 강의 진행을 나타내는 제1, 2파트는 소박한 경향으로 형상화된 자연현상(강물의 흐름이라는 현상)을 응용하여 투쟁하는 자의 운명을 드러내고, 제4파트는 영웅적인 경향으로서 투쟁자인 루소를 제기하고 있다. 매 파트에서 결과되는 종결점 혹은 정지점에서는 진정된 동경과 안정의 동일한 모티브가 떠오른다. 마지막 제5파트는 이제 "철저한 메타포"와 이념적 경향을 지니고 "모든 것을 균형 있게" 하는 파트로서 이 평온의 모티브와 진정된 동경의 모티브로부터 출발한다. 그리하여 "인간과 신들의 결혼잔치"가 열리는 것이다. 끝에 이르러 이 찬가가 지금까지 세 차례 취했던 모티브로 종결되는데, 그 모티브는 과도기에 있어서 개인의 깨어 있는 불안의 모티브라는 것이다.

마지막 파트에 대한 바이스너의 해석은 적절해 보이지 않는다. 왜냐하면 이 파트는 실천적 인물인 징클레어로 상징되는 현재에 있어서의 현실의 굴레, 또 행위로 인해 결과될 수도 있는 혼돈의 위험성에도 불구하고 시인의 미래에 대한 희망은 조금도 퇴색하지 않는 것을 강조해 보여주기 때문이다.

이렇게 해서 이 찬가의 진행을 구조화시키고 있는 성찰, 즉 부정적이고 자기파괴적 태도의 극복 가능성에 대한 성찰이 결과로 드러난다. 이러한 성찰의 목적은 주체와 그 주체가 살고 있는 현실이 조화롭게 균형을 이루게끔 하는 소통이다. 성찰은 라인 강의 소박한 자연현상들(제1~3 파트)과 자연에 완전히 귀의하고 있는 감상적인 루소(제4 파트)가 대변하는 자연스러운 해소를 거쳐 특별히 이상적인, 의식적으로 체계화된 해소(제5 파트)에까지 이른다. 자연은 선사적인 영역을 대변한다. 라인 강처럼 단순한 자연 자체인 사람 또는 루소처럼 자연과 더불어 항시 완벽하게 결합된 상태에 들어설 수 있는 사람은 숙명적이며 역사적인 반응의 메커니즘을 벗어나서 완벽한 소통에 다다를 수 있다. 이와는 달리 찬가의 끝에 등장하는 소크라테스Socrates나 징클레어의 인물상이 대변하고 있는 철학적인 의식은 역사초월적이다. 이것에 이른 자 역시 역사적인 반응의 강요로부터 자유로울 수 있다. 왜냐면 이러한 의식은 모든 것을 포괄하기 때문이다. 따라서 소크라테스는 "한밤"을 "한낮"과 하나로 만들 수 있으며, 징클레어는 주도동기적으로 전체 찬가를 관통하고 있는 신의 "미소"를 "한낮"과 "한밤"에 알아차린다. 실증의 "사슬에 매어져 있는" 삶의 상황에서나 이것에 빈용하는 혼돈과 혁명의 부정성에서나 말이다. "한낮이나, 또는 / 모든 것이 질서 없이 뒤섞여 / 태고의 혼돈이 되돌아오는 / 한밤에도."

1 황금빛 한낮 / 샘을 찾으며: 한낮 정오의 태양빛이 협곡의 바닥에까지 이르며.

2 알프스 산맥의 / 계단: 찬가 「편력」에서도 알프스 산맥은 지복한 슈비엔에 그늘을 던지고 있으며, '집의 아궁이' 즉 근원의 장소로 찬미되고 있다.

3 천국적인 것들의 성: 마치 그리스의 신들이 올림포스의 신들의 성에 살며 그곳에서 인간의 숙명을 조정하듯이, 알프스도 그렇게 생각됨을 뜻한다.

4 비밀스럽게: 비록 인간들에게는 어둡고 이해 불가할는지 모르지만, 미리 정해진 계획에 따라서.

5 모레아: 펠로폰네소스에 대한 중세의 이름. 원래 '해변의 나라'라는 뜻이다.

6 젊은이: 젊은 라인 강. 라인 강의 첫 줄기. 실제로 "라인 강"으로 불리게 되는 것은 33행에서이다.

7 어머니 대지를 고발하면서 / 그를 탄생시킨 천둥치는 자: 고대 사상에서 대지와 하늘은 모든 생명의 양친이었다. '천둥치는 자'는 제우스신을 말하는데, 횔덜린에게서는 신화적인 제우스가 '아버지 천공'으로 변환되고 있음을 볼 수 있다.

8 반신: "어머니 대지"와 "천둥치는 자" 사이에 태어난 아들로서 라인 강은 "반신"이다. 제4연의 마지막 구절에서도 "높이"에서 "그리고 성스러운 품"에서 라인 강은 행복하게 태어났다고 부연되고 있다.

9 테씬 강과 로다누스 강: 두 개의 강 모두 알프스에 원천을 둔다. 특히 론 강을 로다누스라고 라틴어로 쓴 것은 그것이 테씬 강과 라인 강의 형제

임을 음성상으로 맞추어 표현해내기 위해서이다.

10 그 위풍당당한 영혼이 아시아를 향해: 라인 강은 처음에는 동쪽으로, 즉 "아시아를 향해" 흐른다. 이것은 "그 위풍당당한 영혼"과 함께 근거된다. 이 영혼의 내면적인 무한성은 동쪽 먼 곳에 있는 무한하고 신적인 것에 상응한다. 그렇기 때문에 남동쪽의 모레아 해변을 향해 가는 시인의 정신(제1연)은 의미심장하게도 라인 강에 비유되는 것이다.

11 어디를 향해야 할지 모르는 결함 있는 탓이다: 이 구절은 「누가복음」 제9장 58절 "예수께서 이르시되 여우도 굴이 있고 공중의 새도 집이 있으되 인자는 머리 둘 곳이 없도다 하시고"에서 차용하고 있다. 신들의 아들들(반신들)은 동물과 인간들의 위에 있으나 이 현세에서는 제약의 행복, 고향의 행복을 알지 못한다. 그들은 이 세계에서는 "낯선 자"이다. 149행 참조.

12 순수한 원천의 것은 하나의 수수께끼: 순수하게 태어난 것들이 그 원천에, 신적으로 순수한 삶에 대해서 어떤 위험과 변환을 거치더라도 충실하게 머물러야만 한다는 것은 설명할 수 없는 수수께끼이다. 순수하게 태어난 것은 그 근원, 신적인 힘들에 대해 직접적인 연관을 맺고 있다. 라인 강과 같은 반신, 그리스인들에게서 볼 수 있는 영웅들, 그리고 루소나 서구의 어두운 밤에 살고 있는 시인들이 바로 이 순수하게 태어난 것들에 속한다.

13 필연과 길들임이 그렇게 / 큰 효험을 발한다 하더라도 보다 큰 힘 / 그대의 탄생이 가지고 있고: 아래에는 힘겨운 길, 위에는 탄생의 행복.

14 자신의 이빨 사이: 육필본을 보면 '목구멍Schlund' 대신 '이빨Zahn'이라고 썼다. "이빨"은 거칠고 단단한 강안을 의미한다. 이러한 강안은 갓 태어난 강물을 "자신의 이빨 사이"에서 "기르고 잘 보호하려" 한다.

15 뱀들을 잡아채고: 마치 반신 헤라클레스가 아직 젖먹이였을 때 시샘하던 헤라 여신으로부터 보내진 뱀 가운데 두 마리를 잡아챘던 것처럼. 이 뱀은 계곡에 대한 비유다.

16 길들이지 않고 / 오히려 자라도록: 강물이 더욱 커다란 물줄기에 길들여

지고 제지된다면 바다로 자라날 수가 없다.

17 번개처럼 그는 / 대지를 가르지 않을 수 없고, 마치 마술에 걸린 자들처럼 / 숲들도 그를 따라 날고 산들도 무너져내리고 말 것이다: 만일 더욱 큰 물줄기가 그 어린 강물을 길들이지 않고 오히려 자라도록 버려둔다면 그는 번개처럼 지상을 가르지 않을 수 없다. 계곡을 잡아채는 강의 영상은 제약되지 않은 정령의 상으로 넘어간다. 이 정령은 인간들에게 놀라움을 던져주고 인간들을 유혹하면서 파멸로 이끌어가고 말 것이다.

18 아끼기: '오랫동안 끌다'의 뜻. 신의 현명함으로 인해 정령은 저지당하게 되고, 이로써 그 에너지가 한꺼번에 쏟아지지 않게 된다. 때문에 정령이 "성스러운 알프스"의 방해에 대해 분노하며 헛되이 싸움 벌이려 할 때, 신은 미소 짓는다.

19 그보다 앞서 인간의 거처 파괴되어야 하고 (…) 또한 젊음의 순수한 목소리도 잊어야 하기 때문: 비록 정령은 스스로에 만족하고, 그에게 지어진 한계를 인정한다 할지라도, 자신의 신적인 근원을 결코 잊어서는 안 될 것이다. 왜냐하면 신으로부터 떨어져 나옴은 세계질서를 파괴시킬 것이며, 미개의 상태로 이끌어갈 것이기 때문이다.

20 최초로 사랑의 유대를 망그러뜨리고 / 그것으로 올가미를 만든 자가 / 누구였던가?: 라인 강은 현존의 온갖 제약 가운데서도 순수한 원천의 생명을 유지한다. 이 라인 강을 만든 유대는 "사랑의 유대"이며, 이 유대를 통해서 삶과 형식, 신적인 정신과 세속적인 제약, 비유기적인 것과 유기적인 것, '자연'과 '예술'이 조화 있게 서로 침투한다. 하여 정신, 원초적인 삶은 "올가미"에 매이지 않은 것으로 느낄 수 있다. 이러한 조화된 관련 안에서의 라인 강에 대한 근원적인 영역의 우월성을 제7연의 첫 5개 행이 노래하고 있다. 이러한 우월성은 '거처'가 텅 빈 집이 되고, '규약'이 죽은 문자로 변화될 위기에 처하면 혁명적으로 작용한다. 모든 전개 가운데 운명적으로 투여되고 실증적인 것이 되어버릴 위험은 진화적인 원죄로 판결된다. 따라서 "최초로 사랑의 유대를 망그러뜨리고 / 그것으로 올가미를 만든 자가 / 누구였던가?"라고 묻고 있는 것이다.

21 자신의 권리: 올가미로 고착되어버린 법칙과 함께 실증적인 권리가 생겨난다. 이 권리는 더 이상 심오한 삶의 연관에 의존하는 것으로서가 아니라 인간의 본래적인 권리로 나타난다. 이러한 자율성은 오만으로 연결되고, 다음 시행들이 강조하듯이 무모함으로 연결되는 것이다.

22 왜냐하면 (…) 그 타인을 신들은 필요로 한다: 신들은 스스로를 느낄 수 없다. 무조건적이며 독립적 자기만족은 자신 이외에 아무것도 인식할 수 없기 때문이다. 피히테의 '절대자아'와 다름이 없다. 횔덜린은 1795년 1월 26일 헤겔에게 보낸 편지에서 피히테의 절대자아는 모든 현실성의 요청 때문에 대상을 지닐 수 없고 따라서 어떤 의식도 지닐 수 없다고 했다. 이와 연관해서 시구의 본래적 의미를 다른 말로 정리하자면, 신들은 자신의 과제를 게을리 해서 필요 없이 되어버린 인간들을 멸망케 한다는 뜻도 된다. 신들은 자신들을 경건하게 공경하도록 인간과 영웅들을 만들었다는 것이다. 신들 앞에서 인간적 실존의 정당화는 가장 심오한 신적 비밀의 하나이다. 그렇기 때문에 "감히 말해도 좋다면"이라는 조건을 앞세우고 있기도 하다.

23 그 자신의 집 파괴하고 (…) 폐허 밑에 묻어버려야 한다는 것이다: 신에 의해서 얻어맞은 자는 경건의 의무를 저버린다. 그는 자연스러운 질서를 뒤집어놓는다.

24 같지 않음: 신들의 자유에 대칭해 있는 인간적인 척도.

25 망상가: 고대 신화의 표상을 떠올리게 한다. 탄탈로스, 니오베Niobe, 아테Ate, 휘브리스Hybris 등. 이들은 모두 오만과 자만심 때문에 신에 도전하거나 신을 기만하려다가 발각되어 엄한 벌을 받았다. 자신이 신을 능가할 수 있다고 믿었던 망상가들이다.

26 해안: 라인 강의 강안이 아니라, 바다의 해안을 뜻한다. 이 새로운 이미지는 항해자가 바다의 위험으로부터 확고한 해안에서 구원되는 것을 나타내준다.

27 경계선: 인간의 한계선.

28 복되게 겸손히: "무모함을 선택"한 자들과는 반대로 반신은 이제 "복되

게 겸손"하다. 여기서 '복되게 겸손함seligbescheiden'이라는 말은 천상적인 것(복되게selig)과 세속적인 것(겸손하게bescheiden) 사이의 조화를 의미한다. 121행의 '잘 나누이진 운명' 비교.

29 내 이제 반신들을 생각한다: 시인은 1~6연에서 그 영웅적인 생명 양식을 노래하면서 라인 강을 반신이라 부르고 있다. 그러나 여기서는 전혀 다른 형태의 반신적 존재를 말하려 한다. 앞서의 반신인 라인 강은 영웅, '대담한 자', 능동성과 행위의 영역을 나타내고 있는 데 반해서 다른 반신 루소는 '순수한 자들의 언어'를 베풀고 수동적인 받아들임의 영역에 속하는 시인을 체현하고 있다. 여기서 이 「라인 강」을 친구 징클레어에게 바치고 있는 보다 깊은 뜻을 읽을 수 있다. 휠덜린은 혁명적이며 활동적인 이 친구와의 우정을 영웅과 시인의 유대로 생각했던 것이다. 한 사람은 행동을 통해, 또 다른 쪽은 언어를 통해 하늘과 땅 사이의 조화를 형성해 내는 과제를 지니고 있는 것이다.

30 루소: 이 시에서 루소는 자연 속의 신적인 것을 경건하게 예고해주는 자로 나타난다.

31 듣고 / 말하는: 행을 바꾸면서 연달아 배열되어 있는 위치도 범상한 것은 아니다. 신적인 자연력에 대한 정기 어린 '들음Hören'으로부터 직접적이며 순수하게 시인 루소에게는 '말함Reden'이 생겨나게 된다.

32 주신: 주신 디오니소스는 열정, 영감, 그리고 시인들의 신이다.

33 바보처럼 신적으로 / 그리고 법칙도 없이: '바보처럼'에 해당하는 원문 'törig'는 오늘날 쓰이는 'töricht', 즉 '비합리적, 비이성적'이라는 의미를 지니고 있지 않다. 그것은 단순한 이성을 넘어서 신적인 영역으로 넘어가는 것, 따라서 세속적인 제약이나 법칙에 얽매이지 않고 무한한 신성 자체처럼 '가장 순수한 자들', 신들의 언어를 부여하는 행동방식을 일컫는다. "바보 예수" 또는 "백치 예수"(니체)를 생각해 보라.

34 신성을 모독하는 종복들: 노예처럼 오로지 명령, 계율, 법칙에 따라서 행동하는 영혼들은 신적이며 근원적인 것에 대한 감정 없이 모든 생명을 죽은 틀 안으로 강제하고자 한다. 따라서 그들은 보다 심오한 삶에 대해

"불손한 자들"이 되고 그 삶을 모독하는 것이다. 그들은 거의 법칙도 없는 근원성을 말하는 정령에 맞세워지고 그다음에는 필연적으로 "분별없이" 내리침을 당하는 것이다. 이 구절은 루소가 당대의 사람들에게서 보았던 이해할 수 없는 행동을 나타내주기도 한다.

35 낯선 자: 시연의 서두에서 루소는 "반신"으로 불렸지만, 이제는 아주 근원적이며, 인간적인 범주로서 파악하기 어려운 자연적 천재로 나타나자 그 본질을 '불러 이르고', 명확하게 규정짓는 일이 거의 어려운 것으로 생각된 나머지 낯선 자로 보이게 된다. 그 때문에 "내 이 낯선 자를 무엇이라 부를까?"라고 묻는 것이다.

36 대지의 아들들: 이 어구에 바로 앞의 물음에 대한 답이 포함되어 있다. 루소는 대지의 아들이다. 라인 강과 동급에 있음을 확인한다. 그렇지만 이어지는 시행을 보면, "필멸의 사람"이기도 하다. 신적 은총과 허약함 사이의 갈등은 "짐"으로 느껴진다.

37 자주: 시적인 "반신"은 영감의 무의식적인 충만으로부터 그에게 세속적 현존재로서의 제약을 명백하게 해주는 의식의 영역으로 넘어간다. 일회적으로가 아니라, 그의 삶은 이 두 개의 영역을 "자주" 바꾸어 넘나든다. 이러한 교차 가운데서 근원적 상태와 세속적으로 제약된 현존재 사이의 조화 이룬 침투는 일어난다.

38 숲의 그늘 가운데: 이 찬가의 서두에서 보았던 시인이 처한 상황과 병렬된다. 시 「회상」의 제29행에도 숲의 "그늘"이 나온다.

39 비엘 호수: 스위스 베른 주에 있는 호수로서, 루소는 그 호수 가운데의 페터진젤에 머물면서 행복한 도피 생활을 잠시 누린 적이 있다.

40 성스러운 잠에서 / 일어나: 시 「아르히펠라구스」에서의 '창조적인 잠'의 의미 참조.

41 저녁 / 따스한 빛살을 향해 나아가는 것: 대립을 평정한 저녁은 한낮의 지나침을 견딜 수 없었던 "필멸의 사람"에게도 신성을 견디어내도록 해준다.

42 휴식을 또한 취할 때 그리고 이제 그 여제자에게로 (…) 인간들과 신들은

결혼잔치를 벌이니: "창조하는 자" 즉 "한낮"의 신과 "여제자"인 "오늘의 대지"의 결혼은 자신이 만든 조각상과 결혼한 피그말리온 전설을 떠올리게 한다. 또한 인간과 신이 벌이는 결혼축제 이전의 세계 상황을 의미하고 있는 시 「평화의 축제」에 대한 첫 동기들과의 연관을 제시해주고 있다.

43 한동안 / 운명은 균형을 이룬다: 자유와 제약, 신과 인간의 대립이 보다 높은 질서, 전체 세계의 조화 안으로 지양된다.

44 기억 속에 최상의 것을 지닐 수는 있다: 운명의 균형, 신적인 현존과 인간적 현존의 화해는 주기적 사건으로 생각될 뿐이다. 결혼잔치는 오로지 "한동안"만 계속된다. 때문에 이러한 사건, 최상의 것을 최소한 "기억 속에" 보존하는 일이 중요하게 된다. 회상으로부터의 이러한 체험은 주어진 역사적 상황 가운데서도 체험 가능한 "최상의 것"이다.

45 다만 인간 각자는 자신의 척도를 지니는 법: 시 「빵과 포도주」 제3연 "한낮이건 / 한밤중에 이르건 언제나 하나의 척도 존재하는 법 / 모두에게 공통이며, 그러나 각자에겐 자신의 것이 주어져 있고…"와 이 구절에 대한 주석을 참조하라.

46 행복: 신적 충만의 행복은 "기억 속에" 지니는 것도 힘들다. 그것은 자신의 내면이 기억의 대상에 알맞은 것이고 위대한 "척도"를 지니고 있어야 한다는 전제가 있기 때문이다. 이러한 위대한 척도의 예시로서 이어지는 시구에는 소크라테스와 플라톤의 『향연』 가운데서 취하고 있는 그의 자유로운 태도의 해명이 도입되고 있다.

47 현자: 소크라테스.

48 그대에게 전나무 밑 뜨거운 길 위에서나 (…) 혹은 구름 속에서: 앞의 시행들은 친우 징클레어의 다양한 활동성에 연관되어 있다. "뜨거운 길 위에서"는 관리로서의 징클레어의 긴장된 활동을 의미하는 가 하면 "떡갈나무 숲의 어둠 가운데"는 시인이며 철학자인 징클레어의 자연에 결합되어 있는 평온과 깊은 사색을 의미한다. "강철에 휩싸여"는 나폴레옹 전쟁의 발발과 거기에 결부된 시대의 신, 전쟁의 신을 연상케 하는 데 반해 "구름 속에서" 나타난 신은 평화를 지배하는 신으로 생각된다. 징클

레어가 두 신을 알아보는 양면적인 모습을 다시 나타내려고 한다.

49 지배자의 미소: 신의 미소에 대한 일련의 모티브가 여기서 정점을 이루고 있다. 신의 미소는 하늘과 대지의 조화를 의미한다.

50 사슬에 매어져 있는 것처럼 보이는 / 한낮이나, 또는 / 모든 것이 질서 없이 뒤섞여 / 태고의 혼돈이 되돌아오는 / 한밤에도: 다시 한 번 이 찬가의 기조에 놓인 속박과 제약, 무질서한 자유 사이의 대립이 되살아나고 있다. 모든 역사적인 일이 그러한 대립으로 환원되는 듯 싶다.

게르마니아

확실한 창작연대를 알 수는 없으나 양식의 특징으로 미루어 1801년에 쓴 것으로 보이는 '조국적 찬가들'의 하나이다. 이 찬가는 16행의 7개 시연으로 구성되어 있다. '조국적 찬가'가 3연 1단의 형식을 특징으로 한다고 볼 때, 이 찬가는 이러한 기본적 특징을 가지고 있지 않다. 다만 외형상의 3연 1단의 형식을 떠나 이 작품은 3개 부분으로 나누어볼 수 있다. 첫 두 개 시연에서 시인은 과거를 회고하는 것으로부터 떨어져 나온다. 그리고 각기 찬가적 비상("오 아침의 바람을 마시라", "오 그대 성스러운 대지의 딸이며 / 한번 어머니라고 불러보라")으로 시작하는 두 개의 마지막 시연은 신성으로 가득 채워진 미래를 지향하고 있다. 이렇게 각기 2개 시연을 가진 첫 부분과 마지막 부분 사이에 3개의 중간 시연이 놓여 있다. 이 시연들은 예비의 시간, 신성의 현시와 맞이함을 위한 비밀스러운 힘의 성장에 바쳐지고 있다. 이처럼 이 찬가는 2-3-2연이라는 완전한 대칭구조를 보인다.

이 시는 송가 「독일인의 노래」와 「독일인들에게」와 더불어 프랑스 혁명에 대한 환멸을 경험하고 나서 역사적인 진화를 희망하는 내용을 담고 있다. 좌절된 혁명의 나라인 프랑스가 이제 진화의 나라로서 독일에 대한 희망으로 맞세워져 있다. 독일이 지역적으로 흩어져 있고 정치적으로 무력하지만 다른 한편으로는 괄목할 만한 일련의 시인들의 등장을 위시해서 문화적 자의식이 형성되어왔기 때문이다. 문화적인 애국주의가 밑바탕을 이루고 있고, 종교적으로는 경건주의적인 애국심으로 개별적인 모티브들을 연결시키고 있다. 말하자면 여기서 게르마니아는 전투의 여신이 아니라 문화의 여신인 셈이다.

1 복된 자들: 찬가 「라인 강」에서처럼 신들을 의미한다. 더욱 구체적으로는 "옛 나라" 즉 그리스의 신들이다.

2 기대에 차 / 이 땅은 놓여 있고: 복된 자들인 그리스 신들을 일깨우고 싶다는 유혹은 기대에 가득 차 위협하는 천후의 하늘 아래 놓여 있는 땅에서 출발한다. 왜냐하면 하나의 새로운 신적 충만이 직접적으로 다가와서 있는 순간, 사념들은 미래를 향한 과도기의 긴장을 내면에 보존해나가는 대신에 과거의 아름다운 영상으로 빠져버리려 하기 때문이다. 이것은 '죽은 자들'로의 도피("그리고 내 영혼 뒷걸음쳐 달아나지 않으리라")일 것이며 따라서 '죽음에 이르는' 것일는지도 모른다. 이와 반대로 한때 있었던 것과 현재의 종합은, 신으로 채워진 새로운 미래가 현실성이 되고 현재가 된다면 이루어질 수도 있는 일이다. 과거에로의 방향 전환은 현재적 결핍에서가 아니라, 정신적 동질성으로부터 유래되기도 한다. 이 동질성은 과거의 신적인 삶이 다시금 진정하게 내면적으로 현재화되는 것을 북돋는다. 이러한 주제는 종결 시연에서 완성되고 있는데, 이 시연은 그 전제로서 내면적 충만(=부족함 없음)을 통한 동질성을 제시하고 있다. 날카롭게 핵심을 찌르는 그 마지막 시연의 시구는 "또한 부족함 모르는 신들이 기꺼이/ 부족함 없는 축제일에 손님을 반기며/ 옛날을 회상하고 있다 / 게르마니아여"이다.

3 기대에 차 (…) 두렵게 보인다: 현시되는 신적인 것을 상징하고 있는 이 천후의 하늘이라는 영상은 91행 "하늘에서의 분노 진지해지는"이라는 언급에서 재현된다.

4 내 영혼 뒷걸음쳐 달아나지 않으리라: 시 「편력」의 86~87행 "그러나 인

간들은 / 눈앞에 나타난 것을 사랑하는 법"과 비교. 다음 행 "지나간 것들이여! 그대들을 향해 달아나지 않으리라"도 같은 뜻의 반복이다.

5 달아나버린 신들이여!… / 그때에는 더욱 진실했던 그대들: 신들을 "죽은 자들"이라 생각했던 이전의 사고가 여기서 수정되고 있다. 그들은 단지 '달아나버렸을 뿐'이며 본래는 아직도 '현존해 있다'. 그러나 비현실적인 것으로서 숨겨져 있는 것이다. 그들이 그 옛날 "그때" 충만된 시간 가운데서는 완전한 현실성을 띠고 "진실했던" 것과는 다르게 말이다.

6 묘지의 불길: 그리스에서는 죽은 이를 장작더미에 올려놓고 화장했다.

7 의심하는 우리: '의심하는'에 해당하는 원문 'zweifeln'은 그 본래의 뜻인 'doppelten(이중적인)' 'gespaltenen(분열된)'의 의미를 내포하고 있다. 이러한 이중성은 다음에 이어지는 시구에서 분명해진다. 과거를 돌아보기도 하거니와 미래를 바라다보기도 하는 이중적 태도가 등장하기 때문이다. "옛 사람들, 이제 지상을 새롭게 찾는 / 그들의 그림자."

8 예언적인 산: 시 「도나우의 원천에서」에서 아시아의 "예언자들은 며칠이건 산 위에 뿌리박은 듯 앉아 있다"는 시구를 볼 수 있다.

9 천공으로부터 / 참된 영상이 떨어져내리고: 고대의 믿음에 따르면 특별히 의미 있는 문명 내지 은총은 하늘에서부터 내려온다고 한다.

10 임원의 깊숙이에서 소리 울린다: 한때 "도도나의 신탁의 임원들"에서처럼. 시 「아르히펠라구스」 주34) 참조.

11 아버지께 바칠 / 사냥감을 찾는다: 독수리가 "아버지" 제우스에게 데려간 가뉘메데스의 신화를 연상시킨다.

12 여사제: 게르마니아를 뜻한다.

13 폭풍우 죽음을 위협할 때: 혁명전쟁의 혼돈.

14 보다 나은 것: 전쟁터에서의 성취보다 더 나은 것.

15 부서질 수 없는: 게르마니아는 전쟁과 전쟁의 소음 가운데서도 그 내면적이며 고유한 본성을 때묻지 않게 보존하고 있다.

16 젊은 독수리: 앞서 "늙은" 독수리로 불렸던 그 독수리가 영감에 찬 소명으로 회춘했다. 그는 신들의 소명을 젊은 목소리로 외친다.

17 어려운 행복: 찬가 「라인 강」의 204~205행 "불행을 견디기는 어렵지만 / 행복을 견디기 더욱 어려운 탓이다" 참조. 횔덜린은 1801년 1월 곤첸바흐에게 보낸 편지에서 "행복을 견디어내는 것이 모든 덕망 가운데 가장 힘들고 아름다운 일"이라고 쓴 바 있다.

18 한낮에: 게르마니아는 한낮의 뜨거움 중에 졸면서 '비밀스럽게 계속 자라나는 힘'을 축적했다. 소명의 순간에 깨어나 이를 펼치고자 해서이다.

19 입의 꽃: 말, 언어.

20 그때로부터 숲에 숨겨져 달콤한 잠으로 가득 찬 (…) 하여 그대 고독하게 말했다: 제5연의 전반부 내용은 타키투스의 『게르마니아*Germania*』에서 크게 영향을 받고 있다.

21 모든 것의 어머니: 이 작품의 97행 "오 그대 성스러운 대지의 딸이여, / 한번 어머니라고 불러보라" 참조. 횔덜린에 있어 게르마니아가 어머니 대지에 대해 가지는 기본적인 연관은 게르마니아의 본래적이며 자연스러운 충만 가운데 들어 있다.

22 아침의 바람: 아침 바람을 마심으로 해서 게르마니아는 아직도 어둠에 가라앉아 꿈꾸는 무의식적인 상태에서 벗어나 그 본질을 명료하게 보여주며 완전히 수행되는 사명으로 깨어나야만 한다. "아침의 바람" 같은 과도적 순간을, 여명을 의미하는 "낮과 밤 사이"(92행)라는 어법이 확인해주고 있다.

23 그대 열릴 때까지: 게르마니아는 자신의 내면적인 개방성을 근거로 해서 오랫동안 '베일에 싸여 있던 신비'를 개방시키고 이름 부를 힘을 지니고 있다.

24 부끄러움이 필멸의 우리 인간에 마땅한 것이고 / (…) / 역시 신들의 현명함이기 때문이다: 이 시구는 신비가 오랫동안 베일에 가려져 있었다는 사실을 증언한다. 그것은 필멸의 인간들의 마땅한 부끄러움과 역사의 대부분의 시간을 가려서 신적인 것을 받아들이기에는 너무도 약한 인간을 보호하려고 하는 신들의 예지 때문이었다.

25 황금: "순수한 샘물보다도 황금이 더욱 넘치며"라는 어법은 게르마니아

가 "황금빛 말들의 충만함 강물과 더불어 보냈으니"(73행)라는 말과 어울려 들린다.

26 하늘에서의 분노 진지해지는 곳에: 터져나올 듯한 뇌우를 뜻한다. 횔덜린은 반복해서 뇌우를 신적인 것의 현현으로 그리고 있다. 뇌우를 하늘의 "분노"로 보는 것은 분노를 불만으로서가 아니라 지극히 높은 작용력의 표현으로 보기 때문이다.

27 이제 그대 그것을 삼중으로 고쳐 쓰라 (…) 순수무구한 자 그대로 남아 있게 하라: 성스러운 자의 이름은 그러나 불려서는 안 된다. 유대인들은 신의 이름을 부르고 쓰는 것을 두려워했다. 신의 이름을 마음대로 불러서는 안 되며, 단지 간접적으로 고쳐 씀으로써 주의를 환기시킬 따름이다. 이러한 부름의 양식은 다음 시연에서 실제 이행되고 있다.

28 흘러간 신성: 13행의 '지나간 것들이여!'와 같음.

29 천공: '아버지 천공'이 모든 이들에게 알려지고 났을 때 비로소 신성은 인간들 사이에 작용할 수 있다.

30 왕들과 / 백성들에게: 고대 율법적인 어법이다.

평화의 축제

이 작품은 초고인 「너 결코 믿기지 않은 화해자여…Versöhnender der du nimmergeglaubt…」를 쓴 지 1년 반이 지난 1802년 가을에 완성된 것으로 추측된다. 이 작품은 1954년에야 런던에서 그 원고가 처음 발견되었고, 이어서 독일 문예학계에서 그 해석을 둘러싸고 가장 격렬한 논쟁을 일으켰던 작품이다.

「평화의 축제」는 전체 12연이 4개의 3연 1단으로 구성되어 있고, 매 3연 1단은 12-12-15행의 시연들을 가지고 있다. 매우 의도적인 구조를 갖추고 있는데, 정서된 원고에 그러한 3연 1단의 구분이 한눈에 드러나는 것도 이러한 의도성의 반증이다.

이 작품의 초고 「너 결코 믿기지 않은 화해자여…」를 보면 그 창작의 동기가 1801년에 맺어진 르네빌 평화협정이었음이 분명하다. 그러나 완성고인 「평화의 축제」에서는 이 사실적 평화가 완전히 삭제되고 대신 이념적인 평화가 노래되고 있다. 모든 대립과 갈등, 즉 신과 인간, 자연과 역사, 그리스 신화의 세계와 기독교적인 교회 간 갈등의 극복 가능성이 드러나보이는 것이다. 어떻게 보면 이미 도래한 '평화'가 아니라 이 노래를 통해 다가오는 '평화'를 예비하고 있는 것으로 생각되기도 한다.

1 시인은 기독교적 사회의 독자들을 의식하고, 이 작품의 내용이 매우 급진적이라 생각한 나머지 작품의 서두에 이처럼 당부의 말을 적어놓았다.

2 회당: 신과의 만남을 위해 드높이 쌓아 올린 공간으로서 정경의 메타포를 사용해서 나타내고 있다. 그리스적이라기보다는 슈바벤 지역을 연상시킨다.

3 환희의 구름: 이 시연에 나오는 유일한 메타포이다. 뇌우가 그치고 서늘해진 대기에 피어오르는 옅은 안개를 나타낸다.

4 사랑하는 손님들: 천상적인 이들을 의미한다.

5 어른거리는 눈길로 나는 벌써: 주어 '나'는 2행 뒤의 동사 '보는'과 호응된다.

6 축제의 영주: 횔덜린이 쓰고 있는 "영주Fürst"라는 어휘 안에는 이 단어의 어원상의 의미인 '첫 번째의 사람', '맨 앞의 사람'이 함께 울리고 있다. 이 "영주"는 '신들의 신'으로서 '축제의 첫 번째인 이'이다. 「평화의 축제」에서의 "영주"라는 호칭의 근거는 『구약성서』 「이사야서」 제9장 6절 "그의 이름은 놀라우신 조언자, 전능하신 하나님, 영존하신 아버지, 평화의 왕이라고 불릴 것이다"의 메시아에 대한 예언이다. 횔덜린이 역사에서 평화의 왕의 "길고 긴 행군"을 말했을 때, 그는 이 성서 구절을 상기한 것이 틀림없다. "평화의 왕"이라는 메시아 예언은 바로 신앙의 역사에서 중요한 역할을 하고 있다. 횔덜린이 친숙했던 경건주의 Pietismus의 저술들에서도 이 "평화의 왕"은 반복해서 등장한다. 횔덜린

이 이렇게 깊은 의미를 담아 제기하고 있는, 이 시의 정점에서(제112행) 다시 한 번 등장하는 이 신적인 자의 이름을 어떤 하나의 이름으로 부르지 않고 있다는 사실은 우연한 일이 아니다. 축제와 경배를 바쳐야 할 그러한 영주는 이름으로 명명할 수 있는 범위의 저편에 있다는 것을 분명히 하고 있는 것이다.

7 낯선 곳: 아직 완성에 이르지 못한 인간적인 의식이 신적인 것의 형상을 통한 성취의 동경을 투사하고 있는 초월적인 영역을 "낯선 곳Ausland"이라고 은유적으로 표현했다. 사전적인 의미인 '외국'과는 의미가 다르다고 할 것이다. 횔덜린이 '세계의 생명'을 '열림과 닫힘의 교체'로서, '떠남과 자신에로의 복귀'로서 파악하고 있는 것은 단지 소설 『휘페리온』에 나타나는 현상만은 아니다. 평화의 축제에서 신적인 정령은 '자신에게로 돌아옴' 가운데 자신이 목적지로 삼아 떠났던 '낯선 곳'을 기꺼이 거부하고 인간의 창조적인 신과의 만남을 위한 예비로서 '우리 믿고 있는 보다 아름다운 시절'의 문턱에 다시금 '우정 어린 모습'을 띠고 나타났다. '낯선 곳'은 여기서는 지리적인 의미로서가 아니라, 고향의 원천으로부터 잠시 떠나 있는 것을 표현했다고 생각된다. 이러한 의미로 '낯선 곳'을 쓴 것은 문학사적인 관점에서 특이한 현상이 아니다. 쉴러도 같은 의미로 여러 작품에서 '낯선 곳'이라는 어휘를 쓰고 있다.

8 길고 긴 행군으로 지친: 이 시적인 상징은 먼 하늘 아래 성숙한 신적 정령에 대해서 언급하고 있는 것으로 보인다. 그 정령은 '낯선 것'을 동화시켜서 자신의 태생적인 것 안에 자신을 더욱 확고히 하고 힘을 부여한다. 그것은 결국 외래적인 것을 정복한 바쿠스(시 「시인의 사명」)처럼, 이 정령도 모두를 정복하면서 다가오는 것으로 표상케 하는 것이다. 여기서 '지친müd'이라는 낱말이 혹시 '행군'에 지쳐 있다는 것으로 이해해야 할지 아닌지가 문제된다. '지친'이라는 단어는 이 때 '눈길'에 관련되어 있다고 보는 것이 타당하다. 즉 '길고 긴 행군으로 지친 / 눈길 떨구고'로 해석함이 타당하다. 부연하자면 축제의 영주는 눈길을 떨구고 있다. 왜냐하면 그 눈길은 전쟁의 오랜 세월 동안 끝나지 않았던 그 행군으

로 지쳤기 때문이다.

9 두루 알려진 자여: 일부 해석자들은 당대의 나폴레옹을 지칭한 것으로 해석하기도 하지만 앞의 주7) 및 8)의 취지에서 역시 "축제의 영주"를 지칭하는 것으로 해석해야 한다.

10 그대 앞에서: '그대의 신적인 임재 앞에서'로 이해된다.

11 홍수도 불길도 겁내지 않았던 한 사람 / 놀라움을 자아내니: 여기서 한 사람은 시대의 소란과 싸움에 얽혀들었던 자이다. 그러한 싸움의 소용돌이에서 문득 멈추어 서는 것으로서도 "놀라움을 자아낸다". 바이스너는 여기서 'erstaunen'이라는 동사를 '놀라움을 자아내다'가 아니라, 'empfinden(느끼다)'로 해석하기를 권한다. 빈더Binder는 이 구절을 '이제 평화의 고요함이 돌아온 사실에 대해서 결코 놀라워하지 않을 수 있는 유일한 자'는 바로 평화를 가져온 그 당사자라고 해석한다. 이 해석대로 한다면 '느끼다'라는 의미가 타당해 보인다. 그러나 이러한 해석 때문에 'erstaunen'을 'empfinden'으로 옮기는 것은 지나친 비약이라고 생각된다. "홍수도 불길도"는 물불로 꿰뚫어가는 한 길의 위험성에 대한 표상인데, 이는 성서의 구절을 연상시킨다. 「시편」 제66편 12절 "우리가 물과 불을 통과하였더니 우리를 끌어내시어 풍부한 곳에 들이셨나이다."

12 영원한 젊은이들처럼: 신들과 신들의 자식들, 이들 가운데 가장 젊은 자들을 이 찬가에서는 강조해서 "젊은이들"이라 부르고 있다.

13 또한 내 많은 이들을 초대코자 한다. 그러나 오 그대: 처음으로 그리스도에 대한 언급이 등장하고 있다. 시인은 초대하고자 하는 많은 이들을 생각하면서 맨 먼저 "젊은이들"의 하나이기도 한 그리스도를 생각한다. 다만 "그러나"라는 말로 머뭇거리는 태도로 그를 생각한다. 이 "그러나"로 인해서 생긴 파격을 오해해서는 안 될 것이다. 바쿠스나 다른 신들과 마찬가지로 아버지의 한 아들인 그리스도는 다른 형제들과 구분되는데, 그것은 그가 자신의 행로를 끝까지 가지 못하고 "말씀의 한가운데" "죽음에 이르는 숙명"이 그 행로를 막아버렸기 때문이다. 그가 이르고자 했던

그 환희는 빨리도 숨겨져버렸다. 따라서 이 즐거운 잔치에 그가 한 사람의 손님이 될 수 있는지 의심스럽다. 그러나 이 찬가의 진행 가운데서 차츰 그리스도의 '복된 평화'에의 동참은 의문의 여지가 없는 것으로 굳혀져간다.

14 그러나 우리는 신적인 것을 또한 (…) 정신은 인간을 향했기 때문이다: 그리스도에게 바쳐지고 있는 이 두 번째 3연 1단Trias의 마지막 시구들에서는 일찍이 어두운 운명 때문에 그늘에 덮인 자가 기쁨에 찬 잔치의 손님이 될 수 있는지를 밝히면서 결국 긍정적인 해답에 이르고 있다. "그에 대해 / 많은 환희와 노래 이루어진" 아버지의 아들로서 그 역시 평화의 축제에 참여하게 되리라고 노래한다.

15 그: 이 세계의 드높은 자, 세계의 정신을 말한다. 그는 오랫동안 시간의 주인 되기에 너무도 위대해서 방향을 돌려 이제 다시금 인간에게로 몸을 기울이고 있다.

16 시간의 말없는 신: "말없는"은 '고요한'이라는 의미가 크다. 지금까지 "시간의 신"에 대해서는 다른 식으로 언급되어 왔다. 주로 '광란하는', '혁명적인' 신이라고 불린 것이다. 이제 시간의 신, 혹은 시간 내지 시대는 더 이상 '격동하는' 것이 아니다. 그 시간의 신은 '고요해'졌다. 평화는 지배의 다툼을 끝내게 하고, 인간들에게 다시금 '삶에의 머무름'을 부여한다. 아름답게 균형된 사랑의 법칙만이 이제 유효하게 될 것이다.

17 그러나 우리는 곧 합창이어라: "우리wir"는 육필본에 들어 있지 않다. 횔덜린의 부주의에 의해 빠졌거나, 함부르거가 말하는 대로, 대명사의 생략이 횔덜린의 어법에 크게 어긋나는 것은 아닌지도 모른다. 바이스너가 편찬한 전집과 슈미트가 편집한 전집에는 이 '우리'가 삽입되어 있다.

18 초목들: 횔덜린에 있어서 이전부터 이러한 초목들의 싱그러움은 '우리가 믿고 있는 보다 아름다운 시절'의 징표이다. 초목에서 대지와 빛과 대기가 상호작용하는 흔적을 인식할 수 있기 때문이다. 그렇기 때문에 평화의 축복 속에서 피어나는 시대의 영상은 모든 신들의 새로운 상호작용, "위대한 정신"과 "다른 힘들 사이… 유대"를 알려주는 징표인 것이다.

19 축제일 // 모두를 모이게 하는 축제일이어라: 이 작품 가운데 유일한 시연도약이다. 이러한 시연 뛰어넘기는 극도의 파토스를 읽게 한다.

20 모두 매달려 있는 / 그들의 가장 사랑하는 자: 인간에게 다시금 애정을 기울이는 신들은 모두 제대로 된 작용을 위해 하나의 중간자를 필요로 한다. 이는 횔덜린의 종교적 사상에서 확고한 모티브이다. 이 중간자는 이 때문에 그 신들의 가장 사랑하는 자이며, 그들 모두는 그에게 매달려 있다.

21 하여 내 불렀노라: 여기부터 정점을 이루는 이 시연의 핵심적인 시구가 시작되고 있다. 이 시연의 5행 반이 모두가 모이는 축제일에 천상적인 것들이 어떻게 자리를 함께하는지를, 또 다른 5행 반은 이 천상적인 것들이 어떻게 인간들에게 되돌아오는지를 말하고 있다. 시인은 이 두 개의 부분을 잇는 중간부분에서 신들이 매달려 있는 가장 사랑하는 자, 오랫동안 기다려온 자, 또 오랫동안 떨어져 있었던 자, 그러나 잊지 못할 자를 불렀다는 것을 기뻐하고 있다.

22 축제의 영주에게로: 시인이 부른 자와 축제의 영주가 같지 아니한 것을 주목해야 한다. 그를 '축제의 영주'라고 부른 것이 아니라, '축제의 영주에게로' 부른 것이다.

23 하나의 약속: 『신약성서』「누가복음」 제2장 25~38절의 시므온과 안나의 이야기 참조. 특히 25절 이하 "그런데 마침 예루살렘에 시므온이라는 사람이 있었는데 … 그는 주님께서 세우신 그리스도를 보기 전에는 죽지 아니할 것이라는 성령의 지시를 받은 사람이었다."

24 그중 만족한 것은 / 간결함이라: 근원적이며 순수한 현존의 "간결함"은 이 시의 마지막 3개 연이 강하게 드러내고 있는 황금시대의 한 토포스이다. 이 시가 쓰여진 무렵의 편지들에서 횔덜린의 "간결함"에 대한 관점을 읽을 수 있다. "그와 같은 일(평화)을 마주하고 특별히 나를 기쁘게 하는 것은 이 평화와 더불어 정치적인 균형 또는 불균형 자체가 그 중요한 역할을 그만두었다는 사실과 간결함이 그것에 고유한 것이 되는 시발점이 마련되었다는 사실이다"(1802년 2월말, 란다우어에게), "나는 앞으로 다가올 것으로 보이는 간결하고 고요한 나날을 생각하고 있다네"

(1804년 3월 12일, 제켄도르프에게).

25 오랫동안 찾았던 / 황금빛 열매: 헤스페리데스의 황금사과에 대한 신화를 암시한다. 횔덜린은 황금사과의 고대 신화를 자신의 역사철학적인 개념으로 전용하고 있다.

26 암사자처럼: 호메로스의 『일리아스』 18번째 이야기에서 유래되는 고대 문학에서의 한 비유. 『일리아스』에서 아킬레우스가 파트로크로스를 잃고 통탄하면서 그를 "억센 수염을 달고 있는 사자"라고 부른다. 이러한 호메로스의 사자 비유를 소포클레스, 호라티우스, 오비디우스 등이 작품에서 모방하고 있다.

27 신들을 사티로스들과 / 어울리게 했듯: 이 구절을 이렇게 읽을 수 있겠다, 즉 '그대가 사티로스를 신들과 어울리게 했듯이, 그대는 그대의 적을 거의 당신 자신의 아들로 여겼다'. 고대신화에서 디오니소스는 주로 사티로스를 동반하고 있다. 그러나 여기서는 신적으로 완전한 자와 희화적으로 부적한 자의 불균형에 대한 신화의 은유적인 일반화가 중심을 이룬다.

28 그대의 적: "어머니" "자연"으로부터 떨어져나와서 이제 도리어 이를 거스르고 있는 근대적 인간의 정신.

29 그 두렵게 일하는 것, 성숙할 때까지 / 기꺼이, 느낌도 없이 저 아래에서 쉴 것이다: 지상에서의 끊임없는 치다꺼리로 마치 지하세계에서처럼, 모든 아름다움과 생동하는 것을 벗어나 살고 있는 인간. 시 「아르히펠라구스」에서의 "그러나 슬프도다! 한밤중에, 신성도 없이 우리 인간은 / 떠돌며 마치 하계에서인 양 살고 있도다."(241~242행) 참조.

유일자-*첫 번째 원고*

이 시의 첫 번째 원고는 1801년 가을 횔덜린이 보르도로 떠나기 전에 시작해서 1802년 가을에 끝낸 것으로 추측된다. 이 첫 번째 원고는 완결되지 않은 채 남겨졌다. 6연이 5행 중간에서 중단되었고 7연은 첫 행만 스케치로 흔적을 남기고 있다.

시 「유일자」는 전체 주제로는 찬가 「평화의 축제」 및 「파트모스」와 유사하다. 이 찬가들에서는 그리스도라는 인물이 획기적인 의미를 부여받고 있는 것이다. 동시에 다른 신적인 형상체들이 그리스도의 곁에 나란히 등장하고 있어서 기독교의 배타적인 독점 요구에는 반하고 있다. 이 세 편의 찬가에는 하나의 지고한 아버지라는 신성이 자리하고 있다. 이 아버지 신성에는 그리스도만이 아들로 연결되어 있는 것은 아니다. 다른 신적인 또는 반신적인 형상들도 이 아버지의 아들로서, 이들이 출발했고 이들이 다시금 연결하고 있는 초역사적 전체성의 역사적 전개로서 등장하고 있는 것이다.

「파트모스」 바로 직전에 쓴 찬가 「유일자」는 그리스도의 특수한 위치를 내보인다. 이 찬가는 고대로부터 기독교적인 시대로의 전환을, 구상적인 것에서부터 정신적인 것으로의 전환으로 파악하고 고대의 반신들(또는 "영웅들")인 헤라클레스, 디오니소스와 똑같이 그리스도를 그 중간 위치에 놓는다. 그리고 "세속적"인 것과 "정신적"인 것 사이, 사실적인 것과 이상적인 것 사이의 긴장 가운데서 바라다보고 이들에게 일종의 특수한 중재 사명을 부여하고 있는 것이다. 이 중재 사명은 끝에 이르러 시인 자신의 사명으로 이어진다. 정신적인 것과 세속적인 것 사이의 긴장과 중재라는 이러한 관점 아래 그리스도와 다른 반신들은 결국 '동일한' 것으로 나타난다. 우선은 그리스도가 보다 더 정신적인 영역에 속하기 때문에 "유일자"로 보이기는 했지만, 결국은 다른 반신들과 크게 다르지는 않아 보이는 것이다. 이렇게 해서 끝에 이르면 질적인 측면에서조차 '유일자', 즉 '비교할 수 없는 자'라는 제목은 취소될 수밖에 없다는 것이 확실해진다.

4연과 5연에서와 마찬가지로 8연의 중간에 이르기까지 새삼스럽게 그리스도를 향한 편애와 다른 신적인 형상체들도 함께 연결시켜야 할 필연성 사이의 변증법적인 움직임이 반복된다. 9연에 이르면 이러한 변증법은 종합으로 지양된다. 시는 이제 열려져 있는 시적인 문제성을 연관 지음으로써 이러한 종합을 수행한다. 세속적인 것과 정신적인 것 사이의 긴장 어린 대립은 시인 자신의 현존의 긴장에 상응한다는 것을 인식하기에 이르는 것이다. 그리스도가 자신의 신적인 천성 때문에 이 지상에서 한 마리 갇힌 독수리처럼 유랑했던 것과 마찬가지로 헤라클레스와 디오니소스도 인간인 어머니와 신적인 아버지 사이의 아들로서 마치 갇힌 것처럼 스스로 느꼈다. 이들은 신적인 것을 현세 안에 중재했을지라도, 이들의 가장 깊은 성향은 세속적인 것을 벗어나 천상적인 것을 향해 있었다. 바로 이러한 현실성과 이상성 사이의 현존의 긴장에 이상적인 것을 세속적인 것으로 중재하는 자로서 시인도 숙명 지워져 있는 것이다. 시인들은 가장 깊은 내면에서는 이상을 향하는 경향, 세속적·현실적인 것의 이상을 따르고자 한다는 점에서 그리스도와 같지만, 바로 그 때문에 그리스도와 다른 영웅들처럼, 정신적이면서도 세속적인 과제를 스스로 짊어져야만 한다. 시인들은 신적이며 이상적인 것의 매개체로서 현실성 안에 작용해야 하며, 그 현실성 안에 정신적인 것을 중재해야 하는 한 현실 안에 머물 수밖에 없는 것이다. 시 「유일자」는 시인이 걸을 수밖에 없는 '유일한 길'을 노래하고 있다고 생각된다.

1 오래고 복된 해변: 그리스.

2 천국의 감옥 안으로인 것처럼 내가 / 그곳에 팔려갔기 때문: 고대에는 전쟁 포로를 노예시장에서 노예로 팔아버리는 것이 흔한 일이었다. 이러한 노예시장 중 가장 유명한 시장이 델로스 섬이었는데, 이곳은 바로 아폴론이 태어난 곳으로 신성시되었다. 아폴론이라는 시어가 등장하면서 이를 연상시키고 있다. 그러나 시인은 여기서 다른 맥락에서 이 표상을 쓰고 있다. 즉 신에게의 봉헌이나 봉사를 감옥으로, 신적인 것에 붙잡힌 것으로 표현하고 있는 것이다. 『신약성서』 「빌레몬서」 제1장 9절에서 사도 바울은 "나이가 많은 나 바울은 지금 또 예수 그리스도를 위하여 갇힌 자 되어"라 하고 「에베소서」 제3장 1절에도 "이러므로 그리스도 예수의 일로 너희 이방인을 위하여 갇힌 자 된 나 바울이 말하거니와"라고 자

신을 표현하고 있다. 이것은 나중에 집중적인 신의 체험에 대한 표지로 쓰이게 된다. 신비주의에서 경건주의에 이르기까지 '신의 포로captivus dei'라는 용어는 자주 등장한다.

3 드높은 사념은 / 많은 것 / 아버지의 머리로부터 솟아나와: 우선 이 구절은 확실한 신화를 암시한다. 즉 아테네 여신은 제우스의 머리에서 탄생했다는 것이다. 그러나 이러한 신화의 특성은 횔덜린에 의해서 보편화된다. "드높은 사념"은 세상에 자신을 드러내보이는 신적인 로고스의 개별화이다. 횔덜린은 이러한 로고스를 시적 구성의 결정적 사유로서 고대 스토아적인 범신론 전통에서 이어받고 있다. 고대의 범신론적인 전통은 다신론을 하나의 신적인 총체이성이라는 철학적 이론으로 해소시키고 개별적인 신들의 이름을 하나의 신성의 다른 이름으로 그 작용력에 따라서 재해석했던 것이다. 이러한 기본적인 생각을 통해서 이 시에 등장하는 일련의 신들의 명칭, 즉 아폴론, 그리스도, 헤라클레스, 디오니소스 그리고 디오니소스의 별칭인 에비어Evier로 환기되는 풍성함이 결정되는 것이다.

4 엘리스: 펠로폰네소스의 지역 이름.

5 이스트모스: 코린트의 이스트모스에서는 포세이돈을 기리는 이스트모스 경기가 열렸다.

6 스미르나 … 에페소스: 에게 해 건너편에 있는 이오니아를 대표해서 등장하는 지명들이다. 이 중 에페소스는 장려한 사당이 있는 구역일 뿐 아니라 아르테미스 여신의 신상이 있어 유명한 곳이다. 고대 사원과 신상을 모시는 종교와 기독교적이며 영적인 종교가 특히 대립을 보이는 곳으로 등장한다. 이 찬가가 제기하는 문제가 드러나는 부분이다.

7 그대들의 족속의 마지막인 자: '신들의 계보'의 마지막 자로서 그리스도는 비가 「빵과 포도주」에도 등장한다.

8 가문의 보물: 아이스킬로스의 『아가멤논*Agamemnon*』에서 그대로 차용하고 있다. 트로야 전쟁을 앞둔 아가멤논의 군대가 아우리스 항에서 출정을 기다리는데 바람이 불지 않자, 아가멤논의 딸 이피게니아를 아르테

미스 여신에게 제물로 바친다. 이때 이피게니아를 '가정의 보물'이라고 노래하고 있다.

9 나의 스승: 75행에서와 마찬가지로 그리스도를 칭하고 있다. 「요한복음」 제13장 15절, "내가 너희에게 행한 것 같이 너희도 행하게 하려 하여 본을 보였노라"와 「마태복음」 제23장 8절 "그러나 너희는 랍비라 칭함을 받지 말라 너희 선생은 하나요 너희는 다 형제니라" 참조.

10 헤라클레스의 형제인 것처럼 / 그대는 또한 에비어의 형제이도다: 본래 신화에서 헤라클레스는 힘세고 활동력 넘치는 영웅으로만 그려져 있다. 프로디코스Prodikos의 유명한 우화 「갈림길에 선 헤라클레스」에서 헤라클레스는 욕망과 덕성의 갈림길에서 후자를 택한다. 이로써 그는 스토아적인 삶의 이상에 알맞은 덕목의 영웅이 되었고 쉴러나 횔덜린 역시 이런 변용된 헤라클레스 상을 이어받고 있다. 횔덜린의 시 「운명」과 「헤라클레스에게」가 그것을 말해준다. 헤라클레스에 대한 표상은 마침내 종교적이며 신학적인 차원으로까지 변모한다. 한편 에비어는 디오니소스의 제례 명칭이다.

횔덜린은 헤라클레스, 디오니소스, 그리스도를 형제라고 말하며, 세속에서 활동하는 신적 로고스의 대표자, 신적 과제를 받는 정화자, 문명의 후원자, 인간을 모든 악에서부터 구원해주는 구원자로 유형화한다. 이 구원자 유형의 인물 특징은 횔덜린의 여러 신상들 사이에서 태어난 아들이라는 점이다. 헤라클레스가 제우스와 알크메네 사이에서, 디오니소스가 제우스와 세멜레 사이에서, 그리스도가 하나님과 마리아 사이에서 태어난 것이 그 예이다. 둘째, 구원자는 아기로서 특별한 위험에 내맡겨진다는 점이다. 헤라클레스가 질투심에 사로잡힌 헤라가 보낸 뱀과 싸워 이기고, 디오니소스가 번개에 맞은 세멜레의 몸에서 구출되며, 예수가 헤롯 왕에 의해서 자행된 베들레헴 아기 살해에서 구원되는 것이 그 예이다. 셋째, 성년이 되어 구원자는 위대한 행동과 기적을 통해서 그 드높은 본질을 증언하고 보존한다. 넷째, 이들은 여타 행위들을 통해서 인간의 선행자이자 친구로, 평화를 가져다주고 문화를 증진시키는 자로 나타나며, 마지막으로 거의 희생자로서 끔찍한 죽음을 맞는다. 헤라클레스는 오이테 산에서 불에 타 죽고, 디오니소스는 찢겨 죽으며, 그리스도는 십자가에 못 박혀 죽는다. 그리고 죽음 뒤에는 승천한다는 공통점이 있다.

11 마차에 범을 묶어 / 이끌게 하고: 그리스 예술과 문학에서 범은 디오니소스의 동물이고, 그는 범으로 하여금 마차를 끌게 했다. 범은 그러나 덩치가 크고 사나운 짐승으로 그려져 있었던 만큼, 이 범이 마차를 끌게 한 것은 야생의 힘을 제어한 것으로 문명화의 상징적 행위이다. 헤라클레스의 12개 고역의 극복도 이와 같은 문명화 행위에 해당된다. 그리스도의 윤리와 도덕적인 힘도 원초적인 충동에 대응한다는 점에서 같은 맥락으로 볼 수 있다.

12 인더스 강에 이르기까지 / 환희의 봉사를 명하면서: 우선 그 추종자들이 신에의 봉사로 결합되었던 디오니소스적인 신비종교를 의미한다. 횔덜린은 신화상의 전래에 맞추어서 디오니소스에 있어서의 "환희"를 제기한다. 또한 그리스도를 향해 "더없이 기꺼운 분"이라고 부르고 있는 「파트모스」 (제90행)를 참조하라.

13 포도밭을 일구고: 포도주의 신 디오니소스에 의한 포도 재배의 도입을 의미할 뿐만 아니라, 여기서는 특별하게 체계적인 것을 의미한다. 대지가 열매를 맺도록 돌보는 행위와 결합된, 즉 근본적인 의미에서 '문화'와 관계되는 기초를 닦는 행위를 의미한다.

14 백성들의 분노를 길들였던 이: 헤데리히Benjamin Hederich의 『신화사전 *Gründliches mythologisches Lexikon*』에 따르면, 디오니소스는 '세상의 많은 지역을 유랑했으며 온 도시들과 백성들의 다툼거리를 평정했다'고 한다. 이러한 평화 촉진의 작용을 횔덜린은 디오니소스에게 부여하고 있다. 여기서 "분노"는 백성들의 투쟁 추구를 의미한다. 여러 고전들은 디오니소스나 헤라클레스를 백성을 '길들이는 자'로 기록하고 있다.

15 세속적 사나이들: 헤라클레스와 디오니소스. 이들이 세속적인 것은 인간인 모친에게서 탄생해서가 아니라, 이들이 그리스도의 교훈에 나타나는 정신적, 정령적인 본질에 비교해볼 때, 세속적이면서 감각적인 체험의

원리를 더 강하게 체현하고 있기 때문이다.

16 왜냐면 그 혼자 지배한 적 없기 때문이다: "그"는 '아버지'를 의미한다. 그는 직접 혼자서 '지배하는' 것이 아니라, 헤라클레스, 디오니소스 그리고 그리스도 같은 '아들들'을 자기 대신 내세우는 가운데, 간접적으로 지배하는 것이다.

17 붙잡힌 독수리: 기독교적인 전래에 따르면 독수리는 하늘로 날아간 주의 상징이다. 그리스도나 고대의 반신들은 세속에 똑같이 '붙잡혀' 있었고, 그리스도가 이러한 갇힘으로부터 빠져나와 천국으로 되돌아가듯이 다른 고대의 반신들의 영혼도 그러했으리라고 생각할 수 있다.

18 아버지가 그의 최선을 / 행하시고 최선이 / 인간들에게 실제로 작용했기 때문: 신적인 것을 세속에 전달하면서 자신을 스스로 버리는 가운데(「빌립보서」 제2장 7절 "오히려 자기를 비워 종의 형체를 가지사 사람들과 같이 되셨고" 참조) 아버지는 자신의 "최선"의 것을 행하신다. 이때 이상적인 것의 전달이 현실성 안으로 도달된다는 것을 어원적 비유로 최선이 "실제로 작용했"다고 쓰고 있다.

19 그를 보았던 많은 이들 / 두려워했으니 (…) 그 아들조차 … 오랫동안 상심했기 때문: 두 개의 문구는 대칭적인 관점에서 신적인 것이 그것에 본질적으로 걸맞지 않은 인간적인 것으로 넘어가 발현했을 때의 소통 상황의 문제점을 요약하고 있다. 인간들의 '두려움'은 현실에서의 모든 익숙한 척도를 넘어서버린 신적인 기적의 작용에 상응된다. 성서의 곳곳에 이러한 기적에 대한 사람들과 제자들의 놀라움, 두려움이 기록되어 있다. 이러한 두려움은 어떤 넘침, 과잉의 체험을 의미한다. 이에 반해서 그리스도의 '상심'은 결핍을 암시한다(「마태복음」 제26장 38절, "이에 말씀하시되 내 마음이 매우 고민하여 죽게 되었으니 너희는 여기 머물러 나와 함께 깨어 있으라 하시고"를 암시하고 있다). 그 상심은 신적인 천성이 그 현세적 실존의 한계성 가운데 '갇혀 있음'의 체험을 의미한다.

20 그처럼 영웅들의 영혼 갇혀 있다: 여기서 영웅들은 반신들이고, 특히 헤라클레스와 디오니소스이다. 헤라클레스가 인간적인 모습을 띠고 있지

만 신적인 영역으로 넘어간 영웅의 전형이라면, 디오니소스는 신으로서 인간적 영역으로 내려간 신이다. 디오니소스는 "신들 가운데 있는 영웅"이다.

21 시인들은 또한 정신적인 자들로서 / 세속적이어야만 하리라: 시인들은 현실에 머물면서 그 현실 안으로 정신적인 것을 받아 중재하며 신적 · 이상적인 것의 도구로서 현실 안에서 활동해야 한다. 그러므로 이 마지막 시구는 이상적인 것의 표상으로 일방적으로 도취하는 것을 용납해서는 안 되고 이 이상적인 것을 현실의 영역으로 중재하기를 게을리 해서는 안 된다는 자기경고이면서, 동시에 시인을 그리스도나 다른 고대의 반신들 곁에 세우는 가운데 시인의 사명에 대한 특별히 높은 지위를 부여하고 있다. 그런 만큼 시인의 운명이 비극적임을 의미하고 있는 것이다.

유일자-*두 번째 원고*

이 두 번째 원고를 언제 썼는지는 불분명하다. 아마도 1803년 이전은 아닌 것으로 보인다. 이 두 번째 원고의 전반부에서 횔덜린은 첫 번째 원고를 몇몇 군데만 수정했으나, 후반부인 제56행 이후는 완전히 새롭게 수정했다. 이 수정보완된 부분을 한눈에 알아볼 수 있도록 횔덜린은 아예 별지에 분명한 필체로 기록했다. 이것이 소위 '바르트하우스 단편 Warthäuser Fragment'이다. 두 번째 원고의 전체 정서본이 있었음직도 한데, 마지막 6행만이 홈부르크 정서본에 보존되어 있을 뿐이다.

1 백성들의 죽음에의 욕망: "죽음에의 욕망"은 여기서 더 이상 백성의 "우울"처럼 그들의 전투에의 욕망, 다시 말해 미개한 전투적인 태도를 의미하는 것이 아니라, "무제약적인 것"에로의 자기파괴적인 열망을 의미한다.

2 덫을 잡아채버린: 「누가복음」 제21장 34절 "너희는 스스로 조심하라 그렇지 않으면 방탕함과 술 취함과 생활의 염려로 마음이 둔하여지고 뜻

밖에 그 날이 덫과 같이 너희에게 임하리라" 참조. 이 구절은 세계종말과 관련 있으며 덫이라는 표상은 세계종말의 갑작스러움과 예측 불가능성을 의미한다. 더 잘 알려진 대로 최후의 날은 "마치 한밤중의 도둑처럼" 온다는 경고에 관련되어 있는 것이다. 횔덜린이 이 은유를 자신의 사고에 자유롭게 적용해 택하고 있다. 백성들의 죽음에의 욕망을 억제하고 있는 디오니소스가 덫까지도 치워 버린다면, 그것으로 성서에서는 피할 길 없이 벌어지게 되는 죽음에 이르는 몰락을 그가 피할 수 있게 해준다는 것을 의미한다. 나아가 이러한 죽음에 이르는 사건이 신적으로 포고되고 규정된 것이 아니라, 거꾸로 인간들이 자신의 "죽음에의 욕망"을 통해서 빠져들 위험에 놓인 숙명이라는 것, 그리고 신이 그것으로부터 사람들을 보호한다는 것을 의미하게 된다.

3 일자가 그 자체로 그 무엇이 되고: '그 자체를 위한 존재', 즉자적 존재는 아리스토텔레스적인 개별성을 규정하는 중요한 개념이다. 헤겔 역시 이 규정을 자신의 저술에 반복 수용하고 있다. 『정신현상학*Phänomemnologie des Geistes*』에서 헤겔은 "전체로부터 떨어져나오고 손상될 수 없는 즉자적 존재와 개인의 확실성을 향해 진력하고 있는 개별자들"을 언급한다. 관심을 끄는 것은 "영혼은 그 즉자적 존재를 보존하고 있다"는 점이다. 『철학사 강의*Vorlesungen über die Geschichte der Philosophie*』에서 헤겔은 마침내 "개체"를 "즉자적 존재, 스스로를 결정하는 것"으로 정의한다. 독특하게 유추적인 언술로 횔덜린은 빌렌도르프에게 보낸 두 번째 편지에서 모든 예술의 본질은 개별 형상체의 "확실성"과 "구분성"에 있다고 말한다.

시행이월로 드러나보이는 "그 무엇"은 아리스토텔레스가 낱낱의 개별성을 나타내는 한 용어이다. 횔덜린은 송시 「수줍음」에서 확고하고 확실한 것을 지향하는 시인의 과제를 강조하는 가운데 "예술과 함께 와서, 천국적인 것으로부터 / 무엇인가 하나 가져다줄 때면"이라고 썼다. "무엇인가"로 표현된 이런 개별자에 대한 결정적인 강조라는 시각에서 횔덜린은 이 「유일자」의 두 번째 원고에서 "인간들"이라고 복수형을 쓰면서도 복수의 자가 스스로 무엇이 되고자 한다고 말하지 않고 단수로 그들이 "일자"가 스스로 무엇이라는 사실을 알게 되리라고 쓴 이유를 이해할 수 있게 된다. 단수가 개별자의 기본 범주이기 때문이다.

4 법칙들: 법은 디오니소스가 문화와 관계되는 기초를 닦으며 제도로 도입했다고 전한다. 송시 「우리의 위대한 시인들에게」 주4) 참조.

5 마치 사다리를 타고 온 것처럼: 첫 번째 원고의 제 7연에 대한, 결국 실패하고 만 한 수정 시도에는 "그리고 층계를 따라서 / 천상적인 자 아래로 내려온다"라는 시구가 있다.

6 말하자면 악령이 (…) 감각의 폭력을 계속하도다: 특히 고대의 후기 이래로 "노래를 적대시하며", "소리도 없는" 운명이라는 표상은 시인 됨의 문제성을 의미한다. 이 운명은 노래를 적대시하고 소리도 없는데, 그것은 "행복한 고대"에 주어졌던 것처럼, 충만한 시대만이 시인과 그의 "노래"을 위한 이상적인 환경인 때문이다. 비가 「빵과 포도주」에서 읊고 있는 대로 "이 궁핍한 시대에 시인은 무엇을 위해 사는 것일까?"라는 절망적인 물음이 떠오른다. 이 궁핍한 시대는 "노래를 적대시하고" "소리도 없는" 시대이다. 의미를 파괴시키면서 이 시대는 시인을 지배하려고 위협한다. "감각의 폭력적인" 운명으로써 말이다.

7 그리스도의 태양: 태양으로서의 그리스도Chrito Helios를 암시한다. 시 「파트모스」 참조. "말하자면 천상의 승리가 더 높이 이를 때면 / 지고한 자의 환희에 찬 아들 / 강한 자들에 의해 태양처럼"(179~181행).

8 고해자의 정원: 고대 후기와 중세의 수도원

9 순례자들과 민중의 방랑: 십자군 종군을 포함한 중세의 대규모 순례와 민족들의 대이동.

10 파수꾼의 / 노래와 음유시인의 / 또한 아프리카 사람의 문자: 횔덜린이 "파수꾼의 노래"라는 말로 무엇을 의미하려 하는지 말하기는 어렵다. "아프리카 사람의 문자"는 북아프리카 출신이며 이탈리아에서 개종 후 다시 아프리카로 돌아가 후일 대주교가 된 히포의 아우구스티누스 Augustinus를 암시한다. "음유시인"은 옛 음유시인을 의미하기도 하지

만, 스스로 음유시인이라고 생각했던 클롭슈토크를 의미한다.

11 그리고 명성도 없이 (…) 그들은 아버지다운 제후들이도다: 이 찬가에 "숙명"이라는 시어가 네 번째로 등장하고 있다. 이 시구는 전쟁, 권력행사, 호사스러운 생활로 얻은 제후들의 명성에 반대하는 전통적인 문제 제기의 배경에서만 이해할 수 있다. 루이 14세 이후 펼쳐진 유럽의 절대주의가 그런 명성이 얼마나 값비싼 대가를 치러야 했는지에 대한 놀라운 예들을 보여준다. 그렇기 때문에 계몽주의 이래의 저술가들은 제후의 참된 위대성은 신하들의 피와 재물을 가지고 얻어낸 명성이 아니라, 외적인 호사스러움을 포기하고 나라의 복지를 돌보는 마음에 있다는 점을 지적한다. 휠덜린은 일찍이 그의 시 「명예욕」에서 이 주제를 노래한 적이 있다.

12 빛은 / 성인이 된 남자들에게 더 어울리기 때문에. 젊은이에게는 그렇지 않다. / 조국도 역시: 참된 통찰과 바른 태도는 남성다운 책임의식의 소산이다. 이러한 범주에는 "조국"의 이해利害도 해당된다. 반면 덜 성숙한 젊은이의 정신은 그 의의가 의문시되는 "명성"에 더 기울어져 있다.

13 말하자면 싱싱하게 // 아직은 다 닳지 않고 고수머리로 가득하다: 이 심하게 불완전한 구절은 주어도, 술어도 빠져 있는데, 바로 앞선 시구의 "조국"을 주어로 삼아 볼 때, 찬가 「게르마니아」가 조국을 노래하면서 조국에게 바치고 있는 자연 그대로의 근원에 가까운 상태를 반복하는 듯하다. "고수머리로 가득하다"는 표현은 매우 고차적인 은유로서 타키투스의 『게르마니아』 이래 숲이 무성한 독일을 의미한다.

14 대지의 아버지: 이 시는 개별적인 중재자로서 제85행의 "아버지다운 제후"로부터 보편적인 의미의 "조국"을 지나 최고로 일반화된 형식인 "대지의 아버지"에 이르게 된다. 시 「평화의 축제」나 「파트모스」에서도 "아버지"는 모든 개별적인 현상을 지배하는 전체성의 심급으로 그려져 있다.

15 또한 몇몇은 구조되어서 / … 이들 박식하다: "또한"은 앞의 시구 "그리하여 선한 것의 / 확신이 여전한 것을 기뻐한다"에 이어져 있다. "구조되

어서"라는 말의 의미를 알려주는 이 "확신"이 관심의 대상이다. 이제 이 확신이 앞의 시구에서처럼 근원적이고 신뢰할 만한 것을 통해서가 아니라, 지나간 일을 알고 보존하며 해석하면서 역사를 전체적인 틀에서 파악할 수 있는 "박식함"을 통해서 일어난다. 이 마지막 시연의 '여전함'과 '남아 있음' 이 시기에 쓴 시 「회상」 같은 작품에서 읊고 있는 시적으로 세워진 머무름을 환기시킨다. 이 시 「유일자」에서는 단순히 머무는 것, 변치 않는 것의 세움만이 아니라, "아름다운 섬 위인 양", "구조되어" 있는 것이 틀림없는, '의미를 세우는 자'의 머무름, 변함없음에 관심의 초점이 놓여 있다.

16 대지의 아버지 / 시간의 폭풍 가운데서 / 불변하는 것을 예비할 때: 이 시구로써 더 이상 자세히 단정할 수 없는 완성의 상태가 단순히 영원히 계속되는, "불변하는" 상태라고 생각하지는 않게 된다. 오히려 "머무름" 이라는 범주 아래 예비적 형식이 언급되고 나서, "불변하는 것" 자체가 구원의 상태인 것이다. 역사의 의미는 역사의 종말에서만 이룩되는 것이 아니다. 역사의 의미는 역사 자체의 지양이다. 시간의 완성은 동시에 시간의 지양, 시간의 해체이다. 역설적으로 "시간의 폭풍" 가운데 시간을 넘어서는 무시간적으로 "불변하는 것"이 생성된다.

파트모스-홈부르크의 방백에게 바침

1803년 여름과 가을에 걸쳐 쓰인 시로 횔덜린은 친우 징클레어를 통해 홈부르크의 방백에게 이 작품을 헌정했다. 전체 15연으로 역시 3연 1단의 구조를 가지고 있다. 매 시연은 제10연을 예외로 모두 15행으로 이루어진 장시이다.

이미 부분적인 주석을 통해서 드러나고 있는 바처럼 비가 「빵과 포도주」의 원대한 역사적 전망이 「파트모스」에서도 반복되고 있다. 그러나 그 출발점은 더 이상 그리스적인 '한낮'이 아니라 그리스도의 순교사殉教史

및 사도행전의 시대이다. 눈에 떠올릴 수 있는 공간이 '복된 그리스'가 아니라 사도 요한의 섬인 '파트모스'인 것도 그러하다. 찬가 「평화의 축제」나 「유일자」에서 시도되는 것과 같은 그리스도와 고대 신들의 화해적인 평정이 이 시의 핵심을 이루고 있지 않으며 시대의 중심으로서 그리스도가 문제의 중심을 이루고 있다. 「빵과 포도주」처럼 내용과 구성이 모두 3연 1단의 리듬을 보존하고 있는데, 다 같이 시대의 궁핍으로부터 앞서간 세계의 시대가 환상적인 전망으로 시인에게 대두되고, 그 대립이 다가오는 시대에 대한 희망으로 지양되고 있다. 그러나 그 중점은 비가 「빵과 포도주」와는 달리 그리스도로부터 다가온 '저녁'에 주어져 있다. 그리스도는 '하나의' 신이며 영원한 아버지의 아들들, 천상적인 것들의 한 사람이다. 그러나 이 그리스도가 비가에서보다는 보다 본래적인 것으로, 다른 천국적인 것들과는 구분되는 자로 강하게 대두된다. 그럼에도 이 「파트모스」 찬가나 기타 후기의 다른 작품 어디에서고 다른 신들과 그리스도의 상像이 의문의 여지 없이 명쾌하게 관련지어지고 해명된 것은 찾을 수가 없다. 이 문제는 여전히 남겨진 횔덜린 문학의 해석상의 문제이다. '그리스도 찬가'로 잘 알려진 이 「파트모스」에서조차, 시연을 더해갈수록 송가에서 찬미되고 있는 신적 자연의 힘이 역시 '영원한 아버지'의 존재를 대신하는 위치로 부각되고 있는 것이다. 시인은 교리에 입각한 기독교보다는 참된 종교에 대해서 생각하고 있으며, 그것이 순수한 독일문학의 전제라는 것을 이 「파트모스」에서 제기하고 있다.

1 가까이 있으면서 / 붙들기 어려워라, 신은. / 그러나 위험이 있는 곳엔 / 구원도 따라 자란다: 시인의 세계관이나 역사관을 가장 잘 함축하고 있는 구절이다. 깊은 어둠 속에서 구원의 다가옴을 확신하고 있다. 현대 시인 첼란Paul Celan은 이 첫 구절을 시 「어두운 밤Tenebrae」에 차용하고 있다. 여기 '위험'은 우리 인간이 처한 제약적 상황에서 이 지상에 나타나는 신성의 위대한 연관성을 발견해 내지 않는다면 그의 '가까움'에도 불구하고 신은 낯설 수밖에 없는 그러한 '위험'이다.

2 알프스의 아들들 (…) 거기를 넘어가고 다시 돌아오도록: 독수리들이 날개를 가지고 있듯이, 산에 사는 자들은 산정과 산정 사이 심연으로 인한 위험에 대해서 "가볍게 걸쳐 있는 다리"를 가지고 있다. 이런 간극을 극복할 다른 가능성을 시인은 몇 행 뒤에서 "순결한 물길"이라고 하기도 한다. 그러나 곧이어 열정적인 상승, 보다 빠른 결합에의 참을 수 없는 동경 가운데 다시금 독수리의 형상으로 돌아오고 있다. "오 우리에게 날개를 달라"고 시인은 외친다. 주1)에서 말하고 있는 위험 때문에 "가장 사랑스러운 자들", 신들의 아들들은 지칠 위험에 놓인다. 그들 각자는 그가 보내어진 역사적 상황 가운데서, 시간의 절정에서 아버지를 위해 애써왔다. 그들의 노력은 우리 후대가 거기에 이르는 다리를 놓을 수 없다면 모두 헛되게 보일 뿐이다.

3 어스름 속에서 가물거렸다: 서구의 땅에 저녁의 어스름이 깃든 상태를 말한다.

4 황금빛 연기: 시 「게르마니아」의 24~25행을 보면 "황금빛 연기"는 묘지의 불길에서 피어오르는 것으로 묘사된다.

5 아시아는 내 눈앞에: 이미 찬가 「도나우의 원천에서」에서도 그 이름이 불린 적이 있는 아시아는 여기서 시연의 첫머리, 그것도 시연 뛰어넘기가 이루어진 자리에 두드러지게 등장한다. 시연 뛰어넘기의 문체적 효과에 대한 본보기로 삼을 수 있는 구절로 생각된다.

6 나 알고 있던 하나를 그곳에서: 시인은 파트모스 섬을 찾고 있는 중이다.

7 황금으로 장식한 팍토르 강: 시 「네카 강」의 15행 참조.

8 높은 곳엔 은빛의 눈: 비가 「귀향」 19~20행 "은빛 산정들은 평온 속에 반짝이고 / 아침 햇살로 빛나는 산정의 눈은 장미꽃으로 가득하다" 참조.

9 파트모스 … 어두운 동굴: 파트모스 섬에 있는 동굴. 파트모스 섬은 그리스와 터키 사이에 있는 바위로 덮인 작은 섬이다. 면적은 울릉도의 절반도 되지 못한다. 로마시대로부터 이 섬은 정치범을 위한 유배지였다. 사도 요한은 도미티아누스 황제 때 귀양 와서 1년 반을 이 섬에서 살았다.

전승에 의하면 사도 요한은 섬의 항구인 스칼라 마을과 섬의 중심지인 호라 마을 사이에 있는 동굴에서 「요한복음」과 「요한계시록」을 썼다고 한다.

10 자리 잡지도: 그리스어에서는 '깃들다wohnen'가 '위치해 있다liegen, gelegen sein'와 같은 의미로 쓰였다. 그리스어에 능통했던 횔덜린은 가끔 그러한 의미 연관을 염두에 두고 단어를 쓰기도 했다.

11 또한 그 섬의 아이들 / 뜨거운 광야의 목소리들: "뜨거운 임원의 목소리들"은 초고에는 "바위에 깃들어 살고 있는 대기"라고 적혀 있었다. 광야가 뜨거운 태양빛을 식히지도 못하고 오히려 더위의 작용으로 황폐한 곳에 "모래가 떨어지고, 들판이 / 갈라지며 내는" 그러한 장소에서 들을 수 있는 "소리"가 이 "목소리"와 같은 것으로 구도되어 있다. 이 "목소리"와 "소리"는 전혀 매력 없는 섬 파트모스의 가장 뛰어난 표출이다. 이 소리들은 그곳에 도피한 사람들의 비탄을 들어주는 이 섬의 아이들이기도 하다.

12 예언자: 요한을 지칭한다.

13 떨어질 수 없도록: 「요한복음」 제13장 23절 "예수의 제자 중 하나 곧 그가 사랑하시는 자가 예수의 품에 의지하여 누웠는지라"와 제19장 26절 "예수께서 자기의 어머니와 사랑하시는 제자가 곁에 서 있는 것을 보시고 자기 어머니께 말씀하시되 여자여 보소서 아들이니이다 하시고"를 비롯해 제20장 2절, 제21장 7절, 제21장 20절 참조.

14 최후의 사랑: 세상을 떠나기 전날 밤 그리스도가 만찬에 자리를 함께한 것은 "최후의 사랑"으로 보인다.

15 왜냐하면 모든 것이 좋은 것이기 때문에: 소설 『휘페리온 단편*Fragment von Hyperion*』에도 "모든 것은 좋은 것이다Alles ist gut"라는 구절이 있다. 횔덜린은 1800년 3월 19일 누이동생에게 이렇게 쓰고 있다. "그리고 끝에 이르러서 모든 것이 좋은 것이라는 것이 나의 확실한 신념이다. 또한 모든 슬픔도 단지 참되고 성스러운 기쁨에 이르는 길이라는 것도."

16 그 일에 대해 할 말은 많으리라: 시 「이스터 강」의 45~46행에도 똑같은

시구가 나온다.

17 의기에 차 바라보는 그를, 더없이 기꺼운 분을 마지막에 보았다: 고통 대신에 이처럼 승리의 기쁨을 강조하는 일은 당시의 신학에서는 거의 증언된 적이 없었다.

18 놀라워하면서, 슬퍼했다: 「누가복음」 제24장 17절 참조. 엠마오로 가는 길에 무덤에서 일어나신 예수가 두 제자에게 말하기를 "예수께서 이르시되 너희가 길 가면서 서로 주고받고 하는 이야기가 무엇이냐 하시니 두 사람이 슬픈 빛을 띠고 머물러 서더라". 또한 「누가복음」 제24장 29절 그들이 알지 못하는 예수에게 말하기를 "그들이 강권하여 이르되 우리와 함께 유하사이다, 때가 저물어가고 날이 이미 기울었나이다 하니 이에 그들과 함께 유하러 들어가시니라".

19 쇠 속을 불길이 뚫고 가듯: 불길이 단단한 쇠 속을 뚫고 들어가 그것을 빨갛게 달구는 것처럼.

20 사랑하는 그림자가 함께 가고 있었다 (…) 죽음의 영웅들은 한데 모였다: 「사도행전」 제2장 1~4절. "오순절 날이 이미 이르매 저희가 다 같이 한 곳에 모였더니 홀연히 하늘로부터 급하고 강한 바람 같은 소리가 있어 저희 앉은 온 집에 가득하며 마치 불의 혀처럼 갈라지는 것들이 그들에게 보여 각 사람 위에 하나씩 임하여 있더니 그들이 다 성령의 충만함을 받고 성령이 말하게 하심을 따라 다른 언어들로 말하기 시작하니라" 참조.

21 태양의 한낮 / 위풍당당한 낮이 꺼져버렸고: 오순절에 신들의 마지막 자손 그리스도는 지상을 완전히 떠나고, 그때부터 밤이 시작되었다.

22 곧게 빛을 내는 / 왕홀: 신성의 왕홀은 고대의 신화적 세계에서는 '곧게', 즉 직접적으로 빛을 발했다. 신성은 인간에 직접 작용했으며, 현재의 밤의 시간처럼 숨겨져 간접적으로 작용하지 않았다. 간접적인 신성의 작용은 194행 "조용히 빛나는 힘이 성스러운 기록에서 떨어지면" 같은 데서 드러난다.

23 제때: "돌아와야 했기 때문이다" 라는 시구에 연관되어 있다. 제때에 돌

아와야 할 것은 한낮의 신성으로 채워진 삶을 의미하고 있다.

24 뒤늦게 이룩됨 (…) 갑자기 중단하면서 불성실했었다: 앞에 놓여 있는 "그때 떠나가면서 / 다시 한 번 그분 그들에게 모습을 나타냈다"에 연결된다. 예수 그리스도의 떠남과 함께 보내지는 정신, 그 "보혜사" 성령의 도움 없이는 "후일" 밤의 시간에, 삶은 "좋지 않을 것"이라고 한다.(「요한복음」 제14장 16절·26절, 제15장 26절, 제16장 7절) 신성의 사라짐의 이러한 태도는 "갑자기 중단하면서 불성실"한 것이었는지도 모른다. 왜냐하면 제자들을 홀로 남겨두었기 때문이다. 그러나 그리스도는 "내가 너희를 고아와 같이 버려두지 아니하고 너희에게로 오리라"(「요한복음」 제14장 18절)고 했다. 따라서 무상하게도, 역사의 순간을 넘어 작용하지 않는 것은 인간의 업보일는지도 모른다.

25 기쁨: 성령과의 연관에서 자주 '기쁨'이 언급된다. 성령의 약속으로서 그리스도는 기쁨의 약속을 역시 특별하게 강조한다.(「요한복음」 제16장 20~24절)

26 하여 저 깊숙이 / 산록에서는 또한 생생한 영상들 푸르르다: 초고에는 "하여 / 어둠 속에서도 피어나는 영상들은 반짝이도다"로 되어 있었다. 신성을 대신해 작용하는 자연의 힘은 역사의 한밤중에도 예지와 마찬가지로 빛나고 있다.

27 이중으로 인식되었을 때: 엠마오의 두 제자, 빵조각에서 그리스도를 인식했던 두 사람을 암시한다. 그러나 이중으로 인식된 현실이라는 것은 보다 큰 객관성을 소유하고 있다는 의미를 지닌다.

28 머릿단을 움켜잡았다: 사도가 사명을 깨닫고 놀라는 순간을 표현한 것이다.

29 그리고 그것은 예언된 것이 아니라 (…) 악령을 불러 쫓으면서 그들 서로 손길을 건네었을 때: 바로 앞선 시구가 갑자기 중단되고 나서 이어지는 129~135행은 그 갑작스러운 중단의 의미를 알아차릴 수 있도록 해준다. 차츰 확대되는 고독의 운명과 신으로부터 멀어지는 운명은 우선 몇 가지 신적으로 감동된 위대한 순간에 의해서 중단되었다고 한다. 이러

한 순간들은 "예언된 것이 아니"며, 고지되었거나 예비된 것이 아니라, 아무런 준비 없이 "갑자기" 그 제자들에게 닥쳐왔다. 이러한 갑작스러움은 "머릿단을 움켜잡았다" 같은 어법에서 느낄 수 있다. "멀리 서둘러 가면서 / 신께서 그들을 뒤돌아보"는 위대한 순간들에 대해서는 성서에서 인용하고 있다(특히 「요한복음」 제20장과 21장). 그리고 "신이 멈추도록", 그렇게 해서 멀리 서둘러 가는 신이 그 계속된 행진을 중지하도록, 제자들은 "천상의 정신이 일치"했던 그러한 공동체의 힘을 통해 신성을 멈추게 하기 위해서, 또한 작별과 고독의 정신인 악령을 불러 쫓기 위해서 서로 손길을 내민다.

30 아름다움: 「시편」 제45편 2절 그리스도를 지칭하는 예언. "사람이 낳은 아들 가운데서 임금님은 가장 아름다운 분".

31 천상적인 자들 그를 가리켰을 때 (…) 신전들도 덮쳐버릴 때: "천상적인 자들 그를 가리켰을 때"는 예수의 요단강에서의 세례를 고대의 표상과 함께 융합시키고 있다. 신적인 정령은 세례를 통해서 강림하고 하늘의 한 목소리를 외치기 때문이다. "기억 속에 함께 살았던 그들이 서로를 이해할 수 없고"는 그리스도의 죽음 이후 시작된 분열을 뜻하며, "모래나 / 버들만을 휩쓸어갈 뿐만 아니라 / 신전들도 덮쳐버릴 때" 신을 잃고 만 시대의 모습이 홍수 등의 자연재해로 묘사되고 있다.

32 무엇이란 말인가?: 시 「므네모쉬네」 제34행 참조.

33 그가 키를 들고 … 나쁠 게 없다: 키질하는 자의 모습은 성서의 곳곳에 나온다. 「룻기」 제3장 2절의 보아스 등. 특히 이 시구는 「마태복음」 제3장 12절의 묘사 "그는 손에 키를 들고 있으니, 알곡은 곳간에 모아들이고, 쭉정이는 꺼지지 않는 불에 태우실 것이다"와 유사하다.

34 하나의 동상: 청동 입상立像.

35 말하자면 광맥이 철을 지니고 있고 (…) 인간적인 것 더 이상 인간들 가운데 효험이 없다: "하나의 동상"을 지어 가질 수 있는 시적인 능력은 신성을 단지 역사화하는 공허한 설정으로 잘못 빠져서는 안 되며 신성에 대한 조급한 동경으로부터 초래되어서도 안 된다. 종교는 결코 '실증적'

구성이 될 수는 없는 것이다. 이렇게 될 때 경건하게 기다리지 않으면 안 되는 신성의 현재화는 분별없이 서두르는 것이 될는지 모르며, 올바름과 충만된 삶 대신에 '거짓됨', '일종의 우상, 모든 삶의 질서를 뒤집어놓는 왜곡된 우상이 들어설는지도 모른다'. 그렇게 되면 "인간적인 것 더 이상 인간들 가운데 효험이 없다". 173행의 "그들"은 '불멸하는 자들', '천상적인 자들'을 의미한다.

36 종말: 중간적 시간의 종말, 새로운 충만된 시간의 시작.

37 말하자면 천상의 승리가 더 높이 이를 때면 / 지고한 자의 환희에 찬 아들 (…) / 암호의 표지라 불린다: 이 시구절의 의미 연관성은 182행의 "암호의 표지"라는 시어에 모두 수렴된다. "천상의 승리"가 점점 더 "높이" 이르게 되면, 즉 역사가 그 완성을 향해 서둘러 갈 때면, "지고한 자의 환희에 찬 아들"은 "강한 자"에 의해서 전통적인 재림의 표상대로 모습을 갖추고 재림하는 이로 인식되는 것이 아니라, 오히려 모습과 형체를 가지지 않은 "암호의 표지"라고 불리게 된다는 것이다. 그것은 일어나는 사건의 보편성으로 말미암아 "태양처럼" 불리게 된다. "태양인 그리스도Christos Helios"를 연상할 수 있다.

38 노래의 지휘봉: "그러고 나면 노래할 시간이다"라고 초안에는 되어 있다. 문학은 신들의 재림에 있어서 각별한 과제를 수행해야만 한다. 이러한 문학에 주어져 있는 마법적인 힘이 "지휘봉"으로 표현되어 있다. 노래의 이 마법적 지휘봉은 천상적인 것들로 하여금 지상에 내려올 것을 신호한다. 그런 일이 어떻게 해서 일어나는지는 "아무것도 천한 것이 없기에"라는 시구에 담겨 있다. 세계가 신으로부터 떨어져 한밤의 상황에 있기는 하지만, "천한 것"은 아니며 스스로의 내부에는 드높은 삶으로 상승할 만한 힘을 가지고 있다. 그렇기 때문에 노래는 "죽은 자들"을 일깨울 수도 있다.

39 날카로운 빛살: 직접적인 신적 존재의 임재라는 "날카로운 빛살" 가운데서는 아직도 "겁먹은 눈들"은 현혹을 면치 못한다. 따라서 그들은 성스러운 문자를 읽음으로써 가능한, 간접적인 만남을 좋아한다. 이어 196행에

나오는 "익힌다"라는 표현은 직접적인 신과의 만남을 위해 그들이 충분히 강하게 될 때까지의 노력을 뜻한다. 성서의 경건성을 드러내주는 시구이다.

40 그대: 홈부르크의 방백. 14연의 서두에서 시인 자신과 방백을 천상적인 것들의 은총 아래 놓고 노래하면서, 앞선 시연에서의 시인 자신에 대한 묘사와 균형을 이루려 하고 있다.

41 천둥치는 하늘에 / 그의 징표는 고요하다: 지금은 더 이상 만날 때도 아니고 그렇다고 다시금 직접적인 신의 현시가 이루어지는 시간도 아니다. 때문에 천둥은 울리지만 번개는 그 안에 잠재되어 있는 것이다. "고요하다"는 이를 두고 이른 말이다. "영원한 아버지"와 인간 사이의 중재자로서 그리스도는 아버지의 징표 아래 있다. "그리스도는 아직 살아 있기에"라는 말은 교회에서 계속 살아 있는 그리스도라는 전통적인 관념에 부응하고 있다. 횔덜린은 제8연에서 십자가에서의 죽음을 넘어서 이렇게 살아 있는 그리스도를 성령의 보냄으로 노래했다. 그리스도의 유일한 특성은 다른 영웅들과는 달리 영적으로 계속 살아 있다는 점이다. "그러나 영웅들, 그의 아들들 / 모두 도래했고"라 했는데, '그러나'라는 말이 강조되는 '한 사람'에 대칭해서 '모두'를 강조하려 할 때 비로소 이 시구에 바른 의미를 부여하게 된다. 두 낱말 사이의 긴장이 드러나기 때문이다. 그리스도의 유일한 장점과 우선권에도 불구하고 결국은 신적인 현현의 총체성이 문제시되는 것이다. 모든 영웅들(고대의 반신들)도 그리스도와 마찬가지로 '영원한 아버지의 아들들'이다. 이 모두가 그 아버지를 위해서 작용하고 또 그의 현존을 고지하고 있다. "성스러운 문자", "지상의 행위들" 같은 역사적인 사건들 가운데 "그이 함께하신다". 즉 '영원한 아버지는 함께하신다'. 이어지는 210~211행은 「사도행전」 제15장 18절의 구절을 빌리고 있다.

42 천상의 것들의 영광: 145~146행 "반신과 그 종족의 / 명예도 바람에 날리고" 참조.

43 천상의 자들 모두 제물을 원하고 있기에 (…) 독일의 노래 이를 따라야

하리라: 두 번에 걸쳐 총체성의 사상이 제기되고 있다. "천상의 자들 모두"가 그 하나이며 "삼라만상을 다스리는 아버지"와 "어머니 대지"가 다른 하나이다. '위대한 아버지'가 멀리 있는 동안, 어머니 대지가 대신해서 신적인 공경을 받는다. 신이 멀리 있는 시대에는 같은 기능을 '태양의 빛'이 또한 지니고 있다. 어머니 대지와 태양의 빛은 포괄적 자연의 영역을 체현한다. 이 자연을 통해 아버지는 간접적으로 우리에게 말을 걸어온다. 앞선 시연에서의 "지상의 행위들", 역사와 "성스러운 문자"도 모두 아버지의 간접적인 작용의 장이다. 신성의 이러한 간접적 작용은 넓게 깔린 밤의 시대에 관련된 것들이다. 이에 대한 봉헌에 노래도 가담해야 한다. 성스러운 문자, "확고한 문자"의 해석은 이때 특별한 가치를 지닌다. 확고한 것 그리고 현존하는 것, 따라서 유일하지는 않지만 확실한 실마리를 노래는 제시하기 때문이다. "독일의 노래 이를 따라야 하리라." 이는 두말할 나위 없이 독일의 시인은 그러한 자신의 위치에 순종하고 실천해야 한다는 뜻이다.

파트모스-홈부르크의 방백에게 바침

나중 원고의 단편

이 나중 원고의 단편은 미완이라는 의미에서의 단편은 아니다. 뒤에 이어지는 몇 개 시연의 원고가 분실되었기 때문에 단편 형태로 남겨져 있다.

1 자비로 가득 차 있다. 그러나 아무도 / 혼자서 신을 붙들지 못한다: 횔덜린의 문체 특징의 하나인 '거친 / 딱딱한 구조'의 대표적인 예이다. 첫 구절의 주어는 두 번째 구절의 목적어에서 보완될 수 있다. 이 문체와 이 구절에 대한 상론은 장영태, 「후기 시에서의 현대성」, 『지상에 척도는 있는가』(유로서적, 2003), 315쪽 이하를 참조하라.

2 광채를 둘러싸고, / 시간의 꼭대기 사방으로 쌓여 있고: "광채"는 세계종말시기의 빛Doxa이다. 광채가 "시간의 꼭대기"를 사방에서 둘러싸고 나타난다는 사실은 이 세계종말의 빛이 범역사적임을 규정해준다. 세계종말적인 완성으로서의 광채는 역사적으로 존재했던 것의 총체적인 전형典刑이다. 역사의 종말에서 "시간의 꼭대기"가 사방으로 쌓이면, 그 전체성과 진리가 의식 안으로 들어서는 것이 바로 "광채"이다. 진리가 담겨있는 이 역사의 전체성은 역사의 종말에 이르러서야 비로소 명백해진다.

3 요르단으로부터 (…) 그리고 카나로부터: 이 구절의 첫 부분은 없어진 것으로 보인다. 제38행 이전에 공백이 있는데, 일련의 시연이 적힌 몇 장의 수기원고가 사라진 것으로 생각되기 때문이다. 이 남겨진 부분의 구절에 등장하는 지명들은 그리스도가 현세에서 활동을 전개했던 장소들을 지칭한다.

4 잠시: 「요한복음」 제13장 33절, "작은 자들아 내가 아직 잠시 너희와 함께 있겠노라" 참조.

5 시리아: 성스러운 땅 시리아는 로마의 관할이었다.

6 세례자의 머리… / 머무는 쟁반 위에서: 세례자 요한의 목 베임을 말한다. 「마가복음」 제6장 21~28절 참조.

7 페레우스를 / 꼭 붙잡아 구했던 섬처럼: 에우리피데스의 희곡 『트로야의 여인들*Troiades*』에 대한 주석자들의 전언에 따르면, 아킬레우스의 아버지 페레우스는 풍랑을 만나 코스 섬까지 떠밀리게 되었고 구조된 후 그곳에서 살다가 죽었다고 한다. 횔덜린은 여기서 코스 섬과 그 섬에 결부된 페레우스를 연상하고 있는데, 코스 섬은 파트모스 섬과 이웃해 있기 때문이다.

8 예루살렘을 향한 고상한 사람들의 편력: 십자군 원정.

9 또한 카노사에서 방황하는 고통과 / 하인리히를 노래하고 싶다: 독일의 황제 하인리히 4세Heinrich IV는 1077년 카노사에서 교황 그레고리우스 7세Gregorius VII에게 파문을 해제해달라고 청원하며 무릎을 꿇었다. 이른바 카노사의 굴욕이다.

10 그리스도 이래로 / 이름들은 아침 바람결과 같으니까: 이로써 기독교의 새로움이 의미되고 있다. 그러나 이어지는 시구의 "꿈들이 된다 / 오류처럼 가슴에 떨어져 살해한다"라는 표현으로 개별적인 역사적 사건들과 인물들을 파악하기 어렵다는 것을 의미하고 있다. 이 사건들과 인물들의 본래적인 의미는 그리스도와 함께 시작된 시대의 올바른 전체적 이해에서 비로소 밝혀질 수 있다. 이러한 올바른 이해는 이어지는 시연에서 그리스도의 죽음과 유언의 의미 해석으로부터 얻어진다.

11 신의 얼굴을 보았다: 초고에서는 "신의 얼굴을 정확하게 보았기에"였으나, 수정하면서 "정확하게"라는 표현이 생략되었다. 가시적이고 형상을 갖춘 것에서 정신적인 것으로의 역사적 이행이 중요시된다.

12 그러나 그의 빛은 / 죽음이었다: 그의 본질적인 사명은 가시적인 형상을 포기하는 죽음을 통해서 성취되었다는 것을 의미한다. 이로써 그는 고대적 · 형상적이 아니라, 정신적인 시대로의 이행을 이루어냈던 것이다. 이 시대의 특징은 정신의 발현이다.

13 마치 한 세기가 굽이를 돌아가기라도 하듯: 시대전환에 대한 은유이다. 역사의 진행, 일어난 사건의 의미가 세속적인 행동에서 새로운 방향으로 접어든다.

14 부정하는 자의 모습: 그는 자신의 죽음을 통해 정신의 원리를 세움으로써 바로 형상적이고 가시적인 것을 부정한다.

15 용의 이빨들: 성령이 강림하는 가운데 정신의 발현이 남아들을 불러일으킨다. 다시 말하면 이 현상은 비탄하는 사도들, 즉 그리스도의 가시적인 모습을 동경하면서 애태우고 있는 사도들로부터 영웅을 탄생시킨다. 정신의 강건케 하는 발현을 통한 사도들의 이러한 변화는 전설에서 카드모스가 테베의 밭에 뿌린 용의 이빨에서 무장한 사나이들이 튀어나온 것과 같이 놀랍고도 "현란한" 운명이다.

1803년 고향 뉘르팅겐에서 쓴 이 시는 휠덜린의 시 「반평생」과 더불어 가장 아름다운 시 중 하나다. 이 시는 그가 이 작품을 쓰기 1년 전 약 반년을 가정교사로 머물렀던 남프랑스의 보르도를 회상하고 있다. 그러나 이러한 회상이 단지 목가적인 정경을 드러내는 데 그치지 않고 인간의 문제에까지 깊숙이 닿아 있다는 점에 이 작품의 아름다움이 있다.

이 시의 내적 구조를 결정짓고 있는 것은 장렬한 영역과 목가적이고도 소박한 영역의 조화 있는 대립과 결합이다. 제1연에서 북동풍이 부는 방향을 따라서 시인의 생각은 어느덧 "아름다운 가론 강"이 흐르는 땅과 "보르도의 정원"에 가 닿는다. 그 가운데 시인은 고귀한 "떡갈나무와 백양나무"가 아니라 인간의 활동 영역인 "물레방아"와 "마당"에 결합되어 있다. "마당에는 그러나"에서 "그러나"는 자연으로 자라고 있는 느릅나무 숲과 가꿈의 터전 사이 조화로운 상호 침투에 축을 이루고 있다.

인간적 삶의 영역이라는 장렬한 영역과 목가적이며 소박한 자연의 영역과 함께 이 두 영역의 총화로서 "사랑"을 제기하고 있는 것이 제3연이다. '사랑'은 결국 시인다운 존재양식으로의 진전을 예비한다. 모두 5연으로 이루어진 이 작품 한가운데 제3연 전체는 이러한 사랑과 시인적 현존재에 바쳐지고 있다. 이 제3연은 시인을 다른 두 영역을 초월해 있는, 말하자면 이 두 영역을 함께 반영하는 존재로 그리고 있다. 시인은 "사랑의 나날"과 "일어난 행위"를 생각한다.

제3연이 시적 '회상'과 '성찰'을 하나의 과정으로 그리고 있다면, 이 작품의 마지막 결구는 이 성찰의 결과를 요약한다. 마지막 시구는 행동의 영역, 사랑의 영역 그리고 시인의 영역을 확고함과 머무름에 따라서 평가한다. 행동의 영역은 그 부단한 사건들로써 영원한 부침浮沈 가운데 "기억을 빼앗고 또 주나니" 어떤 머무름도 부여하지 않는다. 이러한 행위 영역의 비극적이며 공허한 지평은 제4연과 5연의 전반부에 그려져 있다. 사나이들은 부질없는 노력 가운데 "대지의 아름다움 함께 모으고 날개 달린 싸움도 주저하지 않는다." 그러나 그들 스스로가 먼 곳으로 사라지고 마는 것이다. "사랑은 또한 부지런히 눈길을 부여잡는다." '부여잡다heftet'라는 단어는 영속적인 것, 머무는 것에 관련되는 단어이다. 사랑이 눈길을 부여잡고 고정시킴으로써 사랑하는 자의 눈길은 그 대상에 머무르게 한다. 그렇게 말하는 가운데 마지막 시구에 달한다. "머무는 것은 그러나 시인들이 짓는다." 이 "그러나"로써 사랑의 영속적인 것과의 관련은 시인의 총체적인 지평으로 넘겨지게 된다. 인간의 행동과 사랑은 한순간, 개별적인 것에 집착하는 데 반해서 시인다운 지평은 의미의 성취와 머무는 것의 촉진을 나타낸다. 행위자는 하나씩 떨어져나가고, 사랑하는 자들은 무상한 개별적 존재에 침잠하고 만다. 소설 『휘페리온』에서 행위의 영역을 나타내는 인물 알라반다나 사랑의 화신 디오티마가 시인이 은둔 가운데서 회상하는 현존재로 지양되고 있는 것은 이 「회상」에서의 의식과 같은 것이다.

「회상」은 정경과 인간이라는 대립하는 주제에 대한 한 쌍의 영상을 엮어 넣음으로써 그 최후의 결합인 시인의 총체적 지평을 부인할 수 없을 만큼 든든한 토대 위에 올려놓고 있다. 주제, 이미지 그리고 분위기의 교차에 상응해서 언어수단이 또한 예술적으로 선택되고 있는 것도 이 작품의 아름다움을 더해주고 있다.

1 북동풍: 그리스의 여름에 부는 북풍은 쾌청한 날씨와 항해를 돕는 바람이다. 「가장 가까이 있는 것」 첫 번째 착상 마지막 구절과 비교. "그리고 북동풍이 날카롭게 불어서 / 그들의 눈을 대담하게 만들면, 그들은 날아오른다."

2 그러나 이제 가거라: 북동풍은 남서쪽을 향해 분다. 시인이 있는 곳으로부터 보르도를 향해서 부는 것이다. 이 방향은 또한 광활한 바다를 향한 것이다. 때문에 북동풍은 "탈 없는 항해를 사공들에게 약속"한다.

3 그러나 그 위를: "그러나"는 아래로 깊숙이 떨어지고 있는 시냇물과 조용히 치솟아 있는 "떡갈나무와 백양나무" 한 쌍을 대비시키고 있다. 떡

갈나무는 예부터 영웅적인 건강함을, 백양나무는 영원불멸을 상징해왔기에 "고귀"하다. 이 한 쌍의 나무는 영웅적 현존재의 상징인 셈이다.

4 짙은 빛깔 : 짙은 붉은빛의 "향기 나는" 보르도 포도주. 그 포도주의 짙은 빛깔은 기쁨과 회상의 빛을 지니고 있다. 시 「란다우어에게」에서도 "마치 검붉은 포도주처럼, 진지한 노래 역시 즐거워하네"라고 읊고 있다.

5 사랑의 나날과 / 일어난 행위: 시 「거인족들」 초고에 나오는 "옛날에 많은 장수들이 / 또한 아름다운 여인들과 시인들이"에 상응하는 대목이다. 즉 아름다운 여인들과 시인들은 "사랑", 많은 장수들은 "행위"에 해당한다.

6 그러나 친우들은 어디 있는가?: 함께 과거를 회상할 수 있는 친구들, 그들은 지금 여기에 없다. 친구들은 바다로 갔다. 이어지는 시구는 이러한 문맥을 뒷받침한다. 벨라르민은 소설 『휘페리온』에서 휘페리온이 편지를 써 보낸 상대로서 그 역시 배를 타고 세계를 떠돌아다녔던 사람이다.

7 마치 화가들처럼: 키케로가 전해주는 이야기를 연상시킨다. 화가 제욱시스Zeuxis는 헬레나의 아름다움을 표현해내기 위해서 아름다운 처녀 열 명의 육체에서 가장 아름다운 부분들을 골라서 하나의 그림으로 합성했다. 예술가, 시인 그리고 용감한 항해자는 서로가 결합되어 있음을 암시한다.

8 날개 달린 싸움: "날개"는 돛을 의미한다. 다만 여기서 "날개 달린 싸움"이 해전을 의미하는지 아니면 바람과 파도와 싸워 나가는 항해를 의미하는지 단정하기는 어렵다.

9 인도를 향해: 콜럼버스Christopher Columbus는 서쪽으로 떠난 항해에서 인도를 향해 가려고 했다. 여기서는 멀고 먼 목적지를 나타낸다.

10 거기 바람 부는 곶: 가론 강과 도르도뉴 강이 합쳐 흐르는 곳의 바다로 뻗친 담베 곶을 말한다. 그 곶으로부터 친우들은 항해에 오른다.

11 머무는 것은 그러나 시인들이 짓는다: 이 유명한 시구는 '회상'이라고 표제된 이 시에 알맞은 결구이다. 아킬레우스가 호메로스에 의해서 영원불

멸한 영웅이 되듯이, 어떤 영웅도 그것을 찬미하는 시인 없이는 영원할 수 없다. 시적 회상으로부터 형성되는, 궁극적인 의식이 드러나는 총체적 표상만이 머무는 것을 만들어내는 법이다.

이스터 강

1803년에 쓰인 것으로 보이는 미완성의 찬가이다. 육필본에는 제목이 없었다.

이 시는 이중적 움직임을 보여준다. 첫째는 가장 먼 동쪽으로부터 도나우의 원천 지역으로, 즉 독일로 향하는 움직임이다. 이러한 움직임의 방향은 횔덜린이 다른 시에서도 노래하고 있는 동서 간 문화이동의 표상이다. 찬가 「도나우의 원천에서」나 「게르마니아」에도 이러한 움직임이 노래되고 있다. 그러나 제3연의 첫머리부터는 동쪽을 향하는 도나우의 흐름이 주제화되고 있다. 이때 강의 흐름은 문화 형성적이며 창조적인 에너지의 메타포로 바뀐다. 이러한 관점에서 초조한 시인에게 그 원천 지역과 슈바벤 알프스의 도나우 강 상류는 "너무도 참을성이 많아" 보인다.

1 숲의 외침: 숲 속 새들의 우짖는 소리. 아침을 강조하며 쓴 표현법이다.

2 인더스로부터 / 그리고 알페우스로부터 / 멀리서 다가와: 알페우스는 올림피아 곁을 흐르는 강이다. 그리스와 그 문화를 대신하여 쓰였다. 인도의 인더스 강은 동쪽의 끝을 의미한다.

3 우리는 그러나 (…) 노래하도다: 앞의 숲의 외침이 새소리이듯이, 여기서 "노래하도다"는 뒤에 나오는 "날아오름"처럼 새에 관련되어 있다.

4 날아오름 없이는 누군가 (…) 다른 쪽으로 넘어올 수 없도다: "다른 쪽", 즉 건너편 강안으로는 "날아오름" 없이 직접, "곧장" 다다를 수 없다.

5 사람들은 이 강을 이스터라 부른다: 그리스 사람들은 도나우 강을 '서쪽'의 강이라는 의미로 '이스터'라 불렀다.

6 나무줄기의 이파리 불타고: 슈바벤 알프스의 도나우 계곡에 번성하는 참나무 숲으로부터 이런 이미지를 가져온 것으로 보인다. 참나무는 기둥들처럼 곧바로 자라고 가을이면 이파리가 짙은 노란색, 적갈색으로 물든다.

7 나무줄기들은 서로가 / 거칠게 곧추서 있다: 슈바벤 알프스 도나우 계곡의 가파른 언덕에는 나무들이 층계를 이루어 서로의 위아래로 서 있다.

8 제2의 척도 / 암벽의 지붕이 솟아 있다: 나무가 자라고 있는 도나우 계곡의 언덕 위에는 또한 가파른 암석들이 서 있다. 나무들 서로가 높이를 견줄 수 있는 첫 번째 척도라면, 암석들은 그보다 더 솟아 "제2의 척도"를 이루고 있으며, 가장 높은 부분으로서 산맥의 지붕을 이룬 듯이 보인다.

9 헤라클레스: 핀다로스의 「올림피아 승리가Olympische Ode」 제3번에는 헤라클레스에 대한 설화가 기록되어 있다. 이에 따르면 올림피아 경기 창설자 헤라클레스는 "이스터의 그늘진 발원지로부터" 그늘을 만들어주는 올리브나무를 가져오기 위해서 북쪽 높이에서 살고 있는 민족을 찾아갔다. 왜냐하면 올림피아 근처의 경기장에는 나무가 없어서 선수들이 땡볕 아래 아무런 보호도 받지 못한 채 몸을 맡겨야 했기 때문이다. 그는 돌아와서 경기장에 나무들을 심었고, 그래서 승리의 화관으로 올리브나무 가지를 사용하게 되었다는 것이다. 따라서 헤라클레스가 "그늘을 찾으려고" 갔었다는 것은 그곳의 그늘 아래 쉬려 했다는 뜻이 아니라, 남쪽으로 그늘을 가져오려고 갔었다는 의미이다.

10 이곳 수원과 황색의 강변으로: 핀다로스는 이스터의 발원지에 대해서 말하기를 강변은 "노랗다"고 했다. 그것은 슈바벤 알프스의 석회석이 노란 색깔을 띠고 있기 때문이다.

11 거의 / 뒤를 향해 가는 듯이 보인다: 상류의 흐름이 느린 것을 이렇게 표현했다. 주17) 참조.

12 그렇게 하여 그것은 해와 / 달을 마음 안에: 그처럼 강들은 하늘과 대지를 결합시키고 "천국적인 자들"을 서로 연결시킨다.

13 그렇다면 어떻게 (…) 하늘의 아이들도 그러하다: 다시 한 번 강의 모든

것을 결합시키는 능력을 강조하고 있다. 하늘과 땅, 강과 "초록빛"의 대지 사이를 연결시킨다. 여기서 "그"는 "지고한 자"이다. 그가 '아래로 내려옴'은 강물에 비치는 하늘을 통해서 상징적으로 그려져 있다. "헤르타"는 게르만 신화에서 대지, 땅을 대신하는 이름이다. 대지가 초록이고, "하늘의 아이들"인 강들도 초록이다. 즉 초록빛 대지도 결합의 표지로 강물에 투영되어 있다.

14 구혼자 아니며 / 나에게 너무도 참을성이 많아 보인다: 라인 강은 "한쪽으로" 흘러가고, 저지당하거나 중단되지 않는다는 기본 사유가 다시 한번 제기된다. 자기 목적에 도달하고자 하는 "구혼자"는 너무 참을성이 있어서는 안 된다.

15 다른 강: 라인 강.

16 그 강은 만족해한다: "너무도 참을성이 많아" 보이고 "만족해"하는 이스터 강이라는 표현은 "그 강이 자라기 시작하는 청년시절"과 함께 상부 도나우의 흐름을 나타내는 신화적인 표현이다.

17 바위는 찌름을 필요로 하고: 도나우 강은 슈바벤 알프스의 근원지에서는 가파른 절벽 사이를 흐른다. '찌름Stiche'은 그 어원상 켄타우로스라는 명칭이 유래한 그리스어 kentein(찌르다)에서 온 것인데, 횔덜린에게 켄타우로스는 창조적인 '강의 정신'의 총화이다.

므네모쉬네

이 시는 그의 '조국적 찬가'의 맨 마지막 작품으로서, 1803년 가을에 쓰인 것으로 보인다. 이 시 역시 「회상」과 동일한 사상적 기반을 가지고 있는데, 다만 그 회상의 공간적·시간적 거리에 차이가 있다. 「회상」이 가까운 자신의 체험에 기반하고 있다면 「므네모쉬네」는 더 먼 시절 그리고 더 먼 장소에까지 나아가고 있다. 모든 목가적 유혹이나 사랑과 영웅적인 가치들에 대한 긍정적인 수용에도 여전히 '회상'이라는 시제에 부응해서 시인들만이 머무는 것을 짓는다고 한 「회상」에서처럼, 여기서도 서정적 자아는 혼란되고 어두운 시절에 자신과 인간들을 계속해서 이끌고 있는 죽음과 무제약에 몸을 맡겨버릴 유혹에 맞서려고 애쓴다. 그처럼 회상에서 받은 모든 허무를 넘어서 비탄을 벗어나고자 하는 시인의 결단이 많은 기억의 편력으로부터 결론되고 있는 것이다. 시인의 자기반성이 처절하게 드러나면서도 차분한 시행의 진전은 후기 시의 발걸음을 짐작하게 한다. 이 작품 이후 그는 정신이상자로서 세상을 살면서 격정으로부터 벗어난 작품을 쓴다.

1 므네모쉬네: 우라노스와 가이아, 즉 하늘과 땅의 딸로서, 제우스와의 사이에 아홉 명의 뮤즈를 낳았다. 므네모쉬네라는 이름은 '기억', '회상'을 뜻한다.

2 모든 것, 뱀처럼 꿈꾸며 / 천국의 언덕으로 / 올라가는: "천국의 언덕으로 올라가는"은 죽음을 의미한다. '올라간다hineingeht'는 '죽는다stirbt'를 대신한 말인데, 횔덜린이 번역한 『안티고네』에서도 '멀리 가버렸다weiter gangen'가 '죽었다'의 뜻으로 쓰인 것이 이를 뒷받침한다. 이 행동을 뱀에 비유한 것은 뱀이 춥고 어두운 좁은 통로로 움직이는 까닭이다.

3 법칙은 / 예언적이다: 즉 "무제약"에의 몸 맡김, 일종의 죽음에의 매혹은 하나의 법칙으로서 예언처럼 실현되게 마련이며 우리 인간을 친절하게 초대한다는 의미 연관을 이 시 안에서 읽을 수 있다.

4 또한 많은 것은 / 어깨 위에 올려진 / 장작더미의 짐처럼 / 지켜져야 한다: 이 구절은 "무제약"에로의 위협적인 진행 앞에서 머무름의 가능성을, 즉 '삶에의 머무름'을 말하고 있다. 이러한 생각이 이 작품 안에서 끝까지 유지되는 것은 유사한 의미의 시구가 여러 번 반복되는 데서도 알 수 있다.

5 바르게 가지 않기 때문이다: 그동안 갇혀 있던 요소들이 마치 고삐 풀린 야생마처럼 내닫는다. "지상의 법칙"이 그렇다는 것은 죽음에의 유혹,

무제약에의 돌진이 모든 법칙성을 파괴한다는 뜻이다.

6 그렇지만 우리는 앞으로도 뒤로도 / 보려 하지 않는다: 이 구절은 혼돈의 위협 안에서 운명에 대해 자신을 고집하지 않으며 어떤 방향의 지향을 포기하는, 단지 순간에 맡기려는 현존재의 시도를 나타낸다. 그러나 확실함이나 정지를 찾아낼 수 있는 방법도 있는 것 같다. 그것은 목가적인 영역에서이다. 그러나 이러한 목가적 영역도 순간적인 가능성일 뿐이다.

7 그리고 / 탑의 옛 용두머리 지붕들에서는 (…) 한낮의 표지는 좋은 것이다: 앞의 "고향의"라는 말과 더불어 "평화롭게"가 강조되어 있는데, 이 역시 '삶에의 머무름'에 대한 가능성이다. 초기 시 「안락Die Musse」에서도 "두려운 자", "분노하고 들끓어 오른 불안의 은밀한 정신"에 대칭되어 있는 것이 이러한 도시와 마을의 정경이었다. 이러한 "한낮의 표지"는 "영혼이 응수하면서 천상의 것에 생채기"를 낸 경우 더욱 필요한 것이다. 말하자면 무제약을 향한 동경을 불러일으키는 다른 표지들도 있다는 말이다.

8 왜냐하면 은방울꽃처럼 눈이 (…) 그러나 이것이 무엇이란 말인가?: 눈이 "푸르른 초원 위에 절반쯤 빛나고 있기에"는 이 계절이 초봄임을 의미한다. 이 시절 눈은 재빨리 녹아든다. "은방울꽃처럼." 말하자면 순수함과 아름다움은 무상한 것이다. 영웅적인 것 "고귀한 품성"이 이처럼 무상한 것은 강렬한 죽음의 닥침이 영웅들의 특별한 운명이기 때문이다. "도중에 한번 죽은 자에게 / 세워진 십자가" 역시 눈이나 은방울꽃처럼 죽음의 표지이다. "드높은 길", 알프스의 길을 가고 있는 "방랑자" 시인은 영웅들을 회상하기에 이른다. 방랑자는 "멀리 예감"한다. '회상'을 뜻하는 '므네모쉬네'는 그의 생각을 영웅적인 먼 곳으로 데려가는 것이다. "이것이 무엇이란 말인가?" 그의 회상의 의미가 이 물음 안에 제기된다.

9 무화과나무 곁에서 나의 / 아킬레우스 나로부터 죽어갔고: 이 시의 싹이 제기된다. "나의"라는 강조로부터 시인이 이 영웅적인 젊은이에게 어느 정도로 내면적으로 동화되고 있는지가 드러난다. 무화과나무는 호메로스에 있어서 전쟁터에서의 전사들에 대한 특징적인 지시로서 사용되었

다. 이어지는 시구에서도 역시 죽음이 제기되고 있다. 앞의 "십자가"의 잔영을 볼 수 있다.

10 관자놀이에 한때 부는 바람: "바람이 불어옴"의 뜻인 원문 'Sausen'은 초안에는 좀 더 명확하게 '바람의 살랑거림Windessausen'이라고 되어 있다. 바람이 부는 것은 횔덜린 작품 도처에서, 말할 수 없는 '영감'의 뜻으로 나타난다.

11 파트로클로스는 그러나 왕의 갑옷을 입고 죽었다: 호메로스의 『일리아스』 16번째 노래 참조. 이때 "왕"은 아킬레우스를 말한다. "그러나"를 통해 아이아스의 자살과 아킬레우스의 전쟁터에서의 죽음을 대비코자 한 것으로 이해된다.

12 엘레우테라이: 엘레우테라이는 므네모쉬네가 지배하던 장소로 헤시오도스의 『신통기』에 나온다. 이 이름은 아폴론과 포세이돈의 딸 아이투사 사이의 아들 엘레우테르로부터 따왔다. 키타이론 산의 남쪽 끝에 놓여 있다. 여기서 단지 영웅의 죽음뿐만 아니라, 므네모쉬네, 즉 회상의 죽음을 말하고 있다.

13 신도 / 그의 외투를 벗었고: 그리스의 신화적 세계의 종말을 의미하면서, 신의 직접적인 체현이 갖다주는 죽음의 접근을 의미한다.

14 저녁 어스름: 고대적인 세계의 종말, 죽음 자체를 의미.

15 머리를 풀었다: 죽음의 사자는 죽을 자의 앞머리를 잘라낸다는 고대적 믿음에서 유래했다.

16 그러한 자에게 비탄은 잘못이리라: 여기 비탄은 절망해서 고개를 떨구는 것을 의미한다. 무제약에의 충동을 이기지 못해서 그것에 항복하고 마는 것은 잘못이라는 것이다.

Ⅶ. 1793~1806
초안들, 비교적 규모가 큰 단편들과 스케치

봄에 부쳐

6운각Hexameter의 찬가이다. 창작연도는 불분명하다. 다만 정서법이나 문체의 특성으로 볼 때, 1793년 또는 1794년에 쓰인 것으로 추측된다.

1 달의 여신: 그리스의 전설에 따르면 달의 여신 셀레네(라틴어로는 루나)는 제우스의 청에 따라서 영원한 잠과 청춘을 부여한 아름다운 목동 엔디미온을 사랑한다. 밤마다 달의 여신은 라티모스 산의 동굴로 사랑하는 이를 찾아간다.

2 족쇄: 겨울 동안 강물을 가두는 얼음.

3 모두, 꽃들과 임원, 그리고 씨앗과 움트는 포도나무들 달아오를 때까지: 이 시행 이후 횔덜린은 2절판 한 면을 모두 비워두었다. 그다음 이 찬가의 끝머리를 써나갔고, 그것도 미완의 상태로 그냥 비워두었다.

4 헬리오스: 태양의 신.

5 저기 페르세우스, 그리고 저기 헤라클레스: 이 영웅들을 영원히 새기고 있는 별자리들.

어떤 나무에게

크리스토프 슈바프의 수기手記 사본으로 전해진다. 표제가 없는 단편 비가로서 1797년에 쓰인 것으로 추측된다.

디오티마에게

이 난편을 언제 썼는지 확인되지 않는다. 홈부르크 2절판의 육필 필적으로 미루어볼 때 1797년 또는 늦어도 1798년에 쓰인 것으로 보인다. 횔덜린에게서는 나타난 적이 없는 운율이 여기서 사용되고 있는데, 이 운율법은 6운각과 '절반의 5운각'이 교차하는 구성을 보여준다.

1 머릿단: 나무의 가지를 머릿단에 비유한 은유는 고대문학에서 유래한다. 초안 「너희 든든하게 지어진 알프스…」에도 "전나무들의 머릿단"이라는 표현이 등장한다.

2 사랑싸움에서: 소설 『휘페리온』의 마지막 구절 "사랑하는 자들의 싸움처럼 세계의 불협화는 그렇다. 화해는 싸움의 한가운데 들어 있다" 참조.

노이퍼에게

육필의 필적으로 보아 1797년에 쓰인 것으로 보인다.

백성들 침묵하고 졸고 있었다…

이 단편은 큰 규모로 구상된 시의 초안이었다. 극히 일부분밖에 쓰이지 못했다. 1797년 가을 또는 1798년 초에 쓰인 것으로 추측된다. 제9행 이후의 시구는 혁명전쟁을 과거형으로 노래하고 있다. 이것은 이 시가 평화협정이 체결된 시점에 쓰였으리라는 것과 19행 이후의 큰 공란에는 새로운 질서에 대한 희망이 노래되었으리라는 점을 시사해준다. 1797년 2월과 3월 사이 이탈리아에서 오스트리아의 반격이 결과적으로 좌초되자, 4월 7일 프랑스와 오스트리아 사이에 휴전에 이어 캄포 포르미오 평화협정이 이루어졌다. 이 시가 중단되기 직전의 마지막 시구는 이탈리아에 나폴레옹이 다시 등장한 것에 대해서 노래하고 있는데, 상기한 평화협정, 그리고 프랑스군의 로마 점령에 관련될 수도 있다. 나폴레옹은 1798년 5월 19일 이집트 원정을 시작했고, 그 원정에서 1799년 10월 9일 돌아왔기 때문이다.

1 잘 익은 과일나무 같은: 『구약성서』「나훔」 제3장 12절 "네 모든 산성은 무화과나무의 처음 익은 열매가 흔들기만 하면 먹는 자의 입에 떨어짐과 같으리라" 비교. 횔덜린은 1792년 가을 아니면 1793년 봄 노이퍼에게 이 성경구절을 읽었노라 전하고 있다.

2 많은 위대한 정신: 나폴레옹 같은 지휘관들.

3 이후 원고의 한 페이지 전체가 비어 있다. 써넣을 것을 염두에 둔 것으로 보인다.

4 또한 밝고 귀여운 별들처럼 황금빛 열매들이 (…) 그대에게 다시 반짝이고 있다: 미처 쓰지 못한 이 시의 결말 부분은 이 시를 헌정받을 법한 나폴레옹과 관련된 것으로 보인다.

보나파르트

1796년과 1797년 프랑스의 혁명장교로서 이탈리아에서 승승장구하던 나폴레옹의 인상을 담고 있는 시편이다. 1797년에 썼거나 늦어도 그 이듬해 쓴 것으로 보인다. 이 미완의 작품은 본래 송시로 구상되었음을 시행의 배열이 보여준다. 시는 행동하는 현존의 인물을 담는 그릇이 된다는 것, 아니 그런 그릇이 아니라는 것을 노래하고 있다. 앞의 초안 「백성들 침묵하고 졸고 있었다…」와 명백하게 연관되어 있고, 뒤에 이어진 초안 「두루 알려진 자에게」와도 밀접하게 연관되어 있다.

두루 알려진 자에게

육필원고로 전해지고 있는 이 6운각의 찬가 초안은 나폴레옹에 연관되어 있다. 이르게 잡아 1797년 말에 쓴 것으로 보인다.

내가 지금 경고하는 자들의 소리를 듣는다면…

이 초안은 희곡 『엠페도클레스의 죽음』 제1초고 육필원고 안에 기록되어 있다. 이 희곡의 앞선 구절들은 신들이 엠페도클레스에게 들려주게 한 경고에 대해서 말하고 있다. 여기서 "경고하는 자들"은 역시 "신들"을 의미한다. 1799년 상반기 작으로 보인다.

이별

1799년 여름에 쓴 시로 보인다. 세 번에 걸친 부름("착한 가슴이여", "나에게 사랑스러웠던 그대", "그대 사랑스러운 수호의 정령이여")은 멀리 있는 디오티마를 향하고 있다. 1~2연 / 3연/ 4~5연의 세 부분으로 나뉘어 대칭을 이루고 있는 전체 구조에서 디오티마는 처음과 중간 부분을 차지하고 있다. 세 부분 각각은 이별의 특별한 방식을 노래하고 있다. 우선 첫 2개 시연에서 사랑하는 이와의 이별은 그녀에 의해서 망각되는 일로 이해되고, 불확실한 미래, 굴욕에 가득 찬 죽음의 경우로 연결된다. 두 번째 부분, 즉 3연은 망각이라는 정신적인 작별에 앞서 실제 이별의 끔찍한 상황을 그리고 있다. 이 사실적인 이별은 죽음을 피할 길 없이 가까이로 불러오고 있다. 완벽한 고립이 이제는 아무런 조건도 없는 죽음으로서의 이별을 불러오고 있음을 마지막 4~5연이 노래하고 있다.

마지막 시어 "내동댕이치는", 강력하게 드러나는 시어 배치, "고통이 나를, 나를 살해자가"가 그 죽음과 같은 이별의 현실감에 무게를 더한다. 이 시는 횔덜린의 이별을 주제로 한 작품 가운데 가장 절박한 시 중 하나이다. 첫머리에서는 그저 미래의 한 가능성인 적들에 의한 정령의 패배가 끝에 이르러서는 실제 이미 나타난 것으로 느껴진다. 단순한 이별이 아니라, 죽음으로 예감되는 이별의 시이다.

취소하는 시

육필원고로 전해졌다. 1799년 가을에 쓰인 것으로 보인다. 산들바람에게 던지는 물음 등 그 주도동기가 유사한 송시 「나의 소유물」을 쓴 것도 이 시기이다.

시제의 원문 Palinodie는 그리스어에서 온 것인데, 그 뜻은 '어떤 시 작품의 취소'이다.

시인은 물음으로 어리둥절함을 표현하면서 새롭게 작용하고 있다고 느껴지는 자연의 힘에 말을 붙이고 있다. 그는 자연을 향해 일종의 포용을 간청하고 있는데, 자연의 힘이 더 이상 생기를 불어넣을 수 없고 다만 지나간 환희의 타고 남은 "재"만을 들추어서 잃어버린 것을 고통스럽게 의식하도록 만들어주기 때문이다. 그래서 그는 "신들"에게 외친다, "멈추시라"고. 실제로 쓰이지 않은 이 시의 두 번째 부분은 이러한 요구의 취소를 읊을 예정이었던 것으로 보인다. 처음에 이 시는 삶에 대한 이전의 태도를 거부하고 있다. 그리고 마지막 시구에서는 이러한 자신의 거부를 취소한다. 결말의 취소는 첫 부분의 물음을 통해서 이미 예비되어 있다. 그 물음 안에 자연에의 관여로 복귀할 가능성이 들어 있는 것이다.

이 육필원고로 전해지고 있는 텍스트의 창작연도는 확인되지 않는다. 그러나 문체의 특성상, 그러니까 「마치 축제일에서처럼…」이 속하는 후기 찬가에의 근접성으로 볼 때 1800년을 전후해 쓰인 것으로 볼 수 있다. 여기 등장하는 삼형제 오트마르, 홈, 텔로는 횔덜린이 고안해 붙인 이름들이다. 확실치는 않지만 천공Odem, 대지Tellus, 인간Homo의 특별한 정령인 빛을 지칭한다고 할 수도 있다. 대창對唱, 즉 서로 바꾸어가며 부르는 노래 형식은 클롭슈토크의 「언덕, 그리고 임원Der Hügel, und der Hain」과 「헤르만Hermann」을 따르고 있다.

이 시도 전적으로 신적인 것의 미래 현시를 겨누고 있다. 삼형제는 어두운 밤의 시간에서 다가오는 빛에 대한 기대 속에서 노래한다. 이것은 백성의 합창에 대한 보완이자 전주이기도 하다. 홈은 "고독하게" "무료한 시간"을, 그리고 신의 알려지지 않음을 노래한다. 텔로는 신적인 것이 아직까지 받아들여지지 않았고 신적인 어휘를 기다리지 않고 제멋대로의 내뱉는 말을 통해서는 인간은 아무것도 이루는 일이 없으리라고 말한다. 신적인 것은 인간들의 열망 가운데, 제 나름의 시간에 침입해 오는 사건 자체로 현현하는 것이다. 세계는 그 사이에 기다린다. 전설, 방황, 쉼 없는 배회, 그러나 또한 다가오는 자에 대한 예감을 지니고 있는 목동의 주의 깊은 관찰 같은 것들이 이 기다림에 속한다.

이 노래는 어머니 대지에 바쳐지고 있다. 어머니 대지는 세 번으로 나누어 부르는 노래들 모두에 등장한다. 어머니 대지는 "강철 같은 요새"이며, 궁핍한 시대에 성스러움을 보존하고 있는 "침묵하는" 자, 산맥과 바다에게 공간을 제공해주는 자로 불리고 있다. 대지는 어머니이다. 다시 말해서 대지는 토대와 공간을 부여해주고 현존재의 가능성을 제공해준다. 인간들의 어머니로서 대지는 이미 시 「인간」에 등장한 적이 있다.

독일의 노래

육필원고의 필적으로 볼 때, 찬가 「도나우의 원천에서」 첫 번째 원고 이전에 쓰인 것으로 보인다.

1 성스럽게 깨어 있는 물: 시 「반평생」의 주2) 참조.

새들이 천천히 이동하는 것처럼…

홈부르크 시절 작품 원고들을 정서 정리한 소위 홈부르크 2절판 Homburger' Foliobuch에 실려 있는 이 단편은 "…처럼"과 같은 비유문장을 통해 시인의 시상을 간결히 드러내고 있다. "영주(맨 앞에서 날고 있는 새)는 앞을 바라본다"와 "시원하게 / 그의 가슴으로 만남들이 불어온다"와 같은 표현은 새의 이동행렬을 연상시킴으로써 새로운 의미의 단층을, 즉 서구의 시대를 향하는 시인의 출발을 투명하게 보여준다. "분수分數"는 앞의 시원함처럼 명징성이라는 서구의 본질 요소에 상응한다.

1 영주: 원문 Fürst는 어원상 '가장 앞에 선 자', '첫 번째인 자'라는 뜻을 가진다. 여기서는 앞장선 "새"를 말한다.

해안들처럼…

홈부르크 2절판에 실려 전해지고 있는 이 단편은 "천상에 있는 자들이 짓기를 시작하고 (…) 해안들처럼, (…) 권능 있는 재화 노래의 해안을 두드리네"라는 단 한 개의 직유문장으로 이루어져 있다.

1 포도주의 신과 (…) 권능 있는 재화 노래의 해안을 두드리네: 디오니소스와 아프로디테는 '바다거품에서 태어난 자'들로서 바다에서 육지로, "해안"으로 왔다. 디오니소스와 바다의 관련은 두 갈래 설로 전해진다. 우선 헤데리히의 『신화사전』에 실려 있는 전설에 따르면 카드모스는 자신의 딸 세멜레를 아들인 어린 디오니소스와 함께 나무상자에 넣어 바다로 던지게 했다. 이 상자는 라콘니엔의 오레아티스 근처 육지에 닿게 되었는데, 세멜레가 이미 죽었기 때문에 사람들이 디오니소스를 거기서 길렀다는 것이다. 다른 설은 디오니소스가 바다수레를 타고 그리스로 왔다는 설이다. "포도주의 신"이자 시적인 영감, 열광의 신으로서 디오니소스와 미의 여신으로서 "바다에서 태어난" 아프로디테는 "노래"와 특별한 연관을 지니고 있다. 그들은 충만된 시간에 노래로 성장하는 "권능 있는 재화"를 가지고 영혼을 불어넣고 조화롭게 정돈하고자 해안으로 오는 것이다. 그러므로 여기서 해안은 단순한 해안이 아니라 "노래의 해안"이다. 의미를 확대하자면 노래를 짓는 시인은 자율적인 창조자가 아니라, 천상적인 자들이 제때에 주는 권능을 가지고 노래를 짓는다. 포도주의 신과 아프로디테가 이 행복하고도 힘찬 사건에 동참한다.

고향

홈부르크 2절판 원고철에 수록되어 전해진다. 1803~1805년에 쓰인 것으로 보이나, 어쩌면 이보다 앞서 쓰인 것일 수도 있다는 주장도 있다. 시제와 제1행이 텍스트의 다른 부분과 많이 떨어져 있어서 그 맥락이 분명하지 않다. 다만 "고향"이라는 주제가 그 연관성을 가깝게 느끼게 한다. 첫 시행 "아무도 모른다" 이후 빠진 시구를 횔덜린의 시상을 유추해서 보완해본다면 아마도 "언제 신들이 이 고향으로 되돌아올지를" 쯤이 되지 않을까. 그렇게 하면 이 시는 온전한 고향의 시가 될 것 같다.

1 가을처럼: 즉 기울고 있는 계절처럼. '가을'을 뜻하는 원문 'Herbst'에는 '조락', '만년'이라는 의미와 '수확'이라는 의미가 있다. 한쪽으로 기울어진 상태, 동시에 열매로 묵직해진 상태를 연상하게 한다.

말하자면 포도나무 줄기의 수액이…

홈부르크 2절판에 실려 전해지고 있다. 이 초안에서 횔덜린의 기본 사상 하나를 읽을 수 있다. 가장 고귀한 것은 하늘과 땅, 태양과 그늘(불과 얼음)의 균형으로부터 생성된다는 생각이 그것이다. 그렇게 해서 자연이 주는 가장 고상하고 숭고한 선물이며 노래에 나타나는 은유인 포도주와 꿀이 생겨나는 것이다. 이 초고의 첫 부분은 포도주에 관련해서, 더위 가운데 번성하면서 결국에는 "그늘을 찾는" 포도열매의 성숙에 대해, 두 번째 부분은 꿀의 생성을 읊고 있다. "태양의 정령"에 의해 활동하는 꿀벌들은 "한줄기 빛살 타오를 때" 되돌아온다. 여기서 이상적인 감수성의 피조물로 표현되고 있는 꿀벌들은 신적인 천공의 영역과 가장 내면적으로 결합되어 있는 존재로 나타난다. 한편 고대문학에서 시인들이 자주 꿀벌로 비유되었으며, 참나무와 꿀벌의 결합도 고대의 전통이다. 이러한 전통을 횔덜린은 이미 비가 「슈투트가르트」에서 수용한 바 있다. 「슈투트가르트」 주8) 참조.

1 많은 것을 예감하며, 윙윙 소리와 함께 돌아온다 / 그 위쪽에는 / 참나무가 살랑거리고 있다: 참나무는 고대에 제우스의 나무로 여겨졌다. 사람들은 그 나무의 살랑거림에 예언의 능력을 부여했다.

노란 나뭇잎 위에…

홈부르크 2절판 원고철에 수록되어 전해지고 있다.

인간의 삶이란 무엇인가…

이 시는 주세네 공타르가 보낸 1800년 3월 5일자 편지의 뒷면에 기록되어 있다. 따라서 이 날짜보다 앞서서 쓴 것은 아니다. 오히려 문체로 볼 때, 훨씬 뒤에 쓴 것으로 보인다.

신이란 무엇인가?…

1803~1805년 작으로 보인다. 신 자신은 형체가 없다. 알려진 바도 없고 볼 수도 없다. 그러나 일상적으로 그는 형체를 갖추지 않는 의상을 걸쳐 입는다. 그 의상은 인간들에게 가시적이며 신의 개별적 특성에 대한 지각을 인간에게 매개해준다. 의상은 낯선 것이기도 하다. 그것을 통해서 신은 자신을 보낸다. 번개와 천둥은 예컨대 이러한 낯선 어떤 것에 해당된다.

마돈나에게

이 찬가의 초안은 2개의 육필본으로 나뉘어 전해지고 있다. 제1행에서 74행까지는 홈부르크 2절판에, 찬가 「게르마니아」에 바로 이어 수록되어 있고, 제75행에서 마지막 제164행까지는 두 쪽짜리 용지에 다른 필체로 쓰여 있다.

1 백합: 순수한 처녀 그리고 동정녀, 성모의 상징이다.

2 신적인 아이 태어났고, 그의 주위에 (…) 요한이라 불린 이 있었나이다: 세례자 요한, 「누가복음」 제1장 36절 "네 친족 엘리사벳"이라고 한 그 엘리사벳의 아들. "침묵의 아버지"는 「누가복음」 제1장 20절에 보이는 엘리사벳의 남편 사가랴를 가리킨다.

3 율법들은 훌륭하기 때문 (…) 왕이 날카롭게 갈았을 때에는: 소포클레스의 『안티고네』를 상기하면서 쓴 것으로 보인다. 거기에서 크레온이 분노 가운데 엄격하게 세워놓은 율법들이 안티고네를 죽인다. 헤롯 왕이 목을 베게 한 세례자 요한의 운명이나 그리스도의 죽음에 대해서는 분노 가운데 날카롭게 다듬어진 율법이라는 표현은 딱 들어맞는다고 할 수는 없다.

4 그런 다음 그들은 죽었나이다: 모든 장점과 위험을 지니고 있는 율법이 세워지고 나서 그리스도와 요한은 죽었다.

5 성스러운 밤에: 이루어질 시대의 미래적인 "한낮"에 앞선, 아직은 충족되지 않은, 그러나 이미 예비하고 있는 중간의 시간에.

6 악은 아무것도 아니다: 이 간단명료한 표현은 악에게는 어떤 독자적인 실존이 부여되지 않는다는 점을 정확하게 표명하고 있다. 그것은 존재하지 않는 것이다. 플라톤 철학에서 유래하는 관점이다. 플라톤에게는 사악한 것은 "무"이다. 왜냐면 존재는 존재자의 마지막 근거로서 신성에게만 주어지는 것이며, 그것은 "선"이기 때문이다. "악은 아무것도 아니다"에 상응하는 "모든 것은 좋다"라는 신정론神正論적인 언급에 대해서는 시 「파트모스」 주15) 참조.

7 순수한 법칙 안에서 / 황야가 신적으로 세워지는 것: 이어지는 시구의 장면 묘사에서 더 자세히 전개되는 자연. 자연이 "신적으로 세워졌다"는 것은 찬가 「라인 강」에서 시인이 알프스 산맥을 "신성하게 지어진 성, 천국적인 것들의 성"이라고 부른 것처럼 세계의 생성을 암시한다. 자연은 시원始原의 "순수한 법칙 안에서" 토대를 세웠다.

8 신의 아이들 암벽 아래 (…) 당신에게, 오 마돈나여: 앞의 제20~22행에서 "숲의 / 다가갈 수 없는 / 태고의 궁륭을 향해"라고 노래하고 있는 장면처럼, 이 장면은 전해 내려오는 성화聖畵를 의미한다. 일찍이 퐁텐블로에서 파리의 루브르로 옮겨진 레오나르도 다 빈치Leonardo da Vinci의 「암굴의 성모Felsengrotten-Madonna」가 그것이다. 횔덜린은 보르도를 떠나 귀향하는 길에 파리에 들렀을 때, 이 성화를 보았을 수도 있다.

9 아들에게, 그러나 또 다른 이들에게 역시: 다른 찬가들, 특히 「평화의 축

제」나 「파트모스」에서처럼 휠덜린은 다른 신적인 형상들을 끌어들이는 가운데, 기독교의 배타적인 요구에 반대하는 입장을 보이고 있다. "신들"이랄지, "천상적인 자들 모두"와 같이 복수화하고 보편화시키고 있는 것과 같은 맥락이다.

10 그리하여, 마치 노예로부터인 양 / 자신들의 것을 강제로 빼앗아가지 않으시나이다 / 신들께서는: 시 「파트모스」의 마지막 시연 중 제217~219행

"천상의 자들 모두 제물을 원하고 있기에 / 제물의 하나 빠지게 되었을 때 / 좋은 일이 있어본 적이 없었다"와 비교.

11 그러나 경계들에 (…) 스스로 사당을: "크노헨베르크"는 휠덜린이 주제테 공타르와 하인제와 함께 1796년 여름을 보낸 바트 드리브르크 근처의 크노헨 산을 가리킨다고 볼 수 있다. 크노헨베르크를 그리스어 "오사"로 번역해놓은 것은 하인제의 작품 『아르딩헬로』로부터 착상한 것으로 보이는데, 하인제는 "오사야"라는 지명에 주석을 달아 "크노헨베르크"라고 독일어로 번역해놓았다.

그리스의 전설에 따르면 거인들이 신들과 싸우면서 올림포스, 펠리온 그리고 오사를 쌓아 올렸다고 한다. 동시에 크노헨베르크는 '크노헨 Knochen'이 '뼈'를 의미하는 관계로 '해골이 있는 곳'이라는 어원의 골고다를 연상시킨다. 여기서 중요한 것은 휠덜린의 통합주의적인 사고이다. 그는 이 시에서 모든 문화영역과 모든 "신들"의 연관성을 암시적으로 지시하고 있는 것이다.

12 그리고 지나치게 두려움을 두려워하지 말기를!: 1796년 6월 10일 휠덜린은 동생에게 "나는 두려워해야 할 것을 두려워하지는 않는다. 내가 두려워하는 것은 두려움일 뿐이다"라고 썼다.

13 그러나 천상적인 자들에게 (…) 더 높으신 분이 어머니를 도우실 것입니다: 시 「라인 강」 제99~101행 "그러고 나서 자신의 권리와 / 천상의 불길을 확신하면서 / 저항자들은 조롱하였고"와 비교.

홈부르크 2절판에 수록되어 전해진다.

1 그러나 아직은 / 때가 아니다 (…) 죽은 이들을 / 생각하도록 허락해달라: 세 개의 시간이 들어 있다. 첫 시구, 그리고 "그러는 사이"로 도입되는 시구의 현재, "그러자"로 시작되는 시구로 추구되는 미래, 죽은 자들을 회상하며 불러내는 마지막 시구의 과거가 그것이다. "그들은 여전히 / 묶여 있지 않다"라는 구절은 "신적인 것은 참여치 않는 자들을 만나지 않는다"와 연관해 볼 때, "그들"은 신에 반하는 힘들, 즉 신화화된 "거인족"이 여전히 강하게 지배함으로써 "신적인 것"에 대한 열림이 결핍되어 있어 현재에 참여하지 않는 인간들을 의미한다. "그러자 그들은 / 델피를 셈에 넣으려 한다"는 충만된 시간, 인간이 더 이상 "참여치 않을" 수 없는 미래를 가리킨다. 이때에는 신적인 것이 그들을 만나는 것이 가능하기 때문에 델피에서 만나는 신을 계산에 넣을 수 있는 것이다.

2 그러는 사이 축제의 시간들 안에서 (…) 그러나 나는 홀로이다: 시 「회상」의 제25~37행 "그러나 나에게 / 짙은 빛깔로 가득 찬 / 향기 나는 술잔 하나 건네어달라 (…) 그러나 친우들은 어디 있는가?"와 비교.

3 벌써 오랫동안 구름들 (…) 성스러운 황야들 뿌리내리고 있기 때문에: 구름으로 완화된 간접적인 하늘의 지상에 대한 작용, 이것은 신을 잃어버린 시대에도 여전히 있었고, 쓸모 있는, 성스러운 황야를 예비해주었다. 시 초안 「마돈나에게」 주7) 참조.

4 그러나 나를 에워싸 / 벌이 윙윙 소리 낸다: 시 초안 「말하자면 포도나무 줄기의 수액이…」에 대한 해설 참조.

5 그러나 바쁜 날이 / 불붙여지고 (…) 눈들 바닥에 고정되는 것 / 헛된 일 아니다: 이 구절의 앞에서 노래된 충족되지 않은 현재의 보다 드높은 의미를 확인할 수 있는 가능성이, 위대했던 과거에 대한 회상, "향연"에의 즐거운 동참, 여인의 아름다움 그리고 위대한 행동에 대한 기억과 자연

의 생명에 대한 시적 감수성을 통해서 표현되고 나서, 이제 "바쁜 날"이 미래의 충만한 시대를 향한 것으로 해석되고 있다.

"번개를 이끌어오는 사슬"은 바쁜 삶이 이루어지고 있는 "집"이니 "일터"에 달려 있는 피뢰침이다. 이슬은 "해 뜨는 시간에", 시원한 아침에 내린다. 이슬처럼, "드높음"은 아무도 모르게 인간에게 내려온다. 즉 일 바쁜 날 드높음은 번쩍이는 번개처럼 인간의 거처에 내리거나 빛나는 직접적인 현시로 오는 것이 아니라, 조용히, 거의 알아보지 못하도록 수줍은 암시를 보내면서 이슬방울로 모습을 드러낸다. 그렇게 부지런함과 함께 서서히, 거창한 사건의 소란 없이 순수한 정신성의 자취는 전개되는 것이다.

여기서 묘사되고 있는 "바쁜 날"은 시 「아르히펠라구스」에 나오는 영혼 없는 작업과는 대칭을 이루며, 시 「라인 강」에서 라인 강이 행하는 착한 일에 상응한다. 이 착한 일과의 의미는 인간들 사이 아름다운 공동체의 형성과 조화의 형성이다. "사람들 / 서로에게 손을 내밀고, 지상에는 / 생각 깊어진다"고 노래하는 것도 그 때문이다.

6 왜냐면 척도 가운데 / 순수함이 스스로를 알기 위해 / 조야한 것도 필요하기 때문에: "척도 가운데"에는, 즉 우리에게 주어진 운명 가운데에는 완성의 시간에 비로소 존재하게 될 "순수함"뿐만 아니라, 부정적인 것, "조야한 것"도 있다. 척도는 혼합적이다. 이 간명한 진술은 전통적인 신정론의 지평에서 이해된다.

7 천상적인 자 죽은 자들에게 내려오고 (…) 그들은 믿는다: 여기서 "그들"은 거인족들이며, "죽은 자들"은 인간들이다. 그들은 거인적인 것, 다시 말해 신을 거역하는 것에 의해서 지배되고, 궁핍한 시대의 한밤중에 마치 지하세계에 있는 죽은 자들의 그림자처럼 살고 있다. 이러한 은유법은 시 「아르히펠라구스」의 "그러나 슬프도다! 한밤중에, 신성도 없이 우리 인간은 / 떠돌며 마치 하계에서인 양 살고 있도다"(제241~242행)와 시 「파트모스」의 "죽은 자들을 / 아직 거칠음에 갇힌 자 아니라면 / 그 지휘봉은 일깨워 세운다"(제184~186행)에도 보인다. "천상적인 자"가

그림자 같은 그리고 죽은 듯한 인간에게 내려와 이로써 인간들이 일깨워지고 "생동케" 된다면, 인간 안에 들어 있는 "조야함", 즉 거인족은 반역해서 일어서고, 하늘과 "심연" 사이의 싸움이 일어나게 된다.

8 분노 가운데: 뇌우를 하늘의 분노로 보고 있다. 시 「게르마니아」 주26) 참조.

언젠가 나는 뮤즈에게 물었다…

홈부르크 2절판에 두 쪽에 걸쳐 느슨하게 그리고 행간을 많이 띄운 채 쓰여 있는 이 텍스트는 다음에 이어지는 초안 「그러나 천국적인 자들이…」와 연관되어 있다. 두 텍스트의 필체는 동일하다.

1 불길과 연기: 성서에서 놀라운 일에 대한 징조로 쓰인다. 시 「삶의 연륜」 주5) 참조.

그러나 천국적인 자들이…

홈부르크 2절판에 수록되어 전해진다.

1 그러나 천국적인 자들이 (…) 동굴에서 기도하도록: 제1행에서 25행까지 첫 번째 시연은 헤시오도스의 『신통기』를 통해서 전해 내려오는, 모든 생명이 움트는 하늘과 땅의 혼례에 대한 신화가 기본 시상을 형성하고 있다. 횔덜린은 다른 시, 예컨대 「마치 축제일에서처럼…」에서 뇌우의 이미지를 통해서 같은 시상을 보여주었다. "분노"는 시 「게르마니아」에서처럼, 뇌우에 실려 있는 신적이며 무한한 생명의 에너지이다. 이 에너지가 "환희"를 낳고 또한 생동하는 성장을 가져다준다. 동시에 "현명

함", 다시 말해 조화를 이루는 균형이 생긴다는 척도에 대한 앎이 작용한다. 높이와 깊이가 결합된다. "산맥이 바다에 매달리는" 것이 그것을 말해준다. 따뜻한 십연과 더위를 식혀주는 시원한 바람이 균형을 이루고, 섬들과 반도는 조화를 이루는 육지와 바다의 상호침투를 만들어낸다. "동굴에서 기도"하는 것은 인간적인 것과 신적인 것 사이의 활발한 연관을 의미한다.

2 그러나 싹이 튼다 // 매우 무성하게 (…) 서투른 혼란이 길을 뒤덮는다: 뇌우에 의해서 고무된 무서운 활동성은 절대적이다. 이 활동성은 조화를 해체하고, "무성하게", "부주의하게" 아름답게 연관을 맺고 질서 있는 세계를 파괴한다.

3 그렇게 하여 그것 신처럼 보이려 한다 (…) 그리고 찾는다, 짐승처럼 / 꼭 필요한 것을: "미로", 황야는 완전히 몰락할 위기에 놓여 있는, 참된 질서의 "정원"에 대적한다. "그렇게 하여 그것 신처럼 보이려 한다"라는 구절은 결정적이다. 교만하게 신적으로 보이려고 하는 영역에서 "순수한 손길"을 가지고 있는 인간조차도 "짐승처럼" 생명의 단순한 유지를 위한 "꼭 필요한 것"을 찾을 수밖에 없다. 다시 말해 인류가 신적인 것으로 상승하려고 하면 동물적인 것으로 추락하고 만다. 강요와 필연성의 골짜기로 떨어지고 마는 것이다.

4 말하자면 팔로써 / 예감에 차서, 표적을 / 맞히고 싶어 한다: 시 「어머니 대지에게」의 제43~45행 "그들 중 한 사람 말하도다 / 한때 조상들 활을 당기고 / 멀리 과녁을 확신했음을"과 비교. 마치 한 사람의 궁사처럼 천부적인 시적 인간은 방향을 잃은 혼돈의 세계에서 방향을 찾고 "표적"을 맞힐 수 있다. 근원에 가까이 있는 시인에게는 "예감"의 능력이 주어져 있기 때문이다. 그리스 시인 핀다로스는 시인으로서 자신을 시적인 "화살"을 가지고 표적을 정통으로 맞힐 수 있는 궁수에 비유하곤 했다.

5 울타리 또는 / 그들의 길을 표시해주는 표지: 방향 상실의 위험에 처해 있는 세계에서 방향 찾기에 대한 은유.

6 다른 자들: 제68행에 나오는 "예언적인 자들"을 말한다.

7 알프스의 위에 (…) 예언적인 자들 있다: 시인들은 “저 자신의 생각으로” 의미를 부여하는 위험에 놓여 있다. 그들의 “분노”하는 영감은 자신들의 해석을 통해서 객관적인 방향을 설정하려는 그 시도와 함께 주관적이며 오만한 독립성의 위험을 초래한다. 이러한 위험을 벗어나기 위해서 시인들은 해석자로서 객관적인 표지에 머물러야만 한다. 이를 위해서 여기 독수리의 날개가 있다. 이로써 해석자로서의 시인들은 새들이 나는 것을 보고 해석했던 고대의 예언자들과 비교된다.

8 지옥의 망령들: 시 「빵과 포도주」의 마지막 시연에서처럼 횔덜린은 채워지지 않은 현재를 고대의 하계, 하데스라는 은유로 그렸다. 이 은유의 중심에 인간은 “지옥의 망령”, 죽은 자들과 같이 놓여 있다. 보다 높은 삶에 무감각해진 인간은 죽은 자와 같다. 고대의 생각에 따르자면, 죽은 자들의 영혼은 지하세계에서 그림자, “망령”으로 산다.

9 순화자 헤라클레스: 전래되는 신화에 따르면, 헤라클레스는 이 지상에서 섬뜩한 것, 악습, 재앙을 쓸어내는 위대한 청소부, 순화자이다. 헤라클레스는 “순수한 운명”을 열어젖히고, 다음에 이어지는 시구에서 그는 “변함없이 순수하게” 남아 있다. 신화에서 전해지고 있는 그의 깨끗이 치우는 행위는, 이제 이 지상에 있었고 그가 자신의 정화작용을 통해서 존재 없음의 나라로, 즉 하계로 내려보내 “지옥의 망령”으로 만들어버린 모든 부정적 일에 관련된다.

10 지금도 여전히 / 지배하는 이와 함께 그는 남아 있다: 헤라클레스의 별자리에 대해서만 “지금도 여전히” 지배자와 함께 있다고 말할 수 있다.

11 또한 숨길을 들고 / 쌍둥이별 아래위로 오르내린다: 헤라클레스가 순화와 정화의 상징인 것처럼, 쌍둥이별은 하늘과 땅 사이 중재의 상징이다. 하늘로 끌어올려진 폴리데우케스는 제우스에게 필멸의 운명인 동생 카스토르 곁에 함께 있을 수 있도록 해달라고 간청한다. 그렇게 해서 형제는 하루는 올림포스에서 하루는 지하세계에서 함께 지내게 된다. 이로써 이 별자리가 왜 “밤에” 오르내리는지 명백해진다.

12 한밤에, 그리고 / 피타고라스의 / 시간으로: 이 구절은 신플라톤적으로

파악된다. 시간이 영원을 본 따면서 생겨난 것이라는 사상은 플라톤의 『티마이오스』로 거슬러 올라간다.

13 그러나 필로크테테스가 기억 속에 살고 있다: 정리하기 어려운 구절이다. 다만 헤라클레스와 별자리를 통한 그의 영생과 관련해서 이해해볼 수 있지 않을까 한다. 헤라클레스가 신들에게로 올라가려고 오이테 산에서 불 위에 앉아 지상의 삶을 마치려 했을 때, 그의 아들 휠로스가 장작더미에 불을 붙이지 않으려고 하자, 활의 명수인 필로크테테스가 그 일을 맡겠다고 나섰고, 그 대가로 헤라클레스의 활을 받았다고 전해진다.

말하자면 전에는, 아버지 제우스가…

홈부르크 2절판에 수록되어 전해진다.

1 디아나… / 그 여사냥꾼: 아르테미스라는 이름으로도 잘 알려진 디아나는 사냥의 여신이다. 그녀는 활을 가지고 인간들에게 갑작스러운 불행을 가져다줄 수도 있고, 그 화살로 니오베의 딸들, 사냥꾼 오리온과 다른 많은 이들을 쏘아 맞혔다. 거인들에 대한 올림포스 신들의 싸움에서 제우스의 승리에 한몫을 하기도 했다. 이 초안이 계속 진행되면서 명백해지는 것처럼, 디아나는 존재 전체를 뒤흔들고 "붙들며", 그렇게 해서 죽음까지 위협하는 "힘들" 중 하나이다. 무섭게 대지 위를 가고 있는 여사냥꾼 디아나에 대한 시구는 호메로스가 이 여신에 대해 쓴 27번째 찬가에서 영감을 받은 것으로 보인다. "드높은 산맥의 정상들 흔들리고 메마른 숲 우직 소리를 낸다, 사냥의 굉음과 함께 두려워하면서. 대지가 떨고 물고기 많은 바다도 떤다."

2 분노하면서: 시 「게르마니아」의 주26) 참조.

3 또한 그들의 운명은 (…) 고통을 따라서 모든 것을 붙들어야만 하기 때문에: 시 「마치 축제일에서처럼…」 제63~67행 "아버지의 순수한 빛살은

그러한 마음을 태워버리지는 않는다 / 하여 깊은 충격을 받고서도 강건한 자의 고통 / 함께 나눔으로써 신이 다가올 때, 높이에서 떨어지는 폭풍우 속에서도 / 마음은 동요하지 않는다"와 고통의 개념에 대한 이 시의 주9) 참조.

4 멀리 예감하는 가운데: 시 「므네모쉬네」 주8) 참조.

…그대는 그렇게 되어야 한다고 생각하는가…

홈부르크 2절판에 수록되어 전해진다.

1 말하자면 그들은 / 기술의 제국을 세우고자 했었다 (…) 그리스, 그 아름답기 그지없는 나라 멸망했다: 여기서 "기술"은 송시 「자연과 기술 또는 사투르누스와 유피테르」에서의 "기술"처럼 이해해야 한다. 이 송시에서 "자연"은 모든 형상과 의식에 앞서 있는 '사투르누스적인' 근원의 영역을, "기술"은 표현된 형식과 '실증적으로' 설정된 것으로서 유피테르의 영역을 뜻했다. 이른바 "조국적인 것"은 "민족적인 것", 횔덜린이 "하늘의 불꽃", "열정", "성스러운 파토스"라고 부른 그리스인의 근원적인 본질이다(뵐렌도르프에게 쓴 1801년 12월 4일자 편지). "기술의 제국"은 만들어진 것과 설정된 것의 제국으로서 거기에서 그리스 사람들은 그들의 불길 같은 "동양적인" 근원을 부정했다(빌만스에게 보낸 1803년 9월 28일자 편지).

2 거장: 횔덜린은 이 시기에 쓴 시 초안에서 그와 친분이 있었던 소설가 빌헬름 하인제를 종종 "거장"이라고 불렀다. 「제후에게」(두 번째 착상), 「…바티칸…」 참조.

3 다이아몬드를 가지고 / 창문에 새겨넣었듯이: 라우펜의 전통에 따라 횔덜린은 다이아몬드를 써서 자신의 생가 창에 이름을 새겨넣었다.

육필원고로 전해신다.

1 고트하르트 위를 / 거기 강들이: 라인 강, 론 강과 테신 강 이외에 아레 강과 로이스 강도 고트하르트 위에서 발원한다.

2 헤트루리아: 에르투리아, 오늘날 토스카나. 여기서는 이탈리아를 의미한다.

3 아토스: 그리스의 칼키디키 반도 동쪽에 우뚝 솟아 있는 높은 산. 아토스는 고대 492년 페르시아 함대가 여기서 겪은 파선으로 유명하고, 크세르크세스의 운하건설로 유명하다.

4 올림포스와 헤모스 산맥: 제유법으로 그리스를 의미한다. 올림포스는 잘 알려진 대로 신전이 있는 신들의 산이며, 그리스 북쪽의 헤모스 산은 오르페우스의 어머니 뮤즈 카리오페와 관련된 곳이다.

5 렘노스 섬: 아토스와 트로야 사이에 있는 에게 해상의 섬. 필로크테테스는 오디세우스 등과 함께 트로야전쟁에 참여하기 위해 떠났으나 뱀에게 다리를 물려 황량한 렘노스 섬에 남겨지게 된다. 오디세우스는 10년 후 그리스군이 전쟁에 이기기 위해 필로크테테스가 가진 헤라클레스의 활이 필요하다는 예언을 듣고서야 그를 구하러 간다.

6 인더스의 숲으로부터: 시 「게르마니아」나 「이스터 강」에서처럼 인더스는 동쪽의 끝 그리고 인류문명의 발상지로 불리고 있다. 이 시의 첫 행에서 여기에 이르기까지 그려지고 있는 독수리의 비상, 즉 인도에서 그리스와 이탈리아를 거쳐 알프스를 넘어 독일로 날아오고 있는 독수리의 비상은 시 「게르마니아」에서처럼 동방에서 서구로의 문명의 이동을 형상화하고 있다. 횔덜린의 이러한 문명이동 사상에 대해서는 시 「도나우의 원천에서」에 대한 해설 참조.

7 그러나 원래의 조상은 (…) 우리는 어디에 머물려고 하는가?: 서쪽에서 동쪽을 향한, 서쪽에서 이탈리아를 넘어 그리스를 거쳐 인더스에 이르는

문명이동의 공간적인 거슬러 감은 여기서 시간적인 단계화와 결부되어 있다. 세대의 연속 가운데 "아버지"(제1행)가 이어받은 "부모들"을 넘어 "원래의 조상"에까지 거슬러 올라가는 시간적인 단계와 결부되어 있는 것이다. "홍수의 비밀"이나 "배", "짐승들"은 아주 먼 시대로까지 거슬러 올라가는 것처럼 보인다. 노아의 홍수를 연상시키기 때문이다.

너희 든든하게 지어진 알프스…

홈부르크 2절판에 수록되어 전해진다.

1 전나무들의 머릿단: 시 초안 「디오티마에게」(오라 그리고 우리를 에워싼 환희를 보라) 주1) 참조.

2 너희들 착한 도시들이여! (…) 죽음을 보지 않는 것: 이 부분에서 이 시 초안의 개관적인 핵심을 알 수 있다. 다만 「삶의 연륜」, 「눈물」, 「므네모쉬네」 등 후기 시에서처럼, "도시들"은 위협적으로 "흉한 모습"을 하고 "무제약적인 것" 안으로의 혼돈스러운 충동과 "죽음에의 욕망"을 풀어놓는 힘들에 대항하는 현존재의 보루이다. 이러한 지평에서 이 초안의 이어지는 부분에 포함되어 있는 고향의 마법적인 소환이 이해될 수 있다. 첫 행 "든든하게 지어진 알프스"에 대한 부름도 그렇다.

3 바인슈타이크: 슈투트가르트에 있는 거리명, 오늘날 '알테 바인슈타이게'이다

4 슈피츠베르크: 슈피츠베르크는 튀빙겐 슐로스베르크와 부름링의 예배당을 잇는 능선에서 도시 바깥 쪽으로 뻗어 있다. 이 슈피츠베르크 곁으로 옛 로마 가도가 지나간다.

5 틸의 계곡: 요한 야콥 틸Johann Jakob Thill은 횔덜린처럼 튀빙겐 신학교 출신인 신학자였다. 송시 「틸의 묘지에서」 주1) 참조.

첫 번째 착상에서 세 번째 착상까지 모두 홈부르크 2절판에 수록되어 전해진다.

여기서는 철새의 이미지가 근본적인 특징으로 그려져 있다. 북동풍이 "외지"에 머물고 있는 "찌르레기"에게 작용을 시작해서 경고하는 바람이 불어온 곳, 고향을 '알아채게' 하고 '날아올라' 집으로 돌아가도록 만드는 그 순간, 좋은 시간의 작용 아래 있다. 이 이미지는 아주 분명하다. 그러나 후기 횔덜린은 그 분명한 것, 확실한 것을 정신적·신화적인 의미의 담지자로 변화시킨다. 찌르레기의 이미지는 이 단계의 전체적 세계상을 내포한다. "좋은 시간"은 신들의 새로운 귀환을 위한 출발을 암시한다. "태양이 찌르는 듯"하는 남쪽의 낯선 땅에서의 찌르레기의 머무름은 그리스적인 천국의 불꽃에 의한 정복을 의미한다. 이러한 정복이 없었다면 서구의 시인은 자신의 조국적인 고유한 본성을 아늑하게 느낄 수 없었을 것이다. 찌르레기들의 '날아오름'은 외지로부터 자신의 것으로의 결단 어린 전환, 조국적인 회귀에 대한 강조이다. 날카롭게 부는 북동풍이 찌르레기의 눈을 "대담하게" 만들어준다. 이 정밀하고, 날카로운 어투는 찌르레기들이 회귀를 따르면서 서구의 명징을 배우고 있다는 것을 의미한다. 이 명징성이 찌르레기들에게 세속적인 것을 파악할 수 있도록 해주고 그 결과 이제 세계의 천상적이자 세속적인 전체성을 볼 수 있게 된다.

1 샤랑트 강: 남프랑스에 있는 강. 북쪽에서 지롱드 강과 합쳐진다.

2 그들의 눈을 대담하게 만들면: 『구약성서』「사무엘상」 제14장 27절 "손에 가진 지팡이 끝을 내밀어 벌집의 꿀을 찍고 그의 손을 돌려 입에 대매 눈이 밝아졌더라"와 「잠언」 제20장 13절 "너는 잠자기를 좋아하지 말라 네가 빈궁하게 될까 두려우니라 네 눈을 뜨라 그리하면 양식이 족하리라"와 비교.

가장 가까이 있는 것-*세 번째 착상*

1 하늘의 창문 열린 채이고: 폭우를 나타내는 성서적 표현. 『구약성서』「창세기」 제8장 2절 "깊음의 샘과 하늘의 창문이 닫히고 하늘에서 비가 그치매", 「이사야」 제24장 18절 "위에 있는 문이 열리고 땅의 기초가 진동함이라" 참조.

2 가스코뉴: 가스코뉴는 가론 강의 남쪽 지역이다. "샤랑트"처럼 횔덜린의 보르도에서의 체류를 연상시킨다.

3 노래의 구름: 시 초안 「그리스」의 세 번째 착상 중 제15행 "노래의 구름" 비교.

티니안 섬

별도의 용지에 육필로 기록되어 전해진다. 태평양 북서부 마리아나 제도의 티니안 섬은 당대의 문학에서는 이상향과 동의어로 사용되었다. 티니안은 영국의 제독 조지 앤슨George Anson 경의 세계일주 항해 기록을 통해서 이상향과 같은 섬으로 알려지게 되었다.

1 성스러운 황야에서: 시 초안 「마돈나에게」 주7) "무엇보다도, 사람들 / 순수한 법칙 안에서 / 황야가 신적으로 세워지는 것" 참조.

2 마치 마차경주가 (…) 서양의 사람들의 모반으로서, 천국의 신들 / 우리에게 이 장식물을 마련해주신 탓이다: "천국의 신들이 서양 사람들에게 마련해준" "장식물"은 서구의 표지이자 경계로서, "무장"을 갖춘 알프스 산맥일 수도 있다. 장식물이 서구인의 모반이기 때문에, 그것은 서구인의 고유성을 나타낸다. 무장을 갖춘다는 것, "마차경주"와 "짐승의 싸움"은 서구적인 명징성의 표지로 읽을 수 있다. 이 명징성은 서로 떨어져 있는 개별성, 그 때문에 쉽사리 다툼에 빠지는 사태를 지칭하고 있다.

콜럼버스

홈부르크 2절판에 수록되어 전해진다. 이 시 전집에 수록된 텍스트는 첫 번째 초안이다. 이 초안의 공백들은 후일 스케치 형태로 너 채워 넣어졌다.

1 앤슨과 가마: 조지 앤슨은 영국의 해군장군이다. 그의 세계일주 항해에 동승했던 전속목사 리처드 월터Richard Walter가 『1740~44년 앤슨의 세계일주 항해*George Ansons Voyage round the world in the years 1740-44*』를 1748년 런던에서 발간했다. 이듬해인 1749년 토체Eobald Toze의 번역으로 독일어판이 발행되었다. 괴테는 『시와 진실*Dichtung und Wahrheit*』에서 "앤슨의 세계일주 여행은 진리의 품위를 동화의 환상적인 것과 결합시켜놓았다. 우리가 이 뛰어난 바닷사람을 생각하면서 전 세계 안으로 나아가게 되어 지구의地球儀 위를 손가락으로 짚어가며 그를 뒤쫓으려 시도해보았다"고 기록하고 있다. 가마는 인도로 가는 항로를 처음 발견한 포르투갈의 바스코 다 가마Vasco da Gama이다.

2 영웅들: 이미 첫 행에 나온 대로 이 초안의 중심테마이다. 항해사는 횔덜린에게 영웅적인 인간의 전형을 체현하고 있다. 시 「방랑자」와 「회상」 비교.

제후에게-*두 번째 착상*

홈부르크 2절판에 수록되어 전해진다.

첫 번째 착상이 명백히 순수한 찬미로 계획되어 있었던 반면, 두 번째 착상은 제후 프리드리히 빌헬름 카를Friedrich Wilhelm Karl의 부정적인 측면에 관련되어 있다. 이 제후는 1797년 프리드리히 2세Friedrich II로 뷔르템베르크의 대공에 올랐고, 1803년에 선제후가 되었으며, 1805년 나폴레옹으로부터 왕위를 받았다. 이 지배자는 모든 혁신의 노력을 막으려 했고 현실참여적인 민주인사들을 가차 없이 추방했다. 그러나 이 시 초안은 이러한 정치적인 동기들을 전혀 드러내보이지는 않는다. 다만 하늘과 땅에 대한 파괴된 관계를 통해서 제후의 잘못을 암시하고 있다.

1 거장은 / 포도주의 도시에 머물고 있도다: "거장"은 하인제를 가리킨다. "포도주의 도시"는 아샤펜부르크로 보이는데, 하인제는 1795년 마인츠의 제후가 이곳으로 거주지를 옮겨가자 제후를 따라와 1803년 6월 22일 세상을 떠날 때까지 이곳에서 살았다.

그리고 삶을 함께 느끼고자…

홈부르크 2절판에 수록되어 전해진다.

이어지는 시 초안「말하자면 심연으로부터…」와「…바티칸…」과 함께 횔덜린이 정신착란에 빠지기 전 마지막 단계를 대표하는 작품들로서 이른바 '바티칸 단층Vatikan-Schicht'을 형성한다. 대부분 이해를 벗어난 구절들로 이루어져 있다.

말하자면 심연으로부터…

홈부르크 2절판에 수록되어 전해진다. 텍스트는 첫 여섯 행에서 특히 불안정하다. 서로 다른 세 가지 필체로 쓴 데다가 분명히 판독되지도 않기 때문이다.

이 시 초안은 신의 상실을 의미하는 "심연"으로 시작된다. 그리고 끝에 이르러 시인의 심장은 신적인 빛에 대한 시금석이 된다. 횔덜린은 독일의 만발한 꽃들에게 자신의 노래를 읽어달라고 간청한다. 부여된 시인의 과제에 대한 이러한 절대적인 관철의지와 알프스 산맥의 좌우를 결합하는 전체적인 조망이 횔덜린 문학의 한 절정을 내보인다.

1 프랑크푸르트는 (…) 이 대지의 / 배꼽이다: 델피가 권위있는 신탁으로써, 그리스 사람들에게 대지의 배꼽, 즉 중심점으로 인정되었다면, 프랑크푸르트는 지리적으로 독일의 중심에 있고, 독일은 유럽의 중심에 있는 만큼 "이 대지의 / 배꼽"이라고 할 수 있다. 독일 주제는 이 시 초안의 끝에 다시 한 번 제기된다.

2 자신을: 원문은 "자신sich" 앞을 공간으로 남겨두고 있는데, 앞 문장과 연결시켜 완성해본다면 "자신을 비추어보고 있다spiegeln sich"가 될 법하다.

3 가스코뉴의 땅: 시 초안 「가장 가까이 있는 것」의 세 번째 착상 주2) 참조. 본래 'Gascogne'가 맞는 표기인데, 횔덜린은 'Gasgogne'로 표기하고 있다.

4 만발한 꽃들: 영웅들에 대한 은유이다. 이 은유는 그리스의 시인 핀다로스가 사용한 적이 있다. 비가 「슈투트가르트」의 한 시작試作 원고에도 본래 "이 땅의 영웅들" 대신에 "이 땅의 만발한 꽃들"이라고 고쳐 쓴 흔적이 있다.

5 오 나의 심장은 / 거짓 없는 수정이 되리니: 루소는 자주 자신의 마음을 수정에 비유했다. "그의 수정처럼 투명한 마음은 그의 내면에서 일어나고 있는 것 그 어떤 것도 숨길 수가 없다. 그 안에서 솟아오르는 모든 감동은 그의 눈과 그의 얼굴에 전달된다." 장 자크 루소, 『루소 장자크를 심판하다:대화*Rousseau Juge de Jean-Jacques:Dialogues*』 참조.

…바티칸…

홈부르크 2절판에 수록되어 전해진다.

1 왜냐면 자연의 / 여신의 분노로부터 (…) 그리고 달력을 만든 율리우스의 정령이: 횔덜린의 문학에서, 특히 1801년 이래로 '실증적인 것'으로 고착된 현존재는 자연의 반작용을 불러일으키고, 따라서 어떤 조화로운 균형이 더 이상 가능하지 않을 때는 혼돈으로 이어질 수밖에 없다는 사상이 반복해서 등장한다. 이 시 초안에서도 이러한 실증적인 것의 분위기가 "비밀의 모든 열쇠를 알면서 / 사악한 양심은 묻는다 / 그리고 달력을 만든 율리우스의 정령이 / 그 사이"라는 구절에 드러난다. 달력을 만드는 일은 '계산'과 실증적인 법칙성으로의 강제적인 편입이다. 율리우스 카이사르Julius Caesar는 기원전 46년 '율리우스 달력'을 만들어 시간 계산에 혁신을 일으켰다.

2 저 위쪽, 베스트팔렌에서 / 나의 존경하는 거장이: 횔덜린이 주제테 공타르와 더불어 베스트팔렌의 바트 드리부르크에서 1796년 여름을 함께 보냈던 빌헬름 하인제를 가리킨다.

3 광야 가운데의 젊은이: 세례자 요한. 「마태복음」 제3장 4절 "이 요한은 낙타털 옷을 입고 허리에 가죽 띠를 띠고 음식은 메뚜기와 석청이었더라" 비교.

4 로레토를 넘어, 거기 순례자의 고향: 로레토는 아드리아 해에서 멀지 않은 이탈리아 안코나 지방에 있는 순례지이다. 이 구절부터 시 「유일자」의 두 번째 원고의 중세에 해당하는 부분(79행~83행)에 대한 일련의 심장한 유사성을 읽어볼 수 있다. 「유일자」에 "순례자들과 민중의 방랑"(81행)과 "파수꾼의 노래"(81~82행)가 노래되었다면, 여기서는 "파수꾼의 뿔나팔"(29행)이 등장하는 것이다. 더 나아가 「유일자」에서 "음유시인의 또는 아프리카 사람의 문자"(82행~83행)가 노래되었다면 여기서는 "부엉이, 글월에 능통하여"(33행)가 등장한다.

5 파수꾼의 뿔나팔 호위병들 위로 울린다: "호위병"이라는 어휘는 이 구절 전후의 시구들이 불러일으키는 중세적 분위기에서 이해된다. 이 표상은 성벽을 지키는 파수꾼의 영상이다. 대략 1500년 무렵부터 호위병은 군대, 특히 '용병부대'의 의미를 가지고 있었다.

6 파트모스에서, 모레아에서, 페스트균이 섞인 듯한 대기 가운데서 / 터키식으로: 찬가 「파트모스」에서 본 대로 파트모스는 요한의 섬이고, 모레아는 13세기부터 관례적으로 사용되던 펠로폰네소스의 별칭이다. 슬라브계 이주자들이 그렇게 부르기 시작했다고 알려져 있다. 횔덜린은 여기서 일부러 슬라브식 이름을 쓰고 있는데, 이것은 그리스어의 유실 또는 혼선을 알리기 위한 의도에서인 듯하다. "터키식"이라는 표현도, 뒤에 나오는 "말의 혼란"도 같은 의미다. 그리스는, 따라서 파트모스와 펠로폰네소스도, 19세기 초까지 여전히 터키의 지배 아래 있었다.

7 부엉이, 글월에 능통하여: 부엉이는 아테네를 상징하는 새이며, 현명함을 나타내는 전통적인 상징인데, 여기서는 문자의 전승이라는 과감한 은유로 쓰이고 있다. 이 전승은 과거의 폐허들 사이에서 여전히 우리들을 향해 말하며 "뜻"을 전하고 있다.

8 쉰 목소리의 여인처럼: "쉰 목소리의"에 해당하는 원어 heischer는 18세기와 이를 넘어서까지 통용되었는데, '거친'이라는 뜻을 가지고 있으며, 항상 '목소리'에 관련해 쓰였다. 시 「나의 일가」 제34행 "목이 쉬도록 흐느끼며"와 비교.

9 아폴론, 똑같이 (…) 안녕! 이라고 말한다: 아폴론은 여기서 태양의 신으로 이해된다. 그는 다른 이들도 "작별"을 고하는 "저녁에" 헤어지면서 세상에 대고 "안녕!"이라고 말한다.

10 하늘의 혼례축가: 찬가 「라인 강」에서 "그때 인간들과 신들은 결혼잔치를 벌이니"(제180행)라고 했듯이, 여기서도 저녁시간에 하늘과 땅의 합일이 일어난다. 이 마지막 부분에서는 저녁이라는 하루의 때가 지배한다. 시 「평화의 축제」에서 "저녁"은 역사의 완성에 대한 주도적인 표상이다.

11 모래로 된 / 지구의 갈비뼈가 (…) 소리를 낸다: "갈비뼈"는 해안에 대한 은유이다. 프랑스어 côte는 갈비뼈와 해안을 다 의미한다.

그리스-두 번째 착상

1 신의 충실: 이어지는 단어 "분별"이 "신의 충실"이 무엇을 의미하는지를 설명해준다. 횔덜린이 쓴 『오이디푸스 왕에 대한 주석』의 끝머리에 "신의 불충실"이라는 표현이 있다.

그리스-세 번째 착상

첫 번째 착상은 한 쪽짜리 원고지에, 두 번째 착상은 두 쪽짜리 원고지에 기록되어 전해진다. 이 두 번째 착상을 가필 수정하고 마지막 부분을 추가하여 세 번째 착상을 썼다.

두 번째 착상과 세 번째 착상의 텍스트는 시 「므네모쉬네」처럼 현세적인 현존재를 파괴시킬 듯이 위협하는 무제약적인 충동과 다른 한쪽의 정지, 보존 그리고 보다 확고한 깃들기를 향한 추구 사이의 긴장 아래 있다. 이러한 긴장의 영역에는 신의 위험하고도 직접적인 현현으로 그려진 파괴적 직접성과 숨겨진 신성으로 그려진 보존의 간접성이 대립적으로 상응한다.

이 텍스트는 특별하게 그리스에 대해서는 한마디도 하지 않고 있음에도 "그리스"라는 시제를 달고 있다. 시인 자신을 비극적으로 위협하고 있는 회상이 비극적으로 몰락해버린 그리스의 영웅들에게 이르고 있는 시 「므네모쉬네」와 마찬가지로 여기서도 기억들은 그리스에 이른다. 제8행에서 은근히 인용되고 있는, 기억들 앞에 선 영웅들은 그리스의 영웅들일 수밖에 없다고 하겠다.

1 송아지의 가죽처럼: 북을 뜻한다. 북은 송아지 가죽으로 만든다.

2 조화: 원문의 독일어 단어 Zärtlichkeit는 오늘날 '깊은 애정' '상냥함' 등을 의미하지만, 횔덜린 당시에는 지금과는 전혀 다른 의미를 가지고 있

었다. 즉 '조화', '쾌적', '온유함', '자상함' 같은 뜻이었다. 여기서는 문맥으로 볼 때 '조화' 또는 '균형을 갖춘 심사숙고'의 의미가 알맞아 보이고, 따라서 "소화"라고 옮겼다.

3 대지의 / 배꼽: 그리스인들은 그리스의 종교적 중심점으로서 델피를 이렇게 불렀다. 시 초안 「말하자면 심연으로부터…」 주1) 참조.

4 신은 옷을 차려입는다: 시 「므네모쉬네」 주13) 참조. 거기에서의 신의 "외투"가 가지는 의미가 환기된다.

5 너무도 지극히 / 어떤 것이 기도하는 자와 더불어 그를 사랑하거나 또는 / 영혼이 그러하지 않도록.: 시 「파트모스」 '나중 원고의 단편'에서 "그러나 숭배가 있는 곳에, 너무 많은 사랑에게는 위험하고, 대부분 정곡을 찌른다"와 시 「눈물」에서 "그대들의 해안, 우상을 숭배하는 자들 참회하는 곳 / 그러나 사랑은 오로지 천국적인 것에 참회하노라 // 왜냐하면 너무도 헌신해서 너무도 감사하게 / 아름다움의 나날 가운데 고트하르트에서 성스러운 자들 봉헌했고…" 구절과 비교.

6 선과 각: "자연"을 "책"에 비유한 포괄적인 은유를 고려할 때, "선"은 직선적인 것, 즉 산문을 뜻하고, "각"은 그와 상반되는 시행, 즉 운문을 뜻한다. 비가 「빵과 포도주」의 수정원고에는 제60행에 나오는 "넥타르로 채워져 신들을 즐겁게 해주었던 노래"라는 시구의 위쪽에 "감사가 각을 지어 성큼성큼 걸어나가면서"라고 기록되어 있다. 여기서 "노래"는 물론 문학예술과 관련되어 있고, "각을 지어"는 시행이 배치된 것을 의미한다고 볼 수 있다. 이와 유사한 맥락에서, 그리스어 στιχoς는 '행진대열'을 의미하면서 동시에 '시행'을 의미하며, 시행을 뜻하는 라틴어 versus는 '각을 짓다'라는 뜻의 vertere에서 유래했다.

7 드높은 그늘 아래 / (…) 햇볕 드는: 시 「반평생」에서 "햇볕과 대지의 그늘을"이라고 읊은 것, 그리고 시 「므네모쉬네」에서 "햇볕과… 숲의 그림자"라고 읊은 데에서 보이는 목가적으로 미화된 현존재에로의 햇볕과 그늘의 일체화를 의미한다.

VIII 구상, 단편, 메모들

1 이 장에 실려 있는 텍스트에 대해서는 그 내용과 형식 면에서 필요하고 도 가능한 경우에 한해서 주석을 달았다. 여기에 실린 메모나 단편 대부분은 서정적 작품이라고 하기에 문제가 없는 것은 아니지만, 횔덜린이 시 작품의 육필원고 곳곳에, 특히 홈부르크 2절판에 기록해놓았기 때문에 서정적 작품과 연관된 것으로 보고 여러 판본의 횔덜린 전집들이 별도의 장에 싣고 있다. 헬링라트가 처음으로 대부분의 메모들을 이렇게 분류하여 그가 편집한 뮌헨판 전집에 수록했고, 바이스너가 슈투트가르트판 전집에 일련번호를 붙여 수록했다.

2 이 표현은 홈부르크 2절판의 시 초안 「마돈나에게」 제54행 위에 기록되어 있기도 하다. 이 시기 횔덜린이 중요하다고 생각했던 개성, 개별화라는 요소가 요약되어 있다.

3 원문은 핀다로스의 「올림피아 송가」 제13번 그리스어 텍스트를 그대로 인용했다. 에우노미아는 '질서', 디케는 '정의', 아이레네는 '평화'의 여신으로, 제우스와 율법의 여신 테미스 사이에서 태어난 자매이다.

4 『구약성서』 「레위기」 제4장 11~12절에서의 인용이 중심을 이룬다. "그 수송아지의 가죽과 그 모든 고기와 그것의 머리와 정강이와 내장과 똥 곧 그 송아지의 전체를 진영 바깥 재 버리는 곳인 정결한 곳으로 가져다가 불로 나무 위에서 사르되 곧 재 버리는 곳에서 불사를지니라."

5 시 초안 「말하자면 심연으로부터…」 위쪽에 기록되어 있다. 모든 것의 상위에 있는 개별자의 선험성이라는 사상은 아리스토텔레스의 『카테고리아*Kategoria*』에서의 언급과 정확하게 일치한다. 아리스토텔레스는 개

별자라는 '원초적 존재'에 대해서 언급하면서 부차적인 보편성에 앞서 있는 존재론적인 우위성을 개별자에게 부여하고 있다. 횔덜린의 후기 작품에서 개별성의 특별한 의미는 송가 「수줍음」의 마지막 시연에 암시되어 있고, 「유일자」의 두 번째 원고에도 드러난다. 「유일자」 두 번째 원고 주3) 참조.

IX. 1806~1843
최후기의 시

저 멀리에서부터…

소설 『휘페리온』의 제3권으로 계획되었던 것으로 보이는 「휘페리온-단편들 Hyperion-Fragmente」의 잔존 원고에 디오티마가 쓴 것으로 상정된 편지체 송시 중 하나다. 이 원고는 1808년에 쓰인 듯하며, 시인 뫼리케가 이 원고를 보관했었다.

이 시에서 횔덜린은 1802년 6월 세상을 떠난 디오티마를 화자로 등장시킨다. 일종의 역할시Rollengedicht인 이 시는 프랑크푸르트 시절의 디오티마에게 바친 많은 송가들과는 달리 디오티마가 시인을 향해 노래하는 것으로 구성되어 있다. 알카이오스 시연 형식의 송시이다.

한 어린아이의 죽음에 부쳐

정신착란증을 앓는 횔덜린과 한 집에서 산 적도 있고 그를 자주 방문했던 아우구스트 마이어August Mayer가 1811년 1월 7일 동생 카를 마이어에게 보낸 편지에 이렇게 서술하고 있다. "불쌍한 횔덜린은 시 연감도 발행하고 싶어한다. 그래서 이를 위해 매일같이 여러 장의 종이를 가득 쓰고 있다. 그는 오늘 나에게 하나의 분책分冊을 읽어보라고 주었다. 그 가운데서 너에게 몇몇을 옮겨 써보낼까 한다.

(…) 다음의 것은 한 어린아이의 죽음에 대한 시편의 아름다운 마

지막 구절이다"

이 어린아이의 죽음에 즈음한 시와 또 다른 시 「한 어린아이의 탄생에 부쳐」의 창작 동기는 확인된다. 치머의 부인은 앞서 세 명의 아이를 낳았는데, 이들은 태어나자마자 모두 죽었다. 1808년 1월 9일, 1809년 5월 6일, 1810년 11월 1일이었다. 이 탄생과 죽음이 창작의 동기였던 것이다. 따라서 이 시를 쓴 것은 1810년 무렵이라고 볼 수 있다. 아우구스트 마이어의 편지에는 시 「명성」, 「한 어린아이의 탄생에 부쳐」, 「이 세상의 평안함…」이 함께 필사되어 있다.

이 세상의 평안함…

1811년 1월에 쓰인 작품이다. 네카 강변의 이른바 '횔덜린 옥탑Hölderlin-Turm'이라고 불리는 치머의 집 맨 위층에서 유폐된 생활을 계속하던 시인은 여전히 시 쓰기에 대한 집념을 버리지 않고 있었다. 앞서 언급한 대로 1811년 1월 7일 아우구스트 마이어는 동생 카를에게 횔덜린이 시 연감을 낼 생각으로 매일 많은 종이에 가득 시를 쓰고 있다고 전하면서, "다음 시구는 나에게 감동적이었다"고 쓰고 위의 시를 적어 보냈다. 이 시는 수년 전에 쓴 「반평생」의 "슬프다, 내 어디에서 겨울이 오면, 꽃들과 어디서 햇볕과 대지의 그늘을 찾을까?"에서 울리는 주제와 모티브를 반복하는 듯하다. 모든 시적 장식을 포기하고, 단도직입적으로 "내 이제 기꺼이 사는 것도 아니네"라고 말하고 있다. "그 언제였던가! 오래전에"라는 외침은 절망적으로 구원을 요청하는 것처럼 들린다. "불쌍한 시인 횔덜린Le Pauvre Holterling"이라고 말한 헤센-홈부르크의 방백비의 표현이 이 시구에서 확인되는 것이다.

치머에게

1812년 4월 19일 이전 작이다. 치머는 튀빙겐 교회 소속 목공으로서 1807년 정신병원에서 나올 수밖에 없었던 횔덜린을 자진해서 맡아 간병했다. 1812년 4월 19일 횔덜린 모친에게 보낸 편지에서 치머는 횔덜린의 시적 정신은 아직도 활발하다고 적고 있다. 그는 이 편지에 어느 날 사원이 그려져 있는 그림을 본 횔덜린이 치머에게 나무를 가지고 그 사원을 하나 만들어달라고 해서 "나도 밥벌이를 해야지 당신처럼 그런 식의 철학적 여유로서는 살 수 없다"고 말하자, 횔덜린은 "아, 나 역시 가난한 사람이오"라고 말하고 침대에 숨겨두었던 연필을 꺼내서 위의 시 한 편을 적어주었다고 전하고 있다.

하늘에서부터…

시인 뫼리케가 전하는 바에 따르면 이 시는 1824년에 쓰인 것으로 생각된다. 횔덜린은 이미 20년이나 정신병에 시달려온 무렵이었다. 이 시를 보건대 그는 광증의 안경을 쓰기도 하고 때로는 벗기도 했던 것 같다. 광증의 안경을 벗었을 때, 그의 시야는 순간적으로 신선한 자연의 정경에 몰입했다. 그의 눈길은 이 찰나적인 명징의 순간에 "하나의 유대"에 환희하면서 '오솔길로 행군하는 양떼들', '청순한 초목' '어둠에 가까운 칙칙한 임원', '헐벗은 산꼭대기', '참나무며 드문드문 서 있는 전나무' 등 도처에 이른다. 이러한 천진한 영상은 모두 천국의 해맑은 환희이다. 이렇게 그려나가면서 시인의 고개는 차츰 떨구어지고, 반대로 "산들이 산뜻한 모습을 쳐들고" "포도원도 높이 일어서는" 것이다. 이 아래로 떨굼과 높이 쳐듦의 대비 가운데서 울타리에 숨어 있는 움트는 오랑캐꽃, 차츰 자신의 위치로 돌아서는 뒷걸음질이 드러나고 있다. 그는 잃어버린 자로서 죽어가는 것이 아니라, 20여 년간 잊어버린 것을 다시 발견하고 있다. 그러나 그는 고독 가운데서 평온하게 쉬면서 오로지 햇빛이 반짝이는 곳에서 오후 내내 "침묵"하는 잃어버린 자로 돌아오고 있다.

치머에게

뫼리케의 전언에 따르면 1825년에 쓰인 작품이다. 전설적인 목조각가 다이달로스의 정신이 목재를 다루는 성구제작자인 치머와 연관되어 있다.

봄

횔덜린은 말년에 「봄」이라는 표제의 작품 9편을 썼다. 같은 제목의 다른 시들이 단지 각운시인 데 비해 이 시는 알카이오스 시연의 작품인 것으로 미루어 1825년경에 쓴 것으로 보인다. 역시 병들어 고독한 시인에게 자연만이 유일한 동반자이며 위안이었던 것 같다. 삼라만상이 소생하는 봄의 매혹과 인간의 기쁨을 같은 지평 안에서 노래하고 있기 때문이다.

즐거운 삶

바이스너의 해명에 따르면 1841년보다 훨씬 이전에 쓰인 작품이라고 되어 있다. 그러나 베크Adolf Beck와 라베Paul Raabe의 「횔덜린의 연대기Hölderlin, Chronik seines Lebens」에 따르면 1807년 여름에 쓰인 작품이라고 한다. 한편 슈미트는 창작시기를 1825년으로 추측하고 있다. 아직 많은 친구들의 방문이 있었지만 횔덜린은 이들에게 냉담했고, 한나절을 침대에 누워 있다가 때때로 산책을 나가곤 했다. 이러한 산책으로부터 이

「즐거운 삶」을 쓴 것으로 보인다.

모든 "오성과 지략"이 가져다주는 고통을 "친밀한 정경"으로부터 위로받고 아쉬운 듯 발길을 돌려 "끝내 집으로 돌아가"면서, 거기 자신의 몫으로 있지도 않은 황금색 포도주의 숙성을 살피겠다고 꿈꾸고 있다. 말수가 그렇게 적어진 것은 아니나 시상의 비약과 전개는 작은 원 안에 맴돌고 있다. 그러나 그 정경에 대한 애정은 마법적으로 표현되어 있다. 즐겨 샛길을 찾고, 계단을 감싸 불어오는 바람결에 즐겁게 하늘을 바라보는 눈길에서 순수하기 이를 데 없는 자연에의 합일을 읽을 수 있다.

산책

1809년에 쓰인 것으로 보이는 이 시는 어느 정도 반어적인 의도를 갖고 쉴러의 비가 제목을 그대로 차용했다. 마침표로 구분되는 세 부분은 단 하나의 섬세하게 구성된 관찰에 연관되어 있다. 마지막 부분은 유년기, 청년기, 노년기의 삶의 음조를 요약하는 듯하다.

교회묘지

1841년보다는 훨씬 앞서 쓰인 작품이다.

매일을 모두…

치머가 1835년 12월 22일 성명불명의 한 친지에게 보낸 편지에 기록되어 전해지고 있다.

전망

1829/1830년 겨울에 쓰인 것으로 보인다.

지극히 자비로운 신사 르브레 씨에게

이 시가 바쳐진 인물은 1829~1830년 겨울학기 동안 치머의 집에 기숙했던 법학생 르브레Paul Friedrich Lebret이다. 이 시와 바로 앞의 시 「전망」을 전하고 있는 사본에는 "한 대학생이 횔덜린에게 파이프 담배를 건네며 시 한 편을 간청했고, 이 두 편은 그에 대한 화답임" 이라고 적혀 있다.

봄

1832년 6월 18일 이전 작이다.

가을

슈바프에 의하면 이 시는 1837년 9월 16일에 쓰였다. 「가을」이라는 같은 표제의 시도 또 한 편 있다. 이 각운시는 그의 전성기 자유운율의 찬가에 비하면, 명료한 문장과 엄격한 각운을 가지고 있음을 바로 알아차릴 수 있다. 마치 학습하는 학생이 작문이나 시작의 훈련기에 쓴 것처럼 운율이 명료하다. 반복되는 약강격의 운율조차 그러하다. 이러한 규칙과 간결성은 넘쳐서 어딘지 모르게 사라질지도 모르는 시상을 얽어매려는 안간힘에 연유하는 것 같다. "서둘러 저절로 소멸하는 시간으로부터" 시인은 무엇을 그렇게 많이 배우고 있을까. 사라지지만 그 "완벽함은 슬퍼할 일도 없도다"라고 시인은 말하고 있다.

여름

1837년 12월에 썼다.

봄

구스타프 슈바프와 루드비히 울란트Ludwig Uhland가 편집한 『횔덜린 시집*Gedichte von Friedrich Hölderlin*』 제2판이 나온 1842년 말 이후 횔덜린을 찾는 방문객들이 많았다라는 사실로 미루어 이 작품은 1843년 봄에 쓰인 것으로 보인다. 1648년은 물론 허구이고, 3월 3일이라는 일자도 허구일 가능성이 높다.

이 무렵부터 횔덜린은 스스로의 의욕과 충동으로써 시작을 완전히 중단했다. 다만 방문객들의 간절한 요청에 따라 마지못해 시를 써주었다. 주로 계절에 관해서 쓰고, 자신이 스스로 지어낸, 어디서 유래하는지 분명하지 않은 이탈리아식의 새 이름과 허구의 일자를 써 넣었다. "충성심을 다해서, 소생 스카르다넬리"처럼 겸손을 다하면서 시인은 수동적 입장에 서서, 마치 이것은 "횔덜린 내가 아닌 누군가의 작품이다" 라고 말하려는 것 같다. 이렇게 서명했던 한 현장에 대한 목격자의 진술은 시 「한층 높은 인간다움」에 대한 해설을 참조하라.

한층 높은 인간다움

슈바프는 이 시가 쓰인 때를 1841년 1월 21일이라고 기록하고 있다. 그는 이 시를 넘겨받으면서 목격한 중요한 장면을 일기에 이렇게 기록했다. "오늘 나는 그가 쓴 시들을 가지러 다시 그의 거처에 갔 다. 두 편의 시가 있었는데, 둘 다 서명이 되어 있지 않았다. 횔덜린에게 작품에 서명해달라고 청해보라고 말했다. 나는 그에게 가서 그렇게 청했다. 그러자 그는 광기를 보이며 방 안에서 이리저리 뛰었다. 그는 의자를 들고서 그것을 못마땅해 하면서 이리저리 옮겨놓으며 이해할 수 없는 말을 외쳤다. 그 외침 중에 '내 이름은 스카르다넬리야'라고 분명히 발음했다. 마침내 자리에 앉아서 화가 난 상태로 스카르다넬리라는 이름을 작품 아래 썼다."

여름(아직도 한 해의 시간을…)

「여름」이라는 제목이 붙은 5편의 시 가운데 하나이다. 이 시는 1842년 3월에 썼다고 전해진다. 마지막 시구 "한 해가 찬란함 지닌 채 지체하려는 듯 보인다"를 제외한 나머지 부분은 하나의 풍경화처럼 장면을 묘사하고 있다.

겨울(계절의 영상이 보이지 않게…)

여섯 편의 「겨울」 시 가운데 하나이다. 이 시는 1842년 11월 7일에 쓰인 것으로 전해진다. 이 해는 일련의 계절시Jahreszeiten-Gedichte를 집중적으로 쓴 때이다. 말하자면 시인의 정령은 이제 바뀌는 사계절의 시계에 모두 맡겨진 듯하다. 빈 들판의 풍경이 더욱 온순해 보이고, 그것은 마치 휴식의 날과도 같아 보인다. 한 해의 마지막, 인생의 마지막이 그러할는지 모른다. 그 때문에 이 풍경은 완성을 묻는 소리처럼 들리기도 한다. 그러나 봄의 싹은 그 안에 숨겨져 있으니 삭막한 풍경 안에도 자연은 "당당함으로 반짝인다"고 노래한다.

그리스

누군가에 의해서 필사된 사본의 메모에는 이 시가 1843년 1월 30일에 쓰인 시라고 기록되어 있다.

시대정신

이 작품은 피셔Johann Georg Fischer가 1881년 7월 8일자 「슈바벤 연대기Schwäbische Kronik」에 「횔덜린의 마지막 시Hölderlins letzte Verse」라는 제목의 글과 함께 소개해서 전해지고 있다. 피셔는 이 글에서 이렇게 보고했다. "나의 마지막 방문은 (18)43년 4월에 있었다. 나는 5월에 튀빙겐을 떠나야 했기 때문에 기념으로 몇 줄 써주기를 그에게 간청했다. "영생의 성령이 명하시는 대로. 제가 그리스에 대해서, 봄에 대해서, (또는) 시대정신에 대해서 써야 할까요?"라고 그가 말했다. 나는 시대정신을 청했다. 그는 젊은이처럼 타오르는 눈빛을 하고 서서 작업할 수 있는 책상으로 다가가서는 2절판 종이와 온전한 깃털이 달린 듯한 펜을 꺼내어 왼손 손가락으로 책상 위의 시구들을 따라 짚으면서 써 내려갔다. 한 줄 한 줄 완성되는 대로 고개를 끄덕이면서 "음"하고 만족감을 표하곤 했다. 아래의 시가 그것이다." 이 보고는 횔덜린의 거의 마지막 시 쓰기 현장을 생생하게 보여주는 유일한 기록이다. 횔덜린은 두 달 후 세상을 떠났다.

우정

1843년 5월 27일에 썼다.

전망

횔덜린 생애의 마지막 작품으로서 1843년 6월 초에 썼다. 며칠 후 6월 7일 밤 11시 시인은 세상을 떠났다. 이 시에서도 스쳐 지나가는 시간을 영원한 자연은 '메꾸어 채운다'고 말한다. 시간에 떠밀려 자연의 품으로 다시 돌아가는 것, 그것은 고된 역경을 통해 완성에 다다랐음을 말하는 것이다. "천국의 드높음"이 비로소 인간에게 빛나고, 피우려고 자라난 나무에 "꽃"이 피어 치장함과 다르지 않은 것이 자연으로서 자연에게로 돌아감이다.

사랑스러운 푸르름 안에…

이 작품은 횔덜린이 쓴 것이라는 확실한 증거가 없는, "저자가 의심스러운 작품"이다. 이 작품은 바이블링거Wilhelm Waiblinger가 쓴 소설 『파에톤*Phaeton*』의 마지막 장 「파에톤의 마지막 기록」에 삽입되어 실려 있다. 이 부분이 횔덜린 작품으로 보이는 까닭은 바이블링거가 1822년 6월 정신착란을 앓고 있는 시인 횔덜린을 방문하고 나서 일기장에 자신이 소설 집필에 열중하고 있다고 하면서 "횔덜린의 이야기를 말미에 이용하겠다"고 적은 것에서부터 출발한다. 그 일기장에는 다음과 같은 내용이 이어진다. "나는 그의 원고 한 뭉치를 손에 넣게 되었는데 (…) 나는 그런 원고를 또한 청했다. 핀다로스식으로 자주 반복되는 '말하자면'이라는 단어가 아주 눈길을 끈다. 그는 이해가 될 만할 때에는 고통에 대해서, 오이디푸스에 대해서, 그리스에 대해서 말한다. 우리는 헤어졌다." 그러고 나서 소설 『파에톤』, 광기에 붙잡힌 조각가이자 시인인 파에톤을 주인공으로 한 소설을 쓴 것이다. 그가 청해 받은 원고가 그대로 이 「사랑스러운 푸르름 안에…In Lieblicher Bläue…」라고 볼 수 있다. 여러 증거들이 있지만, 주석에서 제시한 바대로, 시 안에 나타나는 횔덜린다운 특징들이 명확히 이를 뒷받침한다. 예컨대 갑작스러운 사유의 비약, 지나치게 많이 등장하는 "그러나"와 "말하자면" 같은 사유의 불연속성, 웅얼거리는 듯한 혼잣말로의 전환, 모음의 중복과 스타카토식 시행의 흐름이 그것이다. 이런 특징들은 1803~1805년의 횔덜린 작품의 양식적 특징들이다.

하이데거Martin Heidegger는 이 시를 가리켜 "거대하며 동시에 무서운 시"라고 평가하고, 뵈센슈타인Bernhard Böschenstein도 "횔덜린의 위대한 오이디푸스 시"라고 말했다. 이 작품은 횔덜린 시대와 그의 작품세계에서도 낯선, 나중에 보들레르Charles Baudelaire가 애호한 산문시의 형태를 가지고 있다.

1 인간은 그것을 본떠도 무방하리라: 앞 구절에 나오는 "영상들"은 구체적으로 교회 안에 있는 성상聖像을 의미한다. 그것들의 단순성과 성스러움을 필설로는 다 표현할 수 없다. 그것들은 "천국적인 자들"과 관련되어 있다. 그렇지만 그 본질이 무엇인지 인간에게 알리지 않는다. 인간은 그것들에 뒤지지 않으려고 노력할 뿐이다. 『신약성서』 「에베소서」 5장 1절 "그러므로 사랑을 받는 자녀 같이 너희는 하나님을 본받는 자가 되고"를 연상시킨다.

2 신은 알 수 없는 존재인가?: "신은 알 수 없는 존재"라는 관념은 그 당시에도 널리 퍼져 있었다. 그러나 범신론적인 입장에서 보면 하늘은 "열려" 있고, 신은 도처에서 알아볼 수 있다. 앞에서 읽은 시 초안의 하나인 「신이란 무엇인가?…」는 이러한 사실을 고백하고 있다. 따라서 "신은 알 수 없는 존재인가? 신은 하늘과 마찬가지로 열려 있는가? 나는 차라리 후자를 믿는다"고 노래하고 나서 "그것이 인간의 정도"라고 읊고 있다.

3 온통 이득을 찾으며, 그렇지만 인간은 시인처럼 이 땅 위에 살고 있다: 시 「마치 축제일에서처럼…」에 "그러나 우리는 신의 뇌우 밑에서도 / 그대 시인들이여! 맨 머리로 서서 / 신의 빛살을 제 손으로 붙들어 / 백성들에게 노래로 감싸서 / 천국의 증여를 건네줌이 마땅하리라"라고 읊고 있으며, 시 「유일자」의 종결구는 "시인들은 또한 정신적인 자들로서 / 세속적이어야만 하리라"이고, 시 「회상」에서는 "머무는 것은 그러나 시인들이 짓는다"고 읊고 있다. 이러한 시구들과 같은 맥락에 놓여 있다. 다만 '살고 있다' '깃들다' 를 뜻하는 어휘 wohnen에 주목할 필요가 있다. 이는 지상을 거주할 만한 곳으로 만들면서 현실을 '살아나가는' 인간

의 본질적인 행위를 뜻한다. 현세적인 삶을 나타내는 "온통 이득을 찾으며"라는 시구는 '수고로움과 일'(「시편」 제90장 참조)에 연관되어 있는 것 같다. 그러나 이 수고와 일은 "시적이다". 시인은 우리 인간의 모든 현세적인 수고에도 불구하고, 또는 그러한 수고 가운데서도, 신적인 것에 대한 연관을 걱정하고 천국적인 척도를 인정하며 그것에 따라서 지상에서의 거처를 마련하는 일은 "시적이다"라고 말하고 있다.

4 신성의 영상: 인간은 신에 귀속되고 신에 의해서 제약된다. 신 없이는 존재할 수 없는 인간은 그러니까 별들로 가득한 밤보다도 더 순수하다. 1800년 3월 5일자 주제테 공타르가 써 보낸 편지의 뒷면에 시인이 쓴 「인간의 삶이란 무엇인가…Was ist der Menschen Leben…」에서 "인간의 삶이란 무엇인가, 신성의 한 영상이다"라는 시구를 읽을 수 있다. 또한 횔덜린은 뵐렌도르프에게 보낸 한 편지에서 "그렇지 않아도 우리는 스스로 어떤 생각을 지니고 있지는 않다네. 오히려 생각은 우리가 짓는 성스러운 영상에 속하는 것이네"라고 쓴 적이 있다.

5 한 송이 꽃도 태양 아래에서 피기 때문에 아름답다: 아름다움은 꽃의 고유한 질감이 아니고 아름다움은 태양으로부터 유래한 것이다. 꽃의 아름다움은 신적인 것의 반영일 뿐이다.

6 눈으로부터는 눈물이 솟는구나: 시 「디오티마에 대한 메논의 비탄」에서 자신의 영혼이 굳어져버린 듯 비탄하면서 "다만 눈으로부터 때때로 차갑게 눈물이 흘러나옴을"이라고 노래한 적이 있다.

7 나는 하나의 행성이기를 원하는가? (…) 행성들은 불길에 닿아 피어오르며 순수에 기댄 아이들과도 같기 때문에: 행성의 빠르기를 말한 것으로 볼 때, 운석隕石과 같은 것을 떠올릴 수 있다. 행성이 천국과 지상 사이를 가로지르는 일, 그것은 시적 과제와 같지는 않은가. 뜨거운 불길과 그 순수성이 더욱 더 시인됨에 연관된다. 횔덜린은 "천국의 날개처럼, 자유롭게" 날고 있는 새들의 영상과 시인을 연관시켜 노래한 적이 자주 있다.

8 본성에 따라 감성에 따라 단순하기 때문에: 인간됨의 본성을 전원에 놓여 있는 한 아름다운 성처녀의 상이 상징적으로 나타내준다. 그것은 하

나님 앞에 서 있을 수 있는 인간됨의 전형으로서 찬미되는 동정녀 마리아의 상이다. 횔덜린은 1801~1802년에 164행에 달하는 「마돈나에게」를 썼다.

9 그 모습은 남자를 닮았다: 어떤 한 사람이 거울을 들여다본다. 그는 자신과 마주하고 있는 영상이 "남자를 닮았다"고 말하고 있다. 즉 신성을 닮지 않았을 뿐더러 정원의 아름다운 동정녀를 닮지도 않았다는 것이다. 자신에 대한 혐오가 엄습함을 뜻한다.

10 어쩌면 하나의 눈을 더 많이 가지고 있는지도 모를 일이다: 오이디푸스 왕은 자신이 저지른 죄를 뒤늦게 깨닫고 스스로 눈을 찌르지만, 그 행동은 아무 소용이 없다. 말하자면 그렇게 해서도 멀게 할 수 없는 또 다른 하나의 눈을 지녔던 것이다.

11 마치 시냇물처럼 아시아처럼 확장되는 그 무엇으로부터 종말은 나를 낚아채간다: 소포클레스의 『오이디푸스 왕』의 구절 "아 아, 악령이여, 그대 어디로 낚아채가는 것인가?"라는 오이디푸스의 외침과 이에 대한 합창대의 대답 "말할 수 없이 무섭고, 차마 볼 수 없이 저 힘센 곳으로"를 떠올리게 한다. 이때 '저 힘센 곳'이 "아시아"를 일컫는다. 아시아는 미지의 땅이거니와 무엇보다도 오이디푸스가 대면하고 있는 어떤 '무절제성'을 상징하기 때문이다.

12 말하자면 헤라클레스처럼 신과 다투는 일, 그것이 고통이다: 이 구절은 바이블링거의 기록에 따르면 이탤릭체로 강조되어 있다. 오이디푸스, 헤라클레스, 쌍둥이 형제 모두가 고통받는 영웅들의 표본이다. 원치 않으나 운명적으로 신과 다툰다는 것은 생각해볼 수 있는 일 가운데 가장 큰 고통이다. 아폴론의 사랑을 훔치고 나서 아폴론과 싸움을 벌이게 된 헤라클레스, 헤라 여신의 분노에 의해 쫓기는 이 영웅의 전체적인 삶은 고통으로 규정된다.

13 그렇지만 어느 인간이 주근깨로 뒤덮여 있다면, 많은 얼룩들로 온통 덮여 있다면, 그것 또한 하나의 고통이다!: 1802년 11월 뵐렌도르프에게 보낸 편지에서 횔덜린은 "영웅을 따라서 말하자면, 아폴론이 나를 내리

쳤다고 말할 수 있으리라"고 말하고 있다. 횔덜린은 태양의 신이며 시인의 신이기도 한 아폴론에 의해서 피폐해진 자신의 모습을 주근깨, 얼룩짐으로 뒤덮인 것으로 의식한다. "얼룩짐"에 대해서는 "오이디푸스 왕"의 한 구절을 떠올리게 된다. 오이디푸스 왕이 눈을 찔러 앞을 못 보게 된 상태로 집으로 돌아오자 합창대가 노래한다. "아 그대 무서운 일을 행하셨군요! 어떻게 그대의 눈을 / 그처럼 얼룩지게 할 수 있었습니까, 어떤 악령이 그대를 그렇게 내몰았는가요?" 이에 대해 오이디푸스는 대답한다. "아폴론이다, 아폴론이었다, 오 그대 사랑하는 자들이여, / 그러한 불행을 가져다준 자, / 여기 나의, 나의 고통을 가져다준 자는 아폴론이었다."

14 그리스의 불쌍한 이방인: 오이디푸스는 자신의 나라에서 낯선 사람이 되었고, 고향은 떠나기에 앞서 그에게 낯선 곳이 되고 말았다.

15 삶은 죽음이고 또한 죽음 역시 하나의 삶이다: 신들이 한 인간을 죽음으로 고통스럽게 할 때에도 그 안에는 삶이, 생명이 포함되어 있다. 이것은 역설이 아니라, 하나의 진리이다. 찬가 「파트모스」의 서두에서 "가까이 있으면서 / 붙들기 어려워라, 신은. / 그러나 위험이 있는 곳엔 / 구원도 따라 자란다"라고 읊은 것과 다르지 않다.

고전과 현대를 가로지르는 횔덜린, 그의 시 세계

세기를 뛰어넘은 시인의 귀환

횔덜린은 온전한 정신으로 지내는 동안 자신의 시집을 한 권도 내지 못했다. 그가 정신착란을 앓은 지 20년이 지난 1826년에 이르러서야 울란트Ludwig Uhland와 슈바프가 한 권의 작은 횔덜린 시집을 냈다. 그러나 거기에는 그가 그때까지 쓴 시의 절반도 실리지 않았다. 그나마 이 작은 시 선집을 통해서 횔덜린이 시인으로서 처음 대중에게 알려지게 되었다. 횔덜린이 시 연감이나 문학잡지 등에 간간히 발표했던 작품들은 인쇄된 상태로 전해졌지만 그렇지 못한 작품들은 읽어내기 어려운 육필원고의 상태로 20세기에 이르기까지 묻혀 있었다. 심지어 그의 의미심장한 찬가 「평화의 축제」 원고는 1954년 런던에서 처음 발견되기도 했다.

이러한 횔덜린이 시인으로서 새로운 조명을 받게 된 것은 20세기 초 1913~1916년, 청년 고전어문학도이자 독문학도인 헬링라트와 제바스Friedrich Seebaß가 공동으로 펴낸 6권짜리 '뮌헨·라이프치히판 전집'[*Friedrich Hölderlin. Sämtliche Werke, Historisch-kritische Ausgabe*(München und Leipzig, 1913~1916)]이 계기가 되었다. 특

히 헬링라트가 12쪽에 달하는 서문과 함께 펴낸 이 전집의 제4권 『1800~1806년의 시*Gedichte, 1800~1806*』는 횔덜린의 현대적 수용에 결정적인 역할을 하면서 횔덜린 르네상스를 불러일으켰다. 그 후 1943~1985년 바이스너가 편집하여 펴낸 이른바 '슈투트가르트판 전집'[*Hölderlin Sämtliche Werke in 8 Bänden*(Stuttgart: Große Stuttgarter Ausgabe, 1943~1985)]을 통해서 횔덜린의 작품들이 온전히 판독되고 많은 독본의 출판을 위한 길이 열렸다.

사정이 이러했기 때문에 19세기에 횔덜린은 소설 『휘페리온』의 저자로서만 수수한 문명文名을 얻고 있었다. 그가 쓴 시들 가운데 매우 적은 시들만이 극소수의 사람들에게 주목을 받았을 뿐이다. 독일문학에서 오늘날 가장 잘 알려진 시에 속하는 「반평생」도 당대에는 상당한 수준의 독자들조차 이해를 거부했다. 반전이 일어난 것은 20세기 초 앞서 언급한 헬링라트에 의해서였다. 이와 함께 마침 표현주의와 상징주의가 등장하면서 현대 서정시인들의 상승된 감수성에 의해 서정시인 횔덜린은 매우 빠르게 최고 수준의 시인으로 끌어올려졌다. 모든 수식修飾에서 해방된 진술의 집중성, 은유의 과감성, 특히 헬링라트가 "횔덜린 문학의 심장이며, 핵심이자 정점"이라고 한 1800년 이후의 후기 시에 나타나는 전통적인 규범으로부터의 탈피가 횔덜린을 현대 서정시의 선구자이자 고유한 표현예술의 때 이른 완성자로 부각시켜주었다. 20세기의 위대한 시인들, 릴케Rainer Maria Rilke에서 첼란Paul Celan에 이르기까지 많은 시인들이 횔덜린을 모범으로 여겼던 데는 이유가 없지 않았던 것이다. 철학자 하이데거Martin Heidegger는 1936년 로마에서 행한 강연 「횔덜린과 시의 본질Hölderlin und das Wesen der Dichtung」에서 "유달리 시의 본질을 시화詩化했다"는 아주 탁월한 의미에서 횔덜린은 우리에게 "시인의 시인Dichter des Dichter"이라고 확언했다. 1993년 그뉘크Hiltrud Gnüg는 『휠덜린에게. 현시대 시인들의 시들*An Hölderlin. Zeitgenössische Gedichte*』이라는 시 모음집을 냈다. 거기에는 전후戰後 동서로 분단된 독일의 당대 시인들이 휠덜린에게 바친 헌정시들이 실려 있다. 아이히Günter Eich, 첼란, 그리고 비어만Wolf Biermann 등 서른두 명의 시인이 쓴 마흔네 편의 헌정시들이다. 모두 20세기 휠덜린의 부활을 알리는 증거들이었다.

시인과 광인으로서의 삶. 그러나 모두 세계 속의 세계

휠덜린이 학생시절에 쓴 시들과, 1806년 이후 세상을 떠난 1843년까지의 긴 정신착란의 시기에 쓴 시들을 제외한다면, 그가 본격적으로 시를 쓴 것은 1788년 가을 튀빙겐 신학교에 입학한 18세에서 셸링Friedrich Wilhelm Joseph Schelling이 휠덜린의 "완전한 정신이상"을 헤겔에게 알린 1803년, 33세에 이르기까지의 길지 않은 세월 동안이었다. 1803년 이후 홈부르크에서 튀빙겐으로 강제 이송된 1806년까지 휠덜린이 새롭게 무엇을 썼는지 명확하게 구분해 말하기는 어렵지만, 몇몇 초안, 단편을 쓰고 앞서 쓴 시들을 부분적으로 가필하거나 수정한 것으로 보인다. 시인으로서의 반평생은 여기서 막을 내린다. 나머지 36년을 그는 튀빙겐의 소위 휠덜린 옥탑에 은거한 광인으로 살았다.

그러나 왕성한 시 창작기의 전후에 쓴 작품들도 읽어야 하는 명백한 이유가 있다. 휠덜린의 시 창작단계들은 뚜렷이 대조를 이루며 구분되고 각 단계마다 고유한 세계를 가지고 있기 때문이다. 매 단계가 '세계 속의 세계'인 것이다.

학창시절: 현실을 바꾸어보려는 꿈과 열정으로 채우다

중등학교 시절(1784~1788)의 시들은 비록 시적 가치는 아직 미미했지만 경건주의라는 종교적 배경을 둔 시 세계는 시사하는 바가 적지 않다. 이때의 작품들은 덴켄도르프와 마울브론 수도원학교의 생명적대적인 편협성과 엄격성에 고통을 표현하고, 멜랑콜리한 고독의 감상, 우정의 절실함, 내면으로의 은신 그리고 원대한 명예욕을 노래하고 있다. 이 명예욕은 위대한 문학적 성취라는 목표를 향해 가는 가운데 다시 내면에 형성된다. 그가 모범으로 삼은 것은 클롭슈토크와 '괴팅겐 숲 결사Göttinger Hainband', 슈바르트Christian Friedrich Daniel Schubart와 초기의 쉴러, 세계고문학Weltschmerzpoesie과 폐허문학 Ruinenpoesie이었다. 이러한 시인의 기본 태도는 그가 튀빙겐 신학교에 입학한 1789년까지도 유지된다. 횔덜린은 신학을 공부하기로 약속하고 다니게 된 뷔르템베르크의 수도원학교(명칭은 수도원학교였으나 개신교학교였음)의 다른 졸업생들(이들 가운데는 헤겔과 셸링이 포함되어 있었다)과 함께 1793년 말까지 튀빙겐 신학교를 다녔다.

1790년에 이미 공화적 사상을 품은 신학교 동료들이 감동적으로 환영해마지않았던 프랑스대혁명과 칸트의 비판철학과의 만남, 그리고 그리스 문학과 철학의 수용이 횔덜린에게 새로운 세계를 열어주었다. 이 새로운 상황과 전망의 세계는 이 시기 횔덜린 문학의 음조를 결정해준다. 이른바 '튀빙겐 찬가들Tübinger Hymnen'은 혁명적으로 해방된 인간이라는 이상을 노래한다. 자유, 평등, 박애가 그것이다. 따라서 정치적·사회적·정신적으로 속박에서 해방된 인간이 관심의 대상이 된다. 「인류에 바치는 찬가」(1791)는 이 시기의 핵심적인 텍스트이다. 이 찬가는 '튀빙겐 찬가들'의 호소 구조를 대표적으로 보여준다. 제1~8행에 이르는 짧은 서주Prooimion, 제9~40행에 이르는 역사적 모범과 인물에 대한 덕론Aretalogie, 제41~80행에 이르는 당대인들을 향한 경고의 시구Parainesis 그리고 제81~88행에 이르는 간결한 종결구Conclusion로 구성되어 있다. 경고의 시구들을 통해서 횔덜린은 예지적인 시인poeta vates으로서 정치적, 공개적인 입장 표명의 가능성을 얻고 있다.

예지적 시인은 사회의 개혁을 촉구한다. '튀빙겐 찬가들'을 이끌고 있는 주도적 개념은 "조국"이다. 횔덜린 자신은 이 개념을 민족적인 것으로 국한하려고 하지 않으며, 오히려 이념적·정신적인 본향으로서의 조국으로 이해하고 있다. 그러나 독자의 입장에서 이념적인 조국의 정치적인 측면을 배제할 수 없는 일이다. 베르토Pierre Bertaux도 이러한 사실을 지적한다. "당대의 언어 사용법에서 '귀족 대 애국자'라는 대립각은 유효했다. 이것이 후일 횔덜린의 조국이라는 단어에 하나의 새로운 의미를 부여한다. 즉 귀족들과 종들은 어떤 조국도 가지고 있지 않다. 오로지 자유로운 인간들만이 조국을 지닌다. 이것이 혁명을 불러일으키는 것이다." 튀빙겐 신학교 시절의 찬가들에서 조국은 혁명적인 투쟁의 개념으로 채색된다. 현존하는 권력 관계들은 실질적으로 혁신의 대상이다. 하나가 된 형제들의 결합이 "독재자들에게 인간의 권리를 상기시키고", 팔려가는 노예들에게 자신을 주장할 "용기"를 가지게 한다(「불멸에 바치는 찬가」). 조국은, 귀족이건, 성직자이건, "그런 도적들로부터" 벗어나야만 한다(「인류에 바치는 찬가」). 평등권, 계급사회 해체, 인권의 공고화에 대한 정치적 요구는 자결自決이라는 계명에 근거한다. "우리 안의 신이 지배자로 모셔졌다."(「인류에 바치는 찬가」) 인간이 신과의 유사성을 대면하고 날조와 상실의 현재적 징후들은 마땅히 제거되어야 한다. 횔덜린은 '튀빙겐 찬가들'을 통해서 현안의 혁명을 신적 질서의 재현으로 해석하고 있다. 이러한 인간적 조국 사상은 18세기를 특징짓는 우주적 조화라는 사상에 접합된다. 쉴러의 「환희에 부쳐An die Freude」가 이에 대한 하나의 범례이다. 이러한 우주적 조화 사상은 '튀빙겐 찬가들'인 「조화의 여신에게 바치는 찬가」와 「사랑에 바치는 찬가」에 잘 표현되어 있다.

모두 각운을 갖춘 이 찬가들은 사실적인 것을 이상적인 추상 세계로 승화시킨다. 이 세계는 시어 "그리하여" 같은 접속사 또는 "보라!"나 "아!" 같은 감탄사로 예고된다. 경고로부터 축제적인 전망으로, 찬가적인 환호로 이어지는 것이다. 이 찬가적인 결구들은 명백하게 현재를 넘어선다. 억압, 분열과 고립을 초월하고 충만한 미래의 영상을 내보이는 것이다.

> 그렇게 환호하라, 승리의 도취여!
> …
> 우리는 예감했었노라 — 그리고 마침내 이루었도다.
> 영겁의 시간에 어떤 힘도 이루지 못한 것을 —
>
> _「인류에 바치는 찬가」

이렇게 하여 횔덜린의 문학은 한층 넓은 지평을 바라보게 된다. 이미 오피츠Martin Opitz가 『독일 시문학서*Buch von der Deutschen Poeterey*』에서 찬가문학의 대상으로서 추상적이며 신화적인 요소들의 가치를 든 이래, 고독에 바치는 찬가, 기쁨에 바치는 찬가, 영원에 바치는 찬가 등으로 그 노래의 대상은 확장되었으며, 횔덜린의 튀빙겐 찬가들은 이러한 경향을 증언해주고 있다.

프랑크푸르트 시절: 서정적 소설『휘페리온』의 작가가 송시문학의 장인으로 서다

횔덜린의 청년기 시문학은 열정과 시행 형식에 이르기까지 쉴러의 모범을 따르고 있다. 튀빙겐 신학교 시절을 넘어서, 횔덜린이 쉴러의 추천으로 샤를로테 폰 칼프Charlotte von Kalb 가에서 가정교사로 지낸 발터스하우젠 시절과 그 후 예나와 뉘르팅겐에서 보낸 시절, 즉 1794~1795년까지도 쉴러는 영향을 미치고 있다. 가장 두드러져 보이는 점은 투쟁적·영웅적인 것을 숭배하는 가운데 쉴러가 보이는 도덕적인 기품과 열정의 수용이다. 이 영웅적인 것 숭배의 본보기는 덕성의 영웅 헤라클레스에 대한 것이다. 1793년에 쓴 찬가「용맹의 정령에게」가 이런 사실을 나타내주고, 초기 찬가들 중 중요한 찬가인「운명」(1794), 초기 프랑크푸르트 시절에 쓴 찬가「헤라클레스에게」(1796)가 이 이상적인 영웅에게 바쳐지고 있다. 그러나 이러한 영웅적인 행동과 의지를 열정적으로 노래하고 나서 횔덜린은 자신의 전혀 다른 감수성을 낯설게 느끼게 되는 일종의 경계선에 이른다. 1798년에 쓴 송시「인간의 갈채」에서 그는 자신의 참된 시적 형태를 찾았다는 의식과 함께, 뒤돌아보면서 이전 자신의 태도를 공허한 열정으로 특징짓고 있다.

나 사랑한 이후 나의 가슴은 성스러워지고
더욱 아름다운 생명으로 가득하지 않은가? 어찌하여
내가 더욱 도도하고 거칠며, 더욱 말 많고 텅 비었을 때
너희는 나를 더 많이 칭찬하였는가?

_「인간의 갈채」

그러나 튀빙겐 찬가들이 문학적인 자신감과 인정을 처음으로 횔덜린에게 가져다준 것은 틀림없다. 슈토이트린Gotthold Friedrich Stäudlin이 『1792년 시 연감*Musenalmanach fürs Jahr* 1792』에 이제 22세에 지나지 않은 청년 횔덜린의 시를 실어주었고 곧이어 계속 발표 기회를 주었다. 이 첫 번째 시적인 성과들이 횔덜린으로 하여금 신학과 결별하고 문학에서 자신의 소명을 따르기로 마음을 굳히게 해주었다.

튀빙겐을 떠나고 나서부터는 소설 『휘페리온』의 집필에 전념한다. 횔덜린은 1794년에서 1799년에 이르기까지 가정교사로서 생계를 해결하면서 이 소설 집필에 전력을 기울였다. 1795년 3월 9일 쉴러가 『휘페리온』의 출판을 코타 출판사에 추천해주었고, 그 자신은 이 소설의 단편 『휘페리온 단편』을 자신이 발행하는 잡지 『탈리아*Thalia*』에 실어주었다. 이러한 격려가 횔덜린으로 하여금 이 소설의 완성을 열성적으로 추구하게 했을 것으로 보인다. 그렇기 때문에 1799년 10월 이 소설의 제2권이 출판될 때까지, 수년 동안 서정시 창작은 다소 소홀했다. 그러나 『휘페리온』의 작업을 통해서 시적 표현의 폭과 깊이가 확대되었다. 소설 장르로서는 매우 이례적으로 서정적 에너지가 넘치는 『휘페리온』의 집필을 통해 시적 표현의 가능성이 크게 확장된 것이다. 사실 이러한 과정이 없었더라면 이후에 쓴 서정시의 큰 울림은 생각할 수 없는 일이다.

1796~1798년 프랑크푸르트 시절, 그러니까 횔덜린이 이상화해 "디오티마"라고 불렀던 주제테 공타르에 대한 사랑의 시절 초기에 그는 여전히 여러 시연을 가진 각운 있는 찬가를 계속 썼다. 그렇게 해서 각운을 맞춘 찬가 「디오티마」의 여러 초고가 가능했다. 이 각운이 있는 찬가는 이념적으로는 그 이전의 다른 찬가들의 내용을 그대로 잇고 있는데, 그것은 이제 디오티마가 「조화의

여신에게 바치는 찬가」처럼 규모가 큰 찬가들에서 찬미해마지않았던 범우주적인 조화의 화신이 되었기 때문이다. 수많은 '디오티마 시편'들은 후기에 이를수록 한층 깊게 울리는, 풍요롭고 생동감 넘치는 감성에 영혼을 불어넣고 있다. 그러나 여전히 소설 『휘페리온』의 디오티마처럼 관념적인 지평을 넘어서지 않는다. "고귀한 단순성과 고요한 위대성"이라는 짧은 성구로 요약되는 빙켈만의 의고전주의적인 그리스 이해, 그리고 플라톤의 이상주의적인 에로스 개념에 의해서 그 윤곽이 잡히고 있는 것이다. 알다시피 '디오티마'라는 이름은 플라톤이 에로스 개념을 설파한 『향연』에서 유래한다.

횔덜린은 프랑크푸르트 시절 초기에 그대로 유지했던 각운된 찬가의 형식을 곧 버리고 전혀 다른 시행과 시연 형식을 택한다. 그는 고대 서사시에서 유래한 6운각의 시구를 쓰게 된다. 「천공에 부쳐」가 이때 쓴 대표적인 6운각 시구의 작품이다. 그리고 「방랑자」 초고를 통해서 비가 형식의 작품을 처음으로 썼다. 또한 무운각의 5각 약강격Blankvers의 미완성 시 「백성들 침묵하고 졸고 있었다…」를 썼다. 나아가 자신만의 고유한 형식도 실험했는데, 소설 『휘페리온』에 삽입되어 있는 「휘페리온의 운명의 노래」가 그것이다. 그러나 무엇보다도 횔덜린은 송시 시인으로서 그 장인다운 창작 능력을 발휘하기 시작했다. 이렇게 해서 그가 시인으로서 시작詩作의 종점에 이르기까지 써내려간 모든 서정적 문학장르가 펼쳐지기 시작한 것이다. 특히 송시 형식의 시를 통해서 그는 다른 시인들을 제치고 독일어로 시를 쓴 시인 중 가장 의미 있는 시인이 되었다. 이미 학창시절의 시문학에서 횔덜린은 몇 차례 송시를 쓰려고 시도했고 두 개의 송시 시연을 사용해보았다. 사포 시연의 송시 「알프스 아래서 노래함」 한 편을 제외하고 횔덜린이 전적으로 선택했던 시연은 알카이오스 시연과 아스클레피아데스 시연이었다.

횔덜린은 프랑크푸르트 시절 짧은 송시들을 썼다. 2~3개의 시연으로 된 에피그람 형태의 짧은 송시들이다. 긴 시연을 가진 각운 찬가에 대한 반작용으로 생각할 수 있다. 횔덜린은 간결한 윤곽, 섬세한 어법, 정곡을 찌르는 표현을 단련한다. 이러한 의식적인 노력에는 "규모가 작은 시를 쓰고 인간적으로 관심을 끌 만한 소재를 고르라"고 괴테가 쉴러에게 보낸 1797년 8월 23일자 편지에 횔덜린의 시를 언급하면서 피력한 의견과 쉴러가 횔덜린에게 보낸 1796년 11월 24일자 편지에서 "감동 가운데서도 냉정을" 잃지 말고, "우회적인 표현을 피하라"고 한 조언이 영향을 주었을 것으로 보인다.

횔덜린은 프랑크푸르트 시절 전적으로는 아니지만 짧은 송시에 한정해 시작을 계속한 다음, 다시금 긴 시연을 갖춘 시 쓰기로 돌아온다. 창작의 말년까지 놓지 않았던 송시에서는 물론, 비가 시절과 후기 찬가 시절까지 이러한 경향은 그대로 유지되었다. 그는 이제 규모가 큰, 다수의 시연을 가진 송시를 쓰고, 프랑크푸르트 시절에 쓴 짧은 송시들을 규모가 큰 송시로 확장하여 개작한다.

두 해에 걸친 프랑크푸르트 시절 『휘페리온』의 집필이 결정적인 진척을 이루고, 송시에서의 심미적 표현이 성숙했다면, 관념적으로는 횔덜린의 문학세계를 관통하는 세계관이 그 윤곽을 드러냈다. 횔덜린은 당대의 스피노자주의로부터 영감을 받은 범신론적인 세계관으로 기울어졌던 것이다. 이 범신론적인 세계관은 횔덜린에게서 루소에 의해서 선포된 자연숭배와 융합되었다. 『휘페리온』이 이를 증언한다. 그러나 시에서도 범신론적인 세계관은 강렬한 표현을 찾게 된다. 6운각의 찬가 「천공에 부쳐」가 이 범신론적인 세계관을 곧장 드러낸다. 이 찬가는 고대 스토아적인 범신론의 중심 상징인 "천공"을 만물을 지배하며 영활케 하는 자연의 총화로 그리고 있다. 1800년과 1801년의 대규모의 시문학에 이르기까지, 그러니까 「빵과 포도주」, 「귀향」, 「아르히펠라구스」에 이르기까지도 "천공"은 여전히 범신론적인 암호로 등장한다. 천공이 신격화되었다는 것은 자연의 새로운 신성화와 숭배를 의미한다. "신적인 것"이라는 표현은 만물을 지탱하고 존재가치를 증명해주는 생명의 근거인 자연에 대한 숭배에서 비로소 가능한 것이다. 그러나 "신적인 것"이 피안의 세계와 관련된 것은 아니다. 오히려 초월적인 것에 대한 거부, 이전에 초월적인 것에 주어졌던 질감을 자연의 내재성으로 되돌리는 가치 재평가의 결과이다. 짧은 송시 「바니니」가 이를 예시적으로 보여준다.

홈부르크 시절: 소외와 고립 가운데 고대 그리스를 그리며 시인의 사명을 노래하다

횔덜린은 공타르 가에서 떠날 수밖에 없게 되자, 1798년 9월부터 1800년 6월까지 프랑크푸르트 인근의 홈부르크에 머물렀다. 홈부르크 궁정에서 관리를 지내고 있던 친구 징클레어가 그를 그곳으로 초대했고, 그 때문에 횔덜린은 홈부르크의 방백 가족들과 가까이 접촉할 수 있었다. 홈부르크에 머물던 1799년 가을, 송시 「홈부르크의 아우구스테 공주님께」와 「데사우의 아말리에 태자빈께」를 썼다. 주제테와의 이별의 고통이 일련의 사랑의 시에 표현되고 있다. 그중 「비가」에서 비롯되어 1800년 여름에 쓴 대규모의 이별의 비가 「디오티마에 대한 메논의 비탄」과 송시 「이별」은 독일문학사에서 가장 뛰어난 사랑의 시에 속한다.

1799년 6월 친구 노이퍼에게 제안했던 문학잡지(가칭 『이두나*Iduna*』)의 발간 계획이 좌초되자 횔덜린의 삶에 불행의 그림자는 더 짙어졌다. 횔덜린은 잡지 발간을 통해서 이리저리 옮겨 다녀야만 하는 가정교사직을 면하고 자존심 상하는 경제적 의존으로부터 벗어나고자 했다. 이 잡지의 발간을 위해서 자신이 기고할 몇 편의 문학이론적인 논고도 써둔 터였다.

문학잡지 발간 계획이 무산된 후 논고의 주제였던 시인의 직분이 이제 시 작품에서 중심 주제를 이룬다. 이때 쓴 시 작품들은 우선 시인이 감내해야 할 운명을 성찰한다. 이 운명은 비극적인 것으로 보인다. 이 운명은 시인을 모든 인간적인 삶의 연관들에서 소외시키기 때문이다. 이러한 소외의 비극적 감정, 고독과 고립의 비극적 감정을 「저녁의 환상」과 「나의 소유물」 같은 송시가 절실하게 읊고 있다. "노래"는 시인에게 "피난처"이며 유일한 행복의 공간이다. 시인에게 현세적 삶의 행복은 거부되어 있기 때문이다. 「시인의 용기」 같이 일견 아주 긍정적인 분위기를 띠고 있는 시에서도 고통스러운 상실의 감정이 읽힌다. 시인은 사실적으로는 닫혀 있는 삶의 연관성 대신에 선험적인 삶의 연관성을 상상하는 가운데, 스스로 용기를 약속하려고 시도한다. 다른 한편 횔덜린은 비슷한 시기에 쓴 희곡 『엠페도클레스의 죽음』을 통해서도 그렇지만 시를 통해서 시인으로서 존재의 정당성을 성찰하면서 단순히 주관적인 것, 개별적이며 개인적인 것을 극복하려는 경향을 보인다. 이러한 현상은 그의 첫 번째 후기 찬가인, 1799년 말에 쓴 「마치 축제일에서처럼…」과 홈부르크를 떠나서 곧장 쓴 송시 「시인의 사명」에 나타나고 있다. 시인으로서의 자기 성찰은 홈부르크 시절 이후 정신착란 바로 직전까지 횔덜린 시문학의 한 기본 특징이다. 하이데거가 횔덜린을 "시인의 시인"이라고 부른 것도 이러한 사실에 근거한다.

시인으로서 존재의 정당성에 대한 성찰은 시인의 과제와 결부된다. 횔덜린은 반복해서 신화화하면서 "신적인 것"이라고 부르고 있는, 자연의 생명을 토대로 한 총체적인 연관성을 정신적으로 전달하는 것을 시인의 과제로 보고 있다. 여기에서 두 개의 조망이 열린다. 첫째는 상상을 자극하는 힘을 가진 참된 문명, 자연의 범우주적인 삶과의 조화로운 인간적 결합으로부터 솟아나는 문명에 대한 표상이다. 횔덜린은 이러한 문명이 고대 그리스에서 모범적으로 실현되었음을 본다. 그는 그리스의 심미적 모방이라는 의고전주의자들의 소망과는 달리, 당대인들에게 반복해서 그리스 문명을 현재화하여 보여준다. 그는 이러한 연관을 강렬한 인상으로 남기는 6운각의 찬가 「아르히펠라구스」와 그의 비가 중 가장 아름다운 비가 「빵과 포도주」를 통해서 가장 완벽하게 전개하고 있다. 두 번째로 그는 독일에서 그러한 문명이 재현되기를 희망한다. 자연으로부터 소외되고, 전문가로 분화되어 일상에 몰두하는 독일인들을 향해 인간성의 혁신을 기대하고 있는 것이다. 이러한 기대는 그가 당초 적극 환호했던 프랑스혁명의 이념들이 그 진행과정에서 환멸로 이어진 결과이기도 하다. 그는 역사적 완성의 길에서 독일에서의 진화進化에 희망을 걸었다. 독일은 정치적으로는 무기력했으나, 많은 약속을 가능하게 하는 문학적·예술적 삶이 18세기 후반부에 전개되었으므로, 당대의 다른 독일 지식인들처럼 횔덜린도 가장 넓은 의미에서의 문화적 완성이 독일에서 가능하리라 생각했던 것이다. 이에 대해서는 1799년에 쓴 송시 「독일인의 노래」가 증언한다. 그리고 독일에서 개화되고 있는 미래 문화에 대한 희망을 1801년 말에 쓴 찬가 「게르마니아」에서 노래한다. 그렇다고 횔덜린이 좁은 의미에서의 정치를 완전히 도외시한 것은 아니다.

오히려 그는 시대적 사건에 지나치게 열정적으로 참여했다. 상황이 심각하게 전개된다면 그는 혁명적인 투쟁까지 생각할 정도였다. 바로 홈부르크 시절에 쓴, 문학적으로는 의미가 크지는 않지만 정치적으로는 의미가 큰 송시 「조국을 위한 죽음」 등을 통해서 그런 자세가 표명되고 있다. 시대를 반영하는 시들은 횔덜린이 홈부르크에 있었던 같은 사상을 가진 친구들 가운데서 얼마나 집중적으로 시대적 사건들을 추적했었는지를 보여준다. 1799년 5월 뵐렌도르프는 홈부르크의 징클레어와 횔덜린에 대해 "나는 몸과 생명으로서 공화주의자인 한 친구를 곁에 두고 있네. 그리고 때가 오면 어둠을 뚫고 나올 것이 틀림없는 정신과 진리 가운데 살고 있는 다른 한 친구도. 이 후자는 횔덜린 박사라네"라고 피력하고 있다.

귀향: 상상 가운데 시공의 한계를 넘나드는 방랑과 회상

1800년 5월 8일 주제테 공타르를 마지막으로 만나고 나서, 6월 횔덜린은 홈부르크를 떠나 고향 슈바벤으로 향한다. 그는 그해 말까지 슈투트가르트의 상인 란다우어의 우정 어린 환대 아래 그의 집에 머문다. 시인으로서의 실존이 맛보는 모든 삶의 가능성으로부터의 소외감과 주제테와의 궁극적인 이별이 주는 상실감은 그를 더욱 예민하게 만들었다. 비극적인 고향 상실의 감정에서 그는 고향의 정경과 슈투트가르트의 다정한 우정과 친근한 삶을 매우 강렬하게 체험했다. 1800년 여름부터 그는 이러한 체험으로 가득 채워진 송시와 비가를 썼다. 고향에 흐르는 강 네카에게 한 편의 시를 바치고, "오랫동안 사랑했던" 도시 하이델베르크에게도 한 편의 시를 헌정했다. 송시 「하이델베르크」는 횔덜린의 가장 널리 알려진 시이다. 다른 하나의 송시는 「귀향」이라는 제목을 달고 있다. 이 몇 달 사이 빠르게 연이어 쓴 비가들에서는 사실적인 고향이 언제나 하나의 이상적인 고향으로 투사되고 있다. 이 비가들은 횔덜린이 부르는 친구들, 친척들, 농촌 사람들이 동참하는 어떤 드높은 성취의 사건을 암시하기에 이른다. 이 기본구조는 시적인 방랑인 비가 「방랑자」의 두 번째 원고에서부터 핀다로스의 도시 찬미를 표본으로 삼고 있는 비가 「슈투트가르트」를 넘어, 「빵과 포도주」의 첫 부분, 그리고 횔덜린이 쓴 마지막 비가 「귀향」에까지 그대로 머문다. 이 "귀향"은 1801년 봄 스위스 하우프트빌의 곤첸바흐 가에서의 짧은 체류 후 귀향에 연관되어 있다.

횔덜린이 1796년에서 1798년에 걸친 프랑크푸르트 시절 송시에서 장인의 경지를 보여주었다면, 1800년 후반부에서는 비가문학에서 그러한 경지를 보여준다. 그리고 1801년 봄 「귀향」을 끝으로 비가문학의 만개 시절은 막을 내린다. 1800년 여름 「디오티마에 대한 메논의 비탄」으로 고쳐 쓴 「비가」는 로마 비가문학의 속성을 이어받고 있었다. 로마의 비가문학은 사랑의 문학이다. 로마의 비가를 염두에 두고 횔덜린은 간결한 제목인 「비가」를 선택했던 것이다. 이후의 비가들은 더욱 개방적이고 폭넓은 주제를 가진 그리스 비가의 전통을 따르고 있다. 이 장르 전통에서는 좁은 의미의 '비가적인 것'이 중심을 이루지 않는다. 이 비가들은 시적 표현의 넓은 진폭과 시적 분위기의 다양성을 포함한다. 그렇게 하여 "환희"가 비가문학의 열쇠말에 이르게 된다. 디오니소스적 후광을 가진 정경을 배경으로 친구들과 벌이는 감동적인 잔치가 이 비가의 한 특징을 이룬다. 거의 서사적으로 연장되어 뻗어나가는 이행시구는 많은 회화적인 인상들을 받아들이기에 적합하다. 더러는 고향의 정경이 무대와 같은 질감을 부여받기도 한다. 그러나 비가가 생명력을 얻는 것은 다채로운 인상들의 넘침과 함께 이것들의 정신화가 보여주는 긴장으로부터이다. 비가 「빵과 포도주」는 횔덜린 비가문학에서 특별한 위치를 차지한다. 다른 비가들에서는 성스러운, 그리고 숭고하게 신화화된 고향의 정경 안에서의 방랑이 이 비가에서는 상상 가운데의 방랑으로 변하고 있다. 디오니소스적으로 영감을 주는 고향의 현재를 벗어나 전혀 다른 영역으로의, 그러니까 고유한 유토피아로 그려지는 헬라스로의 여행으로 바뀐다. 고향 도시에서의 저녁과 밤의 분위기라는 지극히 시적인 인상이 회상하면서 동시에 유토피아적으로 이상을 그리는 정신이라는 이중적인 움직임에 대한 자극으로 작용하는 것이다, 이렇게 해서 시 「아르히펠라구스」에서처럼 역사적인 회상의 공간이 열리게 된다. 어떤 시인도 1800~1803년 창작의 전성기에서의 횔덜린처럼 절실하게 회상과 역사를 시작의 중심에 놓은 적은 없다.

후기찬가: 범우주적인 화해. 횔덜린 시문학의 정점

1801년에서 1803년 사이에 쓴 후기 찬가들의 대부분도 이러한 회상, 특히 역사적·신화적 회상을 중심에 놓고 있다. 여기에 방랑의 모티브, 즉 핀다로스의 모범에 따른 상상 속 여행이라는 모티브가 결합된다. 후기 찬가의 첫 작품인 「방랑자」에서도 그렇지만 「파트모스」와 「회상」에서도 회상과 방랑이 함께 노래된다. 회상은 마지막 찬가 「므네모쉬네」에서는 그 제목에서부터 드러나듯 핵심 주제가 된다. 회상은 후기에 쓴 송시의 여러 편에서도 주도적인 모티브를 이룬다. 이것은 송시 「백성의 목소리」 두 번째 원고와 송시 「눈물」과 「가뉘메데스」에서도 마찬가지이다. 회상은 신화적으로

각인된 시적 형상체의 단단한 시적 구조가 되는 것이다. 송시「케이론」은 이러한 구조를 대표적으로 보여준다. 여기서 전체의 표상들이 신화의 형상화로 등장하면서 시 자체는 회상된 것, 신화의 해석으로 넘어가고 있다.

역사는 두 개의 중심적인 표상으로 그려진다. 먼저 문명의 이동이라는 측면에서 표상된다. 찬가「도나우의 원천에서」,「게르마니아」,「이스터 강」에서, 나아가 후기 찬가의 초안「독수리」에서 횔덜린은 그리스의 안티케로부터 인본주의를 넘어서 18세기로까지 전래되고 있는 '문명의 이동'이라는 표상을 이어받고 있다. 이에 따르면 인류의 문명사는 동양에서 서양으로의 방랑 내지 이동에 비유된다. 여기에 한때 동양, 그리스 그리고 로마에 주어졌던 문명의 번영이 독일 또는 그가 말하는 "서구"에 도달하게 되는 역사적 순간에 대한 희망이 결합된다. 비가「빵과 포도주」에 그려지고 있는 것처럼 이 문명이동의 신화적인 은유는 디오니소스의 인도에서부터 서구로의 행진이다.

두 번째로 역사는 이제 목적론적인 측면에서 표상된다. 1800년을 넘어서도 횔덜린의 역사관은 본질적으로 순환적 반복이다. 자주 그는 자신의 앞선 문학에서 "낮"과 "밤"의 교차, 즉 충족되지 않은 결핍의 시간과 충만된 시간의 교차를 노래했다. 찬가「라인 강」에서도 여전히 이러한 순환적인 역사관을 따르고 있으며, 이러한 개념에 나름대로 체계적인 근거를 부여하려고 했다. 그러나 후기 찬가들인「평화의 축제」,「유일자」그리고「파트모스」에서 역사는 직선적-목적론적으로 전개된다. 역사는 현세적인 완성에서 종결점에 이른다. 이 현세적 완성은 우주적인 화해와 "정신"을 통해서 일어난 중재의 지평에 존재한다. 우주적인 화해의 신화적 은유는 모든 "신적인" 형상체들과 역사에 작용해온 힘들의 일체화이다.

또한 위대한 역사의 단락, 기독교 이전의 안티케에서 기독교에 이르는 시대 전환기를 넘어서는 통합이다. 그렇기 때문에 횔덜린은 디오니소스, 헤라클레스, 그리스도를 "형제들"이라고 부른다. 그렇게 하여 계몽주의의 관용 사상은 횔덜린의 후기 찬가에서 범역사적인 승화를 맞게 된다.

"딱딱한 문체". 고대에서 발견한 현대시의 양식. 독자의 상상을 자극하는 애매모호성

문명사적으로 강조된 성취의 역사, 그리고 시대와 역사의 지양으로 이어지는 완성의 역사라는 시적 전망의 저편에는 우리가 횔덜린의 고유한 문제성이라고 부를 수 있는 표현의 문제가 나타난다. 정신착란이 일어나기 수년 전 여러 시 작품에 반복해서 이미 문제의 징후가 나타났다. 희곡 『엠페도클레스의 죽음』에서 부각되고 끝내 위협적인 강도로 상승된 그것은 급진적인 해방을 향한, 죽음을 각오한 충동, 현존재의 한계를 부수고자 하는 충동이다. 마지막 찬가 「므네모쉬네」에서는 그 충동이 이렇게 노래되고 있다.

그리고 언제나
하나의 동경은 무제약을 향한다.

다른 시들도 '죽음에의 욕망'에 대해 노래한다. 횔덜린은 이러한 죽음에 이르는 비극적인 탈경계의 충동을 영웅들의 '영웅적인 격정furor heroicus'에서 보고 있다. 그는 자신의 '시적인 격정furor poeticus'과 이 '영웅적인 격정'을 나란히 위치시킨다. 그러나 이 경계를 넘어서려는 충동이 집단적인 운명으로의 강력한 상승에서, 전 백성들과 도시들에서 작용하고 있는 것을 또한 본다. 「백성의 목소리」, 「눈물」, 「삶의 연륜」, 「므네모쉬네」와 후기 찬가의 초안 「그리스」는 이러한 탈경계의 집단적 충동을 노래한 작품들이다.

이념적 내용뿐만 아니라, 언어형식도 횔덜린의 후기 서정시는 이례적인 것, 극단적인 것으로 기울어져간다. 과감한 은유, 단단한 추상성, 타오르는 듯 넘치는 영상들, 수식 없는 진술, 넓게 펼쳐진, 강한 리듬을 따라 움직이는 긴 문단과 이에 대비되는 명쾌한 간결성을 그 특징으로 볼 수 있다. 가장 눈에 띄는 특징은 이른바 "딱딱한 구조harte Fügung", 다른 말로는 "퉁명스러운 문체"이다. 이것은 고대 그리스 할리카르나소스의 수사학자 디오니시우스Dionysius가 누구보다 핀다로스의 문체에 적용한 개념이다. 그는 이 퉁명스러운 문체의 특징을 이렇게 기술하고 있다.

> 딱딱한 문체의 특성은 다음과 같다. 이 문체는 어휘의 단단한 정박과 힘찬 자리 잡기를 지향한다. 그렇게 해서 각 어휘가 모든 측면에 걸쳐 명백하게 두드러져 보이게 되는 것이다. 나아가 휴지를 통해서 영향을 받는 개별 부분들의 눈에 띄는 상호 분리가 초래된다. 이 문체는 거칠고 깨지는 구조의 사용도 마다하지 않는다. 이것은 큰 돌덩어리들이 가장자리가 잘 맞추어져 올바르게 쌓이지 않고 원석 그대로 집을 짓기 위해서 조립되었을 때 일어나는 경우와 마찬가지 모양을 낳는다. 딱딱한 문체는 때때로 그리고 즐겨 힘차게 다져 넣은 어휘 안에 공간을 만들어낸다. (…) 문장구조에 관련해서는 딱딱한 문체 역시 거대한 그리고 호화로운 리듬을 지향한다. 딱딱한 문체는 균일하거나 유사한 또는 하나의 도식으로 찍어낸 듯한 구조가

> 아니라, 절실하게 자율적이며, 빛을 발하는 자유로운 구조를 원한다. 이 구조들은 기술을 따르기보다는 자연을 따른 것처럼, 전통적인 태도를 따르기보다는 격정적인 감성을 따른 것처럼 보이기를 원한다.
>
> 이 문체는 진술의 의미를 문단 그 자체 안에 포함시킨 것처럼 구성하기를 원한다. 그러나 일단 얼마만큼 그것에 도달하게 되면, 이 문체는 무의식적인 것과 소박한 것을 특별히 강조하려고 한다. 이를 위해서 이 문체는 문장을 정리해주기는 하지만 의미를 위해서는 아무것도 기여하는 것이 없는 보완적인 어휘를 사용하지 않으며, 언술의 박자를 손질하거나 매끄럽게 연마하려는 의도를 가지지 않는다. 그리고 이 문체는 언술의 박자를 어중간하게 만들어서 말하고 있는 자의 호흡을 만족시키려고 하지 않는다. (…) 더 나아가 이 문체에는 (…) 파격어법의 풍요로움이 속성을 이룬다. 이 문체는 거의 연결을 지니지 않으며, 기꺼이 관사를 삭제하며, 자연스러운 서술의 순서를 고려하지 않는다. 이 문체는 우아한 것과는 전적으로 다르다. 이 문체는 고귀하고, 자의식으로 자주적이며, 가식 없이 있는 그대로이며, 원시적으로 힘이 채워진 아름다움을 지니고 있다.

이러한 딱딱한 문체의 예로서 디오니시우스는 핀다로스, 아이스킬로스, 투키디데스Thucydides를 들고 있다. 넘치는 암시로 의중을 꿰뚫을 수 없는 경계에 있는 역사적·신화적으로 채워진 영상세계가 이러한 거친, 때때로 지극히 복합적인 구조와 접합된다. 이것이 1801년 이후 횔덜린의 송시들과 찬가들에 나타나는 후기 문체의 특징이기도 한 것이다. 시적 진술은 더 이상 개방적으로 드러나지 않으며, 오히려 기호나 상징 안에 갇힌다. 이제 '기호Zeichen'가 하나의 열쇠말이 된 것이다. 아도르노Theodor Adorno는 1963년 횔덜린협회의 연차대회에서 행한 연설 「병렬문체-횔덜린의 후기 서정시에 대해서Parataxis. Zur späten Lyrik Hölderlins」에서 횔덜린의 후기 시 언어에 어떤 해설 가능한 일치적인 전망이 들어 있다는 하이데거의 주장과 단언을 비판하면서, 횔덜린 후기 시의 문체 특성은 임의적이고 고립된 진술들의 병렬이라고 주장했다. 이 점이 횔덜린 문학의 가장 뛰어난 성취라는 것이다. 이런 점에서 횔덜린의 후기 시는 서구 시문학의 현대성을 선취했다고 말할 수 있다. 이보다 앞서 1905년 딜타이Wilhelm Dilthey는 그의 주저 『체험과 문학*Das Erlebnis und die Dichtung*』에 실은 「횔덜린Friedrich Hölderlin」에서 "우리의 관심은 그에 의해서 도달한 서정적 운동의 최고 자유의 경계에서 쓴 강렬한 시 작품에 머물게 된다"고 말함으로써 1800년 이후 횔덜린의 작품에 나타나는 단순한 장식에서 해방된 시적 표현의 집중력과 과감한 은유에 주목하였고, 발첼Oskar Walzel은 1926년작 저서 『언어 예술작품론*Das Wortkunstwerk*』에 당대 서정시의 형식적 특징에 대한 단상 「연결 없는 서정시Lyrik ohne Zusammenhang」에서 횔덜린의 후기 시가 서구 시문학의 현대성을 선취하고 있음을 암시했다. 적어도 횔덜린은 한 세기 앞서 이런 서정시를 썼던 것이다. 다시 말하자면 횔덜린은 잦아들기는 했으나 이 살아 있는 고대의 수맥에서 각성의 청량수를 길어낸 것이다.

강물들

메마른 곳에서 가는 것 헛된 일이 아니다.

_「이스터 강」

횔덜린이 거의 비의적인 것에 근접하는 이러한 시적 수행방식을 통해서 '난해한 시인poeta obscurus'의 전통에 의식적으로 스스로 합류했는지는 단언할 수 없다. 이러한 시인 유형은 사실 고대에도 있었다. 횔덜린은 이러한 유형의 언어 사용자로 소크라테스 이전의 철학자 헤라클레이토스를 발견했었다. 헤라클레이토스는 '애매한 자'라는 별칭을 달고 있을 만큼 그의 진술은 의미가 매우 모호했는데, 이 모호함이 의미의 진폭을 오히려 크게 했고, 그만큼 해석자에게 개입의 넓은 여지를 용인하는 것이었다. 로마인들에게는 페르시우스Aulus Persius Flaccus가 "불가해한 시인" 자체였다. 독일문학에서는 하만Johann Georg Hamann이 이 전통에 위치해 있다. 이러한 문학적 유형이 가지고 있는 고정적인 특징이 횔덜린의 1801년에서 1803년에 걸친 후기 문학에 깊이 자리하고 있다. 그것은 극단적인 경우 예언이라고 할 수도 있는, 열광적으로 영감을 받은 시적 자세, 그리고 극단의 경구Gnome와 수수께끼로 이어지는 깨달음의 표현이다. 이러한 기본요소의 혼합은 두 가지 시인 유형의 결합을 낳는다. 즉 '예언자적인 시인poeta vates'과 '박식한 시인poeta doctus'의 결합으로 '난해한 시인'을 낳는 것이다. 한편의 애매성은 감성적이거나 직관적인데, 그것은 영감으로부터 발생한 때문이고, 다른 한편의 애매성은 합리적·이성적인데 이것은 기호를 통해서 투사되는 지식의 충만에서 나오기 때문이다. 이러한 애매성은 20세기에 횔덜린이 서구 서정시에 미친 영향의 근본요소이다. 상징주의나 표현주의의 시인들이 주도한 현대적 서정시는 낡고 전통에 안주한 것으로 느껴지는 시들과 단호하게 단절하고, 진부한 나머지 혐오스러운 사실성에 저항하는 가운데에서 출발했다. 보들레르는 "표준적인 유형으로부터의 이탈écart du type normal"을 선언적으로 요구했고, 현대시인은 정상으로 평가되었던 기존의 틀로부터 거리두기를 하나의 원리로 삼기에 이르렀다. 횔덜린의 후기 시들은 그 자체가 애매모호할 뿐만 아니라, 이 모호함을 통해서 독자에게 자유로운 상상을 자극하고 개입을 유도한다. 의미가 표면에 드러나는 기존의 서정적 작품들이 독자들에게는 폐쇄적이었다면 의미가 모호한 횔덜린의 후기 시들은 독자들에게 개방적이라 할 수 있다. 자유로운 개입을 허용하고 각자의 자주적인 수용을 허락함으로써 결과적으로 해체를 허락하고 새로운 시각을 연마시킨다. 이처럼 횔덜린의 후기 시가 단지 새로움만 아니라, 완전한 다름을 추구했다는 의미에서 현대시에 대해서 한 패러다임을 제시한 것이다.

횔덜린, 핀다로스의 시적 정신의 우월을 증명하다

1799년의 찬가 「마치 축제일에서처럼…」을 통한 첫 실험 이후 1801~1803년에 쓴 후기 찬가들에서는 문체나 구조에서 누구보다도 핀다로스를 모범으로 삼았다. 「마치 축제일에서처럼…」, 「도나우의 원천에서」, 「방랑자」, 「평화의 축제」 그리고 「파트모스」에서 볼 수 있는 광대하고 과감한 규모의 서주는 핀다로스의 독특한 노래방식과 닮았다. 이 두드러지게 큰 서주부는 심상에 불을 댕기고, 분위기의 진지성과 시각적인 감동을 형성한다. '상상 속의 여행'이라는 구성적 요소 역시 특별히 찬가적이다. 핀다로스의 올림피아 송가가 모범을 보이고 있는 이 예술 수단은 횔덜린의 「방랑자」에서, 「파트모스」에서 그리고 다른 많은 찬가들에서, 또한 찬가의 속성을 부분적으로 담고 있는 비가 「빵과 포도주」에서 그 거대한 문체를 이루어낸다. 상상 속의 여행은 장소와 시간에 구속되지 않는 시적 정신의 우월함에 대한 증거이다. 이 여행은 지금·현재를 초월하는 영감의 시각적인 힘을 증언한다. 횔덜린은 핀다로스의

"유동하며 넘어감"을 이어받고 있다. 이것은 직선적거나 정연한 것이 아니라, 연상적이며 비약적인 것, 동시에 애매한 것, 그러니까 드높은 송시 즉 찬가의 수수께끼 같은 표상에 잘 어울리는 예술 수단이다.

횔덜린의 후기 찬가에서는 간결하고 함축성 있는 시구들이 격정적이고 열광적인 표상에 극명한 대조를 이루며 함께 등장한다. 이 또한 핀다로스의 송시들에서 볼 수 있는 시적 표현의 특징이다. 핀다로스의 시와 마찬가지로 횔덜린의 작품에서도 일종의 경구가 정점을 이룬다. 횔덜린의 찬가 「라인 강」 제46행 "순수한 원천의 것은 하나의 수수께끼"라든가 찬가 「파트모스」의 첫머리에 나오는 "그러나 위험이 있는 곳엔 / 구원도 따라 자란다", 시 「회상」의 마지막 부분의 "머무는 것은 그러나 시인들이 짓는다" 같은 시구들이 이런 경구에 해당한다. 이러한 경구는 쉽사리 파악할 수 있고 일반적으로 이해되는 내용을 함축적으로 표현한 것이 아니라, 시 안에서 수행되고 있는 정신적 운동의 알아내기 어려운 집중화이며, 독자의 사유와 경험에 대한 도발과 요구를 압축하고 있다는 점에서 단순한 격언이나 금언과 구분된다.

횔덜린에게 핀다로스는 전통의 파괴라는 역설적인 전통의 옹호자이다. 횔덜린에게 핀다로스는 그리스인을 의고전적이지 않게 모방하는 문학적 표현을 가능하게 해주는 길잡이이다. 다시 말해 핀다로스는 횔덜린이 "조국적" 또는 "자연스럽게"라고 표현하고 있는 시적 언어에 대한 요구의 근거인 것이다. 횔덜린은 1802년 가을 뉘르팅겐에서 뵐렌도르프에게 보낸 편지에서 "조국적으로 자연스럽게, 본질적으로 원천적으로 노래하리라"고 자신의 의도를 피력한 바 있고, 1803년 9월 28일 출판업자 빌만스에게 보낸 편지에서 "이제 여느 때보다 더 자연이라는 의미에서 그리고 더 조국이라는 의미에서 쓸" 수도 있으리라고 말하고 있다. 1803년 12월 빌만스에게 보낸 다른 편지에서는 "조국적 노래의 드높고 순수한 환희hohes und reines Frohlocken vaterländischer Gesängen"라는 거의 이해할 수 없는 공식을 언급하고 있다. 이 언급은 송시 이론의 역사적인 배경 아래서만 이해 가능하다. 횔덜린이 말하는 "노래Gesang"는 그리스어 "송시ωδη"의 문자 그대로의 번역이다. "환희Frohlocken"는 드높은, 핀다로스 송시에 단단히 뿌리내리고 있는 "열광"과 다르지 않다. 단순한 환호와 같은 것이 아니다. 이 "환희"는 드높은 영감과 환상적인 것으로 상승하는 승화된 정신적 체험의 음색을 지닌다. "드높은 송시", 즉 찬가는 내면적인 감동에서 비롯되어야 한다는 것이 송시의 확고한 규정이다.

횔덜린의 "드높은" 노래. 숭고의 추구

그런데 횔덜린은 노래들이 "순수할" 뿐만 아니라 무엇보다도 "드높은" 환희를 노래해야 한다고 했다. 횔덜린은 이때 개인적인 생각에 따라서 그 문학양식을 그렇게 규정하고 있는 것이 아니라, 18세기의 심미적 열쇠개념의 하나인 "숭고Erhabenheit", '드높음'을 염두에 두고 있었다. 이 개념은 18세기 숭고 개념의 원천이 된 롱기누스Pseudo Longinus의 저술 『숭고에 대해서*Peri hypsous*』에서 유래한다. 이렇게 해서 '드높은 송시'라는 장르가 서 있는, 그리고 횔덜린의 후기 찬가들이 서 있는 본질적이고 심미적인 지평에 도달했다. 롱기누스는 숭고함을 정상적인 인간의 척도를 넘어서는 영혼의 상승과 승화의 자극제로 이해한다. 숭고는 일상적인 사실성을 넘어 이상의 나라로 비약하는 것을 돕는다. 따라서 숭고는 특별히 이상주의적인 시 쓰기에서 빠질 수 없는 정서이다. 이미 젊은 시절 횔덜린은 롱기누스를 완전히 공감하며 읽었다. 롱기누스는 자연은 인간에게 전체 우주의 관찰만을 숙명으로 주었다고 말했다. 자연은 인간을 위대함과 신적인 것에 대한 어쩔 수 없는 욕망으로 가득 채웠고, 따라서 인간의 사고는 그를 에워싼 세계의 한계를 넘어서려고 애쓴다는 것이다. 이것이 왜 인간이 비록 맑고 유용해 보이는 작은 실개천에 감탄하지 않고, 도나우 강이나 라인 강에 감탄하는지를 설명해준다. 문학은 우주적인 넓이와 크기를 따라야만 한다는 롱기누스의 요구가 횔덜린에게서만큼 완벽한 응답을 얻은 적은 어떤 다른 시인들의 경우에도 없다. 횔덜린의 작품, 특히 후기 찬가들에서 가장 큰 특징은 바로 땅과 바다, 역사의 시공간을 과감하게 넘어 날아가는 표상의 힘이다. 롱기누스의 숭고한 자연현상들, 주로 힘찬 또는 끈질긴 강물에 대한 문학적인 찬미가 주도적 모티브로 「라인 강」, 「도나우의 원천에서」, 「이스터 강」 같은 횔덜린의 후기 찬가에 이르고 있다.

"숭고한 것"에는 무엇보다도 "신적" 영역으로의 고양, "영웅들"과 "반신들"의 영역으로의 고양도 해당한다. 위대한 호메로스의 영웅들, 또한 디오니소스, 헤라클레스 그리고 그리스도가 이 숭고한 것들을 대표한다. 찬가 「유일자」는 바로 이러한 세 명의 반신적 인물들에게 바쳐지고 있다. 그리고 역사적으로 가까이 있는 인물도 숭고함의 범주로 받아들여지고 노래된다. 「라인 강」에서 루소가 그런 인물이다. 시적 화자는 루소를 노래한 시연을 "내 이제 반신들을 생각한다"라고 열고 있는 것이다.

지고한 것을 향하는 시적 표상의 고양은 마침내 시인 자신을 숭고한 것의 영역에 위치시키기에 이른다. 이러한 시인의 직분에 대한 평가는 때때로 비유적으로 표상된다. 예컨대 「므네모쉬네」에서는 시인을 대신하는 기호인 "방랑하는 사람"에게 고독하게 드높은 조감의 장소인 알프스의 "드높은 길 위에서" 먼 과거를 돌아보게 한다. 무엇보다 지고하게 고양된 과업과 품위 가운데 시인은 숭고하게 나타난다. 시인이 찬가 「유일자」와 「므네모쉬네」의 마지막 시구에서처럼 스스로 영웅들과 동일시되는 것을 깨닫는 비극 가운데서도 숭고함은 나타난다.

> 시인들은 또한 정신적인 자들로서
> 세속적이어야만 하리라.
>
> _「유일자」

> 천국적인 것들은 말하자면,
> 한 사람 영혼을 화해하면서
> 추스르지 아니하면 꺼려하나니, 그 한 사람 그렇지 않을 수 없다.
> 그러한 자에게 비탄은 잘못이리라.
>
> _「므네모쉬네」

이렇게 살펴보면 횔덜린의 후기 찬가들만이 아니라, 그의 송시의 대부분 그리고 몇몇 비가들 역시 '숭고함'의 지평에 위치한다고 볼 수 있다. 『휘페리온』의 서정적으로 고양된 문체에도 '드높음', '숭고함'이 주도적 표상으로 살아 있다. 그렇지만 특히 '숭고한' 시문학의 전형을 이루고 있는 것은 후기 찬가들이다. 횔덜린은 '드높은 송시'는 그 본질을 '드높음'과 '숭고함'에 두고 있음을 알았고, 핀다로스의 송시에서 이러한 숭고 이념을 보았던 것이다. 횔덜린이 의식적으로 따랐던 전통 안에는 숭고의 심미적 주도 표상과 문학적 모범이 하나의 통일체로 융해되어 있었다. 17세기 말 사람들은 고대 수사학자들이 이미 분석했던 대로 '작은 규모'의 아나크레온적 송시와 규모가 크고 드높은 핀다로스식 송시를 순수한 대립적 문학 유형으로 구분했다. 핀다로스식의 송시는 규모가 크고 열정적이며 숭고하고 열광적이며 자연스럽게 불규칙적이라면, 아나크레온적인 송시는 규모가 작고 우아하고 매끄러우며 규칙적이다. '드높은 송시'가 신들, 영웅들, 강물, 폭풍, 바다, 산맥 같은 거대하고 숭고한 자연의 인상을 즐겨 노래한다면, 아나크레온적인 송시는 횔덜린이 1803년 12월 빌만스에게 보낸 편지에서 "사랑의 노래들은 언제나 지친 날갯짓"이라고 언급한 것처럼, 사랑과 포도주, 작은 시골풍의 안락함과 가벼운 향유에 멈추어 서고 만다.

최후기의 시: 사계절과 단정한 정경, 한 폭 수묵화의 여백

어떤 시인도 지극히 긴장된 횔덜린의 후기 찬가와 이른바 "횔덜린 옥탑"에서의 수십 년에 걸친 정신착란 시기 시편들 사이에 보인 거리보다 더 큰 차이를 보이는 시를 쓸 수는 없을 것이다. '최후기 시'로 분류되는, 정신착란 시초부터 1843년 운명할 때까지의 시편들은 긴장을 잃은, 그러나 지극히 단조로우면서도 그 단순성을 통해 가끔은 감동을 불러일으키는 구절을 포함하고 있다. 시인은 네카 강변의 옥탑방에서 강 너머, 그 당시에는 가꾸어지지도 않았을 정경과 지평선 멀리 솟아 있는 슈바벤 알프스의 산들로부터 받은 인상들, 그리고 계절들을 노래한다. 그 안에서는 평화, 소박한 만족, 견디기 어려웠던 정신적 집중과 고통을 뒤로한 은둔자의 심정이 드러난다. 현실감은 엷어지고 마을의 정경들도 장면으로 변하고 있다. 모든 것에서 갈등은 사라져버렸다. 전례 없이 투명하게 노래한다. 그것은 사용되는 시어들이 개인의 감정을 전혀 싣지 않은 채 투명한 때문이다.

최근 횔덜린 전집을 편집하여 이른바 '프랑크푸르트판 전집'을 낸 자틀러가 횔덜린의 옥탑방 시절의 시편들에서 "되찾은 소년기"를 보고 있는 것은 잘못된 것이 아니다. 사람들은 횔덜린이 1803년에 쓴 「반평생」에의 "슬프다, 내 어디에서 / 겨울이 오면, 꽃들과 어디서 / 햇볕과 / 대지의 그늘을 찾을까?"에서 그의 생애 마지막 절반의 운명을 보고자 하지만, 최후기의 시편을 읽고 나면 그가 1800년 여름에 쓴 「삶의 행로」에서 희망한 반평생을 누렸던 것은 아닌가 생각하게 된다.

그대 역시 보다 위대해지려 했으나 사랑은
우리 모두를 지상으로 끌어내리고, 고뇌가 더욱 강하게 휘어잡네.
그러나 우리 인생의 활, 떠나왔던 곳으로
되돌아감은 부질없는 일이 아니네.
(…)
인간은 모든 것을 시험해야 하리라, 천국적인 자들 말하나니
힘차게 길러져 인간은 비로소 모든 것에 감사함을 배우고
제 가고자 하는 곳으로 떠나는
자유를 이해하게 되는 법이네.

_「삶의 행로」

풍부한 시상의 흔적들, 잠언이 된 초안과 단편들

1793년부터 1806년 사이에 기초된 '초안들, 비교적 규모가

큰 단편과 스케치'는 전체 작품의 의미 맥락에서 읽어야 할 것이다. 다만 그가 완성시킬 수 없었던 시상이지만 그 미완의 단편들 안에는 어떤 힘에 의해서도 강요당하거나 침해당할 수 없는 자연에 대한 믿음이 보존되어 있으며, 그의 대지에의 사랑이 충만한 시적 표현을 얻고 있음을 읽을 수 있다. 예컨대 「어머니 대지에게」, 「말하자면 포도나무 줄기의 수액이…」나 「노란 나뭇잎 위에…」 같은 단편이 그렇다. 이 단편들에서는 자연의 현상들이 그 자체의 권리로서 축복받는 듯하다. 그러니까 어떤 상징으로서가 아니라 즉각적인 감각에 호소하는 세밀한 필치로 그 자체가 그려져 있는 것이다.

'구상, 단편, 메모들'은 실행되지 않은 시의 어떤 기점, 발아하지 못한 씨앗과 같은 것이다. 분절되지 않은 메모들을 모두 시의 씨앗으로 보는 것은 문제가 없지 않지만 육필원고의 곳곳에, 그리고 시 작품을 정서해놓은 홈부르크 2절판의 여백에 기록해둔 메모들은 시작에 관련되어 있는 것이 분명하다고 하겠다. 여기에 등장하는 역사, 장소, 인물에 대한 기록들은 시공을 넘어 상상의 날개를 활짝 펼친 횔덜린의 시적 열정을 증언해준다.

1843년 6월 7일 18세기 고전주의의 시대에서 그리스의 찬란했던 문명을 반추하며 다가올 상실의 시대, 현대를 앞서 살았던 횔덜린은 세상을 떠났다. 1801~1802년에 그는 자신이 부른 노래의 운명을 예감하면서 유언처럼 시 초안 「마돈나에게」를 노래했다.

어찌 그들은 그대를 슬프게 하나
오 노래여, 순수한 것이여, 나는
죽으나, 그래도 그대는
다른 길을 가고, 시샘이

그대를 막으려 하나 헛되리라.

이제 다가오는 시간에
그대 착한 이를 만나거든
그에게 인사하라, 그러면 그는 생각하리라,
우리들의 나날 얼마나 행복으로 가득했고
또한 고뇌로 넘쳤는지를.

_「마돈나에게」

프리드리히 횔덜린 연보

1770년 **3월 20일**: 라우펜에서 수도원 관리인 하인리히 횔덜린Heinrich Friedrich Hölderlin과 요하나 크리스티아나Johanna Christiana(처녀명 헤인Heyn) 사이의 첫아들로 태어남.

1772년 **7월 5일**: 36세의 부친 뇌일혈로 사망.
8월 15일: 여동생 하인리케Heinrike 출생.

1774년 **10월 10일**: 모친 후일 뉘르팅겐의 시장이 된 고크Johann Christoph Gock와 재혼.

1776년 학교에 다니기 시작함.
10월 29일: 의붓동생 카를Carl Gock 태어남.

1779년 의붓아버지 사망.

1780년 피아노 교습.
9월 중순: 1차 국가시험 치름.
뉘르팅겐 부목사인 쾨스틀린Nathanael Köstlin으로부터 개인교습 받음.

1783년 셸링과의 첫 만남. 셸링은 당시 친척인 쾨스틀린의 집에 2년간 머물렀음.
뷔르템부르크 신교 수도원학교의 입학 자격을 주는 4차 국가시험을 치름.

1784년 10월 20일: 뉘르팅겐 근처의 덴켄도르프 초급 수도원학교에 장학생으로 입학함. 이 장학금 수여로 목회자 이외 어떤 다른 직업에도 종사하지 않는다는 의무를 지게 됨.
모친 1824년에 이르기까지 "프리츠(횔덜린)가 순종하지 않을 때는 공제하게 될 그에 대한 지출명세서" 작성하기 시작함. 횔덜린은 평생 지원금에 의존함. 대가를 목적으로 한 첫 작품 시도함.

1786년 마울브론의 상급 수도원학교에 진학.
수도원 관리인의 딸인 루이제 나스트Louise Nast에 애정을 느끼게 됨.

1787년 종교적 직무수행에 대한 첫 의구심을 내보임.

1788년 6월: 마차를 타고 브루흐잘, 하이델베르크, 슈파이어로 여행함.
10월 초: 덴켄도르프와 마울브론에서 쓴 시들을 이른바 '마르바하 4절판 노트Marbacher Quartheft'에 정서함. 이 안에는 1787년에 쓴 「나의 결심」이 포함되어 있음.
루이제 나스트와 약혼함.
10월 21일: 튀빙겐 신학교에 입학. 슈투트가르트 출신의 장학생 가운데는 헤겔도 있었음.
겨울 노이퍼와 우정관계를 맺고 문학동아리를 만듦. 이들은 1791년에 이미 목사로 봉직하기 시작함.

1789년 3월: 루이제 나스트와의 약혼 파기.
4월: 출판인인 슈바르트와 슈토이트린과 교유.
7월 14일: 바스티유 감옥에서 폭동 발생.
여름: 맹인인 두롱Dulon으로부터 플루트 교습 받음.

11월: 카를 오이겐 대공의 신학교에 대한 더욱 엄한 감시 감독 시작됨. 튀빙겐 시민의 모자를 쳐서 떨어뜨렸다가 학생감옥에 투옥되는 처벌받음. 얼마 후 모친에게 재차 신학공부 면제를 하소연함.

송시 「비탄하는 자의 지혜」 초고.

1790년 **9월**: 석사자격 시험. 10월 셸링이 신학교에 입학함.

횔덜린, 헤겔, 셸링 학습동아리 맺고 우정을 나눔.

신학교 명예학장의 딸인 엘리자베트 르브레Marie Elisabeth Lebret에 대한 애정. 이 애정관계는 신학교 재학 내내 지속됨.

1791년 친구 힐러Christian Friedrich Hiller, 메밍거Friedrich August Memminger와 함께 라인 폭포에서 취리히에 이르기까지의 스위스 여행. 여행 중 4월 19일, 취리히의 신학자 라바터Johann Kaspar Lavater 방문함. 피어발트슈태터 호수, 뤼틀리시부어 지역의 여러 곳을 방문함.

9월: 슈토이트린의 『1792년 시 연감』에 초기의 튀빙겐 찬가들 실림.

10월 10일: 1777~1787년 호엔아스페르크에 투옥되었던 슈바르트 사망함.

1792년 **4월**: 프랑스공화국에 대항하는 연합전쟁 발발. 이 전쟁은 1801년 2월까지 계속됨.

5월: 서간체 소설 『휘페리온』 계획. 같은 때 6운각 초고 「봄에 부쳐」 씀.

9월: 슈토이트린이 발행한 『1793년 사화집*Poetische Blumenlese fürs Jahr 1793*』에 횔덜린의 시 7편 실림, 대표작 「인류에 바치는 찬가」.

1793년 **9월**: 헤겔은 가정교사로 베른으로 떠남. 횔덜린과 셸링 작별함.

10월: 쉴러가 샤를로테 폰 칼프 가의 가정교사로 횔덜린을 추천함.

12월 6일: 슈투트가르트 종무국의 목사 자격시험에 합격함.

12월 10일경: 튀빙겐을 떠나서 28일 발터스하우젠에 도착, 칼프 가의 가정교사로 부임함.

1794년 칸트 학습, 『휘페리온』 집필 작업.

11월: 제자 프리츠Fritz von Kalb를 데리고 예나로 여행함. 쉴러가 간행한 『노이에 탈리아*Neue Thalia*』에 『휘페리온 단편』 실림. 쉴러를 자주 방문함. 거기서 괴테를 처음 만남.

12월: 바이마르로 거처를 옮김. 헤르더Johann Gottfried Herder 방문.

1795년 **1월**: 가정교사로서의 교육 시도 좌초되고 고용관계 해지됨.

예나에 특별히 얽매이지 않은 상태로 머무름. 피히테의 강의를 듣고 그와 교류함.

3월: 쉴러의 추천으로 출판사 코타Cotta가 『휘페리온』 출판을 맡기로 함. 징클레어와 사귀기 시작함.

5월 말: 징클레어가 개입된 학생소요가 일어남.

뷔르템베르크로의 갑작스러운 출발.

6월: 하이델베르크에서 에벨을 만났으며, 에벨이 프랑크푸르트의 은행가인 야콥 공타르 가의 가정교사 자리를 소개함. 그의 부인 주제테 공타르는 『휘페리온』에서 이상적인 연인인 멜리테의 특성을 그대로 지니고 있어 횔덜린의 주목을 끌게 됨.

9월: 시들과 번역물을 쉴러에게 보냄. 그 가운데는 「자연에 부쳐」가 포함되어 있었음. 쉴러는 횔덜린이 함께 보낸 서신에 답하지 않음.

연말까지 뉘르팅겐에 머물면서 『휘페리온』 집필 계속. 이 소설의 콜라주 기법 때문에 고전적인 서사형식을 포기함.

마게나우Rudolf Magenau는 당시 횔덜린의 상태에 대해서 "자기 동년배들과의 모든 감정에 대해서 무감각해졌었다, 살아 있었지만 죽은 듯이 지냈다!"고 씀.

1796년 **1월**: 공타르 가에 가정교사로 입주. 봄, 다시금 서정시 작품 쓰기 시작함. 「디오티마」 첫 번째 원고, 「헤라클레스에게」, 6운각의 시 「떡갈나무들」을 썼으며, 쉴러의 논술문 「미적 관습의 도덕적 유용성에 대해서Über den moralischen Nutzen ästhetischer Sitten」에 답하는 「현명한 조언자들에게」를 씀.

6월: 6운각 단편인 「안락」을 씀.

7월: 주제테 공타르, 세 딸의 가정교사인 마리 레처Marie Rätzer, 횔덜린 그리고 그의 제자 앙리Henry Gontard는 전쟁의 혼란을 피해서 카셀로 피난함.

8월: 쉴러가 횔덜린이 봄에 쓴 3편의 시를 받고서도 『크세니엔 연감*Xenienalmanach*』에 한 편도 실어주지 않음.

작가 하인제와 함께 드리부르크로 계속 여행함. 서간체 소설의 형태를 취한 『휘페리온』 제1권 집필 계속.

9월: 프랑스 공화파 군대의 퇴각, 슈토이트린 라인 강에 투신자살.

10월: 카셀에 두 번째로 머물다가 프랑크푸르트로 귀가함. 가을 송가 초안 「조국을 위한 죽음」를 씀.

1797년 **1월**: 헤겔, 횔덜린이 소개한 프랑크푸르트의 가정교사 자리 받아들임.

4월: 『휘페리온』 제1권 출판.

8월 22일: 프랑크푸르트를 방문하여 머물고 있던 괴테를 예방함. 괴테는 "규모가 작은 시를 쓰고 모든 사람들에게 인간적으로 관심을 끌 만한 소재를 고르라"고 조언함. 괴테의 조언에 따라 간결하고도 날카로운 에피그람 형식의 송시들을 썼고, 1798, 1799년 인쇄에 회부함.

9월 초: 비극 『엠페도클레스의 죽음』에 대한 「프랑크푸르트 구상Frankfurter Plan」을 씀.

1798년 **봄:** 송시 「하이델베르크」 초안을 씀. 노이퍼가 6월 12편의 에피그람 형식 송시, 8월에는 4편의 짧은 시편들을 받아서 거의 모두 『교양 있는 여인들을 위한 소책자*Taschenbuch für Frauen zimmer von Bildung*』에 실어줌. 쉴러 역시 5편의 송시를 받아 그중에서 두 편의 짧은 시를 그의 『시 연감』에 수록. 「소크라테스와 알키비아데스」와 「우리의 위대한 시인들에게」(후일 「시인의 사명」으로 확장됨)가 그것임.

9월 말: 공타르 가에서의 소동이 있고 나서 횔덜린은 프랑크푸르트를 떠나 홈부르크의 징클레어 가까이에 거처를 정함. 홈부르크에 머무르는 동안 주제테 공타르와의 짧은 밀회, 서신교환이 계속됨. 가을 『휘페리온』 제2권의 인쇄 회부용 원고 완성됨. 이 가운데는 「휘페리온의 운명의 노래」가 들어 있음. 『엠페도클레스의 죽음』 제1초고 집필 시작함.

11월 말: 라슈타트 회의에 징클레어와 동행하여 그의 많은 공화주의 동료들을 만남.

1799년 **3월:** 노이퍼의 소책자에 실린 시들에 대한 슐레겔 찬사가 담긴 서평이 발표됨.

6월: 노이퍼에게 독자적인 문학잡지 발간을 제안함. 이 제안을 받은 슈투트가르트 출판업자는 괴테와 쉴러의 동참을 조건으로 제시함. 계획했던 잡지 『이두나』의 발간은 무산됨.

7월: 발간 예정 잡지에 대한 보답이자 시험적인 작품으로 노이퍼와 출판업자 슈타인코프Johann Friedrich Steinkopf가 『교양 있는 여인들을 위한 소책자』에 실릴 「결혼일을 앞둔 에밀리Emilie vor ihrem Brauttag」라는 목가를 받았고, 이어서 5편의 다른 시 작품을 받음. 이 가운데에는 에피그람 형식의 송시 「백성의 목소리」, 「일몰」, 목가적인 시 「결혼일을 앞둔 에밀리」에 대한 대칭을 이루는 작품인 혁명송시 「전투Die Schlacht」도 포함됨. 노이퍼는 이 「전투」를 첫 시연을 빼버리고 잘못 이해될 수도 있는 「조국을 위한 죽음」이라는 제목을 붙여 인쇄함.
늦여름: 차츰 드러나는 잡지 발간 계획의 좌초에 대한 환멸. 송시 「아침에」와 「저녁의 환상」 씀.
초가을: 「나의 소유물」, 2행시 형태의 성찰시 「자신에게」. 이 시는 거의 마무리된 『엠페도클레스의 죽음』 첫 초고의 과제를 제시함. 비극 『엠페도클레스의 죽음』의 새로운 집필에 대한 이론적인 근거 제시함. 이 이성론적 근거의 변증적인 개관을 헤겔은 그의 첫 번째 체계단상Systemfragment(1800)에 계승함.
10월 말: 『휘페리온』 제2권 발행.
횔덜린은 쉴러의 근거리에서 일자리를 찾으려고 희망했으나 실현되지 못함. 송시 단편 「고별」 씀. 기타 여러 편의 송시들의 초고를 씀. "그대가 아니면 누구에게Wem sonst als Dir"라는 헌사와 함께 이제 막 출간된 『휘페리온』 제2권을 주제테 공타르에게 건넴.
11월 28일: 홈부르크의 아우구스테 공주 23세 생일 기념 송시 헌정.
12월: 「불카누스」에 대한 첫 번째 초고를 쓴 후 세 번째 『엠페도클레스의 죽음』 초고 등을 이른바 '슈투트가르트 2절판Stuttgarter Foliobuch'에 쓰기 시작함.

1800년 **연초:** 시학적인 논고들.

자신의 작품에 대한 증오에 찬 이해할 수 없는 비판에 대한 반응으로서 송시 초고 「소크라테스의 시대에Zu Sokrates Zeiten」를 씀. 모친의 지출장부에 따르면 뉘르팅겐 방문. 당시 프랑크푸르트 봄 상품 전시회를 방문했던 슈투트가르트 출신의 상인 란다우어가 왕복여행에 동반했던 것으로 보임. 송시 「격려」 초고, 시 「아르히펠라구스」 초고 씀.

5월 8일: 주제테 공타르와의 첫 번째 이별. 송시 단편 「나는 나날이 다른 길을 가노라…」 씀. 생활비 고갈, 건강 악화, 징클레어와의 우정관계 파탄. 그러나 이제 피할 길 없게 된, 오랫동안 약속했던 귀향을 한 달간 연기. 앞에 쓴 여러 시 작품들을 정리하고 에피그람 형식의 송시를 확장함. 이러한 작업은 여름까지 지속됨.

6월: 송시 초고 「사라져가라, 아름다운 태양이여…」를 통해 볼 때, 주제테 공타르와의 마지막 대화. 뉘르팅겐으로 귀향.

6월 20일: 개인교습자로 슈투트가르트의 란다우어 가로 입주함. 그러나 보수는 생활비에도 미치지 못함. 찬가 초고 「마치 축제일에서처럼…」 씀.

초가을: 「비가」 (나중에 「디오티마에 대한 메논의 비탄」으로 개작됨), 송시 「격려」, 6각운의 시 「아르히펠라구스」 완성.

가을: 일단의 송시 초고 및 개작. 「선조의 초상」, 「자연과 기술 또는 사투르누스와 유피테르」를 포함하여, 「에뒤아르에게」로 제목이 바뀐 화해를 구하는 시 「동맹의 충실Bundestreue」을 징클레어에게 보냄.

1801년 **1월 15일:** 스위스의 하우프트빌에 있는 곤첸바흐 가에 가정교사로 들어감.

2월 9일: 르네빌 평화협정. 스위스로 출발하기 전에 시작했던 핀다로스 작품 번역 중단, 시학적 규칙에 따라서 구성된 자유운율의 찬가 초고들. 마지막 송가 초고인 「알프스 아래서 노래함」 씀.

4월: 곤첸바흐 해고를 통보, 횔덜린의 뜻에 따랐을 가능성이 높음. 4월 중순 슈투트가르트를 거쳐 뉘르팅겐으로 돌아옴. 이후 비가 「귀향」, 「빵과 포도주」 그리고 비가 단편 「시골로의 산책」 초고를 씀.

6월: 예나에서 그리스 문학을 강의할 수 있도록 해달라고 쉴러에게 도움을 요청. 답을 받지 못함.

8월: 코타 출판사 1802년 부활절에 횔덜린 시집 출판 계약 체결.

9월: 마지막 비가 「슈투트가르트」를 씀. 이후 「시인의 사명」, 「백성의 목소리」 확장 및 완성. 찬가 「편력」, 「평화의 축제」와 「라인 강」 완성. 계획된 시집 발행을 위해 작품 정서.

12월 12일: 남프랑스 보르도를 향해 출발. 떠나기 직전 슈투트가르트의 친구 란다우어의 32세 생일을 맞아 「란다우어에게」를 씀.

1802년 **1월 28일:** 어려운 여정 끝에 보르도의 함부르크 영사 마이어의 집에 도착. 소포클레스의 비극 『오이디푸스 왕*Ödipus*』 번역, 보르도로 출발하기 전에 대단원에까지 이르렀음.

5월 초: 주제테 공타르의 고별 편지 받음. 카를 고크가 전하는 바에 따르면, 그녀는 이 편지를 통해서 "그에게 자신이 중한 병에 걸렸다는 소식과 그녀의 가까운 죽음에 대한 예감과 함께 그와 영원히 작별을 고했다".

5월 10일자로 발행된 여권을 가지고 파리를 거쳐 독일로 돌아옴.

6월 7일: 켈에서 라인 강을 건넘.

6월 22일: 주제테 공타르 사망.

6월 말: 횔덜린 정신이 혼란된 모습으로 기진맥진하여 슈투트가르트에 도착, 뉘르팅겐으로 귀향함. 모친이 여행가방을 열어 주제테 공타르의 편지를 발견해냄. 그가 "광란하면서 모친의 집에 기거하는 사람들을 모두 문밖으로 쫓아낸" 일이 있은 후, 가족에 의해서 정신착란자로 취급됨.

9월 말: 징클레어의 초대로 레겐스부르크로 여행함. 헤센-홈부르크의 방백 프리드리히 만남.

10월 말: 뉘르팅겐으로 돌아옴. 코타 출판사의 계간지 『플로라』에 횔덜린의 4개 모범적인 시가 기념비적인 그룹으로 나뉘어 실림. 비가 「귀향」, 찬가 「편력」, 서로 모순되는 송시 「시인의 사명」과 「백성의 목소리」가 그것이었음. 이른바 '홈부르크 2절판 구성. 비가 3부작 「귀향」, 「빵과 포도주」, 「슈투트가르트」 정서 후에 찬가 「유일자」, 「파트모스」, 「거인족들」 초고 씀. 이 중 「파트모스」만 완성됨.

1803년 1월 30일: 방백의 55세 생일을 맞아 징클레어가 횔덜린의 시 「파트모스」 헌정. 여름까지 소포클레스의 비극 『안티고네』 번역 작업. 홈부르크 2절판에 실린 다른 찬가를 구상.

3월 15일: 클롭슈토크 사망.

6월 초: 무르하르트로 셸링 방문. 셸링은 헤겔에게 보낸 편지에서 횔덜린의 "완전한 정신이상"에 대해 씀. "그의 말은 정신착란을 덜 내보였지만" 그의 형편없는 차림은 "역겨움을 자아낼 정도"라고 말함.

6월 22일: 하인제 사망.

9월: 프랑크푸르트의 프리드리히 빌만스, 소포클레스 번역의 출판을 수락함. 12월 초까지 횔덜린은 이 비극 번역을 퇴고하고, 『오이디푸스 왕에 대한 주석』과 『안티고네에 대한 주석』 탈고함.

12월 말: 빌만스가 간행하는 『1805년 시 연감』에 실릴 6편의 송가와 3편의 찬가 보충 시편을 정리함. 이 시들을 그는 출판업자에게 '밤의 노래들'이라고 명명함. 「케이론」, 「눈물」, 「희망에 부쳐」, 「불카누스」, 「수줍음」, 「가뉘메데스」, 「반평생」, 「삶의 연륜」, 「하르트의 골짜기」가 그것임. 동시에 "몇몇 큰 규모의 서정시 작품"을 예고했는데, 「평화의 축제」를 의미한 것으로 보임.

1804년 **1월 말**: 빌만스 '밤의 노래들' 인쇄에 회부함.

4월: 『소포클레스의 비극들*Trauerspiele des Sophokles*』 출판됨. 혹평 받음.

6월: 징클레어가 횔덜린을 홈부르크에 데려감. 슈투트가르트와 뷔르츠부르크를 거쳐감. 슈투트가르트에서 모반을 꾀하는 대화 있었음. 이 대화에는 횔덜린 이외에 복권 사기꾼 블랑켄슈타인 Alexander Blankenstein도 참여함.

징클레어의 제안에 따라 매년 200굴덴의 추가 급여가 횔덜린에게 지불됨. 방백은 횔덜린을 궁정사서로 임명함. 연말까지 찬가를 계속 씀. 이중에는 「회상」, 「이스터 강」의 초고도 들어 있음.

12월: 나폴레옹이 황제에 오르고, 징클레어 파리에 감.

1805년 **1월**: 블랑켄슈타인이 징클레어를 혁명적인 모반의 우두머리로 밀고함. 이 모반의 첫 번째 목표는 뷔르템베르크의 선제후를 살해하는 것이라고도 함. "나는 자코뱅파가 되고 싶지 않다. 신왕 만세!"라는 외침은 횔덜린의 공모를 증언해주는 것이었음. 이 외침은 소위 홈부르크 2절판에 들어 있는 문구와 일치하는 것으로 밝혀짐.

2월 26일: 징클레어 선제후가 보낸 사람들에 의해서 뷔르템베르크로 압송됨. 횔덜린은 홈부르크 방백의 변호와 의사의 진단서로 체포를 면함.

5월 9일: 쉴러 사망.

7월 10일: 징클레어 구속에서 풀려남. 곧이어 정치적인 사명을 받고 베를린으로 감.

여름: 5월에 『예나 문학신문*Jenaische Allgemeine Literatur-Zeitung*』에 빌만스의 『1805년 시 연감』에 실린 '밤의 노래들'에 대한 부정적인 비평 게재. 횔덜린은 9편의 『핀다로스 주석*Pindar-Kommentare*』으로 이에 반응함.

11월 말: 징클레어와 함께 투옥되었던 제켄도르프가 수정된 찬가, 비가들을 받았고, 이것을 『1807년 및 1808년 시 연감』에 실어 출판함.

1806년 송가, 비가 및 찬가의 개작, 수정, 확장.

8월 6일: 신성로마제국의 종언.

9월 11일: 헤센-홈부르크가 대공국 헤센-다름슈타트의 통치로 넘어감. 방백비 카트린네가 횔덜린의 강제적인 압송을 알림. "불쌍한 횔덜린이 오늘 아침에 이송되었다"고 씀.

9월 15일: 아우텐리트 병원에 입원.

10월 21일: 케르너Justinus Kerner가 관리한 환자 기록부에 "산책"이라는 마지막 기록.

1807년 **5월 3일**: 횔덜린보다 2세 연하인 목수 에른스트 치머가 횔덜린을 돌보기로 함. 횔덜린은 죽을 때까지 네카 강변의 반구형 옥탑방에서 기거함.

하반기: 바이플링거의 소설 『파에톤』에 실려 전래되고 있는 「사랑스러운 푸르름 안에…」를 쓴 것으로 추측됨.

1808년 소설 『휘페리온』의 제3권으로 계획된 「휘페리온-단편들Hyperion-Fragmente」의 잔존 원고에 디오티마가 쓴 것으로 상정된 편지체 송시 중 「저 멀리에서부터…」가 있음.

1810년 횔덜린 연감의 발행을 구상. 여기에 실릴 텍스트로서 「산책」, 「즐거운 삶」, 「만족」이 고려되었던 것으로 보임.

1812년 치머 횔덜린 모친에게 횔덜린의 심각한 병세에 대해서 편지를 쓰고, 다시금 그 병세로부터 치유된 것 같다는 내용과 함께 횔덜린이 쓴 "마치 길들처럼, …인생의 행로는…"이라는 구절이 들어 있는 시 「치머에게」를 보냄.

1815년 **4월 29일**: 징클레어 빈에서 사망. 징클레어는 1806년부터 본명의 철자를 다르게 배열한 크리잘린Chrisalin이라는 가명으로 활동하며 시와 희곡을 출판한 바 있음.

1820년 징클레어의 친구인 프러시아의 장교 디스트Heinrich Diest가 코타 출판사에 『휘페리온』의 재판과 횔덜린 시의 출판을 제안함. 홈부르크의 공주 마리안네와 아우구스테가 이를 지원함.

1822년 **7월 3일**: 바이플링거의 첫 번째 방문. "횔덜린은 오른손으로 출입구에 놓여 있는 상자를 집고 왼손은 바지 호주머니에 넣고 있었다. 땀이 밴 셔츠가 그의 몸에 걸쳐 있었고, 혼이 깃든 눈으로 나를 괴로움을 겪는 사람인 양 동정하듯 바라다보았다. 나의 골수와 사지에 한기가 스치고 지나갔다." 그는 이 방문에 이어서 소설 『파에톤』을 씀. 횔덜린의 운명을 그대로 본뜬 이 소설은 끝머리에 횔덜린의 원고 중 한 장을 담고 있음.

1826년 베를린에서 시작된 시집이 코타에서 출판됨. 발행자는 슈바프와 울란트.
10월: 바이플링거 로마로 감.

1828년 **2월 17일**: 뉘르팅겐에서 모친 사망. 그녀에게 튀빙겐에서 보낸 60통의 편지 중 마지막 편지는 "저를 돌보아주십시오, 시간은 문자 그대로 정확하고 마음도 따뜻합니다. 당신의 공손한 아들 프리드리히 횔덜린 올림"이라고 끝맺고 있다.

1830년 **1월 30일**: 바이플링거 25세의 나이로 로마에서 사망. 이듬해 그의 글 「프리드리히 횔덜린의 삶. 문학과 정신착란Friedrich Hölderlins Leben, Dichtung und Wahnsinn」 발표됨.

1837년 사망하기 6년 전인 이때부터 여러 가지 뜻 모를 이름을 사용함. 부오나로티Buonarotti라고 서명하기도 했고, 나중에는 스카르다넬리Scardanelli라고도 서명함.

1838년 **11월 18일**: 치머 사망. 그의 부인인 엘리자베트Elisabeth와 1813년생 막내딸 로테Lotte가 간호를 떠맡음.

1841년 **1월 14일**: 슈바프의 첫 방문. 그는 횔덜린의 신뢰를 얻고 1846년 2권으로 된 횔덜린 작품집을 출판함. 그는 1월 21일 세 번째 방문 때, 시 「한층 높은 인간다움」과 「더 높은 삶」을 횔덜린으로부터 받음.

1843년 **6월 7일**: 횔덜린 세상을 떠남. 사망 며칠 전 두 편의 시 「봄(태양은 돌아오고…)」과 「전망(인간의 깃들인 삶…)」을 씀.

찾아보기-한국어 시제

찾아보기-독일어 시제

옮긴이 장영태

서울대학교 문리과대학 및 동 대학원 독어독문학과를 졸업했다. 독일 뮌헨대학교에서 독문학을 수학하고 고려대학교에서 〈횔덜린의 시학 연구〉로 박사학위를 받았다. 홍익대학교 독어독문학과 교수를 지냈으며 현재 홍익대학교 명예교수이다. 저서로《횔덜린: 생애와 문학·사상》,《지상에 척도는 있는가》,《궁핍한 시대의 시인, 횔덜린》 등이 있고,《문학연구의 방법론》,《도전으로서의 문학사》,《서정시: 이론과 역사》,《휘페리온》,《잠언과 성찰》,《엠페도클레스의 죽음》,《나이든다는 것과 늙어간다는 것》 등 다수의 책을 옮겼다.

횔덜린 시 전집 2

Friedrich Hölderlin Sämtliche Gedichte 2

초판 1쇄 발행 2017년 1월 15일
초판 2쇄 발행 2021년 12월 13일

지은이 프리드리히 횔덜린
옮긴이 장영태

펴낸이 김현태
펴낸곳 책세상

등록 1975년 5월 21일 제2017-000226호
주소 서울시 마포구 잔다리로 62-1, 3층(04031)
전화 02-704-1250(영업), 02-3273-1334(편집)
팩스 02-719-1258
이메일 editor@chaeksesang.com
광고·제휴 문의 creator@chaeksesang.com
홈페이지 chaeksesang.com
페이스북 /chaeksesang **트위터** @chaeksesang
인스타그램 @chaeksesang **네이버포스트** bkworldpub

ISBN 979-11-5931-097-3 94850
979-11-5931-095-9 (세트)